팡세

팡세

블레즈 파스칼 지음 | 하동훈 옮김

문예출판사

PENSÉES
Blaise Pascal

차 례

제1편 정신과 문체에 관한 생각___7

제2편 신(神) 없는 인간의 비참함___31

제3편 내기의 필연성에 대해___101

제4편 신앙의 수단___135

제5편 정의와 현실의 이유___157

제6편 철학자들___179

제7편 도덕과 교리___209

제8편 기독교의 기초___282

제9편 영존(永存)___301

제10편 표징___333

제11편 예언___367

제12편 예수 그리스도의 증거___408

제13편 기적___436

제14편 기독(基督) 논쟁의 단편(斷片)___471

작품해설___496

제1편 정신과 문체에 관한 생각

기하학적 정신과 섬세의 정신의 차이

1 　기하학적 정신의 원리는 명백하지만 일반적으로는 그다지 사용하지 않는다. 그러므로 사람들은 이에 익숙하지 않기 때문에 그 방면에 관심을 쏟으려 하지 않는다. 그러나 조금이라도 그 방면에 관심을 갖는다면 그 원리들을 충분히 파악할 수 있을 것이다. 그리고 웬만큼 정신이 희미한 사람이 아니라면, 거의 간과할 수 없을 만큼 명백한 그 원리들에서 그릇된 추론을 하지는 못할 것이다.

　그러나 섬세한 정신의 여러 원리는 일반적으로 널리 사용되고 있고 모든 사람의 눈앞에 그 원리가 놓여 있다. 사람들은 머리를 쓰거나 노력할 필요도 없다. 오로지 문제는 좋은 눈을 갖는 것인데, 이것만은 꼭 좋아야 한다. 그도 그럴 것이 그 원리는 극히 미묘하고도 수가 많아 하나도 놓치지 않고 본다는 것은 거의 불가능하기 때문이다.

　그런데 하나의 원리라도 놓쳐버리면 오류에 빠지게 마련이다. 그러기에 그 모든 원리를 파악하는 데는 퍽이나 맑은 눈이 필요하고, 그 다음 이미 알고 있는 원리에서 그릇된 추론을 하지 않기 위해서는 올바른 정신이 필요하다.

　그러므로 모든 기하학자(幾何學者)는 좋은 눈을 가지면 섬세하게 될 것이다. 그들은 자기가 알고 있는 여러 원리에서 그릇된 추론을 하지 않기 때문이다. 그리고 또 섬세한 사람은 익숙하지 않은 기하학의 원리들을 향해 눈을 돌릴 수 있으며 기하학자가 될 수 있을 것이다.

그러므로 어떤 종류의 섬세한 사람들이 기하학자가 되지 못함은 그들이 기하학의 원리를 향해 전혀 눈을 돌릴 수가 없기 때문이다. 그러나 기하학자가 섬세하지 않은 것은 그들이 눈앞에 있는 것을 보지 않기 때문이요, 또 그들이 기하학의 분명한 여러 원리에 익숙해져서 그러한 원리들을 잘 관찰하고 확인한 후가 아니면 추리하지 않으므로, 그 원리를 확인할 수 없는 섬세한 사물에 맞부딪치면 당황하고 말기 때문이다. 좀처럼 그것은 눈에 띄지 않는다. 보인다기보다는 오히려 느껴지는 것이다. 그것들을 스스로 느끼지 못하는 사람에게 느끼게 하려면 몹시 힘이 든다. 그러한 사물들은 극히 미묘하고도 수가 많기 때문에 그것들을 느끼고 또 그 느낌에 따라서 올바르고 공평히 판단하는 데는 아주 예민하고도 맑은 감각이 필요하다. 기하학에서처럼 그것들을 조리 있게 증명한다는 것은 거의 불가능하다.

왜냐하면 인간은 그 여러 원리를 그러한 방법으로 파악하고 있지 않을 뿐만 아니라, 그러한 것을 기도한다는 것은 한량없는 일이기 때문이다. 그러한 사물은 단번에 보아서 알아차려야 한다. 그리하여 어느 정도까지는 적어도 추리 방법을 따르지 않아야 한다.

그래서 기하학자가 섬세하거나 섬세한 사람이 기하학자인 경우가 드문 것은 기하학자란 섬세한 사물을 기하학적으로 취급하려고 해 우선 정의에서부터 시작하고 다음에 원리에 미친다는 식으로 전혀 엉뚱한 추리의 진행 방법으로써 웃음거리가 되기 때문이다. 섬세한 정신이 추리를 하지 않는 것은 아니다. 다만 그것을 암암리에 자연스럽게 규칙 없이 하는 것이다. 왜냐하면, 그것을 표현한다는 것은 인간의 힘으로는 할 수 없는 일이요, 그것을 느낀다는 것은 극소수의 사람에 한정되어 있기 때문이다.

섬세한 사람은 이와는 반대로 단번에 보고서 판단하는 데 익숙해져 있으므로 그들이 이해하기 어려운 명제가 제출되고, 그 속에 들어가는 데는 무미건조한 정의나 원리를 따라야만 할 때, 그것을 상세히 보는 데 익숙하지 못하기 때문에 당황해 실망이나 염증을 일으키게 되는 것이다.

그러나 부정확한 사람은 결코 섬세한 사람도 아니요, 기하학자도 아니다. 단순히 기하학자에 지니지 않는 기하학자는 만사를 정의와 원리에 의해 충분한 설명을 받기만 하면 올바른 판단자가 된다. 그렇지 못할 때 그들은 부정확해 참을 수 없다. 왜냐하면 그들은 원리가 완전히 명백할 때에만 정확하기 때문이다.

또 단순히 섬세하기만 한 인간은 사변적(思辨的)이고 관념적(觀念的)인 사물의 근본 원리에까지 파고들어갈 만한 인내력이 없다. 그러한 원리를 그들은 세상에서 본 적이 없고 조금도 사용해본 적이 없기 때문이다.[1]

2 　올바른 판단의 여러 가지. 어떤 사람들은 어느 질서의 사물에 대해서는 올바른 판단을 내리지만 다른 질서의 사물에 대해서는 그렇지 못하다. 그리하여 그들은 그릇된 판단을 내리고 만다. 어떤 사람들은 얼마 안 되는 원리에서 올바른 결론을 끌어낸다. 그것

은 판단이 정확하기 때문이다. 다른 사람들은 많은 원리를 가지는 사물에서 올바르게 결론을 끌어낸다. 예를 들면 어떤 이들은 물의 여러 작용을 잘 이해한다. 이 학문에는 얼마 안 되는 원리밖에 없지만, 그 결론은 너무도 미묘해서 극도의 정확성이 없으면 거기에 도달할 수 없다.

그러나 그렇다고 해서 그들이 위대한 기하학자라고는 할 수 없을 것이다. 왜냐하면 기하학은 수많은 원리를 포함하고 있는데, 어떤 종류의 정신은 약간의 원리에 대해서는 그 밑바닥까지 파고들어갈 수 있지만, 많은 원리를 지니는 사물에 대해서는 전혀 침투할 수 없는 경우도 있기 때문이다.

그러고 보면 두 종류의 정신이 있는 셈이다. 그 하나는 원리에서 결론으로 날카롭게 깊이 파고들어가는 것인데 이것은 정확의 정신이다. 또 하나는 수많은 원리를 혼동하지 않고 이해하는 것인데, 이것은 기하학적 정신이다. 전자는 정신의 강도와 정확성을 나타내고 후자는 정신의 폭을 나타낸다. 하지만 다른 한쪽이 없어도 한쪽은 존재할 수 있다. 정신은 견고하고도 좁은 경우가 있을 수 있고 또 넓고 약한 경우도 있을 수 있는 것이다.[2]

3 직관(直觀)[3]에 의해 판단을 내리는 데 익숙한 사람들은 추리를 해야만 되는 사물을 전혀 이해하지 못한다. 그들은 먼저 단번에 통찰하려 들며 원리를 탐구하는 데는 완전히 서투르기 때문에 그러한 것이다. 이와는 반대로 원리에 의해 추리하는 데 익숙한 그들은 직관해야만 되는 사물을 전혀 이해하지 못한다. 그들은 직관해야 할 사물 속에서 원리를 구하고 단번에 사물을 보고서 파악할

수 없기 때문이다.

기하학, 섬세

4 참된 웅변은 웅변을 경멸하고, 참된 도덕은 도덕을 경멸한다. 말하자면 판단력의 도덕은 지능의 도덕을 경멸하는 것이다— 전자에는 기준이 없다. 왜냐하면 학문이 지능에 속해 있는 것처럼 판단력에는 직관이 속해 있으니까. 섬세는 판단력의 분야요, 기하학은 지능의 분야이다.

철학을 멸시하는 것이야말로 참으로 철학을 하는 것이다.

5 기준 없이 어떤 일을 판단하는 사람들이 남을 대하는 것은 마치 시계를 갖지 않은 사람들이 남을 대하는 것과 같다. 한 사람이 말한다. "벌써 두 시간 지났다"고. 다른 한 사람 왈, "아직 4, 5분밖에 지나지 않았어." 나는 나의 시계[4]를 보고 전자에게 말한다. "당신은 권태에 빠졌소"라고. 또 후자에게 말한다. "당신에겐 시간이 너무도 빨리 가는군요"라고. 실은 한 시간 반이 지났으니까. 나를 보고 "당신에겐 시간이 잘 가지 않는군요. 당신은 어림짐작으로 시간을 재고 있소"라고 말하는 사람들을 나는 개의치 않는다. 그들은 내가 나 자신의 시계로 판단하고 있음을 모르는 것이다.

6 이지(理智)가 상하는 것처럼 감정이 상하게 되는 일도 있다. 이지의 감정은 대화에 의해서 양성된다. 그리고 이지와 감정은 대화에 의해 훼손된다. 이와 같이 좋은 대화나 나쁜 대화는 이지와 감정을 양성하기도 하고 훼손하기도 한다. 그러므로 이것들을 훼손

하지 않고 양성해가기 위해선 선택을 잘할 줄 알아야 한다. 그런데 이지와 감정이 이미 양성되어 훼손되지 않은 상태에 있지 않고서는 이 선택이 불가능하다. 따라서 이것은 하나의 순환을 이루고 있다. 그 속에서 벗어날 수 있는 사람은 행복하다.

7   사람은 이지를 많이 가질수록 특이한 사람이 세상에 많이 있다는 것을 발견하게 된다. 평범한 사람은 인간과 인간 사이에 아무런 상이도 인식하지 못한다.

8   저녁 기도를 듣는 것과 꼭 같은 태도로 설교를 듣는 사람들이 많이 있다.[5]

9   남을 보람 있게 훈계하고 그 잘못을 가르쳐주려면 그가 사물을 어떤 처지에서 보고 있는가를 알아야 한다. 왜냐하면 그 사물은 일반적으로 그 처지에서는 진실하기 때문이다. 그리고 이 진실한 점을 그에게 인식시키고, 그 대신 그의 그릇된 다른 쪽을 가르쳐주어야 한다. 그러면 그는 그것에 만족한다. 왜냐하면 그는 자기가 그릇된 것이 아니라, 다만 여러 처지에서 보지 않았음을 깨달을 것이기 때문이다. 그런데 인간이란 모든 각도에서 보지 않았다는 데는 화를 내지 않지만 오류를 범했다는 말을 듣기는 싫어하는 법이다. 그리고 이것은 아마 인간이란 원래부터 모든 것을 볼 수 없다는 사실과 감정의 지각은 항상 진실한 것이기 때문에, 인간은 자기가 보고 있는 방면에서는 본래 오류를 범하는 일이 없기 때문일 것이다.

10   사람이란 대체로 남의 머릿속에서 이루어진 이유보다는 자기 스스로 발견한 이유에 더욱 잘 납득하게 마련이다.

11   무릇 큰 오락은 기독교도의 생활에 위험하다. 그런데 세인 (世人)이 생각해낸 모든 오락 가운데서 연극처럼 무서운 것도 없다.[6] 그것은 정욕의 극히 자연스럽고도 미묘한 표현이기 때문에 정욕을 자극하고 우리의 마음속에 정욕을 불러일으켜놓는다. 특히 연애의 정욕을. 그 연애가 극히 순결하고 성실한 것으로 표현될 경우에는 더구나 그렇다. 까닭인즉 그것이 순결한 마음에 순결한 것으로 반영될수록 순결한 넋의 소유자는 그것에 의해 감동을 받기 쉽기 때문이다. 그 격렬함은 우리의 자애심을 기쁘게 해주고 눈앞에 교묘하게 표현되어 있는 것과 꼭 같은 효과를 자기 자신에게도 자아내 보았으면 하는 욕망을 자극하기 때문이다. 그와 동시에 방금 눈으로 보고 있는 감정의 정당성을 바탕으로 해서 자기의 의식을 형성하는데, 그 감정은 순수한 넋의 공포를 제거하고 그렇게도 현명하게 보이는 애정을 가지고 사랑을 해도 결코 순결을 훼손하는 것은 아니라는 생각이 들게 한다.

그리하여 사람들은 연애의 모든 미와 달콤함에 충만된 마음과 자기의 순결무구함을 확신하는 넋과 정신을 안고 극장에서 나온다. 그것은 연애의 최초 작용을 받아들일 준비가 충분히 되어 있는 상태다―라기보다는 연극 속에서 그렇게도 잘 묘사된 것을 본 바 있는, 꼭 같은 쾌락과 희생을 받아들이기 위해서 누군가의 마음속에도 그러한 작용을 일으킬 기회를 모색하는 준비가 다 되어 있는 상태다.

12   하나의 사물밖에 생각하지 않는 스카라무슈[7]. 하고 싶은 이야기를 다 하고 나서도 15분간이나 더 이야기를 하는, 이야기하고 싶은 욕망으로 가득 찬 학자.

13   사람들은 클레오뷜린느[8]의 잘못과 열렬한 연애를 보기 좋아한다. 왜냐하면 이 여자가 그것을 모르고 있었으니까. 만약 이 여자가 그 잘못을 깨달았더라면 사람들은 별로 재미있어 하지 않았을 것이다.

14   자연스러운 담화가 어떤 정욕이나 감명을 묘사할 때, 인간은 자기가 듣고 있는 바가 진실하다는 것, 즉 전부터 자기에게 있었던 것이지만 그런 줄 모르고 있었던 진실을 발견하고 그것을 느끼게 해준 사람을 좋아하게 된다. 왜냐하면 그 사람은 우리에게 자기의 장점을 보여준 것이 아니고 우리 자신의 장점을 보여주었기 때문이다. 이리하여 우리 자신과 그와의 이 지적 공감은 그를 좋아하는 마음을 필연적으로 일으킬 뿐만 아니라 이 호의가 우리들로 하여금 그를 좋아하게 만드는 것이다.

15   권력에 의하지 않고 감언에 의해서, 왕으로서가 아니라 폭군으로서 설득하는 웅변.[9]

16   웅변이란 사물을 다음과 같은 방법으로 이야기하는 기술이다. ① 이야기를 듣는 상대방 사람들이 그것을 고통 없이 기꺼이 듣도록 한다. ② 상대방이 그에 대해서 흥미를 느끼고 자부심에서 더욱

자발적으로 그것을 생각하도록 한다. 그러므로 웅변은 한편으로는 청중의 이지와 감성, 또 한편으로는 우리들이 사용하고 있는 사상과 표현 사이에 우리가 만들고자 노력하는 교류 속에 존재하는 것이다. 이것은 심정의 모든 기미를 알기 위해서, 다음에는 그 기미에 맞추고자 원하는 담화의 정확한 비례를 발견해내기 위해서 인간의 심정을 충분히 연구하는 것을 전제로 한다. 우리의 말을 들으려는 사람들의 처지에 자신의 몸을 두어야 하며 또 담화와 표현이 적합한지 어떤지, 또 듣는 이가 확실히 설득되고 있는지 어떤지를 알기 위해서 자기의 담화에 사용하고 있는 표현을 자기 스스로의 심정에 다 시험해볼 필요가 있다. 되도록이면 자연스러운 단순성에서 벗어나지 말아야 하고, 작은 것을 크게 만들거나 큰 것을 작게 만들거나 해서는 안 된다. 사물을 미화시키는 것만으로는 충분하지 않다. 주제에 알맞아야 하고 너무 지나치거나 부족한 점이 있어서는 안 된다.

17 강(江)[10]이란 전진하는 길이요, 사람이 가고자 원하는 곳으로 날라다 주는 길이다.

18 어떤 사물의 진상을 모르고 있을 때 인간의 정신을 정착시키는 공통된 오류가 있는 것은 좋은 일이다. 이를테면 계절의 변화나 질병의 진행 따위를 달(月)의 탓으로 돌리는 것. 왜냐하면 인간의 근본적인 고질은 자기가 알 수 없는 사물에 대해 품는 불안한 호기심이기 때문이다. 이런 무익한 호기심 속에 있는 것보다는 오류 속에 있는 편이 낫다.

에픽테토스나 몽테뉴, 살로몽 드 튈티 씨[11]의 서식은 가장 많이 사용되고, 가장 사람의 마음에 들고, 가장 오랫동안 기억에 남고, 가장 많이 인용된다. 까닭인즉 이러한 서식은 생활의 일상적인 회화에서 생긴 사상으로 전부 이루어져 있기 때문이다. 이를테면 달은 만상의 원인이라고 하는 식의 세상에 흔히 있는 공통된 오류에 관해서 이야기하려 할 때, 어떤 사물의 진상을 모를 바에야 공통된 오류가 존재한다는 것은 다행한 일이라고 운운한 살로몽 드 튈티 씨의 말을 사람들은 늘 인용할 것이다. 앞서 기록한 사상이 바로 그것이다.

19   저작(著作)할 때 최후에 깨달아야 하는 것은 무엇을 맨 처음에 놓아야 하느냐를 아는 것이다.

질서

20   어찌해 나는 나의 도덕을 여섯이 아니라 넷으로 나누려 하는가? 왜 나는 미덕을 넷으로, 둘로, 하나로 설정하려 하는가? 어째서 "자연에 순종하라"[12]라든가, 플라톤처럼 "자기 애인의 일을 부정 없이 행하라"라든가, 그 외의 것을 말하지 않고 "abstine et sustine(극기하고 인내하라)"[13]라고 말하는가?—그러나 그렇게 말한다면 모든 것이 한마디의 말 속에 포함된다고 당신들은 이야기할 것이다—그렇다. 그러나 그것을 설명하지 않으면 무익하다. 그리고 사람들이 그것을 설명하려 할 때, 다른 모든 교훈을 포함하고 있는 이 교훈을 열어놓자마자 그 다른 모든 교훈들은 거기에서, 당신들이 피하기를 원했던 저 최초의 혼란 그대로 빠져 달아나고 만다.

이와 같이 그것들이 하나 속에 포함되어 있을 때는 흡사 하나의 상자 속에서처럼 감추어져 있고 쓸모없으며, 본래의 혼란 상태로밖에는 외부에 나타나지 않는다. 자연은 그것들 일체를, 하나가 다른 것 속에 유폐되어 있지 않도록 만들어놓은 것이다.

21   자연은 그의 모든 진리를 제각기 따로따로 두었다. 우리의 기술은 그것들 중 어떤 것을 다른 것 속에 집어넣으려고 한다. 그러나 그것은 자연스럽지 않다. 각자는 저마다의 위치를 가지고 있다.

22   내가 새로운 것을 말하지 않았다고 말하지 말기를 바란다. 재료의 배치가 새롭다. 정구를 할 때 쌍방이 사용하는 공은 같은 것이다. 그러나 그 중 한 사람은 다른 한 사람보다 그것을 더 잘 배치한다.
   나는 오히려 낡은 말을 사용했단 말을 듣는 게 좋다. 같은 말이라도 그 배열이 달라지면 다른 사상을 형성하는 것은 같은 사상이 다른 배열에 의해 다른 논지를 형성하는 것과 같지 않은가?

23   말은 배열이 달라지면 다른 의미를 이루게 되고, 의미는 배열이 달라지면 다른 효과를 낳는다.

   언어
24   정신은 피로를 풀기 위한 것 이외에는 다른 데로 돌려서는 안 된다. 그것도 꼭 피로를 풀어야 할 적절한 때에 해야 하는 것이며 달리 해서는 안 된다. 시기가 아닌데 풀어주면 권태를 느끼게 되

고, 시기가 아닌데 권태를 느끼게 되면 해이하게 된다. 왜냐하면 마음을 완전히 옮겨버리기 때문이다. 사욕의 해독이란 극심하기 때문에 사람들이 우리에게 쾌락을 주지 않고 우리에게 무엇인가를 얻어 가기를 바라면 그가 바라던 것과는 정반대의 일을 하고 싶어 한다. 쾌락이란 그것을 얻기 위해서는 남이 원하는 모든 것을 주고도 아까워하지 않는 통화다.

웅변

25 그것은 쾌적하고도 현실적이어야만 한다. 그러나 그 쾌적은 그 자신의 진실에서 우러나온 것이 아니면 안 된다.

26 웅변은 사상(思想)의 회화(繪畵)다. 그렇기 때문에 그림을 완성한 후에도 가필(加筆)을 하는 사람은 초상화 대신에 상상화를 만드는 셈이다.[14]

잡(雜). 언어

27 말을 무리하게 써서 대구(對句)를 만드는 사람들은 조화를 이룩하려고 봉창(封窓)을 만드는 사람들과 흡사하다. 그들의 법칙은 올바르게 말하는 것이 아니라 바른 형(形)을 만드는 것이다.

28 조화[15]는 한번 봄으로써 알 수 있는 것 속에 있으며 그 외에는 다른 형(形)을 만들 이유가 없다는 사실에 그 근거가 있다. 또 그것은 인간의 용모에도 역시 근거한다. 이러한 점에서 사람들은 조화를 넓이에서만 구하며, 높이나 깊이에서는 구하지 않는다.

29　자연스러운 문체를 볼 때 사람들은 몹시 놀라고 기뻐한다. 왜냐하면 사람들은 하나의 저자를 볼 것을 기대했는데 하나의 인간을 발견하기 때문이다. 이와는 반대로 좋은 취미를 가지고 서적을 읽어 하나의 인간을 발견하려 마음먹는 사람들은 하나의 저자를 발견하고 아연실색한다. "Plus poetice quam humane locutus es(당신은 인간으로서라기보다 시인으로서 이야기했다)." 자연은 모든 것을 이야기할 수 있고 신학(神學)까지도 이야기할 수 있다는 것을 자연에서 배우는 사람들이야말로 참으로 자연을 존중하는 사람들이다.

30　"얀세니스트의 '제2', '제3', '제5'[16] 논의를 보라. 그것은 고상하고 성실하다. 나는 어릿광대 놀음이나 과장을 마찬가지로 증오한다." 그 어느 편도 벗으로 삼을 수는 없을 것이다. 사람은 심정이 결여되어 있으므로 귀로서만 상의를 한다. 기준은 도의다. 시인이지 참다운 인간은 아니다. "나의 '제8' 이후 나는 충분히 대답했다고 생각한다." 생략의 미(美), 판단의 미.

31　우리가 키케로의 작품 속에서 비난하는 일체의 허위의 미(美)는 그 탄미자(嘆美者)를 가지고 있는데 그것도 많은 수의 탄미자를 가지고 있다.

32　약하든 강하든 간에 있는 그대로의 우리 성질과 우리 마음에 드는 사물 사이에 존재하는 어떤 관계, 그 관계 속에서 성립되는 즐거움과 아름다움에는 일정한 모델이 있다.
　이 모델에 따라 만들어진 일체의 것은 모두가 우리의 마음에 든다. 집, 노래, 담화, 시, 산문, 여자, 새, 강, 나무, 방, 옷, 그 외의 어떤 것이건 간에 그렇다. 이 모델에 따라 만들어져 있지 않은 것은 모두가 좋은 취미를 가진 사람들의 마음에 들지 않는다.

또 좋은 모델에 따라 만들어진 노래와 집 사이에는 하나의 완전한 관계가 있다. 그것들은 저마다의 종류를 달리하지만 이 유일한 모델에 흡사하기 때문이다. 이와 마찬가지로 나쁜 모델에 따라 만들어진 물건들 사이에도 완전한 관계가 있다. 나쁜 모델이 하나밖에 없다는 말은 아니다. 나쁜 모델은 무수히 있으니까 말이다. 그러나 이를테면 졸작 14행시는 아무리 틀린 모델에 따라 만들어진 것이라 하더라도 이와 꼭 같이 틀린 모델에 따라 옷차림을 하고 있는 여인과 완전히 흡사하다.

틀린 14행시가 얼마나 웃음거리가 되는가를 알려면 그 본질과 모델을 숙고해보고 다음에 그런 모델에 따라 차림새를 한 여인이나 만들어진 집을 생각해보는 것 이상으로 좋은 방법은 없다.

시적 미(詩的美)

33　　시적 미란 말이 쓰이듯이 기하학적 미, 또는 의학적 미란 말도 역시 쓰여야 마땅할 것이다. 하지만 그런 말은 사람들이 하지 않는다. 그 이유는 기하학의 목적이 무엇인가 하는 것과 그것이 증명 속에 존재한다는 것은 잘 알고 있고, 또 의학의 목적이 무엇인가 하는 것과 그것이 치료에 있다는 것은 알고 있지만, 시의 목적인 쾌감은 어디에 존재하는가가 알려져 있지 않기 때문이다. 모방해야만 할 자연의 모델이 무엇인가는 알려져 있지 않다. 그래서 이 인식의 결여로 인해 몇 개의 기묘한 용어가 만들어졌다. '황금 시대', '현대

의 경이', '숙명적' 등등. 이처럼 뜻이 애매한 말을 시적 미라고 일컫는다.

그러나 작은 사물을 거창한 말을 써서 이야기함으로써 생기는 이 원형에 따라 한 사람의 여인을 생각해본 사람은 많은 거울과 사슬로써 온몸을 장식한 어여쁜 아가씨를 눈에 그리고 웃음을 터뜨릴 것이다. 왜냐하면 시구(詩句)의 쾌감이 어디에 있는가보다는 여인의 쾌감이 어디에 있는가를 더 잘 알기 때문이다. 그러나 그것을 모르는 사람은 그러한 몸차림에 대해서 감탄할지도 모른다. 또 세상에는 그 여인을 여왕으로 잘못 보는 마을도 많이 있을 것이다. 그러므로 우리들은 이 원형에 따라 만들어진 14행시를 '마을의 여왕'이라 부르는 것이다.

34   시인이라는 간판을 내걸지 않으면 세간(世間)에서는 시를 모르는 사람으로 통하고 만다. 수학자(數學者)나 그 밖에도 이와 마찬가지다. 그러나 교양이 있는 사람은 간판을 요구하지 않으며 시인의 직업과 자수사의 직업 사이에 거의 차별을 두지 않는다.

교양인은 시인으로도 기하학자로도 그 밖의 무엇으로도 불리지 않지만, 그들의 전부가 될 수 있고 또 그 전부의 심판자다. 사람들은 그들이 무엇인가를 판별하지 못한다. 그들은 어디 들어갔을 때 거기서 이야기되고 있는 것에 대해서 이야기한다. 그들의 재능이 어떤 재능보다 빼어나게 보이는 것은 그 재능을 사용할 필요가 있을 때뿐이다. 그때가 되어서야 비로소 다른 사람들은 그것을 상기한다. 왜냐하면 언어가 문제되어 있지 않을 때는 그들의 말솜씨가 훌륭하다고 다른 사람들은 이야기하지 않지만, 언어가 문제되어 있을 때는 그들의 말솜씨가 훌륭하다고 남들이 말하게 되는데 이것 역시 이 성격에 의한 것이다.

그러므로 어떤 이가 들어왔을 때, 사람들이 그 사람에 대해서 훌륭한 시인이라 한다면, 그것은 허위의 찬사다. 또 어떤 시구가 비평의 과제로 등장해 있을 때, 사람들이 그의 의견을 묻지 않는다면 그것은 무시당한다는 증거다.

35 "그는 수학자다"라든가 "설교자다"라든가 "웅변가다"라고 '불리지' 않고 "그는 교양 있는 사람이다"라고 불려야 한다. 이 보편적인 성격만을 나는 좋아한다. 만약 어떤 사람을 보고 그 사람의 저서를 상기한다면, 그것은 언짢은 징조이다. 나는 사람들이 나의 재능을 만나고 그것을 "도(度)가 넘지 않도록"[17] 사용할 기회가 올 때까지 그 어떤 재능도 인정받고 싶지 않다. 그 까닭은 어떤 재능이 두드러지게 우세해 그것으로 명명되는 것을 두려워하기 때문이다. 훌륭한 말솜씨로 이야기하는 것이 문제가 되어 있지 않을 때는 말 잘한다는 평을 듣고 싶지 않다. 그때가 되어서 그런 평을 받으면 그만이다.

36 인간은 욕구에 가득 차 있어, 그 모든 욕구를 채워줄 수 있는 사람만을 좋아한다. "이 사람은 훌륭한 수학자다"라고 사람들은 말할 것이다―그러나 수학자는 나에게 아무런 소용이 없다. 그는 나를 하나의 명제로 간주할는지도 모른다―"이 사람은 훌륭한 군인이다"―그는 나를 포위된 하나의 요새로 간주할는지도 모른다. 그러므로 필요한 것은 나의 모든 욕구에 일반적으로 응해줄 수 있는 교양인이다.

모든 일을 조금씩

37 인간은 만능일 수 없고 모든 일에 알 수 있는 바의 것을 전부 안다는 것은 불가능하기 때문에 만사를 조금씩 알아야 한다. 왜냐하면 만사를 조금씩 아는 편이 하나의 일을 전부 아는 것보다 훨씬 낫기 때문이다. 이러한 보편성이야말로 가장 좋은 것이다. 만일 양자를 겸할 수 있으면 더욱 좋지만, 양자 가운데 택일을 해야 한다면 전자를 택해야 할 것이다. 세인(世人)도 그것을 인정하고 또 그것을 실천하고 있다. 세인이란 때때로 훌륭한 판단자니까.

38 시인이긴 하지만 교양이 없는 인간.

39 만약 벼락이 낮은 곳에 떨어진다면 시인들을 비롯해 이런 종류의 사물밖에 추론할 줄 모르는 자들은 증명을 할 수가 없을 것이다.

40 어떤 사물을 증명하기 위해 취하는 실례들, 이런 실례를 증명하려면 사람들은 최초의 그 어떤 사물을 그 실례로 취할 것이다. 왜냐하면 사람들은 항상 증명하고자 하는 사물 속에 난점이 있다고 믿기 때문에 실례라는 것은 그 논증을 도와주는 더욱 명백한 것으로 생각하니 말이다.
　이렇게 해서 사람들은 일반적인 사물을 증명하려 할 때는 어떤 경우의 특수한 기준을 그에게 부여해야만 하고 그와 반대로 특수한 경우를 증명하려면 '일반적인' 기준에서부터 시작해야만 할 것이다. 왜냐하면 사람은 항상 증명하고자 하는 사물을 애매하다고 생각하며 그 증명에 사용하는 사물을 명백하다고 생각하니 말이다. 그 까닭인즉 어떤 사물을 증명하려고 생각할 때, 우선 사람들은 그 사물은 증명을 요하기 때문에 애매하며, 반대로 그것을 증명해야만 되는 사물은 명백하리라는 상상으로 마음이 가득 차 있기 때문이며 또 그럼으로써 그것을 쉽사리 이해하기 때문이다.

마르티알리스[18]의 풍자시

41   인간은 악의를 사랑한다. 그러나 그것은 애꾸눈이나 불행한 사람에 대한 것이 아니라 오만한 행복자에 대해서다. 그렇지 않으면 잘못이다.

왜냐하면 사욕은 우리의 모든 활동의 본원이며 인간성의 본원이기도 하니까. 인정미 있는 부드러운 감정을 가진 사람들에게는 친절하지 않으면 안 된다. 두 사람의 애꾸눈에 관한 저 시구는 무가치하다. 왜냐하면 그것은 그들을 위로하는 것이 아니라 작자의 명예에 한 점을 더하는 것밖에 되지 않으니까. 작자를 위해서만이 존재하는 것은 모두가 무가치하다. "Ambitiosa recidet ornamenta(그는 과대한 문식(文飾)을 제거할 것이다)."[19]

42   왕을 "공(公)"이라고 부르는 것은 유쾌하다. 그의 품위를 떨어뜨리니까.

43   어떤 저자들은 자기의 저서를 말하는데 "나의 책, 나의 주해(註解), 나의 이야기 등등"이라고 한다. 그들은 자기 집에서 살면서 항상 "내 집에서"라는 말을 뇌까리는 부르주아 근성을 못 벗어

난다. 차라리 "우리의 책, 우리의 주해, 우리의 이야기 등등"으로 말하는 편이 나을 것이다. 왜냐하면 보통 그것들 속에는 그들 자신의 것보다도 남의 것이 더 많이 들어 있으니 말이다.

44   당신은 사람들이 당신을 좋게 생각해주기를 바라는가? 그것을 입 밖에 내지 말게나.

45   언어(言語)는 기호다. 거기서는 문자가 문자로 교환되지 않고, 말이 말로 교환된다. 그렇기 때문에 미지의 언어도 판독될 수 있다.

46   좋은 말을 하는 사람, 나쁜 성격.

47   말은 잘하지만 글은 잘 못 쓰는 사람들이 있다. 그것은 장소와 청중이 그들을 흥분시키고, 이 열(熱)이 없을 때는 발견할 수 없는 것을 그들의 정신에서 끌어내주기 때문이다.

48   어떤 담화 속에 반복된 말이 있어서 그것을 정정하려면 그 말들이 너무도 적절해 도리어 그 담화를 망쳐놓을지도 모르는 경우에는 그대로 두어야 한다. 바로 이것이 그 말들을 적절하게 사용했다는 증거다. 그것을 끝까지 정정하려는 것은 그 반복이 그 자리에서는 들리지 않았다는 것을 알아채지 못하는 맹목적인 욕망의 소치다. 까닭인즉 만사에 적용되는 일반적인 규칙이란 존재하지 않기 때문이다.

49   본성에 탈을 씌우고 그것을 가장해본다. 벌써 왕도 교황도 주교(主敎)도 아니다—"존엄한 군주" 등등이다. 파리가 아니다—"왕국의 수도"다. 파리를 파리라 불러야 할 때도 있고 왕국의 수도라 불러야 할 때도 있다.

50   같은 의미라도 그것을 표현하는 말에 따라 달라진다. 의미는 말에서 품격을 얻지만 그 대신 말에 품격을 주지는 않는다. 그 실례를 찾아내야 할 텐데…….

51   고집 센 사람을 퓌론[20]의 제자라고.

52   카르테지앙[21]인 자만이 남을 카르테지앙이라 말한다. 현학자만이 현학자라 말한다. 시골뜨기만이 시골뜨기라 말한다. 그래서 《프로뱅시알(시골 친구에게 쓴 편지)》에 그러한 제목을 붙인 것은 인쇄인이라고 나는 보증한다.[22]

53   '전복한' 마차인가 '전복된' 마차인가는 의지에 달렸다. '흘린다'냐 혹은 '쏟는다'냐도 의지에 달렸다(강제된 수도사에 대한 르 M(aître)[23]의 변론).

     잡(雜)
54   이야기하는 방법. "나는 그에 전심(專心)하고 싶었는데."

55   열쇠의 '여는' 효과, 갈쿠리의 '끄는' 효과.

56   알아채다. "당신을 불쾌하게 한 나의 소위(所爲)." 추기경(樞機卿)²⁴ 나리는 간파당하는 것을 원하지 않는다. "나는 불안에 가득 찬 정신을 가지고 있다." 불안에 가득 차 있는 편이 훨씬 낫다.

57   다음과 같은 인사를 받으면 언제나 나는 불쾌하다. "폐를 많이 끼쳤습니다", "지루하실까 봐 두렵소이다", "너무나 기다리시게 해서 죄송합니다" 이런 사람은 남의 비위를 맞추려거나 화가 났거나 그 어느 편 가운데 하나다.

58   당신은 버릇이 없소. "실례합니다만" 이런 변명만 없었더라면 실례되는 일이 있었다는 것을 모르고 지났을 것을. "외람된 말씀입니다만……" 나쁜 것은 그들의 변명일 뿐.

59   "반란의 횃불을 끄다." 너무도 화려하다. "그의 천재의 번뇌." 이 너무도 대담한 두 말씀.

주

1 파스칼은 정신을 둘로 분류했다. 하나는 논리적인 정신으로, 기하학은 이것의 완전한 형이라 할 수 있다. 여기에서는 일체의 것이 명백하고 엄격한 질서에 따라 진행된다. 다른 하나는 직관적인 정신으로, 그것은 감정과 기분에 따라 유도된다.

2 앞의 장(章)과 이 장을 혼동해서는 안 된다. 앞 장에서는 섬유의 정신에 광범성을 주고 있지만, 이 장에서는 기하학적 정신에 많은 원리를 귀착시킨다. 즉

앞 장에서의 기하학적 정신과 이 장의 그것은 견해를 달리하고 있다. 이 장에서 2종의 정신은 요컨대 물리학적 정신과 기하학적 정신을 뜻한다.
3 원어는 le sentiment(감정)으로 되어 있지만 파스칼은 직관이란 뜻으로 사용한 듯하다.
4 파스칼은 항상 그의 왼쪽 팔목에 시계를 차고 있었다 한다. 여기서는 이지의 일을 측정하는 기준의 상징으로 쓰였다.
5 설교는 이지적 요소를 지니고 있으나 저녁 기도는 그렇지 않다. 그 듣는 태도도 달라야 할 것이다.
6 파스칼의 시대에는 연극을 이렇게 보는 것이 공통된 경향이었다. 니콜이나 보슈에도 같은 설을 주장하고 있다.
7 이탈리아의 배우. 그 본명은 티베리오 피오렐리. 1653년에서 1659년 사이에 프티 부르봉에서 연극을 했다. 〈코메디아 델아르트〉라는 극에서 그는 학자의 전통적인 역을 맡았다. 1653년에 파스칼은 이 연극을 보고 성격의 특징에 관한 것을 기록한 것이다.
8 고린도의 여왕. 스퀴데리 양의 유명한 소설 《알타멘느》 혹은 대시뤼스에 등장하는 인물. 이 여자는 자기 신하 한 사람을 자기도 모르게 열렬히 사랑하고 있었다. 그 잘못을 깨달았을 때는 이미 스스로도 어찌 할 수 없었다.
9 단장(斷章) 310 및 311 참조. 왕은 합법적 주권자요, 폭군은 권력을 남용해 자기의 질서 이외의 것을 지배하려는 군왕이다. 설득력은 증명을 바탕으로 하는 학문에 속한다. 그러나 웅변은 설득하려 하지 않고, 우리를 충동해 인간의 의지의 타락을 남용하는 것이다.
10 담화(談話)는 파스칼에게 뜻하고 있는 결론으로 정신을 이끌어가는 길이었다. 강은 담화의 비유로 쓰여 있다.
11 Salomon de Tultie ; 《프로뱅시알》의 저자 Louis de Montalte의 전철어(轉

綴語)로서 파스칼 자신의 필명이다.
12 에피쿠로스 학파와 스토아 학파의 공통된 계율.
13 스토아 학파의 계율.
14 초상화portrait는 인물의 내적 성격을 묘사하려는 사실적 작품이요, 이에 대해서 상상화tableau는 외적 효과에 중점을 둔 기교적 작품이라 하겠다.
15 원어는 Symetrie.
16 《프로뱅시알》의 번호.
17 Ne quid nimis. 그리스의 철인(哲人)에게서 나온 격언. 고대 도덕의 한 공식.
18 A.D. 40~104년에 걸쳐 생존한 로마의 시인.
19 호라티우스의 편지에서 인용.
20 Pyrrhon(BC 360~270년). 그리스의 철학자. 절대회의론을 주장했다. 이 설을 신봉하는 자를 Pyrrhonien이라 한다.
21 cartesien ; 데카르트 학파를 말한다. courtisan(궁정인)으로 되어 있는 원본도 있다.
22 파스칼은 처음에 crois(생각하다)로 썼던 것을 gagerais(보증하다)로 고쳐 썼다 한다. 자기가 《프로뱅시알》의 저자임을 알리고 싶지 않았기 때문일 것이다.
23 앙트완 르 메트르. 웅변으로 이름난 변호사. 1657년에 그의 《변론 및 연설집》이 출판되었는데 그 제6권에 〈강제로 수도원에 들어간 자식을 위해〉란 제하의 글이 있다. 그 제1면에 're'pandre(흘린다)'라는 말이 있다. 이에 대해서 파스칼은 'verser(쏟다)'로 고쳤어야 했을 것이라고 주장했다. 왜냐하면 이 경우 verser하는 것은 신이요, 신의 의지가 거기에 들어 있기 때문이 아닌가 생각된다.

24 "사람은 남의 마음을 간파하기 좋아하지만, 자기가 간파당하는 것은 좋아하지 않는다."(로슈프코)

제2편 신(神) 없는 인간의 비참함

60   제1부―신 없는 인간의 비참함.
제2부―신과 함께 있는 인간의 행복.
혹은
제1부―인간의 본성이 타락해 있다는 것(본성 그 자체에 의해).
제2부―중보자(仲保者)가 존재한다는 것(성서에 의해).

질서

61   나는 이 질서의 논설을 다음과 같이 펼쳐나가면 좋으리라 생각한다. 즉 모든 종류의 신분의 공허를 표시하기 위해 보통 생활의 공허감을 표시하고 다음에 퓌론파나 스토아 학파의 철학적 생활의 공허함을 표시한다. 하지만 질서란 좀처럼 지키기 어려운 것이다. 나는 질서가 무엇인지 또 그것을 이해하는 사람이 얼마나 적은지를 약간 안다. 그 어떤 인간적 학문도 그것을 지킬 수는 없다. 성(聖) 토마스[1]도 그것을 지키지 않았다. 수학은 그것을 지킨다. 그러나 수학은 그 깊이에 있어서 무익하다.

제1부의 서언

62   자기 자신의 인식을 다루었던 사람들에 대해 이야기할 것.

우리를 슬프게 하고 권태롭게 하는 샤롱의 분류[2]를 이야기할 것. 몽테뉴의 혼란에 관해 이야기할 것. 그는 '직선적(直線的)' 방법의 결함을 잘 알았다. 그것을 피해 문제에서 문제로 뛰어넘고 편리한 작풍(作風)을 찾았다.

    그가 자신을 그리려던 어리석은 계획! 그리고 이 사실은 우연이거나 그의 방침에 반해서 행해졌던 것은 아니다. 이런 과오라면 누구나가 저지르는 것이다. 그러나 그는 스스로의 방침을 따라, 당초의 주요한 계획을 따라 그것을 했던 것이다. 왜냐하면 우연이라든가 약함으로 해서 어리석은 것을 말함은 보통의 실수지만, 그것을 고의로 이야기함은 참을 수 없는 일이니까 말이다. 더구나 이런 이야기를 한다는 것은……

몽테뉴

63   몽테뉴의 결함은 크다. 음탕한 말들. 구르네[3] 양이 변명했음에도 이것은 무가치하다. 경신, 〈눈이 없는 사람들〉[4], 무지, 〈곡선형 구적법(曲線形求積法)〉[5], 〈더 큰 세계〉[6], 자살[7]이나 죽음[8]에 관한 그의 의견들. 그는 "겁내는 바도 없고 후회하는 바도 없이"[9] 구제의 무관심을 고취한다. 그의 책은 인간을 신앙으로 인도하기 위해 씌어진 것이 아니기 때문에 신앙에 얽매여 있지는 않다. 그러나 인간을 신앙에서 이탈시키지 않도록 항상 조심해야 한다. 인생의 어떤 사건에 관한 그의 좀 방종하고 향락적인 의견은 용서받을 수도 있다. 그러나 죽음에 관한 그의 완전히 이교적인 의견은 용서받을 수 없다. 왜냐하면 기독교 신자로서 적어도 죽는 것을 원하지 않는다면 일체의 신앙을 포기하지 않을 수 없으니 말이다. 그런데 그는 그

의 저서의 전권(全卷)을 통해 무기력하고 나약하게 죽을 것만을 생각한다.

64 내가 몽테뉴 속에서 보는 일체의 것은 몽테뉴가 아니라 나 자신 속에서 발견한다.

65 몽테뉴의 장점은 쉽사리 찾을 수 없다. 그의 단점은, 도덕 관념을 별도로 하고서, 그가 쓸모없는 이야기를 너무 많이 했고 자기 자신에 관해서도 지나치게 말을 많이 했다는 것을 그에게 충고해주기만 하면 당장에 고쳐질 수 있을 것이다.

66 사람은 자기 자신을 알아야 한다. 그것은 진리를 발견하는 데는 도움이 되지 않는다 하더라도, 적어도 자기 생활에 질서를 세우는 데는 도움이 되며, 이보다 더 정당한 것은 없다.

학문의 공허
67 외적 사물에 관한 학문은 번뇌할 때, 도덕에 대한 나의 무지를 위로해주지는 않을 것이다. 그러나 덕성(德性)에 관한 학문은 외적 사물에 대한 나의 무지를 언제나 위로해줄 것이다.

68 사람은 참다운 인간이 되는 길은 가르침을 받지 않고 그 외의 것은 전부 가르침을 받는다. 그래서 그들은 다른 어떤 일을 하고 있기보다는 참다운 인간이 되는 길을 알고 있음을 자랑스럽게 생각한다. 그들은 자기가 배우지 않은 유일한 이 사실만을 알고 있

음을 자랑삼는다.

둘의 무한, 중간

69 너무 빨리 읽거나 너무 천천히 읽으면 아무것도 이해하지 못한다.

자연은…… 아니다

70 "자연은 우리를 꼭 중간에다 놓았기 때문에 우리가 천칭(天秤)의 한쪽을 바꾸면 다른 쪽도 바뀌게 된다. Je fesons, zôa trékei.[10] 이것으로 말미암아 우리의 머릿속에는 한쪽에 부딪치면 다른 한쪽에도 부딪치도록 설치된 용수철이 들어 있다는 생각이 든다."

71 너무도 많은 술, 또 너무도 적은 술. 그것을 조금도 주지 않으면 사람은 진리를 발견할 수 없을 것이다. 너무 많이 주어도 마찬가지다.

인간의 불균형[11]

72 "자연적인 인식은 우리를 인도한다. 만약 자연적인 인식이 진실하지 않으면 인간 속에 진리는 없다. 또 만약 그것이 진실하다면 인간은 겸손해야 할 커다란 이유를 발견할 것이요, 어떻게 해서라도 스스로를 낮추지 않고는 못 견딜 것이다. 인간은 이 인식을 믿지 않고는 생존할 수 없는 것이기 때문에, 자연의 더 위대한 탐구에 들어가기 전에 인간이 자연을 한번 더 성실히 그리고 한가히 관

찰하고 자기 자신도 성찰해주기를 나는 바란다. 그리고 거기에 어떤 균형이 있는가도 인식하면서……"

그러므로 인간은 전 자연을 그 높고도 충만한 위용 그대로 바라보고, 그를 에워싸고 있는 낮은 사물에서 눈을 돌리는 것이 상책이다. 우주를 비춰주는 영원한 등불처럼 놓여 있는 저 찬연한 빛을 바라봄이 좋을 것이다. 이 천체가 그리는 광활한 궤도에 비하면 지구도 하나의 점으로 보인다는 것을 생각하라. 또한 이 광활한 궤도 그 자체도 천공 속을 돌아다니는 수많은 천체들이 에워싸고 있는 그 궤도에 비한다면 극히 미세한 하나의 점에 불과하다는 사실에 경탄함이 좋을 것이다. 그러나 만일 우리의 시선이 거기에 그치고 만다면 상상력이 더 멀리까지 나아가도록 하기를. 자연이 공급하는 데 지치기 전에 상상력이 사고하는 데 지칠 것이다. 이 가시적인 세계의 전부는 자연의 광활한 품 안에서는 눈에도 띄지 않는 하나의 선(線)에 불과하다. 그 어떠한 관념도 그에 접근할 수는 없다. 우리가 상상할 수 있는 공간의 저편까지 우리의 사고를 확대해도 소용없다. 우리가 산출하는 것은 사물의 현실에 비하면 단순한 원자에 불과하다. 그것은 중심을 도처에 가지고 그 주변은 아무 데도 없는 무한의 구체다.[12] 요컨대 이러한 사색 가운데서 우리의 상상력이 소실되는 것은 신의 전능을 느낄 수 있는 가장 큰 특징이다.

인간은 자기 자신으로 돌아와서 존재하는 것에 비해 자신이 무엇인가를 숙고해봄이 좋을 것이다. 자신을 이 자연의 외딴 구석에서 헤매고 있는 자로 간주하고, 그리고 자기가 살고 있는 이 조그마한 감방(나는 우주를 뜻하지만)에서 지구나 그 숱한 왕국이나 도시나 자기 자신의 진가를 평가하는 것을 배움이 좋을 것이다. 인간이란 무한 속에서 도대체 무엇이냐?

그러나 인간에게 마찬가지로 놀라운 다른 불가사의를 보여주기 위해서 인간이 알고 있는 것들 중에서 가장 미소한 것을 찾아봄이 좋겠다.

한 마리 구더기는 그 미소한 몸집과 비교할 데도 없을 만큼 더 작은 부분을 가지고 있으며, 관절이 있는 다리, 이들 다리 속에 있는 혈관, 혈관 속의 피, 피 속의 액체, 액체 속의 물방울, 물방울 속에는 수증기를 가지고 있는데, 이것을 인간에게 제시하고 이 최후 것을 다시 분할해 그 사고력을 소모시키고 그가 도달할 수 있는 최후의 대상을 지금 우리의 논의의 대상으로 삼음이 좋겠다.

그는 아마도 이것이야말로 자연 속에서 극미(極微)한 것이라 생각할 것이다. 나는 그 속에 새로운 심연이 있음을 그로 하여금 보게끔 만들어주련다. 나는 그에게 가시적인 우주뿐만 아니라, 자연에 관해서 인간이 사고할 수 있는 데까지의 광대무변(廣大無邊)한 것을 이 원자의 축도 속에 그려 보여주련다. 그는 그 속에서 무수한 우주(그 각자가 저마다의 천공과 유성과 지구를 가시적인 세계와 같은 비율로 가지고 있다)를 볼 것이다.

그 지구 속에서도 숱한 동물들을, 마침내는 구더기까지도 보게 될 것이다. 이들 구더기 속에서 최초의 구더기가 가지고 있던 모든 것을 그는 다시 발견하게 될 것이다. 그리고 그 밖의 것 속에도 역시 한없이 쉬지 않고 같은 것을 발견해간다면 광대하기 때문에 놀라운 한쪽의 경이와 마찬가지로 미소하기 때문에 놀라운 이 경이 속에서 그는 망연자실하고 말 것이다. 왜냐하면 조금 전 만유(萬有)의 품속에서는 그 자체가 눈에도 띄지 않았던 우주 속에서 인지하기도 어려웠던 우리의 신체가 이제 와서는 인간이 도달할 수 없는 무(無)에 비하면 거상이 되고 하나의 세계가 되며 오히려 하나의 만유가 된다는 사실에 누가 놀라지 않고 배길 것인가?

이와 같이 스스로를 성찰하는 자는 자기 자신에 대해 공포를 느낄 것이다. 또 자연이 그에게 부여해준 육체로서 무한과 허무라는 두 개의 심연 사이에 걸려 있는 자신을 생각할 때 이들 불가사의를 보고 전율할 것이다. 그의 호기심은 경탄으로 변하고, 그는 감히 외람되게 탐구하려 하기보다는 차라리 침묵 속에 그것들을 관조하고 싶은 상태에 놓이리라고 나는 믿는다. 왜냐하면 요컨대 인간이란 자연 속에서 무엇이냐? 무한에 비하면 허무, 허무에 비하면 전부, 무(無)와 생(生)의 중간자. 양극을 이해하기에는 무한히 떨어져 있으므로 사물의 종극(終極)과 시원(始源)은 인간에 대해 측지할 수 없는 비밀 속에 침범할 수 없도록 은닉되어 있기 때문이다. 그가 거기서 끌려나온 허무도, 그가 삼켜진 무한도 그는 다같이 볼 수 없다.

그렇다면 인간은 사물의 종극도 헤아려 알 수 없는 영원한 절망 속에서 단지 사물의 중간의 '어떤' 양상을 인지하는 것 외에 무엇을 할 것인가? 만물은 허무에서 나와서 무한을 향해 움직여지고 있다. 이와 같이 놀라운 행진에 누가 따라갈 것인가? 이 불가사의의 작자인 신만이 그것을 알고 있다. 그 외의 어떤 것도 그것을 알 수는 없다.

이러한 무한을 바라보지 않았기 때문에 인간은 마치 자연과 어떤 균형을 유지하고 있는 듯이 대담하게도 자연의 탐구를 향해 나아갔다. 그들이 그들의 대상과 마찬가지로 무한한 자부심을 가지고 사물의 원리를 이해하려 하고 거기서 만사를 알려고 하게까지 되었다는 것은 기묘한 일이다. 왜냐하면 인간은 자연과 마찬가지로 무한한 자부심과 능력이 없다면 그런 계획을 품을 수는 없을 것이기 때문이다.

자연은 자신의 상(像)과 지은 분의 상을 모든 사물에 조각해놓았으므로 이들 사물은 거의 전부 자연의 이중의 무한성을 가지고 있다는 것을 가르쳐주기만 하면 납득이 될 수 있다. 그리하여 모든 학문은 그 탐구 범위에서는 무한이라는 것을 알게 된다. 예를 들면 기하학은 해명해야 할 명제를 그야말로 무수히 지니고 있다는 것을 누가 의심할 것인가? 이들 명제는 그 원리가 많고 미묘하다는 점에서도 또한 무한하다. 왜냐하면 궁극의 것으로 제출되는 명제가 그 자신 위에 버티고 있는 것이 아니라 다른 명제 위에 의지하고 있으며, 그 명제도 그것을 지탱해주는 다른 명제를 가지고서 결코 최후의 것이 될 수 없다는 것을 이해하지 못하는 사람이 있을까? 그러나 물질계에서 그 성질상 무한히 분할될 수 있는 것이라 하더라도 우리의 감각이 벌써 그 이상의 것을 인정하지 않는 경우, 그것을 불가분의 점이라고 부르듯이 우리 이성에 그렇게 보이는 것을 우리는 궁극의 것으로 삼는다.

학문의 이 두 가지 무한 중 위대성의 무한은 가장 감지하기 쉽다. 소수의 사람이 만사를 안다고 자부한 것은 곧 이 때문이다. "나는 모든 걸 이야기하려 한다"[13]고 데모크리토스는 말했다. 그러나 미소성의 무한은 그보다 훨씬 인지하기 어렵다. 철학자들은 거기에 도달했다고 누구보다 완강히 주장했지만 모두 거기서 실패하고 말았다. 거기에서 '사물의 원리'라든가 '철학의 원리'[14]라든가 기타 이와 비슷한 따위의 통속적인 서명이 생겨났다. 그것들의 외관은 그다지 화려하지 않지만 사실에 있어서는 화려하다는 점이 저 《De omni scibili(알 수 있는 모든 사물에 관해)》[15]라는 사람의 눈을 매혹시키는 서적과 별반 다를 것이 없다.

사물의 중심에 도달하는 것은 그 주변을 포괄하는 것보다 훨씬 쉽다고 우리는 으레 생각한다. 눈으로 볼 수 있는 세계의 넓이는 분명히 우리의 능력을 초월한다. 그러나 우리는 미소한 사물을 초월하기 때문에 그것들을 파악하기란 훨씬 쉽다고 생각한다. 하지만 허무에 도달하는 데는 전체에 도달하는 것과 같은 능력이 없으면 안 된다. 그 어느 경우에도 무한의 능력이 필요하다. 그리하여 내가 보는 바로는 사물의 궁극적인 원리를 이해한 사람은 사물의 무한까지도 인식하게 될 것이다. 일자(一者)는 타자(他者)에 의존하고 또 일자는 타자로 인도한다. 이들 양극은 신 안에서, 오로지 신 안에서만 서로 접촉하고 결합한다.

그러므로 우리는 자신의 능력을 알아보자. 우리 인간은 그 무엇이긴 하지만 전부는 아니다. 우리 존재의 양상은 허무에서 생기는 제1원리의 인식을 우리에게서 박탈한다. 그리고 우리 존재의 미소성은 무한의 전망을 우리에게서 가려버린다.

우리의 지성은 우리의 신체가 자연의 광활성 속에서 차지하고 있는 것과 같은 지위를 사변적인 사물의 질서 속에서 차지하고 있다.

모든 부분에서 제한을 받고 있는 양극 사이의 중간적인 위치를 차지하고 있는 이 상태는 우리의 모든 능력 속에서 발견된다. 우리의 감정은 극단적인 것을 지각하지 못한다. 너무나 큰 소리는 우리로 하여금 귀머거리가 되게 한다. 너무나 강한 빛은 눈이 부시게 한다. 너무 멀거나 너무 가까운 것은 잘 보이지 않는다. 너무 길거나 너무 짧은 이야기는 의미를 애매하게 한다. 너무도 진실한 것은 우리를 놀라게 한다(나는 영에서 넷을 빼면 영이 된다는 것을 이해하지 못하는 이들을 알고 있다).

제1원리는 우리에게 너무도 명백하다. 지나친 쾌락은 불편하다. 음악에서 협화음(協和音)이 너무 많으면 불쾌하다. 지나치게 은혜를 입으면 성가셔지고 진 빚에다 무엇을 덧붙여 돌려주고 싶어진다. "Beneficia eo usque laeta sunt dum videntur exsolvi posse; ubi multum antevenere, pro gratia odium redditur(은혜는 그것을 갚을 수 있다고 생각하고 있는 한 기분 좋다. 그것을 넘으면 감사는 혐오로 변한다)."[16] 우리는 극도의 더위도 극도의 추위도 느끼지 못한다. 과도한 장점은 우리에게 유해하고 느낄 수도 없다. 우리는 그것을 느낄 수 없으며 그것에서 해를 입는다. 지나치게 젊어도 지나치게 늙어도 정신의 활동은 방해를 받는다. 너무 지나치거나 모자라는 교육도 이와 마찬가지다. 결국 극단적인 것은 우리에게 존재하지 않는 것이나 마찬가지고, 우리도 그것에 대해서 존재하지 않는다. 그것이 우리에게서 달아나든가 우리가 그것에게서 달아나든가 둘 중의 하나이다.

이것이 우리의 진정한 상태다. 우리가 확실히 알 수 없는 것도, 또 완전히 무지할 수 없는 것도 이 때문이다. 우리는 망막한 중간 지점에서 떠돌아다니고 언제나 불확실하고 동요하며 한쪽 끝에서 다른 쪽 끝으로 밀려간다. 어떤 경계에다 우리 자신을 묶어두고 고정시키려 마음먹으면 그 경계는 마구 흔들려 우리를 떼어버린다. 그리하여 우리가 그것을 뒤쫓아가면 그것은 우리의 손에서 벗어나고 미끄러 떨어지며 영원히 도망쳐버리고 마는 것이다. 그 어떤 것도 우리를 위해 머물러주는 것은 없다. 그것은 우리의 자연스런 상태이긴 하지만, 우리 성향에 완전히 배치된다. 우리는 무한히 높이 솟은 탑을 쌓아올리기 위해 견고한 지반과 궁극적으로 부동하는 토대를 발견했으면 하는 열망에 타오르고 있다. 그러나 우리의 모든 바탕은 흔들리고 대지는 입을 벌려 심연이 되고 만다.

그러므로 확실성과 고정성을 찾지 않도록 하자. 우리의 이성은 외관의 불안정에 의해 언제나 기만당한다. 둘의 무한 사이에 아무 것도 유한을 정착시킬 수는 없다. 이들 무한은 유한을 포함하는 동시에 유한에서 빠져 달아난다.

이것을 이해한다면, 인간은 자연이 그를 배치한 저마다의 상태에 안주하리라고 나는 믿는다. 우리의 몫으로 배당된 이 중간이 항상 양극에서 떨어져 있는 한, 인간이 사물에 관한 지식을 다소간 가지고 있기로서니 무슨 소용이 있으랴? 만약 인간이 그것을 좀 많이 가지고 있다면 조금 높은 데서 사물을 보고 있는 데 불과하다. 인간은 궁극에서는 항상 무한히 떨어져 있지 않은가? 그리고 우리의 수명이 10년간 더 연장된다 하더라도 영원과는 여전히 '무한히' 떨어져 있지 않은가?

이들 무한에서 볼 때 유한자(有限者)는 모두가 똑같다. 그러므로 나는 그 상상을 하나의 유한보다 다른 유한에다 두어야 할 이유를 모른다. 자신과 유한을 비교하는 것만으로도 우리의 가슴은 뻐근해진다.

만약 인간이 우선 무엇보다도 제일 먼저 자신을 탐구한다면 그 이상 더 나아가는 것이 얼마나 불가능한 일인가를 깨닫게 될 것이다. 일부가 전부를 어떻게 알 수 있겠는가? 그러나 아마도 그는 자신과 균형을 이루고 있는 타(他)의 제 부분을 적어도 알고 싶은 열망을 가질지도 모른다. 하지만 세계의 각 부분은 모두 서로 관계하고 연락되어 있으므로, 다른 부분 혹은 전체를 무시하고 그 중 일부분만을 안다는 것은 불가능한 일이라고 생각한다.

이를테면 인간은 자기가 알고 있는 일체의 것과 관련되어 있다. 그는 자기가 차지해야 할 장소, 생존해야 할 시간, 살기 위한 운동, 자기를 조성하기 위한 원소, 자기에게 자양(滋養)을 공급해야 하는 열과 양식, 그리고 호흡해야만 하는 공기가 필요하다. 그는 빛을 보고 물체를 지각한다. 요컨대 일체의 것이 그와의 연관 하에 놓여 있다. 그러므로 인간을 알려면 그가 생존하는 데 공기가 필요한 것은 무엇 때문인가를 알지 않으면 안 된다. 또 공기를 아는 데는 그것이 인간의 생활과 그러한 관계를 지니고 있음은 무슨 까닭인가를 알지 않으면 안 된다. 그 밖의 것도 이와 마찬가지다. 불꽃은 공기 없이는 존속하지 않는다. 그러므로 하나를 낳기 위해서는 다른 것을 알 필요가 있다. 이와 같이 모든 사물은 서로 인(因)이 되고 과(果)가 되며, 도움받고 도움 주며, 간접적이고 직접적이기 때문에, 또 모든 사물은 가장 상이한 것도 결합시키는 자연적이고도 불가지한 유대에 의해 서로 지탱되어 있기 때문에, 전부를 모르고 각부(各部)를 안다는 것은 각부를 자세히 모르고 전부를 알려는 것과 마찬가지로 불가능하다고 나는 믿는다. "그 자신으로서의, 혹은 신으로서의 사물의 영원성은 우리의 짧은 생존을 놀라게 하고야 말 것이다. 자연의 고착되고 안정된 부동성도 우리에게 일어나는 부단한 변화와 비교하면 동일한 결과를 빚어냄에 틀림없을 것이다." 그리고 사물을 인식하는 우리의 무능력을 완성해주는 것은 사물은 그 자체에 있어

단순한 데 대해 우리는 유(類)를 달리하고 있는 상반된 두 가지 성질, 즉 영(靈)과 육(肉)으로 구성되어 있다는 사실이다.

왜냐하면 우리에게 추리하는 부분이 정신적인 것 이외의 다른 것일 수는 없으니 말이다. 또 사람들이 우리가 단순히 육체적인 것에 지나지 않는다고 주장한다면 그것은 우리를 사물의 인식에서 더욱 멀리 떼어놓을 것이다. 물질이 그 자신을 인식한다고 이야기하는 것보다 터무니없는 일은 없을 테니 말이다. 물질이 어떻게 해서 그 자신을 인식하는가를 안다는 것은 우리에게 불가능한 일이다. 이리하여 만약 우리가 단순히 물질적인 '것'이라면 우리들은 전혀 아무것도 알 수 없을 것이며, 또 만약 우리가 정신과 물질로 구성되어 있다면 우리는 영적(靈的) 혹은 물적(物的)인 단순한 사물을 완전히 알 수는 없는 법이다.

이로 말미암아 거의 모든 철학자들이 사물의 관념을 혼동하고 물질적인 사물을 정신적으로, 정신적인 사물을 물질적으로 이야기하게 된다. 왜냐하면 그들은 대담하게도, 물체는 낮은 쪽으로 행한다느니, 그 중심을 동경한다느니, 파괴를 피한다느니, 진공을 두려워한다느니, 물질은 성향이나 공감이나 반감을 가진다느니 하고 말하기 때문이다. 그런데 이 성향, 공감, 반감 따위는 모두 정신에만 속하는 것들이다. 또 그들은 정신에 관해 이야기하면서 정신이 한 곳에 있는 것처럼 생각하고, 거기에다 한 장소에서 다른 장소에의 운동을 귀착시킨다. 그러나 그것들은 물질에만 속하는 것이다.

순수한 사물의 관념을 받아들이는 대신에 우리는 그것들을 자신의 성질을 가지고 착색하며, 우리가 생각하는 모든 단순한 사물에 우리의 복합적인 존재를 '가지고' 각인한다.

우리가 모든 사물은 정신과 물질로서 구성되어 있는 것을 보고 그런 혼합물이라면 우리로서 극히 이해하기 쉬우리라고 누가 생각하지 않겠는가? 그러나 이 혼합물은 인간이 가장 이해하지 못하는 사물이다. 인간이라는 것은 그 자신에 있어서 자연 중에서 가장 이해하기 어려운 대상이다. 왜냐하면 그는 육체가 무엇인지를 모르고 정신이 무엇인지는 더구나 모르기 때문이다. 게다가 어찌해 육체가 정신과 결합될 수 있는가 하는 따위는 도무지 이해할 수 없기 때문이다. 여기에 그의 곤란(困難)의 정점이 있지만 이것이야말로 그의 존재의 본질이다. "Modus quo corporibus adhaerent spiritus comprehendi ab hominibus non potest, et hoc tamen homo est(정신이 육체에 결합하는 방식은 인간에 의해 이해될 수 없다. 그런데 바로 이것이 인간이다)."[17] 마지막으로 우리가 약하다는 증명을 완성하기 위해 나는 다음 두 가지 고찰을 가지고 끝을 맺으런다…….

73 그러나 아마도 이 문제는 이성의 한계를 넘는 것 같다. 그러므로 그 힘에 상당하는 사물에 관한 이성의 고찰을 음미해보자. 만일 이성이 그 자신의 이익을 위해 가장 진지하게 노력하지 않으면 안 되었던 그 무엇이 있다 하면, 그것은 자신의 지상선(至上善)을 탐구한다는 것이다. 그러므로 유능하고 현명한 사람들이 그 지상선을 어디에다 두었는가, 또 그들이 그에 일치했던가 어떤가를 검토해보기로 하자.

어떤 사람은 말하기를 지상선은 미덕 속에 있다 하며, 또 어떤 사람은 그것을 쾌락에다 둔다. 어떤 이는 자연에 관한 학문에 있다

하고, 다른 이는 그것이 진리에 있다 한다.[18] "Felix qui potuit rerum cognoscere causas(사물의 원인을 구명한 자는 복이 있나니)."[19] 어떤 이는 그것을 완전한 무지에다, 어떤 이는 무관심에다, 어떤 이는 외견에 대해 반항하는 데에다, 어떤 이는 아무것에도 놀라지 않는 데에다가 둔다. "nihil mirari prope res una quae possit facere et servare beatum(아무것에도 놀라지 않는 것은 행복을 얻어서 보존하는 유일한 길에 가깝다)."[20] 또 참다운 퓌론파는 그들의 평정, 회의, 항구적인 중단에다 지상선을 둔다. 그리고 더 현명한 다른 이들은 더 나은 것을 발견하려고 애쓴다. 이만하면 충분하다.

법률 다음에 다음 제목으로 옮긴다.[21]

이 훌륭한 철학이 그렇듯 오랫동안 긴장된 노력에 의해서도 확실한 것은 아무것도 얻지 못했음을 인정하지 않으면 안 된다 하더라도 적어도 넋이 자기 자신을 안다는 것은 있을 수 있는 일이다. 이 문제에 관해 세계의 지도적 인물들의 의견을 들어보자. 그들은 넋의 본질을 무엇이라고 생각했을까? 394.[22] 그들은 넋을 깃들게 해 더욱 행복했던가? 395. 그것의 기원, 수명, 서거에 관해 무엇을 알았던 것일까? 399.

그렇다면 넋이란 자신의 가냘픈 빛에 대해서 너무도 고귀한 문제가 되는 것일까? 넋을 물질에까지 끌어내리고, 넋이 생기를 부여하고 있는 육체 자체나, 넋이 관조하거나 마음대로 움직이는 다른 부분이 무엇으로 이루어져 있는가를 넋이 알고 있느냐 여부를 알아보기로 하자. 무엇이든지 모르는 것이 없다고 하는 저 위대한 독단론자들도 이런 것에 대해 무엇을 알고 있을까? "Harum sententiarum(이들 의견 중 어느 것이 진리인가)."[23] 393.

만약 이성(理性)이 이성답다면 이것으로 충분하리라. 이성은 자기가 견고한 것이라고는 아무것도 아직 발견하지 못했음을 확인할 만한 이성은 가지고 있다. 그러나 이성은 한결같이 견고한 것에 도달할 것을 단념하지 않고, "오히려 반대로 이 탐구에 종전처럼 열심이며, 이 정복에 필요한 힘이 자기에게 있다고 확신한다. 그러므로 가는 데까지 가지 않으면 안 된다. 그리하여 그 결과에 나타난 이성의 힘을 음미해본 연후에 그 능력 자체를 인정하고 그것이 진리를 파악할 수 있는 어떤 힘과 효능을 지니고 있는가를 보기로 하자."

74 〈인간학과 철학의 우매함에 관해〉의 편지. 이 편지를 〈오락〉 앞에 놓는다. "Felix qui potuit…… Nihil admirari(행복한 것은 사물의 원인을…… 아무것에도 놀라지 않는 것은……)."[24]

몽테뉴 속에 있는 2백 80종의 지상선.[25]

Part. I, 1. 2, C. 1, Section 4.[26]

추측

75 "정도를 한 단 더욱 낮추어 그것을 웃음거리로 만드는 것도 어렵지 않을 것이다. 왜냐하면 그것 자신에서부터 시작하면", 생명이 없는 물체가 정념이나 공포나 혐오를 가지고 있다고 말하는 것보다 더 불합리한 일이 있을까? 무감각한 물체, 생명도 없고 생명을 가질 가능성도 없는 물체가 정념을, 즉 적어도 그것을 감지할 수 있을 만한 감각을 지닌 넋을 예상시키는 정념을 가진다고 말하는 것보다 더 불합리한 일이 있을까? 더욱이 이 혐오의 대상이 진공이라고 말하다니? 그 진공 속에 물체를 두렵게 하는 무엇이 있단

말인가? 이보다 더 천박하고 우스운 일이 어디 있을까? 그러나 이것이 전부는 아니다. 물체는 그 자체 속에 진공을 피하기 위한 운동의 본원을 가지고 있다고들 말하는데, 그렇다면 물체도 팔과 다리와 근육과 신경을 가지고 있단 말인가?

76 학문을 너무 깊이 연구하는 사람들에 반대해 쓸 것. 데카르트.

77 나는 데카르트를 용서할 수 없다. 그는 그의 모든 철학 속에서 되도록 신이 없이 지낼 수 있기를 원했던 것 같다. 그러나 그는 세계를 움직이도록 만들기 위해서 신으로 하여금 한 손가락을 움직이게 하지 않을 수 없었다. 그 다음 그는 신을 아쉬워하지 않는다.

78 쓸모없고 불확실한 데카르트.

데카르트
79 "이것은 형상과 운동으로 이루어지다"라고 대략 말하지 않으면 안 된다. 왜냐하면 그건 사실이니까. 허나 그것들(형상과 운동)이 무엇인가를 말하고 또 기계를 만든다는 것은 우스운 일이다. 왜냐하면 그것은 무익하고 불확실하고 힘들기 때문이다. 비록 그것이 진실하다 하더라도 모든 철학은 한 시간의 일에도 해당될 가치가 없다고 우리는 생각한다.[27]

80 절름발이는 우리의 마음을 상하게 하지 않는데 절름발이

정신이 우리를 화나게 하는 것은 무슨 까닭일까? 절름발이는 우리가 똑바로 걸어감을 인정하는데 절름발이 정신은 마치 우리가 절룩거리고 있는 것처럼 말하기 때문이다. 그렇지 않고서야 우리는 그들에게 동정을 가질지언정 화를 내지는 않을 것이다.

에픽테토스는 각별히 힘을 주어 다음과 같은 질문을 하고 있다. "우리는 남에게서 당신은 두통을 앓고 있구려 하는 말을 들어도 마음이 상하지 않는데, 당신은 추리를 잘못한다든가, 당신은 선택을 잘못한다든가 하는 말을 들을 때 마음이 상하는 것은 무슨 까닭일까?"[28]라고. 그 까닭은 이러하다. 우리는 두통을 앓고 있지 않다든가 절름발이가 아닌 데는 충분한 확신을 갖고 있지만 진실한 것을 선택하는 데에는 그렇듯 확신을 갖지 못한다. 그래서 우리는 전시력(全視力)을 가지고 그것을 보지 않으면 확신을 가질 수 없기 때문에 다른 사람이 전시력을 가지고 그와 반대되는 것을 보면 우리는 갈피를 잡지 못하고 놀란다. 다수의 사람이 우리의 선택을 비웃을 때는 더욱 그렇다. 왜냐하면 우리는 수많은 사람의 판단보다도 자기의 판단을 선택해야만 되는데, 이것은 대담하고도 곤란한 노릇이기 때문이다. 절름발이에 관한 감정에는 결코 이런 모순이 없다.

81   정신은 자연적으로 믿고 의지는 자연적으로 사랑한다. 그래서 진정한 대상이 없으면 그 대상들은 허위의 대상과 결부하게 마련이다.

상상력

82   이것은 인간에게서 기만적인 부분, 오류와 허위의 여주인,

늘 교활하지 않기 때문에 그만큼 더 교활한 것. 왜냐하면 만약 상상력이 거짓말의 확고한 기준이라면 진리의 확고한 기준이기도 할 것이기 때문이다. 그러나 대개의 경우 거짓이기 때문에 상상력은 참과 거짓에 동일한 각인을 찍음으로써 자기의 정체를 조금도 나타내지 않는다.

나는 어리석은 자에 대해서 이야기하고 있지 않다. 뛰어난 현자(賢者)에 대해서 이야기하는 것이다. 상상력이 사람을 설득하는 데 큰 기능을 나타내는 것은 현자들 사이에 있을 때뿐이다. 이성은 아무리 소리쳐도 무익하다. 이성은 사물을 평가할 수 없다.

이성의 적이요, 이성을 지배하고 통제하기를 좋아하는 이 오만한 능력은 자기가 만사에 얼마나 유력한가를 나타내려고 인간 속에다 제2의 천성을 만들어놓았다. 그것은 인간을 행복하게 하고 불행하게 하며, 건강하게 하고 병들게 하며, 부유하게 하고 가난하게 한다. 그것은 이성으로 하여금 믿게 만들고, 의심하게 만들며, 부정하게 만든다. 그것은 감성을 멈추며 또 움직이게 한다. 그것은 환자를 만들고 현자를 만든다. 그리고 무엇보다도 우리의 마음을 상하게 하는 것은 그것이 주인공의 마음을 이성이 부여하는 것과는 딴판으로 완전하고도 충만한 만족으로 채워주는 것이다. 상상력이 능숙한 자는 신중한 인간이 합리적으로 자기 만족을 하는 것과는 달리 자기 만족을 하는 것이다. 그는 권력을 가지고 사람들을 내려다본다. 대담과 확신을 가지고 논의한다. 그러나 신중한 인간은 공포와 회의를 품고서 논의한다. 그리고 용모의 쾌활성은 때때로 듣는 이의 의견을 자기들에게 유리한 것으로 만든다. 그만큼 상상력이 풍부한 현자는 동일한 성질을 지닌 비평자들에게 호의를 받는다. 상상력은 어리석은 자를 현명한 자로 만들 수는 없다. 그러나 어리석은 자를 행복하게 만들 수는 있다. 이에 대해 이성은 자기 벗을 불행하게 할 뿐이다. 전자는 자기 벗을 영광으로 덮어주고, 후자는 자기 벗을 치욕으로 덮어준다.[29]

명성을 주는 것은 무엇이냐? 인물이나 사업이나 법률이나 귀족에게 존경과 숭배를 부여하는 것은 이 상상할 수 있는 능력을 제외하고 무엇이겠는가? 지상의 모든 부(富)도 상상력의 동의가 없다면 얼마나 불충분할까!

제군들은 다음과 같이 말할지도 모른다. 이 법관, 그 존경할 만한 고령에 의해 전 민중에게 존경을 받고 있는 법관은 순수하고 고귀한 이성에 의해 스스로를 율(律)하고, 또 약자의 상상력밖에 손상시키지 않는 이런 공허한 정상(情狀)에 머무르지 않고, 사건을 그 진상에 비추어 판결하라고 말할지도 모른다. 그가 완전히 경건한 열성을 가지고 그 견실한 이성을 열렬한 사랑에 의해 한층 더 견고히 하면서 설교장에 들어가는 것을 보라. 그는 거기서 모범적인 존경심을 품고 설교를 들으려고 마음먹고 있다. 이제 설교자가 나타났다 하자. 날 때부터 타고난 그 목쉰 소리에다가 기묘한 표정을 띠우고 있었다 하자. 이발사가 그의 면도를 잘못했고 게다가 우연히 얼굴마저 더러워져 있었다고 하자. 그가 제아무리 위대한 진리를 말한다 하더라도 우리 노법관(老法官)의 근엄함이 이지러질 것은 뻔한 노릇이라고 나는 단언한다.

세계 최대의 철학자가 필요 이상으로 커다란 판자 위에 올라탔는데 그 밑에는 낭떠러지가 있다고 가정한다면 그의 이성이 자신의 안전을 아무리 보장해준다 하더라도 상상력에 지배당하고 말 것이

다. 적잖은 사람들은 이 일을 생각만 해도 얼굴빛이 파래지고 진땀이 날 것이다.[30]

나는 그 작용을 전부 실례로 들고 싶지는 않다.

고양이나 쥐가 보인다든가, 석탄이 으깨어진다든가 하는 따위가 이성을 탈선시킨다는 것을 모르는 사람이 있을까? 목소리의 음조는 가장 현명한 자들도 좌우하고 연설이나 시를 억지로 바꿔놓고 만다.

애정이나 증오는 재판을 정면에서 바꿔놓는다. 또 사전에 거액의 사례금을 지불받은 변호사는 자기가 변호하는 사건을 사실보다 얼마나 정당하게 생각하고 있는가! 그의 대담한 거동은 이 외관에 기만당한 법관들에게 얼마나 그 사건을 유리하게 보여주는 것인가!

들뜬 이성이여, 일진의 바람에 불리어 그 어느 방향으로도 흔들리다니!

나는 상상력의 동요에 의해서만 흔들린다고 해도 과언이 아닌 인간의 거의 모든 행위를 열거해보고 싶을 지경이다. 왜냐하면 이성은 어찌할 수 없이 굴복되도록 되어 있고, 가장 현명한 이성조차도 인간의 상상력이 대담하게도 모든 곳에 도입해둔 것을 그 자신의 원리로 채택하고 있으니 말이다.

"이성만을 좇으려는 사람은 인간의 일반적인 판단에 따라 볼 때 어리석게 보이리라. 판단하는 데는 세상의 최대 다수의 판단에 의거하지 않으면 안 된다. 그것이 많은 사람들의 마음에 들었기 때문에 가공이라고 알려진 행복을 위해 우리는 종일토록 일해야 한다. 또 수면이 우리 이성의 피로를 풀어줄 때에는 곧장 뛰어 일어나 환경의 뒤를 좇아야 하며 이 세상 여주인의 감화를 받기 위해 뛰어야 한다. 여기에 오류의 한 원인이 있다. 그러나 그것은 유일한 것이 아니다."[31]

우리의 법관들은 이 비밀을 잘 알고 있었다. 그들은 붉은 법복, 털 많은 고양이처럼 그들의 몸을 둘러싸고 있는 족제비의 모피, 그들이 재판을 하는 법정, 백합꽃,[32] 이와 같이 모든 위엄 있는 외양은 극히 필요했다. 만약 의사들이 가운이나 슬리퍼를 가지지 않았고, 또 박사들이 사각모나 사방이 넓은 학복(學服)을 몸에 걸치지 않았으면, 그들은 세인을 속일 수 없었을 것이다. 세인들은 이렇듯 당당한 외양에 반항할 수 없다. 만약 법관들이 진정한 재판을 하고 의사들이 진정한 의술을 가지고 있다면 각모(角帽) 같은 것은 필요가 없을 것이다. 이들 학문의 권위는 그 자체로서 충분히 존경을 받을 만한 것이다. 그러나 가공적인 학문밖에 가지지 않았기 때문에 그들은 자기들이 필요로 하는 상상력에 호소하는 하찮은 도구들을 사용하지 않을 수 없는 것이다. 그런 도구로 말미암아 사실상 그들은 존경을 얻는다. 다만 군인들만이 그런 분장을 하지 않는다. 왜냐하면 사실상 그들의 소임은 모두 본질적인 것이어서 그들은 실력으로 입신하지만 다른 사람들은 가면으로 입신하기 때문이다.

그렇기 때문에 우리의 왕들도 그러한 분장을 하려고 애쓰지 않았다. 그들은 왕으로 생각되기 위해 괴상야릇한 의복으로 분장하지 않았다. 그러나 그들은 근위병이나 창병(槍兵)을 수반한다. 군주를 위해서만 팔과 힘을 가지고 있는 무장한 여러 홍안들, 앞장서서 나아가는 나팔수나 고수(鼓手)들, 그리고 이들을 둘러싸는 군대, 이러한 것들은 아무리 기력이 강한 사람들이라도 떨게 만든다. 왕들은 의상을 가지고 있지 않을 뿐 실력을 가지고 있다. 4만의 근위병에 둘러싸여 호화스러운 궁전 속에 들어 있는 터키 대제(大帝)를 보통 사람으로 생각하는 데는 참으로 세련된 이성이 있어야 할 것이다.

우리는 법복을 걸치고 머리엔 모자를 쓴 변호사를 보기만 해도 그의 능력에 대해 유리한 견해를 품지 않을 수 없다.

상상력은 모든 것을 좌우한다. 그것은 미(美)와 정의와 그리고 행복을 만든다. 그것은 이 세상의 일체다. 나는 그 제목밖에 모르지만, 그것만으로도 수많은 서적에 필적하는, 《세계의 여왕인 세론(世論)에 관해》[33]라는 이탈리아 서적을 진정으로 보고 싶다. 나는 그 책을 모르지만 그것에 동의한다. 그 속에 못마땅한 데가 있다면 그것은 별도로 하고 말이다.

우리를 필연적인 오류로 이끌어가기 위해 일부러 부여된 것같이 보이는 이 기만적인 능력의 작용은 대략 이상과 같다. 우리는 이러한 오류의 다른 원인도 많이 알고 있다.

낡은 인상만이 우리를 속일 수 있는 것은 아니다. 새로운 것의 매혹도 동일한 힘을 가지고 있다.[34] 여기에서 유시(幼時)의 그릇된 인상을 따르는가, 혹은 대담하게도 새로운 것을 좇아가는가에 관해 서로 비난하는 인간의 모든 논쟁이 생겨난다. 과연 누가 중정(中正)을 지니고 있는가? 제발 그 사람이 나타나서 그것을 증명해주길 바란다. 제아무리 자연스럽고 유시 때부터 가지고 있는 원리라 하더라도, 배워서든지 느껴서든지 간에 어쨌든 그릇된 인상으로 간주되지 않았던 원리란 이 세상에 하나도 없다. 어떤 이는 말한다. "상자 안에 아무것도 보이지 않을 때, 그 상자는 비어 있다고 어릴 때부터 생각해왔기 때문에, 그대는 진공의 가능성을 믿고 있다. 그것은 그대의 감성의 착각이 습관에 의해 강화된 것이고, 학문에 의해 정정되어야 할 것이다." 그러면 또 다른 이는 말한다. "진공이라는 것은 존재하지 않는다고 학교에서 배웠기 때문에, 그러한 그릇된 인상을 받기까지에는 그렇게도 확실히 진공을 인식하고 있던 그대의 상식이 왜곡되고 말 것이다. 그것은 그대의 최초의 천성으로 돌아감으로써 정정되어야 한다." 과연 누가 속이고 있는가? 감성이냐 아니면 교육이냐?[35]

우리는 또 하나 오류의 원인을 가지고 있다. 질병 말이다. 질병은 우리의 판단력과 감성을 훼손한다. 만약 중병이 그것들을 현저하게 훼손한다면 가벼운 병도 또한 그 정도에 따라 판단력과 감성에 영향을 끼친다는 것은 의심할 나위가 없다.

우리 자신의 이해(利害)라는 것도 우리의 눈을 기분 좋게 현혹시키는 기막힌 도구다. 이 세상에서 가장 공평 무사한 사람이라 할지라도 그 자신의 소송 사건에 재판관이 되는 것은 허락되지 않는다. 이러한 자존심에 빠지지 않으려고 하다가 역으로 세상에서 가장 불공평하게 된 사람들을 나는 알고 있다. 그들이 아주 정당한 사건에서 깨끗이 패소(敗訴)한 것은, 그들이 그들의 근친자에 의해 그들에게 권고되었기 때문이었다.

정의와 진리는 너무도 예리한 두 개의 첨단이기 때문에 우리의 도구가 정확히 그것에 접촉하기에는 너무도 마멸되어 있다. 설사 우리의 도구가 거기에 닿는다 해도 첨단을 망가뜨려서 사방으로 흐트러뜨려놓을 것이다. 진(眞)보다도 위(僞) 쪽에 기울어질 것이다.

"그러므로 인간은 진에 관한 올바른 원리는 조금도 가지고 있지 않으나, 위에 관한 그럴듯한 원리는 많이 가지고 있도록 극히 다행스럽게 제조되었다. 이제 얼마나 ……인가를 알아보기로 하자. 그러나 이런 오류의 가장 뚜렷한 원인은 감성과 이성 사이에 벌어지는 투쟁이다."

이제부터 기만적 능력에 대한 문장을 쓰기 시작해야겠다

83 인간은 은총이 없으면 생래(生來)의, 그리고 지위버릴 수 없는 오류로 충만된 존재에 지나지 않는다. 아무것도 그에게 진리를 보여주지 않는다. 모든 것이 그를 기만한다. 진리의 두 근원과 감성은 어느 것이나 건실성이 결여되어 있을 뿐 아니라 서로를 속이는 것이다. 감성은 이성을 허위의 외관으로써 기만하고, 또 감성이 이성에게 주는 이러한 속임수를 이번에는 감성이 이성에게 받곤 한다. 이성이 그것을 보복하는 것이다. 넋의 정념은 감성을 교란하고 그릇된 인상을 그에게 부여한다. 양자는 서로 다투어 속고 속인다.[36]

그러나 우연이나 지성의 결여로 해서 생기는 이와 같은 오류 외에도 그의 이질적인 능력과 더불어······.

84 상상력은 공상적 평가에 의해서 작은 사물을 우리의 넋에 가득 차도록까지 확대시킨다. 또 무모한 오만성에 의해서 위대한 것을 축소시켜 자기의 척도에 들어맞도록까지 만든다. 신에 관해 이야기할 때가 그런 것이다.

85 우리의 마음을 가장 세게 잡고 있는 사물, 이를테면 자신의 근소한 재산을 감춰두는 일 따위는 때때로 거의 아무것도 아닌 하찮은 짓이다. 이것은 허무가 우리의 상상에 의해 산을 이룰 만큼 확대된 것이다. 상상력이 한 바퀴를 돌아 제자리에 오면 우리는 이

사실을 어렵잖게 발견한다.

86   "나의 기분³⁷은 나로 하여금 불평분자나 게걸스럽게 먹는 인간을 증오하게 한다. 기분은 대단한 무게를 가지고 있다. 거기서 우리는 무슨 이득을 볼 것인가? 그 무게가 자연적인 것이라 해서 우리는 그것을 따라야 할 것인가? 아니, 오히려 그것에 반항해야……."

87   "Quasi quidquam infelicius sit homine cui sua figmenta dominantur(자신의 상상력에 지배당하는 것만큼 불행한 일이 또 어디 있을까)?"³⁸

88   자기가 더럽힌 얼굴을 겁내는 어린아이들, 이것이 어린아이들이다. 어릴 때 이다지도 약한 자가 나이 들었다고 해서 어찌 그렇게 강하게 될 수 있으랴! 인간은 기분을 바꾸는 짓밖에 하지 못한다. 점진적으로 완성되는 것은 모두가 점진적으로 소멸한다. 약했던 모든 것은 결코 절대적인 강자가 될 수 없다. "그는 성장했다. 그는 변했다"라고 부질없이 말하지만, 그는 여전히 같을 뿐.

89   습관은 우리의 천성이다. 신앙하는 습관을 가진 사람은 신앙을 믿고 벌써 지옥을 두려워하지 않을 수 없다. 그리고 다른 것은 믿지 않는다. 왕을 무섭다고 믿는 습관을 가진 사람…… 등등. 그리고 우리의 넋은 수나 공간이나 운동을 보는 습관을 가지고 있기 때문에 그것을 믿고, 그 밖의 것은 믿지 않게 되었다는 것을 누가

의심하랴?

90   "Quod crebro videt non miratur, etiamsi cur fiat nescit; quod ante non viderit, id si evenerit, ostentum esse censet(이따금씩 일어나는 사건에는 비록 그 원인을 모르더라도 사람들은 그다지 놀라지 않는다. 여지껏 본 적이 없는 것이 기적으로 간주된다)."[39]

"Nœ iste magno conatu magnas nugas dixerit(아주 하찮은 일을 몹시 애써서 이야기하려는 자가 여기 있다)."[40]

태양의 흑점[41]

91   언제나 같은 결과가 일어나는 것을 볼 때, 우리는 거기에서 자연의 필연성을 추론해낸다. 예를 들면 내일은 올 것이다 운운하는 따위. 그러나 자연은 때때로 우리를 기만하고 그 자신의 규칙에 따르지 않는다.

92   우리의 생래적인 원리란 습관적인 원리 이외의 무엇이겠는가? 이를테면 어린아이들에게서 생래적인 원리는 동물에게서 먹이를 찾는 그것처럼 그들의 어버이들의 습관에서 물려받은 것이 아니고 무엇이겠는가?

다른 습관은 다른 생래적인 원리를 우리에게 줄 것이다. 이것은 경험에 비추어 명백하다. 그리고 또 습관에 의해 지워지지 않는 생래적인 원리가 있는가 하면 천성에 의해서도 제2의 습관에 의해서도 지워지지 않는 생래에 반하는 습관도 있다.

93　어버이들은 어린아이들의 천성적인 사랑이 없어지지 않을까 두려워한다. 그럴진대 이렇게도 없어지기 쉬운 천성이란 도대체 무엇일까? 습관은 제2의 천성이며 최초의 천성을 파괴한다. 그러나 천성은 무엇일까? 왜 습관은 생래적인 것이 아닌가? 습관이 제2의 천성인 것처럼, 이 천성 자체가 최초의 습관에 지나지 않는 것이 아닌가, 나는 무척 염려스럽다.

94　인간의 천성은 완전히 자연 그대로이다. "Omne animal (완전히 동물적)"[42]이다.
　인간이 자연적인 것으로 만들지 못하는 것이 없고, 인간이 그 자연성을 소실시키지 못하는 자연도 또한 없다.

95　기억과 희열은 감정이다. 그리하여 기하학의 명제조차도 감정이 된다. 까닭인즉 이성은 감정을 자연화시키고, 자연의 감정은 이성에 의해 소멸되기 때문이다.

96　사람은 자연을 증명하기 위해서 나쁜 이유를 사용하는 버릇이 들어 있으면, 좋은 이유가 발견되어도 그것을 받아들이려 하지 않게 마련이다. 한 가지 예를 혈액순환에서 들어보면, 혈관을 동여맨 후에 그것이 붓는 것은 무슨 까닭이냐는 설명 따위가 바로 그것이다.

97　일생에서 가장 중대한 것은 직업의 선택이다. 그런데 우연이 그것을 좌우한다. 습관이 석수(石手)를 만들고 군인을 만들고 미

장이를 만든다. "이 사람은 훌륭한 미장이다"라고 혹자가 말한다. 또 군인을 가리켜 "그들은 바보다"라고 말한다. 그러면 다른 이들은 이에 반대해 "전쟁만큼 위대한 것은 없다. 군인 이외의 사람들은 불량배들이다"라고 말한다. 어렸을 때 어떤 직업이 칭찬받고 다른 직업이 천대받는 것을 종종 들은 연후에 인간은 직업을 선택한다. 왜냐하면 인간은 본래 진실을 사랑하고 우매를 싫어하며, 이러한 말이 우리의 마음을 움직이기 때문이다. 다만 인간은 그 적용을 잘 못할 따름이다. 습관의 힘이란 것은 매우 크기 때문에, 자연이 그냥 인간으로 만들어놓는 것에서 사람이 인간의 여러 신분을 만들어내었다. 왜냐하면 어떤 지방에는 석수가 많고 다른 지방에는 군인이 많은 일이 있으니까 말이다. 의심할 나위도 없이 자연은 그렇게 획일적이 아니다. 그러므로 획일적으로 만들어놓은 것은 습관이다. 까닭인즉 습관은 자연을 구속하기 때문이다. 그러나 때로는 자연이 습관을 제압하고 선악을 막론한 모든 습관에 반해 인간을 본능대로 팽개쳐둘 때도 있다.

오류로 이끄는 편견

98   모든 사람이 수단만을 생각하고 목적을 생각하지 않는 것은 한심한 일이다. 각자는 저마다의 신분을 어떻게 이행할 것인가 생각한다. 그러나 신분이나 주소의 선택은 운명에 맡겨두고 있다. 저 수많은 터키인, 이단자, 불신자들이 제각기 이것이 최선이라는 편견에 사로잡혔다는 이유만으로 그네들의 조상 뒤를 따라간다는 것은 가련한 노릇이다. 그리고 이것이 바로 각자로 하여금 자물쇠장이니 군인이니 하는 따위의 저마다의 신분을 결정하는 것이다.

그 때문에 미개인들은 프로방스를 아쉽게 생각하지 않는다.[43]

99 의지의 행위와 다른 모든 행위 사이에는 보편적·본질적인 차이가 있다. 의지는 신앙의 주요한 기관의 하나다. 의지가 신앙을 만든다는 것은 아니다. 사물은 사람이 보는 그 측면에 따라 참도 되고 거짓도 되기 때문이다. 의지는 어떤 측면은 다른 측면보다 좋아하기 때문에 자기가 보기 싫은 사물의 성질을 이지로 하여금 고찰하지 않도록 만들어놓는다. 이와 같이 이지는 의지와 함께 나아가고, 의지가 좋아하는 측면만을 보려고 정지한다. 그리고 또한 자기가 본 측면에 따라 판단한다.

자애

100 자애와 인간의 '자아'의 본성은 자기만을 사랑하고 자기만을 생각하는 것이다.[44] 그러나 인간은 무엇을 할 것인가? 그는 자기가 사랑하는 대상이 결함과 비참에 가득 차 있는 것을 어찌할 수 없다. 그는 위대하게 되기를 원하면서 자기가 미소함을 안다. 행복하게 되기를 원하면서 자기가 비참한 것을 안다. 완전하기를 원하면서 자기가 불완전에 차 있음을 안다. 사람들의 사랑과 존경의 대상이 되기를 원하면서 자기의 결함이 사람들의 혐오와 모멸의 대상밖에 되지 않는 것을 안다. 그가 느끼는 이 복잡한 뒤얽힘은 그가 상상할 수 있는 가장 부정하고 가장 죄많은 정념을 마음속에 불러일으킨다. 왜냐하면 그는 자기를 책하고 자기의 결함을 자각시키는 이 진실에 대해 철저한 증오감을 느끼기 때문이다.[45]

그는 이 진실을 절멸시키려 하지만, 진실 그 자체를 파괴할 수 없기 때문에, 자신의 의식과 남의 의식 속에서 할 수 있는 데까지 그것을 파괴한다. 까닭인즉 자기의 결함을 타인에게도 자신에게도 감추기 위해서 전력을 다하고 그 결함을 타인에게 지적당하거나 남에게 간파되는 것은 견뎌내지 못하기 때문이다.

결함에 차 있다는 것은 틀림없이 하나의 악이다. 그러나 결함에 차 있으면서도 그것을 인정하지 않으려는 것은 또한 더 큰 악이다. 그것은 고의적인 환상을 착각 위에다 더하기 때문이다. 우리는 남이 우리를 속이는 것을 원하지 않는다. 또 남들이 자기에게 맞지 않는 존경을 우리에게 기대하는 것도 정당한 일이라고는 생각지 않는다.

따라서 남들이 우리가 실제로 가지고 있는 결함이나 악덕을 폭로할 때, 그들이 우리에게 조금도 잘못된 일을 하고 있지 않다는 것은 분명하다. 왜냐하면 그런 악덕이나 결점을 일으키는 것은 그들이 아니며 오히려 그들은 우리에게 도움을 주고 있으니 말이다. 그들은 우리가 그런 결점을 모르고 있었다는 일종의 악에서 우리를 구해내는 도움을 주고 있는 것이다. 그들이 이러한 결함을 알고 우리를 멸시한다 해서 우리가 화를 내서는 안 된다. 그들은 있는 그대로의 우리 모습을 알고 있으며, 만약 우리가 멸시를 당해 마땅한데 멸시를 하는 것은 당연하기 때문이다.

이러한 생각은 공평과 정의에 충만된 마음에서 생겨나야 할 것이다. 그런데 우리 마음속에 그와 정반대인 경향이 엿보인다면 우리는 그에 대해서 무엇이라 말해야 할 것인가? 왜냐하면 우리는 진실을 미워하며 또 진실을 말하는 것도 미워하고 남들이 우리의 편을 들어 적당히 우리 자신을 기만해주는 것을 좋아하기 때문이다. 우리가 실제로 있는 그대로와는 달리 남들에게 평가받기를 원하는 것은 사실이 아닌가?

여기 나를 두렵게 하는 하나의 증거가 있다. 가톨릭교는 우리의 죄를 아무에게나 무차별하게 고백시키고자 하진 않는다. 다른 사람에게는 감추어두는 것을 허용하지만 오로지 한 사람에게만은 마음의 바닥을 열어놓아 있는 그대로의 모습을 보여주도록 명령한다. 이 종교가 우리에게 깨달음을 명령하는 것은 이 세상에는 그이가 한 분밖에 없기 때문이다. 더구나 그이에게는 굳이 비밀을 지키도록 하고 그것을 알고 있으면서도 모르는 체하도록 한다. 이보다 더 자애롭고 이보다 더 너그러운 방법을 누가 상상할 수 있을까? 그럼에도 인간의 부패는 가혹하고 이런 규칙조차 너무도 엄격하다고 생각한다. 그리고 이것이야말로 유럽의 대부분으로 하여금 교회에 반역하도록 한 주요한 이유 중 하나다.[46]

인간의 마음이 얼마나 부정하고 불합리한가는, 말하자면 모든 사람에 대해 마땅히 해야 할 일을 한 사람에게만 하라고 명령했다고 해서 그것을 나쁘게 생각할 정도다. 그렇다면 남을 속이는 것이 당연하기라도 하단 말인가? 진실에 대한 이런 혐오에는 정도의 차가 있다. 그러나 이런 혐오는 모든 사람 속에 어느 정도까지는 존재하고 있다 해도 좋을 것이다. 왜냐하면 이러한 혐오는 자애와 분리시킬 수 없는 것이니까. 이 나쁜 민감성이 있기 때문에, 남을 질책하지 않으면 안 될 지위에 있는 사람들은 남의 기분을 상하게 하지 않도록 하기 위해 많은 우회와 절제를 취해야만 한다. 그들은 우리의 약점을 일부러 감수하고 마치 그것을 변명하는 척하고 비난 속에 찬사와 애정 및 존경의 증거를 섞어두지 않으면 안 된다. 이러한 모든 것을 가지고서도 한결같이 이 약(藥)은 자애에 대해 쓴맛을 잃지 않고 있다. 자각은 되도록이면 그 약을 적게 그리고 싫어하면서 받아들이고, 그것을 주는 사람들에 대해서도 언제나 남 모를 원한을 품고 있다.

그러므로 만약 어떤 사람이 우리의 마음에 들고 싶어 한다면, 그는 우리에게 불쾌한 역할을 하지 않으려는 일이 생긴다. 사람들은 우리가 대우를 받고 싶어 하는 대로 우리를 대우한다. 우리가 진실을 증오하면 그것을 우리에게 감추어버린다. 우리가 아첨받기를 원하면 우리에게 아첨도 한다. 우리가 기만당하기를 원하면 우리를 기만한다. 그렇기 때문에 우리는 이 세상에서 입신하는 행운의 도가 높아지면 높아질수록 더욱더 진실에서 멀어진다. 왜냐하면 어떤 자의 호의를 얻으면 훨씬 유리하고, 미움을 받으면 훨씬 위험해지는데, 그 사람의 기분을 손상시키는 것을 사람들은 두려워하기 때문이다. 한 사람의 왕후가 전 유럽의 웃음거리가 되어 있으면서도 당자만이 그것을 모르는 경우도 있을 것이다. 나는 그것을 놀랍게 생각하지 않는다. 진실을 말한다는 것은 그것을 듣는 사람에겐 유리하지만 말하는 당자에겐 불리하다. 그 사람은 미움을 살 테니까. 그런데 왕후의 측근자들은 그들이 봉사하고 있는 왕후의 이익보다도 자신의 이익을 더 사랑한다. 그리하여 그들은 자기 자신을 해쳐서까지 왕후에게 이득을 보이려 하지는 않는 것이다.

이러한 불행이 상류 사회에서 가장 심하고 가장 일반적이라는 건 말할 나위도 없다. 하지만 하류 사회의 사람들도 예외는 아니다. 왜냐하면 남의 총애를 받는다는 것은 언제나 어떤 이익이 있기 때문이다. 이와 같이 인생은 영원한 환상에 지나지 않는다. 인간은 서로 기만하고 서로 아부하는 일밖에 하지 않는다. 누구도 우리 면전에서는 우리가 없을 때 말하는 것과 같이 우리에 관한 이야기를 하지 않는다. 인간과 인간 사이의 결합은 이러한 상호의 기만 위에 구축되어 있는 것에 불과하다. 그리하여 만약 자기 친구가 자기가 없을 때 말한 것을 각자가 알았다면, 비록 그 당시엔 그가 아무리 공평하고 진실하게 말했다 하더라도 한결같이 계속되는 우정은 드물 것이다.

그러므로 사람은 자신에게나 타인에게나 위장과 허위와 위선에 지나지 않는다. 인간은 남이 진실을 자기에게 말하는 것을 원하지 않고 남에게 진실을 말하는 것도 피한다. 그리하여 공정과 도리에서 격리되어 있는 이 모든 경향은 날 때부터 인간의 마음속에 뿌리박고 있다.

101 만약 모든 사람이 서로들 이야기하고 있는 것을 알았다면 사실상 이 세상에는 단 한 사람의 벗도 없을 것이라는 생각을 한다. 이것은 사람들이 때때로 이야기한 것을 분별없이 귀띔해줌으로써 이야기되는 싸움을 보더라도 명백하다. "게다가 나는 또 말한다. 모든 사람은……"

102 악덕 가운데는 다른 악덕에 의해서만이 우리에게 붙어 있고 그 원줄기를 없애버리면 잔가지처럼 제거되는 것도 있다.

103 알렉산드로스의 정절(貞節)의 모범은 그의 음주벽의 본보기가 부절제를 만든 것만큼 많은 정절자를 만들지 않았다.[47] 알렉산드로스만큼 유덕하지 못함은 수치스럽지 않다. 인간은 이런 위대한 인물들의 악덕에 자기가 빠져 있다고 생각할 때는 보통 사람의 악

덕에는 전혀 빠져 있지 않다고 생각한다. 그러나 악덕 속에서 위인도 보통 사람과 다르지 않다는 것을 유의하지 못한다. 인간은 위인이 민중과 연결되어 있는 그 끝에서 위인과 잇닿아 있다.[48] 왜냐하면 아무리 높이 솟아 있더라도 그들은 어디엔가 최하등의 인간과 연결되어 있으니 말이다. 그들은 우리의 사회와 완전히 동떨어져 공중에 매달려 있는 것은 아니다. 아니, 아니, 그들이 우리보다 위대하다면 그것은 두각을 나타내고 있기 때문이다. 그들의 발은 우리의 발과 마찬가지로 낮은 곳에 있다. 그들은 모두가 같은 평면 위에 있고 같은 땅 위에 있다. 그리고 이 극단에서는 그들도 우리나 비천한 사람이나 어린아이나 동물과 마찬가지로 낮은 것이다.

104   우리의 정념이 우리로 하여금 무엇을 하게 할 때, 우리는 자신의 의무를 잊어버린다. 예를 들어서 책을 사랑하는 사람이 다른 일을 해야 할 때도 책을 읽는 것처럼. 그러나 의무를 상기하기 위해서는 무엇이든 간에 자기가 싫어하는 일을 할 생각을 가져야 한다. 그렇게 하면 다른 할 일이 있다는 구실을 만들고, 이 방법으로 자기의 의무를 상기하게 된다.

105   어떤 일을 제출해 타인의 판단을 구할 때에, 그 제출하는 방법에 따라 그 사람의 판단을 망쳐놓지 않게 하기란 얼마나 어려운 일인가! 만약 우리가 "그것은 아름답다고 생각한다. 그것은 음침하다고 생각한다"라고 말하든가 혹은 이와 비슷한 일을 하면 상대방의 상상을 자기의 의견 쪽으로 유도하든가 또는 반대의 의견 쪽으로 자극하든가 한다. 아무 말도 하지 않는 편이 낫다. 그러면

상대방은 있는 그대로, 다시 말하면 그 당시의 상태에 따라 판단하고, 또 우리가 만들어낸 분위기와는 전혀 다른 분위기 밑에서 판단한다. 최소한 우리는 그 사물에다 아무것도 첨가하지 않게 될 것이다. 단 상대방이 우리의 침묵에 부여하려는 의미나 해석에 따라서, 또 상대방이 인상을 보는 사람이라면 표정이나 얼굴 모습이나 목소리 등에 따라서 그 침묵이 어떤 효과를 나타내는 경우는 별도다. 어떤 판단을 그 본래의 처지에서 분리하지 않기란 얼마나 어려운 노릇이냐! 아니 확고부동한 판단이란 얼마나 희소한 것인가!

106 각자의 지배적인 정념을 안다면 그의 마음에 들 것은 뻔하다. 그렇지만 개개인은 행복에 대해서 품고 있는 관념에서조차 그 자신의 행복에 배치되는 환상을 가지고 있다. 그리고 이것이야말로 어찌할 수 없는 불가사의다.

"그는 횃불을 들고 대지를 비췄다"[49]

107 날씨와 내 기분 사이에는 그다지 연관성이 없다. 나는 나 자신 속에 나의 흐린 날씨와 갠 날씨를 가지고 있다. 내 사업의 실패와 성공조차도 그것과는 거의 관련성이 없다. 나는 때때로 운명에 대해 스스로 역행하려고 애쓴다. 운명을 극복하는 영광은 나로 하여금 즐겁게 운명을 극복하게 한다. 그 대신 나는 때때로 행운 속에서도 싫증을 일으킨다.

108 사람들은 자기가 언급하고 있는 것에 대해 아무런 사심을 품지 않는다 하더라도, 그것을 가지고 그들이 거짓말하고 있지 않

다고 절대적으로 규정할 수 없다. 왜냐하면 그냥 거짓말을 하기 위해서 거짓말을 하는 사람들도 있으니 말이다.

109   건강할 때는 병에 걸리면 어떡하나 하고 염려하지만 막상 병에 걸리면 기꺼이 약을 먹는다. 병이 그렇게 만든다. 기분 전환이나 산책을 하고 싶다는 욕구나 원망도 건강할 때는 일어나지만, 병의 요구와 일치하지 않기 때문에 이젠 일어나지 않게 된다. 자연은 그때의 상태에 알맞은 욕구와 원망을 부여해준다.[50] 우리를 혼란시키는 것은 자연이 우리에게 주는 우려가 아니라 우리가 우리 자신에게 주는 우려에 지나지 않는다. 왜냐하면 우려라는 것은 우리가 현재 있는 상태에다 우리가 현재 있지 않은 상태의 욕구를 첨가하기 때문이다.[51]

　　자연은 우리를 모든 상태에 있어서 항상 불행하게 만들기 때문에 우리의 원망이 우리에게 행복한 상태를 그려준다. 왜냐하면 이들 원망은 우리가 현재 처해 있는 상태에다 우리가 있지 않는 상태의 즐거움을 첨가하기 때문이다. 그리고 우리가 그러한 즐거움에 이른다 하더라도 그것으로 해서 행복하게 되지는 않을 것이다. 우리는 그 새로운 상태에 일치되는 다른 원망을 가지게 될 테니까.
　이 일반적인 명제를 개개의 경우에 적용해야 한다.

110   현재 맛보고 있는 쾌락을 거짓으로 느끼고, 아직 맛보지 않은 쾌락의 공허함을 모르기 때문에 마음의 동요가 일어난다.

마음의 변덕

111 사람은 보통의 오르간을 타는 생각으로 남을 대한다. 틀림없이 인간은 오르간이다. 그러나 기묘하고 변덕스럽고 불안정한 오르간이다. "그 파이프는 올바른 음계로 나열되어 있지 않다." 보통의 오르간밖에 탈 줄 모르는 사람은 이 오르간으로 화음(和音)을 낼 수는 없을 것이다. '기음(基音)'이 어디 있는가를 알아야 한다.

마음의 변덕

112 사물에는 갖가지 성질이 있고 넋에는 갖가지 경향이 있다. 왜냐하면 넋에 제공되는 것 중에 단순한 것은 없고, 또 넋은 어떤 대상에도 단순히 자기를 제공하지 않으니까. 여기에 인간이 동일한 사물을 가지고 울기도 하고 웃기도 하는 이유가 있다.

마음의 변덕과 기괴한 일

113 자신의 노동만으로 살아가는 것과 세계에서 가장 강한 나라를 통치한다는 것은 전혀 상반되는 일이다. 이 둘은 터키 대제의 인품 속에 결부되어 있다.[52]

114 다양성이라는 것은 모든 목소리의 음조(音調), 모든 걸음걸이, 기침 소리, 코를 푸는 방식, 재채기하는 방법 등등…… 말할 수 없이 풍부하다. 우리는 과일 중에서 포도를 골라낸다. 그리고 포도 중에서도 사향(麝香) 포도라든가 콩드리유라든가 데자르그[53]라든가 무엇과 무엇의 접목이라든가를 골라낸다. 이것이 전부일까? 한 나무에 꼭 같은 두 송이가 열린 적이 있을까? 한 송이에 꼭 같은 두

개의 포도알이 달릴 수 있을까?

나는 동일한 사물이라도 꼭 같은 판단을 내릴 수 없다. 자기의 일을, 현재 그것을 하면서도 판단할 수 없다. 화가들이 하듯이 너무 멀지 않을 정도로 떨어져 있어야만 한다. 그러면 어느 정도로? 맞춰보게.

다양성

115 신학은 하나의 학문이다. 동시에 그것은 얼마나 다양한 학문이냐! 하나의 인간은 하나의 실체다. 그러나 해부를 하면 머리, 심장, 위, 혈관, 각 혈관, 혈관의 각부, 피, 피의 각 액체가 아니겠는가? 도시나 촌락은 멀리서 보면 하나의 도시요, 하나의 촌락이다. 그러나 가까이 접근함에 따라, 그것은 집, 나무, 기와, 나뭇잎, 풀, 개미, 개미의 발 등등 무수한 것이다. 이러한 모든 것들이 촌락이라는 이름 밑에 포괄되어 있다.

사상

116 모든 것은 하나고 모든 것은 여럿이다. 인간의 성질 속에는 얼마나 많은 성질이 있는가! 얼마나 많은 직업이! 그리하여 각자는 어떤 직업이 칭찬받는 것을 듣고 흔히들 우연히 그 직업을 선택하지 않는가! 잘 만든 구두의 뒤축.[54]

구두의 뒤축

117 "오오! 얼마나 잘된 구두일까! 얼마나 훌륭한 직공인가! 정말 용감한 군인인데!" 여기에 우리 성향의 근원이 있고 직분을

선택하는 근원이 있다. "저 친구는 굉장한 술꾼인데! 이 친구는 술을 입에도 못 대네!" 이것이 사람들로 하여금 주정뱅이로도 만들고 술을 삼가는 자로도 만들며, 군인이나 겁쟁이로도 만드는 것이다.

118 다른 모든 재능을 규정하는 주요한 재능.

119 자연은 서로 닮는다. 좋은 땅에 뿌려진 씨앗은 열매를 맺고 좋은 정신에 뿌려진 원리는 열매를 맺는다. 수(數)는 본질적으로 다른, 공간을 닮는다. 일체의 것은 동일한 주(主)에 의해 만들어지고 인도된다. 뿌리도 가지도 열매도 원리도, 그리고 결과도.

120 "자연은 다양하면서도 서로 비슷하고, 인공은 서로 비슷하면서도 다양하다."

121 자연은 언제나 같은 것을 되풀이한다. 년, 월, 일, 시간 등. 이와 마찬가지로 공간이나 수도 끝과 끝이 차례차례로 연결되어 있다. 이와 같이 해 일종의 무한한 영원이 생겨난다. 이러한 모든 것 속에 어떤 무한이나 영원이 있다는 것은 아니다. 다만 이들 유한한 존재가 무한히 불어갈 뿐이다. 따라서 무한한 것은 그것을 불게 하는 수뿐이라고 나는 생각한다.

122 시간이 번민이나 싸움을 쾌유하는 것은 사람이 변해 이미 이전과 같은 사람이 아니기 때문이다. 감정을 해친 사람도 감정이 상한 사람도 이미 이전의 그들은 아니다. 흡사 지난날 분통을 터뜨

려준 바 있던 국민과 2세대를 거친 후 상면하는 것과 같은 것이다. 그들은 아직도 프랑스 사람이긴 하지만 동일한 프랑스 사람은 아니다.

123 그는 10년 전에 사랑했던 사람을 이제는 사랑하지 않는다. 당연한 일로 나는 생각한다. 그 여자는 이전과 같은 사람이 아니고 그도 또한 이전과 같은 사람이 아니다. 그때 그는 젊었고 그 여자도 젊었다. 그 여자는 완전히 딴사람이 되어 있다. 그 여자가 그 당시와 같았더라면 지금도 그는 사랑할지 모른다.

124 우리는 사물을 다른 면에서 볼 뿐만 아니라 다른 눈으로 본다. 그것들을 동일한 것으로 볼 생각은 전혀 없다.

상반

125 인간이란 본래 믿기 쉽고도 믿기 어려우며, 겁이 많으면서도 대담하다.

126 인간의 묘사. 의존, 독립의 욕망, 욕구.

127 인간의 상태. 변덕, 권태, 불안.

128 우리가 몰두하고 있던 일에서 떠날 때 느끼는 권태. 어떤 사내가 자기 가정에서 즐거이 지내고 있다. 그가 좋아하는 어떤 여자를 만난다든지, 또는 5, 6일 즐거이 논 후에 최초의 일로 되돌아

간다고 하면 이 얼마나 따분한 일일까! 그러나 이처럼 흔해빠진 일도 없다.

129   우리의 본성은 운동에 있다. 완전한 휴식은 죽음이다.

활동
130   만약 군인이나 노동자 등등이 자기의 노고에 대해서 불평을 말한다면 아무것도 시키지 않고 내버려두는 것이 상책이다.

권태
131   정념도 없고 직무도 없고 오락도 없고 전심(專心)도 없는 완전한 휴식 속에 있는 것만큼 인간으로서 참기 어려운 일은 없다. 그는 그때 자기의 허무와 방기(放棄)와 불만과 종속성(從屬性)과 무능과 공허를 느끼게 된다. 그의 넋의 밑바닥에서는 권태와 우울과 비애와 고뇌와 원한과 절망이 솟아오를 것이다.

132   내가 보기엔 카이사르는 세계 정복을 즐기기에는 너무 늙었던 것 같다. 그런 즐거움은 아우구스투스나 알렉산드로스에게 알맞았을 것 같다. 이 두 사람은 용솟음치는 마음을 억제할 수 없었던 젊은이들이었으니까. 그러나 카이사르는 더 노숙했던 것임에 틀림없다.[55]

133   비슷한 두 얼굴을 하나씩 따로 보면 우습지 않지만, 둘을 함께 보면 그 비슷한 점이 웃음을 자아낸다.

134   실물에는 아무도 감탄하지 않는데 그것이 그림일 경우에는 닮았다고 해서 감탄한다. 그림이란 이다지도 공허한 것인가!

135   우리가 좋아하는 것은 전쟁이지 승리가 아니다. 인간은 동물의 싸움을 보기는 좋아하지만, 이긴 쪽이 진 쪽을 혼내주는 것을 좋아하지 않는다. 승리를 목적으로 하는 것 이외에 인간은 무엇을 바라고 있을까? 그리고 승리를 얻자마자 인간은 그것에 싫증을 낸다. 내기에서도 그러하고 진리 탐구에서도 또한 그렇다. 토론할 때도 의견을 가지고 싸우는 것은 좋아하지만 발견된 진리를 살펴보는 것은 조금도 좋아하지 않는다. 진리를 기꺼이 승인시키기 위해서는 그것이 토론에서 탄생되는 것임을 보여주지 않으면 안 된다. 이와 마찬가지로 정념에 있어서도 상반되는 두 개의 것이 충돌하는 것은 보기에 유쾌하지만, 어느 한편이 지배권을 얻으면 벌써 잔인한 것에 지나지 않는다. 우리는 사물을 추구하지 않고 사물의 탐구를 추구한다. 그렇기 때문에 연극에서도 공포를 자아내지 않는 만족스런 장면은 가치가 없다. 희망이 없는 극도의 비참도, 야성적인 사랑도, 무정한 가혹도 이와 마찬가지다.

136   하찮은 것이 우리를 위로해주는 것은 하찮은 것이 우리를 슬프게 하기 때문이다.[56]

137   모든 일을 따로따로 음미하지 않고서도 그것들을 심심풀이라는 이름으로 포괄하면 충분하다.

138   인간은 자기 방 안에 있지 않을 때에만 자연적으로 지붕 만드는 사람이나 그 밖의 여러 직업인이 된다.[57]

오락

139   인간의 갖가지 격동, 그들이 궁정이나 전장에서 자기 몸을 내맡기는 위험이나 노고, 거기에서 생기는 투쟁이나 욕정, 대담하고 때로는 사악한 기도, 그 외의 여러 것을 종종 생각해볼 때 나는 인간의 모든 불행이 한 방 안에 가만히 틀어박혀 있지 못한다는 이 단 하나의 사실에서 생겨나는 것임을 깨달았다. 생활에 곤란을 받지 않을 정도의 재산을 가지고 있는 사람은 자기 집에서 즐거이 지낼 수만 있으면, 일부러 집을 떠나서 배를 타거나 요새의 포위전에 참가하거나 하지 않을 것이다. 도시에서 움직이지 않고 있는 것이 견디기 어려운 일이 아니었더라면 아무도 군직을 그렇게나 비싸게 주고 사지는 않을 것이다. 또 자택에서 유쾌히 지낼 수 있으면 아무도 담화나 내기 따위의 오락을 찾지 않을 것이다.

그러나 내가 생각을 좀 더 세밀히 하고, 우리의 모든 불행의 원인을 찾아낸 다음에 그 원인의 이유를 발견하고 싶다고 생각했을 때, 내가 발견한 것은 하나의 극히 현실적인 이유이며, 그것은 약하고 죽음을 면할 수 없는 우리 인간 조건의 선천적인 불행에 기인하는 것이었다. 우리의 이 조건이란 너무나 비참하기 때문에 좀 더 깊이 생각하면 아무것도 우리를 위로해줄 수 없을 정도다. 어떤 신분을 상상하더라도, 우리가 소유할 수 있는 일체의 이익을 모았다 하더라도, 세상에 왕위만큼 훌륭한 지위는 없다.

그러나 그 왕(王)이 자기가 얻을 수 있는 모든 만족에 둘러싸여 있다고 가정하더라도, 만일 그가 아무런 오락도 없이 다만 자기가 무엇인가를 심사숙고해야 하는 처지라면, 이 근심스러운 행복은 그에게 활기를 줄 수 없을 것이다. 그는 필연적으로 자기를 위협하고 있는 재앙이나 장차 일어날 수 있는 반란이나 마침내는 피할 수 없는 죽음이나 병 따위에 생각이 미치고 말 것이다. 그러므로 이른바 오락이라는 것이 없으면 그는 불행하고, 내기를 해서 기분 전환을 하고 있는 그의 신하들 중 가장 미천한 자보다 '더욱' 불행한 것이다.

여기에 내기, 부인들과의 담화, 전쟁, 영달 등이 크게 추구되는 이유가 있다. 그것은 거기에 실제로 행복이 있는 것도 아니며, 참된 행복은 도박으로 얻을 수 있는 돈을 수중에 넣는 데 있다든가, 쫓아가서 잡으려는 토끼 속에 있다든가 하고 상상하기 때문도 아니다. 그것이 제공된다 하더라도 사람들은 그것을 원하지 않을 것이다. 사람들이 추구하는 것은 결국 우리로 하여금 우리의 불행한 상태를 생각하도록 하는 무사 평온한 일상생활이 아니요, 전쟁의 위험이나 사업의 역경도 아니요, 그런 생각에 빠지지 않도록 우리의 마음을 돌리고 기분을 전환시켜주는 소란이다.

그리하여 인간은 부산함이나 소동을 좋아하게 되고, 따라서 감옥은 무서운 형벌이 되며, 그래서 고독의 기쁨이란 이해할 수 없는 것이 되고 만다. 그리고 결국 이것이야말로 왕의 신분이 행복하다는 최대의 이유인데, 그것은 사람들이 끊임없이 왕들의 기분을 전환시키고 그들로 하여금 모든 종류의 쾌락을 향유케 해주려고 애쓰는 데 있다.

왕은 그의 기분을 전환시켜주고 그에게 자기 성찰을 시키지 않을 것만을 생각하는 사람들에게 둘러싸여 있다. 까닭인즉 제아무리 왕이라 할지라도 자신을 생각하면 불행해지기 때문이다. 사람들이 자신을 행복하게 하기 위해 안출(案出)해낼 수 있었던 것은 모두가 이러한 것이다.

그리고 이 점에 관해서 철학자인 체하는 자들이나, 사고 싶지도 않은 토끼를 온종일 쫓아다니며 세월을 보내는 것은 무의미한 노릇이라 생각하는 자들은 우리의 본성을 거의 모르는 것이다. 이 토끼는 죽음과 비참을 보는 것에서 우리를 막지는 못할지도 모른다. 그러나 사냥—이것이 우리의 마음을 다른 데로 돌린다—은 우리를 거기서 막아준다.

퓌로스에게 주어진 그 충고, 그가 막대한 노고를 들여 찾으려 하던 그 휴식을 우선 취하라고 말한 그 충고는 커다란 난관에 봉착했다.[58]

"어떤 사람에 대해서 편안하게 살라고 말하는 것은 행복하게 살라고 말하는 것이다. 그것은 완전히 행복하게 되고, 고민의 씨를 찾아볼 수도 없을 만큼 유유자적하게 생각할 수 있는 신분이 되라고 그에게 권고하는 셈이다. 그것은 그에게 ……하라고 충고하는 것이다. 그러므로 그것은 인간의 본성을 이해하지 못한 것이다. 또한 자신의 상태를 있는 그대로 느끼는 사람들은 무엇보다도 안정이라는 것을 피한다. 그들이 하는 것은 무엇이나 소란을 찾기 위한 것 아닌 것이 없다. 이것은 그들에게 참된 지복이 무엇인지를 아는 본능이 없기 때문이 아니다……."

그 본능을 남에게 보여주려는 허영, 쾌락.

"그러므로 그들을 질책하는 것은 잘못이다. 그들의 잘못은, 만일 그들이 소란을 단순한 오락으로서 추구했다면, 그것을 추구하는 데 있는 것은 아니다. 오히려 잘못은, 그들이 추구하고 있는 것을 소유하게 되면 정말 행복하게 되는 것처럼, 그것을 추구하는 데 있다. 여기에 그들의 추구가 공허한 것이라고 책(責)할 수 있는 이유가 있다. 그런 까닭에 이런 모든 것에 있어서 책하는 사람도 책망을 받는 사람 인간의 참된 본성을 이해하고 있다고는 말할 수 없다."

이리하여 그들이 다대한 열정을 가지고 찾고 있는 것은 그들을 만족시킬 수 없을 것이라는 비난을 받을 때, 그들이 대답하기를—잘 생각해보면 그렇게 대답 안 할 수도 없지만—자기들이 그렇게 해서 추구하고 있는 것은 자신을 숙고하는 일에서 마음을 돌리는 격렬한 일에 불과하며, 또 그러기 위해서 자기들을 열광적으로 유혹하고 끌어들이는 매력적인 대상물을 찾고 있다고 말한다면, 그들의 상대방으로 하여금 한마디도 못하게 만들어놓을 수 있을 것이다. 그러나 그들은 자기 자신을 모르기 때문에 그렇게 대답하지 않는다. 자기들이 찾고 있는 것은 사냥이지 사냥의 수확물이 아니라는 것을 모르고 있다.[59]

(댄스. 어디에다 발을 놓아야 하는지 잘 생각해야 한다—귀족들은 사냥을 당당한 쾌락이요, 왕후의 즐거움이라고 진지하게 생각한다. 그러나 사냥개를 돌보는 하인들은 그런 생각을 가지고 있지 않다.)

만약 이러한 직책을 가졌더라면 후에 즐거이 휴식할 수 있을 텐데 하고 그들은 상상한다. 그리고 그들의 욕망의 충족될 줄 모르는 본성을 느끼지 못한다. 그들은 안식을 진지하게 찾고 있다고 생각한다. 그러나 사실은 격동밖에 찾고 있지 않다.

그들은 하나의 은밀한 본능을 가지고 있는데, 그것은 그들로 하여금 오락이나 바깥에서 하는 일을 찾도록 하는 것이며, 그들의 연속적인 비참성의 의식에서 생기는 것이다. 그리고 그들은 또 하나의 은밀한 본능을 가지고 있는데, 그것은 우리의 원초적인 본성의 위대성을 아직도 지니고 있는 것이며, 행복은 사실 안정 속에만 있지 소란 속에는 없다는 것을 그들에게 알려주는 것이다. 그리고 이들의 상반하는 본능으로써 그들 속에는 혼란한 하나의 계획이 형성된다.

  그것은 그들의 넋이 밑바닥에 있어서 그들의 눈에는 감춰져 있지만 그들로 하여금 격동을 통해 안정으로 향하도록 하는 것이며, 그들이 현재 느끼고 있지 않는 만족은 그들이 당면한 몇 개의 난관을 돌파해 거기에서 안정의 문을 열 수 있다면 그들의 것이 되리라고 항상 상상시켜주는 것이다. 이와 같이 모든 인생은 흘러간다. 인간은 어떤 장애와 싸우면서 안정을 구한다. 그런데 장애를 극복하면 안정은 견디기 어려운 것이 되어버린다. 왜냐하면 인간은 현재의 비참이라든가 장래의 비참을 생각하기 때문이다. 그리고 가령 인간의 모든 방면에 있어서 안전을 충분히 보장받고 있다 하더라도 권태라는 것이 본래 뿌리박고 있던 마음의 밑바닥에서 제멋대로 발생해, 그 독소를 가지고 정신을 혼란시켜놓지 않고는 못 견딜 것이다. 이와 같이 인간은 몹시 불행하기 때문에 아무런 권태의 원인이 없을 때조차 그 기질의 본래 상태로 말미암아 권태에 빠진다. 또 인간은 너무도 공허하기 때문에 권태에 빠질 만한 무수한 중대한 원인에 충만되어 있으면서도 당구라든가 타구(打球) 같은 하찮은 일로써 충분히 기분 전환을 하곤 한다.

  그러나 무슨 목적으로 인간은 그런 짓을 하는가 하고 당신들은 말하는가? 그것은 다음날 친구들 사이에서 자기는 다른 사람보다 잘 놀았다고 자랑하고 싶기 때문이다. 이와 마찬가지로 어떤 사람들은 이때까지 아무도 풀 수 없었던 대수(代數) 문제를 자기가 풀었다는 것을 학자들에게 보여주고 싶어서 서재에 틀어박혀 땀을 흘린다. 또 다른 많은 사람들은 어떤 요새를 점령했다는 것을 훗날에 자랑하고 싶어서 극도의 위험에 몸을 내맡긴다. 그러나 그것은 내가 보기엔 어리석은 짓들이다. 마지막으로 어떤 사람들은 더 현명하게 되기 위해서가 아니라 단지 무엇을 아는 체하고 싶어서 별의별 것을 음미하느라고 생명을 단축시킨다. 그런데 이들은 이 무리들 중에서도 가장 어리석은 자들이다. 왜냐하면 그들은 어리석은 줄 알면서도 그런 일을 하고 있지만, 앞에서 말한 다른 사람들은 알고 있으면 그런 짓은 하지 않으리라고 생각되기 때문이다.

어떤 사람은 날마다 약간의 물건을 걸고 도박을 해 권태를 느끼지 않고 세월을 보낸다. 그가 날마다 딸 수 있는 만큼의 금액을 도박하지 않는다는 조건으로 매일 아침 그에게 주어보라. 그는 불행하게 될 것이다. 그가 추구하고 있는 것은 도박의 즐거움이지 돈벌이가 아니라고 말하는 사람이 있을지도 모른다. 그렇다면 그에게 아무것도 걸지 않는 도박을 시켜라. 그는 그것에 열중하지 않고 지쳐버릴 것이다. 그렇다면 그가 추구하고 있는 것은 오락뿐만이 아니다. 맥 빠진 열 없는 오락은 그를 권태롭게 할 것이다. 그는 도박을 하지 않는다는 조건으로 받고 싶지 않은 것을 도박해 딴다는 것은 유쾌하다고 상상하면서 그것에 열중하고 자신을 속여야만 하는 것이다. 그것은 정념의 대상을 스스로 만들기 위해서이며, 그럼으로써 흡사 어린아이들이 자기가 더럽힌 얼굴을 보고 겁을 내듯이 자기가 만든 목적에 대해서 원망이나 분노나 공포를 일으키기 위해서다.

몇 달 전에 외아들을 잃어버리고 소송이나 시비에 마구 몰려 오늘 아침까지 그렇듯 갈피를 못 잡던 사람이 지금은 그런 것을 생각하지도 않는 것은 무슨 까닭인가? 놀랄 필요는 없다. 여섯 시간 전부터 사냥개로 하여금 맹렬히 추격하게 하고 있는 멧돼지가 어디로 통과하는가를 열심히 보고 있기 때문이다. 그에게는 그 외의 것은 아무런 필요가 없다. 인간은 아무리 슬픔에 차 있다 하더라도 어떤 오락에 정신이 팔리면 그동안만은 행복하다. 또 인간은 아무리 행복하더라도 권태가 마음속에 자라는 것을 막기 위한 어떤 정념이나 오락에 의해서 기분 전환을 하거나 다른 일을 잊어버리지 않는다면 얼마 안 가서 우울해지고 불행하게 될 것이다. 기분 전환이 없으면 즐거움은 없고 그것이 있으면 슬픔이 없다. 그리고 이것이야말로 자기 기분을 전환시켜주는 많은 사람을 가지고, 따라서 그러한 상태에 항상 자신을 둘 수 있는 지위가 높은 사람들이 행복한 이유다. 생각해보라. 재무장관, 대법관, 의장이 된다는 것은 이른 아침부터 여러 방면의 사람들이 밀어닥쳐 하루의 단 한 시간도 자기 자신을 돌아다볼 여유가 없는 지위에 취임하는 것이 아니고 무엇이겠는가? 그렇기 때문에 일반 불우의 몸이 되어 초야(草野)의 자택으로 낙향하게 되면, 거기서 재산은 줄게 되고, 시중을 들어주는 하인들도 없지 않지만 가련한 버림받은 신세가 됨을 면치 못할 것이다. 왜냐하면 아무도 그 사람이 자신을 생각하는 것을 막아주지 않기 때문이다.

140 "처와 외아들의 죽음을 몹시 슬퍼하고 중대한 계쟁 사건(係爭事件) 때문에 고민하고 있던 사내가 이 순간에는 조금도 슬퍼

보이지 않고 고통스럽고 불안한 생각에서 완전히 해방된 것처럼 보이는 것은 무슨 까닭일까? 놀랄 필요는 없다. 이제 막 상대방이 친 공이 자기 쪽으로 날아오고 있는 판이다. 그는 이 공을 저쪽으로 다시 쳐 보내야 한다. 그는 위에서 공이 떨어지는 것을 받아 한 점을 따려고 정신이 없다. 금방 해치우지 않으면 안 되는 다른 일이 있는데 어찌 자신의 사건을 생각할 수 있으랴? 여기에 이 위대한 넋을 사로잡고 그 정신에서 다른 일체의 생각을 빼앗아가는 데 충분한 하나의 배려가 있다. 이 사람은 우주를 알기 위해, 만물을 판단하기 위해, 일국(一國)을 다스리기 위해 이 세상에 태어났지만, 이제 와서는 한 마리 토끼를 잡는 데 열중하고 온 정신이 팔려 있다. 그리고 만일 그가 거기까지 자신을 비하시키지 않고 항상 긴장해 있으려고 생각한다면 더욱 어리석게 될 뿐이리라. 왜냐하면 그는 인간성보다 위에 솟아나기를 원할 것이니 말이다. 그런데 그는 요컨대 하나의 인간에 지나지 않는다. 다시 말하면 그는 적은 일도 할 수 있고 많은 일도 할 수 있으며, 모든 것도 할 수 있는 동시에 아무것도 할 수 없다. 그는 천사도 아니요, 야수도 아니다. 그저 인간일 따름이다."

141 사람들은 하나의 공이나 한 마리의 토끼를 쫓는 데 열중한다. 그것은 왕후(王侯)의 즐거움이기도 하다.

소일거리

142 왕위라는 것은 그 자체가 그것을 소유하고 있는 자에게는 위대하고, 그 자리에 앉아 있는 자신이 무엇인가를 잠깐만 생각해

보아도 행복해지는 데 충분할 만큼 위대하지 않은가? 왕도 보통 사람들처럼 자신을 생각하는 일에서부터 딴 데로 마음을 돌릴 필요가 있을까? 사람은 가정의 사소한 불행에서 눈을 돌려, 멋지게 춤을 추고 싶은 생각으로 마음이 가득하게 되면 행복스럽게 될 것은 뻔한 노릇이다. 그러나 왕의 경우도 마찬가지일까? 왕도 자기의 위대성을 생각하는 것보다 하찮은 쾌락에 마음을 돌리는 편이 행복할까? 더 만족스러운 어떤 대상을 그의 마음에 줄 수는 없을는지? 그로 하여금 자신을 에워싼 위광(威光)을 생각하고 조용히 즐기게 하는 대신에, 보조(步調)를 음악의 박자에 맞추거나 공을 멋들어지게 놓거나 하기 위해 마음을 쓰게 한다면, 그의 즐거움을 손상시키는 것이 되지 않을까? 한번 시험해보기를. 즉 왕을 외톨이로 버려두고, 감각을 만족시키는 것은 아무것도 주지 않고, 마음속에는 근심도 없이, 이야기를 나눌 상대도 없이 자기 자신을 유유자적하게 마음껏 생각하도록 내버려둘지어다. 그러면 왕이라 할지라도 소일거리가 없으면 불행에 가득 찬 하나의 인간임을 알게 될 것이다. 그렇기 때문에 신하들은 그러한 것은 조심스럽게 피하고 왕의 측근에는 언제나 많은 사람들이 모여 있어서 공무가 끝나면 이내 소일거리를 권하려 하고, 한가한 때에는 오락이나 내기를 끊임없이 제공하려고 애쓰고 있으며, 조금도 공허함을 느끼지 않게 하려는 것이다. 즉 아무리 왕이라 할지라도 자신을 생각하면 비참해질 것은 확실하므로, 왕으로 하여금 혼자 있거나 자신을 생각하는 상태에 있지 않도록 세심한 주의를 하며 여기에만 전념하는 사람들이 왕의 주위에 있다.

이상의 문장에 있어서, 나는 기독교 신자의 왕을 기독교 신자로서 이야기한 것이 아니라, 다만 왕으로서 이야기하고 있음을 부언해둔다.

소일거리

143 사람들은 어릴 때부터 자기의 명예, 재산, 친구, 그리고 친구들의 재산, 명예를 돌보도록 책임을 진다. 그들은 여러 가지 일이나 국어의 학습과 체육 등으로 힘에 겨운 짐을 지게끔 강요당한다. 또 그들의 건강이나 명예나 신분이 친구들의 그것들과 좋은 상태에 놓여 있지 않으면 행복할 수 없고, 그것들 중 하나가 없어도 불행하게 된다고 가르침을 받는다.[60] 그래서 사람들은 날이 새자마자 자기를 괴롭히는 일과 직무를 짊어지게 된다―그들을 행복하게 하는 이상한 방법이 이것이었군! 그들을 불행하게 만드는 데는 이 이상의 방법이 없을 테지! 하고 당신들은 말할지도 모른다―아니! 이 이상의 방법이라고? 그들에게서 그러한 염려를 모두 없애버려야만 할 것이다. 그렇게 되면 그들은 자신을 성찰하고 자신이 무엇이며 어디서 와서 어디로 가는가를 생각하게 될 것이다. 그러므로 그들의 마음을 지나치게 사로잡거나 지나치게 다른 데로 돌릴 수는 없을 것이다. 그런 까닭에 그들은 많은 일이 부과된 뒤에 조금이라도 여가가 있으면 기분 전환을 하거나 내기를 하거나 해서 그 시간을 보내며 언제든지 무엇에 전념하고 있도록 남에게 권유받는다.

얼마나 인간의 마음은 공허하고 더러움에 가득 차 있는가!

144 나는 오랜 세월을 수학 연구에 바쳐왔다. 그리고 그 연구에 의해 사귈 수 있는 사람들이 적은 것에 싫증을 내기도 했다. 인

간의 연구를 시작했을 때,[61] 나는 이 수학이 인간에게 알맞지 않다는 것을 깨달았다. 그것을 모르는 사람들보다 거기에 깊이 들어간 내가 더욱 자신의 상태에 대해서 갈피를 못 잡고 있음을 깨달았다. 나는 남들이 수학을 잘 모르는 것을 용서해주었다. 그러나 적어도 인간의 연구에는 많은 동지를 발견할 수 있으리라 생각하고, 이것이야말로 인간에게 알맞은 참된 연구라고 생각했다. 내 생각은 틀렸다. 인간을 공부하는 사람은 기하학을 공부하는 사람보다 더욱 적다. 사람이 다른 것을 추구하는 것은 인간을 공부할 줄 모른다는 데 불과하다. 그러나 그것은 역시 인간이 알아야 할 학문은 아니요, 또 행복하게 되는 데는 자신을 모르는 편이 낫기 때문이 아닐까?

145 단 하나의 상념이 우리를 사로잡고, 우리는 동시에 두 사물을 생각할 수 없다. 세속적으로는 다행한 일이지만 종교적으로는 그렇지 않다.

146 인간은 확실히 사고하기 위해 만들어졌다. 그것은 그의 품위의 전부이며 그의 가치의 전부다. 그의 의무의 일체는 올바르게 사고하는 것이다. 그런데 사고의 순서는 자신에서부터 시작되고, 자신의 창조주와 자신의 목적에서부터 시작한다.

그런데 세인(世人)은 무엇을 생각하고 있는가? 결코 그런 것은 생각지 않는다. 차라리 댄스를 하는 것, 류트를 켜는 것, 노래하는 것, 시를 쓰는 것, 둥글게 뜀박질하는 것 따위를 생각하고, 전쟁을 하는 것, 왕이 되는 것 등을 생각하고 있다. 왕이라는 것이 무엇이며 인간이라는 것이 무엇인가를 생각지도 않고.

147　우리는 자신 안에서, 자기 자신의 존재 안에서 영위하는 생활에는 만족하지 않는다. 남의 관념 안에서 어떤 가공적인 생활을 하려고 생각하며, 그러기 위해서 사람들의 눈에 띄려 노력한다. 우리는 부단히 자신의 가공적인 존재를 장식하고, 그것을 지니려고 애를 쓰며 참된 존재를 등한시한다. 만약 우리에게 평정이라든가 관용이라든가 충실 같은 것이 있으면, 그러한 미덕을 우리의 가공적인 존재에 결부시키기 위해 남에게 알려지기를 열망한다. 그리하여 그것들을 가공적인 존재에 결부시키기 위해서 우리에게서 떼어 팽개쳐버리고 거들떠보지도 않는다. 용감하다는 평판을 얻기 위해서 우리는 자진해서 비겁자가 된다. 공아(空我)가 없는 진아(眞我)에 만족하지 않고, 진아와 공아를 때에 따라서 바꾸려는 것은 우리 자신의 존재가 허무라는 명명백백한 증거가 아니고 무엇이겠는가! 왜냐하면 자신의 명예를 보존하기 위해 죽으려 하지 않는 자는 불명예스러운 자가 되고 말 테니까.

148　우리는 너무도 자만심이 강하기 때문에 전 세계에 알려지고, 자기의 사후 이 세상에 태어날 사람들에게까지도 알려지기를 원한다. 또 우리는 너무도 공허하기 때문에 우리를 둘러싼 대여섯 명의 사람들에게 칭찬을 받으면 유쾌하고 만족해한다.

149　사람은 그가 통과하는 시가(市街)에서의 평판에는 개의하지 않지만, 잠시 거기에 머물지 않으면 안 될 때엔 거기에 개의한다. 얼마만큼의 시일이 필요한가? 우리의 공허하고 빈약한 인생에 상응하는 시일.

150   허영은 인간의 마음속에 깊숙이 닻을 내리고 있기 때문에 군인도 심부름꾼도 요리사도 인부도 제각기 자만하고 저마다 자기의 칭찬자를 얻을 수 있다. 철학자조차도 그것을 원한다. 영예를 부정하는 논자(論者)도 잘 논했다는 영예를 얻고자 원한다.[62] 또 그것을 읽는 사람도 그것을 읽었다는 영예를 얻으려 생각한다. 그리고 이 글을 쓰고 있는 나도 아마 같은 욕망을 가지고 있을 것이다. 또 이 글을 읽는 사람도······.

영예
151   상찬(賞讚)은 모든 사람을 어릴 때부터 망친다. 참 훌륭하게 말하는군! 참 잘도 만들었군! 현명도 해라! 등등. 포르 루아얄의 어린이들[63]은 그러한 선망이나 영예의 자극을 받지 않기 때문에 무기력에 빠진다.

자만
152   호기심은 허영에 지나지 않는다. 대개의 경우 사람은 말하기 위해서 알고자 할 뿐이다. 그렇지 않으면 사람들은 항해를 하지 않을 것이다. 거기에 대해서 아무런 말도 하지 않고, 또 본 것을 혼자서 즐길 뿐 남에게 전하는 희망도 없다면.

함께 있는 사람들에게 존경받고 싶은 욕망에 관해
153   자만은 비참이나 오류 등등의 환경에서도 극히 자연스러운 방법으로 우리를 사로잡는다. 우리는 생명조차도 기꺼이 내버린다. 사람들의 입에 그것이 오르내리기만 한다면.

허영—내기, 사냥, 방문, 연극, 명성의 허튼 영속성.

154 "당신에게 도움이 될 친구를 나는 갖지 않았다."

155 참된 벗은 가장 위대한 귀족들에게도 퍽 도움이 된다. 벗은 그들에 관해 좋게 말하고 그들이 없을 때도 그들을 지지해준다. 그래서 그들은 벗을 얻기 위해서 전력을 다하지 않으면 안 된다. 그러나 잘 선택해야 할 것이다. 왜냐하면 어리석은 자를 위해 온 힘을 다 쏟아도 설사 그들이 귀족에 관해 아무리 좋게 말해준들 아무 도움이 되지 않을 것이니까. 또 어리석은 자는 자기가 불리한 처지에 놓인 것을 알면 좋게 말해주지 않을 것이다. 어리석은 자는 아무런 권위도 없으니 말이다. 그렇게 되면 이자들은 한 무리가 되어 그들 (귀족들)에 관해서 나쁘게 말할 것이다.[64]

156 "Ferox gens, nullam esse vitam sine armis rati(잔인한 인간들은 무기를 잃음과 동시에 생존까지도 잃어버린다)."[65] 그들은 평화보다도 죽음을 좋아하고 다른 사람들은 전쟁보다도 죽음을 좋아한다.

모든 세론(世論)은 생명보다도 사랑을 받을 수 있다.[66] 세론에 대한 사랑은 그렇게도 강하고 자연적인 모양이다.

157 모순. 우리의 생존에 대한 경멸. 아무것도 아닌 것을 위해 죽는 것. 우리의 생존에 대한 혐오.

직업

158 영예의 매력이란 위대한 것이어서 그것이 따른다면 사람은 죽음조차도 좋아한다.

159 숨은 미행(美行)은 가장 존경받을 만하다. 그것들 중의 몇을 사전(史傳)에서 보면(184페이지에 있는 것처럼)[67] 나는 대단히 기뻐진다. 그러나 그것들이 알려진 것을 보면 결국 완전히 감추어져 있지는 않았던 모양이다. 또 그것을 감추기 위해 사람들이 모든 수단을 다했다 할지라도, 조금이나 새어나온 것은 전부를 깨뜨려버리고 마는 셈이다. 왜냐하면 거기서 가장 아름다운 것은 그것들을 감추려고 생각한 그 점이니까.

160 재채기는 혼의 모든 기능을 흡수해버리는 점에서 성행위[68]와 흡사하다. 그러나 거기서 인간의 위대성을 반증하는 것과 동일한 결론을 끌어낼 수는 없다. 왜냐하면 재채기는 뜻하지도 않는데 튀어나오기 때문이다. 또 사람은 재채기를 스스로 한다 하더라도 자기 의사에 반해서 하는 것이다. 그것은 하려고 해서 하는 것이 아니라 다른 데 목적이 있다. 그러므로 그것은 인간이 약하다는 증거도 아니요, 인간이 이 행위에 예속되어 있다는 증거도 아니다.

인간이 고통에 지는 것은 수치스럽지 않다. 오히려 쾌락에 지는 것이야말로 수치스럽다. 이것은 고통은 외부에서 우리에게 오지만 쾌락은 우리들 자신이 구한다는 이유에 기인하는 것도 아니다. 왜냐하면 인간은 고통을 구할 수도 있으며, 일부러 고통에 지고도 그러한 열등감을 느끼지 않고 지낼 수도 있기 때문이다. 그러면 이성이 고통의 압력에 지는 것은 명예지만 쾌락의 압력에 지는 것은 수치임은 무슨 까닭인가? 그것은 우리를 유인하는 것은 고통이 아니라는 사실에 의한다. 그것을 자진해서 택하고 그것에다 우리를 지배시키려 원하는 것은 우리들 자신이다. 그러므로 우리는 그 경우에 있어 주인인 셈이다. 따라서 그러한 경우에는 인간이 자기 자신에게 지는 것이다. 그러나 쾌락의 경우에는 인간이 쾌락에게 지는 것이다. 그런데 영예를 주는 것은 지배력과 권력이며 수치를 주는 것은 예속이다.

공허

161 이 세상이 공허하다는 사실처럼 명백한 것은 잘 알려져 있지 않고, 권세를 추구하는 것은 어리석다는 말이 기묘하고 의외로 들림은 얼마나 놀라운 일이냐!

162 인간의 공허함을 충분히 알고 싶은 자는 연애의 원인과 결과를 생각하면 된다. 그 원인은 "나로서는 알지 못하는 것"(코르네유)[69]이다.

그러나 그 결과는 무서운 것이다. 이 '나로서는 알지 못하는 것', 사람이 인식할 수도 없을 만큼 작은 것이 전 지구와 왕후들과 군대들과 전 세계를 움직이는 것이다.

클레오파트라의 코, 그것이 좀 더 낮았더라면 세계의 양상은 달라졌을 것이다.

공허

163 연애의 원인과 결과. 클레오파트라.

164 이 세상의 공허함을 모르는 사람은 실로 그 사람 자신이 공허하다. 평판과 오락과 장래의 예상에 마음을 빼앗긴 청년들이 아니라면 그것을 모르는 사람이 있을까? 그러나 그들에게서 오락을 제거해보라. 권태스러움에 못 견딜 것은 명약관화한 사실이다. 그때 그들은 자신의 허무를 인식하지 못한 채 느낄 것이다. 왜냐하면 인간은 자신에 대한 것을 생각하게끔 되고, 게다가 아무런 소일거리도 없는 상태에 놓이게 되어 당장에 견딜 수 없는 우수에 빠진다는 것은 정말 불행한 노릇이니까.

사상

165 "In omnibus requiem quaesivi(이 모든 것에 의해 나는 휴식을 구했다)."[70] 만일 우리의 상태가 정말 행복하다면, 자신을 행복하게 하기 위해 자신의 상태를 생각하는 일에서 마음을 돌릴 필요는 없을 것이다.

소일거리

166 죽음을 생각지 않고 그것을 당하는 편이 죽음의 위험성 없이 그것을 생각하는 것보다 용이하다.

167 인간 생활의 비참에서 이 모든 것이 생겨났다. 즉 인간들은 비참을 보았기 때문에 오락을 구했다.

소일거리

168　인간은 죽음과 비참과 무지를 치료할 수 없었기 때문에 자신을 행복하게 하려고 그것들을 깨끗이 생각하지 않는 것을 고안했다.

169　이렇듯 비참함에도 인간은 행복하기 바라고, 행복하기만을 바라며, 그렇게 되기를 바라지 않을 수 없다. 그런데 어찌해 인간은 그 행복을 취하려 하는가? 그것을 얻는 데는 자기가 불사신이 되지 않으면 안 된다. 그러나 그렇게는 될 수 없기 때문에 인간은 죽음과 비참을 생각하는 것을 피하도록 머리를 짜내었다.

소일거리

170　만일 인간이 행복하다면, 성자(聖者)나 신(神)처럼 기분 전환을 하는 것이 적으면 적을수록 더욱 행복할 것이다—그렇다. 그러나 기분 전환에 의해 유쾌해질 수 있다는 것은 행복하지 않은가?—아니, 그렇지는 않다. 기분 전환은 다른 데서, 밖에서 온다. 그러니 의존적이다. 그러므로 그것은 피하기 어려운 고민을 자아내는 무수한 사건에 의해 혼란되기 쉽다.

비참

171　비참한 우리를 위로해주는 유일무이한 것은 소일거리다. 하지만 그것이야말로 우리의 비참 중에서 가장 큰 것이다. 왜냐하면 그것은 우리가 자기를 생각하는 것은 근본적으로 못하게 해놓고, 우리를 알지 못하는 사이에 죽어가게 하니까. 기분 전환이 없으

면 우리는 권태스러워질 것이요. 이 권태는 우리로 하여금 거기서 빠져나가는 더욱더 확고한 방법을 모색하도록 할 것이다. 그러나 소일거리는 우리를 즐겁게 해줌으로써 모르는 사이에 죽음에 이르도록 한다.

172 우리는 결코 현재의 시간에 애착하고 있지 않다. 미래가 너무 천천히 오기 때문에 그 발걸음을 재촉하기나 하려는 듯이 우리는 미래를 바라본다. 또 우리는 과거를, 그 사라져감이 너무 빠르기 때문에 그것을 멈추기나 하려는 듯이 되돌아본다. 너무도 조심성이 없기 때문에 우리는 우리의 것이 아닌 시간 속에서 방황하고 우리에게 속하는 유일한 시간은 생각해보지도 않는다. 또 너무도 공허하기 때문에 우리는 현존하지 않는 시간들을 생각하고, 현존하는 유일한 시간은 무반성하게도 놓쳐버린다. 이것은 흔히 현재가 우리를 괴롭히기 때문이다. 우리가 현재를 우리의 시야에서 감추려는 것은 그것이 우리를 괴롭히기 때문이다. 만일 현재가 우리에게 즐거운 것이라면 그것이 사라져가는 것을 보고 애석하게 생각할 것이다. 우리는 미래로써 현재를 지탱하려 애쓰고, 거기에 도달할지 어떨지 보증할 수도 없는 시간을 위해 우리의 힘에 겨운 사물을 준비하려고 생각한다. 각자가 자기의 생각을 음미해볼지어다. 그러면 자기의 생각이 전부 과거와 미래에 점유되어 있음을 깨닫게 될 것이다. 우리는 현재를 거의 생각지 않는다. 혹 생각할 때가 있다 하더라도 그것은 미래를 처리하기 위해서 현재로부터 어떤 빛을 얻으려고 하는 데 지나지 않는다. 현재는 결코 우리의 목적이 아니다. 과거와 현재는 우리의 수단이요, 미래만이 우리의 목적이다.[71] 그러

므로 우리는 살고 있는 것이 아니라 살기를 원하고 있다. 또 행복해지려고 언제나 준비하고 있지만 어떻게 해도 행복해질 수가 없다.

173   그들은 일식과 월식을 불행의 전조라고 말한다. 그것은 불행이 흔해 빠졌기 때문이다. 즉 재난이 너무도 자주 일어나기 때문에 그들은 이따금씩 그것을 알아맞춘다. 이에 반해서 만약 그것들을 행복의 전조라고 말한다면 그들은 이따금씩 거짓말을 하는 셈이다. 그들은 행복을 천체의 희유(稀有)한 조우(遭遇)에만 돌린다. 그래서 예언이 그다지 틀리지 않는다.

비참

174   솔로몬과 욥은 인간의 비참을 가장 잘 알았고 가장 잘 말한 사람이다. 한 사람은 가장 행복한 사람, 또 한 사람은 가장 불행한 사람. 전자는 경험에 의해 향락의 공허함을 알았고, 후자는 재난의 현실성을 알았다.

175   우리는 자기 자신을 거의 모르기 때문에, 많은 사람들은 건강할 때 죽지나 않을까 생각하고, 죽음에 다다라서도 건강하다고 생각한다. 열이 나려는 것도, 종기가 생기려는 것도 느끼지 못한다.

176   크롬웰은 모든 기독교국을 바야흐로 유린하려 하고 있었다. 왕가는 패망하고 그의 일가(一家)는 영원히 번영해갈 듯했다. 만약 조그만 모래알이 그의 수뇨관에 들어가지 않았더라면 말이다. 로마(교황청)까지도 그의 발 아래서 떨고 있었다. 그러나 그 조그마

한 결석(結石)이 거기 들어갔기 때문에 그는 죽고, 그의 일가는 쇠퇴하고, 세상은 평화롭게 되었으며 왕은 복위됐다.[72]

177   "세 사람의 주인." 영국 왕과 폴란드 왕과 스웨덴 여왕의 총애를 받던 자가 이 세상에 은신할 집도 피신할 장소도 없을 때가 올 줄 알았으랴?[73]

178   마크로비우스.[74] 헤롯에 의해서 학살당한 유아에 관해.

179   헤롯이 죽인 두 살 이하의 유아들 가운데에는 헤롯 자신의 아들이 들어 있었다는 말을 듣고, 아우구스투스는 헤롯의 아들이 아니라 그의 돼지였더라면 더 나았으리라고 말했다(마크로비우스 《사투르날리아》 2권 4장).

180   위대한 사람이나 비천한 사람도 같은 사고(事故), 같은 불만, 같은 욕망을 가지고 있다. 그런데 전자는 차 바퀴의 가장자리에 있고 후자는 중심 가까이에 있다. 그러므로 비천한 자는 같은 회전에도 조금밖에 움직이지 않는다.

181   우리는 몹시 불행하기 때문에 하나의 사물을 즐기는 데도 그것이 잘못되지나 않나 하고 걱정하지 않고서는 있을 수 없다. 그것은 무수한 사물들이 항상 잘못될 수도 있고 또 잘못되기도 했기 때문이다. 반대의 재액을 걱정하지 않고 행복을 즐기는 비결을 발견한 '사람'은 과녁을 쏘아 맞춘 사람이라 할 수 있을 것이다. 그러

나 그것은 영원한 운동이다.[75]

182　난처한 사건들 가운데에서도 항상 발랄한 희망을 가지고, 행복이 다가오는 것을 즐기고 있는 사람들이 악운에서도 마찬가지로 괴로워하지 않는다면, 사건의 실패 그 자체를 즐기고 있지 않나 하는 의심을 받게 된다. 그리고 그들이 그러한 희망의 구실을 발견하고 흔희작약(欣喜雀躍)하고 있음은, 사건의 실패에 흥미를 가진 것을 나타내기 위한 것이요, 또 사건의 실패를 보고 느끼는 기쁨을 자기가 가지고 있는 체하는 기쁨으로써 은폐하기 위해서다.[76]

183　우리는 낭떠러지가 보이지 않도록 눈앞을 어떤 물건으로 가리고 아무런 걱정 없이 그 속으로 뛰어든다.

주

1　토마스 아퀴나스(1225~1274년), 중세의 스콜라 철학자.
2　샤롱의《지혜》첫째 권은 자기 인식을 논한 것으로서 62장으로 세분되어 있다.
3　일찍이 몽테뉴에게 사숙(私淑)했고 후일엔 양녀가 되었다. 1595년에《수상록》의 결정판을 출판했는데 이 책의 서문에서 구르네 양은 몽테뉴의 연애론은 솔직하고 순리적이므로 위험하지 않다고 변명했다.
4　몽테뉴《수상록》2권 12장.
5　몽테뉴《수상록》2권 14장.
6　몽테뉴《수상록》2권 12장.

7 몽테뉴《수상록》2권 3장.
8 몽테뉴《수상록》3권 12장.
9 몽테뉴《수상록》3권 2장.
10 Je fesons은 프랑스의 방언으로서 Je라는 단수 주어에 fesons이라는 복수 동사가 결합되어 있다. zôa trékei는 그리스의 구문법(構文法)에 독특한 하나의 규칙이 적용되어 있어, 주어 zôa(동물)는 복수인데 trékei(뛴다)라는 단수 동사가 결합되어 있다. 파스칼은 이 두 성구를 우리 두뇌에 있어서 진동의 법칙과 대중(對重) 관계의 증거로 제시했다.
11 포르 루아얄 판에는 '인간의 무능력 Incapacité de l'homme'으로 되어 있다.
12 파스칼은 이것을 몽테뉴《수상록》중 구르네의 서문에서 읽었을 것이다.
13 데모크리토스의 이 말은 몽테뉴《수상록》2권 12장에 인용되어 있다.
14 데카르트는 1664년에 《철학원리》를 출판했다.
15 피코 델라 미란돌라가 1486년 로마에서 공표하려던 900항 논설의 표제. 교황이 금지했다.
16 타키투스《연대기》4권 18장, 몽테뉴《수상록》3권 8장.
17 아우구스티누스《신국론(神國論)》21권 10장, 몽테뉴《수상록》2권 10장.
18 몽테뉴《수상록》2권 12장.
19 베르길리우스《게오르기카》2권 489절, 몽테뉴《수상록》3권 10장.
20 호라티우스《편지》1권 6장 1절.
21 난(欄) 외의 지시. 〈법률〉이란 단장 294를 가리킨다.
22 몽테뉴의 《수상록》면수(面數).
23 키케로《투스그라네스》1권 11장, 몽테뉴《수상록》2권 12장.
24 앞 장 참조.
25 몽테뉴《수상록》2권 12장.

26 파스칼이 1647~1651년에 걸쳐 쓴 〈진공론(眞空論)〉에 관한 색인.
27 이 단장에서 파스칼이 철학이라는 말에 준 의미를 엿볼 수 있다. 데카르트에 따르면 철학은 자연철학으로서 외적 사물의 지식을 의미했다. 파스칼은 이런 자연철학을 도덕철학으로 전환시켰다. 파스칼에 있어서 인간은 우주를 인식할 능력을 충분히 갖고 있지만, 우주는 침묵하고 신으로 인도해 주지 않기 때문에 우주를 안다는 것은 신을 인식하는 데 아무런 도움이 되지 않는다고 생각했다.
28 에픽테토스《교화》4권 6장.
29 이 단장은 전체적으로 몽테뉴의 영향이 강하다.《수상록》3권 8장 참조.
30 파스칼은 이 단장 이하 많은 장(章)에서 든 예를《수상록》2권 12장 〈레이몽 스봉의 변해〉에서 얻었다 한다.
31 이하의 몇 행이 전집본에는 더 들어 있고 브랑슈비크 판에는 빠져 있으므로 번역하지 않았다.
32 프랑스 왕조의 문장(紋章).
33 파스칼이 가리키고 있는 서적은 불분명하다. *Della opinione regina del mondo*.
34 타키투스《아구리고라》30장.
35 첫 번째 주장은 데카르트의 것, 둘째 것은 파스칼 자신의 것.
36 몽테뉴《수상록》중에서 〈레이몽 스봉의 변해〉참조.
37 기분은 원어가 fantaisie(공상, 일시적 기분)로 되어 있다.
38 플리니우스 2권 7장. 몽테뉴 2권 12장.
39 키케로《디비나치오네》2권 49장.
40 테렌스《헤아우트》4권 1장.
41 파스칼은 태양의 흑점을 보고 태양이 소멸할 전조라고 생각했다. 즉 태양이

영속할 것이라는 인습적인 신념에 반대하고 태양의 소멸 가능성을 주장했다.

42 〈창세기〉 7장 14절에서 인용한 듯하다.

43 몽테뉴《수상록》 1권 23장.

44 자애란 자기 자신을 사랑하는 것이며 자기를 위해서 모든 것을 사랑하는 것이다(로슈프코《잠언》 583).

45 보슈에의 설교에 이와 비슷한 사상이 보인다.

46 종교개혁을 가리킨다.

47 알렉산드로스 대왕은 페르시아의 왕비나 왕자를 관대하게 대우해주었음에도 다른 한편에서는 지나친 음주로 말미암아 자기의 친구인 그리트스를 살해했다.

48 라 브뤼예르는《귀족에 관해》속에서 이 사상을 전개하고 있다.

49 몽테뉴《수상록》 1권 19장.

50 몽테뉴《수상록》 1권 19장.

51 에픽테토스《제요(提要)》참조.

52 이것은 퍽 오래된 전설인 것 같다. 1560년의 책에는 벌써 이것이 부정되어 있다.

53 파스칼의 친구이며 기하학자였던 데자르그는 콩드리유에 별장을 가지고 있었다. 여기 나오는 이름들은 그 지방이나 그 뜰 안에서 생산되었던 포도 이름인 듯하다.

54 포르 루아얄의 은사들은 수공업에 종사하고 있었다. 그 중 어떤 이들은 구두 제조업에 종사했다. 파스칼 자신도 구두를 만들고 있다고 예수회에게 야유를 받은 적이 있다.

55 몽테뉴《수상록》 2권 34장 참조. 알렉산드로스는 33세에, 카이사르는 56세에 죽었다. 두 사람 다 이제부터 정복의 즐거움을 맛볼까 하는 참이었다.

56 몽테뉴《수상록》3권 4장 참조.

57 단장 97 및 139 참조.

58 몽테뉴《수상록》1권 42장.

59 몽테뉴《수상록》1권 19장.

60 몽테뉴《수상록》1권 30장.

61 1652년경 파스칼은 메레의 감화에 의해 인간성에 눈을 뜨고, 몽테뉴를 읽음으로써 인간의 연구에 들어갔다.

62 몽테뉴《수상록》1권 41장.

63 생시랑 대수도원장에 의해 창설된 포르 루아얄의 '작은 학교'의 학생들을 뜻한다.

64 라 브뤼예르《귀족에 대해서》참조.

65 몽테뉴《수상록》1권 40장.

66 몽테뉴《수상록》1권 40장.

67 몽테뉴《수상록》1635년 판의 페이지 수. 같은 책 1권 40장 참조.

68 몽테뉴《수상록》3권 5장에 의하면 이 작용은 생식 작용을 말한다.

69 코르네유〈메데〉2막 6장.

70 구약 외전(外典)〈벤 시라의 지혜〉24장 7절.

71 몽테뉴《수상록》1권 3장. 라 브뤼예르《인간에 관해》.

72 크롬웰은 1658년에 죽었다. 그의 아들 리처드가 아버지를 대신해 집정관이 되었다. 1660년에는 찰스 1세의 아들 찰스 2세가 즉위함으로써 왕정이 복고되었다.

73 영국 왕 찰스 1세는 1649년에 참수되고, 스웨덴 여왕 크리스티나는 1654년에 폐위되었으며, 폴란드 왕 카시밀은 1656년에 폐위되었으니 그렇게 될 수밖에.

74 5세기의 라틴 문법학자인 동시에 신(新) 플라톤파의 철학자. 그의 저서 《사투르날리아》는 고사(古事)를 아는 데 귀중한 문헌이 되어 있다 한다.
75 영원한 운동이 불가능한 것처럼 그것은 불가능하다는 뜻.
76 이 단장은 난해하고 그 의미가 불명확하다. 브랑슈비크에 의하면 전(前) 단장의 경우에서 제외된 예를 고려한 듯하다. 즉 일이 뜻대로 되지 않을 때, 좋은 면만 생각하고 언짢은 면은 생각지 말라는 격언이 있는데, 이 격언을 실행한 것처럼 보일 때도 사실은 공평하게 철학적으로 한 것이 아니라 표면상으로 그것을 나타내기 위해서 안간힘을 쓴다는 말이다.

제3편 내기의 필연성에 대해

184   신을 구하도록 하기 위한 편지.

그리고 다음에는 신을 철학자들, 퓌론파, 독단론자들 속에서 구하게 한다. 이들은 신을 추구하는 자를 불안하게 할 것이다.

185   만물을 자애롭게 처리하시는 신의 다스림은 종교를 이성에 의해 정신 속에, 은총에 의해 심정 속에 넣으려는 데 있다. 그러나 종교를 강제와 협박에 의해서 정신과 심정 속에 넣기를 원하는 것은 종교를 넣는 것이 아니라 공포를 넣는 것이다. "terrorem potius quam religionem(종교보다 오히려 공포를)."

186   "교화에 의하지 않고 공포에 의해 인도되고 있다고 생각하면, 지배도 압제로 보인다."(아우구스티누스《편지》48 혹은 49. 4권《콘센티우스에게 부치는〈허언을 박(駁)하는 서(書)〉》)

　　　　질서
187   인간들은 종교를 경멸하고 있다. 그들은 종교를 싫어하고 종교가 진실할까 봐 두려워하고 있다. 이것을 고치는 데는 먼저 종교가 이성에 배치되는 것이 아님을 보여주어야 한다. 존숭(尊崇)해

101

야 하는 것임을 알려주어 그에 대한 경의를 불러일으키고, 다음에는 그것을 사랑스럽게 만들어 선량한 사람으로 하여금 그것이 진실하기를 염원하도록 만들어야 한다.

존숭되어야 한다는 것은 종교가 인간을 잘 알고 있기 때문이며, 사랑스럽다는 것은 종교가 참된 행복을 약속해주기 때문이다.

188 모든 대화나 담화에 있어서, 기분이 언짢아진 사람에게는 "무엇이 기분에 거슬립니까?"라고 말할 수 있어야만 한다.

189 불신자(不信者)를 동정하는 것부터 시작하라. 그들이 불행하다는 것은 그들의 상태에 의해 십분 명백하다. 그들을 욕하는 것은 그것이 유익할 경우를 제외하고서는 해서 안 된다. 그것은 그들을 해칠 뿐이다.

190 구하고 있는 무신론자를 동정한다. 왜냐하면 그들은 웬만큼 불행하지 않은가? 그것을 자랑하는 자에겐 욕설을 퍼부을 것.

191 이 사람은 상대방을 비웃을 것이라고? 누가 비웃을 수 있겠는가? 그러나 그는 상대방을 비웃지 않고 차라리 불쌍히 여긴다.

192 미통[1]이 마음을 움직이지 않는 것을 비난할 것. 언젠가는 신이 그를 비난할 테지.[2]

193 "Quid fiet hominibus qui minima contemnunt, majora

non credunt?(작은 것을 경멸하고, 큰 것을 믿지 않는 자는 어떻게 될까?)"

194   ……종교를 공격하기 전에 적어도 자기가 공격하고 있는 종교가 무엇인지 알기를 바란다. 만약 이 종교가 신에 관해 명백한 관념을 가지고 있다든가, 신을 뚜렷이 그리고 가리움 없이 소유하고 있다든가 하는 것을 자랑삼고 있다면, 그렇게도 명확히 신의 존재를 나타내는 것은 이 세상에는 하나도 볼 수 없다고 말하는 것이 공격의 자료가 될 것이다. 그러나 이 종교는 반대로, 인간들이 암흑 속에 있고 신에게서 멀리 떨어져 있으며, 신은 그들의 인식에 숨어 있고, 성서 속에서 자기를 부르는데 '숨어 계신 신Deus absconditus'이라는 이름까지도 가지고 계심을 가르쳐준다. 결국 이 종교는 이 두 가지 사실을, 즉 신은 진심으로 신을 구하고 있는 자에게 자기를 알려주시려고 교회 속에 명백한 표지를 만들어놓으셨다는 사실과, 그럼에도 전심으로 신을 구하는 자에게만이 인지되도록 그 표지를 감추어두셨다는 이 두 사실을 동일하게 확립하려고 애쓰고 있다. 그렇다면 진리를 구하는 데 태만하다고 공언하면서도 아무것도 진리를 보여주지 않는다고 외쳐봤자 그것이 무슨 도움이 되겠는가? 왜냐하면 그들이 현재 그 속에 있고 그것을 가지고 교회를 비난하고 있는 바의 암흑은, 교회가 주장하고 있는 두 사실 중 한쪽은 건드리지 않고 다른 한쪽을 확립해주는 것뿐이고, 교회의 교리를 파괴하기는커녕 도리어 그것을 확립하기 때문이다.

종교를 공격하려면 모든 노력을 다해 진리를 도처에서 찾고, 교회가 그것을 가르쳐주기 위해 제공하는 것을 구하기도 했건만, 아무런 만족도 얻을 수 없었다고 외치지 않으면 안 된다. 만일 그들이 그렇게 말했다면 사실은 교회의 두 주장 가운데 하나를 공격한 것이 되리라. 그러나 나는 이성이 있는 인간으로 그와 같이 말할 수 있는 사람은 한 사람도 없다는 것을 여기에 명백히 해두고 싶다. 뿐만 아니라 그와 같이 말한 사람은 한 사람도 없었다는 것을 감히 언명한다. 그러한 정신을 지닌 사람이 어떤 행동을 하리라는 것은 우리가 잘 알고 있는 바이다. 그들은 성서의 한 편을 읽는 데 여러 시간을 바치고, 신앙의 진리에 관해 어떤 성직자에게 질문도 하며, 그것으로 자신을 계발하는 데 많은 노력을 들였다고 생각한다. 그리고 그들은 서적이나 사람들에게 물어보았지만 아무것도 얻은 바가 없음을 자랑삼아 말한다. 그러나 사실은 내가 종종 말해온 바와 같이 그러한 태만은 용서하기 어려운 것이라고 그들에게 말하고 싶다. 여기서 문제는 그렇게 취급을 해도 좋을 만큼 아무 면식이 없는 타인의 사소한 이해에 관한 것이 아니다. 그것은 우리 자신에 관한, 우리 전부에 관한 문제다.

영혼의 불멸은 우리에게 극히 중대한, 극히 심각한 관계를 가지는 것으로서 모든 감정을 잃어버리지 않는 한, 그것이 무엇으로 되어 있는가를 아는 데 무관심할 수 없을 터이다. 우리가 기대할 수 있는 영원한 행복의 유무에 따라서 우리의 모든 행위와 사상은 다른 길을 택하지 않으면 안 되기 때문에 우리의 궁극적 목적이 되어야 할 이 한 점을 보고 발걸음을 정하지 않고서는 올바른 의식과 판단을 가지고 단 한 발도 앞으로 떼어놓을 수 없을 것이다.

이와 같이 우리의 제1의 관심, 제1의 의무는 이 문제를 해명하는 것이며, 우리의 모든 행동은 이에 달려 있다. 그러므로 나는 이 사실을 납득하지 않는 사람들 속에서 전력을 다해 그것을 배우려 노력하고 있는 자와, 그것을 마음에도 두지 않고 생각지도 않은 채 사는 자와의 사이에 커다란 차별을 둔다.

이러한 의혹에 빠져서 진지하게 번민하며, 그것을 큰 불행으로 생각하고 거기에서 벗어나기 위해서는 그 어떤 것도 사양치 않고, 그 연구를 자신의 주요하고도 가장 진지한 과제로 삼고 있는 사람들에 대해서는 나는 동정하지 않을 수 없다. 그러나 이 인생의 궁극의 목적에 관해서 아무런 사색도 없이 그날그날을 보내고 있는 사람들, 자기를 납득시켜주는 빛이 보이지 않는다는 단지 그 이유만으로 그 빛을 달리 구하길 태만히 하고, 이 설이 민중의 단순한 경신(輕信) 때문에 수락되어 있는 것인지, 아니면 그 자체가 분명치 않다고는 하지만 사실은 확고부동한 바탕을 가지고 있는지를 철저히 구명하려 하지 않는 사람들에 대해서 나는 전적으로 다른 견해를 가지고 있다.

그들 자신에, 그들의 영원한 생명에, 그들의 전부에 관계되는 문제에 관해 그렇듯 태만하다는 것은 나에게 연민을 자아낸다기보다는 차라리 분노를 느끼게 한다. 그것은 나로 하여금 놀라게 하고 두렵게 만든다. 그것은 나에게 기괴한 일이다. 나는 이것을 영적인 신앙의 경건한 열성에서 이야기하고 있는 것은 아니다. 오히려 반대로 인간적 이해의 관점이나 자애의 견지에서 말한다 하더라도 그러한 느낌을 가지게 될 것이라 생각하는 바다. 그러기 위해서는 가장 무지한 사람들이 보고 있는 것을 생각하면 충분하다.

이 세상에 참으로 확실한 만족은 없고 우리의 모든 쾌락은 공허한 것에 불과하고, 우리의 불행은 무한하며, 마침내는 우리를 시시

각각으로 위협하고 있는 죽음이 머지않아 우리를 영원한 멸망이라든가 불행이라든가 하는 무서운 필연성 속에 틀림없이 내던지리라는 것은 각별히 드높은 영혼을 갖지 않더라도 이해할 수 있다.

세상에는 이보다 현실적이고 무서운 것은 없다. 할 수 있는 데까지 강한 체해보자. 이것이 세상에서 가장 아름다운 생애를 기다리는 결말이다. 이 문제를 잘 생각해보고, 다음에 현세에는 내세를 그리워하는 것밖에 희망이 없고, 인간은 내세에 가까워지면 가까워질수록 행복하며, 영원에 대해 전적인 확신을 가지는 자에겐 벌써 불행이란 있을 수 없듯이 그에 대해 아무런 빛도 갖지 않는 자에게는 행복이 없다는 것이 과연 의심스러운 것인지 어떤지를 말해주기 바란다.

그러므로 이러한 의혹 속에 있는 것은 확실히 커다란 불행이다. 그러나 이러한 의혹 속에 있는 경우, 적어도 피할 수 없는 의무는 추구해야 한다. 그렇기 때문에 의혹을 품으면서도 구하려 하지 않는 자는 불행과 부정을 겸해 가지고 있는 셈이다. 또 그것으로 안정되고 만족하며, 그것을 공언하고 심지어 자만까지도 해 그러한 상태를 자신의 기쁨과 자랑거리로 삼는 자들이 있다면 이렇게도 황당무계한 피조물을 무엇이라 형용해야 할지 모르겠다.

도대체 어디서 그런 감정이 나오는 것일까? 구제할 수 없는 불행을 기다릴 뿐이라는 것이 어떻게 행복의 소재가 될 수 있으랴? 분별하기 어려운 암흑 속에 있다는 사실이 어떻게 자만할 거리가 될 수 있으랴? 또 다음과 같은 억설이 이성적인 인간의 마음속에서 어떻게 일어날 수 있겠는가? 누가 나를 이 세상에 내놓았는가, 이 세상이 무엇인가, 나 자신이 무엇인가를 나는 모른다. 모든 것에 관해서 나는 지독한 무지 속에 있다. 나는 자신의 몸뚱이, 자신의 감성, 자신의 넋, 그리고 나 자신의 바로 이 부분, 즉 내가 말하고 있는 것을 생각하고, 모든 것과 자기 자신을 성찰하면서도 다른 사물과 마찬가지로 자기 자신을 모르는 이 부분이 무엇인지를 모른다.

나는 나를 에워싸고 있는 우주의 무서운 공간을 본다. 그리고 나 자신이 이 망막한 넓이의 한 귀퉁이에 연결되어 있음을 깨닫고 있지만, 왜 다른 곳이 아니고 여기에 놓여 있는지, 왜 내가 살기 위해 나에게 부여된 이 근소한 시간이 나보다 앞에 있었던 모든 영원(永遠)과 내 뒤에 잇닿아 있는 모든 영원의 어디에도 지정되지 않고 바로 이 시점에 지정되었는지를 모른다. 내가 도처에서 보는 것은 무한뿐이며, 이 무한은 나를 일개의 미립자처럼, 또 한순간이 지나면 두 번 다시 되돌아오지 않는 그림자처럼 둘러싸고 있다. 내가 알고 있는 바의 전부는 내가 마침내 죽으리라는 것뿐이지만, 내가 가장 모르는 것은 어떻게 해서도 피할 수 없는 바로 이 죽음이라는 것이다.

나는 내가 어디서 왔는지를 모르는 것과 마찬가지로 내가 어디로 가는지를 모른다. 오직 나는 내가 이 세상을 떠나면 허무 속이나 분노하신 신의 수중에 영원히 떨어지게 되리라는 것을 알고 있을 뿐이다. 게다가 이 두 상태 중에서 어느 쪽을 내가 영원히 받아야 하는지 알지 못한다. 이것이 연약하고 불확실성에 찬 나의 상태다. 이상과 같은 모든 사실에서 나는 내 생애의 모든 나날을, 나에게 무엇이 일어날 것인지를 탐구하려고 생각지도 않고 보내는 것이 타당하다고 결론 짓는 바다. 혹은 자신의 의문에 대해 어떤 서광을 발견할 수 있을지도 모르지만 나는 그것 때문에 수고를 하거나 그것을 찾아 한 발이라도 내딛기를 원하지 않는다. 그리하여 마지막으로 그러한 것을 걱정해 괴로워하는 자들을 멸시하면서, 나는 아무런 조심도 두려움도 없이 그렇게도 위대한 모험을 감히 시도해보려 하고, 나 자신의 미래의 영원한 상태에 대해 불확실한 채로 고분고분하게 죽음에 내 몸을 맡기길 원하는 것이다.

 누가 이러한 투로 이야기하는 사내를 벗으로 사귀고 싶어 할 것인가? 누가 자신의 일들을 고백하기 위해 이러한 사내를 많은 사람들 가운데서 선택하겠는가? 누가 고민하고 있을 때 이러한 사내의 도움을 구할 것인가? 그리고 도대체 이러한 사내는 인생에서 무슨 소용이 있겠는가?

 사실 이렇게도 황당무계한 사람들을 적(敵)으로 가지고 있다는 것은 종교에 있어서 영광이다. 그들의 반대는 조금도 위험하지 않고 오히려 종교의 진리를 확립하는 데 도움이 될 정도다. 왜냐하면 기독교의 신앙은 대체로 이 두 사실을, 즉 인간의 타락과 예수 그리스도의 속죄를 확립하려고만 하기 때문이다. 그런데 그들은 그 청정한 품성에 의해 속죄의 진리를 나타내는 데는 도움이 되지 않는다 하더라도 적어도 그 왜곡된 생각에 의해 인간성의 부패를 나타내는 데는 놀라울 만한 기여를 하고 있다고 생각한다.

 인간에게 자신의 상태만큼 중요한 것은 없고 그들에게 영원만큼 두려운 것은 없다. 따라서 자기 존재의 파괴나 영원한 비참의 위험에 대해 무관심한 사람이 있다는 것은 결코 정상적인 사실이 아니다. 그들은 다른 모든 사물에 대해서는 전적으로 다른 태도를 취한다. 극히 사소한 일에 대해서까지도 신경을 쓰고 그것을 예측하며 감지한다. 그리하여 어떤 직위를 잃어버리거나, 자기의 명예가 손상되었다고 생각하거나 해서 분노와 절망 속에서 많은 밤과 낮을 보내는 그 사람이 마침내는 죽음으로 모든 것을 잃게 되리라는 것을 알고 아무런 불안도 동요도 느끼지 않는 사람과 동일한 사람인 것이다. 같은 마음에 더구나 같은 시간에 사소한 사물에 대한 이와 같은 민감과 가장 큰 문제에 대한 이와 같은 이상한 무감각을 본다는 것은 기괴한 일이다. 이것은 결코 풀 수 없는 주박(呪縛)이며 상규(常規)를 일탈(逸脫)한 가수(假睡)로서 그것을 불러일으키는 것은 전능의 신임을 입증하고 있다.

　이러한 상태에 처해 있음을 영광스럽게 생각하는 인간의 본성에는 기괴한 전도(轉倒)가 있음에 틀림없다. 그렇지 않다면 단 한 사람도 그러한 상태에 있을 수 없을 것이다. 그럼에도 경험에 의하면 그러한 사람들이 상당히 많이 있는 것같이 보이므로, 그 속에 들어 있는 사람들의 대다수는 자신을 가장하고 있지, 실제로는 그렇지 않다는 것을 만약 우리가 몰랐더라면 완전히 경악하고 말았을 것이다. 이러한 사람들은 세간의 유행은 그런 격렬한 짓을 하는 것이라고 말하는 것을 들은 패들이다. 이것은 그들이 속박에서 풀렸다고 일컫고 모방하려고 시도하는 것이다. 그러나 그러한 짓으로 존경을 받으려 함이 얼마나 부질없는 노릇인가를 그들에게 알려주기란 그다지 어렵지 않다. 그것은 세인들 사이에서조차 존경을 얻는 길이 아님을 나는 말한다. 세인들은 사물을 건전하게 판단하고 자기를 정직하게 충실하게 공명하게 보여주며, 또 친구들에게 유익한 일을 해줄 수 있는 것처럼 생각되는 것을 세상에서 성공하는 유일한 길로 알고 있다. 왜냐하면 인간이라는 것은 본래가 자기에게 유리해 보이는 것밖에 좋아하지 않기 때문이다. 그런데 어떤 사람이 자기는 벌써 속박에서 벗어났다든가, 자기의 행위를 감시하는 신이 존재한다고는 믿지 않는다든가, 자기 행동의 유일한 주인공은 자기 자신이라고 생각한다든가, 또 자기 행위의 책임은 자기 혼자만이 진다든가 하는 말을 우리에게 들려준다 한들 그것이 우리에게 어느 정도 이익을 주겠는가? 그것으로 해서 그는 이제부터 우리가 그를 몹시 신뢰하고 생활의 모든 필요에 응해 위로나 충고나 도움을 그에게 기대하게 되리라고 생각하는 것일까? 그들은 우리의 영혼은 가냘픈 바람이나 연기에 지나지 않는다고 생각하고 있다는 말을 우리에게 들려주고, 게다가 그것을 자랑하며 만족스러운 어조로 들려주고서 우리를 대단히 기쁘게 해주었다고 생각하는 것인가? 도대체 이러한 것을 즐겁게 이야기해야 하는가? 오히려 반대로 이 세상에서 가장 슬픈 것으로서 이야기해야 되는 것이 아닐까?

만약 그들이 이 사실을 성실하게 생각한다면 그것은 너무도 틀렸고, 양식에 어긋나 있으며, 성실에 배치되고 또 그들이 구하고 있는 고상한 태도와는 모든 점에서 동떨어져 있으므로, 그들의 자취를 따르려는 경향이 얼마간 있는 사람을 왜곡시키기보다는 오히려 교정시키는 결과가 되리라는 것을 깨닫게 될 것이다. 사실 그들이 종교를 회의하는 심정과 이유를 그들로 하여금 설명하도록 하라. 너무도 박약하고 저급한 것을 말할 것이므로 당신들은 도리어 그 반대의 것을 믿게 될 것이다. 그래서 그들에게 어떤 날 한 사람이 아주 적절한 말을 했다. "만약 당신들이 그와 같은 말을 계속해서 한다면, 당신들은 정말 나를 종교에 끌어 넣고 말 것이다"라고. 그가 한 말은 옳았다. 왜냐하면 이렇게도 경멸할 만한 인간과 사귀고 싶은 마음이 자기에게 있음을 깨닫고 그 누가 공포를 느끼지 않겠는가?

그러므로 이러한 느낌을 가장하고 있는 데 불과한 사람들이 자기의 천성을 억제하고 인간 중에서도 가장 오만불손한 자가 되려 한다면 몹시 불행한 인간이 되고 말 것이다. 만약 그들이 그 이상의 빛을 갖지 못함을 마음속 깊이 괴로워하고 있다면 그것을 감추어서는 안 된다. 공언했다고 해서 수치스러울 것은 조금도 없다. 그것을 공언하지 않는 것이야말로 수치스럽다. 신 없는 인간의 불행이 어떤 것인가를 모르는 것만큼 정신의 극단적인 약함을 나타내는 것은 없다. 영원의 약속인 진리를 구하지 않는 것만큼 마음의 악질을 말하는 것은 없다. 신에 대해 강한 척하는 것만큼 비열한 짓은 없다. 그러므로 그러한 불신앙은 참으로 불신앙에 알맞도록 태어난 악당에게 돌리는 것이 좋다. 기독교 신자가 될 수 없을진대 적어도 참된 인간이 되기를 바란다. 그리하여 결국 도리에 어긋나지 않는다고 부를 수 있는 인간은 두 부류밖에 없다. 그것은 신을 알고 있기 때문에 온 마음을 다해 신에게 봉사하는 자와, 신을 모르고 있기 때문에 온 마음을 다해 신을 구하는 자라는 것을 인식하기를 바란다.

그러나 신을 알지도 못하고 구하지도 않고 살아가는 사람들에 관해서 이야기한다면, 그들은 자신을 돌아볼 값어치도 없는 인간이라고 스스로 생각하고 있기 때문에 다른 사람들에게 돌봄을 받을 값어치 또한 없다. 그리하여 그들을 그 정신이상 속에 내버려둘 만큼 경멸하지 않기 위해서는 그들이 경멸하고 있는 종교의 모든 사랑이 필요하다. 그러나 이 종교는 그들이 이 세상에 있는 한, 그들의 마음을 밝혀줄 수 있는 은총을 입을 가능성이 있다고 항상 보아야 됨을 우리에게 명령하고, 또 그들도 머지않아 현재의 우리보다도 한층 더 신앙이 깊어질 수 있고, 반대로 우리도 현재의 그들처럼 맹목

111

속에 빠질 수 있다는 것을 우리로 하여금 믿도록 명령하기 때문에, 만일 우리도 그들의 위치에 있었다면 자기를 위해 이렇게 해주기를 바라는 바의 것을 그들에게 해주지 않으면 안 된다. 그리하여 그들이 그들 자신을 긍휼히 여기고 빛을 발견할 수는 없을까 하고 불과 몇 발자국만 앞으로 내딛도록 재촉하는 것이 필요하다. 그들은 다른 것을 위해 상당히 허비하고 있는 시간의 몇 분의 일이라도 이것을 읽기 위해 할당해주기를 바라는 바다. 그들은 거기에 대해서 다소 반감을 느끼겠지만 혹시 무엇을 만나게 될지도 모른다. 어쨌든 별로 큰 손해는 없을 것이다. 그러나 진리를 만나려는 완전한 성실성과 참된 욕구를 가지고 이것을 읽는 사람들에 대해서는, 나는 그들이 만족을 얻고 이렇듯 신성한 종교의 증거에 설복되기를 희망한다. 그 증거들을 나는 여기에 열거해두었다. 대체로 다음과 같은 순서를 따라서…….

195 기독교의 증거에 들어가기 전에 인간에게 그렇듯 중요하고 절실한 문제에 관해, 사람들이 그 진리를 찾는 데에 무관심하게 살아가고 있는 부당성을 지적할 필요가 있다고 나는 생각한다.

그들의 모든 길잃음 가운데 이것은 확실히 그들의 광기 어린 어리석음과 맹목을 가장 잘 입증하는 것으로서, 그 속에 빠져 있는 그들을 곤혹하게 하는 것은 상식적인 일별(一瞥)에 의해서나 자연적인 감정에 의해서나 극히 쉬운 노릇이다.

왜냐하면 이 세상의 생활은 한순간에 지나지 않고, 죽음의 상태는 비록 그것이 어떠한 성질일지라도 영원하다는 것은 의심할 여지가 없기 때문이다. 그래서 이 영원한 상태 여하에 따라서 우리의 모든 사상과 행위는 완전히 다른 길을 택하지 않으면 안 되기 때문에 우리의 궁극의 목적인 이 일점의 진리에 의해 걸음걸이를 정하지 않는 한, 올바른 의식과 판단을 가지고 한 걸음도 나아갈 수 없다.

세상에 이보다 명백한 것은 없다. 따라서 이성의 원리에 비추어 보더라도 사람들의 행동은 다른 길을 취하지 않는 한 전적으로 도리에 어긋나 있다.

그러한 까닭에 인생의 궁극의 목적에 관해 아무것도 생각하지 않고 살아가는 사람들, 반성도 불안도 없이 자신의 성향과 쾌락에 몸을 내맡기고 있는 사람들, 또 영원에서 생각을 다른 데로 돌림으로써 영원을 소멸시킬 수나 있는 것처럼 이 세상의 순간을 행복하게 지낼 것만을 생각하는 사람들에 대해 판단해주기를 바란다. 어쨌든 이 영원이라는 것은 존재한다. 그리고 이 영원을 타개하는 죽음, 그들을 끊임없이 위협하고 있는 죽음이 영원히 멸망시키느냐 불행하게 하느냐는 무서운 필연 속으로 그들을 오래지 않아 내던질 것은 정한 사실이다. 게다가 이들 영원 중 어느 쪽이 그들을 위해 무궁하게 준비되어 있는지를 그들은 모르고 있다.

이 회의는 무서운 결과를 불러올 것이다. 그들은 영원의 비참이라는 위험 속에 놓여 있다. 그런데도 그들은 이 문제를 대단찮은 것으로 생각하며, 그것(그리스도교)이 민중의 너무도 안이한 경신(輕信)에서 용납되고 있는 설인지, 혹은 그 설 자체가 애매하면서도 대단히 견고한 바탕(비록 그 바탕이 감추어져 있긴 하지만)을 가지고 있는 설인지를 음미하기에 태만하고 있다. 그러므로 그들은 이 사물 속에 진리가 있는지 오류가 들어 있는지, 그 증거 속에 강점이 있는지 약점이 있는지를 모른다. 그 증거는 그들의 눈앞에 있건만 그들은 그것을 보는 것을 거부한다. 그리하여 이러한 무지 속에 있으면서 그들은 불행이 닥칠 경우엔 별수 없이 그 속에 빠질 모든 것을 스스로 택하고, 죽을 때 그것을 시험해보려고 기다리고 있다. 그럼에도 그러한 상태에 크게 만족하고 그것을 떠벌리며, 게다가 그것을 자만한다. 이 문제의 중대성을 진지하게 생각해볼 때, 이다지도 무모한 행동에 대해 두려움을 느끼지 않을 수 있겠는가?

이러한 무지 속에서 그렇게도 태연히 안주하고 있다는 것은 기괴하기 짝이 없는 노릇이다. 그러므로 그러한 삶을 보내고 있는 사람들에게 이 사실을 보여주어 그 무모와 우매를 깨닫게 하고, 그들이 자신의 광기 어린 어리석음을 보고 당혹하도록 하지 않으면 안 된다. 왜냐하면 그들이 현재와 같은 무지 속에 있으면서도 빛을 구하려 하지 않고 생활하는 길을 택할 경우, 그들은 대개 다음과 같이 논하기 때문이다. 그들은 말한다, "나는 모른다"고.

196 이 사람들은 심정이 결여되어 있다. 그들을 벗으로 삼아서는 안 된다.

197 중요한 사물조차도 경멸할 정도로 무감각하고 게다가 우리에게 가장 중요한 사물에 대해 무감각하게 된다는 것.

198 작은 사물에 대한 인간의 민감과 큰 사물에 대한 무감각은 기괴한 전도(轉倒)의 표징이다.

199 한 무리의 인간들이 사슬에 묶여 모두 사형선고를 받았는

데 그 중 몇 사람이 날마다 다른 사람들의 눈앞에서 교살되고, 나머지 사람들은 자신의 운명도 동료의 운명과 마찬가지라고 생각하며 슬픔에 잠겨 희망도 없이 서로들 얼굴을 바라보며 자기 차례가 오기를 기다린다고 상상하라. 이것이 인간의 상태를 그린 그림이다.

200   감옥 속에 갇혀 있는 사내가 자기에게 선고가 내렸는지 어떤지 그 여부를 모르고, 그것을 아는 데는 앞으로 한 시간밖에 남지 않았는데, 만약 선고가 내려진 것으로 알고 있었다면, 그 한 시간으로 충분히 선고를 취소받을 수 있는 경우, 그 시간을 선고가 내렸는지 그 여부를 확인하는 데 쓰지 않고 삐께(카드놀이의 일종)를 하는 데 허비한다면 그것은 자연에 어긋나는 짓이다. 그러므로 인간이[3] ······자연을 넘은 것이다. 이것이야말로 신의 손(신의 벌)을 무겁게 하는 노릇이다.[4] 그러므로 신을 구하는 사람들의 열성이 신을 증명할 뿐만 아니라, 신을 구하지 않는 사람들의 맹목도 또한 신을 증명한다.[5]

201   이 사람들이나 저 사람들의 항의는 모두가 그들 자신에 대한 것이지 결코 종교에 대한 것은 아니다. 불신자들이 지껄이는 모든 것은······.

202   "자기에게 신앙이 없음을 불만스럽게 여기는 사람들을 보면 신이 그들에게 빛을 내리시지 않았음을 알 수 있다. 그러나 다른 사람들을 보면 그들을 맹목으로 만들어놓으시는 신이 존재함을 알 수 있다."

203 "Fascinatio nugacitatis(하찮은 것의 매력)."[6] — 정념에 해를 입지 않기 위해 마치 여드레 동안의 생명밖에 없는 것처럼 행동하자.

204 만약 인간이 자기 생애의 8일간을 제공해야 한다면 1백 년을 제공해야 할 것이다.

205 내 생애의 짧은 기간이 그 전과 후의 영원 속에 흡수되어 있고, 내가 채우고 있으며, 또 현재 보고도 있는 이 작은 공간이 내가 모르는, 또 나를 모르는 무한의 공간 속에 침잠해 있음을 생각할 때, 나는 내가 여기에 있고 저기에 있지 않은 것을 보고 두려움과 놀라움을 느낀다. 왜냐하면 왜 저기에 있지 않고 여기에 있는가, 그 때에 있지 않고 지금 있는가, 그 이유가 없기 때문이다. 누가 나를 여기에 두었는가? 누구의 명령과 처치에 의해 이 자리와 이때가 나에게 배정되었는가 말이다. "Memoria Hospitis unius diei Praetereuntis(단 하루 머물렀던 나그네의 추억)."[7]

206 이 무한한 공간의 영원한 침묵이 나를 전율하게 한다.

207 얼마나 많은 왕국이 우리를 모르고 있는가!

208 왜 나의 인식은 한정되어 있는가? 왜 나의 신장은? 왜 나의 수명은 1천 년이 아니고 1백 년인가? 무슨 이유로 자연은 이러한 수명을 나에게 주었는가? 무한 속에서는 어느 것이 다른 것보다

마음에 드는 법이 없는 이상 어느 하나보다도 다른 것을 택할 이유가 없는데, 그 무한 속에서 다른 수(數)보다도 이 수를 택한 것은 무슨 까닭인가?

209 너는 주인에게 사랑과 부추김을 받는다고 노예가 아닌 줄 아느냐? 노예여, 너는 참으로 행복하도다. 주인은 너를 부추겨주지만 머지않아 너를 때릴 것이다.[8]

210 연극에서 다른 막은 모두가 아무리 아름답더라도 최후의 막은 피비린내가 난다. 결국에는 머리에다 흙을 뒤집어쓰고 그것으로 영원한 고별이다.

211 우리는 우리와 비슷한 자들과 교제할 때 마음 놓을 수 있음을 기뻐한다. 우리와 마찬가지로 비참하고 무력한 그들은 결코 우리에게 도움이 되지 않는다. 사람은 혼자서 죽을 것이다. 그러니 인간은 혼자인 것처럼 행동하지 않으면 안 된다. 그러면 굉장한 집이라도 짓는 따위의 일을 해야 할 것인가? 서슴지 말고 진리를 찾아야 할 것이다. 그것을 거절하는 사람이 있다면 그 사람은 진리의 추구보다도 영예를 존중하고 있음을 입증한다.

새어나감

212 인간이 소유하는 일체의 것이 새어나가고 있음을 느끼는 것은 무서운 일이다.

213　우리와 지옥 혹은 천국 사이에는 이 세상에서 가장 연약한 생명이라는 것이 개재해 있을 뿐이다.

부정(不正)

214　자만심이 비참과 어울려 있음은 극한적인 부정이라 하겠다.

215　위험이 없을 때는 죽음을 두려워하고, 위험이 있을 때는 두려워하지 않는다. 왜냐하면 인간이기 때문이다.

216　뜻하지 않는 죽음만이 무섭다. 그러므로 귀족들의 집에는 청문사제(聽聞司祭)가 머물고 있다.

217　어떤 상속인이 자기 집의 재산 증서를 발견했다고 하자. "아마 이것은 가짜일 테지?"라고 말하고 그 증서를 대수롭지 않게 보고 말 것인가?

감옥

218　사람들이 코페르니쿠스의 설을 구명하지 않은 것은 좋다고 생각한다. 그러나 이것……! 영혼이 가사(可死)인지 불사(不死)인지를 앎은 전 생애에 관계되는 일이다.

219　영혼이 가사인가 혹은 불사인가 하는 것이 도덕에 근본적인 차이를 생기게 하는 것은 의심할 여지도 없다. 그럼에도 철학자들은 이 사실과는 아무런 관계없이 그들의 도덕을 이끌어왔다. 그

들은 한 시간 보내는 것을 곰곰이 생각하고 있을 뿐이다.
　　기독교로 향하게 하기 위한 플라톤.[9]

220　　영혼의 불사를 논하지 않았던 철학자들의 오류. 몽테뉴 속에 있는[10] 그들의 딜레마의 오류.

221　　무신론자들은 철저히 명백한 사물을 이야기해야 한다. 그런데 영혼이 물질적이라 함은 철저히 명백하지 않다.

　　무신론자들
222　　도대체 무슨 이유로 그들은 인간이 부활할 수 없다고 말하는가? 탄생하는 것과 소생하는 것, 전에는 존재하지 않던 것이 있게 되는 것과 이미 존재하던 것이 다시 있게 되는 것, 이들 두 사실 중에서 어느 것이 더 어렵겠는가? 존재하게 되는 것이 또다시 존재하게 되는 것보다 더 어렵다는 말인가? 습관은 우리로 하여금 전자가 쉽다고 생각하게 하고 습관의 결여는 후자를 불가능하다고 생각하게 한다. 판단의 비속한 방법이여!
　　왜 처녀는 아기를 낳을 수 없는가? 암탉은 수탉이 없어도 알을 낳지 않는가? 누가 밖에서 보고 그 달걀을 다른 달걀과 구별할 수 있겠는가? 또 암탉이 수탉과 마찬가지로 태종(胎種)을 만들 수 없다고 누가 우리에게 말했는가?

223　　그들은 부활에 반대하고 처녀강탄(處女降誕)에 반대해 무슨 할 말이 있는가? 인간이나 동물을 낳는 것과 그것을 소생시키는

것 중에 어느 편이 더 어렵겠는가? 만약 그들이 어떤 종류의 동물을 보지 않았더라면, 그 동물들이 서로 어울리지 않고 생기는지 어떤지를 추측할 수 있었겠는가?

224 성찬 및 그 밖의 것을 믿지 않는 어리석음을 나는 얼마나 증오하고 있는가! 복음이 진실하고 예수 그리스도가 신이라면 그것을 믿는 데 무슨 어려움이 있겠는가?

225 무신론은 이지(理智)의 힘을 표시한다. 단, 어느 정도까지만.

226 불신자(不信者)들은 이성을 따르고 있다고 공언하니 이성적으로는 굉장히 강할 것임에 틀림없다. 그래서 그들은 무어라 말하는가? "우리는 인간과 마찬가지로 짐승이 죽고 살며, 기독교도와 마찬가지로 터키인이 죽고 사는 것을 보지 않는가? 그들도 우리와 꼭 같이 그들의 의식, 그들의 예언자, 그들의 박사, 그들의 성자, 그들의 수도사를 가지고 있다. 등등." 이렇게 불신자들은 말한다(그것이 성경에 반대되는가? 성경은 이 모든 것을 말하고 있지 않은가?).

만약 당신들에게 진리를 알고 싶은 생각이 거의 나지 않는다면 그 정도에서 안심하고 있으면 충분할 것이다. 그러나 당신들이 온 마음을 다해 진리를 알고 싶어 한다면 그것으로는 부족하다. 더 상세히 보지 않으면 안 된다. 철학의 문제로서는 그것으로 충분하겠지만 이것은 모든 존재에 관한 문제다……. 그럼에도 그와 같은 가벼운 생각을 하고 즐기려 한단 말인가? 등등. 이 종교가 그와 같이

불분명한 이유를 밝히는가 어떤가를 조사해보도록. 아마 이 종교가 그것을 우리에게 가르쳐줄 것이다.[11]

대화에 의한 순서

227 "나는 어쩌면 좋을까? 나는 어디에서나 애매함밖에 보지 못한다. 나 자신을 무(無)라고 생각해야 할까?"
"모든 것은 변화하고 연달아 일어난다." 당신은 틀렸다. 거기에는……

228 무신론자들의 항의, "그러나 우리에게는 아무런 빛도 없다."

229 이것이야말로 내가 보고 마음 괴로워하는 것이다. 나는 모든 방면을 살펴보지만 어디에서나 불분명밖에 보지 못한다. 자연은 의혹과 불안의 재료가 아닌 것은 아무것도 나에게 제시하지 않는다. 만약 거기에 신성(神性)을 표상하고 있는 것을 아무것도 보지 않는다면 나는 부정적인 결론에 도달하고 말 것이다. 만약 내가 어디에서나 창조주의 표징(表徵)을 본다면 나는 신앙 속에 안주하게 될 것이다. 그러나 부정하기에는 너무도 많은 것과 확신하기에는 너무도 적은 것을 보고 있기 때문에 나는 가련한 상태에 놓여 있는 것이다. 이 자연 속에서 나는 몇백 번이고 다음과 같이 기원했다. 즉 만일 하나의 신이 자연을 지탱하고 있다면 자연이 그 신을 명백하게 나타내주도록. 또 자연이 부여하는 표징이 허위라면 자연이 그 표징을 깨끗이 없애주도록. 그리고 어느 편을 따라야 할지 알려주기 위해 일체를 말해주든가 아니면 아무것도 말하지 말기를 나는 몇백

번이고 기원(祈願)했다. 내가 무엇을 해야 하는지를 모르는 나 자신의 현 상태에서, 나는 나의 조건도 의무도 알 수가 없다. 내 마음은 참된 선(善)이 어디에 있는지를 알고 그것을 따라가기 위해 전력을 다하고 있다. 영원을 위해서라면 아무것도 나에겐 비싸지 않다.

신앙 속에서 그렇게도 게으르게 살아가는 사람들, 나 같으면 전혀 달리 사용하리라고 생각되는 천분(天分)을 그다지도 악용하는 사람들을 나는 부러워한다.

230 신이 존재한다는 것은 불가해하고, 신이 없다는 것도 또한 불가해하다. 영혼이 육체와 함께 있다는 것도 우리에게 영혼이 없다는 것도 불가해하다. 세계가 창조되었다는 것도, 세계가 창조되지 않았다는 것도 불가해하다, 등등. 원죄가 있다는 것도 그것이 없다는 것도 불가해하다.[12]

231 신은 무한하고 부분이 없다는 것을 불가능하다고 당신들은 생각하는가? ─ 좋다 ─ 그러면 무한하고 불가분한 것을 보여드리겠다. 그것은 무한한 속도로 모든 곳을 움직이고 있는 하나의 점이다. 왜냐하면 그것은 모든 위치에서 하나이며 개개의 장소에서는 전체이기 때문이다.

전에는 불가능하게 보이던 이 자연의 사실[13]에서 당신들이 아직도 모르고 있는 다른 사실이 있을 수 있다는 것을 알기 바란다. 당신들의 도제봉공적(徒弟奉公的) 지식에서 나에게는 알 만한 것이 아무것도 남아 있지 않다는 따위의 결론을 끌어내지 말라. 오히려 알아야만 할 것이 무한히 남아 있다고 생각하라.

232   무한의 운동, 모든 것을 채우는 점, 휴지(休止)의 순간, 양(量)이 없는 무한, 불가분하고 무한한 무한.

무한. 무
233   우리의 넋은 육체 속에 던져져 있는데 거기서 수(數)와 시간과 차원을 발견한다. 넋은 그 위에서 추리하고 그것을 자연이니 필연이니 하고 부른다. 그리고 그 밖의 것은 믿을 줄 모른다.
무한에 하나를 더해도 무한은 조금도 불지 않는다. 무한의 길이에 한 피트를 더해도 마찬가지이다. 유한은 무한 앞에서 소실하고 단순한 무로 변해버린다. 우리의 정신도 신 앞에서는 그러하고, 우리의 정의도 신 앞에서는 그렇다. 우리의 정의와 신의 정의 사이에는 하나와 무한 사이에 있는 것만큼 커다란 불균형은 없다. 신의 정의는 그 자비만큼 커야만 한다. 그런데 신에게 버림받은 자들에 대한 정의는, 신의 택함을 받은 자들에 대한 자비만큼 크지 않을뿐더러 우리에게 주는 자극 또한 적다.[14]
우리는 무한이 존재함을 알고 있지만 그 본질은 모르고 있다. 수는 유한하다는 것이 잘못인 줄 안다면 수는 무한하다는 것이 진실인 줄 아는 것과 마찬가지이다.[15] 그러나 우리는 그 무한이 어떤 것인 줄을 모른다. 그것이 우수(偶數)라 함도 잘못이요, 기수라 함도 또한 잘못이다. 왜냐하면 거기에다 하나를 더해도 그것의 본질은 변하지 않으니 말이다. 그럼에도 그것은 수이며 모든 수는 짝수가 아니면 홀수다(이것은 모든 유한수에 관한 한 진실이다). 그와 같이 신이 무엇인지는 모르더라도 신이 존재함은 충분히 알 수 있다.
만약 참된 사물이 진리 그 자체가 아님을 볼 때 실체적 진리란 없는 것일까?[16]

그러므로 우리는 유한의 존재와 본질을 알고 있다. 우리도 유한하고 유한처럼 폭(幅)을 가지고 있으니까. 우리는 무한의 존재를 알고 있지만 그 본질은 모르고 있다. 무한은 우리와 마찬가지로 폭을 가지고 있지만 우리와는 달리 한계를 가지고 있지 않기 때문이다. 그러나 우리는 신의 존재도 본질도 알지 못한다. 왜냐하면 신에게는 폭도 한계도 없기 때문이다.

그러나 신앙에 의해 우리는 신의 존재를 인지하고, 영광에 의해[17] 그 본질을 인지한다. 그런데 나는 이미 어떤 사물의 본질을 모르더라도 그 존재를 충분히 알 수 있음을 표시했다. 이번에는 자연의 빛을 따라서 진술해보자.

만약 신이 존재한다면 신은 무한히 불가해하다. 까닭인즉 그는 부분도 한계도 가지고 있지 않기 때문에 우리와는 아무런 관계도 없으니까 말이다. 그러므로 우리는 신이 무엇인지, 신이 있는지 없는지도 알 수 없다. 그렇다면 누가 감히 이 문제를 풀려 하겠는가? 그것은 신과 아무런 관계도 없는 우리는 아니다.

그럴진대 기독교 신자가 자기의 신앙적 이유를 밝히지 못한다 해서 누가 무어라 할 수 있겠는가? 그들은 이유를 밝힐 수 없는 종교를 믿고 있는 것이다. 그들은 그 종교를 세상 사람들에게 설명하는 데 있어서 그것을 "어리석은 것stultitiam"[18]이라고 선언하고 있다. 그런데도 당신들은 그들이 그것을 증명하지 못한다고 개탄하는가! 만약 그들이 그것을 증명한다면 그들은 약속을 어기게 될 것이다. 증명하지 않는 것이야말로 그들이 무사려(無思慮)하지 않다는 증거다—"그렇다. 그러나 그것은 이 종교를 그러한 것으로서 제시하는 사람들의 변명이 될지언정 또 그것을 이유 없이 선전한다는 비난을 그들에게서 제거할지언정, 이 종교를 받아들이는 사람들의 변명은 되지 않는다"—그렇다면 이 점을 음미해 "신은 있는가 혹은 없는가"를 말해보도록 하자. 그러나 우리는 어느 쪽으로 기울어질 것인가? 이성(理性)은 여기서 아무런 결정도 할 수 없다. 거기에는 우리를 격리시켜놓는 그지없는 혼돈이 있을 뿐이다. 이 무한의 거리가 끝나는 곳에서는 도박 한판이 벌어진다. 노름패가 뒤집혀 나오든가 아니면 바로 나올 것이다. 이성을 좇는다면 당신은 어느 쪽에도 걸 수 없다. 이성을 좇는다면 둘 중 어느 것을 막을 수도 없다.[19] 그렇다면 어느 한쪽을 택한 사람을 틀렸다고 책망해서는 안 된다. 당신들은 그것에 대해서 아무것도 모르니까 말이다—"아니, 내가 책하는 것은 어느 쪽을 택하는 것이 아니라 선택 행위 그 자체다. 왜냐하면 앞면을 택하는 것도 뒷면을 택하는 것도 꼭 같은 잘못이요, 쌍방이 모두 틀렸기 때문이다. 올바른 것은 전혀 도박을 하지 않는 것이다." 그렇다. 하지만 도박은 안 할 수 없다. 이것은 제 마음대로 하는 것이 아니다. 당신은 벌써 시작한 것이다. 그러면 어느 쪽을 택하느냐? 자! 선택해야 한다면 어느 쪽이 이익이 적은가를 생각해보자.[20] 당신이 잃는 것은 둘, 즉 진(眞)과 선(善)이요, 당신이 거는 것도 둘, 즉 당신의 의지와 이성, 당신의 지식과 행복이다. 그리고 당신의 본성이 피하는 것은 둘, 즉 오류와 비참이다. 아무래도 선택해야 하는 이상 한쪽을 택하고 다른 쪽을 버렸다고 해서 당신의 이성이 더욱 손상되지는 않는다. 이것으로서 일점이 해결되었다. 그러나 당신의 행복은? 신이 있다면 앞면을 취하면서 득실(得失)을 달아보고 두 가지 경우를 생각해보자. 만약 당신이 이긴다면 당신은 모든 것을 딴다. 져도 아무것도 잃지 않는다. 그러니 서슴지 말고 신이 존재한다는 쪽에 걸게 — "좋고말고. 그렇게 걸어야겠는걸. 그러나 너무 많이 거는지도 모르지" — 자아, 보게. 득(得)에도 실(失)에도 마찬가지 운(運)이 있는 이상, 만일 하나의 생명 대신에 둘의 생명을 따기만 하면 당신은 또다시 걸 수 있을 것이다. 그러나 만일 셋의 생명을 딴다면 당연히 걸어야 할 것이다(아무래도 걸지 않으면 안 되니까). 그리고 득에도 실에도 마찬가지 운이 있는 도박에서, 게다가 걸지 않으면 안 되도록 강요되어 있는 판에 셋의 생명을 얻기 위해 하나의 생명을 감히 걸려 하지 않는다면 당신은 분별 없다는 말을 들을 것이다.

  그러나 여기에는 생명과 지복의 영원함이 있다. 그렇다면 무수한 운 중에서 하나만이 당신의 것일 때, 당신이 둘을 따기 위해 하나를 거는 것은 당연한 일이리라. 또 무수한 운 중에서 하나가 당신의 것이 될 수 있는 도박에서, 무한히 행복한 무한의 생명을 얻을 수 있다면, 구처(區處) 없이 걸지 않으면 안 되는 판에 3개의 생명에 대해 하나의 생명을 걸기를 거절한다는 것은 도리에 벗어난 행위일 것이다. 그러나 여기에서는 무한히 행복한 무한의 생명을 딸 수 있으며, 실의 운이 유한한 데 대해서 득의 운은 하나이며 당신이 거는 것은 유한하다. 이래서는 전혀 내기가 되지 않는다. 무한이 있는 곳, 딸 운이 무한한 데 대해 잃을 운이 무한하지 않는 곳에서는 망설일 필요가 없다. 모든 것을 걸어야 한다. 그러므로 내기가 강요된 경우에 있어서 무가치한 것은 잃을지도 모르지만 마찬가지로 무한한 것을 얻을지도 모르는데 감히 생명을 걸지 않고 그것을 그냥 지니고 있다는 것은 분명히 제정신을 잃은 행위다.

왜냐하면 이길지 질지는 불확실하다 하고, 내기를 하는 것은 확실하다 하더라도, 또 거는 것의 '확실성(確實性)'과 딸지도 모르는 '불확실성(不確實性)'과의 사이에 있는 무한의 거리는 인간이 확실하게 거는 유한의 선과 불확실한 무한의 선을 동일하게 만들어준다 하더라도 아무런 소용이 없기 때문이다. 사실은 그렇지 않다. 내기를 하는 모든 자는 불확실한 것을 따기 위해 확실한 것을 거는 법이다. 그런데 그가 유한을 확실히 걸고 유한을 불확실하게 얻으려 해도 이성에 어긋나는 것은 아니다. 거는 것의 확실성과 따는 것의 불확실성 사이에는 무한히 떨어진 거리가 없다. 그것은 잘못이다. 사실인즉 무한은 득의 확실성과 실의 확실성 사이에 있다. 그러나 득의 불확실성은 득과 실의 운의 비율에 따라 거는 것의 확실성에 비례한다. 여기서 쌍방에 동일한 운이 있으면 내기는 대등하게 행해지는 셈이다. 그때에는 거는 것의 확실성과 따는 것의 불확실성이 같게 된다. 이 둘 사이에 무한의 거리가 있다 함은 사실과는 거리가 멀다. 이와 같이 득과 실에 동등한 운이 있는 내기에 있어서, 유한을 걸고서 무한을 따려는 경우 우리의 제언은 무한한 힘을 지니게 된다. 이것은 증명할 수 있다. 그리고 인간들이 어떤 진리를 알 수 있다면 이것이 곧 그 진리다— "나는 그것을 긍정하고 시인한다. 하지만 한 걸음 더 나아가 내기의 내막을 보는 방법은 없을까?"— 있다. 성서 및 그 밖의 여러 것— "그렇다. 하지만 나는 손이 묶여 있고 입이 막혀 있다. 내기를 하도록 강요되어 있지 자유스런 몸이 아니다. 나는 석방되지 못하고 또 믿을 수 없도록 되어 있다. 도대체 당신은 나더러 어쩌란 말인가?"

—정말이다. 그러나 이성이 당신을 거기까지 데리고 왔는데도

믿을 수 없었다니까 당신에게는 믿을 수 있는 능력이 없음을 적어도 알아두란 말이다. 그러므로 신에 관한 증거를 증가시킴으로써 납득하려 하지 말고, 당신의 정념을 감소시킴으로써 납득하도록 노력하라. 당신은 신앙에 이르기를 원하고 있지만 그 길을 모른다. 불신앙을 치료하기 위해 그 약을 구하고 있다. 전에는 당신과 마찬가지로 묶여 있었지만, 이제 와서는 모든 재산을 내걸고 있는 사람들, 그 사람들을 본받아라. 그 사람들은 당신이 따라가기를 원하는 길을 알고 있다. 그들은 당신이 낫기를 원하던 그 병에서 나았다. 그들이 다시 시작하던 그 방법을 배워라. 그것은 이미 믿고 있듯이 모든 것을 행하는 것이다. 성수(聖水)를 받고 미사를 올려달라고 부탁하는 것 등등. 그러면 당신은 스스로 믿게 되고 어리석게 될 것이다—"그러나 그것이야말로 내가 두려워하는 것이다"—그것은 또 무슨 까닭인가? 당신은 무슨 손해를 본단 말인가?

그러나 거기에 도달하는 길을 당신에게 가르쳐주기 위해 한마디 하는데, 그렇게 하면 당신의 커다란 장애인 정념은 감소될 것이다.

이 담화의 결말

그런데 이편에 가담하면 어떤 재앙이 당신에게 일어날 것인가? 당신은 충실하고, 정직하고, 겸손하고, 은혜를 잊지 않고, 자애롭고, 우정에 성실하고 진실하게 될 것이다. 사실 당신은 유해한 쾌락이나 영예나 향락에 빠지지 않게 될 것이다. 오히려 당신은 다른 것을 얻게 되지 않을까? 나는 감히 말하겠는데 당신은 그것 때문에 이 세상에서 이득을 보게 될 것이다. 그리고 당신이 이 길을 가는 발걸음마다 이득의 확실성이 많음과 당신이 내기에 걸었던 것이 무가치하다는 것을 점점 알게 될 것이다. 그리고 당신은 확실하고 무한한 것을 위해 내기에 걸었으며 그것 때문에 아무런 손해도 보지 않았음을 알게 될 것이다.

"―아! 이 담화는 나를 감격시킨다. 나를 황홀케 한다. 등등."― 만약 이 담화가 당신의 마음에 들고 당신에게 유력하게 보인다면, 그것은 전에도 후에도 무릎을 꿇고, 저 무한하며 불가분한 존재에게 그의 모든 소유물을 바치고, 당신도 당신의 소유물을 당신 자신의 행복과 그의 영광을 위해 바치도록 기도하는 한 인간에 의해 만들어졌다는 것을 알아달라. 그리고 이와 같이 힘은 겸허한 마음과 일치된다는 것을 알아달라.

234 확실한 것을 위해서가 아니면 아무것도 하지 말아야 한다면, 종교를 위해서는 아무것도 하지 말아야 한다. 까닭인즉 종교는 확실하지 않으니까. 그러나 얼마나 많은 것들이 확실치 않은 것을 위해 행해지고 있는가! 항해나 전쟁 따위가. 그래서 나는 말한다. 아무것도 확실하지 않은 바에야 아무것도 해서는 안 된다고. 또 우리가 내일까지 산다는 것보다도 종교에 확실성이 더 많다고. 왜냐하면 우리가 내일까지 산다는 것은 확실하지 않지만, 내일까지 살지 못한다는 것은 확실히 가능하기 때문이다. 종교에 관해서는 이와 마찬가지로 이야기할 수 없다. 종교가 확실하다는 것은 확실하지 않다. 그러나 종교가 확실하지 않다는 것은 확실할 수 있다고 누가 감히 단언하겠는가? 그런데 내일을 위해서, 즉 불확실한 것을 위해서 일할 때 우리는 이성적으로 행하고 있다. 왜냐하면 이미 증명되어 있는 몫의 법칙[21]에 의해 우리는 불확실한 것을 위해 일하지

않으면 안 되기 때문이다.

성(聖) 아우구스티누스는 인간이 불확실한 것을 위해 항해나 전쟁 따위를 하면서 일하는 것을 보았다. 하지만 그는 인간이 그러지 않을 수 없는 것을 증명하는 몫의 법칙을 몰랐다. 몽테뉴는 인간이 절름발이 정신을 불쾌하게 여기는 것과, 습관이 모든 것을 좌우하는 것을 보았다. 하지만 그러한 현실의 이유를 몰랐다.

이 모든 사람은 현실을 보았지만 그 원인은 보지 않았다. 그들과 원인을 본 사람들과를 비교함은 흡사 눈밖에 없는 사람들을 정신을 가진 사람들과 비교하는 격이다. 왜냐하면 현실은 감성으로 느낄 수 있지만, 원인은 정신에 의해서만 발견될 수 있기 때문이다. 그리고 이들 현실은 정신에 의해서도 발견되지만, 그 정신과 원인을 보는 정신을 비교함은 신체의 감성과 정신을 비교하는 것과 마찬가지 격이다.

235 "Rem viderunt, causam non viderunt(그들은 사실을 보았지만, 그 원인을 보지 않았다)."[22]

236 몫의 법칙에 의하면 당신은 진리를 추구하는 데 노고를 다해야 한다. 왜냐하면 참의 본원(神)을 섬기지 않고 죽으면 당신은 멸망할 것이기 때문이다―"그러나 만일 신이 나에게 경배할 것을 요구한다면 그 뜻의 표지를 나에게 남겨두었을 텐데" 하고 당신은 말한다―신은 그렇게 하셨다. 그러나 당신은 그 표지를 등한시하고 있다. 그러니 그것을 찾아라. 그것은 찾을 만한 값어치가 충분히 있다.

몫

237 다음의 여러 가지 가정 중에서 어느 것을 좇느냐에 따라서 우리는 다른 삶을 가져야 한다. ① 이 세상에서 언제까지나 살 수 있을 경우. ② 이 세상에서 오래 살지 못할 것이 확실하고, 한 시간 동안이라도 살 수 있는지 없는지 불확실할 경우. 이 후자의 가정이야말로 우리의 경우다.

238 당신은 확실한 고통에다 자애(自愛)의 10년간(왜냐하면 10년간이 몫의 결정이니까) 마음에 들려고 바득바득 애를 쓰지만 끝내 성공하지 못한다는 것 이외에 결국 나에게 무슨 약속을 하는가?

항의
239 자신의 구원을 바라는 사람들은 그만큼 행복하다. 그러나 그 대신에 지옥을 두려워하지 않으면 안 된다.

회답
지옥을 두려워할 이유를 "더 많이 가진 사람은 누구일까? 지옥이 있는지 없는지도 모르고, 만일 그것이 있으면 그 고통을 받게 마련인 사람일까? 아니면 지옥이 있음을 어느 정도 알고 있고, 만일 그것이 있으면 구원받기를 원하는 사람들일까?"

240 ― "나는 신앙을 가진다면 곧 쾌락을 버리리라"고, 그들은 말한다 ― 그러나 나라면 당신에게 말하겠다. "당신이 쾌락을 버리면 곧 신앙을 가지게 되리라"[23]고. 그러니 시작하는 것은 당신 쪽이

다. 할 수만 있으면 나는 당신에게 신앙을 줄 것이다. 그러나 그것은 나에게 불가능한 일이므로, 당신이 말하고 있는 것이 진실인지 허위인지 그 여부를 캐볼 수도 없는 형편이다. 그러나 당신은 쾌락을 버릴 수도 있고, 내가 말하고 있는 것이 참말인지 거짓인지도 시험해볼 수 있다.

순서

241   나는 기독교가 진실하다고 믿음으로써 저지르게 될 오류에 대한 공포보다도 일단 오류를 범해놓고 그것이 진실함을 깨닫는 편이 훨씬 더 두렵다.[24]

주

1 파리의 사교계 인사이며 회의론자. 파스칼의 벗이었다.
2 이것은 난해한 구절로 읽는 법이 많지만 브랑슈비크를 따른다.
3 브랑슈비크는 이 공백에 다음과 같은 구절이 삽입되면 좋을 것이라 한다. 즉 "눈앞에 닥쳐온 심판을 근심하지 않고 심심풀이로 소일한다는 것은."
4 신을 거역하는 자에겐 신이 엄벌을 내린다는 뜻.
5 파스칼은 다른 단장에서 "그를 장님으로 만든 신이 존재한다는 것을 인간은 알고 있다"고 말한다.
6 구약 외전 〈솔로몬의 지혜〉 5장 12절.
7 〈솔로몬의 지혜〉 5장 15절.
8 주인이란 쾌락의 뜻.
9 플라톤은 적어도 영혼의 불멸설을 주장함으로써 기독교로 향하게 만든다

는 뜻.

10 몽테뉴《수상록》2권 12장.

11 파스칼은 이 불분명이 이중의 목적을 가지고 있음을 그의《기독교 변증론》에서 밝힐 작정이었다. 즉 이 불분명은 한편에 있어선 신앙 밖에 있는 자를 진리에서 멀리하고 그들의 죄를 가르쳐줌과 동시에 또 한편에서는 기독교의 본질상 정당시되고 오히려 기독교의 진리를 증명하는 것으로서 신앙 속에 있는 자에게 확신을 주는 것이다.

12 파스칼은 여기에 4개의 정립과 4개의 반정립을, 즉 4개의 앙티노미(이율배반)를 들고 있다. 이것은 후일에 칸트가 '순수이성 앙티노미'라 부르던 것이다. 그러나 정립의 불가해성과 반정립의 불가해성 사이에는 본질적인 차이가 있다. 정립의 불가해성은 논리적이므로 우리는 신의 존재를 이성에 의해 파악할 수 없다. 까닭인즉 이성을 초월한 존재가 곧 신이기 때문이다. 이에 반해서 반정립의 불가해성은 사실적이므로 자연의 사실 중에는 신의 존재를 허용하지 않으면 설명되지 않는 것이 있다. 따라서 인간은 이성과 사실 중 어느 한쪽을 택하지 않으면 안 될 처지에 놓이게 된다. 이러한 경우 파스칼은 서슴지 않고 정립을 택했다. 정립은 이성에 의해 명백히 증명되지 않지만 이성을 지탱하고 있는 지반으로서 이성에 의해 직접 긍정되지 않는다 하더라도, 그 이중 부정에 의해 간접적으로 긍정될 수 있기 때문이다.

13 파스칼《기하학적 정신에 대하여》참조.

14 '신에게 버림받은 자에 대한 정의'라는 것은 하나의 시조 아담에 의해 죄가 전 인류에게 미친 것을 뜻한다. 이것은 자연계를 지배하고 있는 유전이나 연대의 법칙에 일치하고 있으며 오히려 합리적이다. 이에 반해 '신에게 택함을 받은 자에 대한 연민'은 예수 그리스도에 의해 속죄되고 구원받은 것을 뜻한다. 이것은 자연의 질서에 어긋나는 것으로 이성에 의하면 원인이 없는

결과라 하겠다.

15 파스칼《기하학적 정신에 대하여》참조.
16 초고(草稿) 중에는 난(欄) 외에 있던 문장.
17 내세에 있어서 신과 함께하는 생활의 뜻.
18 〈고린도전서〉1장 21절.
19 이것은 파스칼이 무신론자를 설득하기 위해 취한 한 방법으로서 이성과 진리의 문제를 잠시 떠나서 의지와 이해의 관점에서 본 것이다.
20 '어리석게 되다', 지혜로써는 도달하기 어려운 지상(至上)의 진리에 도달하기 위해 어린아이로 되돌아가는 것.
21 이것은 메레가 파스칼에게 제출한 문제. 내기가 중단된 경우에는 판돈을 승운(勝運)의 다소에 따라 어떤 몫으로 나누는가? 이 문제를 풀기 위해 시도한 연구(수삼각형론)에 바탕을 둔 법칙이다. 파스칼은 이 문제를 해결함으로써 소위 확률 계산에 기여한 바 크다. 그를 페르마나 호이헨스와 더불어 확률의 선구자라 하는 이유도 여기에 있다.
22 브랑슈비크는 이 라틴어 문장을 파스칼 자신이 만든 문장이라 한다. 아우구스티누스《펠라기우스 반박》4권 60장.
23 "만일 흐린 악념(惡念)의 암흑에서 빠져나올 수만 있다면 빛을 볼 것이다." (아우구스티누스)
24 기독교의 진위를 따지기 전에 우선 그것을 믿는 것이 오류를 범하지 않는 길이라는 뜻.

제4편 신앙의 수단

제2부의 서언

242 이 제목을 이미 취급했던 사람들에 관해 진술할 것. 이 사람들이 신에 관해 말하려고 얼마나 대담한 기도를 했는지 나는 경탄하는 바이다. 불신자들에게 그들의 담화문을 부치는 데 있어, 그 제1장은 자연의 피조물로 신을 증명하려는 것이다.¹ 만약 그들이 그 담화문을 신자들에게 부친다면 나는 그들의 계획에 대해 놀라지 않을 것이다.

왜냐하면 마음속에 산 신앙을 지니고 있는 '사람들은', 존재하는 일체의 사물은 그들이 섬기는 신의 피조물에 지나지 않음을 당장에 간파할 것이기 때문이다. 그러나 이 광명이 마음속에서 꺼져 있기 때문에 우리가 그것을 다시 켜주려고 생각하는 사람들, 신앙도 은총도 잃어버린 채 자연에서 볼 수 있는 일체의 사물에서 그들을 신의 인식으로 인도해줄 수 있는 것을 모든 빛을 다해 찾고 있지만, 끝내는 애매함과 어두움밖에 찾지 못하는 사람들, 이러한 사람들에게 당신들은 다음과 같은 이야기를 해봤자, 우리의 종교는 그 증거가 극히 박약하다는 생각을 그들로 하여금 가지게 하는 재료를 제공하는 데 불과할 것이다.

즉 어떤 이야기냐 하면, 그들을 둘러싸고 있는 사물들 중에서 가장 보잘것없는 것만을 보아야 한다느니, 신을 가리움 없이 볼 것이라느니, 이렇듯 위대하고도 중요한 문제의 완전무결한 증거로서 달이나 유성들의 운행을 들거나, 그러한 담화에 의해 그 증명을 완성했다고 자부하거나 하는 따위가 바로 그것이다. 그들로 하여금 경멸의 염(念)을 일으키게 하는 데 이보다 더 알맞은 수작이 없음을 나는 경험과 이성에 의해 알고 있다. 신의 사물을 가장 잘 알고 있는 성서는 그러한 투로 말하지 않는다. 성서는 반대로, 신은 숨어 계신 신이요, 인간의 본성이 타락한 이래 신은 인간을 눈멀게 팽개쳐두었다는 사실, 인간이 그 맹목에서 벗어날 수 있는 길은 오로지 예수 그리스도에 의해서만이 가능하며, 예수 그리스도를 통하지 않고서는 신과의 일체의 교제가 제거되어 있음을 말하고 있다. "Nemo novit Patrem nisi Filius, et cui voluerit Filius revelare(아버지를 아는 자는 아들이요, 그리고 아들이 아버지를 계시해주고자 원했던 것뿐이다)."[2]

이것이야말로 성서가, "신을 찾는 자는 신을 발견하리라"[3]고 여러 곳에서 말하고 있을 때, 우리에게 지시하는 것이다. "한낮의 태양처럼"이라고 사람들이 말하는 것은 이 빛을 두고 하는 말이 아니다. 한낮의 해를 구하고 바다의 물을 구하는 자는 그것을 발견할 것이라고 말하고 있진 않다. 그러므로 신의 증명은 자연 속에 있는 그러한 것이어서는 안 된다. 성서는 다른 데서 우리에게 이렇게도 말하고 있다. "Vere tu es Deus absconditus(진실로 당신은 숨어 있는 신이로소이다)."[4]

243 성서 정전(正典)의 저자들이 신을 증명하는 데 자연을 이

용하지 않았음은 놀라운 사실이다. 그들은 모두 신을 믿도록 만드는 경향이 있다. 다윗, 솔로몬, 그 밖의 여러 사람은 "세상에 진공은 없다. 그러므로 신은 존재한다"[5]는 따위의 말은 결코 하지 않았다. 그들은 그 후에 태어나서 같은 논법을 사용한 가장 현명한 사람들보다 훨씬 현명했음에 틀림없다. 이것은 극히 주목할 만한 사실이다.

244 "무어라고! 당신 자신은 창공이나 새들이 신을 증명한다고 말하지 않는단 말인가?"—그렇다—"그리고 당신의 종교는 그렇게 말하지 않는가?"—그렇다. 왜냐하면 이것은 신에 의해 이 빛을 받은 사람들에게는 어느 의미에서 진실하겠지만 그럼에도 대다수의 사람들에게는 허위이기 때문이다.

245 믿는 데는 세 가지 수단이 있다. 즉 이성, 관습, 영감[6]이다. 오로지 혼자만이 도리를 갖는 기독교는 영감 없이 믿는 자를 자기의 참된 자녀들이라고 인정하지 않는다. 이성과 관습을 제외하는 것은 아니다.

오히려 그 마음을 증거에게 열고 습관에 의해 그것을 더욱 굳게 해야 한다. 그러나 또한 겸손에 의해 영감에다 몸을 맡겨야 한다. 영감만이 참되고 유익한 결과를 초래할 수 있기 때문이다. "Ne evacuetur crux Christi(그리스도의 십자가가 헛되지 않기 위해)."[7]

순서

246 〈신을 찾아야 한다〉는 편지 다음에 〈기계 작용[8]에 관한 논술인 장애를 제거하는 데 대해〉라는 편지를 쓴다. 그것은 기계 작용

을 정비하는 데 관한 것이며, 이성으로 추구하는 데 관한 것이다.

순서

247 한 벗으로 하여금 구하도록 하기 위한 권고의 편지—그러면 그는 대답할 테지, "구해봤자 무슨 소용이 있어? 아무것도 나타나지 않는걸" 하고—그래서 그에게 대답한다. "실망하지 말게나"라고—그러면 그는 대답할 테지, 어떤 빛을 발견하면 다행이겠지만, 이 종교 자체가 그러한 식으로 믿었댔자 아무런 도움도 나에게 되지 않는다고 말하기 때문에, 차라리 아무것도 찾지 않을 작정이라고. 그래서 그에게 그에 대한 응답을 한다. 기계 작용이라고.

기계 작용에 의해 증거의 효용을 나타내는 편지

248 신앙이란 증거와는 다른 것이다. 후자는 인간적인 것이요, 전자는 신이 주신 선물이다. "Justus ex fide vivit(의인은 신앙에 의해 산다)."[9] 그것은 신 자신이 인간의 마음속에 넣어주시는 이 신앙에 관한 것이요, 증거는 때때로 그 도구다. "fides ex auditu(신앙은 들음으로써 생긴다)."[10] 그러나 이 신앙은 마음속에 있다. 그리고 인간으로 하여금 "scio(나는 안다)"라고 말하게 하지 않고 "credo(나는 믿는다)"라고 말하게 한다.

249 형식[11]에 희망을 두는 건 미신이다. 그러나 그것에 복종하길 싫어함은 오만이다.

250 신한테서 얻기 위해서는 외적인 것을 내적인 것에 결부시

키지 않으면 안 된다. 즉 그것은 무릎을 꿇고 입으로는 기도하는 것 따위들이다. 그것은 신에게 복종하지 않으려던 거만한 인간을 지금은 피조물에게 복종시키기 위함이다. 그러한 외적인 사물에 도움을 기대하는 것은 미신이지만, 그것을 내적인 사물에 결부시키려 하지 않음은 오만이다.

251   다른 모든 종교는, 이를테면 이교(異敎)들은 외적(外的)이기 때문에 한층 더 대중적이다. 그러니 그것들은 지식인에겐 맞지 않는다. 순수한 지적 종교는 지식인에게는 더 적합하겠지만 민중에게는 도움이 되지 않는다. 오직 기독교만이 외적인 것과 내적인 것을 겸하고 있기 때문에 모든 사람에게 적합하다. 그것은 민중을 내적인 것에 끌어올리고 오만한 인간을 외적인 것에 끌어내린다. 이 둘이 없으면 완전하지 않다. 왜냐하면 민중은 형식에서 정신을 이해해야 하고 지식인은 그들의 정신을 형식에 복종시키지 않으면 안 되기 때문이다.

252   ……왜냐하면 자기 자신을 오해해서는 안 되기 때문이다. 우리는 정신인 동시에 자동 작용[12]이다. 그리하여 여기서 사람을 설복하는 수단은 단순히 증명만이 아니라는 말이 생기는 것이다. 세상에는 증명된 사물이 얼마나 희소한가 말이다! 증거는 정신을 설득할 뿐이다. 습관이야말로 더 유력한, 더 믿을 만한 증거가 된다. 정신을 살금살금 모르는 사이에 유인하는 자동 작용을 조종하는 것은 습관이다. 내일은 있을 것이다, 우리는 죽을 것이다 하는 따위를 누가 증명한 적이 있는가? 그렇지만 이보다 더 굳게 믿어지는 것이

있을까? 그러니 그런 것들을 우리로 하여금 믿게 하는 것은 습관이다. 습관은 많은 기독교 신자를 만들고, 터키인, 이교도, 직공, 군인 등등을 만든다(세례를 받고 신앙에 들어가는 사람은 터키인보다 기독교인이 더 많다).[13] 요컨대 일단 정신이 진리의 소재를 파악한 이상, 시시각각으로 달아나려 하는 이 신앙을 우리에게 퍼붓고 침투시키려면 습관의 도움을 빌리지 않으면 안 된다.

왜냐하면 증거를 항상 목전에 둔다는 것은 너무도 거추장스럽기 때문이다. 더 손쉬운 신앙, 즉 습관적인 신앙을 얻지 않으면 안 된다. 그것은 무리하지 않고 기교 없이, 왈가왈부함이 없이 우리로 하여금 사물을 믿게 하고, 우리의 모든 능력을 이 신앙으로 향하게 하며, 그렇게 함으로써 우리의 영혼을 스스로 그 신앙 속에 빠져들어가게 한다. 인간이 확신의 힘에 의해서만 믿었다 하더라도, 자동 작용이 반대의 것을 믿도록 기울어진다면 충분하다고 할 수 없다. 그러므로 우리의 두 부분을 믿도록 만들어야 한다. 정신을 일생 동안에 단 한 번만 보면 충분한 듯한 이유를 가지고 믿게 하고, 자동 작용을 습관에 의해 반대 쪽으로 기울어지지 않도록 해 믿게 만드는 것이다. "Inclina cor meum, Deus(신이여, 내 마음을 기울어지게 하소서)."[14]

이성이란 여러 가지 견해를 가지고 많은 원리를 바탕으로 삼고 천천히 활동하는 것이지만, 그러한 원리들은 항상 현존해 있지 않으면 안 된다. 왜냐하면 그러한 원리들이 모두 현존해 있지 않으면 이성은 언제나 졸거나 착란하기 때문이다. 직관은 이렇게 활동하지 않는다. 그것은 순간적으로 활동하며, 언제나 활동할 태세를 갖추고 있다. 그러므로 우리의 신앙을 직관 속에 두지 않으면 안 된다.

그렇지 않으면 신앙은 항상 동요할 것이다.

253   두 가지 지나침. 이성을 배제하는 것, 이성만 용인하는 것.

254   지나치게 온순하다는 이유로 사람들을 책(責)하지 않으면 안 될 경우도 드물지는 않다. 그것은 불신앙과 마찬가지로 본래적인 악덕이요, 또한 유해다. 미신.

255   신앙은 미신과 다르다. 신앙을 미신이 되기까지 고수함은 신앙을 파괴하는 것이다.
  이단자들은 우리가 이 미신적 복종에 빠져 있다고 비난한다. 이것은 그들이…… 우리를 비난하는 바와 마찬가지 짓을 하고 있기 때문이다.
  성찬의 공물에는 아무것도 인정할 수 없다[15] 해 그것을 믿지 않는 불신앙. 모든 명제를 믿는 미신.[16] 신앙, 운운.

256   참된 기독교 신자는 적다. 나는 신앙에 대해서도 이렇게 말하는 바다. 믿고 있는 자는 많지만, 미신에 의해 믿고 있다. 믿지 않는 자도 많지만, 방탕에 의해 믿지 않는다. 양자의 중간에 있는 자는 극소수다.
  나는 참다운 습관적 경건에 사는 사람들, 심정의 직관으로써 믿고 있는 사람들을 이[17] 속에 포함시키지 않는다.

257   세 가지 인간들이 있을 뿐. 하나는 신을 발견하고 이에 봉

사하는 사람들. 다른 하나는 신을 발견하지 못하고 이를 구하기에 힘을 다하는 사람들. 끝으로 하나는 신을 구하지도 않고 발견하지도 않고 살아가는 사람들.

맨 처음 사람은 도리에 부합되므로 행복하고, 맨 뒤의 사람은 도리에 어긋나므로 불행하며, 가운데 사람은 불행하지만 도리에 부합된다.

258   "Unusquisque sibi Deum fingit(각자는 자기의 신을 만든다)."[18]

259   보통 사람들은 생각하고 싶지 않은 것을 생각하지 않는 능력을 가지고 있다. "메시아에 관한 구절을 생각지 말라"고 유대인은 그의 아들에게 말했다. 우리 시대의 사람들도 종종 같은 말을 한다. 그리하여 허위의 종교는 말할 것도 없고 참다운 종교도 많은 사람들에게 보존되어왔다. 그러나 아무리 해도 생각하는 것을 피할 수 없는 사람들, 금지되면 금지될수록 더욱 생각하는 사람들이 있다. 그들은 허위의 종교를 떨쳐버리고 만다. 또한 견고한 논증을 발견할 수 없는 이상 참다운 종교조차도 떨쳐버리고 만다.

260   그들은 군중 속에 숨어서 다수를 방패막이로 삼는다. 소란.

권위
어떤 사물을 남에게 들었다는 것을 당신의 신앙적 기준으로 하지 말고, 오히려 그것을 전혀 듣지 않았던 것과 마찬가지 상태에 당신 자신을 두고 비로소 무엇을 믿어야 한다. 당신으로 하여금 믿게 해야 하는 것은, 당신 자신에 대한 당신의 동의요, 당신의 이성의 확고부동한 목소리라야만 하지, 다른 사람의 것이어서는 안 된다.

믿는다는 것은 이다지도 중대한 것! 백의 모순도 진실이 될 터. 만약 고대성(古代性)이 신앙의 기준이었다면 고대인에게는 기준이 없었을 것인가? 만일 모든 사람의 동의가, 만일 인류가 멸망했다면?[19]

(허위의 겸허) 오만.[20]

막을 올려라. 만약 믿거나 부정하거나 의심해야 한다면, 당신의 시도는 보람 없을 것이다. 그렇다면 우리에겐 기준이 없는 것일까?

우리는 동물을 판단하기를, 그들도 해야 할 것을 하고 있다고 판단한다. 인간을 판단하는 데는 기준이 없을까?

부정하고, 믿고, 올바르게 의심하는 것은, 달음질이 말(馬)에게 속하듯이 인간에게 속한 것이다.

죄를 짓는 자들에 대한 죄, 과오.

261   진리를 싫어하는 사람들은 그것에는 이론(異論)이 있다든가, 다수인이 그것을 부정한다든가 하는 것을 구실로 삼는다. 그런데 그들의 과오는 그들이 진리를, 혹은 사랑을 싫어하는 데서만 생긴다. 따라서 그러한 것은 핑계가 되지 않는다.

262   미신과 사욕.
양심의 가책과 나쁜 욕망.

나쁜 공포.

인간이 신을 믿는 데서 생기는 것이 아니라, 신이 있는지 없는지 의심하는 데서 생기는 공포. 올바른 공포는 신앙에서 생기고, 그릇된 공포는 의혹에서 생긴다. 올바른 공포는 신앙에서 생기고 자기가 믿는 신에 희망을 두기 때문에 희망과 연결된다―그릇된 공포는 자기가 믿지 않는 신을 두려워하기 때문에 절망과 연결된다. 하나는 신을 잃어버릴까 두려워하고, 다른 하나는 신을 발견할까 두려워한다.

263 "기적을 보면 나의 신앙은 굳어질 텐데"라고 사람들은 말한다. 사람들이 그렇게 말하는 것은 기적을 보지 않을 때다. 이유라는 것은 멀리서 보면 우리 시야의 맨 끝에 있는 것처럼 보인다. 그러나 거기에 이르면 또다시 저편을 바라보게 된다. 그 어떤 것도 우리의 정신적 수다스러움을 멈추지 못한다. 세상에는 어떤 예외를 수반하지 않는 규칙은 없고, 또 어떤 결함이 있는 측면을 지니지 않는 일반적 진리도 없다고 사람들은 말한다. 그것은 절대로 보편적인 것이 아니라고 말하기만 하면, 다음과 같은 이유를 충분히 우리가 밝힌 셈이다. 즉 현재의 문제에 예외를 적용하거나, 또는 "그것은 항상 진리라고는 할 수 없다. 그러므로 진리가 아닌 경우도 있을 수 있다"고 말하거나 하는 따위가 충분히 된 셈이다. 다만 남은 것은 현재의 경우가 그 예외라는 것을 증명하는 것뿐이다. 그리고 언젠가 그것을 발견하지 못하면 우리는 지지리도 못나고 불행한 자가 되고 말 것이다.

264 사람들은 매일같이 먹고 자고 하는 일에 지치지 않는다. 까닭인즉 배고픔과 졸음이 다시 생기기 때문이다. 그렇지 않으면 인간은 그러한 노릇에 지칠 것이다. 이와 같이 영적인 것에 대한 굶주림이 없으면 인간은 그것에 지칠 것이다. 정의에의 굶주림, 제8의 정복(淨福).²¹

265 신앙은 확실히 감성이 이야기하지 않는 것을 이야기해준다. 그러나 감성이 보는 바와 반대의 것을 이야기하지는 않는다. 신앙은 감성 이상의 것이요, 감성과 반대되는 것은 아니다.

266 망원경은 옛날의 철학자에겐 존재하지 않던 천체들을 얼마나 많이 우리에게 발견해주었는가! 인간은 성서에 별들이 많이 기록된 것을 노골적으로 조롱해, "우리가 아는 바에 의하면 별은 1천 22개밖에 없다"²²고 말한다. 땅 위에는 풀이 있다. 우리는 그것을 본다―달에서는 볼 수 없을 테지―그리고 이들 풀 위에는 털이 있고, 그 털 속에는 미소 동물이 있다. 그러나 그 이상은 아무것도 없다―아아, 외람된 자들이여!―화합물은 원소로 이루어졌고, 원소는 아무것으로도―아아, 외람된 자들이여! 그것이 바로 미묘한 점이다―보이지 않는 것을 존재한다고 해서는 안 된다―그러므로 다른 사람처럼 말해도 좋지만, 그들처럼 생각해서는 안 된다.

267 이성의 최후 일보는 이성을 초월하는 것이 무수히 많음을 인정하는 것이다. 그것을 초월하는 데까지 이를 수 없다면 이성은 약한 것에 지나지 않는다.

자연적인 사물이 이성을 초월하고 있다면 초자연적인 사물에 관해서는 무엇이라 할 것인가?

복종

268 의심해야 할 때 의심하고, 확신해야 할 때 확신하고, 복종해야 할 때 '복종'하지 않으면 안 된다. 그렇지 않은 사람은 이성의 힘을 이해하고 있지 않다. 이 3개의 원리에 대해 오류를 범하는 자들이 있어서 증명이 무엇인지도 모르고 모든 것을 증명할 수 있다고 확신하거나, 복종해야 할 경우를 모르고 덮어놓고 모든 것을 의심하거나, 판단해야 할 경우를 모르고 모든 것에 복종을 하거나 한다.

269 이성의 복종과 그 행사, 거기에 참된 기독교는 성립한다.

270 성 아우구스티누스.[23] 이성은 자기가 복종해야 할 경우가 있음을 스스로 판단하지 않고서는 결코 복종하지 않을 것이다. 그러므로 이성이 복종해야 한다고 제 스스로 판단했을 때 복종하는 것은 올바른 짓이다.

271 지혜는 우리를 어린아이로 되돌아가게 한다. "Nisi efficiamini sicut parvuli(어린아이와 같이 되지 않으면)."[24]

272 이러한 이성의 부인만큼 이성에 적합한 것은 없다.

273 만일 인간이 모든 것을 이성에 복종시킨다면, 우리의 종교에는 신비적인 것, 초자연적인 것이 하나도 없어지게 될 것이다. 만일 인간이 이성의 원리를 거스른다면, 우리의 종교는 불합리한 웃음거리가 되고 말 것이다.

274 우리의 모든 추리는 끝내는 직관(直觀)에 양보하게 된다. 그러나 기분은 직관과 비슷하면서도 반대되는 것이다. 그래서 인간은 이들 대립물을 식별할 수 없다. 어떤 사람들은 자기의 직관을 기분이라 하고 어떤 사람들은 자기의 기분을 직관이라 한다. 기준이 필요하다. 이성은 자기 자신을(기준으로서) 제출하지만, 그것은 모든 방향으로 굽혀지기 십상이다. 따라서 기준은 없는 셈이다.

275 사람들은 종종 자기의 상상을 자기의 심정과 혼동한다. 그리하여 마음을 돌이키려고 생각하자마자 마음을 돌이켰다고 믿어 버린다.

276 드 로아네는 말했다. "이유는 후에 가서야 알게 되지만, 처음에는 영문도 모르고 어떤 사물이 나를 즐겁게 하고 또한 언짢게 한다. 그런데 그것이 나를 언짢게 하는 것은 후에 가서야 겨우 알게 되는 바로 그 이유 때문이다." 그러나 내 생각에는, 사람이 언짢게 되는 것은 후에야 알게 되는 이유 때문이 아니라, 언짢게 되기 때문에 그 이유를 발견하는 것 같다.

277 심정은 이성이 모르는 그 자신의 이성을 지니고 있다. 사

람은 그것을 여러 가지 사물을 통해 알고 있다. 나는 말한다. 심정이 스스로 보편적 존재를 사랑하며, 스스로 자기 자신을 사랑하는 것은 그것들에 얼마나 골몰하고 있는가에 달렸고, 또 심정이 전자(보편적 존재)나 후자(자기 자신)에 대해 엄격해지는 것은 스스로의 의향에 의한 것이라고. 당신은 전자를 버리고 후자를 취했다. 당신이 당신 자신을 사랑하는 것은 이성에 의해서인가?

278 신을 직감하는 것은 심정이지 이성이 아니다. 이것이 곧 신앙이다. 이성이 아니라 심정에 직감되는 신.

279 신앙은 신이 내리신 선물이다. 그것을 추리의 선물이라고 우리가 말하고 있다고는 생각지 말라. 다른 모든 종교는 그들의 신앙에 관해 그렇게 말하지는 않는다. 그러한 종교들은 신앙에 도달하는 데는 추리만으로 충분하다고 말했으나, 추리는 결코 거기까지 이끌어주지 않는다.

280 신을 아는 데서 신을 사랑하는 데까지는 얼마나 먼 거리인가!

281 심정, 본능, 원리.

282 우리가 진리를 아는 것은 이성에 의해서만이 아니라 심정에 의해서다. 이 후자의 길을 통해서 우리는 기본적 원리를 안다. 고로 그것에 관여하지 않는 추리[25]가 그 원리들을 반박하려고 애써

봤자 부질없는 짓이다. 이 반박을 유일한 목적으로 삼고 있는 퓌론파는 보람 없는 노력을 하고 있는 셈이다. 우리는 꿈꾸고 있지 않음을 알고 있다. 그것을 이성에 의해 증명하려 함은 불가능하다 하더라도, 이 무능력은 우리 이성의 약함을 결론할 뿐이지, 그들이 주장하듯이 우리의 모든 인식의 불확실성을 결론하는 것은 아니다. 왜냐하면 공간, 시간, 운동, 수가 존재한다는 따위의 기본적 원리의 인식은 추리가 우리에게 가르쳐주는 어떠한 인식에 못지않게 확실하기 때문이다. 그리고 이 심정과 본능의 인식 위에야말로 이성은 자기의 근거를 두어야 하며, 그의 모든 논리의 기초를 두어야 한다(심정(心情)[26]은 공간에는 3개의 차원이 있고 수가 무한하다는 것을 직관한다. 다음에 이성이 한쪽이 다른쪽의 두 배가 되는 2개의 제곱수가 없음을 증명한다. 원리는 직관되고 명제는 결론된다. 그리고 방법은 다르지만 어느 쪽도 명확히 행해진다). 그러므로 이성이 심정을 향해 기본적 원리를 승인했으니 그것을 증명하라고 요구하는 것은 심정이 이성에 대해 후자가 증명하는 모든 명제를 받아들이고 싶으니까 그것들을 직감할 수 있게 해달라고 요구하는 것과 마찬가지로 무익하며 우스운 노릇이다.

따라서 이 무능력 일체의 것에 대해 판단자가 되기를 자원하는 이성을 깎아내리는 데 소용이 될 뿐이고, 우리를 가르치는 것은 이성뿐인 것처럼 우리의 확실성을 반박하려 해도 소용이 없다. 오히려 원하는 바는 반대로 우리가 이성을 필요로 하지 않고, 모든 것을 본능과 직관에 의해서 알 수 있으면 하는 것이다! 그러나 자연은 우리에게 이 행복을 거절했다. 반대로 자연은 이러한 종류의 인식을 극히 조금밖에 주지 않았다. 그 외의 모든 것은 추리에 의하지 않으면 얻을 수 없다. 그러므로 신에게서 심정의 직관을 통해 종교를 얻는 사람들은 아주 행복하고 극히 합법적으로 설득되어 있는 것이다. 그러나 종교를 갖지 않은 사람들에게는 신이 '그들에게' 심정의 직관에 의해 종교를 부여해주기를 기대하면서도, 우리는 추리에 의해서만 그것을 줄 수 있을 뿐이다. 이 심정의 직관이 없으면 신앙은 인간적인 것에 지나지 않을 뿐 영혼의 구제를 위해서는 무익하다.

질서, 성서에는 질서가 없다는 논란에 대해

283 심정에는 그 자신의 질서가 있다. 정신에도 그 자신의 질서가 있는데 그것은 원리와 증명이다. 심정에는 그와 다른 것이 있다. 사람은 사랑의 이유를 순서 있게 나열해봤자 자기가 사랑을 받아야 한다는 것을 증명할 수는 없다. 그것은 웃음거리일 것이다.

예수 그리스도, 성(聖) 바울은 사랑의 질서를 가지고 있다. 정신의 질서가 아니다. 왜냐하면 이들은 따뜻하게 해주려 했지, 가르쳐주려 하지는 않았기 때문이다. 성 아우구스티누스도 마찬가지다. 이러한 질서는 개개의 점에서는 주로 지엽적인 것으로 성립되어 있지만, 이 지엽적인 것은 항상 목적을 표시하도록 목적에 관련되어 있다.

284 단순한 사람들이 추리하지 않고 믿는 것을 보고 놀라서는 안 된다. 신이 그들에게 신에 대한 사랑과 그들 자신에 대한 증오를 부여하고 계신다. 만일 신이 심정을 기울이지 않으신다면, 사람들은 쓸모 있는 신뢰와 신앙을 가지고 믿지 않을 것이다. 또 신이 심정을 기울여주신다면 즉시로 믿게 될 것이다. 이건 다윗이 잘 알고

있던 바다. "Inclina cor meum, Deus, in〔testimonia tua〕(주(主)여, 내 마음을 주의 증거로 향해주소서)."²⁷

285 이 종교는 모든 종류의 정신에 적응한다. 어떤 정신들은 오로지 그 조직에만 유의한다. 이 종교는 그 조직만으로도 그 진리성을 증명하는 데 충분하다. 다른 정신들은 사도들에게까지 더듬어 올라간다. 더 학식이 많은 사람들은 세상의 시초까지 더듬어 올라간다. 천사들은 더욱 잘, 그리고 더 오랜 옛날부터 그것을 보고 있다.

286 《신·구약성서》를 읽지 않고 믿는 사람은 완전히 성스러운 내적 소질을 가지고 있기 때문이다. 그리고 우리의 종교에 관해 그들이 듣는 바가 그에 일치하기 때문이다. 그들은 신이 자기들을 창조하신 것을 느끼고 있다. 오로지 신만을 사랑하길 원한다. 자기 자신만을 미워하길 원한다. 그들은 자기 자신에게 그 능력이 없음을 느낀다. 신에 이를 수 없음을 느낀다. 신이 자기들에게 오지 않으면 신과 어떠한 교제도 불가능하다고 느낀다. 또 그들은, 우리의 종교가 신만을 사랑하고 애오라지 자기만을 미워해야 한다고 설교하는 것을 이해한다. 또 모든 사람은 타락하고 신을 알 수 없기 때문에 신이 몸소 사람이 되셔서 우리와 함께하시려 했다고 설교하는 것을 이해한다. 이러한 소질을 심정 속에 가지며 자기의 의무와 자기의 무력함을 이렇듯 잘 인식하고 있는 사람들을 설득하는 데는 이 이상의 아무것도 필요치 않다.

287 예언과 증거를 모르고 기독교 신자가 된 사람들을 보는데,

그들은 예언과 증거를 알고 있는 사람들과 마찬가지로 이 종교를 잘 판단한다. 후자가 이지에 의해 그것을 판단하는 것과 마찬가지로, 전자는 심정에 의해 그것을 판단한다. 그들로 하여금 신앙으로 기울어지게 한 것은 신 자신이다. 그러므로 그들은 퍽 유효하게 설득된다.

증거 없이 믿는 기독교 신자의 한 사람이 자기에 관해서도 마찬가지 말을 하는 불신자를 설득할 방법이 아마 없으리라는 것을 나도 충분히 시인한다. 그러나 그러한 신자는 스스로 그것을 증명할 수 없더라도 신으로부터 영감을 진실로 받은 자라는 것쯤은 이 종교의 증거를 알고 있는 사람들이 어렵지 않게 증명해줄 것이다.

왜냐하면 신은 그의 예언(이것은 의심할 여지도 없는 예언이다) 속에서 예수 그리스도의 치세에는 신의 영(靈)을 모든 국민에게 전파하고 교회의 아들들, 딸들, 어린아이들은 예언할[28] 것이라고 말씀하셨기 때문에, 신의 영은 그들 위에 있고 다른 사람들 위에 없다는 것은 의심할 나위도 없기 때문이다.

288 신이 몸소 숨으신 것을 슬퍼하는 대신에 신이 그다지도 자신을 나타내 보이시는 데 대해 감사를 드려야 할 것이다. 또 그렇게도 거룩한 신을 알 만한 자격이 없는 오만한 지자(知者)들에게 신이 나타나지 않으신 데 대해서도 또한 감사를 드려야 한다.

두 종류의 사람들이 신을 안다. 겸손한 마음을 가지고, 높건 낮건 그 어떤 정도의 이지를 가지든 간에 스스로 낮아지기를 좋아하는 사람들. 또 어떤 장애를 만나더라도 진리를 볼 수 있는 충분한 이지를 가진 사람들.

증거

289 ① 기독교, 극히 강하게 극히 부드럽게 그러면서도 자연에 그다지도 반대되게 제정된 그 조직에 의해. ② 기독교 신자의 영적 청정(淸淨), 고귀, 겸허. ③ 성서의 여러 가지 불가사의. ④ 특히 예수 그리스도. ⑤ 특히 사도들. ⑥ 특히 모세와 예언자들. ⑦ 유대 민족. ⑧ 여러 가지 예언. ⑨ 영속성, 어떤 종교도 영속성을 갖지 않았다. ⑩ 모든 것을 해명하는 교리. ⑪ 그 율법의 신성. ⑫ 세계의 다스림에 의해.

이상의 것을 밝힌 다음에야, 인생이란 무엇인가, 이 종교란 무엇인가를 생각하고 나서, 그것을 따르려는 경향이 마음속에 생긴다면 그것을 거절하지 말아야 할 것은 명백하다. 또 그것을 따라가는 사람들을 조롱할 이유가 아무 데도 없다는 것도 확실하다.

종교의 증거

290 도덕, 교리, 기적, 예언, 표징.

주

1 자연의 조화에 의해 신의 존재를 증명하려는 것은 기독교에서 비롯된 것이 아니라 벌써 스토아 학파에서 시작한 것이다. 이러한 태도가 레이몽 스봉, 샤롱 그로티우스 등에 전해지고 이것이 프랑스 학계에 큰 영향을 미쳤다. 그러나 이러한 증명은 파스칼에 의하면 이중의 위험성을 내포하고 있다. 그 하나는 그것을 받아들일 수 없는 자에게는 종교의 신용을 떨어뜨리는 결과다. 그 둘째 것은 설사 그것을 받아들인다 하더라도, 자연의 신은 은총의 신이 아니

므로 신의 개념을 왜곡시킨다. 따라서 신은 자연에 의해 인지될 것이 아니라 오히려 자연의 신에 의해 해명되어야 한다.

2 〈마태복음〉 1장 27절.

3 〈잠언〉 8장 17절, 〈예레미야〉 27장 13절, 〈마태복음〉 7장 8절, 〈누가복음〉 11장 10절.

4 〈이사야〉 45장 15절.

5 〈고린도전서〉 1장 7절.

6 〈고린도전서〉 1장 7절.

7 〈고린도전서〉 1장 7절.

8 기계 작용la machine은 데카르트 학파에서 사용하던 말로서, 파스칼은 그것을 데카르트파의 동물기동설과는 다른 의미로 사용하고 있다. 즉 고려된 사상에서 나오지 않는 일체의 심리적인 것, 필연적으로 메커니즘에 속하고 육체에다 기원을 두는 것, 따라서 상상이나 정념으로서 발견되는 것을 이렇게 불렀다. 인간이 해야 할 일은 그러한 기계 작용을 선용해 신앙의 장애로 만들지 않고 오히려 신앙의 수단으로 만들어야 한다는 것이 파스칼의 견해다.

9 〈로마서〉 1장 17절.

10 〈로마서〉 10장 17절.

11 형식les formaltis은 의식이라는 뜻도 있다.

12 자동 작용l'automate은 자의(字義)대로 스스로 움직이는 것이다. 그것은 자발성을 뜻하고, 종속과 반성에 대립한다. 따라서 그것은 인간이 지니고 있는 습관에 의해 발달하고, 기계적으로 움직이는 것, 즉 지성의 자발적인 행위를 전부 포함한 신체와 동의어다. 파스칼은 여기서 이러한 자동 작용과 정신을 대립시키고 있다.

13 난 외에 있는 말.

14 〈시편〉 119편 36절.
15 성찬의 공물, 즉 빵과 포도주 속에서 그리스도를 인정할 수 없다는 뜻.
16 얀세니우스의 저서에는 이른바 〈5개조 명제〉가 없는데 그것을 있다고 믿는 것.
17 '이 속'의 '이'는 앞서 기록한 많은 신자와 불신자를 말한다.
18 구약 외전 〈솔로몬의 지혜〉 15장 16절.
19 일반적인 동의가 기준이었다면, 인류가 멸망하면 어떻게 되느냐는 뜻.
20 스스로 판단하지 않고 남의 판단을 따르는 것은 허위 겸허로서, 그것은 의심하는 것, 오류를 범하는 것, 오류를 시인하기를 두려워하는 것으로서 결국은 오만이다.
21 제4의 정복을 잘못 안 것으로 짐작된다. 〈마태복음〉 5장 6절 참조.
22 성서는 별이 무수함을 여러 군데서 기술하고 있다. 〈창세기〉 15장 5절. 〈예레미야〉 33장 22절 등등. 그러나 고대 천문학자를 대표하는 프톨레마이오스의 목록에는 별의 수가 1천 22개로 기재되어 있다.
23 "신앙이 이성에 우선해야 한다는 건 그 자체가 바로 이성의 원리다."(성 아우구스티누스 《편지》 120의 3)
24 〈마태복음〉 18장 3절.
25 이 단어 le raisonnement를 파스칼은 처음에 '이성la raison'으로 썼다. 이것은 파스칼에게서 이성의 의의를 결정하는 데 귀중한 시사가 된다고 일컬어진다.
26 심정은 이들 기본적 원리의 직감 혹은 직관을 의미한다. 이에 대한 관념의 전개와 증명은 《기하학적 정신에 대하여》에서 볼 수 있다. 파스칼의 직관에 대한 개념은 셋으로 구별되는 것이 보통이다. 즉 자연적인 빛, 섭세의 마음, 심정이 곧 그것이다. 위의 세 가지 가운데 첫째 것은 수학적 원리의 직감처

럼 순수한 지적 직관이요, 나머지 둘은 모두 정의적(情意的) 직관인데 전자는 정신의 질서에 바탕을 둔 삶에 속하고, 후자는 사랑의 질서에 바탕을 둔 삶에 속하므로 상이(相異)한 차원에 놓여 있다 하겠다.

27 〈시편〉 119편 36절.
28 〈요엘〉 2장 28절 참조.

제5편 정의와 현실의 이유

291 〈부정에 대해〉라는 편지¹ 속에서 맏이가 전부를 소유함은 우스운 노릇임을 밝히게 될 것이다. "벗이여, 그대는 산의 이쪽 기슭에서 탄생했다. 그러므로 그대의 형이 전부를 소유함은 당연하도다." "왜 그대는 나를 죽이느냐?"

292 그는 강의 저편에 살고 있다.

293 "왜 그대는 나를 죽이느냐?─무엇이! 그대는 강의 저편에 살지 않는단 말이냐? 벗이여, 만약 그대가 이편에 살고 있다면 나는 살인자가 될 것이요, 그대를 이렇게 죽임은 부정이 될 것이다. 그러나 그대가 저편에서 살고 있는 이상, 나는 용사요, 내가 하는 짓은 정당하다."

294 어떤 바탕 위에 인간은 그가 통치하려는 세계의 기구를 세우려는가? 개개인의 변덕스러움 위에냐? 얼마나 혼란스러우랴! 정의 위에냐? 인간은 정의를 모른다.

만일 인간이 정의를 알고 있다면, 그들은 사람들 사이에서 가장 널리 보급된 격언, 즉 개개인은 자기 나라의 풍속을 따라야 한다는 격언을 만들지는 않았을 것이다.² 참다운 공정의 빛남이 모든 민족을 귀순시켰을 것이며, 입법자들은 이 불변의 정의 대신에 페르시아인이나 독일인의 공상과 변덕을 본보기로 삼지는 않았을 것이다. 기후가 변함에 따라 그 성질조차 변하는 정의나 부정을 보는 대신에, 땅 위의 모든 국가와 모든 시대에 통하는 불변의 정의가 수립되는 것을 보았을 터이다. 위도(緯度)가 3도만 다르면 일체의 법률이 뒤바뀌고, 어떤 자오선(子午線)이 진리를 결정하고, 몇년 간 소유하고 있는 동안에 기본적인 법률이 바뀌고 권리에도 그 기한이 있으며, 토성이 사자자리에 들어가면 이러이러한 범죄가 일어날 전조라 한다. 우스운 정의여, 강 하나에 따라서 달라지다니! 피레네 산의 이쪽에서는 진리이던 것이 저쪽에서는 오류가 되다니.

그들은 공언하기를, 정의는 그러한 습관 속에 있는 것이 아니라, 모든 나라에서 인정되는 자연법 속에 있다 한다. 만일 인간이 법률의 씨앗을 뿌린 무모한 우연이 보편적인 법률의 단 하나에서라도 만났더라면, 그들은 틀림없이 그 점을 완강히 주장할 수 있었을 것이다. 그러나 우스운 것은 인간의 변덕은 너무도 각양각색이기 때문에 그러한 법률은 하나도 없다. 절도, 불륜, 자식, 부친 살해 등은 모두가 한때는 덕행 속에 들어가 있었던 적도 있다. 어떤 사람이 강의 저편에 살고 있다 해서, 또 그의 영주가 나의 영주와 다투었다 해서, 나 자신은 별로 그와 다투고 있지도 않은데 그가 나를 죽일 권리를 가진다는 것보다 더 우스운 노릇이 있을 수 있을까? 물론 자연법이란 것은 있다. 그러나 이 훌륭한 이성은 타락함과 동시에 모든 것을 타락시키고 말았다. "Nihil amplius nostrum est; quod nostrum dicimus, artis est(우리의 것이란 하나도 없다. 우리의 것이라고 내가 일컫는 것은 습관이 만들어낸 것이다)."³ "Ex senatus consultis et plebiscitis crimina exercentur(원로원의 결의와 국민 투표에 의해 죄는 범해진다)."⁴ "Ut olim vitiis, sic nunc legibus laboramus(우리는 옛날에 악덕 때문에 괴로워했지만, 현재는 법률 때문에 괴로워한다)."⁵

　이러한 혼란으로 말미암아 어떤 자는 정의의 본질은 입법자의 권위라 하고, 어떤 자는 군주의 편의라고도 하며, 또 어떤 자는 현행의 습관이라 하는 것 따위가 생기게 된다. 그런데 이 마지막 것이 가장 확실하다. 이성만을 따른다면 그 자체가 올바른 것은 하나도 없다. 모든 것은 때와 더불어 변동한다. 습관은 그것이 용납되어 있다는 단지 그 이유만으로서도 완전히 공정한 것이 된다. 이것이 그 권위의 신비적인 기초다. 습관을 그 기원까지 캐고 들어가면 습관은 소멸하고 만다. 오류를 시정하려는 이들 법률만큼 오류에 빠지기 쉬운 것은 없다. 법률은 정의라 해 그에 복종하고 있는 사람은 자기가 상상하는 정의에 복종하는 것이지 정의의 본질에 복종하는 것은 아니다. 법률은 그 자체가 완전히 하나의 잡집물(雜集物)이다. 그것은 법률이지 그 이상의 아무것도 아니다. 누구든지 법률의 유래를 조사하려 한다면 그것은 극히 박약경솔(薄弱輕率)한 것임을 알게 될 것이다. 그리고 만약 그 사람이 인간의 상상력의 불가사의를 생각하는 데 익숙지 않으면, 그 법률이 불과 1세기 동안에 그렇게도 큰 광휘와 존경을 획득한 데 대해 놀랄 것이다. 국가를 비난하고 뒤집어엎는 길은 기성 관습을 그 기원까지 탐구해 그것이 권위와 정의를 결(缺)하고 있음을 지적해, 그것을 마구 뒤흔들어놓는 것이다. "그릇된 관습이 폐지해놓은 국가의 기본적·원시적 법률로 되돌아가지 않으면 안 된다"고 사람들은 말한다. 그러나 이것은 모든 것을 파괴하기 위한 악희(惡戱)다. 그 어떤 것도 그러한 저울에 올려놓아서는 올바르게 되지 않을 것이다. 그러나 민중은 그러한 담론에 귀를 기울이길 좋아한다. 그들은 속박을 알아채자마자 그 속박을 흔들어 떨어뜨려버린다.

그리고 높은 자리에 있는 사람들은 그것을 이용해 민중을 파멸시키고 기성 관습의 호기심 많은 검토자들을 파멸시킨다. 그러나 그와는 반대되는 약점에 의해, 사람은 전례만 있으면 무엇이든지 정의감을 가지고 행할 수 있다고 때때로 믿는다. 그런 까닭에 입법자 가운데서도 가장 현명한 사람은 말했다. 즉 민중의 행복을 위해서 때때로 그들을 속여야 한다고.[6] 또 다른 훌륭한 정치가는 말했다. "Cum veritatem qua liberetur ignoret, expedit quod fallatur(민중은 구제가 되는 진리를 모르기 때문에 기만당하고 있는 편이 낫다)"고.[7] 그들에게 찬탈의 사실을 느끼게 해서는 안 된다. 법률은 옛날에는 무리로 채용되었지만 지금은 정당한 것으로 되어 있다. 그것을 조만간에 폐지하려고 마음먹지 않을진대, 그것은 진정하고 영원한 것으로 간주하고, 그 기원을 감추어둘 필요가 있다.

내 것, 네 것

295　"이 개는 내 것이다", "저곳은 내가 해바라기하는 장소다"라고 이 가엾은 아기들은 말했다. 여기에 지상에 있는 찬탈의 시초와 영상(影像)이 있다.

296　전쟁을 해 많은 사람을 죽여야 하느냐, 많은 스페인 사람

을 사형에 처해야 하느냐 말아야 하느냐가 판단의 문제가 될 때, 그것을 판단하는 사람은 오직 한 사람뿐이다. 게다가 이해관계가 직접 있는 사람이 공평한 제삼자라야만 할 터인데도.

"참다운 법률"[8]

297　우리는 벌써 그것(참다운 법률)을 가지고 있지 않다. 만약 가지고 있다면 제 나라의 풍습을 따르는 것을 정의의 기준으로 삼지는 않을 것이다.

그래서 인간은 정의를 발견하지 못하고, 힘이나 그 밖의 것을 발견하게 되었다.

정의, 힘

298　올바른 자가 복종을 받는 것은 당연한 일이요, 가장 강한 자가 복종을 받는 것은 필연이다. 힘이 없는 정의는 무효하고, 정의가 없는 힘은 압제다. 힘이 없는 정의는 반항을 초래한다. 왜냐하면 세상에는 악인이 항상 있기 때문이다. 정의가 없는 힘은 공격을 받게 마련이다. 그러므로 정의와 힘은 한데 묶어놓아야 한다. 또 그러기 위해서는 올바른 것을 강하게 만들든가, 강한 것을 올바르게 만들지 않으면 안 된다.

정의는 논란의 대상이요, 힘은 인정되기 쉬우면서도 논란되지 않는다. 그래서 인간은 정의에 힘을 줄 수가 없었다. 까닭인즉 힘은 정의에 반항하며, 정의는 부정하고 자기야말로 정당하다고 말했기 때문이다. 이와 같이 인간은 올바른 것을 강하게 할 수 없었기 때문에 강한 것을 정의로 하고 말았다.

299   유일한 보편적 기준은 보통 사물에 있어서는 국법이요, 그 외의 사물에 있어서는 다수성이다. 어디서 그런 일이 생기는가? 다수성 속에는 힘이 있기 때문이다. 또 거기서 다른 힘을 가지고 있는 국왕이 그의 각료들의 다수성을 따르지 않는 일도 생긴다. 확실히 재산의 평등이라는 것은 옳다. 그러나 인간은 힘을 정의에 복종시키지 못했기 때문에 정의를 힘에다 복종시켰다. 정의를 강하게 만들지 못하고 힘을 정의로 만들고 말았다. 그것은 올바른 것과 강한 것을 한데 묶어서, 그것으로써 지상선(至上善)인 평화를 획득하기 위해서였다.

300   "강한 사람이 무장을 해 자기의 재산을 가지고 있을 때 그 소유물은 안전하다."[9]

301   왜 사람들은 다수에 복종하는가? 더 많은 도리를 가지고 있기 때문일까? 아니다. 더 많은 힘을 가졌기 때문이다.
  왜 사람들은 고대의 법률이나 고인(古人)의 의견을 좇는가? 그것이 더 건전하기 때문일까? 아니다, 그것이 단일하기 때문이며, 다양성의 뿌리를 우리에게서 제거해주기 때문이다.

302   ……그것은 힘의 결과요, 관습의 결과는 아니다. 왜냐하면 발명할 수 있는 사람은 소수요, 대다수는 추종하려 할 뿐이며, 더구나 자기의 발명에 의해 영예를 얻으려는 발명자들에게 영예를 주는 것을 거절하기 때문이다. 그래서 만약 발명자들이 영예를 얻으려고 고집하며 발명하지 않는 자들을 경멸한다면, 후자는 전자에

게 조소적인 이름을 붙여줄 것이요, 심지어 몽둥이로 후려갈길 것이다. 그러니 그런 묘기는 자랑을 하지 말거나 혹은 자기 마음속에서만 흡족해하는 것이 상책이다.

303 이 세상의 여왕은 힘이요, 세론(世論)이 아니다—그러나 힘을 사용하는 여왕은 세론이다—세론을 만드는 것은 힘이다. 우리의 세론에 의하면 무기력은 아름다운 것이다. 왜? 까닭인즉 외가닥 동아줄 위에서 춤추기를 원하는 자는 한 사람뿐일 테니까. 그런데 나는 줄타기를 하는 것은 꼴사납다고 말하는 사람을 끌어모아 더욱 강한 일단(一團)을 만들 수 있을 것이다.

304 어떤 사람들의 존경을 남들에게 연결하는 끈은 일반적으로 필연의 끈이다. 왜냐하면 모든 인간은 지배자가 되고 싶어하지만, 모두가 그렇게 될 수는 없고, 그 중 어떤 자들만이 그렇게 될 수 있으므로 여러 가지 계급이 생기지 않을 수 없기 때문이다.

그러니 그러한 계급들이 형성되는 것을 우리가 보고 있다고 가정하자. 더 강한 일파가 더 약한 일파를 때려눕힐 때까지 싸움이 계속되고, 마침내는 지배적인 일파가 생길 것은 확실하다. 그러나 일단 그것이 결정되면 지배자들은 싸움이 계속되는 것을 좋아하지 않고, 그들의 수중에 있는 힘이 그들의 마음대로 계승될 수 있는 제도를 설정한다. 어떤 자는 그것을 인민의 투표에, 또 어떤 자는 세습이나 그 밖의 것에다 위탁한다.

그리고 여기서부터 상상력이 그 소임을 다하기 시작한다. 그때까지는 힘이 일을 강행한다. 그 다음부터는 힘이 어떤 당파, 프랑스에서는 귀족, 스위스에서는 평민의 상상력에 의해 유지된다.

그러므로 사람이 존경을 모모(某某)한 개인에게 연결하는 끈은 상상력의 끈이다.

305   스위스 사람은 귀족이란 말을 들으면 기분 나빠하고, 중직을 맡을 자격이 있는 자로 인정되고 싶어서, 순수한 평민임을 표명한다.

306   공국(公國), 왕권(王權), 사법직(司法職)은 힘이 모든 것을 다스리고 있는 이상, 현실적이고 필요한 것이다. 이것들은 어느 곳이나 어느 시대에도 존재한다. 그러나 특정한 모모인을 그 자리에 앉힌다는 것은 하나의 환상에 지나지 않으므로 그것은 일정하지 않고 변동하게 마련이다.

307   대법관은 위풍이 당당하고 법복(法服)을 입고 있다. 그것은 그의 지위가 비현실적이기 때문이다. 왕은 그렇지 않다. 그는 실력을 가지고 있으며 상상력에 호소할 필요가 없다. 법관, 의사 등등은 상상력에 호소할 수 있을 뿐이다.

308   왕을 볼 때에는, 근위병, 고적대, 장교단, 그 밖에도 자동작용인 민중을 존경과 경외와 공포로 머리 숙이게 하는 모든 것을 수반하고 있는 것이 관례이기 때문에, 그가 때때로 그러한 동반자 없이 혼자 있을 때도, 그 얼굴은 신하의 마음속에 존경과 두려움을 일으켜놓는다. 왜냐하면 인간은 그의 관념 속에서 왕이라는 그 인

물과 왕과 항상 같이 있는 시종들을 따로 떼어놓고 생각할 수 없기 때문이다. 그런 결과가 관례에서 생기는 줄 모르는 세인은 그것을 왕이 날 때부터 타고난 힘에서 나오는 줄로만 생각한다. 여기서 다음과 같은 말이 생겨났던 것이다. "거룩하신 기품이 그 용안(龍顔)에 새겨져 있도다, 운운."

정의
309   관습[10]은 즐거움을 만들 듯이 또한 정의도 만든다.

왕과 폭군
310   나도 나의 사상을 머리 뒤에 감추어두리라.[11]
나도 여행할 때마다 조심할 것이다.
제도의 위대성, 제도의 존경.
귀족의 즐거움은 사람들을 행복하게 할 수 있는 것이다.
부(富)의 묘미는 아낌없이 주는 것이다.
각개 사물의 특징은 탐구되어야 한다. 힘의 특징은 보호하는 것이다.
힘이 탈을 벗을 때, 일개 병졸이 대법원장의 각모를 벗겨 창밖으로 집어던져버릴 때…….

311   세론과 상상력을 바탕으로 하는 권력은 어느 기간 동안은 통치한다. 그리고 그런 권력은 부드럽고도 자발적이다. 힘에 바탕을 둔 권력은 항상 통치한다. 따라서 세론은 이 세상의 여왕과 같은 것이지만, 그 힘은 이 세상의 폭군이다.[12]

312   정의는 기성적인 것이다. 그러므로 우리의 모든 기성 법률도, 그것이 기성적이라는 이유에 의해 아무런 음미도 없이 필연적으로 올바른 것이라 간주될 것이다.

건전한 민중의 의견

313   가장 큰 재화는 내란이다.[13] 만약 인간이 공적의 보상을 원하면 내란은 피하기 어려운 것이 된다. 왜냐하면 너도 나도 자기가 적격자라고 주장할 테니 말이다. 날 때부터 타고난 권리에 의해 세습된 어리석은 자에게서 생길지도 모르는 재앙은 그다지 크지도 않고 또 확실하지도 않다.

314   신은 모든 것을 자신을 위해 창조했으며, 고통과 행복의 힘을 자신을 위해 주었다.
　당신은 그것을 신에게 적용할 수도 있고, 당신 자신에게 적용할 수도 있다. 신에게 적용하면 복음이 기준이 된다. 자신에게 적용하면 당신이 신의 자리를 차지하게 될 것이다. 신이 그의 권능 속에 있는 사랑의 부를 신 자신에게 구하고 있는 사랑에 충만된 사람들에게 둘러싸여 있듯이……. 그러므로 당신은, 당신 자신이 사욕의 왕에 지나지 않음을 인식하고 알아서 사욕의 길을 택하도록 하라.

현실의 이유

315   놀라운 것은 찬란한 비단옷을 걸치고 7, 8명의 시종을 거느리고 있는 사람을 내가 존경하는 것을 바라지 않는 사람들이 있다! 그런데 말이다! 그 사람은 내가 경배를 하지 않으면 나를 채찍

으로 갈길 것이다. 그 옷, 그것은 하나의 힘이다. 그것은 훌륭한 마구(馬具)로 장식된 말과 그렇지 않은 말과의 차이 바로 그것이다! 몽테뉴가 거기에 어떤 상이가 있는지를 모르고, 사람들이 상이를 발견하는 것을 놀랍게 생각하고 그 이유를 물었던 건 우스운 일이다. "정말이지, 어디서 이런 일이"¹⁴ 운운" 하고 그는 말했다.

건전한 민중의 의견

316 성장하는 것은 그다지 헛된 일은 아니다. 왜냐하면 그것은 많은 사람들이 자기를 위해 일하고 있음을 보여주기 때문이다. 그의 이발에 의해 시중꾼과 향료사를 데리고 있음을 나타내고, 그의 가슴의 장식과 수사(垂絲)와 장식줄 등등에 의해······. 그런데 많은 사람의 시중을 받고 있다는 것은 단순한 겉치레나 허식만도 아니다. 곁달린 사람이 많을수록 그 사람은 강하다. 성장(盛裝)을 한다는 것은 자기의 힘을 과시하는 것이다.

317 존경이란 "거북한 생각을 하는 것"이다. 이것은 일견 아무 것도 아닌 것 같지만, 사실은 퍽 정당한 것이다. 왜냐하면 그것은 이렇게 말하는 것이니까, "만약 당신이 필요하시다면 저는 얼마든지 거북하게 되겠습니다. 그것이 당신에게 아무런 도움이 되지 않는데도 나는 그렇게 하고 있으니까요." 그뿐만 아니라, 존경은 귀족을 식별하는 데 필요하다. 만일 존경이 안락의자에 앉아 있는 것이라면 사람은 모든 사람을 존경할 것이요, 따라서 식별하지도 못할 것이다. 그러나 거북하다는 생각을 하기 때문에 사람들은 곧잘 식별한다.

318   그는 네 사람의 시종을 데리고 있다.

319   세인이 내적 성질에 의거하지 않고, 외양으로 사람들을 식별하는 것은 얼마나 올바른 일인가. 우리 두 사람 중에 누가 먼저 지나가야 할까? 누가 자리를 상대방에게 양보해야 할까? 머리가 둔한 사람 쪽일까? 그러나 내가 상대방만큼 현명하다면 싸움이 안 일어날 리 없다. 상대방이 네 사람의 시종을 거느리고 있고, 나는 한 사람밖에 못 거느리고 있다면, 그것은 뻔한 노릇일 것이다. 세어보면 그만이다. 양보할 편은 내 쪽이다. 만약 내가 거기에 잔소리를 붙인다면 내 쪽이 바보다. 이와 같이 해 우리는 평화를 유지하고 있다. 이것은 최대의 행복이다.

320   세상에서 가장 불합리한 사물이 인간의 무질서 때문에 가장 합리적인 사물이 되어 있다. 일국의 통치자로서 왕비의 맏아들을 선택하는 것만큼 도리에 벗어난 일이 있을까? 인간은 선장으로서 승객들 가운데 가장 가문이 좋은 자를 택하지는 않는다. 그러한 법률은 가소로운 것이요, 또한 당치 않다. 그러나 인간은 원래가 무질서하고 언제까지나 그럴 것이기 때문에, 이러한 법률이 합리적이고 정당한 것이 되게 마련이다. 그럴 것이 도대체 누구를 택해야 한단 말인가? 가장 덕망이 높고 가장 유능한 사람으로서. 우리는 대뜸 완력에 호소할 것이다. 저마다 가장 덕망이 높고 유능한 사람임을 주장할 테니 말이다. 그러니 이 자격을 무엇인가 항의할 수 없는 것에다 귀착시켜야 한다. 이것이 곧 왕의 맏아들이다. 그렇게 하면 명백하고 딴말을 붙일 여지가 없다. 이성도 이 이상의 것은 할 수

없다. 왜냐하면 내란은 가장 큰 재화니까.

321   어린아이들은 자기 친구[15]들이 존경받는 것을 보고 깜짝 놀란다.

322   귀족들은 얼마나 많은 덕을 보고 있는가. 그들은 18세만 되면 한 사람 구실을 하는 유리한 지위에 앉아, 다른 사람은 50세가 되어서야 겨우 얻을 수 있을까 말까 하는 명예와 존경을 한몸에 받는다. 그것은 눈곱만 한 노고도 없이 30년의 덕을 보는 셈이다.

323   '나'는 무엇인가?
어떤 사람이 창가에서 지나가는 사람들을 바라보고 있을 때, 내가 거기를 지나가고 있었다면, 그는 나를 보기 위해 거기에 있다고 말할 수 있을까? 천만에. 왜냐하면 그는 나에 관한 것을 특별히 생각하고 있진 않을 테니까. 그러나 어떤 사람을 그 아름다움 때문에 사랑하고 있는 사람은 정말 그를 사랑하는 것일까? 천만에. 왜냐하면 천연두가 그를 죽이지 않고 그 아름다움만을 앗아간다면 그 사람은 그를 사랑하지 않게 될 테니까 말이다.
그리고 만약 사람들이 나를 나의 판단력과 기억력 때문에 사랑하고 있다면, 정말 '나'를 사랑하는 것일까? 천만에. 왜냐하면 나는 그러한 장점을 잃어버릴지라도 나 자신만은 잃지 않고 있을 수 있으니까 말이다. 그러면 이 '나'라는 것이 육체 속에도 영혼 속에도 없다면 도대체 어디 있을까? 또 그러한 성질들은 멸망할 수 있는 것이니까 나의 본질을 형성하고 있진 않지만 그러한 성질들 때문이 아니라면 어찌 육체나 영혼을 사랑할 수 있을까? 그도 그럴 것이, 사람은 어떤 이의 영혼의 본질을, 그 속에 어떠한 성질이 있다 할지라도 추상적으로 사랑할 수 있단 말인가? 그러한 짓은 할 수도 없을뿐더러 또 부당할 것이다. 그렇다면 인간은 결코 인물 그 자체를 사랑하지 않고 그 성질만을 사랑하고 있는 셈이다.

그러므로 우리는 관위(官位)나 직책 때문에 존경받는 사람들을 결코 경멸해서는 안 된다. 인간은 어떤 인물을 그 빌려온 성질 때문에만 사랑하고 있는 것이니까.

324 민중은 퍽 건전한 의견을 지니고 있다. 예를 들면,

① 시가(詩歌)보다도 심심풀이나 사냥을 택했다는 것. 반거들충이 학자들은 그것을 조소하고, 그것에 관한 세간의 어리석음을 지적하고 뽐낸다. 그러나 반거들충이 학자들이 간파할 수 없는 이유에 의해 민중은 올바르다.

② 인간을 그 가문이나 재산 따위의 외적인 것에 의해 구별한 것. 세인은 또 그러한 것이 얼마나 불합리한가를 지적하고 뽐내게 된다. 그러나 그것은 극히 올바르다(식인종은 어린 왕을 비웃는다).[16]

③ 뺨을 얻어맞고 화는 내는 것, 혹은 많이 영예를 구하는 것. 그러나 영예는 그에 수반되는 다른 중요한 이익 때문에 몹시 원할 만한 것이다. 또 뺨을 얻어맞고서도 그것을 언짢게 생각지 않는 사람들은 회욕(悔辱)과 궁지에 짓눌림을 당할 것이다.

④ 불확실한 것을 위해 일을 하는 것, 항해를 하는 것, 판자 위를 건너는 것.[17]

325 몽테뉴는 잘못이다. 관습은 관습이기 때문에만 따라야 하는 것이지, 합리적이라든가 정당하다든가 해서 따라야 하는 것은 아니다. 그러나 민중은 그것을 정당하다고 생각하며, 이 단 하나의 이유 때문에 관습을 따르고 있다. 그렇지 않으면 아무리 관습이라 할지라도 그에 따르려 하지는 않을 것이다.

왜냐하면 인간은 도리나 정의에만 복종하길 원하기 때문이다. 관습도 이것들이 없으면 압제라 생각될 것이다. 그러나 도리와 정의의 지배는 쾌락의 지배만큼 압제적이 아니다. 이러한 것들은 인간의 선천적인 원리다. 따라서 인간이, 법률이기 때문에 법률에 복종하고 관습에 복종하는 것은 좋은 일이다. 또 새로 채택해야 할 참되고 올바른 법률은 없다는 것, 그러한 것들을 우리는 하나도 모른다는 것, 그렇기 때문에 이미 받아들인 것에 따를 수밖에 없다는 것 등을 아는 것도 좋은 일이다. 그렇게 하면 사람들은 그런 법률이나 관습을 결코 버리지 않을 것이다. 그러나 민중은 이러한 설을 결코 받아들이려 하지 않는다. 그리고 진리는 존재할 수 있으며, 그것은 법률과 관습 속에 있다고 생각함으로써 그것을 믿고, 그것들이 오래되었음을 진리의 증거라 생각한다(진리를 떠나서 단순히 그것들을 권위의 증거라 생각지 않고). 이와 같이 그들은 관습과 법률에 복종하고 있다. 그러나 그것들이 복종을 받을 만한 값어치가 없음을 알아차리자마자 그들은 그것들에 대해 반항하게 마련이다. 이것(복종받을 만한 값어치가 없다는 것)은 어떤 각도에서 보면 모든 것에 대해서도 말할 수 있다.

부정(不正)

326   법률은 정의가 아니라고 민중에게 말하는 것은 위험천만이다. 왜냐하면 민중은 그것을 정의라고 생각하기 때문에 복종하고 있으니 말이다. 그러므로 동시에 그것은 법률이니까 복종해야 한다. 마치 높은 사람에게 그가 옳기 때문에 복종하는 것이 아니라, 그가 높기 때문에 복종해야 한다고 말하듯이 그렇게 말하지 않으면 안 된다. 그래서 만약 민중이 이것을 이해하고 또 그것이 본래 정의(正義)의 참뜻이라는 것을 납득시킬 수 있으면, 모든 반란은 방지할 수 있을 것이다.

327   세인(世人)은 사물을 올바르게 판단한다. 그것은 그들이 인간의 참다운 자리인 생태의 무지에 머물러 있기 때문이다. 지식에는 양극단이 있는데, 그것이 서로 접하고 있다. 하나는 모든 인간이 날 때부터 처해 있는 생래의 순수한 무지다. 다른 하나의 극단은 인간이 알 수 있는 것을 대체로 한번 알아본 후에 자기가 아무것도 모름을 알아채고 나서 최초의 출발점인 동일한 무지로 되돌아가는 위대한 넋에 도달하는 무지다. 그러나 이것은 스스로를 아는 현명한 무지다. 양극단의 무지 사이에 있으면서 생래의 무지에서는 탈출했으나 아직도 다른 무지에 도달하지 못한 사람들은 자만의 지식을 떠벌리면서 무엇이든 아는 체한다. 이 패들은 세인을 현혹시키고 만사를 그릇되게 판단한다. 민중과 식자(識者)는 세상의 발걸음을 이루고 있지만, 반거들충이 식자는 세상의 발걸음을 경멸하고 또 경멸당한다. 그들은 만사를 그릇 판단하고 세상은 그것을 올바르게 판단한다.

현실의 이유

328 정(正)에서 반(反)으로의 끊임없는 전환.

그러므로 우리는 인간이 비본질적인 사물을 존중한다는 사실에서, 인간이 공허함을 증명했다. 그리고 이러한 의견은 모두 파괴되었다. 그 다음에 우리는 이러한 모든 의견이 퍽 건전하고, 게다가 이러한 모든 공허함도 올바른 기초를 가지고 있으며, 민중은 사람들이 말하는 것만큼 공허하지 않음을 증명했다. 이리하여 우리는 민중의 의견을 파괴한 의견을 또 파괴했다.

그러나 이제야말로 이 최후의 명제를 파괴해야 하고, 비록 민중의 의견은 건전하다 하더라도 그들이 공허함은 항상 진리라는 것을 증명해야 한다. 왜냐하면 그들은 진리가 자기 의견의 어디에 있는지 모르고, 없는 곳에다 그 진리를 두기 때문에, 그들의 의견이 항상 무척 부정확하고 불건전하기 때문이다.

현실의 이유

329 인간의 약함은 인간이 만들어내는 숱한 아름다움의 원인이다. 흡사 류트를 잘 연주할 줄 아는 것처럼.

그것은 오로지 우리의 약함 때문에 악이 된다.

330 왕들의 권력은 민중의 이성과 우매(愚昧) 위에 기초를 두고 있다. 특히 우매 위에. 이 세상에서 가장 위대하고 중대한 것이 취약성을 그 기초로 삼고 있다. 그리고 이 기초는 놀랄 만큼 튼튼하다. 왜냐하면 민중이 약하다는 것보다 더 '튼튼'한 것은 없으니까. 건전한 이성 위에 기초를 두는 것은 몹시 위태롭다. 이를테면 지자

(知者)의 평가 따위가 그러하다.

331 플라톤이나 아리스토텔레스라 하면 학자답게 위풍 있는 옷차림을 한 사람으로밖에 상상할 수 없다. 그들은 군자(君子)였고 보통 사람들처럼 그들의 벗들과 담소했다. 또 그들이 자기들의《법률편》이나《정치학》의 저술에 골몰하고 있을 때는 반놀음거리로 그것을 만들고 있었다. 이것은 그들 생애에서 가장 철학자답지 않고 가장 성실하지 못한 부분이었다. 가장 철학자다운 부분은 검소하고 조용하게 생활하고 있던 때였다. 그들이 정치학을 썼다면 그것은 정신병원의 규칙을 만들기 위해 쓴 것 같다. 또 그들이 자못 중대한 일에 대해 말하는 것 같은 태도를 취했다면, 그것은 그들의 이야기를 듣는 광인들이 스스로를 왕이나 황제라고 생각하고 있음을 알고 있었기 때문이다. 그들은 미치광이들의 광증에서 생기는 해악을 될 수 있는 데까지 적게 하려고 그들의 방식을 따랐다.

332 독재는 자기의 분수를 넘어서 전부를 지배하려는 욕망에서 생긴다.

강한 것, 아름다운 것, 현명한 것, 경건한 것은 저마다 다른 분야를 가지고 있어서, 각자가 자기의 내부를 지배하지 외부를 지배하지 않는다. 그런데 때때로 그들은 서로 충돌하고, 강한 것과 아름다운 것이 어리석게도 어느 쪽이 상대방의 주인이 될 것인가 하는 문제 때문에 서로 다툰다. 까닭인즉 양자의 지배권은 그 유(類)를 달리하고 있기 때문이다. 그들은 서로를 이해하지 못한다. 그들의 잘못은 모든 분야를 지배하려는 데 있다. 그러한 짓은 아무것도, 심지어는 힘조차도 할 수 없는 것이다. 힘은 식자(識者)의 왕국에선 쓸모가 없다. 힘은 외적 행위의 주인인 데 불과하다.

독재…… 그리하여 다음과 같이 말하는 것은 잘못이요, 독재적이다. 즉 "나는 아름답다. 그러니 사람들은 나를 무서워할 것임에 틀림없다. 나는 힘이 세다. 그러니 사람들은 나를 사랑할 것임에 틀림없다. 나는……."

독재는 어떤 길에 의하지 않고서는 획득할 수 없는 것을 다른 길에 의해 획득하려는 것이다. 사람들은 다른 가치에 대해서는 다른 경의를 표한다. 쾌적에는 사랑의 경의를, 힘에는 공포의 경의를, 지식에는 신뢰의 경의를 표한다.

사람들은 위와 같은 갖가지 경의를 표하지 않으면 안 된다. 그것들을 거부하는 것은 부당하고, 그 밖의 다른 경의를 구하는 것도 부당하다. 이와 마찬가지로 다음과 같이 말하는 것도 잘못이요 독재적이다. "그는 힘이 세지 않다. 그러므로 나는 그를 존경하지 않는다. 그는 유능하지 않다. 그러므로 나는 그를 무서워하지 않는다."[18]

333   당신은 이러한 사람들을 본 적이 없는가? 당신이 그들을 별로 존중하지 않음을 불평스럽게 생각하고, 높은 자리에 있는 사람들이 자기를 존중해준다는 예를 당신 앞에서 늘어놓는 사람들 말이다. 나라면 그런 자들에게 이렇게 대답할 것이다. "그러한 분들의 마음을 끌었던 당신의 진가를 보여주시오. 그러면 나도 마찬가지로 당신을 존경하겠소."

현실의 이유

334   탐욕과 힘은 우리의 모든 행위의 원천이다. 탐욕은 자발적인 행위를 하게 하고 힘은 비자발적인 행위를 하게 한다.

현실의 이유

335   그러므로 세인이 모두 착각 속에 있다고 말함은 진실하다. 왜냐하면 민중의 의견은 건전할지라도, 그들의 머릿속까지 건전하지는 않기 때문이다. 까닭인즉 그들은 진리가 없는 곳에 진리가 있다고 생각하니까. 진리는 분명히 그들의 의견 속에 있지만, 그들이 생각하는 점에 있지는 않다. '그러므로' 귀족을 존경해야 하지만, 그것은 가문이나 현실적인 장점 때문에 해야 한다는 것은 아니다.

현실의 이유

336   숨은 생각을 갖지 않으면 안 된다. 민중처럼 이야기하면서도 그 숨은 생각에 의해 판단하지 않으면 안 된다.

현실의 이유

337   점진법(漸進法).[19] 민중은 분명히 높은 사람들을 우러러본다. 반거들충이 식자들은 그들을 경멸한다. 분별은 개인적인 우월이 아니라, 우연의 우월이라고 말하기도 한다. 식자는 민중의 생각에 의하지 않고, 숨은 생각에 의해 그들을 우러러본다. 식자보다 더욱 열렬한 신앙가들은 식자들이 귀족을 우러러보는 사고 방식에 반해 귀족을 경멸한다. 왜냐하면 그들은 신앙에서 받은 새로운 빛에 의해 판단하기 때문이다. 그러나 안전한 기독교 신자는 더욱 훌륭

한 빛에 의해 귀족을 우러러본다. 이와 같이 인간이 빛을 가지는 데 따라 그 의견들도 정(正)에서 반(反)으로 연달아 전진한다.

338 참다운 기독교 신자도 역시 광기 어린 어리석음에 복종한다. 그것은 광기 어린 어리석음을 존경하기 때문이 아니다. 인간을 벌하기 위해 그들을 그와 같은 광기 어린 어리석음에다 굴복시킨 신의 질서를 존경하기 때문이다. "Omnis creatura subjecta est vanitati(일체의 피조물은 공허에 복종한다)."[20] "Liberabitur(그는 풀려날 것이다)."[21] 그래서 성 토마스[22]는 〈야고보〉에서 부자를 편애한다는 대목[23]을 설명하기를, 그들이 그것을 신이 보는 앞에서 하지 않으면 종교의 질서에서 벗어나는 것이라 했다.

주

1 이 지시에 의해《변증론》중 정의의 기초에 관한 장이 편지체로 씌어질 예정이었음이 명백하다.
2 이 단장은 몽테뉴의 영향이 강하다. 특히《수상록》2권 2장, 3권 13장 참조.
3 키케로《데 피니브스》5권 21장.
4 세네카《편지》95.
5 타키투스《연대기》3권 25장.
6 플라톤《국가론》2권.
7 아우구스티누스《신국론》4권 27장에 있는 말의 부정확한 인용.
8 원어는 Veri juris. 키케로《직분론》3권 17장, 몽테뉴《수상록》3권 1장.
9 〈누가복음〉11장 21절의 라틴어를 파스칼이 사역(私譯)한 것.

10 원어는 mode(유행)이지만 파스칼은 이 단어를 coutume(관습)과 동의어로 사용했다고 브랑슈비크가 지적하고 있다.

11 단장 337 참조.

12 단장 15 참조. 파스칼은 왕과 폭군을 대립적으로 생각했다.

13 몽테뉴《수상록》3권 11장.

14 몽테뉴《수상록》1권 42장.

15 특권 계급의 자제들.

16 몽테뉴《수상록》1권 30장. 프랑스에 끌려온 야만인들이 나이 어린 샤를르 9세 앞에서 어른들이 머리를 조아리는 것을 보고 놀란 사실을 말한다.

17 모험적 행위라는 뜻.

18 단장 15 및 311 참조.

19 원어 gradation은 수사학의 용어. 걷다, 달리다, 날다 하는 것처럼 점진적으로 나아가는 논법.

20 〈로마서〉 8장 20절.

21 〈로마서〉 8장 21절.

22 토마스 아퀴나스 〈야고보 주해〉.

23 〈야고보〉 2장 1절.

제6편 철학자들

339 나는 손도 발도 머리도 없는 인간을 충분히 상상할 수 있다(왜냐하면 머리가 발보다 더욱 필요하다는 것을 우리에게 가르쳐주는 것은 경험뿐이니까). 그러나 나는 생각하지 않는 인간을 상상할 수는 없다. 그러한 것은 돌이나 혹은 짐승일 것이다.

340 계산기는 동물의 어떤 행위보다도 사고(思考)에 가까운 효과를 낸다. 그러나 동물처럼 의지를 가졌다고 말할 수 있는 것은 아무것도 하지 않는다.

341 리앙쿠르[1]의 모래무지와 개구리의 이야기. 그들은 항상 같은 짓을 한다. 결코 다른 짓은 하지 않는다. 정신적으로 다른 짓은 결코 하지 않는다.

342 만약 어떤 동물이 본능으로 하는 행동을 정신으로 하거나, 본능으로 하는 말을 정신으로 한다면, 그 동물은 감정적인 사물을 훨씬 잘 이야기할 것이다. 먹이를 찾을 때나, 자기 동료들에게 먹이를 발견했거나 놓쳐버렸다는 것을 알리기 위해서 말이다. 예를 들면, "나를 얽어매고 있는 이 줄을 물어뜯어주게. 내 입이 거기까지

닿지 않으니" 하는 따위.

343   앵무새는 그 주둥이가 아무리 깨끗하더라도 그것을 닦는다.

344   본능과 이성, 두 본성의 표징.

345   이성은 주인보다 더 다급한 명령을 우리에게 내린다. 왜냐하면 주인에게 거역하는 자는 불행하지만, 이성에 거역하는 자는 바보니까.

346   사고는 인간의 위대성을 만든다.

347   인간은 한 개의 갈대에 지나지 않는다. 자연 가운데서 가장 약한 자다. 그러나 그것은 생각하는 갈대다. 그를 짓눌러버리는 데는 전 우주가 무장할 필요가 없다. 한 줄기 증기, 한 방울 물도 그를 죽이는 데는 충분하다. 그러나 우주가 그를 짓눌러버릴지라도 인간은 그를 죽이는 자보다 더 한층 고귀할 것이다. 왜냐하면 그는 자기가 죽는 것과 우주가 자기보다 우월하다는 것을 알고 있지만, 우주는 그것들을 하나도 모르기 때문이다.
　그렇다면 우리의 모든 존엄은 사고에 기인한다. 우리가 우리를 높여야 하는 것은 그것 때문이요, 우리가 채울 수 없는 공간이나 시간 때문은 아니다. 그러므로 잘 생각하도록 힘을 다하자. 이것이 바로 도덕의 본원이다.

생각하는 갈대

348 내가 나의 존엄성을 구해야 하는 것은 공간에서가 아니라 내 사고의 규제에서다. 내가 몇몇 영토를 소유하더라도 내 이상의 것은 소유할 수 없을 것이다. 우주는 공간에 의해 나를 포용하고, 하나의 점인 양 나를 삼킨다. 나는 사고에 의해 우주를 포용한다.

혼(魂)의 비물질성

349 자기의 정념을 억제한 철학자들.² 어떤 물질이 그것을 할 수 있었던가?

스토아 학파

350 그들은 결론을 내리기를, 인간은 이따금 할 수 있는 것을 항상 할 수 있고, 명예욕은 그것에 사로잡혀 있는 사람에게 어떤 사물을 훌륭하게 해내도록 하므로 다른 사람들도 그것을 훌륭하게 할 수 있으리라 했다. 그러나 그것은 건강한 사람이 모방할 수 없는 열병적인 작용이다.

에픽테토스는 견실한 기독교 신자가 있다는 사실에서 누구든지 쉽사리 그렇게 될 수 있다고 결론 내린다.³

351 넋이 때때로 도달하는 저 위대한 정신적 노력은 넋이 계속해서 머물 수 없는 곳이다. 넋은 거기에서 뛰어서 다다를 수 있을 뿐이다. 그것도 왕위에 오른 것처럼 오랜 기간이 아니고, 오직 한순간에 지나지 않는다.⁴

352 인간의 덕(德)의 힘은 그 노력에 의해서가 아니라 그 일상에 의해 측정되어야 한다.[5]

353 하나의 미덕, 이를테면 과도한 용기를 가지고 있어서도, 에파미논다스[6]처럼 극단적인 용기와 극단적인 관용을 가지는 동시에, 반대의 미덕을 과도하게 가지고 있음을 보지 않는다면, 나는 결코 감탄하지 않을 것이다. 그렇지 않으면 향상이 아니라 타락이기 때문이다. 인간은 하나의 극단에 처해 있음으로써 그 위대성을 나타내는 것은 아니다. 동시에 둘의 극단에 접하고, 양자의 중간을 전부 채움으로써 위대성을 나타낸다. 그러나 이것은 아마 혼이 그러한 두 극단의 하나에서 다른 하나로 급속히 운동하는 것에 불과할지도 모른다.[7] 혼은 불등걸처럼 사실은 한 점에만 있을지도 모른다. 그렇다면 그것으로 좋다. 그러나 이 사실은 혼의 넓이를 표시하지 않더라도 적어도 혼의 속도를 표시한다.

354 인간의 본성은 항상 전진만 하는 것은 아니다. 그것은 전진도 하고 후퇴도 한다.

열병에는 오한(惡寒)도 열(熱)도 있다. 그리하여 오한은 열과 마찬가지로 열병의 열도(熱度)를 나타낸다. 세기에서 세기로 인간의 발명도 이와 같이 나아간다. 세인의 선의와 악의도 대체로 이와 마찬가지다. "Plerumque gratae principibus vices(변화는 거의 언제나 귀인들의 마음에 든다)."[8]

355 계속되는 웅변은 지루하다.

영주들이나 왕은 이따금씩 놀며 즐긴다. 그들은 언제나 왕좌 위에만 앉아 있지 않는다. 그들은 거기에 싫증을 느낀다. 위대함을 느끼기 위해서는 거기서 떠날 필요가 있다. 무엇이건 계속되면 불쾌하다. 추위도 몸을 따뜻하게 하기 위해서는 유쾌한 것이다. 자연은 'itus et reditus(가고 되돌아오는)' 진행에 의해 움직인다. 자연은 가기도 하고 되돌아오기도 한다. 다음에는 더욱 멀리 갔다가, 2분의 1로 되돌아왔다가, 그 다음에는 전보다 더욱 멀리 가는 식으로.

바다의 밀물도 이와 마찬가지로 행해지고, 태양의 운행도 이와 마찬가지로 이루어지는 것 같다.

356 신체는 자양(滋養)을 조금씩 취한다. 많은 자양과 약간의 음식물.

357 미덕(美德)은 어느 극단에까지 추구하려 하면, 악덕이 나타나서 그것이 무한소(無限小) 쪽에서부터 살금살금 나타나서 은밀한 과정을 통해 미덕에 잠입한다. 그리고 그것이 무한대 쪽에서부터 무리를 지어 나타나기 때문에 인간은 그 악덕 속에 빠져 자기를 잃어버리고 이젠 미덕을 볼 수 없게 된다. 사람은 완덕(完德) 그 자체마저도 비난한다.

358 인간은 천사도 아니요, 동물도 아니다. 불행한 것은 천사를 흉내내고 싶은 자가 동물을 흉내내는 것이다.[9]

359 우리가 미덕 속에서 버티고 서 있음은 우리 자신의 힘에

의해서가 아니다. 오히려 서로 반대편에서 부는 두 바람맞이 사이에 서 있는 것처럼, 상반하는 두 악덕의 균형에 의해서다. 그 악덕들 중에서 하나를 없애보라. 우리는 다른 악덕 속에 빠지고 말 것이다."[10]

360 스토아 학파가 제창하고 있는 것은 몹시 어렵고도 공허하다.

스토아 학파는 주장한다. 고도의 지혜에 이르지 못한 자는 모두가 꼭 같이 어리석고 부덕하다. 흡사 깊이가 두서너 치의 물에 빠진 사람들처럼.

지상선(至上善). 지상선 논의

361 "Ut sis contentus temetipso et ex te nascentibus bonis(네가 네 자신과 네 자신에서 나온 선에 만족하기 위해)."[11] 거기에 모순이 있다. 왜냐하면 그들은 결국 자살을 종용하기 때문이다. 아아! 얼마나 행복한 인생인가! 페스트에서 모면해 나오듯이 거기에서 모면해 나온다는 것은.[12]

362 "Ex senatus-consultis et plebiscitis……(원로원의 결의와 인민 투표에 의해……)."[13] 이와 비슷한 구절을 찾을 것.

363 "원로원의 결의와 인민투표에 의해 죄는 성립된다."[14] 세네카, 588.

"어떤 철학자도 말하지 않은 것만큼 부조리한 것은 없다."[15] 점술.

"일정한 설을 신봉하는 그들은 자기가 시인하지 않는 설도 옹호하지 않을 수 없다."[16] 키케로.

"우리는 모든 것의 과잉에 골치를 앓듯이 문학의 과잉에도 골치를 앓는다."[17] 세네카.

"각자에게 가장 어울리는 것은 각자에게 가장 자연스러운 것이다."[18] 세네카, 588.

"자연은 그들에게 먼저 한계를 부여했다."[19] 《게오르기카》.

"현자(賢者)에게는 많은 교육이 필요치 않다."[20]

"부끄럽지 않은 것도 대중에게 칭찬받으면 부끄러운 것이 되기 시작한다."[21]

"이것이 내가 하는 방법이다. 너는 너 하고 싶은 대로 하렴."[22] 티렌티우스.

364   "인간이 충분히 자존한다는 것은 드물다."[23]

"허다한 신들이 단 하나의 우두머리를 둘러싸고 법석을 떤다."[24]

"알기 전에 단언하는 것만큼 부끄러운 노릇은 없다."[25] 키케로.

"또한 나는 그들처럼 내가 모르는 것을 모른다고 고백하는 것을 부끄럽다고는 생각지 않는다."[26]

"'중단하는 것보다' 시작하지 않는 것이 훨씬 더 쉽다."[27]

사고

365   인간의 모든 존엄성은 사고에 있다.

그러므로 사고는 그 본성상 훌륭하고도 비길 데 없다. 사고가 경멸당한다면 거기에는 이상한 결함이 있음에 틀림없다. 그런데 사고는 이보다 더 우스운 것이 없을 정도의 결함을 가지고 있다. 사고는 본성을 두고 말한다면 얼마나 위대한 것인가! 그 결함을 두고 말한다면 얼마나 보잘것없는 것인가!

366   이 세계 최고의 법관의 정신도 그의 주위에서 일어나는 소음에 의해 곧 헷갈리지 않을 만큼 초연한 것은 아니다. 그의 사고를 방해하는 데는 대포 소리가 필요하지 않다. 바람개비나 도르래 소리만으로도 충분하다. 그의 추리가 현재 잘 돌아가지 않는다 해 놀랄 것 없다. 한 마리 파리가 그의 귀뿌리에서 윙윙거리고 있다. 그의 머릿속에 명안(名案)이 떠오르지 못하게 하는 데는 이것만으로도 충분하다. 만약 그대들이 그에게 진리를 발견하도록 해주고 싶다면 저 생물을 쫓아버릴지어다. 그것이 그의 이성을 방해하고, 숱한 도시와 왕국을 다스리는 이 유력한 지성을 어지럽히고 있는 것이다. 이 얼마나 우스운 신인가! "O ridicolosissimo eroe!(아아 우스꽝스러운 인기자여!)"

367   파리의 능력! 그놈들은 전쟁에 이기고, 우리 넋이 활동하는 것을 방해하고, 우리 신체를 좀먹는다.[28]

368   열은 어떤 구상 분자의 운동이요, 빛은 우리가 감각하는 "conatus recedendi(원심력)"라고 사람[29]이 말할 때 우리는 놀란다. 무어라고! 쾌감은 정신의 발레 이외의 아무것도 아니란 말인가? 우리는 그에 대해서 전혀 다른 견해를 가지고 있었단다! 게다가 그러한 느낌은, 우리가 그에 비해서 꼭 같은 것이라고 말하는 다른 느낌과는 동떨어진 것같이 보인다! 불의 느낌, 접촉과는 전혀 다른 방법

으로 우리에게 전달되는 이 열, 소리나 빛의 감응, 이 모든 것은 우리에게 신비스럽게 보인다. 그럼에도 이것은 돌멩이에 얻어맞는 것과 마찬가지로 흔해빠진 일이다. 털구멍에까지 들어가는 미세한 정기가 다른 신경까지 건드리는 것은 사실이다. 그러나 그것은 역시 감촉된 신경이다.

369   기억은 이성의 모든 활동을 위해 필요하다.

370   "우연은 사상을 불러일으키고 우연은 사상을 없애기도 한다. 사상을 보존하거나 획득하는 방법은 없다. 달아나버린 사상, 나는 그것을 기록해두고 싶었다. 그렇게 하지 못하고 사상이 달아나버렸다고 나는 기록한다."

371   "어렸을 때 나는 내 책을 부여안았다. 그리고 이따금[30] …… 그것을 부여안았다고 생각한 적이 있었기 때문에 나는 의심했다……."

372   나의 생각을 기록하고 있노라면 때때로 그것이 달아나버린다. 그러나 이 사실로 해서 나는 항상 잊어버리고만 있던 나의 약함을 상기하게 된다. 이것은 망각된 생각과 마찬가지로 나에게는 교훈이 된다. 왜냐하면 나는 항상 나의 허무성을 인식하기에 골몰하고 있으니까.

퓌론의 회의설

373   나는 여기에 내 사상을 무질서하게, 그러나 아마 뜻하지 않은 혼란에도 빠지지 않게 기록할 작정이다. 이것이 참다운 질서요. 이 질서가 무질서 바로 그것을 가지고 나의 목적을 표현해줄 것이다. 만일 내가 질서 정연하게 이 문제를 다룬다면 너무도 그 문제를 존중하는 셈이 되리라. 왜냐하면 나는 그것(퓌론의 회의설)이 질서를 가질 수 없다는 것을 표시하고 싶으니까.

374   내가 무엇보다도 놀랍게 생각하는 것은 세인이 자기의 약함을 놀랍게 생각하지 않는 것이다. 사람은 성실하게 행동하고, 각자는 자기 신분을 따른다. 그것은 습관이기 때문에 사실상 따르는 것이 좋다는 이유에서가 아니라, 흡사 각자가 이성과 정의의 소재(所在)를 확실히 알고 있는 것과 마찬가지 이유에서다.

인간은 언제나 속고 있다. 그런데 우스꽝스러운 겸손 때문에 그것은 자기 잘못이라고 생각하지, 자기가 가지고 있음을 늘 자랑하는 그 처세술의 잘못이라고는 생각지 않는다. 그러나 이러한 인간들이 세상에는 많이 있어도 퓌론파가 아님은 퓌론주의의 영광을 위해서 다행한 일이다. 인간이 자기는 생래의 피할 수 없는 유약성 속에 있다고 생각지 않고, 오히려 반대로 생래의 지혜 속에 있다고 생각할 수 있기 때문에, 가장 황당무계한 의사를 가질 가능성이 있음을 표시하기 때문이다.

세상에 퓌론파가 아닌 사람들이 있다는 것만큼 퓌론주의를 강화하는 것은 없다. 만일 모든 사람이 퓌론파라면 그들은 오류를 범할 것이다.

375   "나는 하나의 정의가 있음을 믿으며 나의 긴 생애 동안을 지내왔다. 이 점에서 나는 틀리진 않았다. 왜냐하면 신이 우리에게 정의를 계시해주고 싶어하는 정도에 따라서 정의는 존재하기 때문이다. 하지만 나는 그렇게 해석하고 있지는 않았다. 이것이 내가 틀린 점이다. 왜냐하면 우리의 정의는 본질적으로 정당하며 또 그것을 인식하고 판단하는 능력을 내가 가지고 있었다고 믿었기 때문이다. 그러나 나는 너무도 자주 올바른 판단을 하지 못하는 오류를 범하고 있음을 깨닫게 되어, 마침내는 나 자신을, 그 다음에는 남을 신용하지 않게 되었다. 나는 모든 나라와 인간들이 변하는 것을 보았다. 그리하여 참된 정의에 관한 견해를 몇 번이나 바꾼 다음에야 비로소 우리의 본성은 끊임없는 변화에 불과하다는 것을 알게 되었다. 그때부터 나는 변하지 않았다. 만약 변했다면 나의 의견을 확증했을 뿐이리라."

독단론자로 되돌아간 퓌론파의 이르케실라오스.[31]

376   이 학파는[32] 찬성자에 의해서보다도 반대자에 의해 스스로 강화된다. 왜냐하면 인간의 나약성은 그것을 자각하고 있는 사람들보다도 자각하지 못하는 사람들에게 더욱 현저히 나타나기 때문이다.

377   겸손한 담화도 교만한 사람에게는 오만의 재료가 되고 겸손한 사람에게는 겸허의 재료가 된다. 이와 마찬가지로 퓌론주의의 담화도 긍정하는 사람에게는 긍정의 재료가 된다. 겸손에 관해 겸손하게 이야기하는 사람은 적고, 순결에 대해 순결하게 이야기하는

사람이 적으며, 퓌론주의에 대해 회의적으로 이야기하는 사람은 적다. 우리는 허위, 이중성(二重星), 상반(相反)에 지나지 않는다. 그리하여 우리는 우리 자신을 숨기고 가장한다.

퓌론의 회의설

378 극도의 이지는 극도의 무지와 마찬가지로 광기 어린 어리석음이라고 비난당한다. 중용(中庸) 이외에는 좋은 것이 없다. 대중은 이것을 설정하고 그 어느 쪽 극단에서도 일탈하는 것을 나쁘게 말한다. 나도 거기에 대해서는 고집하지 않고 중용에 처해지는 것을 충분히 동의한다. 다만 하단에 놓이게 됨을 거부한다. 그것은 아래이기 때문이 아니라 극단이기 때문이다. 왜냐하면 나는 상단에 처해짐도 마찬가지로 거부할 테니 말이다. 중간에서 벗어나는 것은 인도(人道)에서 벗어나는 것이다. 인간의 넋의 위대성은 중간에 머물 줄 아는 데 있다. 위대성은 중간에서 벗어나는 데 없을 뿐 아니라, 오히려 거기서 벗어나지 않는 데 있다.

379 너무 자유스러움은 좋은 것이 아니다. 모든 것이 부족함도 좋은 것은 아니다.

380 세상에는 좋은 격언들이 많이 있다. 사람들은 그 격언들을 잘못 적용하고 있을 뿐이다. 예를 들면 공공의 선을 지키기 위해서는 목숨조차도 내걸어야 한다는 것을 사람들은 의심치 않는다. 그리고 많은 사람들은 그것을 실천하고 있다. 그러나 종교를 위해서는 실천하지 않는다. 사람들 사이에 불평등이 있어야 한다는 것은

진실이다. 그러나 일단 이 사실이 승인되면 당장에 문호는 최선의 정치를 향해서가 아니라 최악의 압제를 향해서 개방되고 만다. 정신을 약간 느슨하게 해줌은 필요한 일이다. 그러나 이것은 최대의 방종을 향해 문호를 개방하고 만다―그 한도에 주의하는 것이 좋다―사물에는 아무런 한계도 없다. 법률은 사물에다 한계를 설정하려 한다. 그러나 정신은 그것을 참지 못한다.

381 사람은 너무 젊으면 올바른 판단을 할 수 없다. 너무 늙어도 마찬가지다. 생각이 부족하거나 생각이 너무 지나쳐도 고집불통이 되고 융통성이 없어진다. 자기의 작품을 끝마친 직후에 생각하면 아직도 선입관에 사로잡혀 대하게 된다. 너무 후에 생각하면 그때의 기분은 맛볼 수 없다.

  그림도 너무 멀리서 보거나 너무 가까이서 보면 마찬가지다. 참다운 장소라 할 수 있는 불가분의 일점은 하나밖에 존재하지 않는다. 그 밖의 점들은 너무 가깝거나, 너무 멀거나, 너무 높거나, 너무 낮은 것이다. 그림의 기술에서는 배경법(配景法)이 그것을 결정한다. 그러나 도덕에서는 무엇이 그것을 결정할 것인가?[33]

382 모든 것이 동일하게 움직일 때는 아무것도 움직이지 않는 것같이 보인다. 배를 타고 있을 때가 바로 그렇다. 모든 사람이 방종으로 흘러갈 때는 아무도 흐르는 것같이 보이지 않는다. 정지해 있는 자가 고정된 한 점처럼 다른 자들의 격동을 지적해준다.

383 불규칙적인 생활을 하는 사람들은 규칙적인 생활을 하는

사람들에게 당신들은 본성에서 이탈되어 있다고 말하고, 자기들은 본성을 좇고 있다고 생각한다. 마치 배를 타고 있는 자가 육지에 있는 자들이 멀어져간다고 생각하듯이, 할 말은 양쪽이 다 같다. 그것을 판단하는 데는 고정된 한 점이 있어야 한다. 항구는 배를 판단하는 한 점이다. 그러나 도덕의 경우에는 어디에다 항구를 두어야 할 것인가?

384 모순은 진리를 파악하는 데 부적당한 표지다. 많은 확실한 사물도 모순이 있고, 많은 허위의 사물도 모순 없이 통용되기도 한다. 모순이 허위의 표지가 아니라, 모순되지 않음이 진리의 표지다.

퓌론의 회의설
385 이 세상의 각개 사물은 부분적으로는 진리이나 부분적으로는 허위다. 본질적인 진리는 그러한 것이 아니다. 그것은 전적으로 순수하고 전적으로 진실하다. 그러나 혼합은 진리를 훼손하고 멸망시킨다. 아무것도 순수한 진실은 아니다. 그러므로 순수한 진리라는 뜻이라면 아무것도 진실하지 않다. 살인이 나쁘다는 것은 진실이라고 사람들은 말하는지도 모른다. 하긴 그렇다. 왜냐하면 우리는 악이나 허위를 잘 알고 있으니 말이다. 그러나 무엇을 선(善)이라고 사람들은 말하는가? 순결을? 천만에, 나는 부인한다. 왜냐하면 세계는 종말이 될 테니까. 결혼을? 아니, 절제가 훨씬 나을 것이다. 결코 살인하지 않는 것을? 천만에, 까닭인즉 무질서는 가공(可恐)한 것이요, 악인이 모든 선인들을 죽여버릴 테니까. 살인

을? 천만의 말씀. 그것은 본성을 파괴하니까. 우리는 진(眞)과 선(善)을 부분적으로밖에 가지지 않고, 악과 위(僞)를 혼합한 것밖에 가지지 않았다.

386 만일 우리가 밤마다 같은 꿈을 꾼다면 그것은 우리가 매일 낮에 보고 있는 사물과 마찬가지로 우리에게 영향을 끼칠 것이다. 만일 어떤 직공이 밤마다 자기가 왕이 된 꿈을 열두 시간씩 계속해서 반드시 꾼다면, 그는 밤마다 자기가 직공이 된 꿈을 열두 시간씩 계속해서 꾸는 왕과 거의 같을 만큼 행복하리라고 나는 생각한다.

만약 우리가 밤마다 적군에게 쫓기는 그 괴로운 환상에 마음이 뒤숭숭해지거나, 또는 여행을 하고 있을 때처럼 여러 가지 일에 몰려 분주하게 세월을 보내는 꿈을 꾼다면, 우리는 그것을 사실인 양 괴로워할 것이며, 마치 실제로 그러한 불행에 빠지는 것을 두려워하는 사람이 잠을 깰까 봐 겁을 내듯이 잠자는 것을 두려워할 것이다. 또 실제로 그것은 현실과 거의 다를 바 없는 고통을 줄 것이다.

그러나 꿈은 모두 다르며 같은 꿈이라도 변하기 때문에, 꿈속에서 보는 것은 생시에서 보는 것만큼 사람에게 영향을 주지 않는다. 이것은 깨어 있는 것에는 연속성이 있기 때문이지만 그것도 결코 변하지 않을 만큼 연속적이고 한결같기 때문이 아니라, 여행할 때처럼 급격한 변화를 극히 드물게 일으킬 뿐이기 때문이다. 그래서 변화할 때는, "흡사 꿈이라도 꾸는 것 같군"이라고 사람들은 말한다. 왜냐하면 인생은 약간 변화가 적은 꿈에 지나지 않기 때문이다.[34]

387 "참다운 증명이란 있을 수도 있는 일이다. 그러나 그것은

확실치 않다. 따라서 이는 모든 것이 불확실하다는 사실이 확실치 않다는 것을 나타낼 뿐이다. 퓌론주의에 영광이 있음직하다."

양식

388　그들[35]은 이렇게 말하지 않을 수 없다. "당신들은 성실하게 행동하지 않는다. 우리는 자고 있지 않다. 운운." 이러한 거만한 이성이 코가 납작해져서 애원하는 꼴을 나는 얼마나 보고 싶은지! 왜냐하면 이것은 자기의 권리가 논의되고 있는 사람, 그리고 그 권리를 무력행사에 의해 지키고 있는 사람의 말이 아니기 때문이다. 그들은 사람이 성실하게 행동하지 않음을 웃음거리로 삼아 말하진 않지만, 그런 불성실성을 힘으로써 벌하고 있다.

389　〈전도서(傳道書)〉[36]는 신 없는 인간이 완전한 무지와 피할 수 없는 불행 속에 있음을 나타내고 있다. 왜냐하면 소원은 하되 이룰 수 없음은 불행하기 때문이다. 그런데 사람은 행복하기를 원하고 어떤 진리를 확인하기를 원한다. 그럼에도 그는 알 수 없고, 삶을 원하지 않을 수도 없다. 그는 의심하는 것조차도 할 수 없다.

390　나의 신이시여! 이러한 말은 얼마나 어리석습니까! "신은 세계를 저주하기 위해 만들었을까! 신은 이다지도 약한 인간에게 그렇게나 많은 것을 요구하는 것인가? 등등." 퓌론주의는 그러한 병에 대한 치료법이요, 그러한 허영을 타파할 것이다.[37]

회화

391 대언장어(大言壯語). 종교, 나는 그것을 부인한다.

회화

퓌론주의는 종교에 도움이 된다.

퓌론주의 반박

392 "……그러므로 인간이 이러한 사물들을 정의하려 하면 오히려 그것들을 애매하게 만들고 만다는 것은 기묘한 일이다.[38] 우리는 그것들을 전적인 확신을 가지고 이야기한다." 우리는 모든 사람이 그에 대해서 동일한 생각을 하고 있다고 가정한다. 그러나 우리의 가정에는 아무런 근거도 없다. 우리는 그에 대해서 아무런 증거도 갖지 않았기 때문이다. 이러한 말들이 동일한 경우에 적용된다는 것, 또 어떤 물체가 자리를 바꾸는 것을 두 사람이 볼 때마다 두 사람 다 이 동일한 대상의 관찰을 동일한 말로 표현해 "그것이 움직였다"고 서로 말하는 것을 나는 잘 알고 있다. 그리고 이 적용의 일치에서 사람들은 관념의 일치라는 유력한 추정을 끌어낸다. 그러나 이것은 아무리 긍정하는 편에 승산이 많다 하더라도 결정적인 확신을 절대적으로 줄 수 있는 것은 아니다. 왜냐하면 다른 전제에서 이따금 동일한 결과가 끌려 나오는 것을 우리가 알고 있기 때문이다.

이 사실은 적어도 문제를 혼란시키는 데 충분하다. 그것은 이 사실을 우리에게 확인시켜주는 자연의 빛을 완전히 꺼버리고 아카데미아파와 같은 내기를 하는 것이 아니다.[39] 오히려 그것은 그 빛을 흐리게 해 독단론자들을 곤혹시키고 퓌론파 무리에게 승리의 영광을 돌려준다. 퓌론파는 이러한 막연한 애매성과 어떤 종류의 의심 스러운 어둠 속에서 성립한다. 거기에서는 우리의 의혹이 일체의 빛을 제거할 수도 없고, 우리의 자연의 빛이 일체의 암흑을 쫓아내 버릴 수도 없다.

393 신과 자연의 모든 법칙을 포기해버리고 나서 스스로 법률을 만들어서 거기에 고지식하게 추종하는 사람이 이 세상에 있다는 것은 생각해보면 우스운 일이다. 이를테면 마호메트의 병사, 도둑, 이단자 따위가 바로 그것이다. 논리학자도 마찬가지다.
 그들이 그렇게도 정당하고 그렇게도 신성한 것을 많이 뛰어넘은 것을 보면, 그들의 방종에는 아무런 한계도 없지 않은가 하는 생각이 든다.

394 퓌론파, 스토아 학파, 무신론자 등, 그들의 모든 논거는 진실하다. 그러나 그들의 결론은 틀렸다. 왜냐하면 반대의 논거도 또한 진실하기 때문이다.

본능. 이성

395 우리는 증명의 능력을 갖지 못했다. 이것은 모든 독단론들이 물리칠 수도 없는 것이다. 우리는 진리(眞理)의 관념을 가지고 있다. 이것은 모든 퓌론주의가 물리칠 수도 없는 것이다.

396 두 가지 사물이 사람에게 그의 모든 본성을 가르쳐준다. 본능과 경험을.[40]

397   인간의 위대성은 자기의 비참을 알고 있는 점에서 위대하다. 나무는 자기의 비참을 모른다. 그러므로 '자기'의 비참함을 앎은 비참한 일이지만, 인간의 비참함을 아는 것은 위대한 일이다.

398   이러한 모든 비참이 바로 인간의 위대성을 증명한다. 이것은 대공(大公)의 비참이요, 폐위된 국왕의 비참이다.

399   인간은 의식하지 않으면 비참하지 않다. 황폐된 집은 비참하지 않다. 비참한 것은 인간뿐이다.
"Ego vir videns(나는 나의 가련함을 본 인간이로다)."[41]

인간의 위대성
400   우리는 인간의 넋을 매우 위대하다고 생각하기 때문에 그것이 경멸당하거나 누구에게 존경받지 않거나 하면 참을 수 없다. 인간의 모든 행복은 이 존경 속에 있다.

영예
401   동물들은 서로 찬탄하는 법이 없다. 말(馬)은 그의 동료를 찬탄하지 않는다. 달릴 때 그들 사이에도 경쟁심이 없는 것은 아니지만 그것은 아무런 영향도 끼치지 않는다. 왜냐하면 마구간에서는 인간이 자기들에게 남이 해주기를 바라는 것과 같이, 가장 느리고 가장 못난 말이 다른 말에게 귀리를 양보하거나 하는 일이 없기 때문이다. 말들의 미덕은 자기 충족을 하는 것이다.

402 인간은 탐욕 속에서조차 위대하며 탐욕에서 하나의 훌륭한 규칙을 끌어낼 줄 알았고 또 거기에서 사랑의 그림을 한 폭 만들어냈다.

위대

403 탐욕에서 그렇게도 훌륭한 질서를 끌어냄으로써 현실의 이유는 인간의 위대성을 표시하고 있다.

404 인간의 가장 큰 저열성(低劣性)은 영예를 추구하는 데 있다. 그러나 이것이야말로 인간이 우월하다는 가장 큰 표징이기도 하다. 왜냐하면 인간은 아무리 많은 소유물을 지상에 가지고 있고, 아무리 건강한 생활이나 근본적인 호강을 한다 하더라도 존경을 받지 않는 한 만족할 수 없기 때문이다. 그는 인간의 이성을 매우 존중하기 때문에, 지상에서 아무리 유리한 지위를 차지하고 있어도 인간의 이성 속에서 유리한 지위를 차지하지 않으면 만족하지 않는다. 그것은 이 세상에서 가장 좋은 장소고, 아무것도 그를 이 욕구에서 다른 데로 돌릴 수 없다. 또한 그것은 인간의 마음에서 가장 지워버리기 어려운 성질이다.

인간을 가장 경멸하고 인간을 동물과 같은 수준에 두는 사람들조차도 남에게 찬탄받고 신용받기를 원하며, 그리고 자기 자신의 감정에 의해 자기모순에 빠진다. 무엇보다도 강한 그들의 본성은 이성이 그들에게 그들의 저열성을 설득하는 것보다 강력하게 인간의 위대성을 설득한다.

모순

405　오만은 모든 비참성의 균형을 잡는다. 혹은 인간의 비참성을 감추고, 혹은 그 비참성을 드러낸다 하더라도 그것을 알고 있음을 자랑으로 삼는다.

406　오만은 일체의 비참성에 균형을 주고, 또한 그 비참성을 앗아간다. 이것이야말로 이상한 괴물이요, 아주 명백한 망상이다. 그는 제자리에서 떨어져서 불안스럽게도 그 자리를 찾고 있다. 이것이 모든 인간이 하고 있는 짓이다. 누가 그것을 찾는가 두고 볼 일이다.

407　심술은 자기 편에 도리를 가지고 있을 때 코가 높아져서 그 도리를 별의별 광휘로써 꾸며댄다. 고행이나 엄격한 선택이 참된 선을 이루지 못하고 자연에 복종하지 않을 수 없을 때, 심술은 그 자연에 되돌아옴을 자랑삼아 날뛴다.

408　악은 용이하고 게다가 무수히 많다. 선은 거의 하나밖에 없다.[42] 그러나 어떤 종류의 악은 선이라고 불리는 것과 마찬가지로 찾아내기 어렵다. 그래서 이 찾아내기 어렵다는 이유 때문에 그런 특수한 악이 선으로서 때때로 통용된다. 거기에 도달하는 데는 선에 도달하는 것과 마찬가지로 넋의 불가사의한 위대성조차도 필요하다.[43]

인간의 위대성

409 인간의 위대성은 인간의 비참성에서조차 빠져나올 수 있을 만큼 명백하다. 왜냐하면 동물의 경우에는 자연스러운 것을 인간의 경우에는 비참하다고 우리가 말하기 때문이다. 그로 말미암아 인간의 본성은 오늘날 동물의 그것과 비슷하기 때문에 옛날에는 그에게 고유하던 그 본성에서 인간이 타락했음을 우리는 인정한다.

왜냐하면, 폐위된 왕이 아니고서는 누가 왕이 아님을 불행하다고 생각하겠는가? 파울스 에밀리우스[44]가 집정관(執政官) 자리에서 물러났음을 사람들은 불행하다고 생각했을까? 오히려 반대로 그가 집정관이었음을 세인은 행복하다고 생각했다. 그의 지위는 영속적인 것이 아니었기 때문이다. 그러나 페르세우스[45]가 왕위에서 쫓겨났음을 사람들은 몹시 불행하다고 생각했다. 그의 지위는 영속적인 것이었고 그가 살아남은 것을 이상하게 생각했기 때문이다. 입이 하나밖에 없음을 불행하다고 생각하는 자가 있을까? 그리고 눈이 하나밖에 없음을 불행하다고 생각하는 않는 자가 있을까? 인간은 아마 눈을 3개 갖지 않았음을 일부러 슬퍼하지는 않는다. 그러나 하나의 눈도 갖지 않은 사람에게는 위로할 수조차 없을 것이다.

마케도니아 왕 페르세우스와 파울스 에밀리우스

410 사람들은 페르세우스가 자살하지 않았음을 비난했다.

411 우리에게 덤벼들고 우리의 목을 졸라대는 모든 비참함을 보고서도, 우리는 우리를 높이려는 억누를 수 없는 하나의 본능을 지니고 있다.

412 이성과 정념 사이에서 일어나는 인간의 내적 투쟁. 만약 그가 정념을 갖지 않고 이성만을 가졌다면……. 만약 그가 이성을 갖지 않고 정념만을 가졌다면……. 그러나 둘 다 가졌기 때문에 인간은 싸우지 않고서는 있을 수 없고, 한쪽과 싸우지 않고서는 다른 한쪽과 평화를 유지할 수 없다. 이리하여 인간은 항상 분열하고 자기 자신에 대해 반항한다.

413 이러한 이성과 정념의 내적 투쟁은 평화를 희구하는 사람들을 두 편으로 갈라놓았다. 한편은 정념을 버리고 신이 되기를 원했고 또 한편은 이성을 버리고 야수가 되기를 원했다(데 바로).[46] 그러나 그들은 어느 편도 될 수 없었다. 그리하여 이성은 여전히 남아 있어서 정념의 저열성과 부정을 책망하고 정념에 몸을 내맡긴 사람들의 평화를 교란하고 있다. 그리고 정념은 그것을 버리고 싶어 하는 사람들의 마음속에 한결같이 살아 있다.

414 인간은 반드시 미쳐 있기 때문에 미치지 않은 사람도 다른 형태의 광증으로 보면 미쳤다 할 수 있다.

415 인간의 본성은 두 가지로 이루어져 있다고 생각된다. 하나는 그의 목적에서 본 것으로서 이 경우에 그는 위대하고 비길 데 없는 것이다. 다른 하나는 다수성에서 본 것으로서 예를 들면 말이나 개의 성질은 그 달음질이나 '반격 본능'을 보고 판단하는 경우와 마찬가지로 다수성에 의한 것이다. 그런데 인간은 비열하고도 천하다. 이 두 갈래 길이야말로 인간으로 하여금 각양각색으로 판단하

게 하며 철학자들로 하여금 큰 논란을 일으키게 한다. 왜냐하면 양자는 서로의 가정을 부정하기 때문이다. 한편은 말하기를, "인간은 그러한 목적을 위해서 태어나진 않았다. 인간의 모든 행위는 그 목적에 배치되니까"라 한다. 다른 한편은 말하길, "인간이 그러한 비열한 행위를 할 때 그는 목적에서 이탈되어 있다"라고.

A.P.R.[47] 위대성과 비참성

416 비참성은 위대성에서 결론이 나고, 위대성은 비참성에서 결론이 나므로, 어떤 사람은 비참성의 논거를 위대성에다 두었으니만큼 더욱 적절하게 비참성을 결론짓고, 어떤 사람들은 비참성 그 자체에서 위대성을 결론지으니만큼 더욱 강력하게 위대성을 결론지었다. 한편이 위대성을 표시하려고 말한 모든 것은, 다른 한편이 비참성을 결론짓고자 한 논의에서 도움이 될 뿐이었다. 왜냐하면 인간은 높은 데서 떨어질수록 비참하며, 그 반대도 또한 진리이기 때문이다. 그들은 그칠 줄 모르는 원을 그리면서 서로서로 뒤쫓고 있다. 오로지 확실한 것은 인간은 빛을 많이 가질수록 인간 속에 있는 위대성과 비참성을 발견한다는 것이다. 요컨대 인간은 자기가 비참하다는 사실을 알고 있다. 그러므로 그는 비참하다. 왜냐하면 사실상 비참하니 말이다. 그러나 그는 분명히 위대하다. 왜냐하면 자기의 비참을 알고 있으니까.

417 인간의 이 이중성은 아주 명백하기 때문에 우리에게는 2개의 넋이 있다고 생각할 사람들이 있을 지경이다. 그들에게는 동일한 인물이 그지없는 자만심에서 무서운 절망으로 급격하게 변화

한다는 것은 있을 수 없는 일로 생각되었다.

418 인간에게 그의 위대성을 보여주지 않고 그가 얼마나 동물과 비슷한가만을 자꾸 보여주는 것은 위험천만이다. 그에게 그의 비열성을 보여주지 않고 그의 위대성을 자꾸 보여주는 것도 역시 위험천만이다. 어느 쪽도 모르게 팽개쳐두는 것은 더더욱 위험하다. 그러나 양쪽을 다 보여주는 것은 대단히 유익하다.

인간은 자기를 동물과 같다고 생각해도 안 되고 천사와 같다고 생각해도 안 된다. 또 양쪽을 다 몰라도 안 된다. 어느 쪽을 막론하고 다 알아두어야 한다.

419 나는 인간이 머무를 곳도 휴식도 없게 되기 위해…… 어느 쪽[48]에도 머무르는 것을 용납하지 않을 셈이다.

420 그가 뽐내면 나는 그를 깎아내리고, 그가 겸손하면 나는 그를 치켜세운다. 그리하여 자기가 알 수 없는 괴물이라는 것을 깨달을 때까지 언제나 그에게 어긋나 보이련다.

421 나는 인간을 칭찬하는 편에 드는 사람들이나, 그를 비난하는 편에 드는 사람들이나, 또 기분 전환을 하는 편에 드는 사람이나, 그 어느 편을 막론하고 꼭 같이 비난한다. 그리하여 나는 신음하면서 탐구하는 사람들밖에 시인할 수가 없다.

422 참다운 선을 추구하다가 끝내 보람 없이 기진맥진하고 피

로해진다는 것은 좋은 일이다. 결국은 구주(救主)에게 두 팔을 내밀
게 될 테니까.

　　　　상반. 인간의 위대성과 비열성을 표시하고 나서
423　　이제야 인간은 자기의 가치를 알기 바란다. 자신을 사랑하기 바란다. 왜냐하면 그에게는 선을 행할 수 있는 본성이 있으니 말이다. 그러나 그것 때문에 자기가 지니고 있는 비열성을 자랑하게 되지 않기를 바란다. 그는 자신을 경멸해야 할 것이다. 왜냐하면 이 선을 행할 수 있는 힘은 허망하기 때문이다. 그러나 그 때문에 이 천부의 힘을 경멸해서는 안 된다. 그는 자신을 미워해야 할 것이다. 그리고 자신을 사랑해야 할 것이다. 그는 자기 속에 권리를 알고 행복하게 될 수 있는 능력을 지니고 있다. 그렇지만 안정된 진리나 혹은 만족할 만한 진리를 가지고 있지는 않다.

　그러므로 나는 진리를 찾아내고 싶다는 염원을 인간에게 불어넣어주고 싶다. 또 그의 인식이 정념 때문에 얼마나 흐려져 있는가를 아느니만큼, 그가 진리를 발견할 수 있는 장소에서 그것을 찾도록 그 준비를 갖추게 하고, 그를 정념에서 벗어나게 해주고 싶다. 그가 선택할 때에 탐욕이 그의 눈을 멀게 하거나, 선택한 후에 그것이 그를 멈추게 하거나 하지 않도록, 그의 결정권을 쥐고 있는 탐욕을 그가 자기 마음속에서 미워하기를 나는 간절히 바란다.

424　　종교의 인식에서 나를 가장 멀리하게 한 듯이 보이던 이 모든 상반이, 참다운 것으로 나를 가장 빨리 이끌어준 것이다.

주

1 리앙쿠르 공은 부인의 감화에 의해 신앙을 갖게 되고, 포르 루아얄의 유력한 지지자가 되었다. 본 단장은 동물 기계설에 대해 동물 유정설을 변호한 것이 아닌가 한다.
2 스토아 학파를 말한다.
3 에픽테토스《어록(語錄)》4장 7절.
4 몽테뉴《수상록》2권 29장.
5 몽테뉴《수상록》2권 29장.
6 몽테뉴《수상록》2권 36장, 3권 1장.
7 불등걸을 빨리 흔들면 불이 선을 그리는데, 그것은 눈의 착각에 불과하고 사실은 불등걸이 하나의 점에 있는 것이다.
8 호라티우스《가요》3권 29장. 몽테뉴《수상록》1권 42장.
9 몽테뉴《수상록》3권 13장.
10 로슈프코《잠언》10, 11, 182 참조.
11 세네카《리키리우스에 부치는 편지》20의 8, 몽테뉴《수상록》2권 3장.
12 얀세니우스《순수자연의 상태에 대해》2장 8절.
13 Ex senatusconsultis et plebiscitis scelera exercentur, 세네카《리키리우스에 부치는 편지》15, 몽테뉴《수상록》3권 1장 참조.
14 Ex senatusconsultis et plebiscitis scelera exercentur, 세네카《리키리우스에 부치는 편지》15, 몽테뉴《수상록》3권 1장 참조.
15 Nihil tam absurde dici potest quod non dicatur ab aliquo philosophorum, 키케로《점술》2권 58장, 몽테뉴《수상록》2권 12장 참조.
16 Quibusdam destinatis sententiis consecrati quae non probant coguntur defendere, 키케로《투스크라네스》2권 1장, 몽테뉴《수상록》2권 12장 참조.

17 Ut omnium rerum sic litterarum quoque intemperantia laboramus, 세네카《서간》106, 몽테뉴《수상록》3권 12장 참조.
18 Id maxime quemque decet, quod est cujusque suum maxime, 키케로《직분론》1권 31장, 몽테뉴《수상록》3권 1장 참조.
19 Hos natura modos primum dedit, 베르길리우스《게오르기카》2권 2장, 몽테뉴《수상록》1권 30장 참조.
20 paucis opus est litteris ad bonam mentem, 세네카《서간》106, 몽테뉴《수상록》3권 12장 참조.
21 Si quando turpe non sit, tamen non est turpe quum id a multitudine laudetur, 키케로《퓌니브스 론》2권 15장, 몽테뉴《수상록》2권 16장 참조.
22 Mihi sic usus est, tibi ut opus est facto, fac, 테렌티우스《헤아우톤티모로우메노스》1막 1장, 몽테뉴《수상록》1권 27장 참조.
23 Rarum est enim ut satis se quisuqe vereatur,《퀸티리아누스》10권 7장, 몽테뉴《수상록》1권 38장.
24 Tot circa unum caput tumultuantes deos, 세네카《수아소리아르므》1권 4장, 몽테뉴《수상록》2권 13장.
25 Nihil turpius quam cognitioni assertionem praecurrere, 키케로《아카데미에》1권 45장, 몽테뉴《수상록》3권 13장.
26 Nec me pudet ut istos fateri nescire quid nesciam, 키케로《투스크라네스》1권 25장, 몽테뉴《수상록》3권 10장.
27 Melius non incipiet, 세네카《서간》72, 몽테뉴《수상록》3권 10장.
28 몽테뉴는《수상록》2권 12장에서, 포르투갈인이 담리 마을을 포위 공격했을 때 적군이 꿀벌을 많이 날렸기에 공격이 실패했음을 지적하고 있다.
29 사람이란 데카르트를 가리킨다.

30 포지에르는 이 탈락을 me tromper(잘못 생각해)라는 구로 채우고 있다.
31 기원전 3세기경 퓌론의 회의설을 플라톤 철학에 도입해 신(新)아카데미 파를 창설한 사람.
32 퓌론파.
33 몽테뉴《수상록》2권 12장 참조.
34 몽테뉴《수상록》1권 12장 참조.
35 '그들'이란 스토아 학파 같은 독단론자. '당신들'이란 퓌론파 같은 회의론자.
36 〈전도서〉8장 17절.
37 여기에 세인들이 합리주의의 관점에서 기독교를, 특히 얀세니즘을 공격하는 점이 나타나 있다. 그러나 신의 정의(正義)에서 볼 때 인간이 절대적 정의(正義)의 정의(定義)를 알고 있다고 생각하는 것은 외람된 일이다. 여기에 퓌론의 회의주의에 의해 타파되어야 할 허영이 있다. 퓌론주의는 인간이 신에 대해 오만한 행동을 취하는 것을 방지하기 때문이다.
38 파스칼의《기하학적 정신에 대하여》참조.
39 퓌론주의는 우리의 모든 인식의 불확실성과 선택의 불가능을 긍정하는 데 비해서 아카데미아파는 가장 진(眞)에 가까운 설이 있음을 인정하고 거기에 다 거〔賭〕는 것은 정당하다고 생각한다.
40 본능이란 선에 대한 갈망, 즉 타락 이전의 인간 본성의 회고요, 경험은 인간의 비참과 타락에 대한 자각이다.
41 〈예레미야 애가(哀歌)〉3장 1절.
42 몽테뉴《수상록》1권 9장. "피타고라스파는 선을 확실하고 유한한 것으로 보았고 악을 무한하고 불확실한 것으로 보았다. 미로는 무수히 많지만 목적으로 트인 길은 하나밖에 없다."
43 파스칼《애정에 대해》, "위대한 넋에 있어서는 모든 것이 위대하다."

44 기원전 2, 3세기경에 살았던 로마 명장. 마케도니아 군을 무찔러 공을 세우고 집정관이 되었다.

45 에밀리우스에게 패배해 포로가 된 마케도니아 왕. 로마에서 옥사했다.

46 데 바로(1602~1673)는 1세기에 가장 유명하던 에피큐리언이었다. 방탕한 무신론자이던 그가 병에 걸리자 신앙을 갖게 되었다. 프랑스 문학에 오늘날 남아 있는 가장 아름다운 종교 시는 그의 작품이라 전해진다.

Grand Dieu! tes jugements sont remplis d'équité……

Mais dessus quel endroit tombera ta colère.

Qui ne soit tout couvert du sang de Jésus-Christ?

47 A Port-Royal의 약자, 이 단장은 단장 430과 마찬가지로, 1658년 포르 루아얄에서 개최된 회의에서 파스칼이 자기 변론을 하기 위해 마련한 기록의 일부다.

48 '어느 쪽'이란 위대성과 비열성을 뜻한다.

제7편 도덕과 교리

제2부. 신앙이 없는 사람은 참다운 선(善)도 정의도 알 수 없다

425 모든 사람은 행복하게 되려고 애쓴다. 여기에 예외는 없다. 그러기 위해서 사용하는 방법은 각각이라 할지라도 모두 이 목적을 지향하고 있다. 어떤 사람을 전쟁에 보내는 것도 다른 사람을 거기에 보내지 않는 것도 이 동일한 염원에 지나지 않는다. 이 염원은 두 사람에게 다 있지만 다만 다음 견해를 수반하고 있을 뿐이다. 의지는 이 목적을 지향하지 않고서는 조금도 나아가려 하지 '않는다'. 이것은 모든 인간의, 심지어는 목을 매고 죽으려 하는 사람에 이르기까지 모든 행동의 동기다.

그럼에도 많은 세월 동안에 모든 사람이 끊임없이 노리고 있는 이 점에 신앙 없이 도달한 사람은 단 한 사람도 없다. 모든 사람은 탄식하고 있다. 왕공(王公)이나 신하도, 귀족이나 평민도, 늙은이나 젊은이도, 강자나 약자도, 학자나 문외한도, 건강한 사람이나 병자도, 모든 국왕, 모든 시대, 모든 연령, 모든 신분의 사람들이 탄식하고 있다.

이렇게도 오랜, 이렇게도 연속적인, 그리고 이렇게도 일치된 경험은 자기의 힘으로는 선에 미칠 수 없음을 우리에게 충분히 납득

시켜주었을 것이다. 그러나 사실은 우리에게 가르쳐주는 바가 많지 않다. 미묘한 차이도 없을 만큼 완전한 유사는 있을 수 없다. 그래서 우리는 이번에야말로 이전처럼 희망이 어긋나지는 않으리라고 기대한다. 이와 같이 현실이 우리를 충족시켜주지 않기 때문에, 경험[1]이 우리를 기만하고 불행에서 불행으로 끌고 가서 마침내는 그 영원한 정점인 죽음에까지 이르게 한다.

 그렇다면 이 열망과 이 무력이 우리를 비난하는 것은 무엇일까? 그것은 옛날에는 인간 속에 참다운 행복이 깃들었지만 오늘날에 와서는 그것이 완전히 공허한 기호와 흔적을 남기고 있는 데 지나지 않는다는 것, 그리고 인간은 자기를 에워싸고 있는 모든 사물에 의해 그 공허를 메우려고 부질없이 애를 쓰고, 현존하는 사물에서는 얻을 수 없는 구제를 현존하지 않는 사물에서 찾고 있지만, 이 무한의 심연은 무한하고 불변한 존재인 신에 의해서만 채워질 수 있는 것이므로, 그러한 사물에는 구제해줄 능력이 전혀 없다는 것, 그것이 아니고 무엇이겠는가? 신만이 인간의 참다운 선이다. 그런데 인간이 신을 버린 이래 자연 속에는 인간이 신의 위치에 모셔 올리지 않은 사물이 하나도 없다는 것은 이상한 일이다. 별, 하늘, 땅, 원소, 식물, 캐비지, 부추, 동물, 곤충, 송아지, 뱀, 열병, 페스트, 전쟁, 기근, 악덕, 간음, 불륜 따위가 바로 그것이다. 그리하여 인간이 참된 선을 잃어버린 이래, 모든 것이 그에게는 꼭 같이 선으로 비쳤고, 신에게도 이성에게도 자연에게도 다 같이 배치됨에도 자살 같은 것조차도 선으로 비치게 되었다.[2]

 어떤 사람들은 참된 선을 권위에서 구하고, 또 어떤 사람들은 그것을 호기와 학문에서 구하며, 또 어떤 사람들은 그것을 쾌락에서 구한다. 그 선에 사실상 더욱 접근한 어떤 사람들은 말하기를, 모든 사람이 구하고 있는 보편적인 선은 오로지 한 사람만 소유할 수 있는 특정적인 사물에는 존재하지 않음에 틀림없다. 그러한 특정된 사물들은 분배되면 그 소유자를 그가 소유하고 있는 부분의 향수(享受)에 의해 만족시키기보다는 그가 소유하고 있지 않는 부분의 결여에 의해 슬프게 하는 일이 많기 때문이라고 했다. 그들은 참다운 선이란 모든 사람이 손실도 실망도 하지 않고, 동시에 소유할 수 있고, 아무도 자신의 의사에 반해 그것을 잃어버릴 수 없는 것이어야 한다고 이해했다. 그리하여 그들의 이유는, 이 염원이 모든 사람에게 반드시 있고 그 염원을 갖지 않을 수 없는 이상, 인간에게 자연스럽다는 데 있다. 거기서 그들은 결론하기를……:.

426   참된 본성이 상실되었기 때문에 모든 것이 그(인간)의 본성이 되었다. 마치 참된 선이 상실되어 모든 것이 참된 선이 되었듯이.

427   인간은 어떤 위치에 자신을 두어야 하는지를 모른다. 그는 확실히 갈피를 못 잡고 있다. 그의 본래의 장소에서 떨어져서 그것을 되찾지 못하고 있는 것이다. 그들은 지척을 분간할 수 없는 어둠 속에서 불안스레 여기저기 헤매고 있지만 아무런 성과도 얻을 수 없다.

428   만약 자연에 의해 신을 증명하는 것이 약하다는 증거라면 성서를 업신여기지 말라. 만약 이러한 모순을 파악한 것이 강하다

는 증거라면 성서를 존중하라.

429 동물에 굴복하고 그것을 숭배하기까지 된 인간의 비열성.

A.P.R.³(불가해를 설명하고 난 다음에 쓰기 시작한 것)
430 인간의 위대성과 비참성은 이다지도 명백하기 때문에, 참된 종교는 인간에게는 어떤 위대성의 본원이 있고 어떤 비참성의 본원이 있는가를 반드시 우리에게 가르쳐주는 것이어야 한다. 그러므로 그것은 이 놀라운 모순의 원인을 밝혀주는 것이 아니면 안 된다.

인간을 행복하게 하기 위해서는 참된 종교는 오직 한 분의 신이 존재한다는 것, 인간은 신을 사랑해야 한다는 것, 우리의 참된 행복은 신의 품 안에서 생활하는 데 있다는 것, 그리고 우리의 유일한 불행은 신과 이별하는 데 있다는 것을 보여주지 않으면 안 된다. 그것은 우리가 어둠에 가득 차 있고 그것 때문에 신에 대한 인식과 사랑이 방해당하고 있다는 것, 그래서 우리의 의무는 신을 사랑하도록 우리에게 강요하지만 우리의 탐욕이 우리를 신에게서 돌려놓기 때문에 우리는 불의(不義)에 가득 차 있다는 것을 알고 있지 않으면 안 된다. 참된 종교는 우리가 신과 우리의 참된 선(善)을 거역하고 있는 이유를 밝혀주지 않으면 안 된다. 그것은 이 무능력을 치료하는 법과 그 치료법을 획득하는 수단을 우리에게 가르쳐주는 것이 아니면 안 된다. 이러한 점들에 관해서 세계의 모든 종교를 음미하고, 과연 이 점들을 만족시켜주는 것이 기독교 이외에도 있는지 없는지를 생각해보기를 바란다.

우리가 지니고 있는 선을 완전무결한 선으로서 제시하고 있는 철학자들은 어떠할까? 참된 선은 과연 그러한 곳에 있을까? 그들은 우리의 불행을 치료하는 법을 찾아내었을까? 인간을 신과 동등하게 함으로써 인간의 자만을 쾌유했던 것일까?[4] 우리를 동물과 동등한 지위에 둔 사람들, 지상의 쾌락은 내세에도 완전한 선이 된다고 우리에게 가르쳐주었던 마호메트 교도, 그들은 우리의 탐욕을 치료하는 법을 가르쳐주었던 것일까?[5] 그렇다면 어떤 종교가 우리의 오만과 탐욕을 고치는 법을 가르쳐줄 것인가? 결국 어떤 종교가 우리의 선, 우리의 의무, 그리고 우리를 일탈시키는 나약성, 그 나약성의 원인, 그것을 고치는 치료법 및 그 치료법을 터득하는 방법 따위를 우리에게 가르쳐줄 것인가? 다른 모든 종교는 그것을 할 수가 없었다. 신의 지혜가 하려는 것을 보기로 하자.

신의 지혜는 말하길, "인간에게서 진리도, 위로도 기대치 말라. 나는 너희 모습을 만든 자요, 오직 나만이 너희가 무엇인가를 너희에게 가르쳐줄 수 있는 자라. 그러나 이제 너희는 내가 너희를 만들던 그때의 상태에 있지 않도다. 나는 인간을 정결하고, 죄 없고, 완전하게 만들었노라. 그를 빛과 이지로 충만시켰노라. 그에게 나의 영광과 놀라움을 부여했노라. 그때 인간의 눈은 신의 위엄을 보았느니라. 그때 인간은 그의 눈을 어둡게 하는 암흑 속에도, 그를 괴롭히는 가사(假死)와 비참 속에도 있지 않았느니라. 그러나 그는 그렇듯 위대한 영광을 지니지 못하고 자만에 빠지고 말았도다. 그는 자기를 자기 자신의 중심으로 하고 나의 도움에서 독립하기를 원했느니라. 그는 나의 다스림에서 벗어났도다. 그리고 자기의 행복을 자기 자신 속에서 찾아내려 원함으로써 자기를 나와 동등하게 만들었기 때문에, 나는 그를 자기가 하는 대로 내버려두었느니라. 그리하여 그때까지 그에게 복종하고 있던 갖가지 피조물을 그에게 반항케 하고 그것들을 그의 적으로 만들었노라. 그래서 인간은 이제 동물과 비슷하게 되었고, 나에게서 멀리 떨어져서, 자기 창조주의 희미한 빛밖에 그에게 남아 있지 않게 되었도다. 그렇게까지 그의 모든 지식은 꺼져버리고 뒤범벅이 되고 말았도다! 감성은 이성에게서 독립해 때때로 이성의 주인이 되고, 이성을 충동해 향락을 추구하게 만들었느니라. 일체의 피조물은 그를 괴롭히거나 유혹하며, 그 힘으로 그를 굴복시키거나 혹은 그 아름다움으로 그를 유혹해서 그를 지배하느니라. 더구나 유혹의 지배는 가장 무섭고 가장 걷잡을 수 없는 것이로다."

"이것이야말로 인간이 현재 놓여 있는 상태다. 그들에게는 최초의 본성이 지니고 있던 행복의 무력한 본능이 약간 남아 있다. 그리고 그들은 맹목과 탐욕의 비참 속에 빠져버렸고, 이 탐욕이 그들에게 제2의 본성이 되고 말았다."

"내가 당신에게 열어 보이는 이 원리들에 의해, 모든 사람을 놀라게 하고 그들의 견해를 이렇듯 각양각색으로 분리시켜놓은 그 숱한 모순의 원인을 당신은 알 수 있다. 이제는 아무리 허다한 비참의 시련도 꺼버릴 수 없는 위대와 영광의 모든 움직임을 관찰하기 바란다. 그리고 그 움직임의 원인이 또 하나의 본성에 있어서는 안 되느냐 되느냐를 생각해보기 바란다."

A.P.R. 내일을 위해(의인법)

"아아, 인간들이여, 너희의 비참을 치료하는 법을 너희 자신 속에서 찾아도 소용없다. 너희의 모든 빛은 너희들 속에 진(眞)

도 선(善)도 찾아낼 수 없으리라는 것을 알려줄 뿐이다. 철학자들은 그것을 너희에게 약속했지만 약속을 지킬 수는 없었다. 그들은 너희의 참된 선이 무엇인가를, '너희의 참된 상태'가 무엇인가를 알지 못한다. 어찌해 자기도 알 수 없는 너희 불행의 치료법을 제공할 수 있으랴? 너희의 근본적인 고질은 너희를 신에게서 떼어놓는 그 오만, 너희를 지상에다 잡아 매두는 그 탐욕이다. 철학자들은 이러한 고질의 어느 하나를 적어도 조장시키는 일밖에 아무것도 하지 않았다. 만일 그들이 너희에게 신을 목적이라고 제공했다면 그것은 너희의 오만을 수련하기 위한 데 불과했다. 그들은 너희가 날 때부터 신을 닮았고 신과 다를 바 없다는 생각을 너희로 하여금 품게 했다. 그리고 이러한 자만의 허무성을 간파한 사람들은 너희를 다른 낭떠러지에다 집어던지고, 너희의 본성이 동물의 그것과 같다는 것을 알려주어, 너희의 선을 동물적인 요소의 일부분인 탐욕 속에서 구하도록 충동했다. 이것은 너희의 불의를 고치는 길이 아니다. 이러한 지자(知者)들은 너희의 불의를 몰랐던 것이다. 오직 나만이 너희가 무엇인가를 깨우쳐줄 수 있노라……"

아담, 예수 그리스도.

만약 너희가 신과 접한다면, 그것은 은총에 의한 것이지 본능에 의한 것은 아니다. 만약 너희가 겸손하게 된다면, 그것은 참회에 의한 것이지 본성에 의한 것이 아니다.

그러한 까닭에 이 이중의 능력은…….

너희는 창조되던 그때의 상태에 있지 않다.

이 두 상태가 계시된 이상, 너희는 그것을 인정하지 않을 수 없을 것이다. 너희의 움직임에 순종하고 너희 자신을 관찰하라. 그리고 거기서 이러한 이중적 본성의 생생한 특징을 발견할 수 있는지를 생각하라. 그렇듯 많은 모순이 오직 하나의 주체 속에 존재할 수 있을까?

—알 수 없는 일—모든 불가해한 것은 존재하지 말란 법도 없다. 무한(無限)의 수, 유한(有限)과 같은 무한의 공간. 신이 우리와 몸소 결합한다는 것은 믿기 어렵다—이러한 생각은 우리의 비열성을 보는 데서만 생겨난다. 그러나 만약 너희가 정말 성실하다면 내가 한 것처럼 다시금 그것을 추구해, 실제로 우리는 신의 자비가 우리를 자기에게 연결시켜줄 수 있는지 없는지를 우리 스스로는 모를 만큼 비열하다는 것을 인식하도록 하라. 왜냐하면 자기의 약함을 아는 이 동물(인간)이 신의 자비를 추측하며, 자기의 환상이 충동하는 대로 한계를 거기에다 설정하는 권리를 어디에서 얻었는지를 나는 알고 싶기 때문이다. 그는 신이 무엇인지를 거의 모르고 심지어는 자기 자신이 무엇인지도 모른다. 그리고 자기의 상태를 보고서는 완전히 당황해 신은 인간을 그와의 접촉에 참여시킬 수 없다고 감히 말한다.

그러나 나는 그에게 묻고 싶다. 신은 인간이 신을 알고 나서 사랑하게 되는 것 외에 무엇을 그에게 요구하고 있는지, 또 인간은 자연적으로 사랑하고 인식할 줄 아는 자인데 무엇 때문에 신이 자신을 인간에게 인식시키고 사랑하도록 만들 수 없다고 생각하는지를 묻고 싶다. 인간은 적어도 자기가 존재하고 있음과 무엇을 사랑할 수 있는 능력을 가지고 있음을 자각하고 있는 것은 사실이다. 그렇다면 만일 그가 자신이 처해 있는 암흑 속에서 무엇인가를 인식하고, 지상의 사물 가운데서 사랑해야 할 어떤 대상을 발견했다면, 그리고 신이 그에게 신의 본질의 어떤 빛을 부여했다면, 신이 우리와 접촉되기를 바라는 것과 동일한 방식으로, 인간이 신을 알고 신을 사랑할 수 없는 이유가 있을까? 따라서 이런 종류의 논의는 겉으로는 겸손에 바탕을 두고 있는 것같이 보이지만 사실은 참을 수 없는 자만을 수반하고 있음은 의심할 여지도 없다. 그 겸손은 우리가 자신이 무엇인가를 스스로 알 수 없기 때문에, 신에게 가르침을 받는 도리밖에 없다는 것을 우리로 하여금 고백하도록 하는 것이 아니면 진실하지도 정당하지도 않다.

"나는 당신이 당신의 신앙을 이유도 없이 나에게 종속시키라고 원하지는 않는다. 당신을 독재적으로 복종시키고 싶지는 않다. 나는 또 당신에게 모든 사물의 이유를 밝혀주려고도 하지 않는다. 오히려 이러한 모순들을 일치시키기 위해, 나는 내 속에 있는 신성의 표징을 설득적인 증거에 의해 당신에게 명확히 보여주려 생각한다. 그 증거들은 당신에게 내가 무엇인가를 확증시켜줄 것이며, 당신이 부정할 수 없는 기적과 증거에 의해 나에게 권위를 붙여줄 것이다. 그 다음에 당신은 그 표징들이 참인지 거짓인지는 당신 스스로 알 수 없다 하더라도, 그것들을 거절할 이유를 찾을 수는 없을 것이며, 내가 당신에게 가르쳐주는 사물들을 '주저하지 않고 믿게 될 것이다.'"

신은 인간을 구출하기를 원하셨고 구원을 찾는 자들에게는 구원의 문을 열어주시려 했다. 그러나 인간이 그것을 받아들일 만한 자격을 스스로 버렸기 때문에, 신은 구원을 받을 자격이 없는 자들도 긍휼히 여기사 어떤 자들에게는 주시는 것을 다른 자들에게는 그들이 완고하다는 이유로 거절하셨는데, 이것은 정당하신 행위다. 만일 신이 가장 완고한 사람들의 고집을 꺾기 원하셨다면, 그들이 신의 본질적 진리를 의심할 수도 없을 만큼 명백히 자기를 계시하심으로써 그렇게 하셨을 것이다. 흡사 최후의 심판일에 사자도 되살아나고 어떤 장님도 볼 수 있을 만큼 격렬한 벼락의 섬광과 자연의 붕괴와 더불어 신이 나타나실 것처럼.

신은 이러한 방식으로 나타나시길 원치 않았다. 부드러운 강림으로 나타나길 원하셨던 것이다. 왜냐하면 많은 사람들이 신의 관용을 받아들일 자격을 상실했기 때문에, 신은 그들이 원치 않는 선을 잃어버리게 하신 채로 그냥 팽개쳐두려 하셨기 때문이다. 그러므로 신이 눈에 띌 만큼 거룩하게 모든 인간들을 설득시킬 수 있는 절대적인 방식으로 스스로를 나타내심은 정당하지 않았다. 그러나 신이 자기를 성심으로 구하는 자들에게도 인식될 수 없을 만큼 숨은 방식으로 나타나는 것도 역시 정당하지 않았다. 이러한 사람들에게는 신이 자기를 완전히 인식시켜주시길 원했던 것이다. 그러므로 온 마음을 다해 신을 구하는 자에게는 명백히 나타나주시고, 온 마음을 다해 신을 피하는 자에게는 숨어 계시려 했기 때문에, 신은 자기에 관한 인식을 조절해 신을 구하는 자에게는 보이도록, 구하지 않는 자에게는 보이지 않도록 자기의 표징(標徵)을 부여하신 것이다.

"오로지 뵈옵기만을 원하는 자에게는 충분한 빛이 있고, 반대의 경향을 지닌 자에게는 충분한 어둠이 있는 것이다."

431 다른 어떤 종교도 인간이 가장 훌륭한 피조물이라는 것을 인식하지 않았다. 한편에서, 인간이 우월하다는 사실을 충분히 인식한 사람들은 인간이 자기 자신에 대해 태어날 때부터 품고 있는

비천한 감정을 비열이나 망은으로 간주했고, 또 한편에서 그러한 비천함이 얼마나 현실적인가를 충분히 인식한 사람들은 인간에게도 역시 자연스러운 이 위대성의 감정을 쑥스러운 오만으로 취급했다.

어떤 자들은 말하길, "너희의 눈으로 신을 우러러보라. 너희를 닮았고 너희에게 섬김을 받기 위해 너희를 창조한 신을 보라. 너희는 그를 닮을 수 있다. 너희가 그에게 순종하기를 원한다면 지혜는 너희를 그와 동등하게 만들 것이다"라 한다. 에픽테토스는 말하길, "자유스러운 인간들이여, 얼굴을 들라"고 했다. 그런데 다른 자들은 말하길, "너희 눈으로 땅을 내려다보라. 너희는 보잘것없는 벌레로다. 너희 동료인 동물들을 바라보라"고 했다.

그렇다면 인간은 무엇이 될 것인가? 신과 동등하게 될 것인가? 아니면 동물과 동등하게 될 것인가? 이 얼마나 가공할 현격한 차이랴! 그렇다면 우리는 무엇이 될 것인가? 이 모든 사실에 의해 인간이 갈팡질팡하고 있다는 것, 그 지위에서 떨어져 있다는 것, 불안스럽게도 그 자리를 되찾고 있다는 것, 그러나 그것을 찾지 못한다는 것 등을 간파하지 못하는 자가 있을까? 그렇다며 도대체 누가 거기에다 인간을 데려다줄 것인가? 가장 위대한 인간들도 그것을 하지는 못했거늘.

432 퓌론의 회의주의는 진실하다. 까닭인즉, 결국 인간은 예수 그리스도 이전에는 자기가 어디 있는지, 자기가 위대한지 보잘것없는지를 몰랐기 때문이다. 그래서 이 사실들 중 어느 것을 해명한 사람들도 그것을 정말 모르고 이유도 없이 우연히 추측한 데 불과했

다. 뿐만 아니라, 그들은 그 중 어느 것을 거부함으로써 언제나 오류를 범하고 있었다.

"Quod ergo ignorantes quaetitis, religio annuntiat vobis(당신이 알지도 못한 채 구하고 있는 것을 종교가 당신에게 알려주리라)."[6]

인간의 본성을 완전히 이해한 다음에

433 어떤 종교가 참되기 위해서는 그것이 우리의 본성을 알고 있어야 한다. 그것은 위대함과 비소함, 그리고 쌍방의 이유를 파악하고 있어야 한다. 기독교가 아닌 어떤 종교가 그것을 파악하고 있었을까?

434 퓌론파의 주요한 강점은(자질구레한 것은 제외하지만) 신앙과 계시를 제외하고서는 이 원리들의 진실성을 확인할 수 있는 것은 우리가 우리 자신 속에서 자연적으로 지각하는 것 외엔 아무것도 없다는 것, 바로 이 점이다. 이 자연적 직관(直觀)은 그 원리들이 진리라는 것을 납득시킬 수 있는 증거가 되지 못한다. 왜냐하면 신앙이 아니고서는, 인간이 선한 신에 의해 창조되었는지 혹은 사악한 악마에 의해 창조되었는지 혹은 우연히 생겨났는지를 확인하는 방도가 없으므로 우리에게 부여된 이 원리들이 과연 참인지 거짓인지 혹은 불확실한지는 우리의 기원 여하에 따라서 의문이 되기 때문이다. 게다가 어떤 사람도 신앙이 없이는 자기가 잠자고 있는지 깨어 있는지를 확인할 수 없는, 꿈속에서 자기가 깨어 있다고 굳이 믿는 경우가 있음을 보아도 명백하다. 인간은 (꿈속에서) 공간, 형상, 운동 따위를 본다고 생각하며, 시간이 경과하는 것을 느끼고,

그것을 측정하기까지 한다. 요컨대 깨어 있을 때와 다를 바 없이 행동한다. 그러한 까닭으로 인생의 절반은 꿈속에서 보내고 거기에서 어떤 일이 일어나더라도 참된 관념은 하나도 없음을 우리 자신이 인정하고 있다. 그렇다면 우리의 직관은 모두 착각이요, 우리가 깨어 있다고 생각하는 인생의 나머지 절반도, 우리가 잠자고 있다고 생각하면서 깨어 있는 맨 처음의 잠과 다소 다른 또 하나의 잠인지 아닌지를 누가 알쏘냐?

"또 사람이 다른 사람들과 함께 꿈을 꾸는데 우연하게도 그 꿈들이 일치한 경우(이러한 것은 충분히 있을 수 있는 일이지만), 또 한 사람만이 홀로 깨어 있는 경우, 그 사람이 이 두 가지 사실을 거꾸로 생각할 수도 있음을 누가 의심하겠는가? 요컨대 우리가 이따금 꿈속에서 꿈을 꾸고 꿈에다 꿈을 겹치듯이, 우리가 깨어 있다고 믿어 마지않는 '그' 인생도 그 자체는 하나의 꿈에 지나지 않으며, 우리는 그 위에다 꿈을 겹치다가 드디어 죽음에 보통의 수면 때와 마찬가지로 진과 선의 원리를 거의 갖지 않는 것이 아닐까? 우리를 움직이는 이 여러 가지 상념도 우리가 꿈속에서 경험하는 시간의 흐름이나 허무한 환상과 마찬가지로 착각에 지나지 않는 것이 아닐까?"

이것이 쌍방의 주요한 강점들이다. 나는 퓌론파가 소위 관습, 교육, 고장의 풍속, 그 밖에 이와 비슷한 사물들의 영향에 대해 반론하는 바의 극히 사소한 것들을 제외한다. 이러한 사물들은 그런 허무한 기초 위에서만이 독단론을 쌓아 올리는 보통 사람들 대부분을 유혹한다 할지라도, 퓌론파의 가냘픈 입김에 의해 뒤집히고 만다. 만약 이 사실을 충분히 납득할 수 없다면 그들의 저서를 보기만 하면 되리라. 당장에 납득할 수 있을 테니 말이다. 아마 지나치게 납득할 것이다.

나는 독단론자들의 유일한 강점에서 발걸음을 멈춘다. 성의와 진실을 가지고 진술한다면, 그 강점이란 자연의 원리를 의심할 수 없다는 것이다. 이에 대해서 퓌론파는 한마디로 말하면, 우리의 본성의 기원을 포함하는 우리의 기원의 불확실성을 들고 반박한다. 이에 대해 독단론자들은 세상이 시작된 이래로 한결같이 응답해왔다.

이리하여 논쟁이 사람들 사이에서 벌어진다. 각자는 그 거취를 결정해 독단론이든 퓌론파든 어느 한쪽에 가담하지 않으면 안 된다. 왜냐하면 중립을 지키길 원하는 사람은 틀림없이 훌륭한 퓌론파가 될 것이니까. 이러한 중립이야말로 이 파의 특성인 것이다. 그들의 적이 되지 않는 자는 훌륭하게도 그들의 동조자가 된다. "여기에 그들의 유리한 점이 있는 것같이 보인다." 그들은 그들 자신에게도 가담하지 않는다. 그들은 만사에 중립을 지키며 무관심하고 결단성이 없으며, 그들 자신에 대해서조차 예외가 되지 않는다.

그렇다면 인간의 이러한 상태에서 무엇을 해야 할 것인가? 일체를 의심해야 할 것인가? 깨어 있는 것도, 꼬집히는 것도, 불에 타는 것도 의심해야 할 것인가? 자기가 존재하는 것도 의심해야 할까?[7] 인간으로서 그렇게까지는 될 수 없다. 정말로 철저한 퓌론파가 여태껏 존재하지 않았다는 것은 사실이라 생각한다. 자연이 무력한 이성을 붙잡아 그러한 극단으로까지 달리지 않도록 말하고 있는 것이다.

그러면 반대로, 인간이 진리를 분명히 소유하고 있다고 말할 것인가? 약간만 타격을 받아도 진리를 소유하는 권능을 표시하지 못하고 가지고 있는 것조차 놓쳐버리지 않을 수 없는 인간이 말이다.

인간이란 도대체 어떤 괴물일까? 도무지 무어라 할 진기(珍奇), 무어라 할 요괴, 무어라 할 혼돈, 무어라 할 모순의 소유자, 무어라 할 경이인가 말이다! 만물의 심판자인 동시에 어리석은 지렁이. 진리를 맡은 자인 동시에 애매와 오류의 시궁창. 우주의 광영이요, 우주의 쓰레기.

누가 이 얽히고 얽힌 매듭을 풀 것인가? 자연은 퓌론파를 곤혹스럽게 하고 이성은 독단론자들을 당황하게 만든다. 아아, 인간이여, 자연의 이성에 의해 자신의 진실한 상태가 어떤 것인지를 추구하고 있는 그대 인간은 도대체 무엇이 되려는가? 그대는 이들 학파의 어느 쪽을 피할 수도 없고 그 어느 쪽에 머물러 있을 수도 없다.

그럴진대 오만한 인간이여, 그대는 그대 자신에 대해 얼마나 역설적인가를 알아두라. 겸손할지어다, 무력한 이성이여. 입을 다물지어다, 어리석은 본성이여. 인간은 인간을 무한히 초월하고 있음을 깨달을지어다. 그리하여 그대가 모르는 그대의 참된 상태를 그대의 주(主)에게 배울지어다. 신에게 귀를 기울일지어다.

요컨대 그 까닭은, 만약 인간이 타락하지 않았더라면, 순결무구한 채로 진리와 행복을 확실히 누렸을 것이니까. 그리고 만약 인간이 애초부터 타락하고 있었다면, 진리와 축복을 생각하지도 않았을 것이다. 그러나 불행하게도 우리의 상태 속에 위대한 것이 전혀 없었던 것보다 더욱 불행한 것은 우리가 행복의 관념을 가지고 있으면서도 거기에 도달할 수 없다는 것이다. 진리의 영상을 느끼면서도 가지고 있는 것은 허위뿐이다. 절대적으로 무지할 수도 확실히 알 수도 없을 만큼, 원래는 완전무결한 단계에 있었으나 불행히도 거기에서 전락했다는 것은 명백하다!

　그러나 우리의 이성에서 가장 멀리 격리되어 있는 비의(秘義), 즉 원죄 유전(原罪遺傳)의 비의가, 그것 없이는 우리가 우리 자신에 관해서 아무런 이해도 가질 수 없는 사물이라니 이 얼마나 놀라운 일인가! 왜냐하면 죄의 본원에서 몹시 떨어져 있기 때문에 죄에 가담할 수 없지 싶은 사람들까지도, 최초의 인간의 죄가 유죄가 되게 만들었다는 것만큼 우리의 이성에 어긋나는 것은 분명히 없기 때문이다. 이러한 원죄의 계승은 우리에게 불가능하게 보일 뿐만 아니라 대단히 부당하다고까지 생각된다. 그도 그럴 것이 의지를 가질 수 없는 갓난아이가 이 세상에 태어나기 6천 년이나 전에 저질러진 죄, 그와는 너무도 관계가 없어 보이는 죄 때문에, 영원히 죄를 진다는 것보다 우리의 빈약한 정의의 척도에 더욱 어긋나는 것이 있을까? 이러한 교리보다 더욱 격렬하게 우리에게 충격을 주는 것은 확실히 없다. 그렇지만 모든 것 중에서 가장 풀기 어려운 비의가 없으면 우리는 우리 자신에 대해 풀 수 없는 존재가 되어버린다. 우리의 상태를 풀 수 있는 실마리는 이 심연 속에 도사리고 있다. 그러므로 이 비의가 없으면, 이 비의가 인간에게 불가해한 것보다 더욱 인간은 불가해하게 된다.

　"그러한 이유에서 신은, 우리의 존재에 대한 난문제를 우리 자신에게 이해시키지 않으려 마음먹기 때문에 그 해결의 실마리를 우리가 도달할 수 없을 만큼 드높은 곳이라기보다는 오히려 낮은 곳에 감추어두고 있지 않은가 싶다. 그렇기 때문에 우리는 이성의 외람된 활동에 의하지 않고 이성의 단순한 복종에 의해, 우리를 정말 이해할 수 있다."

"종교의 신성불가침한 권위 위에 튼튼하게 세워진 이 밑바탕은 꼭 같이 불변한 2개의 신앙적 진리가 존재함을 우리에게 가르쳐준다. 하나는 인간이 창조의 상태나 은총의 상태에 있어서는 전 자연 위에 군림하고 있으며 신과 비슷해 신의 거룩함을 물려받는 자로 되어 있다는 것이요, 또 하나는 인간이 타락과 죄의 상태에 있어서는 전술한 상태에서 추락해 동물과 비슷하게 되었다는 것이다."

"이 두 가지 명제는 꼭 같이 견고하고 확실하다. 성서는 이 사실을 명백히 우리에게 선언하고 어떤 데서는 이렇게 말하고 있다. '사람이 거처할 땅에서 즐거워하며 인자들을 기뻐했느니라'[8] '나는 나의 영(靈)을 모든 육신 위에 뿌리리라'[9] '너희는 신들이다'[10] 등등. 또 다른 데서는 이렇게 말하고 있다. '모든 육체는 풀이로다'[11] '인간은 사고가 없는 짐승에 스스로를 견주었고 그리하여 짐승과 비슷하게 되었다'[12] '내가 심중에 이르기를, 인생의 일에 대해……'[13]

이것들을 보더라도 인간이란 은총을 받으면 신과 비슷하게 되었고 신의 거룩함을 물려받았지만, 은총이 없으면 야수와 방불하다는 것이 명백히 엿보인다."

435 이와 같은 신성한 인식이 없으면, 인간들은 그들의 과거의 위대성을 아직도 지니고 있는 내적 의식에 의해 스스로를 높이든가, 그들의 현재의 연약함을 보고 스스로를 끌어내리든가 하는 것 외에 무엇을 할 수 있을까? 왜냐하면 전체의 진리를 보지 않았으므로 그들이 완전한 덕에 이를 수 없었기 때문이다. 어떤 사람들은 본성이 타락되지 않은 것으로 생각하고, 어떤 사람들은 그것을 회복하기 어려운 것으로 생각했기 때문에, 모든 악덕의 두 원천인 오만이나 태

만을 피할 수 없었다. 왜냐하면 '그들은' 태만에 의해 악덕에 몸을 내맡겨버리거나, 오만에 의해 거기에서 벗어나거나 '하는 수밖에 없기' 때문이다. 그 까닭인즉 그들이 인간의 우월을 알았다 하더라도 인간의 타락은 몰랐기 때문이다. 그렇게 해 태만은 벗어났지만 자만에 빠지고 만 것이다. 또 본성의 연약성을 알았다 하더라도 본성의 존엄성을 몰랐기 때문이다. 그렇게 해 허영을 피할 수는 있었지만 절망 속에 뛰어들고 만 것이다. 거기에서 스토아 학파와 에피쿠로스파, 독단파와 아카데미아파 등 수많은 학파가 생겨났다.

오로지 기독교만이 이 두 악덕을 고칠 수 있었다. 지상의 슬기에 의해 하나로써 다른 것을 내쫓은 것이 아니라, 단순한 복음(福音)에 의해 두 악덕을 모두 내쫓은 것이다. 왜냐하면 기독교는 올바른 사람들에 대해서는 그들이 신성(神性)을 물려받을 수 있는 높이까지 올라가도록 가르쳐주지만, 그렇듯 숭고한 상태에 있으면서도 그들은 한결같이 모든 타락의 원천을 지니고 있는데, 이 타락의 원천이 그들을 일생 동안 잘못과 비참과 죽음과 죄에 빠지게 마련이라는 것을 가르쳐줌과 동시에, 가장 신앙이 없는 인간들에 대해서도 그들이 구주의 은총을 받을 수 있다는 것을 큰 소리로 외쳐 가르쳐주기 때문이다. 이와 같이 해 기독교는 의롭다고 인정하는 자들에겐 전표를 주고, 죄가 있다고 인정하는 자들에겐 위로를 주며, 은총도 받을 수 있고 죄도 범할 수 있는 모든 인간에게 공통된 이중의 가능성에 의해 두려움과 희망을 막대한 공평으로써 조절하며, 단일한 이성이 할 수 있는 것보다 무한히 낮은 곳으로 인간을 끌어내리지만 절망하게는 하지 않으며, 그리고 또한 본성의 오만이 할 수 있는 것보다 무한히 높은 곳으로 인간을 끌어올리지만 자만하게 하지는 않을 것이다. 이와 같이 오직 혼자만이 잘못과 악덕에서 벗어나 있기 때문에, 인간을 가르치고 시정할 수 있는 것은 기독교뿐임을 명백히 제시해준다.

그렇다면 이러한 천래(天來)의 빛을 믿고 숭배하기를 누가 거절할 수 있겠는가? 왜냐하면, 우리가 우리 자신의 내부에 지워버릴 수 없는 우월의 특성을 느끼고 있음은 진리보다도 명백한 사실이기 때문이 아닐까? 또 우리가 우리 자신의 한심스러운 상태의 결과를 언제나 경험하고 있는 것도 마찬가지로 진실하기 때문이 아닐까? 그러므로 이 혼돈과 기괴한 혼란은 두 상태가 진실함을 부인할 수 없을 만큼 강한 목소리로 우리에게 외치고 있는 것이 아니고 무엇이겠는가?

약함

436 인간들의 모든 업무는 선(善)을 얻으려는 데 있다. 그러나 그들은 그 선을 소유함이 정당하다는 것을 증명하는 이유를 제시할 줄 모른다. 왜냐하면 그들은 인간의 변덕스러운 생각밖에 갖고 있지 않으며, 선을 확실히 소유할 만한 힘은 지니고 있지 않기 때문이다. 이것은 학문에 관해서도 마찬가지다. 병에 걸리면 학문이고 무엇이고 달아나버린다. 우리는 진도 선도 소유할 수 없다.

437 우리는 진리를 욕구한다. 그러나 우리 속에는 불확실성 밖에 찾아내지 못한다.

우리는 행복을 욕구한다. 그러나 비참과 죽음밖에 찾아내지 못한다.

우리는 진리와 행복을 욕구하지 않고는 견디지 못한다. 그러나 확실성도 행복도 얻을 수 없다. 이 욕구가 우리에게 남아 있는 것은 우리를 벌하기 위해서며, 또한 우리가 어디에서 추락했는가를 깨우쳐주기 위해서다.

438   만일 우리가 신을 위해 창조된 것이 아니라면 어찌해 신 안에서만 행복할 수 있는가?[14] 만일 인간이 신을 위해서 창조되었다면 어찌해 그다지도 신에 어긋나는가?

타락한 본성

439   인간은 자기의 본성을 이룩하고 있는 이성으로서 행동하지 않는다.

440   이성의 부패는 상이하고도 부조리한 수많은 풍속에 나타나 있다. 인간이 이 이상 더 제멋대로 살지 않게 하기 위해서 진리[15]는 오지 않으면 안 되었다.

441   나로 말하자면, 기독교가 인간의 본성은 부패했고 신에서 전락했다는 원리를 계시하자마자, 그것이 내 눈을 열어주어 어디에서나 이 진리의 특징을 보도록 해주었음을 고백하는 바다. 왜냐하면 자연이라는 것은 인간의 내부와 인간의 외부를 막론하고 도처에서 상실된 신과 부패된 본성을 지적하고 있기 때문이다.

442   인간의 참된 본성, 그의 참된 선, 참된 미덕, 참된 종교 따

위, 이것들의 인식은 불가분의 것이다.

위대, 비극

443 인간은 빛을 많이 가질수록 그만큼 많은 위대성과 비소성을 인간 속에서 발견한다. 보통 사람들―교양이 많은 사람들, 즉 철학자들, 이들은 보통 사람들을 놀라게 한다―기독교 신자들, 이들은 철학자들을 놀라게 한다.

그러면 인간이 빛을 많이 가질수록 그만큼 많이 인식하게 됨을 종교가 철저히 인식시켜줄 따름인 것을 보고 누가 놀랄 것인가?

444 인간들이 자기들의 가장 큰 빛에 의해 알 수 있었던 것을, 이 종교는 자기의 자녀들에게 가르쳤다.

445 원죄는 인간의 눈에 어리석게 보인다. 그러나 그것은 어리석은 것으로서 제공되어 있다. 그러므로 당신들은 이 교리에는 이치가 없다 해 나를 비난해서는 안 된다. 왜냐하면 나는 그것을 이치 없이 존재하는 것으로서 제공하고 있기 때문이다. 그러나 이 어리석음은 인간의 모든 슬기보다 현명하다. "sapientius est hominibus(인간보다 현명하다)."[16] 이것 없이 인간이 무엇인가를 말할 수 있을까? 그의 모든 상태는 지각할 수 없는 이 한 점에 달려 있다. 이 사실이 이성에 의해 어찌 인지될 수 있으랴? 왜냐하면 그것은 이성에 어긋나는 것이며 이성은 자신의 방법에 의해 그것을 안출할 수 없지만, 그것이 제출되면 꽁무니를 빼버리기 때문이다.

원죄에 대해, 유대인에 의한 원죄의 상세한 전통[17]

446   〈창세기〉 8장의 말씀에 의하면,[18] 인간의 마음씨는 어린아이 때부터 나쁘다.

라비 모세 하다르샨   이 나쁜 누룩[19]은 인간이 창조될 때부터 인간 안에 들어 있다.

마세세트 숙카   이 나쁜 누룩은 성서 속에 일곱 이름으로 불린다. 그것은 '악', '포피(包皮)', '더러움', '원수', '추문', '돌 같은 마음', '북풍'으로 불린다. 이 모든 것은 인간의 마음속에 숨어 있고 새겨져 있는 사욕을 뜻한다.

미스드라슈 틸림도 같은 말을 하고 있는데 신은 인간의 좋은 본성을 나쁜 본성에서 해방시킬 것이라고 했다. 이 사악이 날마다 인간에 대해 새로운 힘을 발휘하는 것은 〈시편〉 37편[20]에 기록된 대로다. "불신자는 올바른 자를 감시하고 그를 죽일 방법을 연구한다. 그러나 신은 올바른 자를 저버리지 않을 것이다." 이 사악은 현세에서 인간의 마음을 유혹하고, 내세에서는 그것을 고발할 것이다. 이것은 모두 《탈무드》 속에 나타나 있다.

미스드라슈 틸림의 〈시편〉 4편[21]에는, "너희는 몸서리쳐야 하고 죄를 범해서는 안 된다"고 했다. 몸서리치며 너희 사욕을 두려워할지어다. 그러면 사욕이 너희를 죄에 빠뜨리지 않을 것이다. 또 〈시편〉 36편[22]에는 "불신자는 그의 마음속에서 말하기를, 신을 두려워하는 생각이 내 앞에 없기를 바란다"고 씌어 있다. 이것은 말할 나위도 없이 인간의 타고난 사악이 불신자에게 그렇게 말한 것이다.

미스드라슈 엘 코헬레트   "가난해도 슬기로운 어린이는 미래를 예지하지 못하는 늙고 어리석은 왕보다 나으니."[23] 어린이는 덕이요 왕은 인간의 사악이다. 그것이 왕이라 일컬어지는 것은 모든 지체가 그에게 복종하기 때문이다. 늙었다고 말함은 그것이 어릴 때부터 늙을 때까지 인간의 마음속에 깃들어 있기 때문이다. 어리석다고 말함은 그것이 인간을 예지할 수 없는 길로 인도하기 때문이다.

이와 마찬가지 말이 미스드라슈 틸림에도 있다.

베레쉬트 라바의 〈시편〉 35편[24]에는 "주여, 나의 모든 뼈는 당신을 찬양하나이다. 당신은 가난한 자를 폭군의 손아귀에서 구출하시기 때문이로소이다"라고 기록되어 있다. 나쁜 누룩보다 더욱 심한 폭군이 있을까? 또 〈잠언〉 25장[25]에는 "만일 너의 적이 배고프면 그에게 먹을 것을 줄지어다"라고 기록되어 있다. 이것은 곧 나쁜 누룩이 배고프면 〈잠언〉 9장에 기록되어 있는 지혜의 빵을 주고, 만약 그가 목마르면 〈이사야〉 55장에 기록되어 있는 물을 주라는 말이다.

미스드라슈 틸림은 동일한 것을 말해, 성서가 몇 군데서 우리의 원수라고 말하고 있는 것은 나쁜 누룩을 가리키며, 또 그에게 빵과 물을 '준다' 함은 그의 머리 위에 타는 숯불을 쌓아올리는 것임을 뜻하고 있다.

미스드라슈 엘 코헬레트의 〈전도서〉 9장[26]에는 한 "대왕이 조그마한 도시를 공격했도다"라 기록되어 있다. 이 대왕이라 함은 나쁜 누룩이요 그가 도시를 포위한 큰 연장은 유혹을 뜻한다. 그리고 그 도시를 구한 슬기롭고 가난한 사람이 있었다는 것은 곧 덕을 말한다.

또 〈시편〉 41편[27] "가난한 사람을 돌보는 자는 행복하도다"의 주해. 또 〈시편〉 78편[28] "영(靈)은 사라져가고 아직 돌아오지 않았도다"의 주해. 이 말씀을 어떤 사람들은 오해해 영혼의 불사를 반박하는 재료로 삼았다. 그러나 그 뜻은 이 영이란 나쁜 누룩이요 그것은 인간에게 죽을 때까지 따라다니며 부활할 때에는 다시 되돌아오지 않는다는 것이다. 그리고 〈시편〉의 3편에는 같은 말씀이 있다.

또 〈시편〉 16편.

라비[29]들의 원리, 두 분의 구세주.

447 정의는 땅에서 떠났다고 말했다 해서 사람들이 원죄를 인식했다 말할 수 있을까? —"Nemo ante obitum beatus est(아무도 죽을 때까지는 행복하지 않다)"[30]는 것은 죽음과 동시에 영원하고도 본질적인 축복이 시작함을 그들이 알았다는 것일까?

448 '미통'[31]은 본성이 타락해 있고 인간이 도의[32]에 어긋나 있음을 잘 보고 있다. 그러나 왜 인간이 더 높이 날 수 없는가를 모른다.

질서

449 타락의 장(章) 다음에 말한다. 즉 "이 상태에 있는 자가 그것을 좋아하는 자나 그것을 싫어하는 자나 모두들 그것을 알고 있다 함은 옳다. 그러나 모든 사람의 속죄를 깨닫고 있다는 것은 옳지 않다."

450 만일 사람들이 외람된 야심과 탐욕과 약함과 비참과 부정

에 자신이 가득 차 있음을 모른다면 그는 영락없이 장님이다. 만약 알고 있으면서도 거기에서 벗어남을 원치 않는다면…… 인간에 관해서 무엇이라 말할 수 있을까?

그렇다면 사람들은 인간의 결점을 그렇게도 잘 아는 종교를 존경하는 것 외에, 그리고 그에 대해서 그다지도 원할 만한 치료법을 약속해주는 종교의 진리를 구하는 것 외에 무엇을 할 수 있을까?

451 모든 인간들은 선천적으로 서로를 미워하는 법이다. 인간은 탐욕을 공공의 복지를 위해 도움이 되도록 하려고 할 수 있는 한 사용해왔다. 그러나 그것은 가장에 지나지 않는다. 사람의 허상에 지나지 않는다. 왜냐하면 사실에 있어서 그것은 증오에 불과하니까.

452 불행한 사람들을 동정하는 것은 탐욕에 어긋나지 않는다. 반대로 사람은 그러한 호의의 증거를 나타내 보이려 하고, 아무것도 주지 않으면서 동정심이 많다는 평판을 얻고 싶어 한다.

453 인간은 탐욕으로 정치나 도덕이나 재판에 관한 야단스러운 규칙을 만들어냈다. 그러나 실제에 있어서 인간의 야비한 바탕, 이 "figmentum malum(나쁜 모습)"[33]은 덮여 있을 뿐이지, 제거되지는 않는다.

부정
454 그들은 남을 해치지 않고 탐욕을 만족시키는 방법을 발견할 수 없었다.

455 '자아(自我)'는 가증스러운 것이다. 미통 군 자네는 그것을 덮어두는 게 좋을 걸세. 그렇다고 해서 그것을 아주 없애버린 건 아닐세. 그러니 자네는 여전히 가증한 존재일세—그렇진 않네. 왜냐하면 우리가 하듯이 모든 사람들에게 친절히 행한다면 남에게 미움을 받을 까닭은 없을 테니 말일세—하긴 그렇다. 만약 '자아'를 증오한다는 것이 '자아'에서 생기는 불쾌만을 증오하는 것이라면 말일세. 그러나 내가 자아를 미워하는 것은, 그것이 부정하기 때문이며 모든 것의 중심이 되기 때문에, 그렇다면 나는 앞으로도 그것을 미워할 작정일세.

요컨대 '자아'는 두 가지 성질을 가지고 있다. 그것은 만물의 중심이 되기 때문에 그 자체가 부정하네. 그것은 남을 종속시키려 하기 때문에 남에게 불쾌하네. 왜냐하면 각자의 '자아'는 서로 상대방에 대해 적이요, 다른 모든 '자아'에 대해서 폭군이 되려 하기 때문일세. 자네는 불쾌를 없애긴 하지만 부정을 없애지는 않네. 그러므로 '자아'의 부정을 미워하는 사람들에게 그것이 사랑스러운 것이라고 우기진 말게. '자아' 속에 적이 있음을 인식하지 않는 인간들에게만 그것이 사랑스러운 것이라고 우겨야 할 걸세. 따라서 자네는 여전히 부정하고, 부정한 사람들을 기쁘게 하는 것밖에 못하네.

456 이 어인 판단의 착란이냐! 사람들이 다른 모든 사람들의 위에 올라서려고 자기 자신의 선, 행복, 생명의 영속을 다른 모든 사람들의 것보다도 더 사랑하지 않고는 배길 수 없다니!

457 각자는 자기 자신에 대해 하나의 전부다. 왜냐하면 자기가

죽으면 자기에 관한 모든 것이 죽기 때문이다. 여기에서 각자는 만물에 대해 전부인 것같이 생각하게 된다.[34] 자연은 우리의 관점에서 판단해서는 안 되고 자연 자체에 입각해서 판단해야 한다.

458 "이 세상에 있는 모든 것이 육신의 정욕과 안목의 정욕과 이생의 자랑이니.[35] libido sentiendi, libido sciendi, libido dominandi(관능욕, 지배욕)."[36] 불행한 것은 이 셋의 불의 강이 물로 적신다기보다는 불로 태우고 있는 저주받은 땅이로다! 다행한 것은 이들 강 위에 있으면서도 가라앉지 않고, 휩쓸려 들지 않고, 태연하게도 움직이지 않고, 서지도 않고, 낮은 안전한 장소에 앉아 있는 자들이로다! 그들은 빛이 나기 전에는 거기에서 일어나지 않고 편안히 휴식한 다음에야 자기들을 일으켜서 성스러운 예루살렘의 성문에 확고히 세워주시는 분에게 손을 내민다. 이제 거기에서는 오만조차도 그들을 공격하고 그들을 타도할 수 없는 것이라고는 하지만 그들은 눈물을 흘린다. 그것은 멸망할 모든 사물들이 격류에 휩쓸려 떠내려가는 것을 봄으로써 그러하다는 것은 아니다. 그 기나긴 유리(流離)의 세월 동안에 끊임없이 그리워하고 있던 그들의 사랑하는 고국, 하늘 나라의 예루살렘을 그리워하기 때문이다.

459 바빌론의 냇물[37]은 흐르고 떨어지고 그리고 휩쓸어간다. 오오, 성스러운 시온이여, 거기에서는 모든 것이 튼튼하고 아무것도 허물어지지 않도다!

우리는 냇물 위에 있지 않으면 안 된다. 냇물 밑도 가운데도 아니고 그 위에 있지 않으면 안 된다. 또 서지 않고 앉아 있지 않으면 안 된다. 앉는 것은 겸허하기 때문이요, 위에 있는 것은 안정하기 때문이다. 그러나 예루살렘의 성문에서는 일어설 것이다.

그 쾌락이 머무르는지 흐르는지를 보자. 만약 흘러 사라진다면 그것은 바빌론의 냇물이다.

육신의 정욕, 눈의 정욕, 오만 등등

460 사물에는 세 가지 질서가 있다. 즉 육체, 정신, 의지가 곧 그것이다. 육체적인 것은 곧 부자나 왕후들이다. 이들은 육체를 대상으로 한다. 탐구자와 학자들, 그들은 곧 정신을 대상으로 한다. 현자들, 그들은 정의를 대상으로 한다.

신(神)은 만물을 지배해야 하고 만물은 신에게 귀의(歸依)해야 한다. 육체에 관한 사물은 원래 탐욕의 지배를 받고, 정신에 관한 사물은 원래 탐구심의 지배를 받으며, 지혜에 관한 사물은 원래 오만의 지배를 받는다. 이것은 인간이 재산이나 지식을 자랑하지 않는다는 말은 아니다. 다만 그것은 자랑해야 할 곳이 아니라는 것뿐이다. 왜냐하면 우리는 어떤 사람이 학자임은 용납할 수 있지만, 그가 오만함은 잘못이라고 그를 설복시키지 않고는 있을 수 없기 때문이다. 자랑의 원래 장소는 지혜다. 왜냐하면 우리는 어떤 사람이 자기가 지자(知者)임을 자임(自任)하고 있음은 인정하면서도 그가 뽐내고 있음은 잘못이라고 말할 수 없기 때문이다. 그것은 당연한 일이니까. 그러니 슬기는 오로지 신만이 주는 것이다. 그러므로 "Qui gloriatur, in Domino glorietur(자랑하는 자는 주 안에서 자랑하라)" [38]라고 씌어 있다.

461 3가지 탐욕은 3개의 학파[39]를 만들었다. 철학자들은 3가지 탐욕 가운데 하나를 따르는 것밖에 아무것도 하지 않았다.

참된 선의 탐구
462 보통 사람들은 선을 재산이나 외적인 행복이나 심지어는 오락 속에다 둔다. 철학자들은 모든 것의 허망함을 지적하고 그들이 둘 수 있는 장소에다 선을 두었다.

"예수 그리스도 없이 신을 가지는 철학자들에 대해"
철학자들
463 그들은 신만이 사랑을 받고 찬미되어야 마땅함을 믿으면서도 사람들에게 자기들이 사랑받고 찬미되기를 원했다. 그들은 자신의 타락을 모른다. 만일 그들이 신을 사랑하고 숭배하는 감정에 차 있음을 스스로 느끼고 거기에서 그들의 주요한 즐거움을 발견한다면 자신을 선이라고 생각함이 좋을 것이다. 좋고말고. 그러나 만일 그들이 거기에 대해 염오를 느끼고 사람들의 존경을 받는 자가 되려는 의향밖에 '갖지' 않고, 또 완전한 이상으로서 그들이 할 수 있는 유일한 것이 사람들을 강제해 가지고 그들(철학자들)을 사랑하게 하고, 그럼으로써 사람들을 행복하게 하려 하는 것이라면, 나는 그러한 이상을 무서운 것이라 말할 것이다. 무엇이라고! 그들은 신을 알았으면서도 사람들이 신을 사랑하기만을 원치 않고 그들 자신에 대해서도 주목해주기를 원하지 않았던가! 그들은 사람들의 자발적인 행복의 대상이 되기를 원했다.

철학자들

464 우리는 우리를 외부로 내쫓는 사물에 가득 차 있다.

우리의 본능은 우리 자신의 행복을 바깥에서 찾지 않으면 안 됨을 우리로 하여금 느끼게 한다. 우리의 정념은, 그 대상이 나타나서 그것을 자극하지 않을 때조차도 우리를 외부로 밀어낸다. 또 외부의 대상은 그 스스로 우리를 유혹하고 우리가 그것을 생각하지 않을 때조차도 우리를 불러낸다. 그러한 까닭에 철학자들이 "너희는 너희 자신 속으로 돌아가라. 너희는 거기에서 너희 자신의 선을 발견할 것이다"라고 해봤자 그것은 소용없다. 사람들은 그들을 믿지 않는다. 그들을 믿는 자는 가장 허망하고 어리석은 자들이다.

465 스토아 학파의 사람들은 말하기를, "너희 자신 속으로 돌아가라, 거기에서 너희는 평안을 발견할 것이다"라 했다. 그러나 그것은 옳지 않다. 다른 사람들은 말하기를, "바깥으로 나가라, 심심풀이를 함으로써 행복을 구하라" 했다. 그러나 이것도 옳지 않다. 병이 나기도 하리라.

행복은 우리 외부에도 우리 내부에도 없다. 그것은 신 속에, 곧 우리의 외부와 내부에 있다.

466 에픽테토스는 길을 완전히 깨달았을 때 사람들에게 말하기를 "너희는 길을 잘못 들고 있다"라 했다. 그는 다른 길이 있음을 가리키지만 그 길로 인도해주지는 않는다. 그것은 신이 원하시는 것을 하고 싶어하는 길이다. 예수 그리스도만이 그곳으로 인도해준다. "via, veritas(길, 진리)."[40] 제논[41] 자신의 악덕.

현실의 이유

467   에픽테토스.[42] "당신은 머리가 아프다"[43]라고 말하는 사람들. 그것은 같지 않다. 인간에게 건강은 보증되어 있지만 정의는 보증되어 있지 않다. 사실 인간의 정의는 우열(愚劣)했다. 그럼에도 그는 "우리의 능력이 미칠 수 있다, 없다"라고 말하면서 정의를 증명한다고 생각했다. 그러나 심정을 규정함은 우리의 능력이 미치지 못하는 것임을 인식하지 못했다. 또 그가 이 사실을 기독교 신자가 존재한다는 사실에서 결론을 내린 것은 잘못이었다.[44]

468   다른 종교들은 하나도 자신을 미워해야 한다고 제창하지 않았다. 그러므로 다른 종교들은 자신을 미워하고 정말 사랑해야 할 존재를 구하는 사람들의 마음에는 들지 않는다. 그러나 사람들은 겸손한 유일신의 종교(기독교)에 관해서 말함을 듣지는 못했다 하더라도 당장에 그것을 받아들일 것이다.

469   나는 나 자신이 존재하지 않았을 수도 있다고 생각한다. 왜냐하면 '자아'는 나의 사고 속에 존재하기 때문이다. 그런 까닭에 내가 태어나기 전에 나의 어머니가 살해당했더라면, 이 사고하는 '자아'는 존재하지 않았을 것이다. 그렇다면 나는 필연적인 존재가 아니다. 이와 마찬가지로 나는 영원하지도 무한하지도 않다. 그러나 자연 속에는 필연적이고 영원하며 무한한 존재가 있음을 나는 잘 알고 있다.

470   "기적을 보았더라면 나는 회개했을 것이다"라고 그들은

말한다. 그들은 자기가 모르는 것을 하리라고 어떻게 확신하겠는가? 그들은 이 회심이 제멋대로 생각해낸 교제나 대화처럼 신의 예배에서 생기는 것이라고 상상하고 있다. 참된 회심은 이 보편적 존재, 즉 우리가 때때로 그 분노를 일으키고 그것이 언제나 합법적으로 당신들을 멸망시킬 수 있는 그 보편적 존재 앞에서 허무하게 되어버리는 데서 생긴다. 그리고 우리는 이 보편적 존재가 없이는 아무것도 할 수 없다는 것, 또 그의 실총(失寵) 외에는 아무것도 그에게 받을 자격이 없다는 것을 인식하는 데서 생긴다. 그것은 신과 우리 사이에 어찌할 수도 없는 대립이 있다는 것, 매개자가 없으면 신과의 교제는 있을 수 없다는 것을 지각하는 데서 생긴다.

471 사람들이 자신에게 집착함은 비록 기꺼이, 그리고 자발적으로 한다 하더라도 부당하다. 나는 내가 그러한 욕망을 일으키도록 한 사람들을 실망시킬 것이다. 왜냐하면 나는 어느 누구의 목적도 아니며 그들을 만족시키는 것은 아무것도 가지고 있지 않기 때문이다. 나는 머지않아 죽을 존재가 아닌가? 그렇다면 그들의 집착의 대상도 죽을 것이다. 그러므로 허위를 믿게 한다는 것은, 비록 내가 그들을 감언이설로 설복하고 그들도 기꺼이 그것을 믿으며 나도 그것에 기쁨을 느꼈다 하더라도 죄인 것처럼, 자신을 사랑하게 하는 것은 죄다. 만약 내가 사람들을 나에게 집착하도록 환심을 끌었다 하더라도 말이다. 나는 거짓말을 믿으려는 사람들을 경고하지 않으면 안 된다. 그것이 나에게 어떠한 이득을 가져다준다 하더라도 결코 거짓말을 믿어서는 안 된다고 경고해야 하는 것처럼 그들도 나에게 집착해서는 안 된다고 경고해야만 한다. 왜냐하면 그들

은 신을 즐겁게 하기 위해, 또는 신을 찾기 위해 그들의 삶과 그들의 정성을 다해야 하기 때문이다.

472   자의(自意)[45]는 모든 것을 자기 뜻대로 할 수 있었던 경우라 할지라도 결코 만족하지 않을 것이다. 그러나 인간은 자의를 포기한 그 순간부터 만족한다. 자의가 없어지면 인간은 불만을 가질 수가 없다. 그것이 있으면 인간은 만족을 가질 수가 없다.

473   생각하는 지체(肢體)로 가득 찬 하나의 육체를 상상하라.[46]

지체(肢體). 여기에서 시작한다
474   사람이 자기 자신에 대한 사랑을 조절하는 데는 생각하는 지체로 가득 찬 하나의 육체를 상상해야 한다. 왜냐하면 우리는 전체 속의 지체로서 각 지체가 그 스스로를 어떻게 사랑해야 하는가 따위를 알고 있기 때문이다.

475   만약 발이나 손이 저마다 다른 의지를 가지고 있다면 이 손발들은 전체의 몸을 다스리고 있는 제1의 의지에 제각기의 의지를 복종시키지 않는 한, 질서를 유지할 수는 없을 것이다. 그렇지 않으면 그것은 무질서하게 되고 불행하게 된다. 오로지 전체의 선을 요구함으로써만이 그것들은 각자의 선을 달성할 수 있다.

476   애오라지 신만을 사랑하고 자기만을 미워해야 한다.
만약 발이 자기가 신체에 속해 있다는 것, 자기가 의존하고 있는 신체가 있다는 것을 항상 모르고 발만을 알고 사랑하기만 했다면, 그리고 자기가 의존하고 있는 신체의 일부분에 지나지 않는다는 것을 알게 되었다면, 자기의 과거의 생활에 대해, 또 자기에게 생명을 부여한 이 신체가 자기가 거기에서 떠났듯이 자기를 버리고 자기에서 떠나갔다면, 자기는 멸망했으리라고 생각되는 그 신체에 대해 무익했다는 것을 깨닫고 얼마나 후회하며 얼마나 당황할 것인가! 그 신체에 붙어 있기를 얼마나 소원할 것인가! 또 신체를 다스리고 있는 의지의 통치를 받기 위해 얼마나 복종하고 스스로를 내맡길 것인가 말이다. 만약 필요하다면 자기가 잘려나가는 것까지도 허락할 것이 아닌가! 그렇지 않으면 지체로서의 특성을 상실하는 것이 되기 때문이다. 왜냐하면 모든 지체는 전체를 위해서라면 멸망될 것을 스스로 원하며, 전체야말로 모든 지체가 존재하는 유일한 목적이기 때문이다.

477 우리가 남들의 사랑을 받을 만한 값어치가 있다고 생각함은 잘못이요, 그렇게 되기를 바라는 것은 부당하다. 만약 우리가 분별 있고 공평하게 탄생하고 우리 자신과 남들을 잘 알고 있었다면 우리는 자신의 의지에서 이러한 편향을 부여하지는 않았을 것이다. 그렇긴 하지만 우리는 날 때부터 그러한 편향을 가지고 있다. 즉 날 때부터 옳지 못한 것이다. 왜냐하면 모든 것이 자신으로 기울어지고 있기 때문이다. 이것은 전체의 질서에 어긋나는 것이다. 우리는 일반적인 것으로 기울어져야 한다. 자신을 향한 편향은 전쟁, 정치, 경제, 인간 개개의 신체 따위에 있어서 모든 무질서의 시작이다. 그러므로 의지는 부패해 있다. 만약 자연적·문화적 공동체의 각 지체

가 전체의 행복을 지향한다면 공동체 그 자체는 자기를 지체로 삼고 있는 더욱 일반적인 다른 전체를 지향해야 할 것이다. 따라서 사람은 일반적인 것으로 지향해야 한다. 그러므로 우리는 나면서부터 부정하고 부패해 있다.

478 우리가 신에 대해서 생각하려 할 때 우리의 마음이 한눈을 팔게 하고 다른 것을 생각하게 하는 것이 있지는 않은가? 그러한 것은 모두가 악이요 우리와 함께 탄생한 것이다.

479 하나의 신이 있다면 그만을 사랑해야 하고 일시적으로 지나가는 피조물을 사랑해서는 안 된다.《지혜의 서(書)》에 있는 불신자들의 추론은 신이 없다는 것만을 바탕으로 하고 있다. 그는 말하기를 "그러므로 피조물들을 가지고 즐기자"[47] 했다. 이것은 가장 나쁜 말투다. 그러나 만일 사랑해야 하는 하나의 신이 있다면 그들은 그러한 결론을 내리지 않고 완전히 반대의 결론을 내렸을 것이다. 그리고 이것이야말로 지자(知者)들의 결론이다. "하나의 신이 있다. 그러므로 피조물을 즐겨서는 안 된다."

그렇기 때문에 우리를 꾀어 피조물에 집착시키는 것은 모두가 악이다. 왜냐하면 그것은 우리가 신을 알고 있으면 우리가 신에게 봉사하는 것을 방해하고, 우리가 신을 모르고 있으면 신을 찾는 것을 방해하기 때문이다. 그런데 우리는 사욕에 차 있기 때문에 악에도 차 있다. 따라서 우리는 우리 자신과 우리를 꾀어 하나의 신 이외의 것에 집착하게 하는 일체의 것을 미워하지 않으면 안 된다.

480   각 지체를 행복하게 하는 데에는 그 지체들이 하나의 의지를 가지고 또 그 의지를 신체에 복종시켜야만 한다.

481   스파르타 사람들이나 기타 사람들의 용감한 죽음의 모범은 우리를 거의 감동시키지 않는다. 까닭인즉 그것이 우리에게 무엇을 가져다준단 말인가? 그러나 순교자들의 죽음의 모범은 우리를 감동시킨다. 그것은 '우리의 지체'[48]이기 때문이다. 우리는 그들과 공통된 연결을 지니고 있다.

그들의 결의는 우리의 결의를 형성할 수 있다. 단지 모범에 의해서뿐만 아니라 그들의 결의가 아마도 우리의 그것과 미상불 같기 때문이다. 이러한 것은 이교도의 모범에서는 볼 수 없다. 우리는 그들과 하등 연관성을 지니지 않는다. 흡사 생판 남인 사람이 부자인 것을 보아도 부자가 되지 않지만, 자기의 부친이나 남편이 부자인 것을 보면 부자가 되는 것과 방불하다.

도덕[49]

482   신은 하늘과 땅을 창조하셨지만 하늘과 땅은 자기 존재의 행복을 모르기 때문에, 신은 그것을 의식하는 존재, 즉 생각하는 지체에서 하나의 전체를 구성하는 존재를 만들려고 원하셨다. 왜냐하면 우리의 지체는 그들(지체)의 결합의 행복, 그들의 놀라운 이해의 행복, 그들에게 정신을 불어넣고 그들을 성장시키고 존속시키기 위해 자연이 배려해주는 행복을 느끼지 않기 때문이다. 만약 지체가 그것을 느끼고 그것을 알았다면 얼마나 행복한 일이겠는가! 그러나 그러기 위해서 그것들에겐 그것을 인식하는 이해력과 보편적인 혼

(魂)의 의지에 동의하는 선한 의지가 필요할 것이다. 그러나 이해력을 받았다 하더라도 지체가 그것을 자기의 영양으로 취하는 데만 그치고 다른 지체에 보내지 않는다면 그것은 옳지 못할 뿐만 아니라 불행하기도 하며, 따라서 그것은 자신을 사랑한다기보다 오히려 자신을 미워하는 결과가 될 것이다. 지체의 축복은 그 의무와 마찬가지로 그것들이 속해 있는 전체의 혼, 즉 지체가 사랑하는 것 이상으로 그것들을 사랑해주는 전체의 혼의 인도에 동의하는 데 있다.

483 지체임은 온몸의 정신에 의해서만이, 그리고 온몸을 위해서만이 생명, 존재, 운동을 가지는 것이다.

지체가 분리되어 자기가 속한 온몸을 더는 생각하지 않는다면, 그것은 멸망하고 죽어가는 존재에 지나지 않는다. 그럼에도 그것은 자기를 전부라고 생각하고, 자기가 의존하고 있는 온몸을 생각하지 않기 때문에 자기에게만 의존하고 있다고 믿으며, 자기를 중심으로 하고 자기로 하여금 온몸을 만들고자 한다. 그러나 자기 자신 속에 생명의 근원을 갖고 있지 않기 때문에 그는 길을 잘못 들지 않을 수밖에 없다. 또 자기 자신이 온몸이 아니라는 것을 느끼면서도 자기가 하나의 온몸의 지체임을 고려하지 않기 때문에 자기 존재의 불안함에 놀란다. 마침내 자신을 알게 되면 흡사 자기 집에라도 되돌아온 듯이 온몸을 위해서만 스스로를 사랑하게 된다. 그리고 지난날의 길 잃음을 슬퍼한다.

지체는 그 성질상 자기 자신을 위해서 그리고 자기에게 복종시키기 위한 것이 아니면 다른 것을 사랑할 수가 없다. 왜냐하면 만물은 무엇보다 자기 자신을 사랑하기 때문이다. 그러나 온몸을 사랑하는 것은 자신을 사랑하는 것이다. 까닭인즉 지체는 온몸에 있어서, 온몸에 의해, 온몸을 위해서만 존재하고 있기 때문이다. "qui adhaeret Deo unus spiritus est(신과 합하는 자는 한 영(靈)이니라)."[50] 온몸은 손을 사랑한다. 손이 만일 하나의 의지를 가지고 있다면 넋이 손을 사랑하는 것과 마찬가지로 자신을 사랑해야 할 것이다. 그것을 넘는 사람은 모두가 옳지 못하다.

"Adhaerens Deo unus spiritus est(신과 합하면 하나의 영이 된다)."[51] 사람은 예수 그리스도의 지체이기 때문에 자신을 사랑한다. 사람은 예수 그리스도가 주체이고 자기가 그 지체이기 때문에 그리스도를 사랑한다. 삼위일체처럼 전체는 하나요 하나는 전체 속에 있다.

484 두 가지 율법[52]은 모든 정치적 법률보다 뛰어나게 기독교국을 통치하는 데 충분하다.

485 참된 유일한 덕(德)은 그 때문에 자기를 미워하는 것(왜냐하면 사람은 탐욕 때문에 미워할 존재이기 때문에)과 참으로 사랑해야 할 존재를 사랑하기 위해 그것을 구하는 것이다. 그러나 우리는 자기의 밖에 있는 것을 사랑할 수는 없기 때문에 우리의 안에 있으면서도 우리가 아닌 존재를 사랑하지 않을 수 없다. 이것은 모든 인간의 한 사람 한 사람에 대해 진실하다. 그런데 그러한 것은 보편적 존재 외에는 없는 것이다. 신의 나라는 우리 안에 있다.[53] 보편적 선은 우리 안에 있고 우리 자신이지만 우리는 아닌 것이다.

486   인간의 존엄은 그 타락 이전에는 피조물을 사용하고 지배하는 데 있었다. 그러나 이제는 피조물에 떨어져서 그것에 복종하는 데 있다.

487   그 신앙에 있어서 하나의 신을 만물의 본원으로서 숭배하지 않는 종교, 그 도덕에 있어서 유일한 신을 만물의 목적으로서 사랑하지 않는 종교는 모두가 거짓이다.

488   ……그러나 신이 본원이 아니라면 결코 신은 종극이 될 수 없다. 사람은 그의 눈을 높은 곳에다 두고 있지만 그의 몸은 모래 위에 버티고 있다. 그러므로 땅이 꺼지면 사람은 하늘을 우러러 보면서 쓰러질 것이다.

489   만일 모든 것에 유일한 본원이 있고 모든 것에 유일한 목적이 있다면 모든 것은 그것에 의해, 모든 것은 그것을 위해 있다. 따라서 참다운 종교는 우리에게 그것만을 숭배하고 그것만을 사랑해야 하는 것을 가르쳐주지 않으면 안 된다. 그러나 우리는 자기가 모르는 것을 숭배함도, 자기 이외의 것을 사랑함도 불가능하기 때문에 이러한 의무를 가르쳐주는 종교는 이러한 무능력도 가르쳐주고 그 치료법도 가르쳐주는 것임에 틀림없다. 그것은 오로지 한 사람에 의해, 모든 것은 상실되고 신과 우리 인간과의 연결은 두절되었지만 오로지 한 사람에 의해 그 연결이 회복되었음을 우리에게 가르쳐준다.

  우리는 태어날 때부터 신의 사랑과 배치되어 있었고 게다가 신의 사랑은 절대적으로 필요하기 때문에 우리가 날 때부터 죄가 없다면 신이 잘못일 것이다.

490   사람들은 선행을 하게 되면 번번이 그 행한 선행에 대해 보상을 받으려는 습관이 있기 때문에 신조차도 자기 마음대로 판단하려고 덤빈다.

491   참다운 종교는 신을 사랑하라고 강요하는 것을 그 특색으로 삼고 있어야만 한다. 그것은 극히 정당한 일임에도 어떤 종교도 그것을 명령하지 않았다. 우리의 종교는 그것을 명령했다. 그것은 또 탐욕과 무능력을 알고 있어야만 한다. 우리의 것은 그것들을 알고 있었다. 그것은 그것들에 대한 치료법을 가져왔어야 한다. 그 하나는 기도다. 어떤 종교도 신을 사랑하고 신에게 복종하는 것을 신에게 요구하지 않았다.

492   자기 속에 도사리고 있는 자애심을 미워하지 않고 또 자기를 선동해 신을 만들려는 본능을 미워하지 않는 사람은 아주 눈이 먼 사람이다. 그만큼 정의와 진리에 어긋나는 것이 없음을 인정하지 않는 자가 있을까? 왜냐하면 우리가 신에 비등한 값어치를 가지고 있다고 생각함은 미친 노릇이기 때문이다. 거기에까지 도달하는 것은 부정하고 불가능하다. 까닭인즉 모든 사람이 같은 것을 요구하기 때문이다. 그러니 이것은 우리가 타고난 명백한 부정이요, 우리가 스스로 벗어날 수 없는 것, 그러나 벗어나지 않으면 안 되는 것이다. 그럼에도 어떠한 종교도 자애심이 죄라는 것, 우리가 날 때

부터 그 속에 있다는 것, 거기에 반항하지 않으면 안 된다는 것을 지적하지도 않고 그 치료법을 제공하는 것도 생각하지 않았다.

493 참된 종교는 우리의 의무와 우리의 무력, 건방짐과 그릇된 욕심을 지적하고 또 그 치료법, 즉 겸허와 절제를 가르쳐준다.

494 참된 종교는 위대와 비참을 가르쳐주고 자기의 존중과 경멸로 사랑과 미움으로 인도해주는 것이어야 한다.

495 사람이 무엇인가를 탐구하지 않고 사는 것이 어이없는 맹목이라 한다면, 신을 믿으면서 옳지 못한 생활을 하는 것은 무서운 맹목이다.

496 신앙과 선행 사이에 커다란 차이가 있음은 경험이 우리에게 가르쳐주는 바다.

신의 긍휼을 믿고 선행을 하지 않고 방종하게 살아가는 사람들에 대해

497 우리 죄의 두 원천(源泉)은 건방짐과 게으름이기 때문에 신은 그것을 고치기 위해 신의 두 가지 성질, 즉 긍휼과 정의를 우리에게 밝혀주셨다. 정의의 특징은 건방짐을 때려 부수는 데 있다. 비록 그 행위가 아무리 신성하다 할지라도 "et non intres in judicium(주의 종에게 심판을 행치 마소서)."[54] 또 긍휼의 특징은 선행을 권해 게으름과 싸우는 데에 있다. 그 성구로서는 "하느님의 인

자하심이 너를 인도해 회개하게 하시다"[55]와, 니네베 인의 다른 구절은 "신이 우리를 긍휼히 여기시는지 어떤지를 보기 위해 회개하자"[56]라고 기록되어 있다. 이와 같이 긍휼은 방종을 용서하지 않을 뿐만 아니라 반대로 그것과 단연코 싸우는 것을 특징으로 하고 있다. 그러므로 "신에게 긍휼이 없었다면 덕을 위해 모든 노력을 다했을 텐데"라고 말하는 대신에 오히려 "신에게 긍휼이 있기 때문에 모든 노력을 다하지 않으면 안 된다"고 말해야 할 것이다.

498   신앙의 세계에 들어가는 데 고통이 따르는 것은 사실이다. 그러나 이 괴로움은 우리 속에 싹이 트는 신앙에서 생기는 것이 아니라 거기에 아직도 남아 있는 불신앙에서 생기는 것이다. 만약 우리의 감성이 참회에 반대하지 않고, 우리의 부패가 신의 깨끗하심에 반대하지 않았더라면 신앙의 세계에 들어가는 데 있어 우리에게 고통이 되는 것은 아무것도 존재하지 않았을 것이다. 우리는 생래의 악덕이 초자연의 은총에 저항하는 정도에 따라서만 괴로워한다. 우리의 마음은 상반하는 두 개의 노력에 의해 찢어지는 것을 느낀다. 그러나 이 횡포를, 우리를 붙잡아두는 이 세상에 돌리지 않고 우리를 끄는 신에게 돌리는 것은 아주 부당할 것이다. 그것은 한 어린아이가, 즉 그의 어머니가 도둑의 두 팔에서 그를 도로 빼앗아올 때 자기가 겪는 고통 속에서 자신의 자유를 획득해주는 어머니의 사랑에 찬 정당한 폭력을 사랑하고, 또 그를 부당하게 붙잡아두는 도둑의 격렬하고 잔인한 폭력만을 미워하는 것과 마찬가지다. 이 인생에 있어서 신이 인간에게 부과할 수 있는 가장 처참한 싸움은 신이 가져다준 이 싸움에 인간들을 참가시키지 않고 그냥 두는 것

이다. "나는 전쟁을 주려고 왔노라"[57]라고 그는 말했다. 또 이 싸움에 대해 가르쳐주기 위해, "나는 칼과 불을 던지기 위해 왔노라"[58]하기도 했다. 그가 오기 전에 사람들은 거짓 평화 속에서 살았던 것이다.

외적 행위

499 신의 마음에도 들고 인간의 마음에도 드는 것만큼 위험한 것은 없다. 왜냐하면 신과 인간의 마음에 드는 상태는 신의 마음에 드는 것과 인간의 마음에 드는 것을 따로따로 지니고 있기 때문이다. 성 테레사[59]의 위대성이 바로 그것이다. 신의 마음을 기쁘게 한 것은 그녀가 계시를 받았을 때의 깊은 겸허요 인간의 비위를 맞춘 것은 그녀의 지혜다. 이리하여 사람들은 그녀의 상태를 모방하려는 속셈으로 그녀의 말을 흉내내기에 정신이 없지만 신이 사랑하는 것을 사랑하거나 신이 좋아하는 상태에 몸을 두려고는 하지 않는다.

단식하지 않더라도 그것 때문에 겸허한 편이 단식하고서 그것 때문에 만족하는 것보다 훨씬 낫다. 바리새인, 세리(稅吏).[60] 만약 기억하는 것이 동시에 나에게 해도 되고 이도 된다면, 그리고 모든 것이 신의 축복에 좌우된다면 기억해봤자 무슨 소용이 있겠는가? 신은 그 축복을 신을 위해 만들어진 사물에게만 주며, 그것도 신의 규준과 방법에 의해 주는 것이기 때문에 태도는 사물과 마찬가지로, 아니 그 이상으로 중요한 것이 아닌가? 왜냐하면 신은 악에서 선을 끌어낼 수 있지만, 인간은 신이 없으면 악을 끌어내기 때문이다.

500 선(善)과 악(惡)이라는 두 언어의 이해.

501   제1단—악을 행해 비난받고 선을 행해 칭찬받음.
제2단—칭찬도 비난도 받지 않음.

502   아브라함은 자기를 위해서는 아무것도 취하지 않고 다만 그의 종들을 위해서만 취했다.[61] 이와 같이 의인도 자기를 위해서는 세상에서 아무것도 취하지 않으며 세상의 칭찬도 취하지 않고 다만 자기의 정념만을 위해 취한다. 그는 스스로 주인으로서의 자기 정념을 사용하고 그 하나에 "가라"[62] 하고 말하며 다른 하나에는 "오라" 하고 말한다. "Sub te erit appetitus tuus(너는 너의 죄를 다스릴지니라)."[63] 이와 같이 지배된 정념은 곧 덕이다. 인색, 질투, 분노는 신까지도 자기의 속성으로서 지니고 있다. 그리하여 이러한 것들은 역시 정념인 관용, 연민, 성실과 더불어 훌륭한 덕인 것이다. 우리는 그것들을 노예로 삼아버리고 그것들에게 먹이를 주어 기르되, 그 먹이를 영혼에 빼앗기지 않도록 하지 않으면 안 된다. 왜냐하면 정념이 주인이 되면 그것들은 악덕이 되어버린다. 그렇게 되면 정념이 영혼에 자기의 양식을 주며, 영혼이 그것을 받아 먹고 중독을 일으키기 때문이다.

503   철학자들은 악덕을 바로 신에게 돌림으로써 그것을 성화(聖化)했다. 기독교도들은 덕을 성화했다.

504   "……신의 정신의 결핍." 그의 마음속에 정신이 보류되어 있거나 중단되어 있기 때문에 그의 행동은 우리를 속인다. 그리고 '그는' 자기의 슬픔 속에서 회개한다.

의인(義人)은 가장 작은 일도 신앙에 의해 행한다. 그는 종들을 꾸중할 때도 신의 영(靈)에 의해 그들이 회개하기를 원하고, 신이 그들의 잘못을 고쳐주기를 기도한다. 또 자기가 꾸중한 것에 기대를 가짐과 동시에 신에게도 기대를 가지며 신이 자기의 교정을 축복해주시도록 기도한다. 다른 행위에서도 이와 같다.

505   모든 것은 우리에게 유익하게 만들어진 것이라도 우리에게 치명적인 것이 될 수 있다. 이를테면 자연계(自然界)에서 벽은 우리를 죽일 수도 있고, 계단도 헛디디면 우리를 죽일 수 있다.
　극히 하찮은 운동도 전 자연에 영향을 끼친다. 대해(大海)도 하나의 돌멩이로 변동한다. 그와 같이 은총의 세계에서도 극히 하찮은 행위가 그 결과를 모든 것에 끼친다. 그러므로 모든 것이 중요하다. 어떤 행위에 있어서도 행위 그 자체 외에 우리의 현재, 과거, 미래의 상태와 그것이 영향을 끼쳐 일어나는 다른 상태를 관찰하고 이 모든 것의 관계를 보아야 한다. 그러면 사람들은 훨씬 신중하게 될 것이다.

506   신이 우리의 죄, 즉 우리 죄의 모든 결과와 귀결을 우리에게 돌리지 마시기를! 극히 하찮은 과오도 무자비하게 추방되면 무서운 것이 되고 만다.

507   은총의 움직임, 마음의 냉혹, 외적 사정.

508   하나의 인간을 성자로 만드는 데는 은총이란 것이 몹시 필

요하다. 그것을 의심하는 자는 성자가 무엇인지 인간이 무엇인지도 모르는 사람이다.

철학자들

509 자신을 모르는 인간에게 스스로 신을 향해 가라고 외치는 것도 실없는 일이다! 또 자신을 모르는 인간에게 그렇게 말하는 것도 실없는 일이다!

510 인간은 신답지 않다. 그러나 신답게 되는 것이 불가능한 것은 아니다. 신이 비참한 인간과 자리를 같이함은 신답지 않다. 그러나 인간을 그 비참성에서 끌어내는 것은 신다운 것이다.

511 만약 사람이, 인간은 신과 교제하기에는 너무도 부족하다고 말하고 싶다면 그렇게 판단하는 그것이야말로 위대한 것임에 틀림없다.

512 그의 속어(俗語)에 의하면 그것은 모두 예수 그리스도의 몸이지만 예수 그리스도의 몸[64]의 전부라고는 말할 수 없다. 두 사물이 변화하지 않고 결합하면 하나가 다른 것이 된다고 말할 수는 없다. 그와 같이 영혼은 육체에, 불은 장작에 변화하지 않고 결합한다. 그러나 한쪽의 형이 다른 쪽의 형이 되는 데는 변화가 필요하다. 그것이 신의 말씀과 인간이 결합하는 경우다.

　나의 육체는 나의 영혼 없이는 인간의 몸을 형성할 수 없을 것이기 때문에, 나의 영혼은 어떤 물질과 결합해 나의 몸을 구성할 것이다. 필요조건과 충분조건은 구별되지 않는다. 결합은 필요하지만 충분하지는 않다. 왼팔은 오른팔이 아니다. 불가입성(不可入性)은 물체의 본질이다.

'수(數)'의 동일은 동일한 시간에 있어서 물질의 동일을 요구한다. 따라서 만약 신이 나의 영혼을 중국에 있는 어떤 육체에다 연결시켜두었다면 '수에 있어서' 같은 그 육체는 중국에 있을 것이다. 그곳에 흐르고 있는 동일한 강은 동일한 때에 중국에서 흐르고 있는 강과 '수에 있어서' 동일하다.

왜 신이 기도를 만들었는가

513 ① 그의 피조물에 인과(因果)의 존엄성을 알려주기 위해.

② 우리가 누구에게 덕을 물려받았는가를 가르쳐주기 위해.

③ 우리들이 노력함으로써 다른 모든 덕을 받을 수 있도록 하기 위해(그러나 신은 우선권을 가지고 있기 때문에 신의 마음을 기쁘게 하는 자에게 기도를 주신다).

항의. 그러나 인간은 제 스스로 기도를 하고 있다고 생각한다.

그것은 불합리하다. 왜냐하면 인간은 신앙을 가져도 덕을 가진다고는 단언할 수 없으니 어찌해 신앙을 가질 것인가? 신앙에서 덕까지의 거리보다도 불신앙에서 신앙까지가 더 멀지 않을까?

"……받을 자격이 있다"[65] 이 단어는 애매하다.

"Meruit habere Redemptorem(그는 구세주를 가질 만한 가치가 있다)."[66]

"Meruit tam sacra membra tangere(그는 그렇듯 성스러운 지체에 손을 댈 만한 자격이 있다)."[67]

"Digno tam sacra membra tangere(나는 그렇듯 성스러운 지체에 손을 댈 만한 자격이 있다)."[68]

"Non sum dignus(나는 감당치 못하겠나이다)."[69]

"Qui manducat indignus(자격이 없으면서도 먹는 자)."[70]

"Dignus est accipere(그것을 받을 자격이 있다)."[71]

"Dignare me(나를 …… 할 자격이 있는 자로 만들어주소서)."[72]

신은 자기의 약속을 좇을 뿐이다. 신은 기도하는 자에게 정의를 준다고 약속했지만,[73] 기도를 주는 것은 약속의 자녀들에게밖에 약속하지 않았다.[74]

성 아우구스티누스는 명확히 말했다. 능력은 의인(義人)에게서 제거될 것이라고. 그러나 그가 그렇게 말한 것은 우연이다. 왜냐하면 그것을 말하는 기회가 오지 않을 수도 있었기 때문이다. 그러나 그 기회가 오면 그가 그것을 말하지 않음도, 그 반대의 것을 말함도 있을 수 없다는 것은 그의 근본 방침에 의해 명백하다. 그렇다면 그는 기회가 왔기 때문에 그 말을 했다기보다는 기회가 온 이상 그렇게 말하지 않을 수 없었던 것이다. 전자는 우연이요 후자는 필연이다. 그러나 이 둘은 사람들이 원할 수 있는 것의 전부다.

514   "두렵고 떨림으로 너희 구원을 이루라."[75]

기도의 증거. "Petenti dabitur(구하라, 그러면 너희에게 주실 것이니라)."[76]

그러므로 구함은 우리의 능력이 미치는 곳에 있다. 반대로…… 그것은 우리의 능력이 미치는 곳에 있지 않다. 얼음은 우리의 능력 속에 있지만 기도함은 우리의 능력 속에 없기 때문이다. 왜냐하면 구함이 우리의 능력 속에 없고 얻음이 그 속에 있다면 기도는 그 속에 없을 것이니 말이다. 그렇다면 의인은 벌써 신에게 기대할 필요가 없을 것이다. 왜냐하면 그는 기대하지 않아도 구한 것을 얻으려고 노력하면 될 테니 말이다.

그래서 결론을 내리자면, 인간은 최초의 타락 이래 현재까지 불의 속에 있으며 또 신이 인간에게서 멀어지지 않음은 그 때문이기를 원하지 않기 때문에, 인간이 신에게서 멀어지지 않는 것은 오직 최초의 효력 때문이다. 그러므로 멀어지는 자들은 이 최초의 것, 즉 그것 없이는 인간이 신에게서 멀어지지 않는 것을 지니고 있지 않은 자들이요, 멀어지지 않은 자들은 이 최초의 효력을 지니고 있는 자들이다. 그러므로 이 최초의 효력에 의해 은총의 때를 어느 정도 가지고 있지 않았다 해 기도하기를 그치는 자들은 이 최초의 효력이 결여되어 있는 것이다.

이리하여 신은 바로 이러한 뜻에서 스스로 멀어져간다.[77]

515 신의 택함을 받은 자는 자기의 덕을 모를 것이며 신의 버림을 받은 자는 자기 죄의 크기를 모를 것이다. "주여, 어느 때에 주의 주리고 목마름을 저희가 보고……"[78]

516 〈로마서〉 3장 27절. "자랑할 데가 어디뇨, 있을 수가 없느니라. 무슨 법칙으로냐, 행위로냐, 아니라 오직 믿음의 법으로니라." 그러므로 신앙은 율법의 행위처럼 우리의 능력 속에 있지 않다. 그것은 다른 방법으로 우리에게 부여된다.

517   너희 마음을 스스로 위로하라. 너희가 그것[79]을 기대해야 함은 너희 자신에 대해서가 아니다. 오히려 너희 자신에 대해 아무 것도 기대하지 않음으로써 그것을 기대해야 한다.

518   모든 상태는, 심지어는 순교자의 상태까지도 성경에 의하면 가공할 만한 것이다.
　연옥의 고통 중 가장 큰 것은 심판의 미결이란 것이다. "Deus absconditus(숨어 계신 신)."[80]

519   〈요한복음〉 8장. Multi crediderunt in eum. Dicebat ergo Jesus : "Si manseritis……, VERE mei discipuli eritis, et VERITAS LIBERABIT VOS." Responderunt : "Semen Abrahae sumus, et nemini servimus unquam."
　"이 말씀을 하시매 많은 사람이 믿더라. 그러므로 예수께서 자기를 믿는 유대인에게 이르시되 '너희가 내 말에 거하면 참 내 제자가 되고 진리를 알지니 진리가 너희를 자유케 하리라'. 저희가 대답하되, '우리가 아브라함의 자손이라 남의 종이 된 적이 없소이다'."[81]
　제자와 '참' 제자 사이에는 커다란 차이가 있다. 양자의 차이를 아는 데에는, "진리가 너희를 자유롭게 할 것이다"라고 그들에게 말하면 된다. 만약 그들이, "우리는 자유롭다. 악마의 노예 상태에서 자력으로 탈출했다"고 대답한다면, 그들은 틀림없이 제자이긴 하지만 참다운 제자는 아니기 때문이다.

520   율법(律法)은 사람의 본성을 파괴하지 않고 오히려 그것을

교육했다.[82] 은총은 법률을 파괴하지 않고 오히려 그것을 실현시켰다.[83] 세례 때 받은 믿음은 기독교도와 회개한 자에 대해 전 생애의 원동력인 것이다.

521 은총은 항상 이 세상에 존재할 것이다—그리고 자연 역시—그래서 은총은 어떤 의미로 자연적인 것이다. 그러므로 이 세상에는 언제나 펠라기우스파[84]가 있고, 언제나 가톨릭 교도가 있으며, 전쟁이 있을 것이다. 왜냐하면 제1의 탄생이 전자를 만들고 제2의 탄생인 은총이 후자를 만들기 때문이다.

522 율법은 자기가 부여하지 않은 것을 명령했다. 은총은 자기가 명령하는 것을 부여한다.

523 모든 믿음은 예수 그리스도와 아담에서부터 이루어지고, 모든 도덕은 그릇된 욕망과 은총에서부터 이루어진다.

524 인간은 절망과 건방짐이라는 둘의 위험에 항상 직면되어 있기 때문에, 은총을 받을 수도 은총을 잃을 수도 있다는 그들의 이중의 가능성을 가르쳐주는 교리만큼 인간에게 유효 적절한 교리는 없다.

525 철학자들은 두 상태에 적응하는 감정을 지시하지 않았다. 그들은 순수한 위대성의 움직임을 고취했지만 그것은 인간의 상태가 아니다. 그들은 순수한 비열성의 움직임을 고취했지만 그것은

인간의 상태가 아니다. 자연에서가 아니라 참회에서 생기는 비하(卑下)의 움직임, 거기에 머무르기 위해서가 아니라 위대함에 도달하기 위한 비하의 움직임이 필요하다. 공덕에서 생기는 것이 아니라 은총에서 생기는 위대성의 움직임, 더욱이 비하를 통과한 후의 위대성의 움직임이 필요하다.

526   비참은 절망을 불러일으키고 오만은 자홀(自惚)을 불러일으킨다. 신의 아들이 인간이 된 것은 인간에게 필요한 구치(救治)의 위대성에 의해, 인간의 비참의 위대성을 그에게 제시하는 것이다.

527   자신의 비참을 모르고 신을 알면 오만을 낳는다. 신을 모르고 자신의 비참을 알면 중용(中庸)을 낳는다. 왜냐하면 우리는 그에게서 신을, 그리고 우리의 비참을 발견하기 때문이다.

528   예수 그리스도는 인간이 오만 없이 접근하고 절망 없이 그 밑에 굴복할 수 있는 신이다.

529   ……우리로 하여금 선을 행할 수 없게 할 정도의 비하(卑下)도 아니요, 악에서 벗어나게 할 정도의 청정(淸淨)도 아니다.

530   어떤 사람이 어느 날 참회를 마치고 돌아오면서 자기는 굉장한 기쁨과 마음 편함을 느꼈다고 나에게 말했다. 다른 사람은 자기는 두려움을 느꼈다고 나에게 말했다. 그에 대해서 나는 생각하기를 이 두 사람을 가지고 한 사람을 만들면 하나의 훌륭한 사람이

되리라. 그리고 서로가 상대방의 감정을 지니지 않는 데에 결함이 있다고 생각했다. 이와 같은 것은 다른 일에도 종종 있다.

531 주인의 의사를 알고 있는 자는 훨씬 더 얻어맞을 것이다.[85] 앎으로써 지니고 있는 특권 때문에. "Qui justus est, justifi-cetur adhuc(의로운 자는 더욱 의를 행하리라)."[86] 그가 의롭기에 가지고 있는 특권 때문에. 가장 많이 받은 자는 가장 많이 청구될 것이다. 도움을 받음으로써 가지는 특권 때문에.

532 성서는 모든 상태의 사람들을 위로하고 모든 상태의 사람들을 위협하기 위해 그 구절을 마련했다.

자연도 자연적 내지 도덕적인 둘의 무한에 의해 같은 일을 행한 것같이 보인다. 왜냐하면 우리가 높은 것과 낮은 것, 훌륭한 것과 서투른 것, 고귀한 것과 비참한 것을 언제나 지니고 있음은 우리의 오만을 끌어내리고 우리의 비굴을 끌어올리기 위해서일 테니까.

533 "Comminutum cor(찢어진 마음)."[87](성 바울) 이것이야말로 기독교도의 성격이다. "알브는 당신을 지명했다. 나는 벌써 당신과 관계가 없다."[88](코르네유) 이것이야말로 비인간적 성격이다. 인간적 성격은 그 반대이다.

534 두 종류의 인간이 있을 뿐이다. 하나는 스스로를 죄인이라고 생각하는 의인이요, 또 하나는 스스로를 의인이라고 생각하는 죄인이다.

535　우리는 결점을 지적해주는 사람들에게 고마운 생각을 가져야 한다. 왜냐하면 그들은 우리를 단련해주기 때문이다. 그들은 우리가 멸시당하고 있었던 것을 가르쳐주되, 앞으로도 우리가 같은 일을 되풀이하는 것을 막아주지는 않는다. 왜냐하면 우리는 멸시당할 결점을 그 밖에도 많이 가지고 있기 때문이다. 그들은 교정의 실행 및 어떤 결점으로부터의 탈출을 준비해준다.

536　인간은 네가 바보다 하는 말을 자꾸 들으면 그렇게 믿게 되고 또 내가 바보다 하는 말을 자꾸 들으면 그 사람이 그런 줄 믿도록 되어 있다. 왜냐하면 인간은 혼자서 자신과 내적 회화를 하기 때문이다. 그러기에 그것을 잘 조절하는 것이 중요하다. "Corrumpunt mores bonos colloquia prava(악한 동무들은 선한 행실을 더럽히나니)."[89] 우리는 될 수 있는 대로 침묵하고, 우리가 진리라고 인정하는 신하고만 이야기해야 한다. 그러면 우리는 진리를 자신에게 납득시킬 수 있다.

537　기독교는 이상하다. 그것은 인간에게 자신이 비열하다는 것, 심지어는 가증스럽다는 것을 인정하도록 명령하는 동시에, 신과 비슷하게 되기를 원하도록 명령한다. 이렇게 균형을 잡는 저울추가 없었더라면 인간의 오만은 그로 하여금 가공할 만큼 공허하게 만들거나, 그 비하는 가공할 만큼 그를 비천하게 하거나 했을 것이다.

538　기독교는 자기가 신과 하느님을 믿으면서도 얼마나 오만이 없는가! 자기를 지렁이에 비유하면서도 얼마나 비굴하지 않은가!

삶과 죽음, 행과 불행을 받는 아름다운 태도여!

539 순종에 대해서 병사(兵士)와 샤르트르의 수도사 사이에는 얼마나 큰 차이가 있을까? 그들은 꼭 같이 복종적이고 의존적이며, 꼭 같이 고통스러운 일을 행하고 있다. 그러나 병사는 언제나 명령자가 되기를 원하지만 결코 그렇게 되지 않는다. 왜냐하면 대장이나 왕후조차도 언제나 예속자요 의존자이기 때문이다. 그러나 병사는 항상 그것을 희망하고 항상 그것이 되려고 노력한다. 하지만 샤르트르의 수도사는 영원히 의존자이기만을 서약한다. 그러므로 이들 양자가 항상 처해 있는 예속이라는 점에서는 서로 다르지 않지만, 한쪽이 항상 향유하고 다른 한쪽이 결코 향유할 수 없는 희망이라는 점에서는 서로 다르다.

540 무한의 선을 가지고 싶어하는 기독교도의 희망에는 두려움 속에 현실적인 즐거움이 섞여 있다. 그것은 어떤 왕국을 원하면서도 신하이기 때문에 결코 얻을 수 없다는 것과는 다르다. 기독교도는 깨끗함을 원하고 불의로부터의 해방을 원하며, 이미 이것들을 어느 정도 가지고 있기 때문이다.

541 참다운 기독교도만큼 행복하고 도리에 맞으며, 유덕하고 사랑스러운 것은 달리 없다.

542 인간을 동시에 '사랑스럽고 행복한 것'으로 만드는 것은 기독교밖에 없다. 도의[90] 속에서는 사람이 동시에 사랑스럽고 행복

한 것이 될 수는 없다.

서언

543 신의 형이상학적 증거는 인간의 추리력에서 너무도 멀리 떨어져 있고 게다가 너무도 모순이 많기 때문에 감명을 별로 주지 않는다. 그것은 혹자에게는 도움이 될지 몰라도 그들이 그 증명을 보고 있는 순간에만 도움이 될 뿐이다. 한 시간 후에는 속지나 않았나 하고 의심한다.

"Quod curiositate cognoverunt superbia amiserunt(그들은 호기심에 의해 본 것을 오만에 의해 상실했다)."[91]

이것이 예수 그리스도 없이 얻을 수 있는 신의 인식, 즉 중개자 없이 알게 된 신과 중개자 없이 교제하는 결과다. 이에 반해 중개자에 의해 신을 안 사람들은 자신의 비참을 안다.

544 기독교의 신은 신이 영혼의 유일한 선이라는 것, 영혼의 유일한 즐거움은 신을 사랑하는 데 있다는 것을 영혼에 느끼도록 해주는 신이다. 또 신은 그와 동시에 영혼을 붙잡아두는 장해, 영혼이 전력을 다해 신을 사랑하는 것을 방해하는 장해를 두려워하도록 하는 신이다. 영혼을 저해하는 자애와 그릇된 욕망은 영혼이 참고 견디기 어려운 것이다. 이 신은 영혼이 스스로를 멸망시키는 자애의 뿌리를 가지고 있다는 것, 신만이 오로지 영혼을 치료할 수 있다는 것을 영혼에 느끼도록 해준다.

545 예수 그리스도는 오직 다음과 같은 것을 인간에게 가르쳐

주었을 뿐이다. 즉 인간은 자기 자신을 사랑하고 있다는 것, 그들은 노예요, 장님이요, 병자요, 불행한 자요, 죄인이라는 것을. 그는 인간을 구제하고, 밝혀주고, 축복하며, 치료해주지 않으면 안 되었다. 이것은 인간이 자기 자신을 미워하고 십자가의 고난과 죽음에 의해 예수 그리스도를 따름으로써 이루어진다.

546   예수 그리스도 없이는 인간이 악덕과 비참 속에 있어야 한다. 예수 그리스도와 함께 있으면 인간은 악덕과 비참에서 벗어나 있다. 예수 그리스도 속에 우리의 모든 덕과 모든 행복이 있다. 그분 밖에는 비참, 오류, 암흑, 죽음, 절망이 있을 뿐이다.

예수 그리스도에 의한 신

547   우리는 예수 그리스도에 의해서만이 신을 안다. 이 중개자가 없으면 신과의 교제는 완전히 두절된다. 예수 그리스도에 의해 우리는 신을 안다. 예수 그리스도 없이 신을 알고 신을 증명한다고 주장한 사람들은 무력한 증거를 가지고 있었던 데 지나지 않는다. 그러나 예수 그리스도를 증명하는 것으로서 우리는 예언을 가지고 있다. 그것은 확실하고도 명백한 증거다. 이 예언은 성취되었고, 사실에 의해 그것이 참이란 것이 입증되었기 때문에 이 진리들의 정확성, 따라서 예수 그리스도의 신성의 증거를 제시하고 있다. 그러므로 그분 안에서 또 그분에 의해 우리는 신을 안다. 그분을 떠나서 성서 없고, 원죄 없고, 약속되고 강림된 필요 불가결한 중개자 없이 인간은 신을 절대적으로 증명할 수도, 올바른 교리와 올바른 도덕을 가르칠 수도 없다. 그렇지만 예수 그리스도에 의해, 예수 그리스

도 안에서, 사람은 신을 증명하고 도덕과 교리를 가르친다. 그러므로 예수 그리스도는 인간의 참 신이다.

그러나 우리는 그와 동시에 우리의 비참도 안다. 왜냐하면 이 신은 바로 우리의 비참성을 구제해주는 분이기 때문이다. 그래서 우리는 자신의 죄를 앎으로써만이 신을 명백하게 알 수 있는 것이다. 따라서 스스로의 비참성을 모르고서 신을 안 사람들은 신을 찬미한 것이 아니라 자기 스스로를 찬미한 것이다. "Quia…… non cognovit per sapientiam…… placuit Deo per stultitiam praedicationis salvos facere(이 세상이 자기 지혜로 하느님을 알지 못하는 고로 하느님께서 전도의 미련한 것으로 믿는 자들을 구원하시기를 기뻐하셨도다)."[92]

548 우리는 오직 예수 그리스도에 의해서만 신을 알 뿐 아니라, 또 예수 그리스도에 의해서만이 우리 자신을 안다. 우리는 예수 그리스도에 의해서만이 삶과 죽음을 안다. 예수 그리스도를 떠나서 우리는 우리의 삶, 우리의 죽음, 신, 우리 자신이 무엇인가를 모른다.

그러므로 예수 그리스도만을 주제로 하는 성서가 없으면, 우리는 아무것도 모르고, 신의 본성에 관해서도 애매함과 혼란을 볼 뿐이다.

549 예수 그리스도 없이 신을 앎은 단지 불가능할 뿐만 아니라 또한 소용없는 일이다. 그들은 신에게서 멀어지지 않고 가까이 갔다. 자신을 낮추지 않고 그러나……

"Quo quisquam optimus est, pessimus, si hoc ipsum, quod optimus est, adscribat sibi(우리를 좋게 들고 있는 것의 원인을 자기

자신에게 돌린다면 선한 사람도 악한 자가 되고 말 것이다).″[93]

550 "나는 모든 사람을 나의 형제처럼 사랑한다. 왜냐하면 그들은 모두 죗값을 치르고 있기 때문이다." 나는 빈곤을 사랑한다. 그(그리스도)도 그것을 사랑하셨기에, 나는 부(富)를 사랑한다. 그것은 불쌍한 사람들을 돕는 수단을 제공하기에. 나는 모든 사람에 대해 충실을 지킨다. 나는 나 자신에게 악을 행하는 사람들에게 악으로 보복하지 '않는다'. 오히려 나는 사람들에게 선도 악도 받지 않는 나와 같은 상태가 그들에게도 부여되기를 바란다. 나는 모든 사람들에 대해 공정, 성실, 진지, 충실해지기를 시도한다. 또 신이 나를 한층 더 밀접하게 연결시켜주신 그 사람들에 대해 마음에서 우러나는 애정을 품고 있다. 그리하여 내가 혼자 있든 사람들이 보는 앞에 있든 간에, 나의 모든 행위를, 이윽고 그것을 심판하실 신이요 내가 나의 모든 행위를 바친 신이신 그분의 눈앞에서 행하는 것이다.

이것이 나의 느낌이다. 나는 이러한 느낌을 나에게 부여해주신 나의 속죄주, 약함과 비참과 탐욕과 오만과 야심에 가득 찬 인간을 그 은총의 힘으로 인해 그 모든 악에서 벗어난 인간으로 만들어주신 속죄주를 내 삶의 어느 날이나 찬미한다. 모든 영광은 그 은총에 돌려야 마땅하고 나에게는 비참함과 잘못이 있을 뿐이다.

551 "Dignior plagis quam osculis non timeo quia amo(입맞춤보다도 매맞음이 더욱 마땅하나 나는 두려워하지 않는다. 왜냐하면 나는 사랑하기 때문이다)."[94]

예수 그리스도의 무덤

552 예수 그리스도는 죽으셨지만 십자가 위에 있는 그를 사람들이 보고 있다. 그는 죽으셔서 무덤 속에 감추어져 있었다.

성도들만이 예수 그리스도를 무덤에 안치하셨다.

예수 그리스도는 무덤 속에서 아무 기적도 행하지 않으셨다.

그 무덤 속에 들어간 자는 성도들뿐이었다.

예수 그리스도께서 새로운 생명을 가지신 것은 거기서였지 십자가 위에서는 아니었다.

그것은 고난과 속죄의 맨 마지막 비의(秘義)다.

예수 그리스도가 땅 위에서 휴식할 곳은 무덤밖에 없었다.

그의 적들은 무덤에서까지 그를 괴롭히길 그치지 않았다.

예수의 비의(秘義)[95]

553 예수는 그의 수난 속에서 인간들이 자기에게 가하는 괴로움을 참는다. 그러나 그 최후의 고뇌 속에서는 자기가 자기 스스로에게 가하는 괴로움을 참는다.

"turbare semetipsum(열렬하게 감동해)."[96] 그것은 인간의 손에서부터 생기는 고통이 아니라 전능하신 손에서부터 생기는 고통이다. 그것을 견디어내는 데에는 전능하지 않으면 안 된다.

*

예수는 적어도 그의 가장 사랑하는 세 사람의 벗 속에서 약간의 위로를 구한다. 그러나 그 벗들은 자고 있다. 예수는 그들에게 자기와 함께 잠깐 동안이나마 참고 견디자고 간절히 원하셨다. 그러나 그들은 동정심이 너무도 적었기 때문에, 한순간도 잠자는 것을 막지 못하는 그 게으름으로 예수를 홀로 팽개쳐두고 마는 것이다. 이리하여 예수만이 홀로 신의 분노 앞에 남게 된다.

*

예수는 오직 홀로 땅 위에 계신다. 땅 위에는 그의 고통을 느끼고 그 고통을 함께 나눌 자가 없을 뿐만 아니라 그것을 아는 자도 또한 없다. 그것을 아는 것은 하늘과 예수뿐이다.

*

예수는 동산에 계신다. 그것은 태초의 사람인 아담이 자신과 전 인류를 타락시킨 쾌락의 동산은 아니다. 그것은 예수가 자신과 전 인류를 구원하신 고뇌의 동산이다.

*

그는 이 고통과 이 버림받음을 밤의 공포 속에서 참고 계신다.

*

예수께서 탄식하심은 이 한 번밖에는 없다고 나는 생각한다. 그러나 이때에는 극도의 괴로움을 이 이상 더 참을 수 없는 듯이 탄식하셨다. "내 마음이 심히 고민해 죽게 되었도다."[97]

*

예수는 인간의 편에서 동료와 위로를 구하신다. 이러한 것은 그의 삶에 있어서 단 한 번밖에 없었다고 생각된다. 그러나 그는 그것을 얻을 수 없다. 제자들이 자고 있기 때문이다.

*

예수께서는 이 세상의 종말까지 고민하시리라. 그동안 우리는 자지 말아야 한다.

예수는 이와 같이 모든 것에서 버림을 받고, 그와 함께 깨어 있기 위해 선택된 벗에게도 버림을 받아 그들이 자고 있는 것을 발견하셨다. 그래서 예수 자신이 아니라 그들 스스로가 직면하고 있는 위험으로 인해 마음 아파하시고, 그들이 망은(忘恩)에 빠져 있는 동안에도 그들에 대한 충심으로부터의 애정을 가지고 그들 자신의 구원과 그들의 행복에 관해 그들을 경고하시고 "마음에는 원이로되 육신이 약하도다"[98]라고 경고하셨다.

*

예수는 그들이 자기에 관한 것을 생각해도, 혹은 그들 자신에 관한 것을 생각해도 깨어 있지는 못하고, 여전히 잠자고 있는 것을 보시고 친절하게도 그들을 깨워 일으키지 않고 휴식하도록 그냥 두셨다.

*

예수는 아버지의 뜻을 확실하게 알지 못한 동안에는 기도를 하시고 죽음을 두려워하신다. 그러나 그 뜻을 아신 후에는 스스로 나아가셔서 죽음에 몸을 맡기신다. "Eamus Processit(일어나라, 함께 가자)."[99] (요한)

*

예수는 인간에게 간절히 바라셨지만 인간이 그 소원을 들어주지 않았다.

*

예수는 제자들이 잠자고 있는 동안에 그들의 구원을 행하셨다. 그는 의인(義人)이 생전의 허무와 생후(生後)의 죄악 속에 잠들고 있는 동안에 그들 각자의 구원을 행하셨다.

*

그는 단 한 번만 기도하신다. "이 잔을 내게서 지나가게 하옵소서" 하고. 그리고 또 한 번 경건하게 기도하신다. "하는 수 없으면 그 잔이 저에게 오게 하소서"[100]라고.

*

슬픔에 잠겨 있는 예수.

*

예수는 그의 벗들이 자고 있고 그의 적들이 모두 깨어 있는 것을 보시고 그 몸을 전부 신에게 맡기신다.

*

예수는 유다의 마음속에 적의를 보지 않고, 도리어 자기가 사랑하는 신의 명령을 보고 그것을 자백한다. 왜냐하면 유다를 벗이라고 부르셨으니까.

*

예수는 최후의 고민 속에 들어가려고 그 제자들에게서 떠나가신다. 예수를 본받으려면 가장 가깝고 가장 친한 사람들에게서 떠나가지 않으면 안 된다.

*

예수는 최후의 고민, 최대의 고통 속에 있으므로 우리는 더 오랫동안 기도하자.

*

우리는 신의 자비를 애원하자. 신이 악덕 속에 우리를 안일하게 버려두시지 않고 우리를 거기서부터 구출해주시도록.

*

만일 신이 손수 선생들을 우리에게 주신다면, 아아! 얼마나 즐거이 그들을 따라야 할 것인지! 결핍과 사건들은 틀림없이 이 선생들에게서 일어난다.

*

— "마음을 편히 할지어다. 네가 나를 발견하지 않았더라면 너는 나를 구하지 않았을 터라."[101]

*

"나는 최후의 고민 속에서 너를 생각했다. 나는 너를 위해서 그렇게 핏방울을 흘렸노라."

*

"아직 일어나지도 않은 일을 가지고 이러쿵저러쿵 머리를 짜내는 것은 네 스스로를 시험한다기보다는 나를 유혹하는 것이라. 그것이 일어나면 나는 네 속에서 그것을 행할지니라."

*

"내 규범을 따라서 인도받도록 하라. 나를 자기들 속에서 활동하게 한 성모(聖母)나 성자(聖者)들을 내가 얼마나 잘 인도했는가를 볼지어다."

*

"아버지께서는 '내가' 행하는 것을 모두 좋아하신다."

*

"너는 눈물도 흘리지 않고 내 인성(人性)의 피를 내가 영원히 흘리길 원하는가?"

*

"너의 회심이야말로 내게 관한 일이다. 겁내지 말라. 나를 위해 기도하듯이 확신을 가지고 기도하라."

*

"나는 성서 속에 있는 나의 말에 의해, 교회 속에 있는 나의 영(靈)에 의해, 사제(司祭)들에게 있는 나의 힘에 의해, 신도들에게 있는 나의 기도에 의해, 네 앞에 있다."

*

"의사는 너를 고치지 못할 것이다. 왜냐하면 너는 마침내 죽고 말 테니까. 그러나 나야말로 너를 고치고 너의 육체를 불멸의 것으로 만든다."

*

"사슬과 육체적 얽매임을 참고 견딜지어다. 지금 나를 정신적 얽매임에서 해방시킬 뿐이다."

*

"나는 누구보다도 친한 너의 벗이다. 왜냐하면 나는 너를 위해 그들보다 많은 일을 했으니까. 그들은 내가 너를 위해 괴로워한 것만큼 괴로워하지 않을 것이요, 네가 믿지 않고 잔인할 때 내가 너를 위해서 죽은 것처럼 죽지는 않을 테니까. 그 죽음이야말로 내가 선택한 사람들과 성스러운 비적(秘跡) 속에서 내가 행하려 하고 또 지금도 행하고 있는 것이다."

*

"만약 네가 스스로의 죄를 안다면 용기를 잃고 말 것이다."
─"그렇다면 주여, 나는 용기를 잃을 것입니다. 나는 당신의 증

언에 의해 나의 죄를 사악(邪惡)하다고 믿기 때문입니다."

― "용기를 잃어서는 안 된다. 왜냐하면 너에게 그것을 알려주는 나는 너의 병을 고칠 수 있기 때문이다. 또 내가 너에게 그것을 고함은 내가 너를 고쳐주려는 표지다. 너는 네 죄를 갚아갈수록 그 죄를 알 것이다. 그리고 '보라! 네 죄는 용서받았노라' 하는 말을 네가 들을 것이다. 그러므로 너의 숨어 있는 죄 때문에, 그리고 네가 알고 있는 죄들의 은밀한 사악 때문에 참회할지어다."

*

― "주여, 나는 당신에게 전부를 바칩니다."

*

― "네가 네 자신의 더러움을 사랑한 것보다도 더욱 열렬하게 나는 너를 사랑한다. 'ut immundus pro luto(진흙탕에 빠져 더럽혀졌으므로)'."[102]

*

"나 자신의 말이 너에게 악이나 허영 혹은 호기심의 기회가 된다면 너의 지도자에게 물어보라."

*

나는 나 자신 속에서 오만, 호기심, 탐욕의 심연을 본다. 나로부터 신에의 길도 없고 의로운 예수 그리스도에의 길도 없다. 그러나 예수는 나 때문에 죄를 지게 되셨다. 당신의 모든 재앙은 그의 위에 떨어졌다. 그는 나보다도 더욱 심한 미움을 받으면서도 나를 미워하지 않고, 내가 그에게 가까이 가고 그를 구하는 것을 영광으로 생각한다.

그러나 그는 스스로 자기를 고쳤다. 그러니 나도 고쳐주리라는 것은 더욱 당연한 일이다.

나의 상처를 그의 상처에 덧붙이고 나를 그에게 연결해야 한다. 그러면 그는 자기 스스로를 구하면서 나도 구해줄 것이다. 그러나 금후부터는 이 이상 더 상처를 덧붙여서는 안 된다.

"Eritis sicut dii scientes bonum et malum(너희가 그것을 먹는 날에는 너희 눈이 밝아 하느님같이 되어 선악을 알 줄을 하느님이 아심이니라)."[103] 모든 사람은 "이것은 좋다, 이것은 나쁘다"고 판단함으로써, 혹은 여러 가지 일을 너무 슬퍼하거나 너무 기뻐함으로써 신을 만들고 있다.

작은 일도 큰 일처럼 행하라. 그 일들을 우리 속에서 행하시고, 우리의 삶을 사시는 예수 그리스도의 위험 때문에 또 큰 일도 작은 일처럼 행하라. 그의 전능 때문에.

빌라도의 그릇된 심판은 예수 그리스도를 괴로워하게 했을 뿐이다. 왜냐하면 빌라도는 그의 오판으로 인해 예수 그리스도에게 매를 맞게 한 다음에 그를 죽였기 때문이다. 차라리 그를 먼저 죽였더라면 좋았을 것이다. 이렇게 해서 올바르지 못한 의인들은 군중의 비위를 맞추기 위해 선한 것도 나쁜 것도 조작하며 자기들은 전혀 예수 그리스도와 무관계한 것을 백성들에게 보이고자 했다. 왜냐하면 그들은 그 일에 대해 부끄러움을 느끼기 때문이다. 그러고는 마침내 커다란 유혹과 기회 속에서 그들은 예수 그리스도를 죽였다.

554 예수 그리스도는 부활하신 후에 자기의 상처를 만지는 것밖에 허락하시지 않은 것같이 나에게 생각된다. "Noli me tangere (나에게 손 대지 말라)."[104] 우리는 그의 고난에만 연결되어야 한다.

그는 최후의 만찬에서는 죽을 자로서, 엠마오의 제자들에게는 부활한 자로서, 모든 교회에 대해서는 승천한 자로서 성체배송(聖體拜頌)을 하도록 자신을 부여하셨다.

555　"너를 남에게 비교하지 말고 나에게 비교하라. 만일 네가 너를 비교하는 자들 속에서 나를 발견하지 못하면, 너는 가증한 자에게 너 자신을 비교하고 있는 것이다. 만일 네가 거기서 나를 발견한다면 그 나에게 너를 비교하라. 그러나 너는 거기서 무엇을 비교하려 하는가? 너냐 혹은 네 속에 있는 나냐? 만약 너라면 그것은 가증한 노릇이다. 만약 나라면 너는 나에게 나를 비교하고 있다. 그런데 나는 만물에 있어서 신이니라."

"나는 때때로 너에게 말하고 네게 충고한다. 그것은 너의 지도자가 너에게 말할 수 없기 때문이다. 왜냐하면 나는 너에게 지도자가 없음을 원치 않기 때문이다."

"그리고 나는 아마도 그의 기도에 응해 그것을 할 것이다. 거기서 그는 너의 눈에 띄지 않고 너를 지도하는 것이다. 너는 나를 소유하지 않았으면 나를 찾지 않았을 것이다."

"그러므로 걱정하지 말지어다."

주

1　포르 루아얄 판에는 '희망'으로 되어 있다.
2　자살은 스토아 학파에서는 허용되어 있었다. 또 어떤 쾌락주의 학파에서는 추천되기도 했다.

3 A Port Royal의 약자. 이 단장은 파스칼이 포르 루아얄에서 시도한 《변증론》의 원안에 관한 강연이다.
4 에픽테토스나 세네카의 사상에 이러한 경향이 엿보인다.
5 보슈에 《죽음에 대한 설교》 참조.
6 〈사도행전〉 1장 17절에 있는 바울의 말을 약간 바꾼 것.
7 아우구스티누스 《삼일정론》 10권 10장 및 데카르트의 '나는 생각한다. 고로 나는 존재한다'를 생각나게 한다.
8 〈잠언〉 8장 31절.
9 〈요엘〉 2장 28절.
10 〈시편〉 82편 6절.
11 〈이사야〉 40장 6절.
12 〈시편〉 49편 12, 20절.
13 〈전도서〉 3장 18절(이상 라틴어 원문은 생략한다).
14 "당신은 우리를 당신을 위하사 만드셨기 때문에, 우리의 마음은 당신 안에 편히 거할 때까지 언제나 불안하오이다." (아우구스티누스 《참회록》 1권 1장)
15 이 진리la vérité는 "나는 길이요 진리다"라고 말한 예수이다.
16 〈고린도전서〉 1장 25절.
17 이 단장 중의 모든 항목은 중세기의 '불신자, 무엇보다도 유대인의 불신을 겨누어 던지는 기독교 신자의 단도(短刀)' — 생략해 《신앙의 단도(푸기오 퓌데이)》라는 책에서 빌려온 것이다. 이 책은 13세기경 도미니크파 수도사 레이몽 마르텡에 의해 씌어졌지만, 1651년에 로데브의 사제 보스케에 의해 초판이 파리에서 출판되었으므로 파스칼은 동시대 책이라고 생각했다.
18 〈창세기〉 8장 21절.
19 〈고린도전서〉 5장 8절 참조.

20 〈시편〉 37편 32절.

21 〈시편〉 4편 4절.

22 〈시편〉 36편 1절.

23 〈전도서〉 4장 13절.

24 〈시편〉 35편 10절.

25 〈잠언〉 25장 21절.

26 〈전도서〉 9장 14절.

27 〈시편〉 41편 1절.

28 〈시편〉 78편 39절.

29 유대의 율법박사, 혹은 선생.

30 오비디우스《메타모르포즈》3권 15장, 몽테뉴《수상록》1권 8장 참조.

31 파스칼과 동시대의 파리의 사교계 인사. 어떤 점에서 파스칼은 그를 존경하고 플라톤이나 데카르트 이상으로 평가하고 있다.

32 메레, 미통 등을 대표로 들 수 있는 당시 사교계 인사들의 도덕.

33 〈시편〉 103편 14절(라틴어 번역에 따른 말).

34 〈고린도전서〉 9장 22절에서 바울이 말한 "내가 여러 사람에게 여러 모양이 되었다"는 것과 정반대 태도다.

35 〈요한 1서〉 2장 16절.

36 얀세니우스의《아우구스티누스》중에 있는 말.

37 성스러운 시온, 하늘의 예루살렘이 천국의 표징인 데 대해 바빌론의 냇물은 세속의 표징이다.〈시편〉 137편 참조.

38 〈고린도전서〉 1장 31절.

39 에피쿠로스 학파, 퓌론 학파, 스토아 학파.

40 〈요한복음〉 14장 6절.

41 스토아 학파의 시조(기원전 4세기).

42 에픽테토스는 사실을 인식했지만 그 이유는 몰랐다는 말.

43 에픽테토스 《어록》 4권 6장, 단장 80 참조.

44 에픽테토스 《어록》 4권 7장, 단장 350 참조.

45 자의 la volonté propre는 신에게서 생기는 은혜와 대조되는, 인간에게서 생기는 의지를 말한다.

46 〈고린도전서〉 12장 12절, 27절.

47 〈솔로몬의 지혜〉 2장 6절.

48 〈로마서〉 12장 5절 참조.

49 〈로마서〉 12장 5절 참조.

50 〈고린도전서〉 6장 17절.

51 〈고린도전서〉 6장 17절.

52 〈마태복음〉 22장 35절, 〈마가복음〉 12장 28절 참조.

53 〈누가복음〉 17장 21절 참조.

54 〈시편〉 143편 2절의 상반구.

55 〈로마서〉 2장 4절.

56 〈요나〉 3장 9절.

57 〈마태복음〉 10장 34절.

58 〈누가복음〉 12장 49절.

59 Thérèse(1515~1582). 종교개혁에 반대해 스페인에 가톨릭 신앙을 부흥시킨 성녀.

60 〈누가복음〉 18장 9절~14절 참조.

61 〈창세기〉 14장 24절 참조.

62 〈마태복음〉 8장 9절.

63 〈창세기〉 4장 7절.

64 '모든⋯⋯ 육체'는 toute le corps로 되어 있고, '몸의 전부'는 tout le corps로 되어 있다.

65 파스칼은 여기에 'mérite'라는 단어를 예증하기 위해 여러 가지 원전을 모아 인용한 것 같다. 이 단어의 뜻을 파악하기엔 용이하다.

66 성 토요일 〈부활제의 전날〉의 기도.

67 성 금요일의 기도.

68 찬가 Vexilla-regis.

69 〈누가복음〉 7장 6절.

70 〈고린도전서〉 11장 29절.

71 〈묵시록〉 4장 11절.

72 성모일의 기도.

73 〈마태복음〉 7장 7절.

74 〈로마서〉 9장 8절.

75 〈빌립보서〉 2장 12절.

76 〈마태복음〉 7장 7절.

77 이 단장은 전체적으로 불명료하다. 브랑슈비크 판과 다른 여러 판이 상이한 점이 많다. 전자를 택한다.

78 〈마태복음〉 25장 37절.

79 그것이란 신의 은총을 말한다.

80 〈이사야〉 45장 15절.

81 〈요한복음〉 8장 30~33절.

82 〈로마서〉 7장 7절 참조.

83 〈로마서〉 3장 31절 참조.

84 펠라기우스(4, 5세기)는 아우구스티누스의 논적(論敵). 인간의 성선설을 주장했다. 교회에서 이단이란 선고를 받았다.

85 〈누가복음〉 12장 47절 참조.

86 〈묵시록〉 22장 11절.

87 〈시편〉 51편에도 이러한 구절이 있다.

88 〈고린도전서〉 15장 33절.

89 〈고린도전서〉 15장 33절.

90 honnêteté(도의), 단장 448 참조.

91 아우구스티누스《설교》141.

92 〈고린도전서〉 1장 21절.

93 베르나르《아가강해설교(雅歌講解說敎)》 84장.

94 베르나르《아가강해설교》 84장.

95 본 장은 기독교의 독자적인 특성을 깊고도 감명적인 필치로 표현한 점에서 전무후무한 주해로 인정되고 있다.

96 〈요한복음〉 1장 33절.

97 〈마가복음〉 14장 34절.

98 〈마태복음〉 26장 41절.

99 〈마태복음〉 26장 46절.

100 〈마태복음〉 26장 39, 42절.

101 아우구스티누스《고백》 10권 18장, 20장.

102 〈베드로후서〉 2장 22절.

103 〈창세기〉 3장 5절.

104 〈요한복음〉 20장 17절.

제8편 기독교의 기초

556　……그들은 자기들이 알지 못하는 것을 비난하고 있다. 기독교는 두 가지 점으로 이루어진다. 그것을 앎은 인간에게는 퍽 중요한 일이요, 그것을 모름은 역시 위험한 일이다. 그리고 이 두 점의 표징이 주어진 것은 역시 신의 긍휼에 의한 것이다.

　그런데 그들은 이 두 점 가운데서 한쪽이 존재하지 않음을, 다른 한쪽의 존재를 긍정하지 않을 수 없는 논거에서 결론짓게 마련이다. 오직 하나의 신만이 존재한다고 말한 현자들은 박해를 당하고, 유대인들은 미움을 받고, 기독교도들은 더욱 미움을 받았다. 그들은 자연의 빛에 의해 알았다. 땅 위에 유일한 참 종교가 존재한다면 모든 사물의 동향(動向)은 그들의 중심인 이 종교를 지향해야 한다는 것을 그들은 자연의 빛에 의해 알았던 것이다.

　사물의 모든 동향은 이 종교의 확립과 위대함을 그 목적으로 삼아야 한다. 인간은 이 종교가 우리에게 가르치는 바의 것에 합치하는 관념을 자기 속에 가져야 한다. 결국 이 종교가 모든 사물이 지향해야만 하는 목적이 되고 중심이 되며, 그 원리를 아는 자는 특수하게는 인간의 모든 성질(性質)을, 일반적으로는 세계의 모든 동향을 설명할 수 있지 않으면 안 된다.

　이상의 것을 그들은 기독교를 비난하는 논거로 삼는다. 그것은 그들이 기독교를 오해하고 있기 때문이다. 그들은 위대, 전능, 영원하다고 생각되는 하나의 신을 경배하는, 단지 이 사실에만 기독교가 성립된다고 상상한다. 이것은 근본적인 이신론(理神論)으로서, 거의 무신론(無神論)과 마찬가지로 기독교에서 거리가 멀다. 그리하여 거기서 그들은 결론해내기를, 이 종교는 진실이 아니라는 것이다. 신이 가급적 명백히 자신을 인간에게 나타내고 있다는 이 점을 만물이 확증하고자 협력하고 있다고는 보이지 않기 때문이다. 이와 같이 그들은 말하는 것이다.

그러나 이신론에 대해서라면 그들이 원하는 대로 결론을 내려도 좋다. 그것은 기독교에 대한 결론이 되지 않으니까. 기독교는 본래 구세주의 비의(秘義) 속에서 이루어지며, 이 구세주는 자기 속에 두 가지 성질, 즉 인성과 신성을 한데 합해, 그 신성으로써 인간을 신과 화해시키기 위해 죄의 타락에서 끌어내셨다.

그러므로 기독교는 다음의 두 진리를 함께 인간에게 가르친다. 하나의 신이 존재하며 인간은 그 신의 은총을 받을 수 있다. 또 인간의 본성에는 부패가 있는데 그것이 인간으로 하여금 신의 은총을 받을 자격이 없게 만든다. 이 두 점을 다 같이 앎은 인간에게 중요한 일이다. 그리고 자기 자신의 비참을 모르고 신을 앎은 역시 위험한 일이요, 또 그러한 비참을 고쳐줄 수 있는 구세주를 모르고서 자기의 비참을 안다는 것도 역시 위험한 일이다. 이러한 인식 가운데서 그 어느 한쪽에 머무르기 때문에 신을 알면서도 자기의 비참을 모르는 철학자들의 오만이나, 구세주를 모르고서 자기의 비참함을 아는 무신론자들의 절망 따위가 생기는 것이다.

그리하여 이 두 점을 앎은 인간의 필요불가결한 일이며, 그것들을 우리에게 가르쳐준 것은 신의 자비다. 기독교는 그것을 가르치고 기독교가 성립하는 것도 그 속에서다.

이 점에서 세계의 질서를 검토하고 모든 사물이 이 종교의 두 요점을 확실히 하는 방향으로 움직이는지 어떤지를 따져보아야 할 것이다. 예수 그리스도는 만물의 목적이요 만물이 지향하는 구심점이다. 이 사실을 아는 사람은 만물의 이유를 아는 것이다. 그 모든 것이 갈피를 못 잡고 방황하는 것은 이들의 요점 가운데서 어느 한쪽을 보지 않기 때문이다. 그러므로 인간은 자기의 비참이 없어도 신을 알 수 있으며, 신을 몰라도 자기의 비참을 알 수 있다. 그러나 신과 자기의 비참을 동시에 알지 못하고 예수 그리스도를 알 수는 없다.

그러므로 나는 여기서 자연적인 이유에 의해 신의 존재, 혹은 삼위일체, 혹은 영혼의 불사 따위나 이러한 종류의 것은 일체 증명하려고 시도하지 않는다. 그것은 단지 고집불통인 무신론자들을 설득시킬 수 있는 그 무엇을 자연계 속에서 발견하는 자신이 나에게 없다고 생각하기 때문은 아니다. 그러한 지식은 예수 그리스도 없이는 쓸데없으며, 보람없는 일이기 때문이다. 비록 어떤 사람이 수(數)의 비례는 비물질적인 영원의 진리로서, 그 본원은 인간이 신이라고 부르는 저 근본적인 진리에 의거해 영존하고 있다고 납득되었다 하더라도, 나는 그 사람이 자기의 구원을 향해 웬만큼 전진했다고는 생각하지 않을 것이다.

기독교도의 신은 단순히 기하학적인 진리나 여러 가지 원소의 질서를 창조하는 데 불과한 신은 아니다. 그것은 이교도와 에피쿠로스파의 견해다. 또 단순히 인간 생활이나 재산에다가 그 섭리를 행하고, 경배하는 자에게 행복한 세월을 내려주는 데 그치는 신도 아니다. 그것은 유대교도의 관심사이다. 이에 반해 아브라함의 신, 이삭의 신, 야곱의 신, 기독교도의 신은 사랑과 위로의 신이다. 몸소 소유하시는 인간들의 영혼과 마음을 채워주시는 신이다. 인간들에게 그들 자신의 비참함과 신의 그지없는 자애를 내적으로 감지시켜 주시는 신이다. 그들의 영혼 밑바닥에서 그들과 함께하시고 그들에게 겸손과 기쁨과 신뢰와 사랑을 채워주시고, 그들로 하여금 신 이외의 것은 가지지 못하도록 하시는 신이다.

예수 그리스도가 아닌 다른 곳에서 신을 찾고 자연 속에 머물러 있는 자들은 모두 만족할 만한 빛을 하나도 찾지 못하거나 혹은 중개자 없이 신을 알고 신에게 봉사하는 방법을 제멋대로 만들거나 하며, 거기에서 무신론이나 이신론에 빠지고 만다. 이들은 기독교가 거의 꼭 같이 염오하는 것들이다.

예수 그리스도 없이 세계는 존재하지 않았을 것이다. 왜냐하면 그러한 경우에는 세계가 붕괴하든가 지옥처럼 되든가 이 둘 중에서 어느 하나가 되는 수밖에 없으니 말이다.

만일 세계가 인간에게 신을 가르치기 위해 존재해 있다면 그 신성은 의심할 여지도 없을 만큼 모든 방면에서 빛나고 있었을 것이다. 그러나 세계는 예수 그리스도에 의해, 예수 그리스도를 위해서만 존재하며 인간에게 그들의 타락과 그들의 속죄를 가르치기 위해서만이 존재하기 때문에 모든 것은 이들의 진리를 증명하는 것으로서 세상에 나타나 있다.

세상에 나타나 있는 것은 신성을 완전히 제거해 있지도 않고 그것을 명백히 나타내고 있지도 않다. 다만 스스로 숨어 계시는 신의 존재를 나타낼 뿐이다. 모든 것은 이 특성을 지니고 있다.

그 본성을 아는 자만이 그것을 알고 비참하게 될 것인가? 그것을 아는 자만이 혼자서 불행할 것인가? 그는 아무것도 보지 않아서는 안 된다. 또 그것을 소유하고 있다고 생각할 만큼 충분히 보아서도 안 된다. 다만 그는 그것을 잃어버렸다는 것을 인식하기에 충분할 만큼 보는 것이다. 왜냐하면 타락한 것을 아는 데에는 보는 것과 보지 않는 것이 중요하기 때문이다. 그리고 이것이야말로 참으로 자연적인 인간의 상태다.

그가 어느 편에 가담한다 하더라도 나는 그를 안일하게 버려두지는 않을 것이다…….

557 그러므로 모든 것이 인간에게 그의 상태를 가르쳐주고 있음은 사실이지만, 그는 그 사실을 올바르게 이해해야 한다. 까닭인즉 모든 것이 신을 나타내고 있다 함은 진실하지 않고 또 모든 것이 신을 감추고 있다 함도 진실하지 않으니 말이다. 그러나 신이 자기를 시험하려는 자에게는 스스로를 숨기시며, 신을 구하는 자에게는 스스로를 나타내신다 함은 둘 다 진실이다. 왜냐하면 인간은 신에 대해 무가치한 동시에 가치가 있을 수도 있으며, 그 타락에 의하면 무가치하지만 그 최초의 본성에 의하면 가치가 있을 수 있기 때문이다.

558 우리의 모든 불명료함에서 이끌어낼 수 있는 결론은 우리가 무가치하다는 것이 아니고 무엇이겠는가?

559   만약 신이 한 번도 나타나지 않았다면 이 영원한 결여는 양의적(兩義的)인 것이 될 것이요, 인간에겐 신을 알 자격이 없다는 것을 알려줌과 동시에 신적인 것은 하나도 존재하지 않음을 알려줄 수 있었을지도 모른다. 그러나 신이 항상은 아니지만, 때때로라도 나타났다는 것은 양의성(兩義性)을 제거해버리고 만다. 만약 신이 단 한 번이라도 나타났다면, 신은 항상 존재한다. 그래서 신은 존재하지만 인간이 신을 볼 자격이 없다는 결론을 내리지 않을 수 없다.

560   우리는 아담의 영광스런 상태도, 그의 죄의 성질도, 그 죄가 우리에게 유전되어 있는 것도 알지 못한다. 이러한 것들은 우리의 것과는 전혀 다른 성질의 상태 속에서 일어난 것으로서 우리의 현재 이해력의 상태를 넘고 있다. 이 모든 것은 우리가 거기서 벗어나기 위해서 알아봤자 소용없다. 우리가 알아야 하는 이 중요한 모든 것은 다음과 같다. 즉 우리는 비참하고 타락해 있으며 신에게서 떨어져 있지만, 예수 그리스도에 의해 속죄되어 있다는 것, 이에 대해서 우리는 땅 위에 훌륭한 증거가 있다는 것, 바로 이것이다.

　이와 같이 타락(墮落)과 속죄(贖罪)의 두 증거는 종교에 무관심하게 살고 있는 불신자와 종교가 화해하기 어려운 적인 유대인에게서 찾아낼 수 있다.

561   우리 종교의 진리를 납득시키는 방법이 둘 있다. 하나는 이성의 힘에 의한 것이요, 다른 하나는 말하는 사람의 권위에 의한 것이다. 사람은 후자를 사용하지 않고 전자를 사용한다. "이것을 믿어야 한다. 왜냐하면 이것을 말하고 있는 성서는 거룩하기 때문이

다"라고 말하지는 않고, "그것은 이러이러한 이유로써 믿어야 한다"고 말한다. 이것은 빈약한 논의다. 이유란 귀에 걸면 귀걸이요, 코에 걸면 코걸이기 때문이다.

562   땅 위에는 인간의 비참함이나 신의 자애를 보여주는 것은 하나도 없고, 신 없는 인간의 무력이나 신을 가진 인간의 능력을 보여주는 것도 없다.

563   지옥에 떨어지는 자들이 맛보는 낭패 가운데 하나는 그들이 기독교가 유죄라고 주장했던 바로 그 이유 때문에 자기가 유죄를 선고받는 걸 보는 것이리라.

564   예언이나 기적조차도, 그리고 우리 종교의 모든 증거도 절대적으로 납득시키는 것이라고 말할 수 있을 만한 성질의 것은 아니다. 그러나 이러한 증거들은 그것을 믿는 것이 불합리하다 할 수 있을 정도로 허무맹랑한 것도 아니다. 말하자면 거기에는 어떤 사람들은 비춰주되 어떤 사람들은 보이지 않게 하기 위한 밝음과 어둠이 있다. 그러나 그 밝음은 반대의 증거를 능가하거나 적어도 그것과 동등한 것이다. 그래서 그것을 따르지 않겠다고 결심하게 할 수 있는 것은 이성이 아니다. 그러니 그것은 사욕과 악심(惡心)일 수밖에 없다. 그러한 까닭으로 정죄(定罪)하는 데에는 충분한 밝음이 있지만 설득하는 데에는 충분한 밝음이 없는 것이다. 그것은 그 밝음에 순종하는 사람들에게는 자기들을 순종시키고 있는 것은 은총이요 이성이 아니라는 것을 명시해주며, 그것을 피하는 사람들에

게는 자기들을 피하게 하는 것은 사욕이요 이성이 아니라는 것을 밝히기 위해서다.

"Vere discipuli, vere Israelita, vere liberi, vere cibus(참 제자, 참 이스라엘 사람, 참 자유, 참 빵)."[1]

565   그러므로 종교의 모모함 그 자체 속에서, 그것에 대해서 우리가 가지고 있는 빛이 적은 가운데서, 그것을 아는 데 대한 우리의 무관심 속에서 종교의 진리를 인식하라.

566   신이 어떤 자는 눈을 어둡게 하고 다른 자는 계몽시키려 하셨음을 원칙으로 인정하지 않는 한 인간은 신의 작품을 하나도 이해하지 못한다.

567   둘의 상반되는 논거. 거기에서부터 시작하지 않으면 안 된다. 그렇지 않으면 우리는 아무것도 이해하지 못하고, 모든 것은 이단적이다. 그리하여 각 진리의 끝에 반대의 진리가 상기되는 것을 첨가해야 한다.

항변

568   확실히 성서는 성령(聖靈)이 말하지 않은 것들로 가득 차 있다―답. 그렇다고 해서 그것들이 신앙을 해치지 않는다―항의. 그러나 교회는 결정하기를 모든 것은 성령에서 나왔다 했다―답. 나는 두 사실을 답한다. 하나는 교회가 그런 결정을 하지 않았다는 것이요, 또 하나는 교회가 그러한 결정을 했다 하더라도 그것은 지

지될 수 있다는 것이다.

"거짓 영이 많이 있도다. 디오누시오²는 사랑을 가졌다. 즉 그는 자리에 앉아 있었다."

복음서 속에 인용된 예언은 너희로 하여금 믿도록 만들기 위해 기술되어 있는 줄 생각하느냐? 아니, 그것은 너희를 신앙에서 떼어 놓기 위해서다.

성전적(聖典的)

569 이단적인 것도 교회가 성립하던 당초에는 성전적인 것을 증명하는 데 도움이 되었다.

570 '기초'³의 장(章)에, '표징'의 장에 있는 표징의 이유에 관한 것을 첨가하지 않으면 안 된다. 예수 그리스도가 왜 자기의 최초의 강림을 예언했는가 하는 이유. 그 강림의 방법이 왜 애매하게 예언되었는가 하는 이유.

비유를 하는 이유

571 "그들(예언자)은 육적(肉的)인 민족을 상대로 해, 이 민족을 영적인 계약의 수탁자로 만들지 않으면 안 되었다." 메시아를 믿게 하는 데는 선행적인 예언이 존재할 필요가 있었고, 또 그 예언이 의심을 품지 않고 근면, 충실하며 몹시 열렬하고 게다가 온 세상에 널리 알려진 사람들에 의해 간직될 필요가 있었다.

이 모든 것을 성취시키기 위해, 신은 이 육적인 민족(유대인)을 택해서 메시아를 구세주로, 또 이 민족이 좋아하는 육적인 행복의 분배자로 예고하는 예언을 그들에게 맡기셨던 것이다. 이리하여 그들은 자기들의 예언자들에 대해 놀라운 열의를 가지고, 자기들의 메시아를 예고하고 있는 그 책들을 모든 사람의 눈앞에 가져다 놓고 메시아가 오리라는 사실과 자기들이 전 세계에 공표하고 있는 책들 속에 예고된 그 방법으로 오리라는 것을 모든 국민에게 확언했다. 그렇긴 했지만 이 민족은 메시아의 비천하고도 초라한 강림에 기대가 어긋났기 때문에, 메시아의 가장 잔인한 적이 되어버렸다. 그러한 까닭으로 이 세계에서 우리가 친근감을 가장 적게 느끼는 민족, 그리고 그들의 율법과 예언자에 대해 가장 엄격하고 열렬하다는 평을 받을 수 있는 민족이 바로 그 책들을 순수하게 보존했던 것이다. 따라서 그들의 빈축을 사게 된 예수 그리스도를 배척하고 십자가에 못박은 바로 그 사람들이 그리스도에 관해 증언하고, 그가 배척당하며 빈축을 사리라는 것을 기술하고 있는 책들을 전달하는 사람들이다. 그러므로 그네들은 예수 그리스도를 배척함으로써 그가 그리스도임을 나타내었고, 그리스도는 자기를 용납한 옳은 유대인에 의해서나, 자기를 배척한 부정한 유대인에 의해서나 꼭 같이 증명된 것이다. 이 두 사실이 모두 예언되어 있었기 때문이다.

그 때문에 예언은 하나의 숨은 뜻을 지니고 있다. 그것은 이 유대 민족이 싫어하던 영적인 뜻으로서 그들이 좋아하던 육적인 뜻의 배후에 있는 것이다. 만일 영적인 의미가 겉으로 나타나 있었다면 그들은 그것을 사랑할 수가 없었을 것이다. 그리고 그것을 전달할 수도 없었고 그들의 책과 의식을 보존하는 열의도 갖지 않았을 것이다. 또 만약 그들이 영적인 약속을 좋아하고 메시아가 강림할 때까지 그것들을 순수하게 보존했더라면 그들의 증언은 효력을 잃어버렸을 것이다. 왜냐하면 그들은 메시아의 벗이 되었을 테니 말이다.

여기에 영적인 뜻이 감추어져 있었던 것이 왜 좋았는가 하는 이유가 있다. 그러나 또 한편으로 이 뜻이 완전히 감추어져서 조금도 나타나지 않았더라면 메시아의 증거로서 역할을 할 수 없었을 것이다. 그러면 도대체 어떻게 되어 있었던가? 많은 구절에서는 현세적인 것에 의해 감추어져 있고, 또 어떤 구절에서는 명백하게 드러나 있는 것이다. 그뿐만 아니라 강림의 시기와 세계의 상태는 태양보다도 명백하게 예언되어 있었던 것이다. 그리하여 이 영적인 의미는 어떤 개소(個所)에서는 아주 명백하게 설명되어 있기 때문에, 영(靈)이 육(肉)에 굴복했을 때 육이 영에 던져 넣는 맹목과 꼭 같은 맹목에 함입하지 않는 한, 그것을 인정하지 않을 수도 없다.

그런 까닭에 여기서 신의 다스림이 어떠했는가를 살펴보기로 하자. 이 영적 의미는 수많은 개소에서 다른 의미에 의해 덮여 있고 극히 드문 어떤 개소에서만 나타나 있다. 그런데 그것이 감추어져 있는 개소는 양의적이며 두 가지 의미로 해석될 수 있도록 되어 있고, 또 한편 그것이 나타나 있는 개소는 단의적(單義的)이며 영적인 의미로밖에 해석될 수 없도록 되어 있다. 그리하여 이 사실이 오류로 함입할 수는 없었다. 그것을 오해할 수 있는 자가 있었다면 그것은 그만큼 육적이었던 한 민족뿐이었다.

왜냐하면 행복이 풍부하게 약속되어 있는 경우 그것을 참 행복이라고 이해함을 방해하는 것은 그 의미를 지상의 행복에만 국한시키는 그들의 욕심이 아니고 무엇이겠는가? 그러나 신 안에서만 행복을 발견한 사람들은 그 행복들을 오직 신에게만 돌렸다. 거기에는 인간의 의지를 분리시키는 두 가지 원리, 즉 욕심과 사랑이 있기 때문이다. 그렇다고 해서 욕심은 신에 대한 신앙과 양립할 수 없다든가, 사랑은 지상의 행복과 공존할 수 없다는 것은 아니다. 다만 욕심은 신을 이용해 이 세상을 향락하지만, 사랑은 그 반대라고 이야기할 뿐이다.

그런데 '성서에서는' 최후의 목적이 사물에 명칭을 부여한다. 우리가 그 목적에 도달하는 것을 방해하는 일체는 적이라 불린다. 그러므로 아무리 훌륭한 피조물일지라도 의인(義人)을 신에게서 등지게 하면, 그것은 의인의 적이다. 신조차도, 신에 의해 그 탐욕이 부채질되는 사람들에게는 적일 것이다.

이와 같이 적이라는 말은 최후의 목적 여하에 달려 있으므로, 의인은 적을 그들의 욕정이라 해석했고, 육적인 사람들은 바빌론인이라 해석했다. 이리하여 이 용어들은 불의의 인간에게만 애매모호했던 것이다. 이것이야말로 이사야가 "Signa legem in electis meis(율법을 나의 제자 중에 봉함하라)"[4]라고 말하고 또 예수 그리스도를 걸리는 돌멩이[5]가 되리라고 말한 것이다. 그러나 "그에게 걸려 실족하지 않는 자는 지극히 행복되도다!"[6] 호세아도 그것을 틀림없이 말하고 있다. "누가 지혜가 있어 이런 일을 깨달으며 누가 총명이 있어 이런 일을 알겠느냐. 여호와의 도는 정직하니 의인이라야 그 도에 행하리라. 그러나 죄인은 그 도에 걸려 넘어지리라."[7]

572　사도사기사설(使徒詐欺師說). 시기는 명확하게, 방법은 애매하게. 표징의 다섯 증거.

　　1천 6백의 예언자들.

　　4백의 흩어진 자들.

성서의 맹목

573 유대인은 말하기를, "그리스도가 어디서 오실지 모른다고 성서는 기록하고 있다"(〈요한복음〉 7장 27절)고 했고, 12장 34절에는 "그리스도는 언제까지나 살아 계신다고 성서는 기록하고 있다. 그런데 그리스도는 자기가 죽을 것이라 말한다"고 했으며, 성 요한은 "그는 이처럼 많은 이적을 행하셨지만 그들은 믿지 않았도다. 이것은 이사야의 말씀을 이루려 하심이니라. 즉 신은 그들의 눈을 멀게 하시고 운운"이라 했다.[8]

위대

574 이 종교는 실로 위대하다. 그러므로 이 종교가 분명치 않다면, 그것을 추구하려고 애를 쓰지 않는 자들에게서 빼앗아감은 당연한 일이다. 이 종교는 구함으로써 발견할 수 있는 것이라면 그것을 불평할 까닭이 있으랴?

575 모든 것은, 성서의 모호함조차도 선택된 사람들에게는 좋은 것으로 변한다. 그들은 신성한 빛으로 인해 그 모호함을 존중하기 때문이다. 그러나 모든 것은 빛조차도 그렇지 않은 사람들에게는 나쁜 것으로 변해버린다. 그들은 자기 스스로 이해할 수 없는 모호함으로 인해 그 빛을 모독하기 때문이다.

교회에 대한 세인의 일반적 태도. 신은 눈을 멀게도 하고 밝게도 하신다

576 이 예언들의 거룩함을 일어난 일들이 증명했은즉 그 나머

지 것도 믿어져야 한다. 그것에 의해 우리는 세계의 질서를 다음과 같이 본다. 즉 천지창조와 대홍수의 기적이 잊혔으므로, 신은 모세의 율법과 기적을 보내시고, 특수한 사건을 예언하는 예언자들을 보내셨다. 그리하여 영속적인 기적의 준비로서, 여러 가지 예언과 그 이루어짐을 준비하셨다. 그러나 예언은 의심을 받을 수 있기 때문에, 신은 그것들을 의심할 여지가 없는 것으로 하고자 하셨다.

577   신은 이 민족의 맹목을 선택된 자들의 행복을 위해 이용하셨다.

578   선택된 자들을 비추기에는 충분한 빛이 있고, 그들을 겸허하게 하는 데에는 충분한 어둠이 있다. 버림받은 자들을 눈 멀게 하는 데에는 충분한 어둠이 있고, 그들을 정죄하고 변명할 수 없도록 하는 데에는 충분한 빛이 있다. 성 아우구스티누스, 몽테뉴, 스봉드.[9] 《구약성서》의 예수 그리스도의 계보는 허다하게 많은 다른 무익한 것들 속에 섞여 판별할 수 없을 정도로 되어 있다. 만약 모세가 예수 그리스도의 선조들만을 기록했더라면 그것은 너무 명확했을 것이다. 만약 그가 예수 그리스도의 계보를 명시하지 않았더라면 그것은 너무도 불명확했을 것이다. 그렇지만 결국 자세히 보는 사람은 예수 그리스도의 계보가 다말, 룻 및 기타에 의해 충분히 판별된 것을 알 수 있을 것이다.

희생의 공물을 제정한 사람들은 그것이 소용없는 노릇임을 알고 있었고, 그 소용없는 노릇들을 선언한 사람들은 그 집행을 그만두지 않았다.[10]

만약 신이 단 하나의 종교밖에 허락하지 않았다면 그 종교는 너무도 쉽사리 알려졌을 것이다. 그러나 자세히 보는 사람은 이 혼란 가운데서 참된 것을 충분히 판별해낼 수 있다.

원리. 모세는 슬기로운 사람이었다. 그러므로 만약 그가 이지로써 자기를 다스렸다면 이지에 직접적으로 배치되는 일은 명확히 말하지 않았을 것이다. 이리하여 극히 명백한 약점도 모두 강점이 되는 것이다. 예, 〈마태복음〉과 〈누가복음〉의 두 계보.[11] 이 계보들이 서로 협력해 만들어지지 않았다는 것보다 더 명백한 것이 있을까?

579 신'과 사도들'[12]은 오만의 씨가 이단을 낳게 함을 미리 알아채고, 그 이단이 자기 자신의 말에서 생겨나는 경우를 막기 위해 성서와, 교회의 기도서 속에 상반되는 단어와 문장을 두어 그것이 때에 맞추어 열매를 맺도록 하셨다.[13]

이와 같이 신은 도덕 속에도 탐욕에 대적해 열매를 맺는 사랑을 부여하신다.

580 자연은 스스로 신의 영상임을 나타내기 위해 어떤 완전성을 지니고 있는가 하면, 스스로 영상에 지나지 않음을 나타내기 위해서는 어떤 결함을 지니고 있다.

581 신은 이지보다 의지를 배열하고자 원하신다. 완전한 빛은 이지에는 유용하겠지만, 의지에는 해로울 것이다. 오만을 비하(卑下)시킬 것.

582   인간은 진리조차 우상으로 만든다. 까닭인즉, 사랑을 떠난 진리는 신이 아니기 때문이다. 그것은 신의 영상이요 우상이지, 사랑도 숭배도 해서는 안 되는 것이다. 그리고 또한 진리의 반대인 허위를 사랑하거나 섬겨서도 안 된다. 나는 칠흑 같은 어둠을 사랑할 수는 있다. 그러나 신이 나를 어스름한 데에다 두신다면, 그러한 약간의 어둠은 나를 불쾌하게 한다. 나는 칠흑 같은 어둠에서 볼 수 있는 장점을 거기서는 보지 못하기 때문에 불쾌해진다. 이것은 결점이고, 내가 신의 질서에서 떨어져서 어둠을 나 자신의 우상으로 삼는 증거다. 그런데 섬겨야 할 것은 신의 질서뿐이다.

583   연약한 자들이란 진리를 인정하는 자들이긴 하지만, 자기의 이해가 거기에 합치할 경우에 한해서만, 그 진리를 지지하는 사람들을 일컬음이다. 그 외의 경우에는 그들은 진리를 내동댕이쳐버린다.

584   세계는 긍휼과 심판을 이루기 위해 존속하고, 사람들은 신의 손으로 만들어진 자가 아니라 신의 원수같이 그 세계에 존재하고 있다. 신은 그들이 신을 찾기를 원하고 신을 따르려고 원하기만 하면 신에게 되돌아오는 데 충분한 빛을 은총으로 그들에게 부여하고 계시지만, 신을 찾고 따르는 것을 거부한다면 그들은 엄벌하는 데 충분한 빛을 부여하신다.

신은 스스로를 숨기고자 원하심

585   만약 하나의 종교밖에 없다면 신은 그 종교 속에서 명백히

나타나실 것이다. 만약 우리의 종교에만 순교자가 있다면 이도 역시 마찬가지일 것이다. 신은 이와 같이 숨어 계시기 때문에, 신이 숨어 계심을 말하지 않는 종교는 모두 참되지 않다. 또 그 이유를 밝히지 않는 종교도 모두 유익하지 않다. 우리의 종교는 이 둘을 모두 행하고 있다. "Vere tu es Deus absconditus(진실로 주는 스스로 숨어 계시는 하느님이시니이다)."[14]

586 만약 모호함이 없다면 인간은 자기의 타락을 깨닫지 못할 것이다. 만약 빛이 없다면 인간은 구원을 바라지 않을 것이다. 따라서 신이 부분적으로 감추어져 있고 또 부분적으로 나타나 있다는 것은 우리에게 정당할뿐더러 또 유익하기도 하다. 왜냐하면 자기의 비참함을 모르고 신을 앎도, 신을 모르고서 자기의 비참함을 앎도 인간에게는 마찬가지로 위험하니 말이다.

587 이 종교는 기적, 믿음이 두텁고 결점이 없는 성자, 학자, 위대한 증인, 순교자, 확립된 왕들(다윗), 왕족 이사야 등에 있어서 위대하고, 지식에 있어서 위대한 이 종교는 모든 기적과 모든 지혜를 버젓이 늘어놓은 다음에, 이 모든 것을 부인해 말하되, 자기에게는 지혜도 표적도 없다, 모두 십자가와 어리석음이 있을 뿐이다[15]라 한다. 왜냐하면 이 표적들과 지혜에 의해 너희의 믿음을 변화시킨 사람들, 또 그 성질을 너희에게 입증한 사람들은 선언한다. 즉 이 모든 것들은 우리를 개혁시키지도, 우리로 하여금 신을 알거나 사랑하게 만들지도 못한다. 그것을 행함은 지혜도 표적도 없는 십자가의 어리석음의 힘이지, 이 힘을 지니지 못한 표적들이 아니다. 이

와 같이 우리의 종교는 그 확실한 원인에 있어서는 어리석지만 그것을 마련하는 지혜에 있어서는 현명하다.

588 우리의 종교는 슬기롭고도 어리석다. 슬기롭다 함은 그것이 가장 풍부하게 지혜를 지니고 있으며, 기적과 예언들 위에서 더욱 튼튼하게 확립되어 있기 때문이다. 어리석다 함은 인간을 이 종교로 귀의시키는 것은 이 모든 사실들이 아니기 때문이다. 이들(기적, 예언 따위)은 이 종교에 귀의하지 않는 자를 정죄하기는 하겠지만, 그것에 귀의하는 자를 믿게 하지는 않는다. 그들로 하여금 믿게 하는 것은 십자가다. "Ne evacuata sit crux(십자가가 헛되지 않게 하려 하심이라)."[16] 그러므로 지혜와 표적을 가져온 성 바울은 자기는 지혜도 표적도 가져오지 않았다고 말한다. 왜냐하면 그는 회심시키러 왔기 때문이다. 그러나 단지 설득하기 위해 오는 사람은 지혜와 표적을 가져왔다고 말할 것이다.

모순. 이 종교의 무한한 슬기와 어리석음.

주

1 〈요한복음〉 8장 31절, 1장 47절, 8장 36절, 6장 32절.
2 〈사도행전〉 17장 24절의 디오누시오라 생각되나 확실히 알 수는 없다.
3 브랑슈비크에 의하면, 파스칼은 그의 기독교 법해가 심리적인 '기초'에서 역사적인 '기초'로 넘어갈 가능성이 있음을 이 장에서 말하고자 한다.
4 〈이사야〉 8장 16절.

5 〈이사야〉 8장 14절 참조.

6 〈누가복음〉 7장 23절.

7 〈호세아〉 14장 9절.

8 〈요한복음〉 12장 37, 38, 40절.

9 몽테뉴의 〈레이몽 스봉의 변해〉의 아우구스티누스의 의미.

10 〈히브리서〉 5~12장 참조.

11 〈마태복음〉 1장 9~16절, 〈누가복음〉 3장 23~37절.

12 후에 보충된 문장.

13 단장 567, 862 참조.

14 〈이사야〉 45장 15절.

15 〈고린도전서〉 1장 18~25절, 〈갈라디아서〉 5장 11절 참조.

16 〈고린도전서〉 1장 17절.

제9편 영존(永存)

기독교가 유일한 종교가 아닌 점에 대해

589   이는 기독교가 참된 종교가 아니라고 믿게 하는 이유가 되기는커녕, 반대로 그것이 참된 종교임을 가르쳐준다.

590   여러 종교에 대해서 성실하지 않으면 안 된다. 참 이교도, 참 유대인, 참 기독교도.

591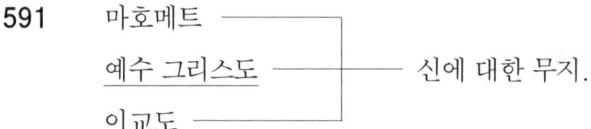

다른 종교의 허위

592   그들은 증인을 갖지는 않는다. 이 사람들[1]은 가지고 있다. 신은 다른 모든 종교에 도전해 이와 같은 표적을 만들어보라 하신다. 〈이사야〉 43장 9절, 44장 8절.

중국사(中國史)

593   나는 증인이 그 역사를 위해 죽음조차 사양하지 않은 역사

만을 믿는다.

(이 둘 중에서 어느 쪽이 더 신빙성이 있는가, 모세냐 중국이냐?)

문제는 그것을 개관(概觀)하는 것이 아니다. 내가 너희에게 말하고 싶은 것은, 거기에는 눈을 멀게 하는 것과 눈을 밝게 하는 것이 있다는 사실이다.

이 한마디로써 나는 너희의 모든 이론을 타파한다. "그러나 중국은 난해하다"라고 너희는 말한다. 그러나 나는 답하되 "중국은 난해하다. 그러나 거기에는 발견할 만한 빛이 있다. 그것을 찾아라."[2]

이와 같이 너희가 말하는 것은 모두 목적의 하나만을 이룩할 뿐 또 하나의 다른 목적에 대해 배치되지는 않는다. 따라서 그것은 도움이 되겠지만 해가 되지는 않는다.

그러므로 그것은 상세히 살펴볼 필요가 있다. 기록할 종이를 책상 위에 두지 않으면 안 된다.

594   중국사에 대한 반박. 멕시코의 사학(史學)들, 5개의 태양. 더구나 최후의 태양은 8백 년밖에 되지 않았다.[3] 한 민족에 의해 받아들여진 서적과 한 민족을 창조한 서적의 차이.

595   마호메트는 권위가 없었다.[4] 그리하여 그의 이론은 그 고유한 힘에 의해서만이 대단히 유력했을 것이다. 그러면 그는 무엇을 말했던가? 자기를 믿지 않으면 안 된다는 것.

596   〈시편〉은 온 누리에서 노래되었다. 마호메트의 증언은 누가 하는가? 자기 자신이다. 예수 그리스도는 자기 자신의 증언이

무효 되기를 원한다.⁵ 증인은 그 성질상 항상 그리고 어디에나 존재함이 필요하다. 그러나 가엾게도 마호메트는 자기 혼자뿐이다.

마호메트에 대한 반박

597 《코란》은 마호메트의 것인데 그 이상으로 복음서는 성(聖)마태의 것이다. 복음서는 수많은 저자들에 의해 몇 세기에 걸쳐 인용되고 심지어는 그 적인 켈소스나 포르퓌리오스조차도 그것을 부인하지 않았기 때문이다.

《코란》은 성 마태가 선인(善人)이었다고 말한다. 그러나 선인들을 악인이라고 말하거나, 그분들이 예수 그리스도에 관해 말한 것에 동의하지 않거나 한 그(마호메트)는 거짓 예언자였다.

598 마호메트에게 있는 막연한 것, 신비적인 뜻으로 해석될 수 있는 것에 의하지 않고, 오히려 그의 천국이나 그 밖의 것처럼 명료한 것에 의해 그를 비판하기를 나는 바란다. 이것이야말로 그의 가소로운 점이다. 그러니 그의 명료한 점을 가소로운 것이라 할진대 그의 막연한 점을 신비적이라 해석함은 부당한 노릇이다.⁶

《성서》는 그와 같지 않다. 그 속에 마호메트의 막연함과 다를 바 없는 기묘한 막연함이 있음은 나도 인정한다. 그러나 거기에는 놀라운 빛이 있고, 명백하게 이루어진 예언들이 있다. 그러니 승부는 대등하지 않다. 막연한 점에서만 비슷하지, 그 막연함을 존경하게 하는 빛에 있어서는 비슷하지 않음을 혼동하거나 동일시해서는 안 된다.

예수 그리스도와 마호메트의 차이

599 마호메트, 예언되지 않음. 예수 그리스도, 예언됨.

마호메트, 죽임. 예수 그리스도, 자기의 것(신자)들을 죽음을 당하게 함. 마호메트, 독서를 금함. 사도, 독서를 명함.

요컨대 너무도 상반되기 때문에, 마호메트가 인간적으로 성공하는 길을 택했다면, 예수 그리스도는 인간적으로 파멸하는 길을 택했던 것이다. 그리고 마호메트가 성공했으니 예수 그리스도도 충분히 성공할 수 있었다라고 결론짓는 대신에, 마호메트가 성공했으니까 예수 그리스도는 당연히 파멸되어야 했다고 말하지 않으면 안 된다.

600 마호메트가 한 일은 누구든지 할 수 있다. 그는 기적을 행하지도 않았고 예언되지도 않았으니까. 그러나 예수 그리스도가 행한 일은 아무도 할 수 없다.

우리 신앙의 기초

601 이교는 "오늘날 기초를 가지고 있지 않다. 옛날에는 말을 하던 신탁에 의해 기초를 가지고 있었다고들 말한다. 그런데 그것을 우리에게 보증해주는 서적은 어떤 것인가? 그 서적들은 그 저자들이 유덕하기 때문에 믿을 만한 가치를 지니고 있는가? 그 서적들은 결코 개변되지 않는다고 보증될 수 있을 정도로 충분한 주의로써 보존되어 있는가?" 마호메트교는 그 기초로서 《코란》과 마호메트를 가지고 있다. 그러나 이 세계의 최후의 희망이어야 할 이 예언자가 과연 예언되어 있었던가? 그는 자칭 예언자라고 말하는 자들이 가

지고 있지 않은 어떤 표적을 가지고 있었던가? 어떤 기적을 자기 스스로 행했다고 그는 말하고 있는가? 자기 자신의 전설에 의해서도 무슨 신비를 그는 가르쳤던 것인가? 어떤 행복과 어떤 도덕을?

유대교는 《성서》의 전통과 민중의 전통에 있어서 다른 각도로 보지 않으면 안 된다. 그 도덕과 행복은 민중의 전통 속에서는 우스꽝스러운 것이다. 그러나 《성서》의 전통 속에서는 놀라운 것이다(이것은 어느 종교에나 마찬가지다. 왜냐하면 기독교도 《성서》와 결의론자(決疑論者) 사이에는 굉장한 차이가 있으니 말이다). 그 기초(基礎)는 놀랄 만하다. 그것은 세계 최고(最古)의 서적인 동시에 가장 순수한 서적이다. 또 마호메트가 자기의 서적을 존속시키기 위해 그것을 읽는 것을 금한 대신에, 모세는 자기의 서적을 존속시키기 위해 모든 사람에게 그것을 읽도록 명령했다.[7]

우리의 종교(기독교)는 하나의 신성한 종교(유대교)를 그 바탕으로 하고 있으니만큼 신성한 것이다.

질서

602 유대인의 모든 상태 가운데서 명백한 것과 논란할 여지가 없는 것을 볼 것.

603 유대교는 그 권위, 기간, 영속, 도덕, 교리 및 그 효과에 있어서 아주 신성하다.[8]

604 상식과 인간의 본성에 반하는 유일한 학문이야말로 사람들 사이에 존속해온 유일의 것이다.

605 본성에 배치되고 상식에 배치되며, 우리의 쾌락에 배치되는 유일의 종교야말로 항상 존재해온 유일의 것이다.

606 우리 종교 이외의 어떤 종교도 인간이 죄 속에서 태어났음을 가르쳐주지 않았다. 철학자들의 어떤 학파도 그것을 말하지는 않았다. 그러므로 아무것도 진리를 이야기하지 않았다.
  어떤 학파나 종교도 땅 위에 영존하지는 않았다. 기독교를 제외하고는.

607 유대인의 종교를 조잡한 사람들을 보고 판단하는 사람은 오해하기 십상이리라. 그것은 성서와 예언자들의 전통에 있어서 명확하며, 양자(兩者)는 예언자들이 율법(律法)을 자의적(字義的)으로 풀이하지 않았음을 명백하게 가르쳐주었다. 이와 마찬가지로 우리의 종교는 복음(福音)과 사도(使徒)와 전승(傳承)에서는 신성하지만 그 취급을 잘못하는 자들에게는 우스꽝스러운 것이다.
  육적(肉的)인 유대인에 의하면, 메시아는 이 세상의 위대한 군주여야만 했다. 육적인 기독교도에 의하면 예수 그리스도는 우리로 하여금 신을 사랑하지 않아도 되게 하며, 우리와 무관하게 모든 것을 행하는 비적을 주러 오셨다. 이들은 모두 기독교도 아니요, 유대교도 아니다. 참 유대인과 참 기독교도가 항상 바라던 것은 그들로 하여금 신을 사랑하게 하는 메시아, 그 사랑에 의해 적을 이기게 하는 메시아였다.

608 육적인 유대인은 기독교도와 이교도 사이에서 중간적인

위치를 차지하고 있다. 이교도는 신을 모르고 이 세상만을 사랑한다. 유대인은 참 신을 알면서도 이 세상만을 사랑한다. 기독교도는 참 신을 알고 이 세상만을 사랑하지 않는다. 유대인과 이교도는 동일한 행복을 사랑한다. 유대인과 기독교는 동일한 신을 인정한다.

유대인에게는 두 종류가 있었다. 하나는 이교적인 감정밖에 지니지 않았지만 다른 하나는 기독교적 감정을 지니고 있었다.

609 종교마다 있는 두 종류의 사람들. 이교도 사이에는 동물 숭배자가 있는가 하면 자연 종교 가운데 있는 유일신의 숭배자들도 또한 있다. 유대인 가운데는 육적인 사람들과 옛날 율법에서 보면 기독교도였던 영적(靈的)인 사람들이 있다. 기독교도 가운데는 새 율법의 유대인인 조잡한 사람들이 있다. 육적인 유대인은 육적인 메시아를 고대하고 있었다. 조잡한 기독교도는 메시아가 자기들로 하여금 신을 사랑하지 않아도 괜찮게 해준 줄 알고 있다. 참 유대인과 참 기독교도는 자기들로 하여금 신을 사랑하게 하는 메시아를 섬기는 것이다.

참 유대인과 참 기독교도는 동일한 하나의 종교밖에 가지지 않음을 나타내기 위해

610 유대인의 종교는 근본적으로 아브라함의 부성(父性), 할례(割禮), 제물, 의식, 계약의 상자, 성전, 예루살렘, 그리고 요컨대 모세의 율법과 계약으로 이루어진다고 간주되어왔다.

나는 다음과 같이 말한다.

즉 유대인의 종교는 결코 이러한 것 가운데 어느 것으로 이루어

지지 않고, 다만 신의 사랑으로만 이루어지며, 신은 사랑 이외의 것을 모두 버리셨다고.

신은 아브라함의 자손을 받아들이지 않으셨다.

이방인들처럼 만약 유대인도 신을 거역하면 신에게 벌을 받을 것이다. 〈신명기〉 8장 19절, "너희가 만약 여호와를 잊어버리고 이방의 신들을 섬긴다면, 신이 너희 앞에서 멸망시킨 여러 나라 백성처럼 너희도 멸망케 하리라는 것을 나는 너희에게 경고하노라."

이방인도 만약 신을 사랑하면 유대인처럼 신에게 용납될 것이다. 〈이사야〉 56장 3절, "이방인은 '주가 나를 받아들이지 않으실 것이다'라고 말해서는 안 된다. 여호와께 연합한 이방인은 여호와께 봉사하며 신을 사랑하게 될 것이다. 나는 그들을 나의 성산(聖山)에 인도하고 그들에게 제물을 받으리라. 왜냐하면 내가 거하는 집은 기도의 집이기 때문이니라."

참 유대인은 자기들의 공덕이 오로지 신에게서 오지 아브라함에게서 오지 않음을 생각하고 있었다. 〈이사야〉 63장 16절, "주는 진실로 우리 아버지로소이다. 아브라함은 우리를 모르고, 이스라엘도 우리를 인정하지 않았지만, 당신은 우리의 아버지시라 우리의 구세주로소이다." 모세까지도 그들에게 말하기를, 신은 사람을 외모로 취하지 않으신다고 했다. 〈신명기〉 10장 17절, "여호와는 사람을 외모로 보지 아니하시고, 뇌물을 받지 아니하시리라"고 그는 말했다. 안식일은 하나의 표적에 지나지 않았다. 〈출애굽기〉 31장 13절. 그리고 또 애굽에서 나온 기념에 지나지 않았다. 〈신명기〉 5장 12절. 그러므로 그것은 이제 필요치 않다. 애굽은 잊어버리지 않으면 안 되니까.

할례는 표적에 지나지 않았다. 〈창세기〉 17장 11절. 그런 까닭으로 황야에 있을 때는 그들이 할례를 받지 않았다. 왜냐하면 그들이 다른 민족과 혼교할 수 없었기 때문이다. 할례는 예수 그리스도의 강림 후엔 더는 필요가 없게 되었다.

마음의 할례가 명령되어 있다. 〈신명기〉 10장 16절, 〈예레미야〉 4장 4절, "너희는 마음에 할례를 행하고 다시는 목을 곧게 하지 말라. 너희의 하느님 여호와는 신의 신이며 주의 주시요, 크고 능하시며 두려우신 하느님이시라. 사람을 외모로 보지 아니하시며."

신은 어느 날 그것을 행하시리라고 말씀했다. 〈신명기〉 30장 6절, "하느님께서 네 마음과 네 자손의 마음에 할례를 베푸사, 너로 하여금 마음을 다하며 성품을 다해 네 하느님을 사랑하게 하리라."

마음의 할례를 받지 않은 자들은 심판을 받으리라. 〈예레미야〉 9장 25절, "신은 할례받은 민족과 모든 이스라엘 민족을 심판하실 것이다. 이스라엘 민족은 '마음의 할례'를 받지 않은 자들이기 때문이다."

외면적인 것은 내면적인 것이 없으면 쓸데없다. 〈요엘〉 2장 13절, "Scindite corda vestra (너희는 옷을 찢지 말고 마음을 찢어라)" 등. 〈이사야〉 58장 3, 4절 등. 신을 사랑하라 함은 〈신명기〉의 전편을 통해 권고되어 있다. 〈신명기〉 30장 19절, "나는 하늘과 땅을 불러 증인으로 삼노라. 나는 죽음과 생명을 네 앞에 두었은즉 너희는 생명을 택하고 하느님을 사랑하고 그 말씀에 순종하라. 하느님은 너희의 생명이기 때문이다."

이 사랑이 결여되어 있는 유대인은 그 죄 때문에 빠지고 그들 대신에 이방인이 뽑히리라. 〈호세아〉 1장 9절, 〈신명기〉 32장 20절,

"나는 그들의 맨 마지막 죄를 보고 그들 속에 내 모습을 감추리라. 왜냐하면 그들은 악랄하고도 믿음이 없는 민족이기 때문이니라. 그들은 신이 아닌 것들을 가지고, 내 마음에 분노를 자아내었은즉, 나도 그들에게 나의 백성이 아닌 백성을 가지고 그들에게 질투를 자아내며 무지하고도 깨달음이 없는 민족을 가지고 그들에게 질투를 자아내리라."〈이사야〉 65장 1절.

이 세상의 행복은 거짓이요 참된 행복은 신과 연결되는 데 있다. 〈시편〉 144편 15절.

그들의 제사는 신을 언짢게 한다. 〈아모스〉 5장 12절.

유대인의 제물은 신을 언짢게 한다. 〈이사야〉 66장 13절, 〈이사야〉 1장 11절, 〈예레미야〉 6장 20절, 다윗 〈시편〉 51편 ― 선인조차도 〈이사야〉 5장 7절, 〈시편〉 58편 8, 9, 10, 11, 12, 13, 14절.

신은 그것(제물)을 그들의 냉혹함 때문에 마련하셨다. 〈미가〉 6장은 훌륭하도다. 〈열왕기상〉 15장 22절, 〈호세아〉 6장 5절.

이교도의 제물은 신이 받아들이시겠지만 유대인의 제물은 신의 마음을 언짢게 하리라. 〈말라기〉 1장 11절.

신은 메시아로 인해 새로운 약속을 맺으시고 묵은 계약을 버리실 것이다. 〈예레미야〉 31장 31절. "Mandata non bona(좋지 않은 명령)." 〈에스겔〉.[9]

옛날 일들은 잊힐 것이다. 〈이사야〉 43장 18, 19절, 65장 17, 18절.

성전(聖殿)은 버림받을 것이다. 〈예레미야〉 7장 12, 13, 14절.

제물들은 거절당할 것이요, 다른 깨끗한 제물들이 정해질 것이다. 〈말라기〉 1장 11절.

아론의 제사장직(祭司長職)은 박탈당하고 멜기세덱의 제사장직이 메시아에 의해 채택될 것이다. 〈시편〉 110편.

이 제사장직은 영원히 계속될 것이다. 〈시편〉 110편.

예루살렘은 버림받을 것이요, 로마는 인정될 것이다. 〈시편〉 110편.

유대인의 이름은 버림받을 것이요 새로운 이름이 부여될 것이다. 〈이사야〉 65장 15절.

이 후자의 이름은 유대인의 이름보다 훌륭하고 영원하리라. 〈이사야〉 56장 5절.

유대인은 예언자도 없고(〈아모스〉[10]) 왕도 없고, 우두머리도 없고, 제물도 없으며 우상도 없게 되고 말 것이다.

유대인은 그럼에도 민족으로서 언제까지나 존속하리라. 〈예레미야〉 31장 36절.

나라

611   기독교의 나라도, 유대인의 나라도 지배자로서는 신밖에 가지지 않았다. 유대인이었던 필론[11]이 《왕국론》에서 지적하고 있는 바와 같이.

그들이 전쟁을 했다면 그것은 신을 위해서였다. '그들은' 근본적으로 신에게 희망을 두고 있었다. 그들은 자기들의 숱한 도시를 신에게 속해 있다고 생각했으며, 그 도시들을 신을 위해 지켰던 것이다. 〈역대상〉 19장 13절.

612   〈창세기〉 17장.[12] "Statuam pactum meum inter me et te fodere sempiterno…… ut si m Deus tuus…… Et tu ergo

311

custodies pactum meum(내가 내 언약을 나와 너와 대대 후손의 사이에 세워서 영원한 언약을 삼고 너와 네 후손의 하느님이 되리라)."

"너는 내 언약을 지켜야 하느니라."¹³

영존성

613 이 종교, 즉 인간이 영광의 상태 및 신과의 교제에서 비애와 회한과 신에게 격리된 상태로 떨어졌으나, 그러한 생활이 있은 다음에 오고야 말 메시아에 의해 또다시 제자리로 돌아가리라는 신앙으로 성립되는 이 종교는 항상 땅 위에 존재해 있었다. 모든 것은 지나갔지만 모든 사물의 존재 목적인 이 종교는 존속해왔다.

이 세상의 초기에 사람들은 모든 종류의 혼란에 함입했지만 그럼에도 한결같이 에녹, 레멕 및 그 밖의 사람들처럼, 세상이 시작할 때부터 약속된 그리스도를 참을성 있게 기다린 성도들이 있었다. 노아는 인간의 악이 극도에 달한 것을 보고 자기 자신이 그 표징이었던 메시아를 기대함으로써 제가 세계를 구하는 자가 되었다. 아브라함이 우상 숭배자들에게 둘러싸여 있었을 때, 자기가 멀리서 그 출현을 축복했던 메시아¹⁴의 비의를 신에게 가르침을 받았다. 이삭과 야곱 시대에는 가증스러운 일이 온 세상에 퍼져 있었지만 이 성도들은 믿음 속에서 살았다. 그리고 야곱은 죽음에 임해 그 자녀들을 축복하며 말문조차 막힐 정도로 감격해 외치기를 "아아, 나의 하느님이시여, 나는 당신이 약속하신 구세주를 기다리고 있습니다. Salutare tuum exspectabo, Domine(주여! 나는 당신의 구원을 기대하나이다)"¹⁵라 했다. 애굽 사람은 우상 숭배와 마술에 젖어 있었다. 신의 백성조차도 그들의 본보기에 유혹되어 있었다. 그러나 모세와 그 밖의 사람들은 보이지 않는 신을 믿으며, 신이 그들을 위해 마련하신 영원한 선물을 바라며, 신을 경배했다.

다음, 그리스 사람과 로마 사람들은 거짓 신들이 판을 치게 했다. 시인들은 몇백 가지 다른 신학을 창안해내었으며, 철학자들은 몇천의 상이한 학파로 분열했다. 그럼에도 유대의 중심에는 택함을 받은 사람들이 항상 존재했으며, 이들만이 알던 메시아의 강림을 예언하고 있었다.

마침내 때가 이르러 그는 왔다. 그때부터 숱한 분리(分離)와 이단(異端)과 수많은 나라의 멸망과 모든 사물의 갖은 변화들이 생기는 것을 보았다. 그러나 항상 섬김을 받던, 신을 섬기던 교회는 끊임없이 존속했다. 그리고 항상 존속해오던 이 교회가 언제나 공격을 받고 있었다는 것은 놀랍고도 견줄 데 없으며, 아주 거룩한 사실이다. 그것은 몇천 번이나 깡그리 멸망당할 뻔한 때가 있었다. 그러나 그러한 상태에 처할 때마다 신은 그 힘의 이상한 발동으로써 그것을 부흥시키셨다. 그와 더불어 놀라운 일은 그것(교회)이 폭군의 의지에도 굴복하지 않고 스스로 버티어왔다는 사실이다. 왜냐하면 국가가 그 법률을 필요에 따라 임의로 바꿈으로써 존속할 수 있다는 것은 이상하지 않으니 말이다……(몽테뉴 속에 지시된 곳을 보라)[16].

614   필요에 따라서 그 법률을 이따금씩 굽히지 않는다면 모든 국가들은 멸망할 것이다. 그러나 종교는 그러한 것을 용납하지 않았을뿐더러 행하지도 않았다. 따라서 그러한 타협이나 기적이 있어야 한다. 굽힘으로써 스스로를 보존한 것은 그다지 이상스럽지도 않지만 그것이 참으로 스스로를 지탱하는 것이라고는 할 수 없다.

그래 봤자 결국에는 아주 멸망하고 말 테니 말이다. 1천 년 동안 계속된 나라는 하나도 없다. 그럼에도 이 종교가 언제나 스스로를 지탱해 나가고 변절하지 않았다는 것은 그것이 신성함을 나타내는 것이다.

615 이는 말해봤자 췌언(贅言)일 뿐. 그러나 기독교가 놀라운 사실들을 지니고 있는 것만은 고백하지 않을 수 없다. "그렇게 말함은 당신이 그 속에서 태어났기 때문이오"라고 말하는 사람이 있을 것이다. 천만의 말씀. 바로 그러한 이유 때문에, 그 선입견에 빠지지나 않을까 해서 나는 심히 경계한다. 그러나 비록 내가 기독교 속에서 태어났어도 그것이 놀라운 일이라는 것만은 고백하지 않을 수 없다.

영존성
616 메시아는 항상 믿어졌다. 아담의 전설은 노아와 모세에게 있어서 한결 더 새로웠다. 그 뒤부터 예언자들은 메시아를 예언했고 그와 함께 다른 것도 예언했다. 그 사건들은 종종 사람들의 목전에서 일어났고, 예언자들의 사명이 진실하다는 것과 결론적으로 메시아에 대한 그들의 약속이 참되다는 것을 표상했다. 예수 그리스도는 기적을 행하셨고 또 사도들도 그것을 행해 모든 이교도들을 개종시켰다. 이와 같이 모든 예언은 성취되고 메시아는 영원토록 증명되었다.

영존성

617 다음과 같은 것을 깊이 생각해보라. 천지창조 이래 메시아에 대한 기다림과 예배가 끊임없이 계속되어왔다는 것, 그 백성을 구하실 구세주가 탄생하리라는 것을 신이 자기들에게 계시해주었다고 말한 사람들이 존재했다는 것, 그리고 다음에는 아브라함이 나타나서 자기가 낳을 한 아들에게서 메시아가 탄생하리라는 계시를 받았다고 말했던 것, 야곱이 그의 열두 아들 중 유다에게 메시아가 탄생하리라고 언명한 것, 다음에는 모세와 예언자들이 나타나서 메시아 강림의 시기와 방법을 언명한 것, 그들이 가지고 있는 율법은 메시아의 율법을 준비하는 데 지나지 않으며, 그때까지 그들의 율법은 계속해서 존재하겠지만 메시아의 율법은 영원히 존속하며, 이리하여 그들이 율법 혹은 그 율법이 약속한 메시아의 율법은 언제까지나 땅 위에 존재할 것이라고 말한 것, 마침내는 예수 그리스도가 이미 이야기된 모든 사정 밑에서 강림하셨다는 것, 이 여러 사실을 생각해보라. 이것은 놀랄 만한 일들이다.

618 이것은 확실한 일이다. 모든 철학자들이 별의별 학파로 갈라져 있는 동안에 세계의 한 모퉁이에는 이 세계에서 가장 오래된 민족에 속하는 사람들이 있어서, 전 세계는 오류에 빠져 있다는 것과 신이 자기들에게 진리를 계시하셨다는 것과 이 진리는 언제까지나 지상에 존재하리라는 것을 선언했다. 사실 다른 학파들은 단절되고 말았지만 이 진리는 끊임없이 존속해 그 후 4천 년이나 되었다.

그들은 다음과 같이 선언한다. 인간은 타락해 신과의 교제를 잃게 되었고 신에게서 완전히 떨어지게 되었지만, 신이 그들의 구원을 약속해주셨다는 사실을 그들은 자기의 조상들에게 물려받아 간직하고 있다. 이 교리는 영원토록 땅 위에 존속할 것이다. 그들의 율법은 이중의 뜻을 지니고 있다. 1천 6백 년 동안에 그들은 자기들이 예언자라고 믿었던 사람들을 가지고 있었으며, 그 예언자들은 시기와 방법을 예언했다. 4백 년 후에 그들은 사방으로 흩어졌다. 그것은 예수 그리스도가 어디에나 예언되기 위해서였다. 그때부터 유대인은 산산이 흩어졌고 저주 속에서도 한결같이 존속하고 있다.

619   나는 기독교가 그에 선행하는 종교(유대교) 위에 바탕을 두고 있음을 인정한다. 이에 대해서 확신하는 바는 다음과 같다.

나는 여기에서 모세, 예수 그리스도 및 사도(使徒)들의 기적에 관해서는 말하지 않겠다. 왜냐하면 그것들은 우선 설득적인 것처럼 보이지 않을뿐더러, 게다가 여기서 내가 밝히고자 하는 바는 기독교의 모든 바탕, 즉 명명백백한 그 누구도 의심할 여지가 없는 것들뿐이기 때문이다. 우리가 세계의 여러 곳에서 다른 모든 여러 민족들과는 전혀 다른 특수한 일민족(一民族), 즉 자기들 자신을 유대 민족이라고 부르는 사람들을 보고 있다는 것은 확실하다.

그러므로 나는 세계의 여러 곳과 모든 시대에 숱한 종교가 있음을 인정한다. 그러나 그 종교들은 내 마음에 드는 도덕도, 나를 사로잡는 증거도 가지고 있지 않다. 그래서 나는 마호메트의 종교도 중국의 그것도, 고대 로마인의 종교도 애굽인의 그것도, 이 하나의 이유, 즉 그 중 하나가 다른 것보다 진리의 표징을 많이 가지고 있지 않다는 점과 이것이어야만 된다는 필연적인 것을 하나도 가지고 있지 않다는 점에서, 이성이 그들 중 어느 것으로 특별히 기울어질 수 없다는 이유 때문에 꼭 같이 모두 거절할 것이다.

그러나 이와 같이 시대가 변함에 따라서 관습이나 신앙의 가변적이며 기괴한 다양성을 생각할 때, 나는 세계의 한 귀퉁이에 땅 위의 다른 모든 민족과는 유리되어 있으며, 그 중에서도 가장 오래되어 그 역사는 우리가 알고 있는 것 중에서 가장 오래된 것보다 몇 세기나 더 오래된, 특수한 일민족을 발견하게 된다. 그리고 나는 이 위대한 다수의 민족이 단 한 사람에게서 태어나고, 유일한 신만을 섬기며, 신의 손에서 물려받았다고 자칭하는 하나의 율법에 의해 다스림을 받는 것을 발견한다. 그들은 신에게 그 비의(祕義)를 계시받은 세계 유일의 민족이라는 것과, 모든 인간은 타락해 신의 은총을 상실하고 있다는 것과, 인간은 모두 자기의 감성과 자기의 생래적인 이지 속에 방임되어 있다는 것과, 거기에서 종교나 관습에 대한 인간들 사이에 기괴한 오류나 끊임없는 변화 따위가 생긴다는 것과, 그럼에도 그들은 그 행위에 있어서 부동의 태도를 취하고 있다는 것과, 그러나 신은 다른 제 민족(諸民族)을 영원토록 이 암흑 속에 버려두시지는 않으리라는 것과, 모든 사람을 위해 구세주가 강림하시리라는 것과, 그들은 이 사실을 사람들에게 알려주기 위해 이 세상에 존재한다는 것과, 그들은 이 우람한 사건의 선구자요 전령자(傳令者)가 되기 위해, 그리고 모든 민족을 불러모아 그들과 함께 이 구세주를 대망하도록 하기 위해 특별히 만들어졌다는 것, 이러한 것들을 그들은 주장한다.

이 민족과의 만남은 나를 놀라게 하고 내 주목을 끌 만한 값어치가 있다고 생각된다. 그들이 신에게 물려받았다고 자랑하는 그 법률을 보고 그것이 아주 훌륭한 것임을 나는 인정한다. 그것은 모든 율법 가운데서 최초의 것일뿐더러 그리스 사람들 사이에 법률이라는 말이 통용되기 약 1천 년이나 앞서 그들에게 받아들여졌고 끊임없이 준수되어왔다. 또 내가 기이하게 생각하는 것은 이 세계 최고의 법률이 가장 완전한 것이었다는 점이다. 그러한 까닭에 세계 최대의 입법자들이 유대인의 율법을 차용한 사실은 아테네의 12계율[17]에도 나타나 있다. 이것은 그 훗날 로마인에 의해 채용된 것으로, 요세프스[18] 및 그 밖의 사람들이 이 문제를 충분히 논하지 않았다 하더라도 그것을 증명함은 극히 용이한 일이다.

유대 민족의 장점

620 이 연구에 있어서 유대 민족은 그들 속에 나타나 있는 그 숱한 경이의 사실로써 먼저 나의 주의를 끈다.

맨 먼저 나의 관심을 끄는 것은 한 민족이 전부 형제로서 구성되어 있다는 점이다. 다른 제 민족이 무수한 씨족(氏族)의 집합으로 이루어져 있는 데 대해 이 민족은 수는 많지만 모두가 한 사람에게서 생겨났다. 따라서 모두가 같은 혈육이요 서로 지체(肢體)가 되기 때문에 '그들은' 하나의 유력한 가족 국가를 형성하고 있다. 이것이 독특한 점이다.

이 가족 혹은 민족은 사람들이 아는 한 가장 오래된 민족이다. 이 사실은 내게 이 민족에 대해 특별한 경의를 품도록 만든다. 우리가 현재 하고 있는 연구에 있어서는 더욱 그러하다. 그 까닭인즉 만약 신이 모든 시대에 걸쳐서 사람들과 통하셨다면 우리가 그 전통을 알기 위해 찾아가야 할 것이 바로 이 민족들이기 때문이다.

이 민족은 단지 그 역사가 오래되었다는 점에서 중요할 뿐만 아니라, 그 영존에 있어서도 또한 특이하다. 그것은 그 발생부터 오늘에 이르기까지 존속해왔다. 왜냐하면 그 후 오랜 시일이 지난 다음에 나타난 그리스, 이탈리아, 스파르타, 아테네, 로마 및 그 밖의 제민족은 이미 오래전에 멸망한 데 반해 이 민족은 언제나 존속해왔으니 하는 말이다. 그리고 유대인의 역사가들이 입증하고 있는 바와 같이, 또는 오랜 세월 동안에 사물의 자연적인 추이에 의해 쉽사리 판단될 수 있는 바와 같이, 수많은 유력한 왕들이 몇백 번이나 그들을 멸망시키려고 갖은 계획을 다 세웠음에도 그들은 한결같이 보존되어(뿐더러 그 보존이 예언되어) 있었다. 그리하여 그네들의 역사는 최고의 시대에서 최근의 시대에 이르기까지 걸쳐 있기 때문에 그 기간 속에 우리의 모든 역사적 기간은 포함되어 있으며, '우리의 그것보다도 훨씬 앞서 있다.'

이 민족을 다스리는 율법은 세계의 법률 중에서도 가장 오래된 완전한 것인 동시에, 한 나라에 있어서 끊임없이 지켜져온 유일한 법률이다. 이것은 요세프스가 《아피온을 박함》이라는 논문 속에서,[19] 그리고 유대인 퓌론이 여러 장구(章句)에서,[20] 훌륭히 지적하고 있는 바다. 이것들 속에서 그들은, 유대인의 율법이 퍽 오래되었다는 것은 법률이라는 명칭조차 그것보다 1천 년 이상이나 지난 다음에 최고의 민족들에 의해 겨우 알려질 정도였다고 지적하고 있다. 따라서 많은 나라의 설화들을 쓴 호메로스도 이 법률이라는 명칭을 사용하지 못했다. 또 이 율법의 완전성을 아는 데는 한 번 읽어보는 것만으로서도 충분하다. 이 율법에서는 모든 것이 비상한 지혜와 다대한 공정과 극도의 분별을 가지고 마련되어 있기 때문에, 그것을 웬만큼 알고 있던 그리스나 로마의 최고 입법자들은 그들의 주요한 법률을 유대인의 율법에서 차용했을 정도였다. 이 사실은 12계율(戒律)이라 불리는 법률이나, 요세프스가 열거하고 있는 다른 증거에 의해서도 명백하다.

그러나 이 율법은 그들의 종교적 제의(祭儀)에 관계되는 한에서는 모든 법률 가운데서도 가장 준엄하고 가장 가혹하기조차 해, 이 민족을 그 의무에 복종시키기 위해 몇천의 독특하고도 까다로운 시행 세목을 죽음이라는 극형에 호소해 부과했다. 그러한 까닭에 그것이 이러한 반역적이며 성급한 민족에 의해 여러 세기 동안 끊임없이 보존되어왔다는 것은 아주 놀라운 사실이다. 그동안에 다른 모든 나라들은 그들 각자의 법률을, 훨씬 너그러운 것이었음에도 때때로 변경시키지 않으면 안 되었다. 모든 법률 가운데 최초의 법률을 지니고 있는 이 책은 그 자체가 세계에서 가장 오래된 책으로서, 호메로스의 책이나 헤시오도스의 책 및 그 밖의 여러 책은 이 책보다 7백 년이나 뒤에 나온 것이다.

621   천지창조와 대홍수는 지났으며, 신은 이미 세계를 파괴할 필요도, 그것을 다시 창조할 필요도, 자기 자신의 그렇듯 큰 표징을 부여할 필요도 없기 때문에, 특별히 만들어진 한 민족을 땅 위에 마련하기 시작하시고, 메시아가 그의 성령으로 만드실 한 민족이 생길 때까지 그들을 존속시키려 하셨던 것이다.

622   세계 창조가 이미 과거 속으로 멀어지기 시작했기 때문에 신은 동시대 역사가를 한 사람 마련해두시고, 한 민족에게 이 책의 수호를 맡기셨다. 그리하여 그 역사가 세계에서 가장 올바르고 전

인류가 알아야만 하는 하나의 사실을 이 역사에서 배울 수 있도록 했으며, 그것이 아니고는 배울 수 없도록 했다.

623 "야벳에서 계보는 시작된다." 요세프스는 두 팔을 교차시키며 동생을 좋아한다.[21]

624 왜 모세는 사람들의 수명을 그토록 길게 해 그 세대를 그다지도 적게 만들었을까?

그것은 연대의 길이가 아니라 세대의 많음이 사실을 애매모호하게 하기 때문이다. 왜냐하면 진실은 사람이 바뀔 때에만 왜곡되기 때문이다. 그렇지만 그는 일찍이 사람이 상상했던 것 중에서 가장 기억해야만 하는 두 가지 사실, 즉 천지창조와 대홍수를 아주 가까이, 거의 잇닿을 정도로 가까이 두고 있다.

625 셈은 라멕을 보고, 라멕은 아담을 보았는데, 그 셈이 역시 야곱을 보고,[22] 야곱이 모세를 본 사람들을 보았다. 그러니까 대홍수와 천지창조는 사실이다. 이 사실은 그것을 정해(正解)하는 사람들 사이에서는 결정적이다.

다른 원(圓)

626 족장(族長)들의 수명의 길이는 지나간 사실들의 설화를 없애기는커녕 오히려 그것들을 보존하는 데 도움이 되었다. 왜냐하면 사람이 자기 조상들의 이야기를 잘 모르는 경우가 허다한데 그것은 또 조상들과 함께 오랫동안 생활하지 않았기 때문이며, 사람이 이

성에 눈을 뜨는 연령이 될 때까지에는 그 조상들이 흔히 살아 있지 않았기 때문이다. 그런데 사람의 수명이 몹시 길던 시대에는 자식들도 그들의 어버이들과 오랫동안 함께 살았다. 그들은 오랫동안 서로 이야기를 주고받았다. 그럴 때, 그들은 조상의 이야기 외에 무엇을 이야기했겠는가? 왜냐하면 모든 이야기는 조상의 이야기로 되돌아왔고, 그들은 오늘날 우리의 일상적 회화의 거의 대부분을 차지하고 있는 연구나 학문이나 기예(技藝) 따위를 전혀 가지고 있지 않았으니 말이다. 그러므로 이 시대에는 사람들이 자기의 계보를 보존하기 위해 특별한 조심을 하고 있었다는 것을 알 수 있다.

627 내가 생각건대 여호수아는 신의 백성 중에서 이 이름[23]을 가진 최초의 사람이요, 예수 그리스도는 신의 백성 중에서 최후의 사람인 것 같다.

유대 민족의 오래됨

628 어떤 책과 다른 책 사이에는 얼마나 큰 차이가 있는가! 나는 그리스인이 《일리아드》를 쓰고 이집트인이나 중국인이 그들의 역사를 쓴 것을 별로 이상스럽게 생각하지 않는다.

다만 어찌해 그것이 발생했는가를 볼 필요가 있다. 이 전설적인 사가(史家)들은 자기들이 기록하는 사실과 동시대 사람들은 아니다. 호메로스는 한 편의 설화(說話)를 썼는데 그것은 설화로서 제출되었으며, 또 설화로서 용납되었다. 왜냐하면 트로이아도 아가멤논도 황금의 사과와 마찬가지로 실재하지 않음은 아무도 의심하지 않았으니 말이다. 따라서 그 역사를 만들려고 생각하지 않고 다만 오락물을 만들려고 마음먹었다. 호메로스는 그 시대의 사물을 쓴 유일한 사람이요, 그 작품의 아름다움에 의해 쓰여진 사물을 후세에 남겨놓았다. 모든 사람이 그것을 알며 또 이야기한다. 그것은 반드시 알아야 하며, 또 사실상 누구를 막론하고 그것을 암기하고 있다. 4백 년 후에는 쓰여진 사물들의 증인들은 이미 살아 있지 않는 것이다. 아무도 자기 자신의 지식으로써 그것이 조작된 이야기인지 혹은 역사인지를 알 수 없다. 다만 조상들에게 배웠다는 사실만으로 그것은 진실로 통용된다.

동시대 기록이 아닌 모든 역사, 이를테면 《시빌라의 책》, 《트리스메기스토스의 책》[24] 및 그 밖에도 항간에서 믿어져온 많은 서적들은 위서(僞書)이며, 세월이 흘러감에 따라 위서인 것이 판명되어간다. 동시대 저서들의 경우에는 그렇지 않다.

한 개인이 써서 민족에게 발표하는 책과 한 민족 그 자체가 만드는 책 사이에는 커다란 차이가 있다. 그러한 책이 민족과 함께 오래되었다는 것은 의심할 여지가 없다.

629 요세프스는 자기 민족의 부끄러움을 감춘다.

모세는 자기 자신의 부끄러움을 감추지 않을 뿐만 아니라……

"Quis mihi det ut omnes prophetent(누가 온 백성에게 예언하는 능력을 줄 것이요)."[25]

그는 민중에게 지쳤던 것이다.

유대인의 성실성

630 그들에게 이미 예언자가 없게 된 이후의 마카베오가의 사

람들.²⁶ 예수 그리스도 이후의 마소라.²⁷ "이 책은 너희에게 증거가 되리라."²⁸

결함이 있는 문자와 어미(語尾)의 문자.²⁹ 그들은 그들의 명예에 어긋나게 성실하며 명예를 위해서는 죽음조차 사양치 않는다. 이러한 것은 세상에 유례가 없을뿐더러 자연계(自然界)에서도 찾아볼 수 없다.

유대인의 성실성

631 그들이 사랑과 충실로써 전하는 이 책 속에서, 모세는 그들이 살아 있던 동안에는 줄곧 신에 대해 망은적(忘恩的)이었으며, 자기가 죽은 후에 더욱 그러하리란 것을 알고 있지만 자기는 하늘과 땅을 불러 그들에 대한 증인으로 삼으리라는 것과, 자기는 그들에게 가르칠 만큼 '가르쳤다'는 것을 언명하고 있다.

모세는 또 마침내 신이 그들에 대해 분노하실 것이며, 그들을 땅위의 모든 민족들 사이에 흩어버리실 것이며, 그들이 자기들의 신이 아닌 다른 신들을 섬겨 신을 노하게 한 것처럼 신도 자기 백성이 아닌 다른 백성을 부름으로써 그들을 성나게 하리라는 것과, 신은 자기의 모든 말씀이 영원히 보존될 것을 원하며, 그 책이 그들에 대해 언제까지나 증거로서 쓰이도록 계약의 상자 속에 간직되기를 원하신다고 언명한다.³⁰

이사야도 30장 8절에 같은 말을 하고 있다.

에스라³¹에 관해

632 여러 책이 성전과 더불어 소실되었다는 이야기. 〈마카베

오서〉에 의하면 허위.[32]

"예레미야는 그들에게 율법을 주었다."

그가 전부를 암기했다는 이야기. 요세프스[33]와 에스라[34]는 "그가 책을 읽었다"고 지적하고 있다. 바로니우스 〈연대지(年代誌)〉 180, "여러 책이 소실되어 에스라에 의해 재편되었다는 것은 〈에스라 제4서〉 외에는 고대 히브리 사람 중에서 아무도 말하고 있지 않다."

그가 문자를 바꾸었다는 이야기.

퓌론의 《모세전(傳)》에는 "옛날 율법이 기록되던 당시의 언어와 문자는 70인 번역 때까지 그대로 있었다." 요세프스는 말한다.[35] 율법은 70인에 의해 번역될 때까지 히브리어였다고.

안티오쿠스와 베스파시아누스 치하에서는 여러 서적을 금지하려 했고, 예언자도 그 당시에는 없었지만 그것을 이룰 수는 없었다. 바빌로니아인의 치하에서는 아무런 박해도 없었고, 예언자도 많았는데 그것을 소각하도록 버려두었을까? 요세프스는 그것을 견뎌내지 못했던 유대인[36]을 조롱하고 있다.

테르툴리아누스,[37] "바빌로니아의 침략 때문에 예루살렘이 멸망되었을 때, 유대인의 모든 서적을 에스라가 회복한 것처럼, 심한 홍수 때문에 파손된 모든 서적을 노아는 성령에 의해 재흥(再興)시킬 수 있었다."

그는 말하기를 에스라가 포로 때 없어진 성서를 재편한 것처럼 노아도 홍수 때문에 없어진 에녹의 책을 기억에 의해 재편할 수 있었을 것이라 했다.

"느부갓네살 치하에서는 백성들은 포로가 되었고 율법의 책은 소각되었으나…… (신은) 레위족 제사장 에스라에게 성령을 주셔서

325

이미 있었던 예언자들의 말을 상세히 재록케 하고, 모세가 부여한 율법을 백성들 앞에서 다시 세우게 하셨다." 그는 이것을 인용해 다음 사실을 증명하려 한다. 즉 70인이 세상 사람들이 놀랄 정도로 하나같이 일치해 성서를 해명했다는 것은 믿기에 어렵지 않다고. 에우세피오스 《교회사》 5권 8장. 그는 이것을 성 이레나이오스에서 취했던 것이다.[38]

성 힐라리우스는 〈시편〉 서문 중에서 에스라는 〈시편〉을 정확하게 배열했다고 말한다. 이 전설의 기원은 〈에스라 제4서〉 14장에서 나왔다. 즉 "모든 사람이 처음부터 끝까지 같은 말로 그것을 인용하고 있기 때문에, 신은 찬미되고 참된 성서는 믿어졌던 것을 알 수 있다. 그러므로 사람들은 성서가 신의 성령(聖靈)에 의해 해석되고 신이 그 일을 행하셨음은 별로 이상한 노릇이 아니라는 것을 아는 것이다. 느부갓네살 치하에서 백성들이 잡혀갔을 때, 제서(諸書)는 분실되었지만, 70년 후에 유대인은 고국으로 돌아왔으며, 다음에 페르시아 왕 아르탁사스 때에는, 신이 레위족 제사장 에스라에게 성령을 주셔서 일찍이 있던 예언자들의 말을 상세히 상기시키고 모세에 의해 부여된 율법을 백성들 앞에서 재흥시켰다." (이상 라틴어와 그리스어 원문 생략함)

에스라의 이야기[39]를 반박하는 〈마카베오 제2서〉 2장

633 요세프스 〈고대사〉 2장 1절. 퀴루스는 이사야의 예언을 이유로 내세우며, 민족을 석방했다. 유대인은 퀴루스 치하의 바빌론에서 그 재산을 평화롭게 유지했던 것이다. 그러므로 그들이 율법을 가지고 있었을 가능성은 충분히 있다. 〈열왕기하〉 17장 27절.

요세프스는 에스라에 관한 모든 역사 가운데서 이 재편에 대해서는 한마디도 말하지 않고 있다.

634 만일 에스라의 이야기가 믿을 만하다면 성서가 신성한 책이라는 것을 더욱 믿지 않으면 안 된다. 왜냐하면 그 이야기는 70인역(譯)의 권위를 주장하는 사람들의 권위 위에만 근거를 두고 있으며, 그 70인역은 성서가 신성한 것임을 입증하고 있기 때문이다. 따라서 그 이야기가 진실하다면 우리는 그로 인해 이익을 얻을 것이요, 진실하지 않다 해도 또한 이익을 얻을 것이다. 그러니까 모세 위에 세워진 우리 종교의 진리를 파괴하려는 자들은 자기들이 공격하는 데 사용하는 바로 그 권위에 의해 우리 종교의 진리를 세우게 된다. 그러므로 이와 같은 섭리에 의해 우리의 종교는 항상 존재한다.

라비 교의의 연대기(페이지를 인용한 것은 '푸기오'의 책에 의한 것이다)

635 '27페이지', R. 하카도슈(200년) 《미슈나》 혹은 《구전》 혹은 《제2율법》의 저자.

《미슈나》의 주해(340년). 《시프라》

《바라이예토트》

《탈무드 히예로솔》

《토시프토트》

《베레쉬트 라바》, R. 오사이아 라바가 쓴 《미슈나》의 주해.

《베레쉬트 라바》, 《바르 나코니》는 정묘하고도 쾌적한 논술로서 역사적인 동시에 신학적이다.

바로 이 저자는 《라보트》라는 책을 썼다.

《탈무드 히예로솔》의 1백 년 후(440년)에 R. 아세가 《바빌론의 탈무드》를 편집했다. 그것은 모든 유대인의 전반적인 찬동을 받은 것으로 유대인은 그 속에 들어 있는 것을 모두 지켜야 할 의무가 있다.

R. 아세의 부록은 《게마라》라 한다. 그것은 《미슈나》의 주해다. 또 《탈무드》는 《미슈나》와 《게마라》를 함께 포함하고 있다.

636   '만약'은 무관심을 의미하지 않는다. 〈말라기〉[40]와 〈이사야〉. 이사야, "Si volumus(만약 기꺼이 순종하면)"[41] "In quacumpque die(그날에는)."[42]

예언

637   왕권은 바빌론으로 사로잡혀갔다 해서 중단되지 않았다. 귀환이 약속되고 예언되어 있었기 때문이다.

예수 그리스도의 증거

638   70년 만에 석방되리라는 확신을 지닌 채 사로잡힌 것은 정말로 사로잡힌 것이 아니다. 하지만 지금이야말로 그들은 아무 희망도 없는 사로잡힌 신세가 되었도다. 신은 그들에게 약속하시기를, 비록 자기가 그들을 세상 끝에서 끝까지 분산시켜놓더라도, 만일 그들이 자기의 율법에 충실하면 그들을 다시 불러 모으리라고 말씀하셨다. 그들은 율법에는 몹시 충실하지만 여전히 박해를 받고 있다.

639   느부갓네살이 유대 민족을 데리고 가버렸을 때, 왕권을 유

다에게서 박탈당했다고 사람들이 생각할까 봐 그들의 포로 시일이 짧으리라는 것과, 또다시 재흥하리라는 것을 신은 그들에게 미리 예언하셨다. 그들은 언제나 예언자들에게 위로를 받았으며, 그들의 왕실 또한 계속되었다. 그러나 제2의 파멸은 회복의 약속도 없고, 예언자도 없고, 왕도 없고, 위로도 없으며, 희망도 없는 것이다. 그 까닭은 왕권을 영원히 박탈당했기 때문이다.

640 다음과 같은 사실을 보는 것은 놀라운 일이요, 각별히 주의를 할 만한 일이다. 즉 이 유대 민족은 벌써 오랜 세월 동안 존속해오고 그것도 언제나 비참한 상태로 존속해온다는 것, 예수 그리스도의 증거로서 필요하기 때문에 그를 증거하기 위해 존속한다는 것, 그리고 그를 십자가에 매달았기 때문에 비참하다는 것, 또 비참하다는 것과 존속한다는 것은 상반되지만 그들은 비참하면서도 언제나 존속해왔다는 것 따위가 바로 그것이다.

641 그들이 메시아의 증인으로서 쓰이기 위해 일부러 만들어진 민족이라는 것은 명백한 사실이다(《이사야》 43장 9절,[43] 44장 8절). 그들은 모든 문서를 간직해왔고 그것들을 사랑했지만 이해하지는 못했다. 그래서 신의 심판이 그들에게 맡겨졌지만, 그것은 봉인된 책과 같이[44]라고 모두 예언되어 있다.

주
1 유대인을 뜻한다.

2 파스칼은 1658년에 예수회의 마르티니 신부가 라틴어로 출판한 《중국사》를 읽을 수 있었다. 이 저자에 의하면 중국의 맨 처음 왕조는 노아의 홍수 이후 인류가 세계에 분산되기 6백 년이나 전에 존재해 있었다. 이것은 성서의 기사와 모순된다. 이 문제에 대한 파스칼의 소견을 이 장에서 피력하고 있다.
3 몽테뉴《수상록》3권 6장.
4 자기의 말을 지지하는 외적 증거에 의하지 않았다는 뜻.
5 〈요한복음〉5장 31절 참조.
6 샤롱《세 가지 진리》2권 11장.
7 〈신명기〉31장 11절 참조.
8 본 장은 브랑슈비크 판의 제16판에 실려 있다. 제8판에서는 본 장이 제거되어 있는데, 그 이유인즉 본 장은 파스칼 자신의 사상이 아니라 포르 루아얄에 의해 분리된 단장 737의 한 부분이기 때문이다. 단장 737 참조.
9 20장 25절 참조.
10 8장 11절 참조.
11 제1세기경의 철학자로서 알렉산드리아 학파의 선구자. 유대 나라의 전설과 그리스의 철학을 조화시키려고 노력했으며, 모세에게서 플라토니즘의 기원을 찾았다.
12 7절 참조.
13 〈창세기〉17장 9절.
14 〈요한복음〉8장 56절 참조.
15 〈창세기〉49장 18절.
16 몽테뉴《수상록》1권 22장 참조.
17 아테네에는 '12계율'이라는 것이 존재하지 않았다. 파스칼은 이것을 그로티우스에게서 잘못 인용한 것 같다.

18 요세프스《아피온을 박함》2권 16장. 이(37~95년)는 유대의 사가로 예루살렘이 로마군에 포위되었을 때 포로가 되었다가 그 후 플라비우스가의 황제에게 봉사했다.

19 요세프스《아피온을 박함》2권 39장.

20 퓌론《모세전》2권.

21 〈창세기〉48장 12~19절, 단장 711 참조.

22 이 부분은 〈창세기〉의 기사와 일치되지 않는다 해 포르 루아얄 판에서는 "적어도 아브라함을 보고 아브라함은 야곱을 보고"라고 정정되어 있다.

23 여호수아와 예수는 히브리어에서 같은 뜻을 지니고 있으며, 둘 다 구주(救主)를 의미한다.

24 시빌라sibylle는 무녀(巫女)라는 뜻인데《시빌라의 책》은 그 신탁집(神託集)을 말한다. 고대 그리스와 로마의 신화를 모은 책이다.《트리스메기스토스의 책》은 전자와 마찬가지로 역시 신탁집이다.

25 〈민수기〉11장 29절.

26 마카베오가는 B.C. 2세기경 예루살렘을 다스린 일가로서, 당시의 시리아 왕의 폭정에 반항해 일어나서 유대인의 종교적 자유를 위해 과감하게 투쟁했다.

27 히브리어로 전승이란 뜻인데 특히《구약성서》를 올바르게 읽게 하기 위해 율법학자들이 모은 구절, 단어, 철자, 음절, 구독점, 억양 따위에 대한《주해집(註解集)》을 말한다.

28 〈이사야〉30장 8절.

29 단장 687, 688 참조.

30 〈신명기〉31장 32절 참조.

31 에스라는 B.C. 587년에 죽었는데 4권을 남겨놓았다. 그 중 2권만이 종규(宗

規)에 일치한다고 인정되고 있다.

32 〈마카베오 제1서〉 2장 2절 참조.

33 《요세프스》 11권 5장 참조.

34 〈에스라 제2서〉 8장 8절.

35 《요세프스》 12권 2장.

36 슈발리에 서판(書板)에는 유대인Juits이 그리스인Grecs으로 되어 있다.

37 테르툴리아누스 《데 구르트 페미나룸》 1장 3절.

38 〈이레나이오스〉 3장 31절.

39 앞 장 참조. 파스칼도 톨렌트 회의의 결의를 따라서 〈에스라 제4서〉를 제거하려는 교회의 태도를 지지했다.

40 2장 2절.

41 1장 19절.

42 〈창세기〉 2장 17절.

43 오히려 10절의 "너희는 나의 증인이다"가 더욱 적절할 것이다.

44 〈이사야〉 29장 11절.

제10편 표징

구약과 신약은 동시에 증명하는 것

642 이 둘을 한꺼번에 증명하기 위해서는 일방의 예언이 다른 일방에서 성취되어 있는지를 찾아보면 된다. 예언을 음미하는 데는 그 둘을 이해하지 않으면 안 된다. 만약 사람들이 이들 예언에 대해서 하나의 의미밖에 인정하지 않는다면, 메시아가 강림하지 않을 것은 확실하고, 이들 예언에 이중의 뜻이 있다면 메시아가 예수 그리스도로 강림할 것이라는 것이 확실하다. 따라서 모든 문제는 예언이 두 가지 의미를 지니는지 아닌지에 있다.

예수 그리스도와 사도들이 내린 두 가지 뜻을 성서가 지니고 있다고 하는 데 대한 증거가 있다.

① 성서 자체에 의한 증거.

② 라비(유대교 법학자)들에 의한 증거. 모세와 마이모니데스는 말하기를, 성서에 두 가지 면이 있고, 예언자들은 예수 그리스도에 관해서만 예언했다고 했다.

③ 카발라[1]에 의한 증거

④ 라비들 자신이 성서에 내린 신비한 해석에 의한 증거.

⑤ 라비들의 근본 원리에 의한 증거. 이는 두 가지 뜻이 있는데, 예언자들이 메시아에 관해서만 예언한바, 그들의 태도에 따라 메시

아의 비천한, 아니면 영광된 두 가지 강림 — 법률은 영원한 것이 아니고, 메시아로 인해 고쳐져야 한다 — 그래서 사람들은 이 이상 유대인들과 이교도들이 혼교(混交)될 것이라는 것 외에 홍해(紅海)를 상기치 않게 될 것이다.

⑥ 예수 그리스도와 사도들이 우리에게 줄, 거기 내려질 해석의 관건에 의한 증거.

643 〈이사야〉 51장. 홍해, 속죄의 영상(映像). "Ut sciatis quod filius bominis babet potestatem remittendi peccata, tibi dico : Surge(인자(人子)가 땅에서 죄를 사하는 권세가 있는 줄을 너희로 하여금 알게 하려 하노라 하시고 말씀하시되, 내가 너에게 이르노니, 일어나라)."²

신은 눈에 안 보이는 청정하고 신성한 백성을 만들 수 있음을 드러내 보이려고, 또 그 백성들을 영원한 영광으로 가득 채울 뜻으로, 눈에 보이는 것들을 만드셨다. 자연이 은총의 표상인 것처럼, 신은 자연의 재보(財寶) 안에서, 은총의 재보 안에서 해야 할 것을 했다. 이것은 신이 안 보이는 것도 만들 수 있다는 것을 사람들이 판정하도록, 신이 보이는 것을 잘 만들었기 때문이다.

그래서 신은 대홍수에서 이 백성을 구하셨다. 신은 이 백성들을 아브라함에게서 나게 했고, 이 백성들을 그들의 적대자들 사이에서 구출해내고 이들에게 안식을 베풀었다.

신의 목적은 대홍수에서 구출하는 데 있는 것이 아니라, 아브라함의 온 백성을 탄생시키는 데 있다. 이는 비옥한 땅에 끌어들이기 위함이다.

그런데 은총도 영광의 표징에 불과하다. 왜냐하면 그것은 궁극의 목적은 아니기 때문이다. 그것은 율법에 의해 상징으로 드러나 있으며, 그 자체가 영광을 표징한다. 곧 은총은 영광의 표징이며, 원동력, 아니 그의 원인이기도 하다. 사람의 일상생활이란 성자들의 생활과 비슷하다. 그들은 모두 그들의 만족함을 추구하는 것이며, 다만 그들이 만족함을 어디에 두는가 하는 것이 다를 뿐이다. 그들은 그들을 방해하는 사람들을 그들의 적이라고 일컫는다. 신은 그가 보이는 것들에 대해서 권능을 가졌다는 것을 나타냄으로써만, 안 보이는 재보를 부여하는 데 행사하는 권능을 나타냈다.

표징

644 모든 다른 국민들에게 분리시키고, 또 그들의 적에게 해방시키고, 안식의 땅에 정착케 하는 성스러운 한 백성을 만들고자 신은 그렇게 할 것을 약속했고, 예언자들에 의해서 메시아 강림의 시기와 방법을 예언했다. 그러는 한편 그의 선민(選民)으로 하여금 그런 희망을 확고히 하기 위해서 그들을 구원하는 신의 의지와 권능을 확신케 하도록 신은 어느 시대에 있어서나 그들에게 그 희망의 표징이 보이게끔 하셨다. 왜냐하면 인간이 창조되었을 적에 아담은 그의 증인이었고, 여자에게서 탄생되리라는 구세주의 약속의 수탁자(受託者)이기 때문이다. 그때는 사람들이 아직도 천지창조에서 그리 오래 않았기 때문에 그들의 창조와 타락을 잊을 수 없었던 무렵이었다. 아담을 본 사람들이 이미 세상에 존재해 있지 않는 시기에 신은 노아를 보내어 그를 구출했으며, 온 땅을 물로 잠기게 했다. 이는 기적에 의해서였다. 이 기적은 신이 이 세상을 구하는 데

지닌 능력을 충분히 드러냈고, 그가 약속한 메시아를 여인의 자손으로 탄생시키고 구제를 행할 의지를 충분히 드러냈다. 이 기적은 '인간의' 희망을 견고히 하는 데 충분했다.

　이 홍수의 기억이 사람들 사이에 너무 생생했기 때문에, 노아가 아직도 살아 있을 때에 신은 아브라함에게 약속을 하셨고, 셈이 아직도 살아 있을 적에 신은 모세를 보내시고…….

표징

645　신은 그의 백성들에게 소멸해가는 행복을 빼앗으려는 데 있어서, 이는 무력함에 의해서가 아님을 보이기 위해 유대 민족을 만들었다.

646　유대인의 교회는 멸망치 않았다. 이는 유대인 교회가 표징이었기 때문이다. 그러나 단지 표징일 뿐이며, 그는 예속의 상태로 떨어졌다. 표징은 진리가 나타날 때까지 존속했다. 교회는 항시 진리를 약속하는 회화적인 형상으로, 혹은 현실로서 볼 수 있도록 된 것이다.

647　율법은 표징적이었다는 것.

648　두 개의 오류.
① 모든 것을 정의적으로 해석을 내렸다는 것.
② 모든 것을 추상적으로 해석을 내렸다는 것.

649   너무도 중대한 표징에 반대해서 말한다는 것.

650   표징에는 명백하고 증명되는 것도 있지만, 약간 논리나 당연성이 결여된 것 같은 다른 표징이 있다. 이러한 표징은 이미 설득되어진 사람들에게 증거가 되고 있다. 후자의 표징은 계시문서설(啓示文書說)과 흡사하지만 차이점이 있다. 이는 그것이 확실성을 조금도 지니지 않았다는 차이점이다. 그것을 우리의 어떤 표징과 마찬가지로 잘 기초되어 있다고 할 때처럼 부당한 것은 없을 정도다. 왜냐하면 그들의 표징은 우리의 표징의 어떤 것처럼 논증적인 것을 지니지 못하고 있다. 그래서 승부는 대등치 않다. 양자는 동렬에 놓고 혼동해서는 안 된다. 양자는 한 단편(斷片)에선 비슷한 것 같고 다른 단편에 의해선 대단히 상이하기 때문이다. 사람들이 모호성을 존중히 여기고, 그것들은 신성시(神聖視)한다는 경우라는 것은 거기에 상당한 명료함이 있기 때문이다.³
    (이는 어떤 막연한 말을 사용하는 사람들과 같다. 그것을 이해하지 못하는 사람들은 거기서 속뜻이 아닌 겉뜻만을 이해할 것이다.)

계시주의자(啓示主義者), 아담 이전 인류 존재론자, 천년지복론자(千年至福論者)들⁴의 부조리

651   성서에다 부조리한 설로 기초를 마련코자 하는 사람은, 거기에 이를테면 "이 세대가 지나가기 전에 이 일이 다 이루리라"⁵를 말하는 것 같은 부조리한 설로 기초를 마련하려 할 것이다. 거기에 대해서 나는, 이 세대가 끊어지면 또 다른 세대가 올 것이며, 끊임없이 계승해서 몇 세대가 올 것임을 말해두고자 한다. 〈역대하〉에

는 솔로몬과 왕이 각각 다른 두 인물인 것처럼 기록되어 있다. 나는 그들을 두 인물이라고 말하고자 한다.

특수한 표징
652 두 개의 율법, 두 개의 십계명, 두 개의 성전, 두 포로.

표징
653 예언자들은 허리띠, 수염, 그을린 머리카락 등의 표징을 가지고 예언했다.

오찬과 만찬의 상위
654 신에 있어서 말씀은 의도와 어긋나지는 않는다. 왜냐하면 신은 진실하기 때문이다. 말씀과 결과도 어긋나지 않는다. 신은 전능한 존재니까. 수단과 결과가 어긋나지 않는다. 그는 현명한 존재이기 때문이다. 벨날—ult. sermo in Missus.⁶

아우구스티누스《신국론(神國論)》5권 10장. 이 기준은 보편적이다. 신은 모든 일을 행하실 수 있다. 죽는다는 것, 기만당하는 것, 이런 따위의 일을 행할 수 있다면 그는 전능한 존재가 되지 못하기 때문에, 이런 것만을 제외한다면 모든 일을 행할 수 있다.

이 진리의 확증을 위한 많은 복음의 저자. 유익한 그들의 불일치.

최후의 만찬 후의 성찬. 표징 후의 진리. 예루살렘의 멸망, 곧 세계 멸망의 표징이요, 예수 그리스도 사후 40년이라. "나는 모른다." 인간으로서 사자로서. 〈마가복음〉 3장 32절.

유대인과 이방인에 의해 정죄된 예수, 두 사람의 아들에 의해 표징된 유대인과 이방인. 아우구스티누스 《신국론》 20권 29절.

여섯 개의 시대

655 여섯 명의 부조(父祖), 여섯 개의 시대, 시초의 여섯의 기적, 여섯 시대의 시초에 여섯 서광.

656 아담 "forma futuri(오실 자의 표상)."[7] — 일방을 형성키 위해 6일, 타방을 형성키 위해 여섯 시대. 모세가 아담의 형성을 위해 그린 6일은 예수 그리스도와 교회를 형성하기 위한 여섯 시대의 형상에 불과하다. 만약 아담이 죄를 짓지 않고 예수 그리스도가 강림하지 않았더라면 계약은 단 하나밖에 없고, 인간의 시대도 단 하나, 천지창조는 단 한 시간에 성취된 것으로 그려졌을 것이다.

표징

657 유대와 애굽의 양 민족은 모세가 만난 두 명의 개인에 의해서 뚜렷이 예언되었다. 애굽인이 유대인을 때렸을 때 모세가 유대인을 위해 복수해 그 애굽인을 죽였는데, 그 유대인은 그 은혜를 알지 못했다는 그것이다.[8]

658 병든 넋의 상태를 위한 복음서의 표징은 병든 몸뚱이다. 그러나 하나의 육체는 병든 몸임을 나타내기에 충분할 만큼 병들어 있을 수 없다. 그래서 많은 몸뚱이가 필요했다. 따라서 귀머거리, 벙어리, 소경, 중풍 환자, 죽은 나사로, 악마에 사로잡힌 자들이 있다. 이런 것들은 다같이 넋이 병들어 있는 것이다.

표징

659 《구약성서》가 단지 표징에 지나지 않으며, 예언자들이 현세의 행복을 내세의 행복으로 해석했다는 것을 나타내고 있는 것은 다음과 같다.

우선 신에게 관여할 자격이 없으리라는 것.

다음에 그들의 논설은 아주 명백히 현세의 행복으로써 그 약속을 설명하고, 그럼에도 그들의 논설은 모호하다고 말하고 있으며, 그들의 의미는 결코 이해하지 못하리라고 말하고 있다. 이로 인해서 숨은 뜻은 그들이 드러나게 설명하고 있는 것이 아니고, 결과적으로 그들은 다른 희생물에 대한 한 다른 구주 등을 말하려고 한 것 같다. 그들은 시대의 종말에 가서 이것을 이해할 것이라 말한다(《예레미야》 30장 결구).

제3의 증거는 그들의 교설(敎說)이 상치(相馳)를 이루며 서로 상쇄(相殺)하는데, 사람들은 그들이 모세의 것에 지나지 않는 것을 공물이라는, 또 율법이라는 단어로 이해한다고 생각하면, 뚜렷하고 심한 모순이 생긴다는 식이다. 그러므로 그들은 하나의 같은 문제 안에서도 가끔 서로 모순되고 있으면서 다른 것을 지시하고 있는 것이다.

그렇기 때문에 어떤 저자가 의미하는 바를 이해하려고 한다면…….[9]

660 사욕(邪慾)은 우리에게 자연적인 것이며, 우리의 제2 천성이 되었다. 그래서 우리 마음속에는 하나는 좋고 하나는 나쁜 두 가지 천성이 있다. 신은 어디에 존재하는 것일까?

너희가 있지 않은 곳에. 그러나 신의 나라는 너희 안에 있다. 라비들.[10]

661 모든 비적(秘蹟) 속에 단 하나 참회[11]만이 유대인에게 명백히 선포되어, 선구자 성 요한에 의해 이루어졌다.
그로부터 다른 기적이 거기에 잇따른다. 전 세계에 있어서도, 각 사람에게 있어서도 이 순서를 지킬 것을 표시하기 위해서.

662 육적인 유대인은 그들의 예언 속에 예고된 메시아의 위대함도, 겸허도 이해하지 못했다. 그들은 예고된 메시아의 위대함을 오해했다. 이를테면 메시아는 다윗의 아들이라 하지만 그의 주인이라든가. 그는 아브라함[12]보다 먼저 있는 사람으로 아브라함이 그를 보았다든가[13]라고 그리스도가 말한 경우가 그것이다. 그들은 메시아의 위대함을 그의 영원성에 있다고는 믿지 않았다. 또 메시아의 겸허와 죽음도 똑같이 오해했다. 메시아는 영원히 살 것이라고 그들이 말했는데 메시아는 그가 죽을 것이라고 말했다.[14] 그들은 그가 죽지도, 또한 영원히 살지도 않는다고 생각했다. 곧 그들은 메시아 안에서 육적인 위대함을 추구하고 있었다.

   표징
663 탐욕만큼 사랑과 비슷한 것은 아무것도 없다. 또 어떤 것도 거기에 반대적인 것은 없다. 그래서 탐욕을 만족시키는 많은 재보(財寶)에 싸인 유대인들은 기독교인과 아주 비슷하지만, 또 대단히 대조적이기도 했다. 이런 가능성으로 인해 메시아를 표징하기

위해선 메시아에 대단히 비슷해 있음과 또 의심스러운 증인이 아님을 나타내기 위해 반대적인 점을 지녀야 할 두 가지 특성을 가지고 있었다.

표징

664 신은 유대인을 예수 그리스도에게 봉사하게 하기 위해 유대인의 사욕을 이용했다. 그리스도는 그 사욕에 약을 가지고 있었다.

665 사랑이란 표징적인 가르침이 아니다. 진리를 세우기 위해 표징을 제거하러 온 예수 그리스도는 전에 있던 현실적인 것을 제거하기 위해서 사랑의 표징을 세우러왔으리라고 말하는 것은 두려운 일이다.

"빛이 어두우면 그 어두움이 얼마나 하겠느뇨."[15]

666 매혹—"Somnum Suum(깊은 잠)."[16]

"Figura hujus mundi(이 세상의 상태)."[17]

"Comedos Panem tuum(너희가 먹는 식물)."[18]

"Panem nostrum(우리의 양식)."[19]

"inimici Dei terram lingent(신의 원수는 땅을 핥으리라)."[20]

죄인이 땅을 핥는다는 것은 지상의 쾌락을 좋아한다는 것이다.

《구약성서》는 내세에 있어서 환희의 표징을 지니고 있는데,《신약성서》는 거기에 이르는 방법을 갖고 있다.

표징은 환희였다. 방법은 참회였다. 그러나 유월절의 희생인 어린 양은 "cum amaritudinibus(상치)"를 넣어[21] 먹었다. "그사이에 우리는 온전히 빠져나오다."²² 예수 그리스도는 그가 죽기 전에 거의 단 한 사람의 순교자였다.

표징

667　검, 창이라는 용어, Potentissime.²³

668　사람이 사랑에서 멀리 떨어져 있을 때는 헤맨다. 우리의 기도와 우리의 덕성(德性)이 예수 그리스도의 기도와 덕성이 아니라면, 신 앞에선 증오의 존재다. 또 우리의 죄는 결코 연민의 대상은 아닐 것이며, 그 죄가 예수 그리스도의 죄가 아니라면 신의 정의의 대상이 될 것이다.

그는 우리의 죄를 짊어지고, 우리로 하여금 그와의 결합을 허용했다. 왜냐하면 덕성은 그에게 고유의 것이고, 죄는 외래(外來)의 것이다. 그런데 우리에게서는 덕성이 외래의 것이고, 우리 죄는 고유의 것이다.

선한 것을 판단하기 위해, 우리가 오늘날까지 가졌던 기준을 고치자. 우리는 우리의 의지를 기준으로 지녀왔다. 지금은 신의 의지를 지니고 있는 것이다. 곧 신이 원하는 모든 것은 우리에게 착하고 올바른 것이며, 신이 원치 않는 것은 모두 악한 것이다. 신이 원하시지 않는 것은 모두 금지당했다. 죄는 신이 하신 일반적인 선언에 의해 금지당한다. 신은 그것을 바라지도 않는다. 신의 일반적 금지 없이 방치해둔 것으로 해 허용된 것이라 불리는 것은 반드시 허용되는 것이 아니다. 왜냐하면 신이 우리에게서 어떤 일을 멀리할 때, 신의 의도의 표시인 강림으로 인해, 우리가 어떤 죄를 지니는 것을 신이 원하지 않을 때, 그것은 죄로서 우리에게 금지되어 있다. 신의 의지는 우리가 그 어느 것도 해서는 안 된다는 데 있다. 이 두 가지 사이에는 단 하나의 상위(相違)가 있다. 그것은 신이 죄를 원치 않는 것이 확실한 반면에, 신이 다른 것도 원치 않으리라는 것은 불확실하다. 신이 그것을 원치 않는 이상, 우리는 그것을 죄로 간주해야 한다. 단 하나의 완전한 선(善)이요 정의인 신의 의지가 결여되어 있는 이상 그것은 악하고 불의한 것이 된다.

669 우리의 약함 때문에 표징을 바꾼다는 것.

표징

670 유대인들은 다음과 같은 세속적인 생각으로 늙어버렸다. 곧 신은 그들의 부조 아브라함과 그 육체 및 거기서 나온 자손을 사랑했다. 그러므로 그들을 뽑아 나가게 하고, 다른 민족들과 구별하고, 그들이 잡혼(雜婚)하는 것을 허용치 않았다. 그들이 애굽에서 신음하던 때는 그들을 위해 많은 위대한 기적으로 그들로 하여금 그곳에서 빠져나오게 했다. 황야에서는 만나(신이 황야에 있는 이스라엘 백성에게 보낸 기적적인 양식)로 그들을 키우고, 아주 비옥한 땅에 그들을 데려갔다. 신은 그들에게 왕과 성전에 짐승의 희생물을 바치도록 잘 지은 성전 하나를 주었다. 그 짐승들이 피를 내게 함으로써 그들은 깨끗해져 있었을 것이다. 그래서 나중에는 그들을 전 세계의 지배자가 되게 하기 위해, 메시아를 보내고자 그의 강림의 시기를 예언했다.

세계가 이처럼 내적인 미망 속에서 해를 거듭하고 있을 때, 예수 그리스도는 예언된 시기에 강림했지만, 그는 사람들이 예기한 바와 같은 광휘를 지니고 있지 않았다. 그 때문에 그들은 그를 메시아라고 생각지 않았다. 그가 죽은 후, 성 바울은 다음과 같이 가르치기 위해 왔다. 곧 모든 이러한 일은 표징으로써 일어났다고, 신의 나라란 육(肉) 속에서가 아니라 영(靈) 속에 있다고, 인간의 적은 바빌론 사람이 아니라 정욕 그것이며, 신은 손으로 만들어진 성전을 기뻐하지 않고, 깨끗하고 겸허하게 만들어진 성전을 기뻐했다고. 육체의 할례는 무익한 것이며, 마음의 할례만이 필요한 것이라고. 모세는 하늘의 빵을 그들에게 결코 주지 않았다고.

그러나 신은 이런 일에 상응치 않는 이 민족에게 그런 일을 명백히 드러내려고 하지는 않았지만, 그것을 믿게 하기 위해 예언하고자, 그 시기를 명백히 예언하심과 더불어 그것을 때로는 명백한, 아니 풍부한 표징에 의해 나타내고, 표징하는 것을 좋아하는 사람이 거기에 마음을 머물게 하도록 하고, 표징된 것을 사랑하는 사람이 그것을 거기서 발견해내게끔 했다.[24]

사랑에까지 이르지 않은 모든 것은 표징이다. 성서의 유일한 목적은 사랑이다.

이 유일한 목적에까지 이르지 못하는 모든 것은 표징인 것이다. 왜냐하면 목적은 하나밖에 있지 않으니까. 거기에까지 이르지 않는 것은 정확한 말로 표현하면 표징되어 있는 것이다.

그와 같이 신은 이 사랑의 유일한 계율에 다양성을 주어, 우리를 필요한 유일자에 항상 인도해주는 이 다양성에 의해 다양성을 추구하는 우리의 호기심을 만족시키려 하시는 것이다. 왜냐하면 필요한 것은 하나지만, 우리는 다양성을 좋아하기 때문이다. 그래서 신은 유일의 필요한 것에 이끄는 이 다양성에 의해서 양방의 요구를 만족시키고 있다. 유대 사람들은 표징하는 것을 대단히 좋아해, 그것을 너무도 바랐기 때문에 사실에 예언된 시기와 방법에 의해 나타났을 때 그것을 오해했다.

라비들은 신부(新婦)의 유방을 표징으로 여겼고, 그들이 지니는 유일한 목적, 곧 지상의 재보를 나타내지 않는 모든 것을 표징으로 여겼다. 그러나 기독교도들은 성찬까지도 그들이 목적하는 바 영광의 표징으로 여겼다.

671 제국과 제왕을 제어하게끔 소명된 유대인은 죄의 노예였다. 그런데 봉사와 복종을 사명으로 한 기독교인은 자유의 아들인 것이다.[25]

형식주의를 위해서

672 성 베드로와 사도들은[26] 할례의 폐기, 즉 신의 율법에 반하는 행동[27]에 대해서 숙의했을 때, 예언자들과 상의하지 않고 단지 무(無) 할례의 사람이 성령을 받은 것에만 주목했다.

그들은 율법을 지켜야 한다는 것보다도 신이 그의 영(靈)으로 충만된 사람을 기꺼이 여긴다는 것이 확실하다고 판단했다. 율법의 목적은 성령일 뿐이라는 것, 그래서 사람은 할례 없이 성령을 받은 이상 할례가 필요치 않음을 그들은 알고 있었다.

673 "Fac secundum exemplar quod tibi ostensum est in monte(너는 삼가 이 산에서 네게 보인 양식대로 할지니라)."[28]

그렇다면 유대인의 종교는 메시아의 진리와 유사함 위에 이루어 졌고, 메시아의 진리는 그것의 표징이었던 유대인의 종교에 의해 인정되어왔다. 유대인에게 진리는 단지 표징되어져 있을 뿐이며, 천상(天上)에서는 그것이 명시되어 있었다.

교회에서는 그 진리를 숨겨놓고 있는데, 표징과의 관련에서만 알게 된다.

표징은 진리에 바탕이 되어 이루어진 것이며, 진리는 표징이 바탕이 되어 인정된 것이다.[29]

성 바울은 사람들이 결혼을 금하리라고 스스로 말하고[30] 있으면서, 고린도인에게는 이에 걸릴 덫이라도 있는 것처럼 결혼을 말하고 있다.[31] 만일 어떤 예언자가 결혼을 금하리라 말했고 그후 성 바울이 결혼할 것을 말했다면 그는 비난받았을 터이니까.

674 "삼가 모든 것을 산에서 네게 보이던 본을 좇아 지으라."[32] 거기 대해 성 바울은 유대인들이 천상의 것을 본받았다고 말했다.

675 그렇지만 어떤 사람들을 맹목으로 하고, 다른 어떤 사람들을 명백히 하기 위해 만들어진 《성서》는 맹목으로 되어 있는 사람들까지도 다른 사람들이 알아두어야 할 진리를 표시했다. 그들이 신에게 받은, 눈에 보이는 행복이 너무도 크고 고상한 것이어서, 눈에 안 보이는 것과 메시아를 주시는 것도 가능하게 보였기 때문이다.

왜냐하면 자연이란 은총의 영상이며, 보이는 기적은 안 보이는 것의 영상이기 때문이다. "인자가 땅에서 죄를 사하는 권세가 있는 줄을 너희로 알게 하려 하노라…… 네게 이르노니 일어나……."[33]

이사야는 속죄란 홍해(紅海)를 걸어서 건너가는 것 같은 것이라고 말했다.[34]

신은 애굽의 홍해에서의 탈출에서 제왕의 패배에서, 만나에서, 아브라함의 모든 계보에서, 신이 구제할 수도, 하늘의 빵을 내려오게끔 할 수도 있다는 것을 표시했다. 이런 까닭에 적국(敵國) 사람은 그들이 모르는 그 메시아의 상이며 표징인 것이다. 그래서 신은 결국 이러한 모든 것이 표징에 불과하며, 참으로 '자유스러운',[35] '참다운 이스라엘',[36] '참다운 할례',[37] '하늘로부터의 참다운 빵'[38] 등등이 무엇이라는 것을 가르쳐주었다.

이런 약속 속에 각자는 자기 마음 깊숙한 곳에 갖고 있는 것, 즉 세속적인 행복인가, 정신적인 행복인가 또는 신인가 피조물인가 발견해낸다. 그러나 거기에는 다음과 같은 상이가 있다. 즉 거기에 피조물을 구하는 사람은 구하는 것을 발견은 하지만, 많은 모순과 그것을 사랑해서는 안 된다는 금제(禁制)와 신만을 경배하고, 신만을 사랑하라는(이것들은 모두 같은 것에 지나지 않지만) 명령도 함께 발견된다. 요컨대 메시아는 그들을 위해 온 것은 아니다. 여기에 반해서 거기서 신을 구하는 사람은 어떠한 모순도 없이 신만을 사랑하라는 명령과 함께 신을 발견한다. 메시아는 그들이 구하고 있는 행복을 주기 위해 예언된 시기에 강림한 것이다.

이처럼 유대인은 기적과 예언을 가지고 그것들이 성취되는 것을 보았다. 또한 그들의 율법의 가르침은 유일의 신만을 경배하며 사랑하라는 것이어서, 이 역시 영속적인 것이었다. 따라서 그것은 참다운 종교의 모든 특징을 갖추고 있으며, 사실 참다운 종교였으나 유대인의 가르침과 율법의 가르침과는 구별하지 않으면 안 된다.

유대인의 가르침은 기적, 예언, 영속성을 지니고는 있었지만, 진실하지는 않았다. 왜냐하면 그 가르침은 신만을 경배하고 사랑하라는 이 한 점을 갖추고 있지 못했기 때문이다.

676 유대인을 위해 이 책(성서) 위에 씌운 베일[39]은 사악한 기독교도들 때문에, 또 자기 자신을 증오하지 않는 사람들 때문에 있기도 하다.
　그러나 사람이 진실로 자기 자신을 증오할 때, 얼마나 《성서》가 잘 이해되고 예수 그리스도를 알게끔 마련되어 있는 것인가.

677 표징은 없는 것과 있는 것. 쾌(快)와 불쾌(不快)를 가져온다―부호는 이중의 의미를 갖는다. 명백함과 숨겨져 있는 의미를 일컫는 바다.

　　표징
678 초상이라는 비슷한 겉모습은 있는 것과 없는 것, 쾌와 불쾌를 가져온다. 실물은 없는 것과 불쾌함을 제거한다. 율법이나 제물이 실물인지 표징인지를 알기 위해서는 예언자들이 그런 이야기를 함에 있어서, 그들의 견해와 사상을 그것에만 한하고, 단지 저 낡은 계약만을 거기서 확인하게끔 하는가, 아니면 그들이 거기서 어떤 다른 것을 확인하고 다른 것의 사화(寫畫)를 율법과 공물로 볼 수 있어야만 한다. 초상이라는 비슷한 겉모습 속에서 표징의 주체가 보이기 때문이다. 그것을 보이기 위해서는 그들이 거기에 대해 말한 바를 음미하면 된다.

그들이 그것은 영원할 것이라고 말할 때, 그것은 그들 자신이 그것이 변하리라고 언명한 계약에 대해서 말하고 있다고 해석해야만 될 것인가? 그리고 공물이나 그 밖의 것도 마찬가지라고 할 것인가? 부호는 이중의 의미를 갖고 있다. 인간이 중요한 편지 하나를 뜻밖에 받고 거기서 명백한 의미를 알아내면서도 그 뜻이 가려지고 모호하다고 말하는 경우, 또 그 편지를 보지도 않고 본 것처럼, 이해하지도 않고 이해한 것처럼 하는 경우, 사람들은 거기서 이중의 의미를 갖는 부호가 있다는 것 외에 무엇을 생각했을 것인가? 그 위에 문자의 의미에서 뚜렷한 모순을 발견해낼 때는 더할 나위가 없지 않을까? 예언자들은 명백히 말하고 있다. 이스라엘은 한결같이 신에게 사랑을 받을 것이라고, 율법은 영원한 것이라고. 또 그들은 언명했다. 사람들은 그들 말씀의 뜻하는 바를 이해하지 못하고 그 말씀은 가리운 채 있을 것이라고.

그렇다면 부호를 우리에게 명백히 드러내서 그 숨은 의미를 알게끔 가르쳐주는 사람들을 참으로 존경해야 될 것이 아닌가? 특히 그 사람들이 그로부터 밝혀내는 원리가 참으로 자연적이고 명료한 경우라면 더 이를 바가 없지 않은가! 그것이 바로 예수 그리스도와 그 사도들이 한 바 그것이다. 그들은 봉인을 뜯고 베일을 찢고 참뜻을 보여주었다. 그들은 이렇게 함으로써, 인간은, 적은 자기의 정념이라는 것, 속주(贖主)는 영적인 것이며, 두 번의 강림이 있었는데, 한 번은 오만해가는 인간을 누르기 위한 비천한 강림이요, 또 한 번은 눌린 인간을 높이기 위한 영광의 강림이라는 것, 예수 그리스도는 신이며 동시에 사람이라는 것을 우리에게 가르쳐주었다.

표징

679 예수 그리스도는 《성서》를 이해시키고자 그들의 마음을 열어놓았다.

그 계시라 함은 다음과 같은 것이다.

① 모든 것은 그들에게 표징으로 나타났다. "Vere Israelitae(참다운 이스라엘)." "Vere liberi(참다운 자유)." 하늘의 참다운 빵.

② 십자가에 이르기까지의 겸허한 신. 그리스도는 그의 영광에 들어가기 위해서 고난을 받지 않으면 안 되었다. "당신은 당신의 죽음에 의해 죽음을 이기기 위해."[40] 두 번의 강림.

표징

680 한번 이 비밀이 나타나면 이를 보지 않을 수 없다. 이런 견지에서 《구약성서》를 읽어보도록 하라. 그 공물이 참답다. 아브라함을 조상으로 여기는 것이 신의 사랑을 받는 참다운 원인이었는가, 또 약속된 땅이 안식의 참다운 고장이었나를 살피도록 하라—그렇지는 않았다. 때문에 그것은 표징이었다. 똑같이 정해진 모든 의식, 사랑에 관한 것 외의 모든 계율을 살피도록 하라. 그것이 표징이라는 것을 알게 될 것이다.

이 모든 공물과 의식은 따라서 표징이든지 어리석은 짓이든지 둘 중 어느 것이다. 그런데 그것들을 어리석은 짓이라고 간주하기에는 너무나 고상하고 명료하다.

예언자들이 그들의 견해를 《구약성서》에 한하고 있는지 혹은 거기서 다른 일을 찾아내었는지를 알아둔다는 것.

표징적인 것

681 부호를 푸는 열쇠. "Veri adoratores(진실한 예배자)."⁴¹ "Ecce agnus Dei qui tollit peccata mundi(보라, 여기 세상의 죄를 없애는 신의 작은 양이 있다)."⁴²

682 〈이사야〉 1장 21절, "선을 악으로 바꾸는 것 및 신의 복수."

〈이사야〉 10장 1절, "불의의 계율을 정하는 자는 화를 입을진저."

〈이사야〉 26장 20절, "내 백성아, 갈지어다. 네 밀실에 들어가서 네 문을 닫고 분노가 지나기까지 잠깐 숨을지어다."

〈이사야〉 28장 1절, "교만한 면류관이여, 화 있을진저."

기적

—〈이사야〉 33장 9절, "땅이 슬퍼하고 쇠잔하며, 레바논은 부끄러워 마르고 운운." "주 가라사대 내가 이제 일어나며, 내가 이제 나를 높이며, 내가 이제 지극히 높이우리니."⁴³—〈이사야〉 40장 17절, "그 앞에는 모든 열방이 아무것도 아니라 그는 그들을 없는 것같이 빈 것같이 여기시다." 〈이사야〉 41장 26절, "누가 처음부터 이 일을 우리에게 고해 알게 했느냐, 누가 이전부터 우리에게 고해 이는 옳다고 말하게 했느냐." —〈이사야〉 43장 13절, "우리가 떠난다면 누가 이룰 수 있겠느냐." —〈예레미야〉 10장 21절, "주의 이름으로 예언하지 말라, 두려웁건대 너희들이 우리 손에 죽을까 하노라. 주께서 이렇게 말씀하시도다."

〈이사야〉 44장 20절, "나의 오른손에 거짓 것이 있지 아니하냐 하지도 못하느니라." 〈이사야〉 44장 21절, "야곱아, 이스라엘아, 이 일을 기억하라. 너희는 내 종이니라. 내가 너희를 지었으니 너희는 내 종이니라. 이스라엘아 내 너를 잊지 않으리라."

"내가 네 허물을 구름처럼 없애고, 너희의 죄를 안개처럼 흘리리니, 너는 내게로 돌아오라. 내 너를 구속했음이니라."

44장 23절, "하늘아, 노래할지어다. 주께서 연민을 베풀었도다. 여호와께서 야곱을 구속하셨으니 이스라엘로 자기를 영화롭게 하실 것임이로다. 너희를 구속한 자요, 너희를 모태(母胎)에서 조성한 나, 이렇게 말하노라. 나는 만물을 지은 주로다. 내 세상 모든 것을 창조하고 홀로 하늘을 폈으며 땅을 베풀었도다." 〈이사야〉 54장 8절, "내 넘치는 진노로 잠시 내 얼굴을 너에게서 가리웠으나 영원한 자비로 너를 긍휼히 여기리라. 이는 네 구속자 주의 말씀이니라."

〈이사야〉 63장 12절, "주 영광의 팔을 모세의 오른편과 함께하시며 그들 앞에서 물이 갈라지게 하시고 스스로 영원한 이름을 만드는 자."

14절, "주께서 이같이 주의 백성을 인도하사 이름을 영화롭게 하셨도다."

〈이사야〉 63장 16절, "주는 내 아버지시라 아브라함은 우리를 모르고, 이스라엘은 우리를 인정치 아니할지라도." 〈이사야〉 63장 17절, "우리의 마음을 강퍅하게 하사 주를 경외하지 않게 하나이까."

〈이사야〉 66장 17절, "스스로 정결케 하고 스스로 거룩히 구별하며 그 가운데 있는 자는 모두 함께 망하리라. 주의 말씀이니라." 〈예레미야〉 2장 35절, "너희는 말하기를 나는 무죄하니 그 진노가 참으로 내게서 떠났다 하거니와, 보라, 너의 말이, 나는 죄를 범하지 않았다고 말함으로써 내가 너희를 심판하게 되리라."

〈예레미야〉 4장 22절, "그들은 악을 행하기에는 지각이 있으나 선을 행하기에는 무지하도다."

〈예레미야〉 4장 23~24절, "내가 땅을 본즉 혼돈하고 공허하며, 하늘을 우러르니 거의 빛이 없도다. 내가 산들을 보니 모두 진동하며 작은 산들도 요동하는도다. 내가 보니 사람이 없으며 하늘의 새도 다 날아갔도다. 내 보니 갈멜 황무지로 되었고 그 모든 성읍이 주 앞에서 그 맹렬한 진노 앞에 무너졌도다. 이는 주의 말씀에 이 온 땅이 황폐할 것이다. 내가 진멸하지는 아니할 것이며."

〈예레미야〉 5장 4절, "때문에 내 말하는도다. 이 무리는 비천하고 어리석은 자뿐이라, 여호와의 길과 신의 법을 알지 못하는도다. 내 귀인들에게 가서 그들에게 말하는도다. 그들은 주의 길을 알며 그러나 그들 모두 멍에를 사주고 밧줄을 끊었도다. 때문에 숲에서 나온 사자가 그들을 죽이고, 표범이 그 동리를 노린다."

〈예레미야〉 5장 29절, "주 말씀하도다. 내 이렇게 일을 벌하지 않는도다. 우리 마음은 이렇게 백성에게 원수를 갚지 않는도다."

〈예레미야〉 5장 30절, "이 땅에 놀랄 일과 미워할 일이 행해지도다."

〈예레미야〉 5장 31절, "예언자는 거짓으로 예언을 하고 사제(司祭)는 그들 손으로 고치고, 우리 백성은 이러한 일을 사랑한다. 너희는 종말에 무엇을 하려 하느냐."

〈예레미야〉 6장 16절, "주 이렇게 말씀하시도다. 너희 길을 출발해보라. 옛 길에 서서 어느 길이 좋은 길인가를 물어서 그 길을 가

라. 그러면 너희 혼은 안식을 얻도다. 그러면 그들은 답하되 우리는 그 길로 가지 않는도다."

"나 또 너희에게 파수꾼을 두고 나팔 소리를 들으라고 말하리. 그러면 답하되 우리는 듣지 않는도다."[44]

"때문에 모든 백성이여 들으라. 우리 재난을 이 백성에게 주는도다 운운."[45]

외적인 예전(禮典)에의 충성. 〈예레미야〉 7장 14절, "나 실로에게 하게끔 한 것처럼 나의 이름을 가지고 일컫는 이 집에 행하도다: 곧 너희가 청하는바, 내 너희와 너희의 선조에 준 이곳에서 행해주리라. 그러니 이 백성을 위해 기도하지 말라."[46]

— 긴요한 것은 외적인 공물이 아니다.

〈예레미야〉 7장 22절, "내 너희의 조상을 애굽으로부터, 인도해 낸 날에 번제와 희생에 대해 말한 적도, 명한 적도 없다. 단지 내 이 일을 그들에게 명하고 너희가 내 소리를 들으면, 내 너희의 신이 되며 너희는 내 백성이 되는도다. 그 위에 내 너희에게 명해서 모든 길을 걸어 행복을 얻는다고 말하리로다. 그러면 그들은 듣지 않는도다."

다수의 교설. 〈예레미야〉 11장 13절, "유다여, 너의 신의 수는 너의 동리의 수와 같도다. 그 위에 예루살렘의 동리 수에 따라 수치스러운 것에 제단을 지었도다. 그러니 이 백성을 위해 빌지 말라."[47]

〈예레미야〉 15장 2절, "그들이 만일 너희들에게 우리들이 어디로 출발할 것이라고 한다면, 너희들은 그들에게, 주 이렇게 말씀하더라고, 죽음으로 정해진 자는 죽음에 이르고, 칼로 정해진 자는 칼에 이르고, 기근으로 정해진 자는 기근에 이르고, 포로로 정해진 자는 포로에 이르는 것이다."

〈예레미야〉 17장 9절, "마음은 어떠한 것보다도 거짓말을 하는 것이 가장 악하다. 누가 이를 알겠느냐?" 그것은 누가 그 모든 악의를 알 수 있을까. 왜냐하면 그 사악은 이미 알려지고 있다는 뜻이다. "주인 나는 심복을 찾고[48] 현장을 조사한다. 그들은 말하도다, 이제 우리 계략을 세워 이 예레미야를 떠보리라. 그러면 사제에게는 율법이 있고, 예언자에게는 말씀이 있어 없어지지 않느니라."[49]

〈예레미야〉 17장 17절, "너희들 나를 무서워하는 자가 되지 말라, 재난의 날에는 너희가 나의 도피장이니라."

〈예레미야〉 23장 15절, "사악은 예루살렘의 예언자로부터 나와서 그 온 땅에 미치도다."

〈예레미야〉 23장 17절, "항상 그들이 나를 멸시하는 자에게 이르기를 너희가 평안하리라 여호와의 말씀이니라 하며 또 자기 마음의 강퍅한 대로 행하는 모든 사람에게 이르기를 재앙이 너희에게 임하지 아니하리라 했느니라."

표징

683 형식은 죽인다. 모든 표징으로 나타났다. 이것이 바로 성 바울이 우리에게 준 부호다. 그리스도는 고난을 받지 않으면 안 된다. 겸허한 신, 마음의 할례, 참다운 단식, 참다운 공물, 참다운 성전, 이 모든 것은 영적인 것이어서는 안 된다고 예언자들은 지시했다.

없어지는 식량이 아니라 결코 없어지지 않는 식량.

"너희가 참으로 자유하리라."[50] 때문에 다른 자유는 이 자유의 표징에 불과하다.

"나는 하늘로부터의 참다운 빵이로다."⁵¹

모순

684 모든 상반되는 것을 일치시키지 않는 한, 훌륭한 인간상을 만들 수는 없다. 또 상반되는 것을 일치시킴 없이, 일치하고 있는 성질의 계열에 따르는 것만도 불충분한 것이다. 어떤 저자가 의미하는 바를 이해하려면, 모든 상반하는 장구(章句)를 일치시키지 않으면 안 된다.

이와 같이 성서를 이해하는 데도 모든 상반하는 장구가 거기서 일치하게끔 하나의 의미를 잡지 않으면 안 된다. 일치되는 여러 장구에 부합하는 한 의미를 지닌다는 것만으로는 불충분하며 반대되는 장구까지도 일치시키는 의미를 지녀야 한다.

모든 저자는 모든 반대되는 장구가 일치되는 한 의미를 지니고 있거나, 전혀 의미를 지니고 있지 않거나다. 성서에 있어서나 예언자에 있어서는 그렇게 말할 수는 없다. 그것들은 확실히 훌륭한 뜻을 가지고 있다. 그러므로 모든 상반되는 장구를 일치시키는 하나의 의미를 찾아내지 않으면 안 된다.

진정한 의미는 유대인들이 말하는 그 뜻이 아니다. 그러나 예수 그리스도에 있어 모든 모순은 일치되어 있다. 유대인들은 호세아에 의해 예언된 왕위(王位)나 후위(侯位)의 단절을 야곱의 예언과 일치시킬 수 없었다.

만약 사람이 율법, 왕위, 공물들을 현실적인 것으로 여긴다면 사람은 모든 장구를 일치시킬 수 없다. 그것들이 표징일 뿐이라는 것은 필연적인 것이 되지 않으면 안 된다. 사람들은 같은 저자의 같은 책에서도 때로는 같은 장구에 있어서까지도 장구를 일치시키는 것이 불가능하다. 이는 저자의 뜻하는 바가 어떤 것인가를 잘 나타내고 있다. 마치 〈에스겔〉 20장에, 사람은 신의 계명(戒命)에 의해 살아야 한다고 말하고 또 살아서는 안 된다고 말하고 있는 것과 같다.

표징

685 만일 율법과 공물이 진리라면 이런 것들은 신에게 받아들여지고, 신으로 하여금 못마땅하게 하지는 않을 것이다. 이것들이 표징이라면 받아들여지기도 하고 미움도 받을 것이다. 그런데 《성서》에는 이들이 받아들여지기도 하고 미움받기도 했다. 율법은 변하고 공물도 변하리라고. 또 그들에게는 율법도, 군주도, 공물도 없어지리라고. 새로운 계약이 이루어지리라고, 또 율법은 갱신되리라고. 그들이 받은 훈계는 좋지 않다. 공물은 미운 것이다. 또 신은 이런 것들을 요구하지도 않았다고 기록되어 있다고. 반대로 율법은 영구히 계속되리라고. 또 이 계약은 영원한 것이고, 공물도 또한 그렇고, 왕권은 그들에게서 제거당하지 않으리라. 왜냐하면 영원한 왕이 강림하도록까지 왕권은 그들에게서 제거당할 것이 아니기 때문이라고 기록되어 있다.

이런 모든 장구들은 모두 현실적인 것으로 이야기되었다고는 할 수 없다. 이런 모든 것이 표징으로서 이야기되고 있다고 할 수 있다. 그러므로 현실적인 것으로 이야기된 것이 아니라 표징으로서 이야기된 것이다.

"Agnus occisus est ab origine mundi(양은 세계의 시초부터 죽여져 있었다).”[52] 사제인 심판장.

모순

686 메시아까지 지속한 왕권. 왕도 없고 군주도 없다. 영원한 율법-변화된 율법. 영원한 계약-새로운 계약. 선한 율법-나쁜 훈계. 〈에스겔〉 20장.

표징

687 신의 진실한 말씀은 문자상으로는 잘못이 있어도 영적으로는 진실하다. "Sede a dextris meis(나의 오른쪽에 앉아라)."[53] 이런 것은 문자상으로는 잘못되어 있다. 그러므로 그것은 영적으로 진실한 것이다.

이런 표현에 있어서 신은 의인적으로 말을 하고 있다. 이는, 인간이 그들의 오른쪽에 누군가를 앉힐 때 갖는 의향을 신도 가질 것이라는 것 이외에 아무것도 뜻하는 것이 아니다. 그것은 신의 의향의 표시이고 그 실행 방법의 표시는 아니다.

아래와 같이 기록되어 있는 경우도 마찬가지다. "신은 너희의 향냄새를 받아들이시었도다. 그 보답으로서 비옥한 땅을 너희에게 주시리라." 바꾸어 말하면 어떤 사람들이 당신들의 향훈을 기꺼이 받아들이고 그 보상으로 너희에게 한 기름진 땅을 주리라는 그 어떤 사람이 갖는 의향과 같이, 신이 너희에 대해 그 같은 의향을 당신들에 대해 가지리라. 왜냐하면 당신들은 어떤 사람이 향을 드리는 상대방에 대해 갖는 것과 같은 의향을 자신에게도 갖기 때문이다. "iratus est(성을 내시다, 질투하는 신)"[54]도 이와 같다. 그럴 것이 신의 일이란 설명하기 어려우며 바꾸어 말할 방법도 없다. 그래서 교회는 아직도 그런 말을 쓰고 있다. "Quia confortra-vit seras(그것은 너희 나무를 견고히 하고)"[55] 등.

성서가 지니고 있다는 것을 우리에게 계시하지 않는 뜻을 성서에 부여하는 것이 허용되지 않는다. 예를 들면 이사야가 봉하신 멤 mem[56]이 6백을 뜻한다는데 이는 아직 계시되지 않고 있다. 최후의 쯔아데tsade[57]와 미정의 헤he deficientes[58]가 신비를 뜻함과 같다고 말할 수 있을지 모른다. 그러나 그렇게 말하는 것은 허용되지 않고, 더욱이 그것은 선석(仙石)[59]의 방식이라 말하는 것은 더욱 안 된다. 그러나 자의적인 의미는 진실한 것이 아니라고 예언자들도 그렇게 말했기 때문에 우리도 그렇게 말해도 무방하다.

688 '멤'은 신비적이라고 나는 말하지 않는다.

689 모세는 〈신명기〉 30장에 약속하기를, 신은 그들의 마음을 할례하시고 그들로 하여금 신을 사랑하게끔 하리라 하셨다.

690 다윗이나 모세의 한 구절, 가령 "신은 마음에 할례를 행했다" 등은 그들의 정신을 판단케 했다. 다른 모든 설화가 애매해서 그들이 철학자인지 기독교인지 의심된다손 치더라도 결국 이런 성질의 한 구절은 다른 일체를 결정한다. 마치 에피크토스의 일구가 다른 일체를 반대의 뜻으로 결정짓는 것처럼 거기까지는 계속 애매하지만 거기서부터는 애매함이 없어진다.

691 어리석은 이야기를 지껄이는 두 사람 중, 하나가 그 무리 사이에서 이해되는 이중의 뜻을 갖는 말을 쓰고, 한쪽은 한 가지 뜻

을 갖는 말을 썼다고 하자. 그런 비밀을 모르는 어떤 사람이 거기에 끼여 두 사람이 그런 식으로 이야기하는 것을 듣게 되면, 이 두 사람에 대해서 같은 판단을 하게 되리라. 그러나 마침내 그 회화의 나머지 부분에서 한편이 천사와 같은 사물을 이야기하고 다른 편이 줄곧 일상 다반지사(茶飯之事)를 이야기했다고 하면, 그는 한편은 신비스러움을 지닌 이야기를 했고 다른 편은 그렇지 않다고 판단하게 될 것이다. 곧 한편은 그와 같은 어리석은 이야기는 할 수 없고 신비적인 것만 이야기할 수 있다는 것을 충분히 드러냈고, 다른 편은 신비에 대해선 이야기를 못하고 어리석은 이야기만 할 수 있다고 하게 된다.

《구약성서》는 부호다.

692 인간의 적은 다른 별것이 아닌, 신에게서 인간을 멀리하는 사욕이지, 신이 아니라는 것, 유일한 행복은 신이지 비옥한 땅이 아니라는 것을 잘 알고 있는 사람들이 있다. 인간의 행복은 육에 있고, 불행은 인간을 관능적 쾌락에서 멀리하게 하는 데 있다고 생각하고 있는 사람들은 거기에 포만하고 거기에 탐닉하기를 바란다. 그러나 진심으로 신을 구하고, 신의 한계에서 벗어나 있는 것만이 불행이라고 느껴 신을 소유하려는 소원밖에 없고, 신에게서 자기들을 멀리하는 자를 적으로 알고 이런 적에게 둘러싸여 있고 지배당하게 된 자기를 발견함으로써 슬퍼하는 사람들은 스스로를 위안하길 원한다. 나는 그들에게 행복한 소식을 전한다. 그들에게는 한 구주가 있다. 나는 그들에게 구주를 보여주리라. 유일한 신이 존재함을 보여주리라. 다른 사람에게는 신을 보여주려고 하지 않겠다. 나

는 그들에게 적에게서 구해주실 한 분의 메시아가 약속되어 있다는 것, 또 메시아는 그들을 죄에서 구출하러 온 것이지, 적에게서 구하러 온 것이 아님을 알려주리라. 메시아가 그의 백성을 적에게서 구원할 것이라고 다윗이 예언했을 때, 사람들은 이는 애굽인에게서의 구출을 뜻한다고 육적(肉的)으로 생각할 수도 있다. 그렇다면 나는 그 예언이 성취되었음을 보여줄 수 있다고는 말할 수 없다. 그러나 이는 죄에서 구출을 뜻한다고도 생각할 수 있다. 사실 애굽인이 적이 아니라 죄가 적이기 때문이다. 그러므로 적이란 말은 이중의 뜻을 지닌 것이다. 그러나 만일 그가 사실 말하고 있듯이 이사야와 다른 사람들이 마찬가지로 메시아가 그의 백성을 죄에서 구하리라고 다른 곳에서 말했다고 하면, 이중적인 뜻은 애매함이 제거되고, 적이라는 이중의 뜻은 죄라는 단순한 뜻으로 환원된다. 왜냐하면 마음에 죄를 지녔다면 그것은 적이라 표현할 수 있지만, 적이라고 생각하는 것을 죄라고는 부를 수 없기 때문이다.

    그런데 모세, 다윗, 이사야는 같은 말을 사용했다. 그렇다면 그러한 말들이 같은 뜻을 가지고 있지 않다고 누가 말하겠는가, 또 다윗이 적이라고 말했을 때에는 명백히 죄라는 뜻이었는데 모세가 적이라고 말했을 때는 (그것이) 같은 것을 뜻하지 않았다고 누가 말할 수 있겠는가? 다니엘은(〈다니엘〉 9장에) 그의 백성이 적에게 포로되는 것에서 구해지기를 기도하고 있다. 그러나 그는 죄에 관한 것을 생각하고 있었던 것이다. 그리고 그렇다는 것으로 나타내기 위해, 천사 가브리엘이 그의 기도를 기꺼이 들어주었다 함을 그에게 말하기 위해 왔다고 말했다. 70주만 기다리면 된다. 그날들이 지나면 백성들은 죄에서 구출될 것이며 죄는 종말을 고하고, 성자 중의 성자인 구주는 영원한 정의를, 율법적인 정의가 아닌 영원한 정의를 가져다주리라고 고했다는 말을 한 것이다.

주

1 히브리어로 Kabbala, 즉 전설이란 뜻.
2 〈마가복음〉 2장 11절.
3 이 설은 신약의 〈묵시록〉을 비롯해, 구약의 〈다니엘〉, 구약 외전 중 동경향의 문서 등의 사상을 중심으로 성서의 예언을 종말관으로 해석하는 입장이다.
4 천년지복설은 세계의 종말 전에 1천 년 간 메시아가 세계를 통치하고, 이상의 왕국을 실현한다는 설.
5 〈마태복음〉 24장 34절.
6 〈누가복음〉 1장 26절에 기초를 둔 최후의 복음서 강화(미사 중의)에 관한 지식.
7 〈로마서〉 5장 14절.
8 〈출애굽기〉 2장 11, 14절 참조.
9 단장 648을 볼 것.
10 신은 인간의 본성이 타락해 있는 한 인간 안에 존재하지 않는다. 그러나 그 본성이 최초의 상태로 복귀한다면 신은 거기에 머물러 있다. 마찬가지로 육적인 유대 사람이 물질적으로 해석하는 한, 신은 '성서' 속에 존재치는 않으나, 그들이 사랑을 갖고 정신적으로 해결할 때 그 속에 있게 해준다.
11 호지에르, 모리니에 등의 많은 편집자들에 의하면 이 단어 'Pénitence'는 Peinture(표징과 같은 뜻으로 두다)라고 되어 있는데, 여기서는 브랑슈비크의 읽는 법을 따른다.

363

12 〈마태복음〉 22장 45절 참조.
13 〈요한복음〉 8장 56~58절 참조.
14 〈요한복음〉 12장 34절 참조.
15 〈마태복음〉 6장 23절.
16 〈시편〉 76편 6절.
17 〈고린도전서〉 7장 31절.
18 〈신명기〉 8장 9절.
19 〈누가복음〉 11장 3절.
20 〈시편〉 72편 1절.
21 〈출애굽기〉 12장 8절. 라틴 역은 Cum lacticibus ashestibus로 되어 있다.
22 〈시편〉 46편 10절.
23 〈시편〉 45편 3절, 단장 760 참조.
24 표징하는 것Les choses figurantes은 외면적이고 현상적이고 시간적인 것이고, 표징된 것Les figurées은 내면적이고 본질적이고 영원한 것이다.
25 기독교인은 만물 위에 자유로운 주인으로서 누구의 밑에도 있지 않는다. 기독교인은 봉사적인 만물의 종복으로 모든 사람의 밑에 있다(루터의 기독교인의 자유).
26 〈사도행전〉 5장 7절 이하 참조.
27 〈창세기〉 17장 10절, 〈레위기〉 12장 3절 참조.
28 〈출애굽기〉 25장 40절.
29 진리는 원리적으로 보면, 표징보다 이전에 있다. 그러나 역사적으로 보면 표징이 진리보다도 먼저 이 세상에 존재했다. 구약은 신약에 앞서 있었다는 것이 바로 그것이다.
30 〈디모데전서〉 4장 3절 참조.

31 〈고린도전서〉 7장 35절, 37절 참조.

32 〈히브리서〉 8장 5절.

33 〈마가복음〉 2장 10절, 11절.

34 〈마가복음〉 10장 11절 참조.

35 〈요한복음〉 8장 36절.

36 〈요한복음〉 1장 47절.

37 〈로마서〉 2장 28절, 29절.

38 〈요한복음〉 6장 36절.

39 〈고린도후서〉 3장 12절, 18절 참조.

40 〈히브리서〉 2장 14절.

41 〈요한복음〉 4장 29절.

42 〈요한복음〉 1장 29절.

43 〈이사야〉 33장 10절.

44 〈예레미야〉 6장 17절.

45 〈예레미야〉 6장 18~19절.

46 〈예레미야〉 11장 14절.

47 〈예레미야〉 11장 4절.

48 〈예레미야〉 17장 10절.

49 〈예레미야〉 18장 18절.

50 〈요한복음〉 8장 36절.

51 〈요한복음〉 8장 41절.

52 〈묵시록〉 13장 18절.

53 〈시편〉 11편 1절.

54 〈출애굽기〉 25장 5절.

55 〈시편〉 117편 13절.

56 히브리어 알파벳의 제13자.

57 히브리어 알파벳의 제18자.

58 히브리어 알파벳의 제5자.

59 La pierre philosophale의 번역. 옛날 사람들이 열등 금속을 황금화하는 힘이 있다고 믿었던 것.

제11편 예언

693 인간의 맹목과 비참을 바라보며, 침묵하는 전 우주를 바라볼 때, 가냘픈 한줄기 빛도 없이 혼자 내동댕이쳐져 있으며 누가 자기를 그곳에다 두었는지도 모르고 헤매는 것 같은 인간, 무엇을 하러 그곳에 왔으며 죽으면 어떻게 되는지도 모르고 아무것도 인식할 수 없는 인간을 바라볼 때, 나는 흡사 잠든 사이에 황량하고도 무서운 섬에 운반되어, 깨어보니 자기가 어디에 있는지도 모르고 그것에서 벗어날 방법도 모르는 사람처럼 두려움에 사로잡힌다. 그것을 생각하니 그다지도 비참한 상태에 놓여 있는 인간이 어찌 절망에 빠지지 않는가 의아스러울 따름이다. 나는 내 둘레에 이와 비슷한 성질의 사람들이 있는 것을 본다. 그들에게 나보다 많이 알고 있는지 물어보면 그들은 아니라고 대답한다. 그리하여 이 비참한 방황자들은 자기의 주위를 둘러보고 무엇이든 즐거운 것을 발견하면 그것에 집착하고 전심했다. 내 경우에는 그러한 것에 집착할 수 없었다. 그리고 내가 보고 있는 것 외에 무엇이 있는 듯한 낌새가 다분히 있는 것을 보고 혹시 신이 자신의 표징을 어떤 것에 남겨두지나 않았나 하고 탐구했다.

나는 상반되는 종교가 많이 있음을 본다. 그러므로 하나를 제외하고는 모두가 거짓이다. 각 종교는 저마다 자신의 권위에 의해 신앙을 요구하며 불신자를 위협한다. 그런 까닭에 나는 그러한 종교들을 믿지 않는다. 누구든지 그렇게 말할 수 있다. 누구든지 자기 자신을 예언자라 말할 수 있다. 그러나 기독교를 보면 거기에 예언이 있음을 나는 발견한다. 이것은 아무도 할 수 없는 일이다.

694   ……그리고 이 모든 것을 완성케 하는 것은 예언이다. 그것을 이룬 것이 우연의 소치라고 말하지 못하도록.

 누구든지 여드레 동안밖에 살지 못하는 사람이, 이 모든 것을 우연의 소치가 아니라고 생각하는 편이 득인 줄 모른다면……. 그런데 정욕이 만약 우리를 사로잡지 않았다면 여드레나 1백 년 동안이나 마찬가지일 것이다.

　　　　예언
695　　위대한 판¹은 죽었다.

696　　"Suscepérunt verbum cum omni aviditate, scrutantes Scripturas, si ita se haberent(간절한 갈망으로 말씀을 받아들였으며 정말 그런지 어떤지 알아보기 위해서 성서를 탐구했다)."²

697　　"Prodita lege(이미 말해진 것을 읽을지어다)." "Impleta cerne(이미 이루어진 것을 볼지어다)." "Implenda collige(앞으로 이루어질 것을 생각하라)."

698　　사람들은 예언된 사물이 이루어진 것을 보고 나서야 비로

368

소 예언을 이해한다. 그래서 은퇴, 근신, 침묵 따위의 증거는 그것
들을 알고 믿는 사람들에게만 유효하다.
완전히 외적인 율법 안에 있으면서도 극히 내적이었던 요셉.
외적 참회는 내적 참회의 준비다. 마치 비하가 겸허의 준비인 것
처럼. 그리하여……

699 유대인의 교회는 기독교 교회에 선행했고, 유대인은 기독
교도에 선행했다. 예언자들은 기독교도를 예언했고 성 요한은 예수
그리스도를 예언했다.

700 헤롯이나 카이사르의 역사를 신앙의 눈으로 보면 얼마나
아름다운 것이랴.

701 율법과 성전에 대한 유대인의 열성(요세프스와 유대인 필
론의 〈가이우스에게 바침〉). 어떤 다른 민족이 그와 같은 열성을 가
졌던가? 그들은 열성을 가지지 않으면 안 되었다. 예수 그리스도는
그 강림의 시기와 세계의 정세에 관해서 예언되어 있었다. 다리 사
이로 빼앗긴 주권의 지팡이[3] 및 제4왕국.[4] 이 어둠 속에서 이러한 빛
을 본다는 것은 얼마나 행복한 사람이랴!
　다리우스와 퀴루스, 알렉산드로스, 로마인, 폼페이우스와 헤롯이
복음의 영광을 위해 그런 줄도 모르고 역할을 다함은 신앙의 눈으
로 볼 때 얼마나 훌륭한가!

702 율법에 대한 유대 민족의 열성, 특히 예언자가 없게 된 이

후부터의 열성.

703 예언자들이 율법을 지키기 위해 있던 동안에는 민중이 냉담했다. 그러나 예언자들이 없게 되자 이번에는 열성이 냉담의 뒤를 이었다.

704 예수 그리스도가 오시기 전에는 마귀가 유대인의 열성을 방해했다. 열성이 유대인들에게 유익했기 때문이다. 그러나 예수 그리스도가 오신 뒤부터는 그렇지 않다.
이방인들에게 조롱 받은 유대 민족, 박해당한 기독교도.

증거
705 예언과 그 성취. 예수 그리스도 이전의 것과 이후의 것.

706 예수 그리스도의 최대의 증거는 예언이다. 신도 또한 예언을 위해 최대의 준비를 하셨다. 왜냐하면 예언을 성취한 사건은 교회의 발생에서 종국에 이르기까지 계속되는 일대기적인 일이기 때문이다. 그리하여 신은 1천 6백 년 동안 예언자들을 일어나게 하셨고, 그 후 4백 년 동안은 그 예언 전부를 그 예언의 전달자인 유대인들과 함께 세계의 각처로 흩어지게 하셨다. 이러한 일이 바로 예수 그리스도의 강림에 대한 준비였다. 그 복음은 전 세계 사람들이 믿어야만 하는 것이었기 때문에 그것을 믿게 하는 데는 예언이 있어야 할 뿐만 아니라, 그 복음을 전 세계 사람들이 받아들이도록 하는 데에는 예언이 온 누리에 전파되지 않으면 안 되었다.

707　그러나 예언이 있는 것만으로는 충분하지 않았다. 그것이 모든 곳에 분포되고 모든 시대에 보존되지 않으면 안 되었다. 그리하여 예언의 성취가 우연의 소치라고 생각되지 않기 위해서는 그것이 예언될 필요가 있었다.

메시아에서 참으로 제일 큰 영광은 그들(유대인)이 자기의 목격자인 동시에 자기의 영광을 위한 수단이기도 하다는 점이다. 신이 그들을 보존한 것은 제외하고서도.

예언
708　그 시기는 유대 민족의 상태와 이교 민족의 상태와 성전의 상태에 의해, 햇수에 의해 예언되었다.

709　동일한 것을 여러 가지 방법으로 예언하는 데는 용감하지 않으면 안 된다. 우상숭배적인 혹은 이교적인 네 왕국과, 유다의 치세의 종말과, 70주는 동시에 일어나지 않으면 안 되었고, 또 이 모든 것은 제2의 성전이 파괴되기 전에 일어나지 않으면 안 되었다.

예언
710　단 한 사람이 예수 그리스도의 강림과 시기와 방법을 예고하는 책을 썼고 또 예수 그리스도가 그 예언에 응해 강림했다 해도 그것은 매우 유력한 사람일 것이다.

그러나 여기에 그 이상의 것이 있다. 그것은 역대의 사람들이 4천 년에 걸쳐 끊임없이 그리고 변함없이 차례차례로 나타나서, 이 꼭 같은 사건을 예언하는 것이다. 그것을 고지(告知)하는 것은 한 민족 전부다. 그들은 그들이 품고 있는 확신을 한뭉치가 되어 입증하기 위해 4천 년 동안이나 줄곧 존재한다. 그들에게 가해진 어떤 협박이나 박해도 그들을 그 확신에서 멀리 떼어놓을 수는 없다. 이것은 특히 중대한 사실이다.

특수한 사물의 예언

711 그들은 애굽에서는 외래자였다. 그 땅에도 다른 곳에도 아무런 사유재산을 갖지 못한 외래자였다. "그 당시의 그들에게는 훗날 오랫동안 계속되었던 왕권이나, 모세에 의해 제정되어 예수 그리스도의 시대에 이르기까지 계속될, '산헤드린'이라 일컬어지는 70인의 의원으로 구성된 최고 회의는 아직 일어날 낌새조차 보이지 않았다. 이 모든 것은 그들의 그 당시의 상태와는 최대한도로 거리가 먼 것이었다." 그때 야곱은 죽음에 임해 열두 아들을 축복해 가로되, 이들이 큰 땅을 소유하게 될 것이라고 선언했다. 그리고 특히 유다 족속에 대해, 훗날 그들을 다스릴 왕들이 유다 족속으로부터 나오리라는 것과, 그의 형제들은 모두 그 신하가 되리라는 것과 "모든 국민의 대망의 적(的)인 메시아조차도 자기에게서 날 것이라는 것. 대망의 메시아가 그의 종족 속에 나타날 때까지 왕권은 유다에게서 달아나지 않을 것이며 통치자나 입법자도 자기의 자손에게서 없어지지 않을 것"이라고 예언했다.

바로 이 야곱은 장차 소유할 땅을 마치 자기가 그 소유주이기나 한 것처럼 분배하고, 그 몫을 다른 자보다도 요셉에게 많이 주며 말하기를 "나는 너희 형들보다도 한 사람 몫을 더 너에게 주노라"[b] 했다. 그리고 요셉이 야곱 앞에 자기의 아들 에브라임과 므낫세를 데리고 와서 형인 므낫세를 오른쪽에, 동생인 에브라임을 왼쪽에 두고 축복하되 야곱은 두 손을 엇갈리게 뻗어, 오른손을 에브라임의 머리 위에 얹고 왼손을 므낫세의 머리 위에 얹어 두 사람을 축복했다. 이에 대해 요셉이 아버지께서는 동생을 더욱 사랑하십니까 하고 항의한즉, 야곱은 놀라울 만큼 단호히 대답해 가로되 "나도 안다, 내 아들아, 나도 안다. 그도 한 족속이 되며 크게 되려니와 그 아우가 그보다 큰 자가 되리라"[6] 했다(이 말은 실제로 그 결과가 진실이 되었다. 이 일족은 아주 번창해 두 혈통을 합하면 한 나라를 이룰 정도가 되었기 때문에, 그들은 보통 에브라임이라는 하나의 이름으로 불렸다).

바로 이 요셉이 죽음에 임해, 그 자식들이 그 땅에 들어갈 때에는 자기의 뼈도 가져가도록 명령했다. 그러나 그것이 실행되기는 2백 년 후였다.

이 일들이 일어나기 훨씬 전에 모든 것을 기록했던 모세는 자기가 그 땅의 주인이기나 한 것처럼 그 땅에 들어가기도 전에 몫을 나누어 각 종족에게 분배했다. "그리고 그는 마침내 선언하기를, 신이 그들의 국민과 집안에서 하나의 예언자가 나타나게 하실 것이며, 자기는 그 예언자의 표징이라 했다. 그리고 그들에게 정확히 예언했다. 즉 자기가 죽은 후에 그들이 들어가려 하는 그 땅에서 그들에게 일어나고야 말 모든 일, 즉 신이 그들에게 주실 승리와 신에 대한 그들의 망은과 그 망은 때문에 그들이 받을 형벌 및 그 외에도 그들에게 일어날 여러 사건을 정확히 예언했다." 모세는 그들에게 그 분배를 행할 절대적 지배자들을 부여하고, 그들이 지켜야 할 모든 행정 기구와 그들이 건설할 피난의 도시들을 규정했다.

712   예언 가운데 특수한 일과 메시아에 관한 일이 섞여 있음은 메시아에 관한 예언이 증거가 없지 않게 하기 위함인 동시에 특수한 예언이 열매를 맺게 하기 위함이라.

유대인의 미귀환 포로

713   〈예레미야〉 11장 11절. "보라 내가 재앙을 그들에게 내리리니 그들이 피할 수 없을 것이라."

표징

〈이사야〉 5장. "주는 하나의 포도원을 가지시고 좋은 포도가 열리기를 기다렸도다. 그런데 열린 것은 머루였느니라. 고로 나는 그 포도원을 황폐케 하고 파괴하리라. 땅은 가시만을 생산할 것이다. 나는 하늘에 명해 게다가 '비까지 오지 않게' 하리라. 주의 포도원은 이스라엘의 집이요, 유다의 사람들은 그곳의 즐거운 싹이니라. 나는 그들이 정의를 행하기를 바랐지만 그들은 불의밖에 행하지 않았도다."

〈이사야〉 8장. "너희는 두려움과 떨림을 가지고 주를 섬겨라. 주 이외의 것을 두려워해서는 안 된다. 주는 너희의 장소가 되리라. 그러나 이스라엘의 두 집에 대해서는 주가 발에 걸리는 돌이 될 것이요, 앞을 가로막는 바위가 되리라. 예루살렘의 백성들에게는 함정이 될 것이요, 멸망이 되리라. 그들 중 대다수는 이 돌에 걸려서 쓰러질 것이요, 다칠 것이며, 이 함정에 빠져서 멸망하리라. 나의 제자들을 위해 나의 말씀을 덮고 나의 율법을 봉해둘지어다."

"고로 나는 야곱의 집에서 스스로를 덮어 가리우시고 스스로를 숨기시는 주를 참을성 있게 기다리려 하노라."

〈이사야〉 29장, "이스라엘의 백성들아, 너희는 당황하고 놀랄지어다. 너희는 동요하고 갈팡질팡하며 취해 비틀거릴지어다. 그러나 술 때문은 아니다. 비틀거릴지어다. 그러나 취했기 때문은 아니다. 그것은 신이 너희들에게 숙면의 영을 불어넣으셨기 때문이다. 신은 너희의 눈을 가리시고 너희의 군주들과 환상을 보는 예언자들의 눈을 어둡게 하시리라."(〈다니엘〉 12장, "악인들은 그것을 깨닫지 못할 것이다. 그러나 잘 교육된 자들은 그것을 깨달으리라."〈호세아〉의 맨 마지막 장, 맨 마지막 절에, 현세적 행복을 많이 밝히고 나서 말하기를, "지혜 있는 자는 누군가? 그는 이 일들을 깨달을 것이다." 운운.)[7]

— 그리고 모든 예언자들의 환상이 너희에게는 봉해진 책과 같으리라. 글을 아는 학자에게 그것을 제출해도, 봉해져 있기 때문에 읽을 수 없다고 그는 대답할 것이다. 또 글을 읽을 줄 모르는 자들에게 제출하면, 나는 글을 모른다고 그들은 말할 것이다.

"주는 나에게 말씀하신다. 이 백성들은 입술로 나를 경배하지만 그 마음은 내게서 떠나 있노라(이것이 이유요 또한 원인이다. 만일 그들이 마음으로 신을 경배했다면 예언들을 깨달을 수 있었을 터이다). 그들이 내게 봉사함은 오로지 사람의 길에 의해서뿐이니라. 그러므로 나는 이 백성들에게 이미 준 모든 것 외에 하나의 놀라운 사실, 엄청나고도 두려운 하나의 기적을 더해주리라. 왜냐하면 현자(賢者)의 지혜는 사라질 것이요, 그들의 지성 또한 '흐려질' 테니 말이다."

예언, 신성의 증거

〈이사야〉 41장, "너희들이 신이라면 확실한 증거를 보이라. 장차 일어날 일을 우리에게 진술하라. 우리는 너희의 말에 마음을 기울일 것이다. 처음에 있던 일을 우리에게 가르쳐주고 앞으로 일어날 일들을 예언하라. 그것으로 우리는 너희가 신(神)임을 알 것이다. 너희가 만약 할 수 있다면, 복을 내리든지 화를 내려보라. 우리는 그것을 보고 함께 따지리라. 과연 너희는 아무것도 아니며 가증한 것들에 지나지 않노라, 운운. 너희들 중에 누가(사건과 동시대의 저서들에 의해)⁸ 세상의 처음부터 행해진 일들을 우리에게 가르쳐주었던가? 그리고 우리로 하여금 '너희가 옳다'고 말할 수 있도록 했던가? 우리를 가르치는 자는 하나도 없고 앞일을 예언하는 자도 역시 없도다."

〈이사야〉 42장, "나야말로 주이니라. 나는 나의 영광을 다른 자에게 주지 않노라. 이미 일어난 일들을 예언했던 자도 바로 나이니라. 온 땅이여, 신에게 새로운 찬미가를 노래할지어다."

"눈이 있어도 보지 않고, 귀가 있어도 듣지 않는 민족을 여기에 데리고 오라. 모든 나라의 백성들이 한자리에 모일지어다. 그들 가운데―또 그들이 섬기는 신들 가운데―누가 이미 지나간 일들과 장차 일어날 일들을 너희에게 가르쳐줄 수 있겠는가? 그들은 자기의 정당함을 입증하는 증인들을 데리고 와야 하리라. 그렇지 못하면 내 말을 듣고 진리는 여기에 있다고 고백해야 할 것이다."

"주는 말씀하신다. 너희는 나의 증인이다. 나를 알려주고 내가 주임을 믿게 하려고 내가 선택한 나의 종이니라."

"나는 예언했고, 나는 구원했으며, 나만이 너희들 앞에서 이 이

적(異蹟)들을 행했노라. 너희는 내가 신임을 입증하는 증인들이라고, 주는 말씀하신다."

"나는 너희들을 사랑하기 때문에 바빌론 사람의 힘을 꺾었도다. 내가 너희들을 깨끗하게 하고 너희들을 창조한 자로다."

"나는 너희로 하여금 물 속과 바다 속과 격류 속을 지나게 했으며 너희에게 반항하던 강한 적들을 영원히 물 속에 잠기게 하고 멸망시켰던 것이다."

"그러나 이 옛날의 은혜들을 기억하지는 말지어다. 이미 지나간 일들에 눈을 돌려서는 안 된다."

"보라, 나는 새로운 것을 준비하노라. 그것은 머잖아 일어나리라. 너희는 그것을 알 것이다. 나는 황야를 사람이 살 수 있는 아름다운 곳으로 만들리라."

"나는 나 자신을 위해 이 민족을 만들고 나의 찬미를 공포시키기 위해 이 민족을 세웠노라." 운운.

"그러나 나는 나 자신을 위해 너희의 죄를 지워버렸고 너희의 과오를 마음에 새겨두지 않았도다(너희는 너희 자신의 올바름을 나타내기 위해 너희의 망은을 마음에 새겨두라). 너희의 오랜 선조는 죄를 범했고 너희의 스승들은 번번이 나를 배반했도다."[9]

〈이사야〉 44장, "주는 말씀하시기를, 나는 처음이요 마지막이라 하셨다. 나에게 합당하다고 생각하는 자는, 내가 맨 처음의 사람들을 만든 이래 오늘날까지 행한 일들의 순서를 말하고, 또 앞으로 일어날 일들을 고하라. 두려워하지 말지어다. 내가 이 모든 일들을 이미 너희에게 가르쳐주지 않았던가? 너희는 나의 증인이니라."

퀴루스(고레스 왕)에 관한 예견

"내가 택한 야곱으로 말미암아 내가 너의 이름을 불렀노라."

〈이사야〉 45장 21절, "자아, 함께 따져보자. 누가 세상의 시초부터 일어난 이 일들을 깨닫게 했는가? 누가 그때부터의 일들을 예언했던가? 그것은 주인 내가 아니냐?"

〈이사야〉 46장, "너희는 태초의 세기를 상기하고 내게 비할 자가 없다는 것을 깨달을지어다. 나는 마지막에 일어날 일들을 처음부터 이야기하노라. 세상의 기원을 이야기하면서. 내 명령은 존속할 것이요 나의 모든 뜻은 이루어지리라."

〈이사야〉 42장 9절, "옛날의 일들은 이미 예언된 대로 이루어졌나니라. 보라, 지금 나는 새로운 것을 예언하고 그것이 일어나기 전에 너희에게 알려주노라."

〈이사야〉 48장 3절, "나는 옛날의 일들을 예언하게 했고 이어서 그 일들을 이루었나니라. 그 일들은 내가 말한 대로 이루어졌나니라. 왜냐하면 너희는 완악하며 너희 마음은 거역하기 쉽고 너희 이마는 뻔뻔스럽다는 것을 내가 알고 있기 때문이다. 그러므로 나는 이 일들이 일어나기 전에 너희에게 고하려 했느니라. 그것들을 너희 신들의 소행이라거나 너희 신들의 명령의 결과라고 너희가 말하지 못하게 하기 위함이었도다."

"너희는 이미 예언된 것이 이루어진 것을 보았도다. 너희는 그것을 널리 알리지 않으려는가? 나는 지금 너희에게 새로운 일들을 고하노라. 그것은 내 능력 속에 감추어두었던 것들로서 너희들이 여태껏 보지 못한 것이니라. 이것은 내가 지금 마련한 것이지 오래전부터 마련했던 것은 아니다. 나는 이것을 너희들에게 감춰두고 보이지 않았노라. 그렇지 않았더라면 너희는 뽐내며 말할 것이다. 너희들 스스로가 이미 그것을 알고 있었다고."

"너희들은 이것을 알지 못하노라. 너희에게 이것을 이야기한 사람은 하나도 없고 너희의 귀는 이에 대해서 아무것도 들은 적이 없기 때문이로다. 또 나는 너희를 알고, 너희가 반역하려는 마음에 가득 차 있음을 알고 있어 너희가 세상에 태어난 그날부터 반역자라는 이름을 붙여주었기 때문이다."

유대인의 배척과 이방인의 회심

〈이사야〉 65장. "나는 나를 찾지 않는 자들에게 구함을 당했고, 나를 구하지 않는 자들에게 발견되었노라. 내 이름을 부르지 않던 백성들에게 나는 말했도다. 내가 여기 있노라, 내가 여기 있노라 하고."

"나는 스스로의 욕망을 좇아 나쁜 길을 걷는 불신의 백성들에게 종일토록 내 손을 내밀었노라. 이 백성들은 내 앞에서 저지르는 죄 때문에 끊임없이 내 분노를 자아내고 스스로를 제물로 삼아 우상에 바치는 백성들이니라." 운운.

"이자들은, 내가 노하는 날에는 연기처럼 사라지고 말 것이다." 운운.

"나는 너희와 너희 조상들의 불의를 한데 모아, 너희가 행한 일에 따라 갚으리라."

"주는 이렇게 말씀하신다. 나는 나의 종들을 사랑하기 때문에 이스라엘을 깡그리 멸망시키지는 않으리라. 그 중 어떤 것은 남겨두리라. 사람이 포도송이 가운데서 한 알의 포도를 남겨두고, 이것을 따지 말라, 이는 축복(이요 과일의 희망)이기 때문이라고 말하는 것과 같도다."

"나는 내가 택한 자들과 나의 종들이 물려받을 산들과, 기름지고도 놀랄 만큼 풍요한 들을 갖게 하기 위해 그들 가운데서 야곱과 유다를 골라내리라. 그러나 다른 자들은 모두 멸하게 하리라. 왜냐하면 너희는 너희의 신을 잊어버리고 이방의 신들을 섬겼기 때문이다. 내가 불렀건만 너희는 대답하지 않았고, 내가 말했건만 너희는 듣지 않았노라. 너희는 내가 금한 것을 택했느니라."

"고로 주는 이렇게 말씀하신다. 보라, 나의 종들은 배불리 먹지만 너희는 굶주려 늘어질 것이요, 나의 종들은 기뻐하지만 너희는 창피한 생각에 빠질 것이며, 나의 종들은 마음의 흐뭇한 기쁨으로 찬미가를 부르지만 너희는 마음이 괴로워 크게 통곡하리라."

"너희는 너희의 이름을 내가 택한 자들에게 증오의 대상으로서 남겨둘 것이다. 주는 너희를 멸망시키고 주의 종들은 다른 이름으로 부르실 것이다. 그때 땅에서 축복받을 자는 신에게도 축복을 받으리라, 운운. 왜냐하면 옛날의 괴로움은 잊히게 되기 때문이로다."

"보라, 나는 새 하늘과 새 땅을 창조하노라. 이미 지나간 일들은 기억에도 남아 있지 않을 것이요, 마음에 떠오르지도 않을 것이라."

"그러나 너희는 내가 창조하는 새로운 것들 속에서 영원히 기뻐하라. 나는 예루살렘을 만들어 바로 기쁨으로 삼고 그 백성들을 즐거움으로 삼기 때문이니라."

"나는 예루살렘과 내 백성들을 기뻐하리라. 그리고 아우성치는 소리와 우는 소리는 거기에서 들을 수 없을 것이다."

"그가 청하기 전에 나는 들어줄 것이요, 그들이 말하기 시작하자마자 나는 들을 것이다. 이리와 어린 양이 함께 풀을 뜯어 먹고 사자와 황소도 같은 짚을 먹을 것이요, 뱀은 먼지만을 먹을 것이다. 그리고 나의 성스러운 산의 어디에든지 죽이는 일이나 해치는 일 따위는 없어지리라."

〈이사야〉 65장 3절, "주는 이렇게 말씀하신다. 너희는 공평을 지키고 정의를 행하라. 내가 너희를 구원할 날은 가까워지고 나의 의(義)는 나타나려 하기 때문이다."

"이와 같이 행하고 안식일을 지키며 자기 손을 억제해 악한 일을 행하지 않는 자는 복된 자로다."

"신이 나를 자기의 백성들에게 갈라놓으시리라고, 나에게 귀의하는 이방인들은 말하지 말라. 왜냐하면 주는 이와 같이 말씀하기 때문이다. 누구든지 나의 안식일을 지키고 나의 뜻을 좇아 행할 일을 택하며 나의 계약을 지키는 자에게는, 내 집에서 자리를 주고 내가 내 자식들에게 준 이름보다 훌륭한 이름을 주려 하노라. 이는 영원한 이름이 되어 결코 없어지지 않으리라."

〈이사야〉 59장 9절, "우리의 죄 때문에 정의는 우리에게 떠나갔도다. 우리는 빛을 기다렸지만 어둠밖에 보지 못하도다. 우리는 광명을 기대하지만 암흑 속을 걷고 있도다. 우리는 장님처럼 벽을 더듬고, 한낮도 한밤같이 마구 부딪치니 흡사 캄캄한 곳에 있는 사자(死者)와 같도다."

"우리는 모두 곰처럼 으르렁거리고 비둘기처럼 구슬피 울리라. 정의를 기대했지만 그것은 오지 않고, 구원을 바랐지만 그것은 우리에게서 떠나가도다."

〈이사야〉 66장 18절, "내가 그들을 열방(列邦)과 열족(列族)을 함께 모으러 올 때, 그들의 소위와 사상을 알아보려 하노라. 그리고 그들은 나의 영광을 볼 것이니라."

"나는 그들에게 하나의 표적을 세워 구원받을 자들을, 아프리카, 리디아, 이탈리아, 그리스 등의 여러 나라와, 내가 말하는 것을 들은 적도 없고, 나의 영광을 보지도 못한 자들에게 보내려 하노라. 그들은 너희의 형제들을 데려올 것이다."

성전(聖殿)의 배척

〈예레미야〉 7장, "실로에 가라. 내가 나의 이름을 태초에 세운 실로에 가라. 그리하여 거기서 내가 내 백성들의 죄들 때문에 행한 사실을 보라. 주는 말씀하신다. 이제 너희는 같은 죄를 범했기 때문에 내 이름이 불리는 곳, 너희가 신뢰하는 곳, 나 자신이 너희의 제사장들에게 주었던 바로 이 성전에서, 나는 실로에서 행한 것과 꼭 같은 일을 행하리라(왜냐하면 나는 이 성전을 버리고 나 자신을 위해 다른 성전을 세웠기 때문이다)."[10]

"나는 너희의 형제인 에브라임의 자식들을 버린 것처럼, 너희들을 내게서 멀리 던져버릴 것이다(무기(無期)의 배척). 그러므로 이 백성들을 위해 기도하지 말라."

〈예레미야〉 7장 22절, "제물에다 제물을 더해봤자 너희에게 무슨 소용이 있겠는가? 나는 너희의 조상들을 애굽에서 인도해내었을 때, 제물과 번제에 관해서 말한 적도 없거니와 명한 바도 없노라. 내가 그들에게 준 가르침은 이렇도다. 너희는 내 명령에 복종하고 충실하라. 그러면 나는 너희의 신이 되고 너희는 내 백성이 되리라(그들이 황금 송아지에게 제물을 바치게 된 이래, 나는 나쁜 관습을 좋은 것으로 바꾸기 위해 비로소 제물을 받았노라)."

〈예레미야〉 7장 4절, "너희는 '이것이 주(主)의 전(殿)이라, 주의 전이라, 주의 전이라' [11] 하고 너희에게 말하는 자들의 거짓말을 믿지 말라."

714 신의 증인인 유대인. 〈이사야〉 43장 9절, 44장 8절.

이루어진 예언

〈열왕기상〉 13장 2절, 〈열왕기하〉 23장 16절, 〈여호수아〉 6장 26절, 〈열왕기상〉 16장 34절, 〈신명기〉 23장.

〈말라기〉 1장 11절. 신에게 버림받은 유대인의 제물과 이교도의 제물(예루살렘 이외의) 및 모든 곳에서. 모세는 죽기 전에 이방인의 부름(〈신명기〉 32장 21절)과 유대인의 버림받음을 예언했다. 모세는 각 종족에게 일어날 일들을 예언했다.

예언

"너의 이름은 내가 택한 자들에게 저주의 대상이 되리라. 나는 내가 택한 자들에게 다른 이름을 주리라."

"그들의 마음을 둔하게 해"[12] 어떻게? 그들의 탐욕을 기쁘게 해주고 그들로 하여금 그 탐욕을 달성하도록 해줌으로써.

예언

715 아모스와 세가리야. 그들(유대인)은 의인(義人)을 팔았다. 그러므로 결코 다시 부름을 받지 못하리라—배반당한 예수 그리

스도.

사람들은 애굽의 일을 이제는 기억하지 않으리라. 〈이사야〉 43장 16, 17, 18, 19절, 〈예레미야〉 23장 6, 7절을 보라.

예언
유대인은 도처에 흩어질 것이다. 〈이사야〉 27장 6절 — 새 율법. 〈예레미야〉 32장 32절.
〈말라기〉. 그로티우스[13] — 영광스러운 제2의 성전. 예수 그리스도는 오실 것이다. 〈학개〉 2장 7, 8, 9, 10절.
이방인이 부름을 받으리라는 것. 〈요엘〉 2장 28절, 〈호세아〉 2장 24절, 〈신명기〉 32장 21절, 〈말라기〉 1장 11절.

716 〈호세아〉 3장 — 〈이사야〉 42장, 48장, 54장, 60장, 61장, 마지막 장. "나는 오래전부터 예언해 그것이 난 줄 그들이 알도록 했다." 알렉산드로스에 대한 야두스.

717 "다윗은 항상 후계자를 가지리라는 서약. 〈예레미야〉."[14]

718 다윗의 혈통의 영원한 통치. 〈역대하〉.[15]
모든 예언에 의해, 게다가 서약으로써. 그러나 그것은 현세적으로는 이루어지지 않았다. 〈예레미야〉 23장 20절.

719 예언자들이 왕권은 영원한 왕(메시아)이 강림할 때까지 유다 족속에게서 결코 떠나지 않을 것이라고 예언했을 때, 그들은 민

중의 환심을 사려고 그렇게 말했을 것이요. 그들의 예언은 헤롯 왕이 즉위함으로써 틀렸다는 것이 판명되고 말았다고 사람들은 아마 생각할 수 있을 것이다. 그러나 이것은 그들의 뜻이 아니라 오히려 이 현세적인 왕국이 끝나리라는 것을 그들이 충분히 알고 있었음을 보여주기 위해, 유대인은 왕도 없고 군후(君侯)도 없이 오랫동안 존속하리라고 그들은 말했던 것이다. 〈호세아〉 3장 4절.

720　"Non habemus regem nisi Caesarem(카이사르 외에는 우리에게 왕이 없다)."[16] 그러므로 예수 그리스도는 메시아였던 것이다. 왜냐하면 그들은 이미 타국인밖에 왕을 갖지 못했으며, 다른 왕을 원하지도 않았기 때문이다.

721　카이사르 외에, 우리에겐 왕이 없다.

722　〈다니엘〉 2장, "왕이 묻는 비밀은 어떤 점쟁이나 지자(知者)도 왕에게 풀어줄 수 없다. 그러나 하늘에 한 분의 신이 계셔 그것을 풀 수 있다. 그분은 훗날에 일어날 일들을 꿈으로써 왕에게 계시하셨던 것이다."(이 꿈이 왕의 마음을 괴롭혔음에 틀림없다.)
"내가 이 비밀을 알아내었음은 나 자신의 지혜에 의한 것이 아니라 바로 이 신의 계시에 의한 것이다. 신이 내게 이것을 풀어주시고, 왕 앞에서 해몽하도록 하셨던 것이다."
"당신의 꿈은 다음과 같습니다. 당신은 하나의 크고 높은 무서운 상이 당신 앞에 서 있는 것을 보셨습니다. 그 머리는 금(金)으로 되어 있고, 가슴과 양팔은 은(銀)으로 되어 있으며, 배와 허벅다리는 놋으로 되어 있고, 다리는 무쇠로 되어 있으되 발은 쇠와 흙(찰흙)을 섞은 것으로 되어 있었습니다. 당신이 이것을 가만히 바라다보고 계시니까 마침내 사람의 손을 빌리지 않고 허공에 뜬 돌이, 그 상의 쇠와 흙이 섞여서 된 발을 때려 부쉈습니다."

"이리하여 그 쇠와 흙과 놋과 은과 금은 산산이 부서져 가루가 되어, 바람에 날려 흩어졌습니다. 그러나 그 상을 때려 부순 돌은 커다란 산이 되어 온 땅에 가득 찼던 것입니다. 이것이 당신의 꿈이로소이다. 이제 나는 그 꿈을 어전(御前)에 해몽해 바치겠습니다."

"왕은 모든 왕 중에서 가장 위대하신 왕이시요, 신은 왕에게 모든 백성들이 두려워 떨 만큼 넓디넓은 힘을 내려주셨나이다. 왕이여, 왕이 보셨던 그 상의 금으로 된 머리는 왕이니이다. 그러나 왕 다음에는 그 힘이 왕보다 떨어지는 하나의 제국이 일어날 것입니다. 그 다음에 놋의 제국이 일어나 전 세계에 뻗칠 것입니다."

"그러나 제4의 제국은 쇠처럼 단단할 것입니다. 쇠가 모든 물건을 부수고 꿰뚫듯이 그 나라도 모든 것을 부수고 분쇄할 것입니다."

"왕이 보신 그 발과 발가락이 일부는 흙, 일부는 쇠로 되어 있었음은 그 나라가 갈라져서 쇠처럼 단단한 곳과 흙처럼 허물어지기 쉬운 곳이 된다는 것을 나타내고 있습니다."

"그러나 쇠와 흙이 단단하게 결합될 수 없듯이, 쇠와 흙으로 표징된 것 역시 비록 혼인으로 결합된다 하더라도 오랫동안 한덩어리가 되어 있을 수는 없다는 것입니다."

"그런데 이 왕들이 집권하고 있는 동안에 신은 한 나라를 세우실 것입니다. 이 나라는 영원토록 멸망하지 않을 것이며 다른 백성들의 손에 돌아가지도 않을 것입니다. 이 나라는 다른 일체의 나라들을 분산시킬 것이요 멸망시킬 것입니다. 그러나 이 나라는 영원히 계속할 것입니다. 그 돌이 사람의 손을 빌리지 않고 저절로 끊어져 산에서 굴러내려와, 쇠와 흙과 은과 금을 때려 부수는 것을 왕이 보신 것과 마찬가지입니다. 이와 같이 신은 장차 일어날 일을 왕에게 보여주셨던 것입니다. 이 꿈은 진실하고 이의 해몽 또한 틀림이 없습니다."

"그때 느부갓네살은 엎디어…… 운운."

〈다니엘〉 8장 8절. "다니엘은 숫양과 숫염소가 싸우는 것을 보고 있었는데 숫염소가 숫양에게 이겨 땅을 차지하더라. 그런데 그 큰 뿔이 꺾어지고 다른 네 개의 뿔이 생겨 하늘의 사방을 향해 솟더라. 또 그 뿔 중 하나에서 작은 뿔이 하나 솟아나 남을 향하고 동을 향하며 이스라엘의 땅을 향해 매우 크게 자라, 천군(天軍)에 맞설 만큼 높이 되어 하늘의 별들을 떨어뜨려서는 발로 짓밟으며 마지막에는 임금의 자리를 타도하고 나날의 제물을 폐지해 성소(聖所)를 쑥대밭으로 만들어놓더라."

"이것이 다니엘이 본 것이다. 그가 그 해몽을 구한즉 한 소리가 이렇게 외치더라. '가브리엘이여, 그가 본 것을 그에게 알려주라.' 그런즉 가브리엘이 그에게 말하기는 '당신이 본 숫양은 메디아와 페르시아의 왕이로다. 또 숫염소는 그리스의 왕이요 그 눈 사이에 있는 큰 뿔은 그 나라의 최초의 왕이로다.'"

"그리고 그 뿔이 꺾어지고 그 자리에서 네 개의 뿔이 돋아났다는 것은 이 왕을 계승할 이 나라의 네 임금들이다. 그러나 이들의 힘은 최초의 왕에 미치지 못할 것이로다."

"그런데 이 나라의 말기에는 불의가 발호하기 때문에 한 왕이 일어나리라. 오만하고도 그 힘이 쟁쟁하겠지만 그 힘은 다른 데서 빌려온 힘이라. 그는 모든 것을 그의 뜻대로 행할 것이다. 성스러운 민족을 비탄에 빠뜨릴 것이요, 속이 검은 마음으로써 그 계략을 성취할 것이며 많은 사람을 죽일 것이다. 또 마지막에는 임금의 임금에게 맞서 일어날 것이다. 그러나 그는 폭력에 의하지 않는다 하더라도 비참하게 멸망할 것이다."

〈다니엘〉 9장 20절, "내가 온 마음을 다해 신에 기도를 드리고 나의 죄와 나의 모든 백성의 죄를 회개하며 신 앞에 엎드려 있을 때, 내가 처음부터 환상에서 본 그 가브리엘이 저녁 기도의 제물을 바칠 무렵 내게 와서 내 몸에 손을 대며 말하기를, '다니엘아, 내가 이제 네게 지혜와 총명을 주려고 왔나니 곧 네가 기도를 시작할 즈음에 명령이 내렸으므로 이제 네게 고하러 왔느니라. 너는 크게 은총을 입은 자라. 그런즉 너는 이 말을 듣고 그 환상의 뜻을 깨달을지니라. 네 백성과 네 거룩한 성을 위해 70주(週)로 기한을 정했나니, 그것은 허물을 씻고 죄를 끝내며 불의를 폐기해 영원한 의(義)를 드러내며 환상과 예언을 이루고 지극히 거룩한 자에게 기름을 붓기 위함이라.'(그 다음에는 이 백성은 너의 백성이 아니요, 이 성도 성스러운 성이 아니리라. 분노의 때는 지나고 은총의 해가 영원히 오리라.)"

"그러므로 너는 깨달아 알지니라. 예루살렘을 중건하라는 말씀이 있은 후부터 임금인 메시아가 이르기까지 7주와 62주가 지날 것이라(히브리인은 수를 놓을 때 작은 수를 앞에 놓는 버릇이 있었다. 그러므로 이 7과 62는 곧 69를 말하는 것이다. 그러면 70주 중에서 제70주, 즉 맨 끝의 7년이 남는다. 이에 대해서 그가 다음에 말할 것이다)."

"거리와 성벽은 북새통 속에서 재건되리라. 그 62주(최초의 7주 다음에 오는 것. 그러므로 그리스도는 69주가 지난 다음, 그러니까 맨 끝 주에 죽음을 당한다)가 지난 다음에 그리스도는 죽음을 당한다. 또한 민족이 그들의 임금과 함께 와서 성과 성소를 때려 부술 것이며 모든 것을 홍수처럼 뒤집어 엎을 것이다. 이 싸움의 황폐만이 있을 것이다."

"그러나 그는 1주(나머지 제70주) 동안에 많은 자들과 계약을 맺으리라. 또 그 주의 절반(즉 최후의 3년 반)에 제물과 희생을 폐지할 것이요, 증오할 것들을 놀랄 정도로 펼쳐놓고, 그것을 두려워하는 자들이 멸각할 때까지 계속해 불어넣으리라."

〈다니엘〉 11장. "천사는 다니엘에게 말했다. 이 다음(퀴루스 다음에, 퀴루스의 대에는 아직 이르지 않으리라)에 페르시아에 세 왕이 생겨나리라(캄뷔세스, 스메르디스, 다리우스). 또 그 다음에 오는 제4의 왕(크세르크세스)은 부와 힘에 있어서 가장 강하고, 그 백성들을 모두 거느리고 그리스인을 쳐들어가리라."

"그러나 하나의 강한 왕(알렉산드로스)이 일어나 그 영토를 크게 넓히고 모든 계획을 그의 뜻대로 이루리라. 그러나 그 나라는 바야흐로 건설되려 할 무렵에 멸망하고 넷으로 나뉘어 하늘의 사방을 향하리라."(이미 6장 6절, 8장 8절에서 천사가 말했듯이) 그러나 그들의 혈통에 속하는 자에게는 결코 귀속되지 않으리라. 그의 후계자 중에는 그의 힘이 미치는 자가 없으리라. 왜냐하면 그의 나라는 갈라져서 후계자가 아닌 자(네 사람의 주요한 후계자가 아닌 자)의 손에 들어갈 것이기 때문이다.

"그의 후계자들 중에 남방을 다스리는 자(이집트, 라고스의 아들

프톨레마이오스)는 강성하리라. 그러나 다른 어떤 자가 이를 억누를 것이요 그자의 나라는 큰 나라가 되리라."(시리아 왕, 셀레우코스. 그는 알렉산드로스의 후계자 중에서 가장 강한 자라고 아피아누스가 말한다.)

"세월이 지난 다음에 그들은 동맹을 맺는다. 또 남쪽 나라의 왕녀(베레니케, 다른 프톨레마이오스의 아들인 프톨레마이오스, 필라델프스의 딸)가 북쪽 나라의 왕(셀레우코스 라 기다스의 조카, 시리아와 아시아의 왕 안티오쿠스 2세)에게 옴으로써 그들 사이에 화친이 맺어지리라."

"그러나 그 여자도 자손도 오랫동안 권세를 누릴 수 없다. 그 여자와 그 여자를 보낸 자들과 그 아들과 벗들은 사형에 처해졌으니 말이다."(베레니케와 그 아들은 셀레우코스 칼리니쿠스에 의해 살해된다.)

"그러나 그 여자의 뿌리에서 돋아난 하나의 새싹(프톨레마이오스 에베르게테스는 베레니케와 같은 아버지에서 났다)이 일어나 대군을 거느리고 북쪽 왕의 영토로 쳐들어간다. 거기서 그는 모든 것을 그의 지배하에 둘 것이며, 그들의 제신(諸神), 제군주(諸君主), 금은(金銀) 및 모든 귀중한 전리품을 이집트로 가져갈 것이다(만약 그가 집안 사정 때문에 이집트로 소환되지 않았더라면, 셀레우코스의 것을 모두 약탈해갔으리라고, 유스티누스는 말한다). 그리고 북쪽 왕은 그에 대해 속수무책인 채로 여러 해를 보내리라."

"이리하여 그는 자기 나라로 돌아갈 것이다. 그러나 북국 왕의 아들(셀레우코스 케라우누스, 안티오쿠스 대왕)은 격분해 대군을 모을 것이다. 그들의 군대는 쳐들어와서 모든 것을 유린하고 말리라.

그러자 남국의 왕(프톨레마이오스 필로파토르) 역시 분격해 대군을 일으켜 전쟁(안티오쿠스 대왕과 라파이아의 싸움)을 벌이고 승리를 거둔다. 그리고 그의 군대는 뽐내고 그의 마음은 오만으로 부푼다(이 프톨레마이오스는 성전을 더럽혔다: 요세프스). 그는 많은 사람들에게 승리한다. 그러나 그 승리는 확실치 않으리라. 왜냐하면 북국의 왕(안티오쿠스 대왕)이 먼저보다 더 큰 병력을 거느리고 다시 침공해올 것이니 말이다. 또 이때 많은 자들이 일어나서 남국의 왕에게 대적하리라(젊은 프톨레마이오스 에피아네스의 치세). 또 당신의 백성들 중에 있는 배교자(背敎者), 무뢰한들도 스스로 날뛰어 환상을 성취하고 마침내는 멸망할 것이다(에베르게테스가 스코파스에 군대를 보내려 할 때, 그의 환심을 사려고 스스로의 종교를 버린 자들, 안티오쿠스는 스코파스를 재점령하고 그들을 격파할 것이기 때문이다). 그리고 북국의 왕은 성벽을 허물어뜨릴 것이요, 견고한 성들을 점령할 것이다. 남국의 전군은 이에 저항할 수 없을 것이요, 모든 것을 그의 뜻대로 내맡길 것이다. 그는 이스라엘의 땅에 주둔하고 그 땅은 그들에게 항복할 것이니라. 이리하여 그는 이집트의 전국에 군주로서 군림할 것을 생각하리라(에피아네스의 나이 어림을 업신여기고, 유스티누스는 말한다). 그 때문에 그는 이집트 왕과 동맹을 맺고 자기의 딸을 그에게 줄 것이다(클레오파트라, 이 여자가 자기 남편을 배반하도록 하기 위해. 이에 대해서 아피아누스는 말하기를, 이집트가 로마인의 보호 하에 있기 때문에 무력으로써 그 군주가 될 수 있을지 어떨지를 의심해, 술책으로써 그 일을 성사시키려 했다 한다). 그는 그 여자의 타락을 원하지만, 그 여자는 그의 뜻을 따르지 않을 것이다. 이리하여 그는 다른 계략에 골몰하고 몇 개의 섬(말하자면

해항(海港))의 지배자가 되려는 마음을 먹고 많은 섬을 침공할 것이다(아피아누스가 말하듯이)."

"그러나 한 장군이 그의 지배에 반항해(스키피오 아프리카누스. 그는 안티오쿠스 대왕의 진군을 막는다. 왜냐하면 대왕은 로마인의 동맹국을 위협함으로 로마인의 마음을 상하게 했기 때문이다), 그로부터 받은 치욕을 갚을 것이다. 이리하여 그는 자기 왕국으로 돌아가 거기서 죽고(그는 신하에게 피살된다), 이제는 이 세상에서 없어지리라."

"그런데 그의 뒤를 이을 자(안티오쿠스 대왕의 아들 셀레우쿠스 필로파토르 혹은 소테르)는 폭군일 것이요 과세(課稅)로써 나라의 영광(이는 백성의 것이다)을 괴롭히리라. 그러나 얼마 후에 그는 반란도 전쟁 때문도 아니지만 죽고 말 것이다. 그의 자리를 계승하는 자는 천한 자로서 왕의 영예를 감당할 수 없으리라. 그는 감언이설(甘言利說)과 회유 정책(懷柔政策)으로써 그 자리에 오르려 하리라. 모든 군대가 그 앞에서 패주할 것이요, 그는 그들을 정복하고 이미 자기와 동맹을 맺었던 군주조차도 정복하리라. 그는 동맹을 새로이 맺어 그 군주를 배반하고, 약간의 군대로써 조용히 그리고 두려움도 없이 그 군주의 영토에 침입해, 가장 좋은 땅을 차지하고 자기의 선조들도 하지 못한 짓을 해 가는 곳마다 유린하리라. 그는 자기의 치세 동안에 큰 계략을 책정하리라."

예언

723 다니엘의 70주는 예언의 말이므로 그 시작하는 시기에 관해서는 막연하다. 또 연대기자(年代記者)들 사이에 차이가 있으므로

끝나는 시기에 관해서도 역시 마찬가지다. 그러나 이 모든 차이는 통틀어 봤자 2백 년을 넘지 않는다.

예언

724 제4왕국 동안에 있을 제2성전의 파괴 이전, 유대인의 주권이 박탈당하기 이전, 다니엘의 제70주에 제2성전이 존립해 있는 동안에 이교도는 가르침을 받고 유대인이 섬기는 신을 알게 되리라는 것. 신을 사랑하는 자들은 적에게 벗어나 신을 두려워하고 사랑하는 마음에 충만되리라는 것.

그리고 제4신국(神國) 동안에 있을 제2성전의 파괴 이전 등등에, 이교도가 무리를 지어 신을 섬기고 천사와 같은 삶을 살게 되었다. 딸들은 그 정조와 생애를 신에게 바치고 사내들은 모든 쾌락을 버렸다. 플라톤이 소수의 교양 있는 사람들조차 설득할 수 없었던 것을, 어떤 신비로운 힘이 불과 몇 마디 말로써 몇백만 무지한 사람들을 설득시켰다.

부자들은 자기의 재산을 버리고, 아들은 아비의 아늑한 집을 떠나서 황야로 고행하러 갔다(유대인 필론의 책을 보라). 도대체 이 모든 것은 무엇인가? 그것은 오래전부터 예언되어 있던 것들이다. 2천 년 이래 단 한 사람의 이교도도 유대인의 신을 섬기지 않았다. 그럼에도 예언될 시기가 온즉 수많은 이교도가 이 유일신을 섬기게 되는 것이다. 제신들의 신전은 허물어지고 왕들도 십자가 앞에 굴복하도다. 도대체 이것은 무엇인가? 그것은 신(神)의 영(靈)이 땅 위에 뿌려졌기 때문이다.

모세부터 예수 그리스도까지는 라비들의 말에 의하더라도 하나의 이교도조차 믿지 않았다. 예수 그리스도 이후부터는 수많은 이교도가 모세의 책을 믿고, 그 본질과 정신을 지키며, 그 중에서 무익한 것만을 배척한다.

예언

725 이집트인의 회개(《이사야》 19장 19절), 이집트에서 참 신에게 바쳤던 제단.

예언

726 "이집트에 있어서 《푸기오 피데이》" 659페이지, 《탈무드》 "우리 사이에 하나의 전통이 있노라. 메시아가 오실 때, 그 말씀을 전파하기 위해 세워진 신의 집은 쓰레기와 추잡한 것으로 가득 차고, 학자들의 지혜는 타락하며 부패한다는 것. 죄짓는 것을 두려워하는 자는 백성들에게 배척당할 것이며, 미친 자와 미련한 자로 취급당하리라는 것."[17]

〈이사야〉 49장, "들을지어다, 먼 곳에 있는 백성들아. 그리고 너희 바다의 섬에 사는 자들아. 주는 내가 어머니의 뱃속에서 나올 때부터 나의 이름을 부르셨도다. 그는 나를 자기 손의 그늘 밑에 감추시고 내 말을 예리한 칼처럼 만들어주셨도다. 또 내게 말씀하기를, 너는 나의 종이니라, 너를 통해 나는 나의 영광을 나타내려 하노라, 하셨던 것이다. 그러나 나는 말씀드렸도다. 주여, 제가 보람 없이 일했사오며, 실없이 저의 힘을 모두 소비했나이까? 주여, 심판을 내려주소서. 저의 노고는 당신 앞에 있나이다. 그때 야곱과 이스라엘을 인도하기 위해 내가 어머니의 배에서 나올 때부터 나를 종으로 삼으신 주가 말씀하셨다. 너는 내 앞에서 영광스러우리라. 나는 몸소 너의 힘이 될 것이요, 네가 야곱의 종족을 회개시키는 것은 어렵지 않으리라. 나는 너를 세워 이방인의 빛이 되게 했고, 내가 행하는 구원이 되어 땅의 끝까지 가게 했도다. 이것이 스스로의 영혼을 낮추는 자, 이방인에게 멸시당하고 증오를 받는 자, 지상의 권력자들에 복종하는 자에게 주가 말씀하신 것이로다. 족장들과 왕들은 너를 숭배하리라. 너를 택하신 주는 참되시기 때문이로다."

"주는 또한 나에게 다음과 같이 말씀하셨도다. 나는 구원의 날, 관용의 날에 너의 소원을 들어주었도다. 나는 너를 백성에 대한 계약으로 남겼고, 가장 풍요한 나라를 너에게 주기 위해 너를 세웠도다. 네가 묶인 자에게 '나와서 자유롭게 되라' 하고, 어두운 곳에 있는 자에게 '빛이 있는 곳으로 와서 기름지고 풍요한 땅을 차지하라' 하고 말하도록 하기 위함이로다. 그들은 다시는 주림과 목마름과 열기 때문에 괴로워하지 않으리라. 그들을 긍휼히 여기시는 분이 그들을 인도하시기 때문이로다. 주는 그들을 생명의 샘으로 인도하실 것이요, 그들 앞에 가로놓인 산들을 평탄케 하리시라. 보라, 사람들이 동에서 서에서 북에서 남에서, 모든 곳에서 모여 오리라. 하늘이여, 신에게 영광을 돌릴지어다. 그리고 땅이여, 기뻐하라. 주는 자기의 백성을 위로해주는 것을 기쁘게 여기시고, 주에게 희망을 거는 가난한 자들이 드디어 긍휼히 여겨질 것이기 때문이로다."

"그러나 시온은 외람되게도 말했다. '주는 나를 버리시고 나를 기억하지 못하시도다' 하고. 어미가 자기의 젖먹이를 잊고, 자기의 품 속에 안고 있는 자식에 대한 사랑을 잊을 수 있겠는가? 비록 어미가 그것을 잊을 수 있다 하더라도, 시온이여 나는 너를 결코 잊지 못하리라. 나는 언제나 너를 내 두 손으로 감싸 안노라. 너의 돌벽은 언제나 내 앞에 있도다. 너를 다시 세워야 할 자들은 서둘러 오고 너를 파괴하려는 자들은 접근하지 못하리라. 눈을 들어 사방을 보라, 그리고 이 무리가 떼를 지어 너를 보고자 오는 것을 살펴라. 나는 맹세코 말하나니, 이 무리는 모두 너를 영원히 장식할 장식물로서 너에게 주어지리라. 너의 황야, 너의 외로움, 지금은 묵혀 버려진 너의 모든 땅들은 거주하는 자들이 많아서 비좁게 되리라. 네가 출산하지 못하는 해에 날 자식들은 너에게 말하리라. '이 땅은 너무도 비좁다. 변경을 넓혀 살 곳을 마련하자'라고. 그때 너는 속으로 말하리라. '누가 이 많은 자식들을 나에게 주었는가? 나는 자식을 낳지 않았고, 출산하지 못할 때 잡혀서 끌려왔거늘 누가 나를 위해 이 자식들을 내게 길러주었는가? 나는 구조도 없이 버림받아 있었거늘 어디에서 이 모든 자식들이 온 것일까?' 하고 말하리라. 주는 네게 말씀하시리라. '보라, 나는 나의 힘을 이방인들에게 나타내 보였고, 나의 깃발을 수많은 민족들 위에 올렸도다. 그들은 팔과 품 속에 어린 것을 안고 너에게 데려올 것이다. 왕과 왕비들은 너의 자식들을 길러주는 자들이 될 것이요, 그들의 얼굴을 땅에 조아리고 너를 섬기고 네 발밑에 있는 먼지에 입을 맞추리라. 그리하여 너는 내가 주라는 것을 알고, 내게 기대를 가지는 자들은 언제나 낭패하지 않으리라는 것을 알게 되리라. 누가 힘 세고 권세 있는 자에게 먹이를 빼앗을 수 있으리오? 설사 그에게 먹이를 빼앗을 수 있다 하더라도, 너의 자식들을 구하고 너의 적들을 멸망케 하는 나를 방해할 수 있는 자는 결코 없으리라. 모든 사람들은 내가 주이며 너를 구하는 자요, 야곱의 능력 있는 속죄주임을 알게 되리로다.'"

"주는 이러한 말씀을 하셨다. '내가 너희의 회당(會堂)을 버린 이 혼장(離婚狀)은 무엇인가? 어찌해 나는 회당을 너희의 원수들의 손에 내주었던가? 내가 회당을 버린 것은 불신과 죄 때문이 아닌가?'"[18]

"내가 와도 반가이 맞아주는 자 없고, 내가 불러도 듣는 자 없었도다. 내 팔이 짧아서 구원할 능력이 없다는 것이냐?"

"고로 나는 내 진노의 표적을 보이리로다. 나는 어둠으로써 하늘을 가리울 것이요, 베일로써 하늘을 감추리라."

"주는 잘 교육된 혀를 나에게 주셨고, 비탄 속에 있는 자를 나의 말로써 위로할 수 있도록 해주셨다. 주는 그 가르침에 내 귀를 기울이도록 하셨고, 나는 주의 말씀을 스승의 말인 양 들었도다."

"주는 나에게 자기의 뜻을 계시해주셨도다. 나는 그 뜻에 거역한 적이 없도다."

"나는 매질하는 자에게 나의 몸을 내맡겼고 모욕을 주는 자에게 뺨을 맡겼도다. 나는 치욕과 침 뱉음에 내 얼굴을 가리지 않았도다. 그러나 주가 나를 붙들어주셨기 때문에 나는 태연했도다."

"나를 의롭게 하는 자가 나와 함께 있도다. 누가 나를 감히 힐책하려 하고 내 죄를 책하려 하는가? 신이 몸소 나를 지켜주시지 않는가?"

"모든 사람은 가지 말 것이요, 때와 더불어 사라질 것이다. 고로 신을 두려워하는 자들이여, 신의 종이 하는 말을 들을지어다. 어둠 속에서 신음하는 자들이여, 신에게 믿음을 둘지어다. 그러나 신의 노여움을 너희 머리 위에서 타오르게만 하는 자들이여, 너희는 그 불덩이 위로 걸어가고 너희 자신이 불 지핀 그 불꽃 속으로 걸어갈

지어다. 이 불꽃을 너희 머리 위에 내리게 한 것은 나의 손이었도다. 너희는 비탄 속에서 멸망하리로다."

"의를 추구하고 주를 탐구하는 자들이여, 내 말을 들을지어다. 너희가 절단되어 나온 바위와 너희가 끌려나온 굴을 생각할지어다. 너희의 아비 아브라함과 너희를 낳은 사라를 볼지어다. 보라, 그가 독신으로서 아직 자식이 없을 때, 나는 그를 불러 그렇듯 많은 자식을 주었도다.[19] 알지어다, 얼마나 많은 축복을 내가 시온 성에 내리고 얼마나 풍성한 은혜와 위로를 그곳에다 채웠던가를 알지어다."

"나의 백성들이여, 이 모든 것을 성찰하고 내가 하는 말씀에 귀를 기울일지어다. 율법은 나에게서 나오고, 이방인의 빛이 될 심판도 나에게서 나올 것이기 때문이로다."

〈아모스〉 8장, 예언자들은 말하기를, 이스라엘의 죄를 낱낱이 열거한 다음에 신이 그 죗값을 받을 것을 맹세하셨다고 말했다. 그것은 다음과 같다.

"주는 이렇게 말씀하신다. 그날, 나는 해를 한낮에 지게 하고 빛이 있는 낮 동안에 어둠으로써 땅을 뒤덮을 것이요, 너희의 야단법석스러운 축제를 눈물로 바뀌게 할 것이며 너희의 모든 노래를 탄식으로 변하게 하리라."

"너희는 모두 슬픔과 괴로움 속에 있으리라. 나는 이 국민에게 외아들을 잃은 것과 흡사한 비탄을 줄 것이요 그 마지막 시간을 쓰디쓴 시간으로 할 것이니라. 주는 말씀하신다. 보라, 그날이 오도다. 내가 기근을 이 땅에 보낼 그날이 오도다. 이 기근은 빵과 물의 굶주림과 목마름이 아니라 주의 말씀을 듣는 데 주리고 목마르는 기근이리라. 그들은 바다에서 바다로 표류할 것이요, 북에서 동으로 헤맬 것이며, 주의 말씀을 고하는 자를 찾아 이곳저곳을 돌아다니리라. 그러나 이를 발견하는 자는 한 사람도 없으리라."

"그들의 처녀와 젊은이들은 이 갈증 때문에 죽어가리라. 저 사마리아의 우상들에게 복종하던 자, 당에서 숭배되던 신을 두고 맹세한 자, 베르사베의 제식(祭式)을 따르던 자 따위는 쓰러지고 그 파멸에서 결코 재기하지는 못하리로다."

〈아모스〉 3장 2절. "땅 위에 있는 모든 나라의 백성들 중에서 나의 백성으로 알고 있는 것은 오로지 너희뿐이니라."

〈다니엘〉 12장 7절, 다니엘은 메시아가 치세(治世)하실 전 기간을 표현해 말하기를 "이스라엘 백성의 분산이 이루어질 때, 이 모든 것도 전부 이루어지리라" 했다.

〈학개〉 2장 4절. "너희들, 맨 처음의 전(殿)의 영광에 둘째 전을 비교해 이를 보잘것없다고 생각하는 자들이여 굳셀지어다 하고 주는 말씀하신다. 스룹바벨아, 대제사장 여호수아야, 이 땅의 모든 백성들아, 일하는 것을 그쳐서는 안 되나니라. 나는 너희와 함께 있기 때문이라고 만군의 주는 말씀하신다. 내가 너희를 애굽에서 인도해낼 때 한 약속은 아직도 존속하고 나의 영은 너희 속에 있나니라. 소망을 잃어서는 안 된다. 왜냐하면 만군의 주는 이렇게 말씀하시기 때문이다. 즉 이제 머지않아 나는 하늘과 땅과 바다와 육지를 진동케 하리라(큰 괴변을 가리키는 표현법). 또 나는 만국을 진동케 하리라. 그때 모든 이방인들이 바라던 것이 이르리로다. 그리고 내가 영광으로 이 전(殿)을 충만케 하리라고 주는 말씀하신다."

"은도 금도 내 것이라고 주는 말씀하신다(즉 이러한 것들에 의해 내가 숭배되기를 원치 않는다는 말씀의 뜻이다. 들의 짐승들은 모두 내 것이다. 그것들을 제물로서 바친다 하더라도, 나에게 무슨 소용이 있겠는가 하고 다른 곳에 지적되어 있다). 이 새 전의 영광은 처음의 전의 영광보다도 클 것이라고 만군의 주는 말씀하신다. 이곳에 나는 나의 집을 세우노라고 주는 말씀하신다."

"호렙에서 너희가 모인 날 너희는 말했도다. 주께서 직접 우리에게 말씀하시지 말기를. 우리가 제발 이 불을 보지 않기를. 아마 우리는 죽을 테니까 하고 너희는 말했도다. 그러자 주께서 내게 말씀하셨도다. 그들의 기도는 옳도다. 나는 그들의 형제 중에서 너와 같은 하나의 예언자를 그들을 위해 만들어내어 그의 입에다 내 말씀을 불어넣으리라. 그는 내가 명하는 것을 하나 남기지 않고 전부 그들에게 고하리라. 누구든지 그가 내 이름을 말하는 것에 복종하지 않는 자는 내가 몸소 그를 심판하리로다."[20]

〈창세기〉 49장, "유다여, 너는 형제들에게 칭찬을 받는 자, 너의 적을 정복하는 자로다. 네 아비의 자식들은 너를 섬기리라. 사자의 아들인 유다여, 내 아들아, 너는 먹이에 뛰어 덮쳤도다. 사자처럼, 그리고 일어나려는 암사자처럼 웅크려 있었도다."

"왕권은 유다에서 떠나지 않을 것이요, 율법을 세우는 자들은 그의 두 다리 사이에서 떠나지 않고 실로가 올 때까지 머물러 있으리라. 모든 나라의 백성들은 그의 발 아래 모일 것이요 그에게 복종하리로다."

메시아가 세상에 계신 동안에

727　"Aenigmatis(수수께끼)." 〈에스겔〉 18장.

그의 선구자. 〈말라기〉 3장.

그는 어린아이로 탄생한다. 〈이사야〉 9장.

그는 베들레헴 도시에서 탄생한다. 〈미가〉 5장. 그는 주로 예루살렘에 나타나며, 유다와 다윗의 가문에서 탄생한다.

그는 현자와 학자의 눈을 어둡게 할 것이다. 〈이사야〉 6장, 8장, 29장 등. 복음을 비천한 자와 가난한 자에 전할 것이다. 〈이사야〉 29장. 장님의 눈을 뜨게 하고 병자에게 건강을 주며, 어둠 속에서 헤매는 자를 빛으로 인도할 것이다. 〈이사야〉 61장.

그는 완전한 길을 가르쳐주며 이방인의 교사가 될 것이다. 〈이사야〉 55장, 42장 1~7절.

예언은 불신자에겐 이해되지 않을 것이다. 〈다니엘〉 12장, 〈호세아〉 14장 10절. 그러나 올바르게 배운 자에겐 이해될 것이다.

그를 가난한 자로 표현한 예언은 그를 열방의 주라고 표현한다. 〈이사야〉 52장 14절, 53장 등. 〈스가랴〉 9장 9절.

메시아 강림 시기를 예언한 예언은 그를 이방인의 주, 고난의 주로 예고할 따름이다. 구름을 타고 오는 심판자로도 예언하지 않는다. 또 그를 심판자로서 영광의 주로 나타내는 예언은 그 시기를 지적하지 않는다.

그는 세상의 죄를 위해 희생이 될 것이다. 〈이사야〉 39장, 53장 등.

그는 귀한 주춧돌이 될 것이다. 〈이사야〉 28장 16절.

그는 발에 걸리는 방해물의 돌이 될 것이다. 〈이사야〉 8장. 예루살렘은 이 돌에 상할 것이다.

건축사는 이 돌을 배척할 것이다. 〈시편〉 118편 22절.

신은 이 돌로 모퉁이의 머릿돌을 삼을 것이다.

그리고 이 돌은 큰 산으로 자랄 것이며, 온 땅을 가득 채우리라.

〈다니엘〉 2장.

이리하여 그는 버림받고 거부되고, 배반당하리라. 〈시편〉 109편 8절, 팔리우고, 〈스가랴〉 11장 12절, 침 뱉음을 받고, 얻어맞고, 조롱당하고, 모든 방식으로 괴로움을 당하고, 쓴 것을 마시게 되고, 〈시편〉 69편, 찔리고, 〈스가랴〉 12장, 두 팔과 두 손을 박히고, 살해당하고, 그 옷은 제비뽑기에 부쳐질 것이다.

그는 소생할 것이다. 〈시편〉 16편, 사흘 만에, 〈호세아〉 6장 3절.

신의 오른편에 앉기 위해 하늘로 오를 것이다. 〈시편〉 110편.

왕들은 그에 항거해 무장한다. 〈시편〉 2편.

그는 아버지 하나님 오른쪽에 있으면서 그의 적을 물리칠 것이다.

땅 위의 왕들과 온 백성이 그를 경배하리라. 〈시편〉 61편.

유대인은 국민으로서 존속한다. 〈예레미야〉.

그들은 방황한다, 왕도 없이 운운. 〈호세아〉 3장, 예언자 없이, 〈아모스〉, 구제를 기다리면서도 그것을 찾아내지 못하고서, 〈이사야〉.

예수 그리스도에 의한 이방인의 소명. 〈이사야〉 52장 15절, 55장 5절, 60장 등, 〈시편〉 82편.

〈호세아〉 1장 9절, "너희가 흩어져 그 수가 많아지게 된 뒤에는, 너희는 이 이상 내 백성이 아니요, 나는 너희의 신이 되지 아니할 것이다. 너희는 내 백성이 아니라 한 그곳에서, 나는 너희는 나의 백성이라고 그들에게 말하리라."

728 주가 선택한 장소였던 예루살렘 땅 이외에서 제물을 바치는 것이 허락되지 않았으며, 십일조[21]를 받으시는 것은 더욱 허락되지 않았다. 〈신명기〉 12장 5절 등, 〈신명기〉 14장 23절 등, 15장 20

절, 16장 2, 7, 11, 15절.

호세아는 그들에게 왕이 없고, 왕후도 없고, 제물도 없고, 우상도 없게 될 것이라고 예언했다. 이것은 예루살렘 땅 밖에서 정식 제물을 바칠 수 없음으로써 오늘날 성취되고 있다.

예언

729 메시아의 시대가 이르면, 그는 애굽에서의 탈출을 잊어버리게 할 정도의 새로운 계약을 세우러 오실 것이라고 예언되어 있다. 〈예레미야〉 23장 5절, 〈이사야〉 43장 16절. 그는 그의 율법을 외부에 두지 않고 심중에 옮겨두실 것이며, 그때까지 외면적인 것에 지나지 않았던 그에 대한 두려운 느낌을 마음 가운데 가지게 하리라고 예언되어 있다. 이런 모든 것 속에 기독교의 율법을 못 보는 이 누군가?

730 ……그때 우상숭배는 무너지게 될 것이며, 이 메시아는 모든 우상을 넘어뜨리고, 진정한 신의 예배에 인간들을 참석하게 할 것이다.²²

우상의 사원은 넘어지고, 세계의 온 민족과 온 고장에선 그에게 짐승 아닌 순수한 제물이 바쳐질 것이다.²³ 그는 유대인과 이방인의 왕이 되리라. 유대인과 이방인의 그 왕은 양편의 지도자로서 자기를 살해할 음모를 꾸미는 양쪽 인간들에게 모욕을 받을 것이며, 그는 모세의 예배를 그 중심지인 예루살렘에서 파괴함으로써 거기에다 그의 최초의 교회를 이룩한다. 또 우상숭배의 중심지인 로마에서 우상 예배를 파괴하고 거기에다 그의 주요한 교회를 세운다.²⁴

예언

731 예수 그리스도는 신이 그의 적을 그에게 복종시킬 동안 그 오른편에 있으리라.

그러므로 그는 손수 그들을 복종시키지 않으실 것이다.

732 ……"그때에 가서 사람들은 각기 그 이웃에 가르치기를 너희 주를 알라고 다시는 말하지 않으리라. 신이 모든 사람에게 자신을 알게 할 것이기 때문이다."[25]—"너희 자식들은 예언하리라."[26]—"나는 너희 마음속에 내 영혼과 나를 두려워하는 마음을 자리잡게 하리라."[27]

이 모든 것은 같은 일이다. 예언한다는 것은 신에 관해 말하는 것이요, 외적인 증거에 의하지 않고 내적이고도 '직접적'인 직관[28]에 의해서 말하는 것이다.

733 그는 인간에게 완전한 길을 가르쳐주실 것이라고.[29] 그리고 그(그리스도)의 전에도 후에도 이러한 것에 가까운 신성한 것을 가르친 이는 하나도 오지 않았다.

734 ……예수 그리스도는 그의 첫 출발에선 작지만, 이어서 자랄 것이다. 〈다니엘〉의 작은 돌. 만일 내가 메시아에 관해 말하는 것을 아무것도 듣지 못했다 해도, 세계의 질서에 관해 이처럼 놀라운 예언이 있고, 더욱이 그것이 성취되는 것을 보고는 그것이 신이 하신 일이라고 생각하지 않을 수 없다. 그리고 이와 같은 책자들이 하나의 메시아를 예언하고 있음을 알게 된다면, 나는 그가 오시리

라는 것을 확신하게 된다. 그 책들이 메시아의 강림 시기를 제2성전 파괴 앞에 두었다고 생각하면 나는 이미 그가 오셨다고 말하지 않을 수 없다.

735 유대인은 예수 그리스도를 버리고, 그 이유로 해서 신의 버림을 받는다. 선정된 포도나무는 덜 익은 포도만 줄 뿐이다. 선택된 백성은 불충(不忠), 망은(忘恩), 불신(不信), "populum non credentem et contradicentem(순종하지 않고 거역만 하는 백성)"[30] 이 된다. 신은 그들을 눈멀게 하고, 장님처럼 대낮에도 손으로 더듬어 다니도록 하신다.[31] 한 사람의 선구자가 그들 앞에 올 것이다.[32]

736 "Transfixerunt(찌른 자)." 〈스가랴〉 12장 10절.

마귀의 머리를 부수고, 그 백성을 죄에서, "ex omnibus iniquitatibus(그 모든 사악에서)"[33], 해방시켜줄 구주(救主)가 강림할 것이다. 영속하게 될 신약(新約)이 있게 될 것이며, 멜키세덱의 자리에 따르는 다른 제사장(祭司長)이 정해진다. 이것도 영속한다.[34]

그리스도는 영광스러워지고 유능하고 강해진다. 하지만 가엾게도 사람들은 그가 누구인지를 모른다. 사람들은 그를 그대로 받아들이지 않고 그에 반항했으며 그를 죽였다. 그를 부인한 그 백성은 이미 그의 백성이 아니며, 우상을 섬기는 자들이 그를 받아들이고 그에게 구원을 바란다. 그는 시온을 떠나 우상숭배의 중심지를 통치하러 간다. 그러나 유대인은 그냥 존속한다. 그는 유대 민족에게서 났으며, 왕이 없는 시대에 탄생한다.

주

1 판Pan은 그리스 신화의 목양신이다. 플루타르크는 그의 저서 《신탁중지론(神託中止論)》속에서 다음과 같은 말을 하고 있다. 즉 티베르 강변에 사는 타무스란 사람이 어떤 날 "위대한 판(牧羊神)은 죽었다"라는 고함 소리를 들었다고. 판은 그 어원이 와전된 것으로 대전le Grand Tout을 상징하는 것이 아닌가 한다. 즉 이 고함 소리는 이교의 죽음을 뜻했을 것이다.

2 〈사도행전〉 17장 11절.

3 〈창세기〉 49장 10절 참조.

4 〈다니엘〉 2장 참조.

5 〈창세기〉 48장 22절.

6 〈창세기〉 48장 19절.

7 괄호 속의 이 말은 난 외에 있던 것.

8 괄호 속의 이 말은 난 외에 있던 것.

9 〈이사야〉 43장 8절 이하.

10 괄호 속의 이 말은 난 외에 있던 것.

11 파스칼이 번역한 이 성구(聖句)는, 현행 방역(邦譯) 성서와는 약간 다르다.

12 〈이사야〉 6장 9절.

13 그로티우스《그리스도교의 진리에 관해》 5권 14장.

14 〈예레미야〉 13장 13절.

15 〈예레미야〉 7장 18절.

16 〈요한복음〉 19장 15절.

17 《푸기오》 중의 라틴어 문장의 번역. 〈시편〉 22편 17절의 주해.

18 〈이사야〉 50장.

19 〈이사야〉 51장.

20 〈신명기〉 13장 16~19절.

21 유대인이 신에게 바친 연산(年産)의 10분의 1의 곡물이나 가축을 말한다.

22 〈에스겔〉 30장 13절 참조.

23 〈말라기〉 1장 11절 참조.

24 〈시편〉 12편 11절 참조.

25 〈예레미야〉 31장 34절.

26 〈요엘〉 3장 28절.

27 〈예레미야〉 32장 40절.

28 Sentiment(감성)을 여기서는 Intuition(직관)이라는 뜻으로 사용했다.

29 〈이사야〉 2장 13절 참조.

30 〈이사야〉 65장 2절.

31 〈신명기〉 28장 29절 참조.

32 〈말라기〉 4장 5절 참조.

33 〈시편〉 130편 8절.

34 〈시편〉 110편 4절 참조.

제12편 예수 그리스도의 증거

737　……거기서부터 나는 모든 다른 종교를 거부한다. 거기에서 나는 모든 항의에 대한 회답을 발견한다. 지순한 신이 마음이 정화된 사람들에게만 자기를 나타내심은 정당하다.

거기서부터 이 종교는 내게 사랑스러워진다. 그리고 나는 이 종교가 그렇게나 성스러운 도덕으로 충분히 권위가 부여되어 있음을 발견한다. 그러나 나는 거기에서 그 이상의 것도 발견한다.

인간의 기억이 계속된 이래, 여기 다른 어느 민족보다 앞서 존재한 민족이 있고, 인간이 전반적으로 부패해 있으나, 한 구제자가 오리라는 것은 인간에게 끊임없이 선언되어왔다. 그가 오기 전에 한 민족 전체는 그것을 예언하고, 그가 온 후에 한 민족 전체가 그를 숭배하며 또 그것을 말한 이는 한 사람이 아니라 무수한 사람들이고, 전체가 4천 년 동안 예언하고 명시되도록 한 것을 나는 유효하게 본다. 그들의 책자가 4백 년간 흩어져 있었다는 것도.

그런 책들을 살피면 살필수록 나는 거기서 많은 진리를 발견하게 된다. 즉 앞선 자와 뒤따랐던 자, 마침내는 우상도 없고 왕도 없게 된 그들, 그리고 예언된 유대 교회와 그것을 좇는 가련한 사람들, 우리의 적인데도 그들의 비참함과 맹목까지도 예언된 그 예언들의 진실에 대한 놀라운 증거가 되는 사람들 등.

나는 그 권위, 기간, 영속, 도덕, 행위, 교리와 효과 등에 있어서 이 연관성 및 이 종교가 완전히 신성함을 발견한다. 예언된 유대인의 두려운 암흑, "Eris palpans in meridie(너희는 대낮에도 손으로 더듬으리라)."[1] "Dabitur liber scienti litteras, et dicet : Non possum legere(한 권의 책을 무식한 사람에게 주려니, 그는 말하기를 '무식하다'고 할 것이니라)."[2] 아직도 최초의 이방인 찬탈자(簒奪者)의 손아귀에 있는 왕홀(王笏), 예수 그리스도 강림의 복음.

그리하여 나는 내 구주에게 두 손을 내민다. 그는 4천 년 전부터 예언되어오다가, 이미 예언되었던 그 시기에 그 모든 사정 아래서 나를 위해 고난을 받고 죽으러 이 땅 위에 오셨다. 그리고 나는 그와 영원히 결합된다는 희망을 가지고 그의 은총을 입어 평화롭게 죽음을 기다린다. 그러나 그가 내게 주시기를 즐겨한 행복 속에서나, 내 행복을 위해 내게 보내주시고 또 그의 예를 통해 나로 하여금 인내하는 것을 알게 하신 불행 속에서도 나는 기쁨을 가지고 산다.

738 예언은 메시아의 강림에 전부 이루어져야 할 갖가지 표지를 발표했으므로, 그런 모든 표지는 동시에 일어나지 않으면 안 된다. 그리하여 다니엘의 70주가 다 되었을 때, 제4왕국이 도래하고 왕권이 유다에서 이탈해야만 하는 것이었다. 그때 메시아가 오시게끔 되어 있었고, 내가 메시아라 일컫는 예수 그리스도가 왔다. 이런 모든 것이 하등 곤란 없이 행해졌고 이러한 것은 예언의 진실함을 잘 입증한다.

739 예언자들은 예언을 했지만, 예언되어 있지는 않았다. 다음

에 성도(聖徒)들은 예언되었지만 예언하지 않았다. 예수 그리스도는 예언되어 있었고 또 예언을 했다.

740   두 개의 성서가 본 예수 그리스도는, 구약에서는 그의 희망으로서, 신약에서는 그의 모범으로서 다같이 중심이 되고 있다.

741   세상에서 가장 오래된 두 책은 모세와 욥의 것이다. 하나는 유대인이고 또 하나는 이교도인데, 이 두 사람은 예수 그리스도를 그들의 공통된 중심으로, 또 목적으로 본다. 즉 모세는 아브라함, 야곱 등에 대한 신의 약속과 그 예언을 이야기함으로써, 욥은 "Quis mibi det ut, etc. Scio enim quod redemptor meus vivit, etc(원하건대 나의 말이 기록되기를 운운. 나를 속죄해주시는 이가 살리라는 것을 운운)."³

742   복음서는 성모의 처녀성에 관해 예수 그리스도가 탄생할 때까지밖에 이야기하지 않는다. 모두 예수 그리스도에 관해 이야기한다.

예수 그리스도의 증거

743   무엇 때문에 〈룻기〉가 보존되었는가? 무엇 때문에 다말의 이야기는?

744   "기도하라, 유혹에 빠질까 두려워하며."⁴ 유혹당하는 것은 위험한 일이다. 유혹당하는 자는 그들이 기도를 하지 않았기 때문

이다.

"Et tu conversus confirma fratres tuos(너는 돌이킨 후에 네 형제를 굳게 하라)."

그러나 그보다 앞서 "conversus Jesus respexit petrum(주께서 돌이켜 베드로를 보시니)."⁵

성 베드로는 말고를 칠 허락을 구하고 대답을 듣기에 앞서 그를 쳤다. 그래서 예수 그리스도의 대답은 후에 행해진다.⁶

유대인의 무리가 빌라도 앞에서 예수 그리스도를 고발하면서 우연히 부르짖은 '갈릴리'란 말⁷은 예수 그리스도를 헤롯에게 보낼 구실을 빌라도에게 주었다. 이로 인해 그가 유대인과 이방인의 심판을 받게 되리라는 비의(秘義)가 이루어졌다. 언뜻 보기에는 우연인 것 같지만, 이 우연이 비의 성취의 원인이었다.

745   믿기를 주저하는 사람들은 유대인도 믿지 않았다는 데서 그 구실을 찾는다. "그것이 그렇게 명백했다면 왜 유대인들이 믿지 않았을까"라고. 그리고 그들이 믿기를 거부한 선례 때문에 자기들의 신앙에 주저함이 없도록 하기 위해 그들이 믿었으면 하는 생각을 정말 한다. 그러나 그들의 거부는 바로 우리 신앙의 토대인 것이다. 만일 그들이 우리 편이었다면, 우리는 신앙을 더 한층 등한히 했을 것이다. 우리는 더 큰 어떤 구실을 마련했을 것이다. 유대인을 예언된 사실에 대한 대단한 애호자를 만드심과 또 그 완성의 큰 적으로 만드심은 실로 놀라운 일이다.

746   유대인은 크고 눈부신 기적에 젖어 있었다. 그래서 홍해나

가나안 땅에서의 위대한 솜씨도 그들 메시아의 위대한 일의 전조라 생각했기 때문에 그들은 더 눈부신 기적, 즉 모세의 기적이 표본에 지나지 않는 큰 기적을 기대하고 있었다.

747 육적인 유대인과 이교도는 고난에 처해 있고 기독교도도 역시 그렇다. 이교도에겐 속죄주(贖罪主)가 없다. 그들은 그런 것을 바라지도 않기 때문이다. 유대인에게도 속죄주는 없다. 그들은 그것을 헛되이 바란다. 속죄주는 기독교도를 위해서만 존재한다(영속성을 보라).

748 메시아의 시대에 백성들은 서로 갈라져 있었다. 영적(靈的)인 사람들은 예수를 신봉했고, 조잡한 인간들은 메시아를 위한 증거로서 도움이 되었을 따름이다.

749 "만약 그것이 유대인에게 명확하게 예언되었다면, 어떻게 그들이 그것을 믿지 않았을까? 또 그들은 그렇게 분명한 일에 반항해, 어떻게 전멸당하지 않았을까?"
— 나는 대답한다. 첫째 그들은 그렇게 분명한 일을 믿지 않을 것이며, 또 그들이 멸하지도 않으리라는 것이 예언되어 있었다. 그리고 이것처럼 메시아에게 영광스러운 것은 없다. 왜냐하면 예언자들이 존재했다는 것만으로는 충분하지 않고 그들의 예언이 의심을 받지 않고 보존됨이 필요했기 때문이다. 그런데 운운.

750 만일 유대인들이 예수 그리스도에 의해 전부 개심되었더

라면, 우리는 의심나는 증거만을 가지고 있을 뿐이다. 그들이 또 전멸했더라면 우리는 증거를 하나도 갖지 못한다.

751 예언자들은 예수 그리스도에 대해 무어라 말했는가? 그가 분명히 신이라 했던가? 아니다. 그러나 그는 정말로 감추어진 신이다. 그는 무시당할 것이다. 사람들은 이 사람이 (예언에 나온) 그 사람이라고 전혀 생각지 않을 것이다. 그는 뜻하지 않은 장해물이 되고, 많은 사람이 거기에 상처를 입으리라 운운하고 예언되어 있다. 그러므로 명확성이 부족하다고 우리를 책해서는 안 될 것이다. 우리가 그것을 공언하고 있는 이상.
—그러나 막연한 데가 있다고 사람들은 말한다—그런 것이 없다면 아무도 예수 그리스도에 걸려 다치지는 않을 것이다. 그리고 이것은 예언자들의 명시된 의도의 하나인 것이다. "Excaeca……(마음을 둔하게 하고)."⁸

752 모세는 먼저 삼위일체와 원죄, 메시아를 가르쳐준다.
다윗, 위대한 증인, 선량하고 자애 깊은 왕, 아름다운 영혼, 현명하고 든든한 인물인 그는 예언하고 기적을 이루었는데 그것은 무한히 많다. 그가 허영심을 가졌더라면 그는 자기가 메시아라고만 말했으면 되었을 것이다. 그에 관한 예언은 예수 그리스도에 대해서보다 훨씬 명확하니까. 성 요한에게서도 마찬가지다.

753 헤롯은 메시아를 믿고 있었다. 그는 유다의 왕권을 빼앗았으나 유다 출신이 아니었다. 그는 유력한 당파를 만들었다. 발코스

바와 유대인에 수락되었던 또 한 사람.[9] 그 당시 도처에 유포되었던 소문, 스에토니스, 타키투스, 요세프스.

시대를 3기(三期)로 헤아리는 사람들에 대한 그리스인의 주술.

메시아에 의해 왕권이 영원히 유다에 머물고, 또 그의 강림으로 왕권을 유다에게 탈취한다면 메시아는 어떤 방법을 취해야만 했을까? 그들이 보고서도 못 본 척, 듣고서도 못 들은 척하도록 만들려면 이 이상 더 잘 행해질 수가 없었을 것이다.

754 "Homo existens te Deum facit(네가 사람이 되어 자칭 하느님이라 함이로라)."[10]

"Scriptum est 'Dii estis' et non potest solvi Scriptura(기록된 바, 내가 너희를 신이라 했노라 하지 아니했느냐. 성경은 폐하지 못하나니)."[11]

"Haec infirmitas non est ad vitam et est ad mortem(이 병은 죽을병이 아니다. 그러나 죽는다)."[12]

"'Lazarus dormit', et deinde dixit : Lazarus mortuus est('나사로가 잠들었도다', 다음에 그는 '나사로가 죽었느니라')."[13]

755 복음서의 외관상의 불일치.

756 장차 일어날 일을 분명히 예언하고 사람들을 눈멀게 함과 동시에 눈뜨게 한다는, 그의 의도를 공언하고, 장차 일어날 명백한 일 가운데 막연한 것을 섞어놓은 사람에게 경의 외에 무엇을 가질 수 있는가?

757 제1의 강림 시기는 예언되었으나, 제2의 강림 시기는 예언되어 있지 않다. 그 이유는 첫 번째 것이 남 모르게 행해질 것이지만, 두 번째 것은 눈부시며, 그들의 적마저 그것을 알지 않을 수 없도록 명백해야 하기 때문이다. 그러나 그는 슬며시 와야 했고 성서를 깊이 연구하는 사람들에게만 알릴 작정이었다.

758 신은 메시아를 선인(善人)에게 인식시키고, 악인에게는 인식시키지 않기 위해 그것을 이와 같이 예언시켰던 것이다. 만일 메시아가 강림하는 방식이 명확히 예언되어 있었다면, 악인을 위해서도 역시 막연한 점이 없어졌을 것이다. 만일 그 강림의 시기가 막연하게 예언되어 있었으면, 선인을 위해서도 막연한 바가 있었을 것이다. 왜냐하면 '그 마음의 착함'이 예를 들면 폐쇄된 mem(멤)이 6백년을 뜻한다는 유의 것을 그들에게 이해시킬 수 없었을 테니까. 그래서 시기는 명백하게 예언되었고 방식은 표징으로 예언되었다.

이러한 방법 때문에 악인은 약속된 행복을 물질적으로 해득해, 그 시기가 명백히 예언되었음에도 갈피를 잡지 못하며, 선인은 미혹하지 않았다. 왜냐하면 약속된 행복의 이해는 자기가 사랑하는 것을 '행복'이라 부르는 그 마음에 달린 것이다. 그러나 약속된 시기의 이해는 마음에 달려 있는 것이 아니다. 그리하여 시기의 명백한 예언과 행복의 막연한 예언은 악인들만을 속일 뿐이다.

759 유대인이나 기독교도들 중 어느 한쪽이 악인이어야만 한다.

760 유대인은 그를 거부하지만, 모두가 거부하는 것은 아니다.

성도들은 그를 받아들이고 육적인 인간은 그를 받아들이지 않는다. 이것은 그의 영광에 위배되는 것이 아니라 오히려 그것을 완성하는 최후의 관건이다. 그들이 그를 받아들이지 않는 이유, 그것도 그들의 모든 서류, 《탈무드》나 라비들의 책 속에 있는 유일한 이유란 예수 그리스도가 무기를 손에 들고 모든 국민을 정복하지 않았던 데에 있다. "gladium tuum, potentissime(능한 자여, 칼을 허리에 차라)."[14]

"그들은 그 밖에 이야기할 것이 없는가? 그들은 말하기를 예수 그리스도는 살해되었다고 했다. 그는 패배했다. 그는 힘으로 이교도를 정복하지 않았다. 그는 이교도에게 취한 전리품(戰利品)을 우리에게 주지 않았다. 그는 재물을 주지 않았다. 그들은 그 밖에 할 이야기가 없는가? 그가 내게 사랑스러움은 바로 이 때문이다. 나는 그들이 바라고 있는 그러한 메시아를 바라지 않는다." 그들로 하여금 그를 받아들이게 하는 데 방해가 되었던 것이 바로 그의 생애였다는 것은 분명하다. 그리고 이런 거부로 말미암아 그들은 비난할 여지도 없는 증인이 되었고, 나아가서 그것으로써 그들은 예언을 성취시켰다.

"이 민족이 그를 받아들이지 않았다는 그 수단으로 말미암아, 다음과 같은 경이가 생겼다. 즉 예언은 사람이 할 수 있는 유일한 영속적 기적이지만, 자칫하면 거부되기 쉽다는 것이다."

761 유대인은 그를 메시아로 받아들이지 않기 위해 그를 살해함으로써 그에게 메시아의 최후의 증거를 주었다.

그를 계속 부인함으로써 그들은 스스로 비난할 여지없는 증인이 되었다. 그를 죽이고 그를 계속 거부함으로써 예언을 성취했다. 〈이사야〉 6장, 시편 71편.

762   그의 적인 유대인이 할 수 있었던 것은 무엇인가? 그들이 그를 받아들였으면, 그 수락 행위로 말미암아 그가 메시아임을 증명하게 된다. 왜냐하면 메시아의 대망의 수락자들이 그를 수락하는 셈이니까. 또 그들이 그를 거부하면 그 거부 행위로 말미암아 그를 증명하게 된다.

763   유대인들이 그가 신인지 아닌지 시험하면서 그가 사람이었음을 나타내 보였다.

764   교회는 예수 그리스도의 인성(人性)을 부인하는 자들에게, 그가 인간이었음을 보여주기 위해 그가 신이었음을 보여주는 것만큼 고생했다. 외관은 다같이 위대했다.

상반의 원천

765   십자가의 죽음에까지 간 겸손하신 자, 자기의 죽음으로 죽음을 이겨낸 메시아. 예수 그리스도에게 있는 두 개의 성질, 두 개의 강림, 인간 본성의 두 가지 상태.

표징

766   구주, 하느님 아버지, 제사장, 제물, 양식, 왕, 현자, 입법자, 수난자, 빈자(貧者), 다스리고 양육해 자기의 땅으로 인도할 그

백성을 만드시는 분…….

　　예수 그리스도. 직무

　　그는 선발되고 성스럽고 선택된 한 위대한 민족을 자기 혼자서 만들고, 그 민족을 다스리며, 양육해 안식과 신성의 장소로 그 민족을 데리고 가지 않으면 안 되었다. 그리고 신 앞에서 성스럽게 만들고, 신의 성전으로 삼고, 신과 화해시키고, 신의 분노에서 민족을 구출하며, 인간의 마음을 분명히 군림하는 죄의 속박에서 해방시키고, 그 백성에게 율법을 주고, 그 율법을 그들의 마음에 아로새겨주고, 그들을 위해 신에게 스스로를 바치며, 그들을 위해 자기를 희생하며, 흠 없는 제물이 되고, 스스로 제사장이 되고, 그 자신을, 즉 살과 피를 먼저 바치고, 게다가 빵과 포도주를 신에게 바치고자 하지 않으면 안 되었다.

"Ingrediens mundum(세상이 임하시다)."[15]
"돌 위에 돌을."[16]
앞섰던 것과 그 뒤를 따른 것. 온 유대인은 존속하고 방황한다.

767　　땅 위에 있는 모든 것 중, 그리스도는 불쾌한 것에만 참여하고, 유쾌한 것에는 참여하지 않는다. 그는 이웃을 사랑하나, 그의 사랑은 그 범위 안에만 국한되는 것이 아니고 그의 원수에게, 나아가서는 신의 원수에게까지 미친다.

768　　요셉에 의해 표징된 예수 그리스도. 아버지의 총애를 받고, 아버지의 부르심을 받고 그 형제를 만나러 간다, 등등. 죄가 없

고, 형제들에 의해 은화 20전에 팔리고 그 때문에 그들의 주인, 그들의 구주, 이방인의 구주, 세상의 구주가 되었다. 그를 없애고, 그를 팔아치우고, 배척하려던 그 형제들의 의도가 없었다면 이런 일은 있지 않았을 것이다.

감옥 안에서 두 죄수 틈에 낀 죄 없는 요셉, 두 도둑 사이에 낀 십자가에서의 예수. 요셉은 같은 현상에 놓인 두 사람에게 한 사람에게는 구원을, 또 한 사람에게는 죽음을 예언한다. 예수 그리스도는 같은 죄목일지라도 선택된 자를 구원하고, 버림받은 자를 형벌한다. 요셉은 예언할 뿐이고 예수 그리스도는 실행한다. 요셉은 구제된 자에게 그가 영광 속에 있게 될 때 자기를 기억해주기를 청했다. 예수 그리스도의 구원을 받은 자는 그리스도가 그의 왕국에 계시게 될 때 자기를 기억해달라고 청했다.

769 이교도의 개심은 메시아의 은총이 나타나도록까지 보류되어 있을 뿐이다. 유대인들은 오랫동안 그들과 싸웠으나, 성공하지 못했다. 솔로몬과 예언자들이 그들에게 말한 모든 것은 무익했다. 플라톤이나 소크라테스 같은 현자들도 그들을 설득할 수는 없었다.

770 미리 많은 사람이 온 뒤, 드디어 예수 그리스도가 강림해서 말한다. "나는 여기 있다. 때는 왔다. 예언자들이 장차 때가 이른 뒤 일어나리라고 말한 모든 것을 나는 내 사도들이 행하리라고 너희에게 말한다. 유대인들은 버림받게 되고 예루살렘은 곧 파괴되리라. 그리고 이교도는 신을 알게 되리라. 너희들이 포도원의 상속자를 죽인 뒤, 내 사도가 그 일을 행하리라."[17]

다음에 사도들이 유대인에게 말한다. "너희는 저주받으리라."(켈수스는 그것을 비웃었다) 또 이교도에게는 "너희는 신을 알게 되리라"고 말했다. 그리고 이것은 그때에 이루어졌다.

771 예수 그리스도는 눈이 밝은 사람을 눈멀게 하고, 장님에게 시력을 주고, 병든 자를 낫게 하고 건강한 자를 죽이고, 죄인을 회개하게 해 의롭게 하고, 의인(義人)을 죄 속에 있게 하고, 가난한 자를 채우고, 부자를 비게 하러 오셨다.

청정(淸淨)

772 "Effundam spiritum meum(내 혼을 부어주리라)."[18] 만민은 불신과 사욕 속에 있고, 온 땅은 열렬히 사랑에 불타고, 왕후는 그 영화를 버리고, 소녀들은 순교를 감수한다. 이런 힘이 어디서 오는가? 그것은 메시아가 오셨기 때문이다. 곧 그의 강림의 실현이며 증거인 것이다.

773 예수 그리스도에 의한 유대인과 이교도의 차별 철폐, "Omnes gentes venient et adorabunt eum(열방의 온 족속이 주 앞에 경배하리라)."[19] "Parum est ut, etc(가벼운 일이다, 운운)."[20] "Postula a me(나에게 구하라)."[21] "Adorabunt eum omnes reges(만왕이 그 앞에 굴복하며)."[22] "Testes iniqui(불의한 증인)."[23] "Dabit maxillam percutienti(나를 때리는 자에게 뺨을 돌려라)."[24] "Dederunt fel in escam(쓸개를 나의 먹을 것으로 주며)."[25]

774   만민을 위한 예수 그리스도. 한 민족을 위한 모세. 아브라함으로 축복받은 유대인. "나는 너를 축복하는 자를 축복해주리라."[26] 그러나 "너희 자손에 의해 만민이 축복받으리라."[27] "Parum est ut, etc(가벼운 일이다, 운운)."[28]

"Lumen ad revelationem gentium(이방인을 비춰주는 빛)."[29]

"Non fecit taliter omni nationi(신이 어느 나라 백성도 이렇게 취급하시지 않았다)"[30]라고 다윗은 율법에 관해 말했다. 그러나, 예수 그리스도에 관해서 말하려면 다음과 같이 말해야 한다. "Fecit taliter omni nationi(주는 어느 나라도 이처럼 취급하셨다)", "Parum est ut(가벼운 일이다)" 등등…… 〈이사야〉.

이와 같이 보편화한 것은 예수 그리스도 덕택이다. 교회조차 신자를 위해서만 제물을 바친다. 예수 그리스도는 만민을 위해 십자가의 제물을 바치셨다.

775   'Omnes'를 모두라고 해석하는 이단이 있고, 때때로 모두라고 해석하지 않는 이단이 있다. "Bibite ex hoc omnes(너희들 모두 이제부터 마셔라)."[31] 위그노는 이것을 '모두'라고 해석하는 이단이다. "In quo omnes Peccaverunt(모든 사람이 죄를 범했다)."[32] 위그노는 신자의 아이들을 제외하는 이단이다. 그러므로 저마다의 경우를 알기 위해서는 교부들과 교회의 전통을 좇아야 한다. 왜냐하면 어느 쪽에도 두려워할 이단이 있을 터이니까.

776   "Ne timeas pusillus grex(두려워 말라, 적은 무리들아)."[33] "Timore et tremore(두려워 떨면서)."[34]— "Quid ergo? Ne timeas,

[modo] timeas(그러면 어떤가? 너희들 두려워하라, 두려워하지 말라)."³⁵ 두려워하고 있다면 두려워하지 말라. 그러나 두려워하고 있지 않다면 두려워하라.

"Qui me recipit, non me recipit, sed eum qui me misit(나를 받아들이는 자는 나를 받아들이는 것이 아니라, 나를 남겨놓은 자를 받아들이는 것이다)."³⁶

"Nemo scit, neque Filius(누구도 모른다)."³⁷

"Nubes lucida obumbravit(빛나는 구름이 그들을 가린다)."³⁸

성 요한은 아버지의 마음을 아들에게 돌릴 작정이었고, 예수 그리스도는 분쟁을 자아내신다.³⁹ 이것들은 모순되지 않는다.

777   'In communi(일반적)' 사실과 'In particulari(특수적)' 사실. 반(半) 펠라기우스파가 '특수적'으로만 진(眞)인 것을 '일반적'인 것이라고 주장하는 점이 잘못이다. 또 칼뱅파가 일반적으로 진인 것을 특수적이라고 말하는 점이 잘못이다(내게는 그렇게 생각된다).

778   "Omnis Judaea regio, et Jerosolomytae universi, et baptizabantur(온 유대 지방과 온 예루살렘 사람이 모두 세례를 받았다)."⁴⁰ 모든 신분의 사람이 거기 모였기 때문에 이런 돌로도 아브라함의 자손이 되게 할 수 있다.⁴¹

779   인간이 자기를 알았다면, 신은 치료하고 용서해주셨으리라. "Ne convertantur et sanem eos(다시 돌아와서 고침을 받을까

하노라).")."⁴² "et dimittantur eis peccata(돌이켜 죄사함을 얻지 못하게 하기 위해)."⁴³

780   예수 그리스도는 들어보지 않고 정죄하지는 결코 않는다. 유다에게 "Amice, ad quid venisti?(친구여, 무엇을 하려고 왔는지?)"⁴⁴ 혼례복을 입지 않았던 사람에 대해서도 마찬가지다.⁴⁵

781   속죄의 전체성의 표징은 태양이 만물을 비추듯 전체를 표시할 뿐이다. 그러나 제외성(除外性)의 '표징'은 이방인을 제외하고 유대인을 선정한 것처럼 제외를 표시한다.
  '만민의 속죄주 예수 그리스도.' — 그렇다. 왜냐하면 그는 그에게 오기를 원하는 모든 자를 속죄한 사람으로서 속죄해주시기 때문이다. 도중에서 죽는 사람들은 그 사람의 불행이다. 그러나 그의 편으로 말한다면 그는 그들을 속죄해준 셈이다—속죄하는 사람과 죽음을 막는 사람이 다른 사람일 경우에 이 예는 타당하다. 그러나 이 양자를 겸한 예수 그리스도의 경우, 이것은 합당치 못하다—아니다. 왜냐하면 예수 그리스도는 속죄주의 자격으로서 만민의 주(主)가 되신 것은 아닐 것이다. 따라서 그는 그로서 만민의 속죄주인 것이다.
  예수 그리스도가 만민을 위해 죽은 것이 아니라고 말하면, 너희는 이 예외를 즉시로 자기에게 적용하는 인간에게 있기 쉬운 병폐에 빠진다. 그것은 인간의 희망을 조장하기 위해 왜곡하는 대신 절망을 조장하기 위해 그렇게 하는 것이다. 왜냐하면 사람은 그와 같이 외적 습관을 통해 내적 덕(德)에 익숙해지는 것이니까.

782   죽음에 대한 승리. 사람이 전 세계를 얻게 된다 해도 자기의 넋을 잃어버리면 무엇이 유익하리요, 제 영혼을 지키고자 하는 자는 그것을 잃을 것이다.⁴⁶ "내가 율법이나 선지자나 폐하러 온 것이 아니요 완전하게 하려 함이로다."⁴⁷

"어린 양은 세상의 죄로 제거하지 않았다. 그러나 나는 죄를 제거하는 어린 양이니라."

"모세는 하늘의 빵을 너희에게 주지 않았다. 모세는 너희를 포로에서 해방시키지 않았다, 또 너희를 정말 자유롭게 하지 못했다."

783   ……그때 예수 그리스도가 강림하사 인간에게 말씀하셨다. 인간은 그 자신밖에 다른 적이 없으며, 신에게 그들을 갈라놓는 것은 그들의 정욕이라고. 그는 그 정욕을 부수고 그의 은총을 인간에게 베푸시고자 오셨다. 그것은 너희 전부로 하나의 성스러운 교회를 만들고자 함이다. 그는 그 교회에 이교도와 유대인을 끌어들이고, 이교도의 우상과 유대인의 미신을 깨뜨리고자 왔다고. 이런 말에 모든 사람이 저항한다. 그것은 단지 사념의 자연스러운 저항에 의해서가 아니다. 그 가운데서도 땅 위의 왕들은 이미 예언되어 있듯이, 이제 갓난 이 종교를 폐하려고 결탁했다(예언, "Quare fremerunt gentes…… regest terrae……adversus Christum(어찌해 열방이 분노하며…… 세상의 군왕들이 그리스도에 대적해).")⁴⁸

땅 위에서 위대한 모든 자와, 학자, 현인, 왕 들이 서로들 결탁한다. 학자는 기록하고, 현자는 심판하고, 왕들은 사형에 처한다. 그 모든 반항에도 아랑곳없이 이 평범하고도 힘없는 무리는 그런 일체의 권력에 저항하고, 왕, 학자, 현자들을 굴복시키고, 우상숭배를 온 땅에서 몰아낸다. 그리고 이 모든 것은 그것을 예언했던 힘에 의해 행해진다.

784 예수 그리스도는 악마의 증언이나 부르심을 받지 않은 자의 증언을 원치 않았다. 그러나 신과 세례 요한의 증언은 원하셨다.

785 나는 모든 사람들 속에서, 또 우리 자신 속에서 예수 그리스도를 본다. 사람의 아버지 속에 아버지로서의 예수 그리스도, 사람의 형제 속에 형제로서의 예수 그리스도, 가난한 사람들 속에 빈자로서의 예수 그리스도, 부자 속에 부자로서의 예수 그리스도, 사제 속에 박사 및 사제로서의 예수 그리스도, 왕후 속에 주권자로서의 예수 그리스도 등등. 왜냐하면 그는 신이니까, 위대한 것 일체가 그의 영광으로 말미암음이고, 허약하고 비열한 것 일체는 그의 죽어야 할 생명으로 말미암은 것이니까. 모든 인간 속에 있고, 모든 상태의 모델이 될 수 있기 위해, 그는 그러한 불행한 상태를 택하신 것이다.

786 세상에 알려지지 않은 예수 그리스도(세속적인 뜻에서 알려지지 않은 것인데) 국가의 중대사만 기록하는 사가(史家)들이 그를 알까말까 했을 정도이다.

요세프스도, 타키투스도, 그 밖에 사가(史家)들도 예수 그리스도에 관한 이야기를 하지 않은 것에 대해

787 이것은 반증이 되는 것이 아니라 오히려 확증이 된다. 예

수 그리스도가 실재했다는 것, 그의 종교가 큰 소문을 낳았다는 것, 이 사람들이 그를 모르지 않았다는 것 등이 확실하고, 따라서 그들이 계획적으로 그것을 숨기고 있었거나 아니면 말하기는 했는데 사람들이 그것을 금지 또는 개작했음이 분명하기 때문이다.

788 "내가 7천 인을 남기리니."[49] 나는 세상에 알려지지 않고 예언자들에게도 알려지지 않은 예배자들을 사랑한다.

789 예수 그리스도가 사람들 사이에 알려지지 않고 있었던 것처럼, 그의 진리도 보통 의견들 가운데 외관상 아무런 차이도 없이 머물러 있다. 이와 마찬가지로 성체(聖體)도 보통의 빵 속에 들어 있다.

790 예수 그리스도는 재판의 형식을 밟지 않고 죽음을 당하는 것을 원치 않았다. 왜냐하면 재판을 받아 죽는 것이 부정한 소동에 의해 죽는 것보다 훨씬 불명예로운 것이기 때문이다.

791 빌라도의 거짓 재판은 예수 그리스도를 더 한층 괴롭혔을 따름이다. 왜냐하면 그의 거짓 재판을 이유로 그리스도를 매맞게 했으며 다음에는 그를 죽였기 때문이다. 차라리 그를 단숨에 죽여 버리는 편이 나았을 것이다. 이와 같이 거짓 의인도 마찬가지다. 그들은 세상의 마음에 들기 위해, 또 전혀 예수 그리스도의 편이 아님을 드러내 보이기 위해 선한 일도 하고 악한 일도 한다. 예수 편임을 부끄럽다 할 것이기 때문이다.

결국 큰 유혹이나 기회가 오면 그들은 그를 죽이고 만다.

792 어느 인간이 그 이상의 광채를 발했을까? 유대 민족은 그의 강림에 앞서 전체가 그를 예언했다. 이방인은 그가 강림한 후 그를 경배한다. 이방인과 유대인, 이 두 백성은 그를 그들의 중심이라 생각한다.

그럼에도 그처럼 이 광채를 누리지 않았던 자가 있었던가? 33년에서 30년은 눈에 띄지 않고 살았다. 3년 동안 그는 사기사(詐欺師)로 취급받는다. 사제(司祭)와 장로(長老)는 그를 거부하고, 벗과 근친들은 그를 경멸한다. 결국 그는 그의 친구의 한 사람에게 배반당하고, 다른 한 사람에게 부인되고, 모든 사람에게 버림받아 죽게 된다.

그러면 그는 그러한 광채에 무슨 덕을 보았는가? 이처럼 큰 광채를 가진 이도 없었지만, 이처럼 많은 치욕을 받은 이도 없다. 이런 모든 광채는 우리가 그를 알도록 하기 위해 도움을 주었을 뿐, 그 자신을 위해서는 아무것도 취하지 않았다.

793 신체에서 정신에 이르는 무한의 거리는 정신에서 사랑까지의 무한 이상의 무한한 거리를 상징한다. 왜냐하면 사랑은 초자연적이기 때문에.

위대함의 모든 광채는 정신의 탐구에 빠진 사람들로 그 빛을 잃는다.

정신적인 사람들의 위대함은 왕, 부자, 장군, 그리고 모든 육에 있어서 위대한 인간들에게는 보이지 않는다.

신에게서 오는 것이 아니라면 무(無)라고나 할 지혜의 위대함은 육적인 인간에게도 정신적인 인간에게도 보이지 않는다. 이것들은 유(類)를 달리하는 3개의 질서다.

위대한 천재들은 그들의 권력, 그들의 광채, 그들의 위대함, 그들의 승리, 그들의 광휘를 가지고 있고, 육적인 위대함이 조금도 필요치 않다. 그들은 육적인 위대와 아무런 관계가 없다. 그것들은 눈에 보이지는 않지만, 정신으로는 볼 수 있다. 그것으로 충분하다.

성도들은 그들의 권력, 그들의 광채, 그들의 승리, 그들의 광휘를 가지고 있고, 정신적·육체적인 위대함이 조금도 필요치 않다. 그들의 위대함은 육적 내지 정신적인 것과는 아무 관계가 없다. 왜냐하면 그것은 그들에게 더해주는 바도 없고 빼는 바도 없기 때문이다. 성도들의 위대함은 신과 천사에게는 보이고, 육신이나 호기적인 정신에는 보이지 않는다. 신은 그들만으로 족하다.

아르키메데스는 광채 없이도 같은 존경을 받는다. 그는 눈에 보이는 전쟁을 일으키지 않았다. 그러나 그는 모든 정신적인 사람들에게 그의 창의를 제공했다. 오! 그는 정신적인 사람들에게 얼마나 광휘를 던져주었던 것인가!

예수 그리스도는 재산도 없고 학문의 대외적인 어떤 업적도 없이 신성한 질서 속에 계신다. 그는 창의를 제공하지도 않았고, 지배하지도 않았다. 그러나 겸손하고 인내심 깊고 성스러워, 신에 대해는 성스럽고 악마에 대해서는 무서웠고, 아무런 죄도 없었다. 오! 지혜를 판단하는 마음의 눈을 가진 자에게 그는 얼마나 위대한 장려함과 놀라운 화려함을 가지고 강림하셨던가!

아르키메데스에게는 그 기하학의 책에서 왕자처럼 행세한다는 일은 비록 그가 왕자였다 할지라도 무용했을 것이다.

우리 주 예수 그리스도에게도 그의 성스러운 세계에서 빛나기 위해 왕으로 강림한다는 것은 무용했을 것이다. 그러나 그는 그의 질서에 합당한 광채를 가지고 거기 오셨다.

예수 그리스도의 비천을 마치 이 비천함이 그가 오셔서 나타내려고 한 위대함과 같은 질서에 속한다고 하면서 욕한다는 것은 퍽 우스운 일이다. 이 위대함을 그의 생애 속에서, 그의 수난과 그의 알려지지 않음 속에서, 그의 죽음과 제자들의 선정과 그들에게 버림받음과, 그의 비밀스러운 부활 등에서 본다. 그 외의 사람들은 그것이 얼마나 위대한가를 알고, 거기에 없는 비천함을 비난의 자료로 삼지는 못한 것이다.

그러나 세상에는 정신적인 위대성이 없기나 한 것처럼 육적인 위대함에만 감탄하는 사람이 있고, 또 지혜 가운데 한층 무한히 높은 것이 없기나 한 것처럼 정신적인 것만을 감탄하는 자도 있다.

모든 육신, 창공, 성신(星辰), 대지와 그의 왕국 등은 정신의 가장 작은 것의 가치도 없다. 왜냐하면 정신은 그들 일체와 자기를 인식하나 육신은 아무것도 인식하지 못하는 까닭이다.

모든 육신의 전체와 모든 정신의 전체도, 또 그것들의 모든 업적들은 사랑의 가장 작은 동작에 미치지도 못한다. 이것은 무한히 높은 질서에 속한다.

모든 육신의 전체에서 조그마한 사고도 이루어낼 수 없을 것이다. 그것은 불가능하고, 다른 질서에 속하기 때문이다. 모든 육신과 정신에서 사람은 참다운 작은 동작 하나도 끄집어낼 수 없을 것이다. 그것은 불가능하고 다른 자연적인 질서에 속하는 까닭이다.

794   왜 예수 그리스도는 선대의 예언에서 자기의 증거를 끄집어내는 대신 더 명백한 방식으로 강림하시지 않았던가? 왜 그는 표징에 의해서만 예언되었을까?

795   만일 예수 그리스도가 성화(聖化)를 위해서만 오신 것이라면, 모든 성서와 모든 일은 그리로만 행했을 것이고, 불신자를 설득하기가 훨씬 용이했을 것이다. 만일 예수 그리스도가 눈을 멀게 하기 위해만 오신 것이라면, 그의 온갖 행위는 혼란스러웠을 것이고, 우리는 불신자를 설득할 방법을 전혀 얻지 못했을 것이다. 그러나 이사야가 말한 바, "in sanctificationem et in scandalum(거룩한 피난처가 되고, 발에 걸리는 돌이 되기)"⁵⁰ 위해 그가 오시었으므로, 우리는 불신자를 설득할 수 없고, 그들도 우리를 설득할 수 없다. 그러나 이 사실 자체에 의해 우리는 그들을 설득한다. 왜냐하면 그의 온갖 행위에는 어느 쪽에도 확신을 주는 것은 없다고 우리가 말하기 때문이다.

796   예수 그리스도는 악인을 눈먼 상태에 그대로 두기 위해 자기는 나사렛 출신이 아니라고 말하지 않고, 요셉의 아들이 아니라고 말하지도 않았다.

예수 그리스도의 증거

797   예수 그리스도는 큰일을, 마치 큰일로 생각해본 적조차 없다는 듯, 너무나 단순히 말씀하신다. 그렇지만 자기가 생각하는 것을 남이 곧 알도록 명료하게 말씀하셨다. 그 소박함에 더해진 그 명

료함은 놀랄 만한 일이다.

798 복음서의 문체는 여러 가지 점으로 놀라운 바 있다. 예수 그리스도의 적이나 처형자에 대해 아무런 욕설도 퍼붓지 않은 데 있어서 그렇다. 어느 복음사가(福音史家)도 유다나 빌라도나 그 밖의 유대인에 대해 그런 욕설을 퍼붓지 않았다.
　만일 복음사가들이 이런 겸손이 극히 좋은 특질을 가진 다른 많은 필치와 아울러 허식적인 것이고, 또 단순히 주의를 끌기 위한 허식이었다 하면, 가령 그들 자신이 그것을 감히 주의하지 못했다 하더라도 그런 점을 그들의 기쁨이라고 인정해주는 벗을 얻는 데는 부족함이 없었을 것이다. 그러나 그들은 가식 없이 그렇게 한 것이고, 무사(無私)의 동기에서 움직였으므로, 그런 점을 누구에게도 지적받지 않았다. 그리고 내 생각으로는, 이런 일들의 대다수는 지금까지 조금도 극복되지 않았으며, 이것이 곧 붓 끝이 했던 일이 갖는 냉정함을 입증한다.

799 부(富)를 이야기하는 직공과 전쟁, 왕위 등에 관해 이야기하는 대리인 등등. 그러나 부자는 부에 관해 잘 이야기하고, 왕은 방금 받아들인 커다란 선물에 관해 냉정히 말하고, 신은 신에 관해 잘 이야기한다.

800 누가 완전히 영웅적인 넋의 특성을 복음서의 저자들에게 가르쳐주겠는가? 그것을 예수 그리스도에게 그렇게 완전히 묘사하게 하기 위해. 왜 그들은 고뇌에 빠져 있는 그를 그렇게 약하게 그

렸을까? 그들은 확실한 죽음을 그릴 줄 몰랐던가? 아니다. 왜냐하면 같은 성(聖) 누가는 성 스테파노의 죽음을 예수 그리스도의 죽음보다 더 웅장하게 그려놓았기 때문이다.

그들은 죽는다는 필연이 오기 전까지는 그를 두려워하게 그려놓았고, 그 뒤는 완전히 강한 자로 그려놓았다.

그러나 그들이 그를 그렇게 고민하는 자로 그렸을 때는 그가 스스로 고민할 때다. 사람들이 그를 고뇌에 빠뜨릴 때 그는 가장 강하다.

예수 그리스도의 증거

801   사도의 사기사설은 전혀 터무니없다. 이 설을 깊이 따져본다. 예수 그리스도의 죽음 후에 이 열두 사람이 모두 모여 예수가 부활했다고 말하자고 계략을 꾸몄다고 상상해본다. 그들은 이 때문에 모든 권력을 공격한다. 인간의 마음은 경솔과 변화, 장래와 재산 등에 이상하게도 기울어지는 법이다. 만일 이 사람들 중 한 사람이 이 모든 유혹에 의해 또는 감옥과 고문, 죽음 등에 의해 조금이라도 자기를 배반하게 되었다면 그들은 파멸했을 것이다. 이것을 깊이 생각해보자.

802   사도들이 착취를 했느냐 사기를 당했느냐, 그 어느 편인가 말하기는 매우 어렵다. 왜냐하면 어떤 사람이 부활했다 따위로 생각하기는 불가능하기 때문이다.

예수 그리스도는 사도들과 함께 계시는 동안, 그들을 두둔할 수가 있었다. 그러나 그 뒤에 만일 그가 그들 앞에 나타나 있지 않았더라면 누가 그들을 활동하게 했을 것인가?

주

1 〈신명기〉 28장 29절.
2 〈이사야〉 29장 11절.
3 〈욥기〉 19장 23, 25절.
4 〈누가복음〉 22장 46절.
5 〈누가복음〉 22장 32, 61절.
6 〈누가복음〉 22장 49, 50절 참조.
7 〈누가복음〉 23장 5절 참조.
8 〈이사야〉 8장 10절.
9 유다에 나타난 가짜 메시아들.
10 〈요한복음〉 10장 33절.
11 〈요한복음〉 10장 34절.
12 〈요한복음〉 11장 4절.
13 〈요한복음〉 11장 11, 14절.
14 〈시편〉 45편 3절.
15 〈히브리서〉 10장 5절.
16 〈마가복음〉 13장 12절.
17 〈마가복음〉 12장 6~8절.
18 〈요엘〉 2장 28절.
19 〈시편〉 22편 27절.
20 〈이사야〉 49장 6절.
21 〈시편〉 2편 8절.
22 〈시편〉 72편 11절.
23 〈시편〉 35편 11절.

24 〈예레미야 애가〉 3장 3절.

25 〈시편〉 69편 21절.

26 〈창세기〉 12장 3절.

27 〈창세기〉 22장 18절.

28 〈이사야〉 49장 6절.

29 〈누가복음〉 2장 32절.

30 〈시편〉 147편 20절.

31 〈마태복음〉 26장 27절.

32 〈로마서〉 5장 10절.

33 〈누가복음〉 12장 32절.

34 〈빌립보서〉 2장 12절.

35 〈누가복음〉 12장 45절.

36 〈마태복음〉 10장 40절.

37 〈마가복음〉 13장 32절.

38 〈마태복음〉 17장 5절.

39 〈누가복음〉 1장 17절, 12장 51절 참조.

40 〈마가복음〉 1장 5절.

41 〈마태복음〉 3장 9절 참조.

42 〈이사야〉 6장 10절.

43 〈마가복음〉 4장 12절.

44 〈마태복음〉 26장 50절.

45 〈마태복음〉 22장 12절 참조.

46 〈마태복음〉 16장 25, 26절 참조.

47 〈마태복음〉 5장 17절.

48 〈시편〉 2편 1, 2절 참조.
49 〈열왕기상〉 19장 18절.
50 〈이사야〉 8장 14절.

제13편 기적

시작

803 기적은 교리를 알아내고 교리는 기적을 알아낸다. 거짓된 것과 참된 것이 있다. 그것을 알아내는 데는 한 표지가 필요하다. 그렇지 않다면 기적은 무익한 것이 될 것이다. 그런데 기적은 무익한 것이 아니라 반대로 바탕이 되는 것이다. 그래서 우리들에게 주어져야 할 기준은 모든 기적의 주요한 목적인 진리에 대해서 참다운 기적이 낳는 증명을 파괴하지 않는 것이라야만 한다.

모세는 그와 같은 기준을 두 가지 주었다. 예언이 성립되지 않는 경우, 곧 〈신명기〉 18장이 그것이다. 기적이 우상 숭배로 이끌지 않는 경우, 곧 〈신명기〉 13장이 있다. 또한 예수 그리스도도 한 기준을 우리들에게 마련해주었다. 교리가 기적을 규정하면 기적은 교리에 대해 무익하다. 만일 기적이 규정한다고 하면…….

기준에의 항의

시대를 분별한다는 것, 곧 하나의 기준은 모세가 살아 있던 시대요, 다른 하나는 현대.

기적

804 기적은 그 수단으로 쓰여지는 자연의 힘을 능가하는 작용이다. 또 비슷하면서도 아닌 기적은 그 수단으로 쓰여지는 자연의 힘만 못한 작용이다. 따라서 악마를 불러다가 병을 고치는 사람은 기적을 행하는 것이 아니다. 그것은 악마의 자연력을 넘지 못했기 때문이다. 그러나……

805 두 가지 기초, 하나는 내적, 다른 하나는 외적, 곧 은총, 기적들, 둘 다 초자연적.

806 기적과 진리는 필요하다. 육체와 영혼으로 된 모든 인간을 설득시키지 않으면 안 되니까.

807 어느 시대에나 항상 인간이 참 신에 대해 이야기했든가, 참 신이 인간에게 말씀하셨든가다.[1]

808 예수 그리스도는 자기가 메시아라는 것을 확증하기 위해 그의 가르침을 성서라든지 예언에 의해 확증시키지 않고, 언제나 기적에 의해서 한 것이다. 그가 죄를 용서받을 수 있다는 것이 기적에 의해서 증명된다.

"귀신들이 너희에게 항복하는 것으로 기뻐하지 말고 너희 이름이 하늘에 기록된 것으로 기뻐하라"[2]고 예수는 말씀하셨다.

"만일 그들이 모세를 믿지 않는다면 죽음에서 부활하는 자도 믿지 않는 것일지니."[3]

니고데모는 그리스도의 기적에 따라 그의 가르침이 신에게서 왔다는 것을 인식했다.

"스승님이여, 우리는 당신이 신에게서 내려오셨음을 압니다. 신이 만일 함께 있지 않는다면 당신이 행하시는 이 표지를 아무도 할 수가 없습니다."[4]

그는 가르침에 따라 기적을 판정짓지 않고, 기적에 의해 가르침을 판정했다.

유대인은 우리가 예수의 가르침을 지니고 있는 것처럼 신의 가르침을 지니고 그것을 기적에 의해 확증시키고 있었다. 그들은 모든 기적을 행하는 자를 믿는 것을 금지당해 있었다. 게다가 대제사장들에게 호소하고 그들에게 의뢰할 것을 명령받았다.

그렇기 때문에 우리는 기적을 행하는 자를 믿기를 거부하는 모든 이유를 그들의 예언자들에 대해서 갖고 있다.

그럼에도 그들이 예언자들을 그 기적 때문에 거부하고, 또 그리스도를 거부한 것은 퍽 죄가 깊었다. 그들이 기적을 보지 않았다고 한다면 죄가 되지는 않았을 텐데. "내가 만일 행하지 않았으면…… 그들에겐 죄가 없었으리라."[5] 그러므로 신앙은 모든 기적 위에 서 있다.

예언은 기적이라고는 불리지 않는다. 이를테면 성 요한이 가나에서의 제1의 기적에 대해서 말하고, 이어서 그리스도가 사마리아 여인의 숨겨진 생애를 폭로했을 때 이야기하신 말씀을 적고, 또 백부장의 아들을 고쳐주신 일이 기술되고 있으나, 성 요한은 이 고치심을 "제2의 표지"[6]라고 말하고 있다.

809   기적과의 결합.

810   제2의 기적은 제1의 기적을 상기시킬지도 모른다. 그러나, 제1의 것은 제2의 것을 상기시킬 수 없다.[7]

811   기적이 없었더라면, 사람은 예수 그리스도를 믿지 않고, 죄를 범하는 일은 없었을 것이다.[8]

812   "기적이 없었다면, 나는 기독교 신자가 되지 않았을 것이다"라고 성 아우구스티누스는 말했다.

   기적
813   기적을 의심하게끔 하는 사람을 나는 얼마나 증오하는 것이랴! 몽테뉴는 거기에 대해서 그의 저서 두 군데에서 정당함을 말하고 있다.[9] 한 군데에서는 그는 퍽 신중함을 엿볼 수 있으나, 다른 곳에서는 그는 믿고 있으면서도 믿지 않는 자를 비웃고 있다.
   그것은 고사하고, 교회는 그것들이 도리에 합당한지 아닌지 증거를 갖고 있지 않다.

814   기적을 부정하는 몽테뉴.
   기적을 긍정하는 몽테뉴.

815   기적을 반대해서 합리적으로 믿는다는 것은 불가능하다.

816 가장 경신한 불신자. 그들은 모세의 기적을 믿지 않겠다고 하고, 베스파시아누스의 기적을 믿는다.[10]

> 제(題). 사람들이 기적을 보았다고 말하는 많은 허언자들을 믿고, 인간을 불사케 하며, 거기다 도로 젊게 하는 비결을 안다고 말하는 허언자를 믿지 않는 것은 무슨 까닭인가

817 사람은 묘약을 갖고 있다고 하는 많은 허언자들에게 많은 신뢰를 주어, 때로 그의 생명을 그들의 손에 맡기는 까닭은 무엇인가 하는 데 생각이 미쳐 내가 알게 된 것은 세상에 진정한 약이 있다는 것이 그 진인(眞因)이라는 것이었다. 왜냐하면 진짜가 없었다면, 그렇게 많은 가짜는 있을 수 없으며, 또 가짜를 그렇게 신용하는 것도 있을 수 없는 일이기 때문이다. 만일 병에 아무 약도 없이 모든 병이 불치라고 하면, 사람들은 그런 약이 주어진다고 생각하는 것조차 있을 수 없다. 하물며 많은 사람들이 약을 가지고 있다고 자만하는 사람들을 신용하는 것은 있을 수 없을 것이다. 마찬가지로 어떤 사람이 죽음을 방지할 수 있다고 자만하는 사람이 있다면, 아무도 그를 믿지 않을 것이다. 그런 데에 대한 아무런 예도 있지 않기 때문이다. 그러나 세상에는 저명한 인사들이 그 명확한 지식에 의해서 진짜라고 증명한 약이 많이 있었으므로 사람들은 그것을 신용하는 버릇이 붙고, 있을 수 있다고 알 때 있었던 것으로 단정한다. 왜냐하면 사람들은 일반적으로 다음과 같이 추리한다. "어떤 일이 가능하다. 그러므로 그것은 있다"고. 그렇다고 하는 것은 개개의 효과가 진실인 이상, 그것을 전반적으로 부정하는 것은 되지 않고, 개개의 작용 중에 어떤 것이 진실이냐를 알아내는 것이 불가능한

민중은 전부를 믿고 마는 것이다. 마찬가지로 사람들이 달에 대한 많은 그릇된 작용을 믿어버리는 것은 그 가운데 가령 만조 같은 진실한 것이 포함되어 있기 때문이다.

이러한 예언이나 기적이나 해몽이나 주술 따위의 모든 것도 마찬가지다. 만일 이런 중에서 진실한 것이 전혀 없었다고 하면, 사람들은 그것을 전혀 믿지 않았을 것이다. 따라서 세상에는 거짓 기적이 많이 있으므로 진정한 것은 없다고 결론짓는 대신, 반대로 거짓 기적이 많은 이상 진정한 것이 있다는 것은 확실하며, 진정한 것이 있기 때문에 거짓의 것이 있다고 말하지 않으면 안 된다. 종교에서도 그와 같이 추론해야만 한다. 진정한 종교가 없었더라면 사람이 거짓 종교를 많이 생각해낼 수는 없었을 것이기 때문이다. 이에 대한 항의는 야만인도 어떤 종류의 종교를 갖고 있다는 것이다. 그러나 거기에 대해서는 그들이 대홍수, 할례, 성 안드레의 십자가[11] 등에 의해 엿볼 수 있는 것처럼 진정한 종교에 대한 이야기를 들었기 때문이라고 대답해둔다.

818 세상에는 거짓 기적, 거짓 계시, 거짓 주술 따위가 많은 것은 무엇 때문일까 하고 생각해보니, 그 진인은 가짜 속에 진짜가 있기 때문인 것 같다. 왜냐하면 진정한 기적이 없었다면, 거짓 기적이 있을 리 없고, 진정한 계시가 없었다면, 거짓 계시가 있을 리 없으며, 진정한 종교가 하나도 없었다면, 거짓 종교가 많이 있을 리도 없기 때문이다. 그런 싹이 전혀 없다면, 사람이 그것들을 생각해낸다는 것은 불가능하고, 더구나 다른 많은 사람들이 그것을 믿는다는 것은 더욱 불가능하기 때문이다. 그런데 세상에는 아주 위대

한 진짜가 있어서 저명한 사람들이 믿어왔기 때문에, 이 인상이 거의 모든 사람에게 가짜를 믿게 한 원인이 된 것이다. 따라서 거짓 기적이 많으니까 진정한 기적은 없다고 결론짓는 대신, 오히려 그 반대로 가짜가 많으니까 진정한 기적이 있는 것이며, 진짜가 있는 까닭에 가짜도 있고 또 이와 마찬가지로 진정한 종교가 있는 까닭에 거짓 종교가 있다고 말해야 할 것이다—이런 주장에 대한 항의, 야만인도 어떤 종교를 갖고 있지 않는가. 그러나 그것은 성 안드레, 대홍수, 할례 등으로 나타난 것처럼 그들이 진정한 종교에 관한 이야기를 들었기 때문이다. 이것은 인간 정신이 진리에 의해 그편에 기울어지는 데서 오며 거기서 이 모든 허위를 받아들이기 쉽게 되기 때문이다.

819 〈예레미야〉 23장 32절, 거짓 예언자들의 '기적'. 히브리어와 바타블어 역(라틴어 성서)에 의한 것은 '경솔한 짓'들이다. 기적은 반드시 기적을 의미하지는 않는다. 〈사무엘상〉 14장 5절에는 '기적'은 '두려움'을 뜻하고, 히브리어로도 그렇다. 〈욥기〉 33장 7절도 마찬가지다. 〈이사야〉 21장 4절, 〈예레미야〉 44장 12절도 같다. 'Portentum(표징)'은 'simulacrum(상, 현상)'을 의미한다. 〈예레미야〉 5장 38절. 또한 히브리어에서도 바타블어 역에서도 그와 같다. 〈이사야〉 8장 18절에서 예수 그리스도는 그와 그의 제자들은 '기적으로서' 존재할 것이라고 말씀하셨다.

820 만약 악마가 그를 파괴하는 교설(敎說)을 찬성한다면, 악마는 분열할 것이라고 예수 그리스도는 말씀하셨다. 만약 신이 교

회를 파괴하는 교설을 찬성한다면, 신은 분열할 것이다. "갈라져 싸우는 모든 나라들."[12] 예수 그리스도는 신의 나라를 세우기 위해 악마와 싸우고, 사람 마음에 미치는 악마의 권력을 파괴하신 것이며, 악령을 내쫓은 것은 그 표징이다. 그러므로 그는 다음과 같이 부언했다. "내가 만일 하느님의 손을 힘입어…… 하느님의 나라가 너희에게."[13]

821 시련당하는 것과 오류로 이끌려가는 것 사이에는 많은 다른 점이 있다. 신은 인간에게 시련을 주시지만 오류로 인도하지는 않는다. 시련을 준다는 것은 신을 사랑하지 않는다면 어떤 일을 할 것이라는 필연성이 주어지지 않은 경우를 갖는 데에 있다. 오류로 이끈다 함은 어떤 허위를 따르게 하며 반드시 거기서 태어나지 못하는 필연성에 인간을 놓이게 한다는 것이다.

822 아브라함[14], 기드온[15], 곧 계시 이상의 '표징'. 유대인은 《성서》에 따라 기적을 판정하는 데 어두웠다. 신은 진정한 예찬자를 방치해두지 않았다.

 나는 다른 어떤 이보다도 그리스도를 따르기를 더 좋아한다. 그는 기적, 예언, 교리, 영원성 등을 지녔기 때문이다. 도나티스트[16], 곧 악마의 탓이라고 말해야 할 기적이란 없다. 신, 예수 그리스도, 교회를 한정하면 할수록…….

823 거짓 기적이 없었다면 확실성이 있었을 것이다. 거짓 기적인가를 알아내기에 기준이 없다면, 기적이란 무익하고 믿을 이유도

없을 것이다.

그래서 인간적으로 말한다면, 인간적인 확실성은 없고, 이성이 있을 뿐이다.

824 신은 거짓 기적을 혼란시키든가, 아니면 그 거짓 기적을 예고한다든가 한다. 또 그 어느 것에 의해서도 신은 우리 관점으로부터 초자연적인 것 이상으로 자신을 높이고 우리들을 거기에까지 끌어올리셨다.

825 기적은 회심시키는 구실은 하지 못하지만, 정죄(定罪)하는 구실은 한다.[17]

기적. 성 토마스, 3권, 8편, 20장.

사람이 믿지 않는 이유

826 〈요한복음〉 12장 37절, "이렇게 많은 표징을 보여주신 후에도 그들은 예수를 믿지 않았다. 이는 이사야의 말이 성취되기 위해서다. 곧 하느님은 그들의 눈을 어둡게 하고……."

"이사야가 이렇게 말한 것은 주의 영광을 보고 주를 가리켜 말을 한 것이라."[18]

"유대인은 표적을 요구하고 헬라인은 지혜를 찾으나 우리는 십자가에 못박힌 그리스도를 전하고 구한다."[19] 그러나 충분한 표징이 있고 충분한 지혜가 있다. 너희들이 바라고 있는 것은 십자가에 못 박히지 않는 그리스도도 없고, 지혜도 없는 종교다.

사람들이 진정한 기적을 믿지 않는 것은 사랑이 부족하기 때문이다. 〈요한복음〉.[20] "그러나 너희들은 믿지 않는다. 나의 양이 아니기 때문이다." 거짓 기적을 믿는 것도 사랑이 결여되고 있기 때문이다. 〈데살로니가후서〉 2장.[21]

종교의 바탕. 그것은 기적이다. 그렇다면? 신은 기적에 어긋나고 사람들이 신에 대해 간직한 신앙의 바탕에 어긋나게 언급하는 것일까?

만약 한 분의 신이 존재한다면, 신을 향한 신앙은 지상에 존재할 것임에 틀림없다. 그런데 예수 그리스도의 기적은 거짓 그리스도에 의해서 예언되어 있지 않고, 거짓 그리스도의 기적이 예수 그리스도에 의해 예언되고 있다.[22] 따라서 예수 그리스도가 메시아가 아니라면, 그는 사람들을 그릇된 길로 인도했을 것이나, 거짓 그리스도가 오류의 길로 이끌 수는 없다. 예수 그리스도가 거짓 그리스도의 기적에 관해 예언하셨을 적에, 그는 자기의 기적에 대한 사람들의 신앙을 파괴할 생각을 했을까?

모세는 예수 그리스도에 관한 예언을 하고 그를 따를 것을 명령했다. 예수 그리스도는 거짓 그리스도에 관한 것을 예언하고, 그를 따르는 것을 금하셨다.

모세 시대에 사람들이 그들에게 알려지지 않은 거짓 그리스도에 대한 신앙을 갖는 것은 불가능했다. 그러나 거짓 그리스도 시대에는 이미 알려진 예수 그리스도를 믿는다는 것은 극히 용이하다.

거짓 그리스도를 믿는 이유로서 예수 그리스도를 믿는 이유가 되지 않는 것은 하나도 없다. 그러나 예수 그리스도를 믿는 이유 중에는 거짓 그리스도를 믿는 이유가 되지 않는 것이 허다하다.

827　〈사사기〉 13장 23절, "주가 우리들을 죽이게끔 원하셨다면, 이런 모든 일을 우리들에게 보여주시지는 않았을 것이다."

히스기야, 세나케이프[23], 〈예레미야〉.[24] 거짓 예언자 하나니야는 7월에 죽었다.

〈마카베오 제2서〉 3장. 막 약탈되려던 성전이 기적적으로 구출되었다. 〈마카베오 제2서〉 15장.

〈열왕기상〉 17장.[25] 과부가 그 아들을 소생시킨 엘리야에게, "이로 말미암아 당신의 말이 진실함을 알겠습니다."

〈열왕기상〉 18장. 엘리야와 바알의 예언자들.

진정한 신 또는 종교의 진리에 관한 논쟁에서, 진리가 아닌 편, 오류의 편에 기적이 일어난 적은 한 번도 없다.

논쟁

828　아벨과 카인, 모세와 마술사, 예레미야와 거짓 예언자, 예레미야와 하나니야, 미가와 거짓 예언자, 예수 그리스도와 바리새인, 성 바울과 바루이에스, 사도(使徒)와 주문사(呪文師), 기독교도와 불신자, 가톨릭과 이단자 엘리아, 에녹과 거짓 그리스도. 참은 언제나 기적으로서 이긴다. 두 개의 십자가.[26]

829　예수 그리스도는 《성서》가 자기에 대해 증언해주었다[27]고 언급했으나, 어떤 점인가는 지적하지 않았다.

예수 생존시에는 예언조차 예수 그리스도를 증명할 수는 없었다. 따라서 기적이 있으면 교리가 없어도 충분했다는 것이 아니라면, 사람들이 그를 생전에 믿지 않더라도 죄가 되지 않았을 것이다. 그런데 그리스도 생전에 그를 믿지 않았던 사람들이 죄인이었던 사실은 그가 말한 대로 변명할 여지가 없다. 그렇다면 그들은 하나의 확증을 가졌으면서도 거기에 반항할 것이다. 그런데 그들은 우리가 가지고 있는 성서를 가지고 있지 않고, 다만 기적을 가지고 있었을 뿐이다. 그러므로 기적은 교리에 어긋나지 않는 한 충분한 것이며, 틀림없이 믿어야 할 것이다.

〈요한복음〉 7장 40절. 오늘날 기독교도들 간의 논쟁 같은 유대인들 사이의 논쟁. 한쪽은 예수 그리스도를 믿고, 다른 쪽은 그가 베들레헴에 탄생할 것이라는 예언을 이유로 그를 믿지 않았다. 후자는 그가 메시아인지 아닌지 더 주의했어야 할 것이다. 왜냐하면 그의 기적은 설득인 것이었으며, 그의 교리와 성서 간의 이른바 모순에 관해서는 안심해도 좋았기 때문이다. 그래서 이러한 모호성은 그들에게 불신의 구실을 준 것이 아니고, 그들을 어둡게 만들었다. 따라서 오늘날의 기적을 믿기를 거부하는 사람들에게는 아무 근거도 없는 공상적인, 이른바 모순을 이유로 변해(辨解)할 여지가 없다.

민중은 그리스도의 기적 때문에 그를 믿고 있었다. 곧 바리새인들은 그 민중에게 이렇게 말했다. "율법을 모르는 사람들은 저주받고 있다. 그러나 사제 또는 바리새인 중 그를 믿은 자가 한 사람이라도 있는가? 우리는 갈릴리에서 어떠한 예언자도 나오지 못하는 바를 알기 때문이다." 니고데모는 이렇게 대답했다. "우리의 율법은 그의 가르침을 듣기도 전에 한 사람을 심판하겠는가?[28] (하물며 그와 같은 기적을 행하는 이러한 사람에 있어서야 더 말할 나위가 없다)."

830 예언은 막연했다. 그러나 그 예언은 이미 그렇지는 않다.[29]

831   5개조 명제는 막연했지만, 이미 그렇지는 않다.[30]

832   기적은 이미 필요하지는 않다. 사람들은 벌써 그 기적이 행해짐을 보았기 때문이다. 그러나 사람들이 전통에 순종하지 않고, 교황만을 드러내고 또 그 교황을 속이고, 전통에 입각한 진리의 참다운 원천을 제외하고, 그 전통의 수탁자인 교황을 편파(偏頗)하게 해서 이간시키고, 진리가 드러나게끔 자유가 주어지지 않는다면, 곧 그때는 사람들은 진리에 대해서 말하지 않고, 진리가 사람에게 스스로 말하지 않으면 안 된다. 이것이 아레이오스[31] 시대에 일어났다(디오크레티아누스 치하의 아레이오스 시대의 기적).

기적

833   민중은 스스로 그것을 결론지었다. 그러나 만약 그 이유를 드러내야만 할 처지라면······.
　그것이 원칙에서 벗어나 있다면 곤란한 일이다. 그런 원칙에 벗어나는 예외에 대해서는 엄격해야만 하고 반대하지 않으면 안 된다. 그럼에도 원칙에 예외가 있음은 확실하기 때문에 거기에 있어서는 엄격히 판단하고 공평해야만 한다.

834   〈요한복음〉 6장 26절. 표지를 보았기 때문이 아니라 포만했기 때문이다.
　기적으로 인해 예수를 따르는 사람들은 그의 능력이 낳는 기적에서 그의 힘을 숭배하도다. 그러나 그의 기적을 보고 그에게 따르겠음을 공언하면서, 실제로는 그가 지상의 평안함으로써 그들을 위안하고 배부르게 해주기 때문에 그리스도를 따르는 사람들은 그의 기적이 그들의 평안에 저촉되는 것이라면 이를 유린하고 만다.

〈요한복음〉 9장 16절, "저 사람은 안식일을 지키지 않으니, 하느님의 아들이 아니다. 다른 자들이 말하기를 죄 있는 이가 어찌 기적을 행할 수가 있단 말인가."

어느 편이 분명할 것인가?

이 집[32]은 신에게 유래한 것이 아니다. 그것은 곧 거기 있는 사람들은 5개조 명제가 얀세니우스 안에 존재함을 믿지 않기 때문이다. 다른 어떤 이들은 말하기를, 이 집은 신에게서 유래한다. 왜냐하면 거기서 이례적인 기적이 행해졌기 때문이다.

어느 쪽이 더 분명한 것일까?

너희는 거기에 대해 어떻게 생각하고 있는가?

나는 아래와 같이 말한다. 그는 예언자요, 그가 하느님의 아들이 아닐진대 아무것도 행할 수 없을 것이다.[33]

835   《구약성서》에서는 사람이 당신들을 신에게서 이간시킬 때, 《신약성서》에서는 당신을 예수 그리스도와 이간시킬 때. 어떤 경우 드러난 몇 가지 기적을 믿는 것을 물리쳐야 한다.

그 밖의 경우에는 물리친 게 아니다. 그렇다면 그들은 자기들에게로 온 모든 예언자들을 물리칠 권리를 가지고 있었다는 것일까? 아니다. 그들은 신을 부정하는 예언자들을 물리치지 않았더라면 죄를 범했을 것이요, 또 왕을 부정하지 않는 사람들을 물리치면 죄를 범했을 것이다.

그러므로 하나의 기적을 보면 곧 그것을 승인하든가, 아니면 반대되는 이상한 증거를 발견하든가 해야만 한다. 그것이 유일한 신이나 혹은 예수 그리스도나 교회를 부정하는지 아닌지를 보지 않으면 안 된다.

836 예수 그리스도의 편이 아니라는 사실과 그의 편이라고 자칭하는 사실, 혹은 예수 그리스도의 편이 아니라는 사실과 그의 편인 것처럼 가장하는 사실 사이에는 차이가 있다. 한쪽은 기회를 행할 수 있으나 다른 쪽은 행할 수 없다. 왜냐하면 한쪽은 그렇지 않기 때문이다. 거기서 기적은 한층 더 명백해진다.

837 유일한 신을 경애해야 한다는 것, 또 이를 증명하기 위해 기적을 행할 필요는 없다는 것, 이는 퍽 명백하다.

838 예수 그리스도는 기적을 행하셨다. 잇달아 사도들과 초기 여러 성도도 기적을 행했다. 그 까닭은 예언이 아직 이루어지지 않았으며 그들에 의해 이루어지고 있으므로 기적 외엔 증거가 되는 것이 없었기 때문이다. 메시아가 모든 국민들을 회심시킬 것이라는 것은 예언되어 있었다.[34] 국민들의 회심 없이 어떻게 예언이 이룩될 것인가? 또 온 국민은 메시아를 증명하는 예언과 마지막 결과를 보지 않고 어떻게 메시아에게 마음을 돌릴 수 있을 것인가? 그러므로 메시아가 죽었다가 부활하고 온 국민을 회심시키기까지 모든 예언은 이룩되지 않고 있었다. 따라서 이 시기 동안은 기적이 필요했던 것이다. 지금은 그 이상 유대인들에 대해서는 기적이 필요 없다. 곧 성취된 예언이 영속적인 기적이기 때문이다.

839 설사 너희가 나를 믿지 않더라도 적어도 기적만은 믿어라.³⁵ 그는 가장 유력한 것으로서 기적을 내세우고 있다.

그는 언제나 예언자들을 믿어서는 안 된다고 유대인과 기독교도에게 말했다고 알려져 있다.

그러나 바리새인들과 교법사(教法師)들은 그리스도의 기적을 중요하게 여겨 그 기적이 허위고 혹은 악마에 의해서 조작된 것임을 나타내 보이려고 애썼다. 이는 곧 기적이 신에게서 유래함을 인정한다면 설득되는 요소이기 때문이다.

우리는 오늘날 그와 같은 판단을 내리는 데 수고할 필요는 없다. 판단을 내리기는 대단히 쉬운 일이다. 곧 신도, 예수 그리스도도 부인하지 않는 사람들은 확실하지 않은 기적을 행하지 않는다.

"내 이름을 의탁해 능한 일을 행하고 즉시로 나를 비방할 자가 없느니라."³⁶

그러나 우리는 이런 판정을 내리지 않아도 좋다. 여기 하나의 성스러운 유물이 있다. 여기 이 세상 구세주의 가시관이 있다. 이는 지상에 있는 군주도 거기에 권능이 미칠 수 없으며, 우리를 위해 뿌려진 그 피만이 지닐 수 있는 고유한 힘에 의해서 기적을 행한 한 가시관이다. 여기 신이 그의 권능을 나타내시기 위해 스스로 선정하신 집이 있다.

이는 우리가 분별하기 어렵도록 하는 미지의 의심스러운 인간의 힘에 의해 기적을 행한 것이 아니다. 이는 신 자신이며 독생자인 그의 아들의 수난의 그릇이다. 독생자는 여러 장소가 있는데도, 이곳을 택하시고 사람들이 지닌 쇠약함 속에서 기적적인 평안을 받도록 사방에서 이곳에 모이게끔 했다.³⁷

840   교회는 세 종류의 적을 가지고 있다. 결코 그의 단체에 발을 들여놓은 적이 없는 유대인들, 이단자들, 곧 단체에서 몸을 뺀 자들, 그러곤 내부에서 그 단체를 분열시키는 고약한 기독교인들이다.

이 세 종류의 각각 다른 적대자들은 항상 색다른 방법으로 교회를 공격한다. 그러나 여기 그들이 같은 방법으로 교회를 공격하는 경우가 있다. 그들은 모두 기적을 가지고 있지 못한 데에 대해 교회는 항상 그들에게 기적을 행해왔으므로, 그들은 모두 기적을 회피하는 데 같은 관심을 가지고 있다. 기적에 의해 교리를 판단해서는 안 되며 교리에 의해 기적을 판단해야 한다는 구실을 다같이 사용하고 있는 점이다. 예수 그리스도의 가르치심을 들은 사람들 중에는 두 파가 있었다. 곧 하나는 그의 기적을 보고 그의 교리를 좇는 사람들이고 다른 하나는 ……라고 말하고 있는 사람들.[38] 칼뱅 시대에도 두 파가 있었다. 또 지금은 예수회 등의 파가 있다.

841   유대인과 이교도, 유대인과 기독교도, 가톨릭과 이단자, 비난하는 자와 비난받는 자 사이 두 개의 십자가 간에 의심되는 문제들을 기적은 각각 판정해낸다.

그러나 이단자에게 기적은 무용할 것이다. 왜냐하면 믿음으로 얻은 기적에 의해 권능이 부여된 교회가 이단자들은 참 신앙을 가지고 있지 않음을 우리에게 고하기 때문이다. 교회의 초기 기적이 이단자들의 신앙을 배척하고 있는 이상, 이단자들이 믿음을 갖고 있지 않음은 의심할 여지가 없다. 그런 까닭으로 해서 기적에 대항하는 기적이 있고 최초 또 최대의 기적은 교회 측에 있다. 처녀들은[39] 자기네들이 멸망의 길에서 헤매고 있다든가, 청죄사(聽罪師)들이 자기네들을 쥬네브로 데리고 간다든가,[40] 그들이 자기네들에게 예수 그리스도는 성찬에도 부재했고 그 성찬 중에서 아버지이신 하느님의 바른편에 결코 계시지 않았다고 고취한다든가 하는 말을 듣고 놀랐으나, 그러한 모든 것이 허위라는 것을 알고서 'Vide si via inquitatis in me est(내게 무슨 악한 행위가 있나 보시라)."[41] 처녀들은 이런 태도로 신에게 몸을 맡기는 것이었다. 그 위에 무엇이 일어 났던가? 사람들이 악마의 사원이라고 말하는 이 장소를 신은 자기의 사원으로 만들었다. 어린아이들은 그곳에서 축출당할 것임에 틀림없다는 소문이 있었으나 신은 거기서 어린아이들의 병을 고쳐주었다. 사람들은 그곳을 지옥의 본거지라고 말했으나 신은 그곳을 은총의 성전으로 만들었다. 드디어 사람들은 결코 하늘이 무심치 않아 하늘의 진노와 벌을 받을 것이라고 처녀들을 위협했다. 그런데 신은 그들을 은총으로 충만케 했다. 그러므로 처녀들이 멸망의 길에 있다고 결론짓는 사람들은 정신 나간 사람들임에 틀림없을 것이다. "우리들은 성 아타나시우스[42]와 같은 증거를 갖고 있다."

842 "네가 그리스도여든 우리들에게 말하라."[43]

"내가 내 아버지의 이름으로 행하는 일들이 나를 증거하는 것이어늘, 너희가 믿지 않으니 이는 너희가 내 양이 아니기 때문이다. 내 양은 내 음성을 듣는다."[44]

〈요한복음〉 6장 30절, "우리들이 보고 당신을 믿게 하기 위해 어떤 표적을 내놓으셨나이까―그들은 어떤 가르침을 주시려는가라고는 말하지 않는다."

"하느님이 함께하시지 아니하시면 당신의 행하시는 이 표적을

아무라도 할 수 없음이니이다."⁴⁵

〈마카베오 제2서〉 14장 15절, "똑똑한 증거를 가지고 공업을 계승하는 자를 보전하시는 신."

〈누가복음〉 11장 16절, "예수를 시험해 하늘로서 오는 표적을 구한다."

"악하고 음란한 세대가 표적을 구하나, 보지 못할 것이다."⁴⁶

"그가 마음속 깊이 탄식하시며 가라사대, 어찌해 이 세대가 표적을 구하느냐"고. 〈마가복음〉 8장 12절. 그들은 나쁜 동기에서 표적을 구했다.

"그는 거기서 힘 있는 일을 행할 수 없었다."⁴⁷ 하지만 그는 그들에게 요나의 표적, 즉 그의 부활이라는 장대 무비한 표적을 약속하셨다.

"너희는 표적을 보지 못하면 도무지 믿지 않는다."⁴⁸ 그는 그들이 기적이 없으면 믿지 아니한다 함을 비난하신 것이 아니다. 그들 자신이 그 목격자가 되지 않으면 믿지 않는다 함을 비난하신 것이다.⁴⁹

"거짓 표적을 보이는" 거짓 그리스도라고 성 바울은 말한다. 〈데살로니가후서〉 2장.⁵⁰

"그는 사탄의 동작을 따라 멸망하는 자들을 현혹케 하려고 한다. 그들이 진리를 사랑하는 사랑을 받지 않고서, 구제당할 일을 행하지 않기 때문이다. 이 까닭으로 신은 그들로 하여금 거짓을 믿게 하기 위해서, 현혹할 요소를 그 속에 작용시키시다." 모세의 말에 있는 것처럼⁵¹ "너희들의 신은 너희들이 그를 사랑하고 있느냐 사랑하지 않느냐 하는 것을 알기 위해 너희들을 시험해보신다."

"보라, 내가 너희들에게 미리 말했노라. 그러니 너희는 스스로

보도록 하라."⁵²

843 땅 위에 진리의 고장은 없다. 이 진리는 알려지지 않은 채 사람들 사이를 헤맨다. 신은 이 진리를 베일로 덮어놓았는데, 진리의 목소리를 듣지 않는 사람들에게는 알지 못하게 하는 베일이다. 그 고장(진리의 고장)은 적어도 퍽 분명한 진리에 대해서까지도 모독받도록 드러나 있다. 만일 사람이 복음의 진리를 전파하면, 그 반대로도 전파되어 민중이 알아낼 수 없도록 문제를 모호하게 한다. 사람들은 질문한다. "당신들만이 그렇게 믿고 있는 것은 어찌 된 셈이냐? 당신들은 어떤 증거라도 댈 수 있느냐? 당신들은 말만 하는 것이 아니냐? 그것은 우리도 한다. 만일 당신들이 기적을 가지고 있으면 참 좋을 텐데. 교리가 기적에 의해서 지탱되어야만 한다는 것은 일종의 진리다. 그 기적이란 교리를 모독하기 위해 남용되지만. 그리고 만일 기적이 성취된다면 사람들은 그 기적이 교리 없이는 불충분하다고들 한다."

예수 그리스도는 안식일에 선천적 병신인 소경을 고쳤고 허다한 기적을 행했다. 이리하여 그는 교리에 의해 기적을 판단해야 한다고 말한 바리새인을 눈멀게 했다.⁵³

"우리에게는 모세가 있다. 그러나 그가 어디서 왔는지 모른다."⁵⁴ 너희는 그가 어디서 왔는지 모르는데도 그가 그와 같은 기적을 행했다는 것은 놀라운 일이 아닐 수 없다.

예수 그리스도는 신이나 모세에 어긋나는 말씀을 하시지 않았다. 《신·구약성서》에서 예언된 거짓 그리스도와 거짓 예언자들은 공공연히 신과 예수 그리스도에 대해서 어긋나는 말을 했다. 숨겨져 있지 않은 자가.⁵⁵ 복면을 뒤집어쓴 적이 될 자가 공공연히 기적을 행함을 신은 허용하지 않을 것이다. 이런 두 파들이 신에게 예수 그리스도에, 또 교회에 속해 있다고 자칭하는 공공연한 논란으로 해서 기적은 거짓 기독교인들 편에 있지도 않았고, 또 진짜 기독교도들 편에 기적이 행해지지 않았던 적이 없다.

"그는 귀신 들려 있었다." 〈요한복음〉 1장 21절.⁵⁶ 또 다른 이들은 말한다. "귀신이 소경의 눈을 뜨게 할 수 있을 것이냐"고 예수 그리스도와 그의 사도들이 성서에서 인용한 증거는 논증적이 아니다. 왜냐하면 그들은 단지 모세가 한 사람의 예언자가 올 것이라고 말했음을 이야기했을 뿐이다. 그러나 그들은 그것에 근거해서 이는 곧 그 사람이라 증명하지는 않았다. 여기에 모든 문제가 있다. 이 장구(章句)는 《성서》에 어긋나지 않음을 나타내는 역할을 할 뿐이다. 또 거기에는 아무런 모순도 없다는 것을 표시하는 역할을 할 뿐, 거기에 일치한다는 점을 나타내는 데는 아무런 도움도 주지 않는다. 그런데 모순을 제외한다는 것은 기적만 가지고도 충분하다.

신과 인간 사이에는 행해야 할, 또는 부여되어야 할 상호간의 의무가 있다. "Venite, Quid, debui?(오너라, 어떤 일을 해야 하는가?)"⁵⁷ "나를 책하라"고 신은 〈이사야〉에서 말했다.

신은 그가 약속한 바 등등을 이루지 않으면 안 된다.

인간은 신이 보내준 종교를 받아야 할 의무를 신에 대해 지고 있다. 신은 인간을 오류의 길로 이끌지 않을 의무를 인간에게 지고 있다. 그런데 만일 기적을 행하는 사람들이, 상식의 빛에 비추어 명백히 거짓임이 나타나지 않는 교리를 알려준다면, 또 더욱 위대한 분으로 기적을 행하는 사람이 그런 사람들을 믿지 말라고 미리 경고

해놓지 않았다고 하면, 사람들은 오류로 인도되었을 것이다. 따라서 교회에 분열이 생긴다면, 이를테면 가톨릭처럼 《성서》 안에 바탕을 뒀다고 자칭하는 아레이오스파 사람들이 기적을 행하고 가톨릭 사람들은 기적을 행하지 못했다고 하면 사람들은 오류의 길로 인도되었을 것이다.

왜냐하면 신의 심오한 뜻을 우리들에게 전해주는 어떤 사람이 사적인 그의 권위에 대해 믿을 만하지 못한 경우에 불신자들이 그를 의심함은 그럴 만하지만, 어떤 이가 신과의 사이에 지니고 있는 교제의 증거로서 죽은 자를 다시 살리고 미래를 예언하고, 바다를 옮기고, 병자를 고치는 경우, 거기에 순종하지 않는 불신자란 없기 때문이다. 그러나 파라오와 바리새인들의 불신은 이상한 냉혹함의 결과다. 그러므로 기적과 의심하지 못할 교리가 같은 편에 겸비되어 있으면 곤란함은 해소된다. 그러나 같은 한편에 의심되는 교리와 기적이 있다면 어느 것이 더 명확한 것인가를 찾아내지 않으면 안 된다. 예수 그리스도도 의심받은 바 있었다. 소경이 된 바 예수.[58] 신의 힘은 자기 적의 힘을 이겨낸다.

귀신 들린 유대인의 주문사들은 다음과 같이 말한다. "예수도 내가 알고, 바울도 내가 알거니와 너희는 대체 누구인가?"[59] 기적은 교리를 위해 존재해 있으며, 교리가 기적을 위해 존재하는 것은 아니다. 기적이 참이라면 어떤 교리든 믿게 할 수 있지 않을까? 아니다. 그런 일은 일어나지 않을 것이다.

"Si angelus……(천사라 해도……)."[60]

원칙. 곧 기적에 의해서 교리를 판정하지 않으면 안 된다. 또 교리에 의해 기적을 판단해야 된다. 이것들은 모두 참이며, 결코 모순이 개재하지 않는다.

왜냐하면 각 시대에 있어 구별되어야 하기 때문이다.[61]

당신들은 일반적인 원칙을[62] 알고서 만족하고 이로 인해서 곤란을 일으키고, 모든 것을 무용케 하려고. 신부님. 거기에는 반대가 있으리다. 그러나 진리란 유일하고 확고한 것이니까 어떤 이가 나쁜 교리를 감추고 그 중에서 좋은 것만을 나타나게 해, 신과 교회에 일치한다고 자칭하면서, 교묘한 거짓 교리를 몰래 주입하려고 기적을 행한다는 것은 신의 책임상 불가능하다. 그것은 결코 가능할 수가 없다.

사람의 마음을 알고 계시는 신이 그런 사람을 위해서 기적을 행함은 더욱 있을 수 없다.

844 종교의 세 가지 표적, 곧 영속성, 착한 생활, 기적. 그들은 개연성(蓋然性)으로 영속성을 파괴하고, 그들의 도덕으로 착한 생활을 파괴하며, 기적이 갖는 진리, 곧 그 진리의 귀결을 파괴함으로써 기적을 파괴한다.

만일 그들을 믿는다면, 교회는 영속성이나 청정(淸淨)이나 기적과 아무런 관계가 없어진다.

이단자들은 이 세 가지를 부인한다든가, 혹은 그의 귀결을 부인하는데, 그 어느 쪽이든 마찬가지다. 그것들을 부인하기 위해선 성실성을 갖지 않음이 필요할 것이며, 더욱이 그의 귀결을 부인하기 위해서는 정기(正氣)의 상실이 필요할 것이다. 여태까지 자기가 보았다고 하는 거짓 기적 때문에 박해를 받아 순교한 자는 없었다. 왜냐하면 터키인이 전설에 의해 믿고 있는 기적 때문에 인간의 광기가 순교에까지 이르렀을지도 모른다. 그러나 자기가 본 기적 때문에 거기까지 이르지는 않았다.

845   이단자들은 자기들이 갖고 있지 않은 이 세 가지 표적에 대해서 항상 공격을 가했다.

   첫째 항의
846   "하늘에서 온 사자.[63] 기적에 의해 진리를 판정해서는 안 되며, 진리에 의해 기적을 판정해야 된다. 그러므로 기적은 무용한 것이다."
   그런데 기적은 유용한 것이며 진리에 벗어나 있을 리가 없다. 따라서 신부 란잔드[64]가 말한 것은 다음과 같다. "신은 기적이 오류로 인도함을 허용하지 않을 것이다"라고.
   같은 교회 안에서라 할지라도 이론이 있을 때는 기적이 결정지을 것이다.

   둘째 항의
   "그러나 거짓 그리스도도 기적을 행할 것이다."
   바로 왕의 마술사들은 오류의 길로 유인하지는 않았다. 따라서 사람들은 거짓 그리스도의 일에 대해 예수 그리스도에게 이렇게 물을 수는 없었을 것이다. "당신은 나를 오류의 길로 인도했다"라고—거짓 그리스도는 예수 그리스도를 거역하고 기적을 행할 것이나 그들은 오류의 길로 인도할 수 없을 것이다. 신은 결단코 거짓 기적을 허용하지 않든가 아니면 신은 더 위대한 것을 인간으로 하여금 가지게 하든가 한다. "〈창세기〉 이래 예수 그리스도는 존재하고 있다. 이는 곧 거짓 그리스도의 어떤 기적보다도 유력한 기적이다."

만약 같은 교회 안에서라도 혼미에 빠진 자들의 편에서 기적이 일어난다면 사람들은 오류의 길로 인도될 것이다. 분파도 드러나 있고, 기적도 드러나 있다. 그러나 기적이 진리의 표적인 것은 교회 분파가 오류의 표적인 것 이상으로 명백하다. 그러므로 기적은 오류의 길로 이끌 수는 없다. 그러나 분파를 벗어나 보면 오류는 기적이 드러나 있듯이 그렇게 드러나 있는 것은 아니다. 따라서 기적은 오류의 길로 이끌어갈 것이다.

"네 하느님이 어디 있느뇨?" 기적은 신을 드러내 보이는 것이고 한 섬광이다.[65]

847   성탄절날 저녁 기도에 부르는 고대 성가의 한 구절에, "정직한 자에게는 흑암 중에 빛이 일어나나니."[66]

848   신의 긍휼이 우리를 유익하게 인도할 정도로 드넓은 것이라면 신의 긍휼이 감추어져 있을 때와 마찬가지로 그것이 나타날 때에도 우리는 그것에서 어떤 빛을 기대하지 못할 것인가?

849   그렇다. 그렇지 않다는 기적이 그러하듯이 믿음 자체에서도 받아들여질 것인가? 또 만일 그것이 기적과 떼어놓을 수 없는 것이라면…….

성 자비엘[67]이 기적을 행할 때—성 리라리우스. 우리로 하여금 기적을 말하게끔 하는 가련한 것들.

불공평한 심판자들이여, 시각마다 바뀌는 법을 만들지 말라. 너희들 스스로에 의해, 또 제정된 법에 의해서 심판하라. 곧 "불공평한 법을 제정한 너희들에게 화가 있을진저."[68] 계속되는 거짓 기적.

너의 적대자들을 약화시키기 위해 너희들은 모든 교회에서 무기를 빼앗았다. 만일 그들이[69] 우리의 구원이 신에게 달려 있다고 말한다면, 이는 이단자들의 소견이다. 만일 그들이 교황에게 복종하고 있다고 말한다면, 이는 위선이다. 만일 그들이 모든 조항에 서명할 용의가 있다면 그것은 불충분한 것이다. 만일 사과 한 개 때문에 죽어선 안 된다고 말한다면, 그들은 가톨릭의 도덕을 공격하고 있는 것이다. 만일 그들 사이에서 기적이 행해진다면, 그것은 신성함의 표징이 아니라, 반대로 이에는 이교의 혐의가 있다.

교회가 존속하는 방식이란 진리가 논란되지 않고 존재했든가, 진리가 논란되는 경우에는 교황이 존재한다든가 교회가 존재해 있었다.

850   유죄를 받은 5개조 명제. 그러나 기적은 그럴 수 없다. 왜냐하면 진리란 공격을 받지 않기 때문이다. 그러나 소르본은……그러나 교서는…….[70]

지성으로 신을 사랑하는 사람이 교회를 부인할 수 없다. 그만큼 교회는 명백하다. 신을 사랑하지 않는 사람은 신이 교회를 통해서 믿게 한다는 것이 불가능하다.

기적이란 그와 같은 권능을 가지고 있기 때문에, 신이 존재한다 함이 아무리 명백하더라도, 신이 어긋나게 기적을 생각해서는 안 된다는 것을 예고할 필요가 있다. 그렇지 않다면 기적은 혼란을 일으킬 가능성이 있을 것이다.

때문에 이 장구(章句), 즉 〈신명기〉 13장이 기적의 권위에 벗어나는 바가 없을뿐더러 기적의 힘을 한층 더 드러내는 것도 전혀 없다. 거짓 그리스도에게도 이와 같다. "그가 할 수 있으면, 선민들을 오류의 길로 이끌도록."[71]

851 날 때부터 병신인 소경의 이야기.[72]

성 바울은 무엇이라고 말했는가? 그는 한결같이 예언의 입증에 따라 말했는가? 아니다. 그는 그의 기적에 대해서 말했다.[73] 예수 그리스도는 무엇을 말했는가? 그는 예언의 입증에 따라 말했는가? 아니다. 그의 죽음이 예언을 성취하지 못했다. 그러나 그는 말하기를 "si non fecissem(내가 아무도 못한 일을 저희 중에서 하지 아니했더면)"[74] 내 업적을 믿어라 하고.

완전히 초자연적인 우리 종교의 두 가지 초자연적 바탕. 하나는 보이는 것. 또 하나는 안 보이는 것. 은총을 수반한 기적. 은총을 수반하지 않은 기적.

교회의 표징처럼 사랑으로 다루어진 유대인 회당. 그것은 단지 교회의 표징일 뿐이라고 증오를 받고 붕괴될 직전에 있으면서도 이 회당이 신과 더불어 존재할 때는 다시 일으켜졌다. 이와 같이 유대인 회당은 표징이었다.

기적은 신이 인간의 마음에 가지는 능력을 인간의 몸에 행사하는 능력으로 증명한다. 교회는 이단자들 사이에서 일어나는 기적을 시인한 적은 없다.

종교를 뒷받침하는 기적, 이는 유대인을 알아내고, 그리스도 교인, 성자, 청정 결백한 사람들, 참다운 신자들을 알아낸다.

분리자(分離者)들 사이에서 일어나는 기적은 그렇게 두려워할 것은 못 된다. 왜냐하면 기적보다도 더 뚜렷이 드러나 보이는 분파는 뚜렷하게 그들의 오류를 표시하기 때문이다. 그러나 분파가 없을 때, 오류가 논란될 때는 기적이 판가름을 한다.

"내가 아무도 못한 일을 저희 중에서 하지 아니했더면.[75] 우리로 하여금 기적에 대해 말하게만 했던 불행한 사람들."

아브라함, 기드온은 기적에 의해 신앙을 확고히 한 것이다.

유디트. 결국 신은 극도의 곤란한 지경에서 말씀하신 것이다. 사랑이 냉각되어 교회에 참다운 예배자들이 모이지 못한 채 그대로 방치해둔다면, 기적은 참다운 예배자들을 격려하려고 일어난다. 이것은 은총의 마지막 효력 가운데 하나다.

한 가지 기적이라도 예수회에게 행해졌더라면!

그들 목전에서 일어난 기적이 그들의 기대에 어긋나서 그들 신앙의 상태와 기적의 도구 사이에 불균형이 생길 때면 기적은 그들이 태도를 바꾸도록 해준다. 그러나 너희는 다르다. 만일 성찬이 한 죽은 이를 부활시킨다고 하면 가톨릭으로 머물기보다 칼뱅 교도가 되어야 한다고 말하는 데는 많은 이유가 있을 것이다. 그러나 기적이 기대를 채워주고 신이 의약을 축복해주길 바랐던 사람들이 약을 쓰지 않고 치료된 자신을 발견하게 된다면······.

불신자

신의 편에 더욱 강력한 기적의 표징이 일어나든가, 적어도 그것이 일어나리라는 예언이 행해지지 않는 한 악마 쪽에 기적이 일어나는 법은 없다.

852 신이 눈에 뜨이게 수호해주는 사람들을 부당하게도 박해하는 자들. 만일 그들이 너희의 과격 행위를 책하면 "그들은 이단자처럼 이야기한다"라고 하고, 그들이 예수 그리스도의 은총이 우리를 알아낸다고 말한다면 "그들은 이단자들이다"라고 말하고, 그들이 기적을 행하면 "그것은 이단의 표적이다"라고 말한다. "교회를 믿으라"고 말들 한다. 그러나 "기적을 믿어라"라는 말은 하지 않는다. 그 이유는 후자는 자연적인 것이며 전자는 그렇지 않기 때문이다. 하나에겐 명령이 필요하나 다른 것은 그렇지 않다.

에스겔[76]—히스기야—이와 같이 말한 신의 백성이 있다고들 한다.[77]

유대인 회당의 표징이었으므로 결코 멸망하지 않았다. 그러나 단지 표징이었을 뿐이기 때문에 멸망하지 않고 있는 것이다. 그것은 진리를 지니고 있는 한 표징이었다. 때문에 유대인 교회는 진리를 지니지 않을 때까지 존속해 있었다.

나의 존경할 만한 신부여, 이 모든 것은 표징으로서 일어났다. 다른 여러 종교는 멸망하나 이 종교는 멸망하지 않고 있다.

기적이란 당신들이 생각하는 것 이상으로 중요하다. 이는 기적이 교회의 토대를 닦는 구실을 하며 교회가 계속되어나가는 데 소용될 것이다. 또한 거짓 그리스도 시대에 이르기까지. 아니 종말에 이르기까지.

두 증인

《구·신약성서》에서 기적은 표징과 관련해서 행해진다. 그것은 구원이든가 그렇지 않으면 성서에 따라서 한다는 것을 나타내기 위함이 아니라면 무용한 것이든가 둘 중 하나다. 이는 곧 성찬의 표징.

853   신부님이여! 신의 훈계는 겸손하게 판단하지 않으면 안 된다. 멜리데 섬에서의 성 바울.[78]

854   예수회의 완강함은 유대인의 것보다 더하다. 그의 기적이 신의 속에 있는지 아닌지를 의심한 것이 그리스도를 무죄로 만들기를 거부하는 이유다. 예수회들은 포르 루아얄의 기적이 신에게 온 것임을 의심할 수 없는데도 끊임없이 이 집의 무고함을 아직도 의심하고 있다.[79]

855   나는 사람들이 기적을 믿고 있다고 생각한다. 당신들은 당신들의 종파의 편을 들든가, 혹은 당신들의 적대자들에 대항하든가 해서 종교를 해치고 있다. 당신들은 종교를 당신들 마음 내키는 대로 처리하고 있다.

기적에 대해

856   신은 어떤 가족들보다 이 가족을 복되게 해주셨기 때문에 다른 어느 가족보다 감사에 가득 찬 가족이 되기를 염원합니다.[80]

주

1 교리에 의해 신의 지식이 존재하든가 또는 기적에 의해 신의 계시가 존재한다는 뜻.

2 〈누가복음〉 10장 20절.

3 〈누가복음〉 16장 31절.

4 〈요한복음〉 3장 2절.

5 〈요한복음〉 15장 24절.

6 〈요한복음〉 4장 54절.

7 이것은 단장 808의 마지막에 인용되어 있는 예수의 두 가지 기적에 관한 주다.

8 〈요한복음〉 15장 24절 참조.

9 몽테뉴 《수상록》 3권 11장, 1권 26장 참조.

10 황제 베스파시아누스가 알렉산드리아에서 어떤 소경 여인의 눈을, 침을 발라서 고쳤다는 전설(몽테뉴 《수상록》 3권 8장).

11 몽테뉴는 《수상록》 2권 12장에, 홍수 전설이나 할례의 습관이나 성 안드레가 십자가로 요경(妖經)을 물리치는 일 따위, 기독교와 유사한 사항이 세계 여기저기에 보이는 것을 기록하고 있다.

12 〈마태복음〉 12장 25절.

13 〈누가복음〉 11장 20절.

14 〈창세기〉 15장 8절.

15 〈사사기〉 6장 37절.

16 아우구스티누스의 논적. 그들이 교회를 그 벗인 사교(司敎)들과 특정한 지역에 한정한 데 대해 아우구스티누스는 비난하고 있다.

17 토마스 아퀴나스 《신학대전(新學大全)》 제113문제, 제10항, 제2항에 대한 답.

18 〈요한복음〉 12장 41절.

19 〈고린도전서〉 1장 22절.

20 〈요한복음〉 10장 26절.

21 〈데살로니가후서〉 2장 9, 10절.

22 〈마태복음〉 24장 24절 참조.

23 〈열왕기하〉 18, 19장.

24 〈예레미야〉 28장.

25 〈열왕기상〉 17장 24절.

26 예수의 십자가와 도적의 십자가.

27 〈요한복음〉 5장 39절 참조.

28 〈요한복음〉 7장 47~52절.

29 파스칼에 의하면 예수 그리스도의 기적 이후 그렇지 않게 되었다는 뜻.

30 얀세니우스와 아우구스티누스가 발췌한 5개조 명제를 문제 삼은 것이다. 이는 소르본에 의해 삭제당했다. 이 명상록의 이 부분은 모두 변증론적이기보다는 논쟁적이다.

31 아레이오스는 기원 4세기경의 이단자인데, 그는 디오크레티아누스 제(帝) 최후의 해(312년)에 선교를 시작하고 얼마 안 가서 죽었다. 그래서 반대론자들은 그의 죽음을 기적적인 천벌이라 했다. 파스칼은 아레이오스 대 아타나시우스의 싸움을 예수회 대 얀세니스트의 싸움에 비한 것이다.

32 포르 루아얄 수도원.

33 〈요한복음〉 9장 17, 33절 참조.

34 〈이사야〉 2장 3절 참조.

35 〈요한복음〉 10장 3절 참조.

36 〈마가복음〉 9장 39절.

37 포르 루아얄에서 성형(聖荊)의 기적에 잇달아 많은 기적이 일어나고 병자들

이 그곳을 순례하게 되었다는 뜻.

38 "이가 귀신의 왕 바알세불을 힘입지 않고는 귀신을 쫓아내지 못하느니라." 〈마태복음〉 12장 24절.

39 포르 루아얄 수도원의 수녀들.

40 칼뱅주의.

41 〈시편〉 139편 24절.

42 고대 기독교의 교부. 알렉산드리아 교회의 사교. 아레이오스설에 반대해 기독교의 신성을 주장하고 정통적 신앙을 확립했으나 한 달 동안은 반대파의 박해를 받아 몹시 고생했다.

43 〈누가복음〉 22장 67절.

44 〈요한복음〉 5장 36절, 10장 26, 27절.

45 〈요한복음〉 3장 2절.

46 〈마태복음〉 12장 39절.

47 〈마가복음〉 6장 5절.

48 〈요한복음〉 4장 48절.

49 〈요한복음〉 4장 9절 참조.

50 〈데살로니가후서〉 2장 9~11절.

51 〈신명기〉 13장 3절 참조.

52 〈마태복음〉 24장 25, 33절.

53 파스칼의 관점에서는 바리새인은 예수회의 조상이었다.

54 〈요한복음〉 9장 29절.

55 기적을 행함을 신은 허(許)하시리라는 구(句) 생략.

56 20절의 잘못.

57 〈이사야〉 5장 4절.

58 〈사도행전〉 13장 6~11절 참조.
59 〈사도행전〉 19장 15절.
60 〈갈라디아서〉 1장 8절.
61 교리가 혐의를 받을 때에는 기적이 그것을 판정하고, 기적이 애매할 때에는 교리가 그것을 결정한다.
62 교리에 의해 기적을 판정해야 한다. 신의 교회 성립 이후 기적을 행하시지 않는다는 원칙.
63 〈갈라디아서〉 1장 8절.
64 예수회 설교자로서 웅변으로 알려졌던 사람.
65 〈시편〉 42편 3절.
66 〈시편〉 112편 4절.
67 이그나티우스 로욜라의 벗으로서 그와 함께 예수회 교단을 창설하고 동양에 전도한 인물.
68 〈이사야〉 10장 1절.
69 포르 루아얄의 사람들.
70 1656년 1월 아르노가 소르본에서 유죄 판결을 받고, 같은 해 10월 5개조 명제를 유죄로 하는 교황 알렉산드르 7세의 칙서가 내렸다.
71 〈마가복음〉 13장 22절.
72 〈요한복음〉 9장 참조.
73 〈고린도후서〉 12장 참조.
74 〈요한복음〉 15장 24절.
75 〈요한복음〉 15장 24절.
76 단장 886 참조.
77 〈열왕기하〉 18, 19장 참조.

78 〈사도행전〉 28장 1~10절 참조.
79 이 단장은 위필(僞筆)로서 전집본에서는 생략되었고 단행본에서도 853의 부록으로 되어 있다.
80 이 글은 성철(聖哲)의 기적에 관해 쓴 것이다.

제14편 기독(基督) 논쟁의 단편(斷片)

밝음, 어둠

857 만일 진리가 눈에 보이는 표지를 가지고 있지 않았더라면, 거기에는 어둠이 너무 많았을 것이다. 그것은 하나의 교회와 눈에 보이는 '인간의' 모임 속에 항상 보존되어 있는 놀라운 것이다. 만일 이 교회 속에 하나의 설(說)밖에 없었다면, 그것은 너무 밝았을 것이다. 교회에 항상 있어온 것은 진리다. 왜냐하면 진실한 것은 늘 거기에 존재했으나, 거짓은 무엇이건 간에 늘 거기에 존재하지는 않았기 때문이다.

858 교회의 역사는 정확히 진리의 역사로 불려야 한다.

859 배가 침몰당하지 않으리라는 것이 보증될 때, 폭풍에 둘러싸인 그 배 안에 타고 있는 것은 유쾌한 일이다. 교회를 괴롭히는 박해도 이와 같은 성질의 것이다.

860 경건한 마음의 그 많은 증거에 덧붙여 그들은[1] 박해까지 받았다. 이것은 경건한 마음의 증거 중 최선의 것이다.

861   교회의 좋은 상태는 신에 의해서 지지될 때뿐이다.

862   교회는 상반하는 오류에 의해 항상 공격을 받아왔다. 그러나 아마 지금처럼 동시에 공격을 받은 일은 없을 것이다. 그리고 만일 오류의 증가에 의해 교회가 더 한층 고민에 빠지게 된다면, 교회는 그러한 오류가 서로 자기네들끼리 싸운다는 이익을 얻게 될 것이다.

교회는 쌍방을 다 나무라지만, 칼뱅파를 분파(分派)라는 이유에서 더 나무란다.

상반되는 쌍방의 대다수가 기만을 당하고 있음은 확실하다. 그들의 미망을 풀어주어야 한다.

신앙은 서로 모순되고 있는 것처럼 보이는 많은 진리를 내포하고 있다. "울 때가 있고 웃을 때가 있으며"[2], "대답하지 말라. 대답하라"[3] 등등.

이런 모순의 원천은 예수 그리스도에 있어서의 신인(神人) 양성의 결합이다. 또 두 세계(새 하늘과 새 땅의 창조, 새로운 생명과 새로운 죽음, 모든 것은 이중이며 게다가 같은 명칭을 갖고 있다)이고, 결국 의인 속에 있는 두 인간(왜냐하면 그들은 두 개의 세계이며 예수 그리스도의 지체와 영상이므로 그와 같이 모든 이름은 그들에게 알맞다. 의인(義人)과 죄인(罪人), 죽은 자와 산 자, 산 자와 죽은 자, 선택받은 자와 버림받은 자 등등)이다.

그러므로 서로 용납되지 않는 것처럼 보이면서, 기실은 하나의 놀라운 질서 속에 모두가 살아가는 대다수의 권리와 신앙과 도덕이 있다. 모든 이교의 원인은 이들 진리 중 어떤 것을 모르는 데서 비롯하며, 또 이단자들이 우리에게 하는 모든 항변의 원인은 우리의 진리 중 어떤 부분을 모르는 데 있다.[4] 또 평상시에 대립되는 두 개의 진리의 연관을 이해하지 못하고, 한쪽을 용인함이 다른 쪽을 제외함이라 믿는 그들은 한쪽을 고집해 다른 쪽을 배척하고, 우리를 그들의 반대자로 생각한다. 그런데 배타야말로 그들 이단의 원인이며, 우리가 다른 진리를 간직하고 있음을 모른다는 것이 그들 항변의 원인이다.

제1예. 예수 그리스도는 신이요, 인간이다. 아레이오스파는 이 둘을 양립할 수 없는 것이라 생각하고 그를 인간이라고 한다. 이 점에서 그들은 가톨릭이다. 그러나 그들은 그가 신임을 부정한다. 이 점에서 그들은 이단자들이다. 그들은 우리가 그의 인성을 부정한다고 주장한다. 이 점에서 그들은 무지하다.

제2예. 성체 비적(聖體秘蹟) 문제에 대해서, 우리는 빵의 실질이 변한 것을 믿는다. 또 본체적 변화로 우리 주의 몸의 실질이 되고 예수 그리스도가 거기에 현실적으로 임함을 믿는다. 이것은 하나의 진리다. 또 하나는 이 비적이 십자가와 영광의 표징이며 둘의 기념이라는 것이다. 여기 가톨릭의 신앙이 있다. 그것은 대립되는 것처럼 보이는 두 개의 진리를 포함하고 있다.

오늘날의 이단은 이 비적이 예수 그리스도의 현존과 그 표징의 모든 것을 동시에 포함하는 것이고, 희생인 동시에 희생의 기념이 라는 것을 이해하지 않고 또 같은 이유에서 이들 진리 가운데 하나를 인정하기 위해 다른 하나를 거부하지 않을 수 없다고 생각하는 데 있다. 그들은 이 비적이 표징적이라는 그 점에만 집착한다. 이 점에서는 그들은 이단자가 아니다. 그들은 우리가 이 진리를 거부하고 있다고 생각한다. 거기에서 그들은 그 일을 말하는 교부들의 장구(章句)에 대해 허다한 항의를 우리에게 하게 되는 것이다. 결국 그들은 그리스도의 현존을 부정한다. 그리고 거기에서 그들은 이단인 것이다.

제3예. 속죄.

이런 까닭으로 이단을 막는 가장 가까운 방법은 모든 진리를 가르쳐주는 것이다. 그리고 그들을 반박하는 가장 확실한 방법은 그 전부를 선언해주는 것이다. 무엇 때문에 이단자들이 무엇이라고 말하고 있는가?

어떤 설이 어떤 교부의 것인지 아닌지를 알기 위해서는……

863   그들은 제각기 하나의 진리를 추구하면 추구할수록 더욱 위험한 오류에 빠진다. 그들의 과오는 하나의 허위를 추구하는 데 있는 것이 아니라 차라리 또 하나의 진리를 추구하지 않는 데 있다.

864   이 시대에 있어 진리는 모호하고 허위는 확립되어 있으므로 진리를 사랑하지 않는 한, 그것을 알 수가 없을 것이다.

865   만일 상반하는 두 개의 주장을 해야만 할 때가 있다면 그것은 한쪽을 제외한다고 비난받을 때다. 그러므로 예수회와 얀세니스트는 그것을 숨기는 것이 나쁘다. 그러나 얀세니스트 편이 더욱 나쁘다. 왜냐하면 예수회들은 두 가지 주장을 다소나마 했으니까.

866   두 종류의 사람들이 이 사실을 같다고 생각한다. 즉 일하

는 날과 제일(祭日), 사제(司祭)와 신자, 이 양자가 범하는 모든 죄를 같다고 생각하는 것들이다. 거기에서 한쪽은 사제에게 나쁜 것이 신자에게도 나쁘다고 결론지으며, 다른 쪽은 신자에게 나쁘지 않은 것이면 사제에게도 허용된다고 결론짓는다.

867   고대 교회가 오류에 빠졌더라면, 교리는 몰락되어 있을 것이다. 오늘날 교회가 그럴 때는 사태가 같지 않다. 왜냐하면 교회는 고대 교회의 전통과 권위에서 받은 훌륭한 방침을 언제나 가지고 있기 때문이다. 그와 같이 고대 교회에의 이러한 복종과 일치는 모든 것을 지도하고 교정한다. 그러나 고대 교회는 우리가 고대 교회를 머리에 그리고 생각한 것처럼 장차의 교회를 머리에 그리지도 생각지도 않았다.

868   옛날 교회에서 일어난 일을 현재 거기에서 볼 수 있는 일과 비교하는 데 방해가 되는 것은 성 아타나시우스, 성 테레사, 그 밖의 사람들이 영광의 면류관을 쓴 사람으로, 또 우리를 움직이는 신성한 것처럼 간주되고 있는 사실이다. 시간이 문제를 풀어준 현재, 그것은 그와 같이 보인다. 그러나 그를 박해한 그때는 이 위대한 성자는 아타나시우스라 불리는 사나이였으며, 성 테레사도 한 아가씨였다. "엘리야는 우리와 같은 한 사나이였으며, 우리와 같은 정념의 지배를 받았다"라고 성 야곱은 말하고 있다. 이것은 성자의 본보기를 우리로 하여금 배격하게 한 저 그릇된 관념에서 기독교도들을 해방시키기 위해 한 말이다. "그들은 성자이며 우리와 같지는 않다"고 우리는 말한다. 그러면 그때 무슨 일이 일어났던가? 성 아

타나시우스는 아타나시우스라는 한 사나이였고 수많은 죄를 뒤집어쓰고 이러저러한 교회 재판에서 이러이러한 죄로 이러이러한 죄의 판결을 받았다. 모든 사교(司敎)들은 동의했고, 나중에는 마침내 교황마저 동의했다. 거기에 반대한 자에게 사람들이 무어라 했던가? 그들은 평화를 교란했다, 그들은 분리를 초래했다 등으로 비난했다.

열심, 명철한 지혜. 네 종류의 사람들, 지식 없이 열심인 사람, 열심은 없고 지식은 있는 사람, 지식도 열심도 없는 사람, 그리고 지식과 열심을 가진 사람. 처음 세 종류의 사람들은 그를 죄로 몰고, 마지막 사람들은 그를 무죄 방면하라고 했으며, 교회에서 파문당하고 그러면서 교회를 구제한 사람들이다.

869   만일 성 아우구스티누스가 오늘날 나타나서 변호자들과 마찬가지로 별로 많지 않은 권위만 가졌더라면 그는 아무것도 못했을 것이다. 신이 이것에 권위를 준 그를 보냄으로써 그의 교회를 잘 인도한 것이다.

870   신은 교회 없이 죄를 사해주시기를 원치 않았다. 교회가 죄과에 참여하는 것처럼 사죄에도 참여할 것을 바란다. 신은 모든 왕이 의회에 부여해준 것과 같은 이 권능을 교회에 부여하신다. 그러나 만일 교회가 신과 관계없이 죄를 용서한다든가 결부한다든가 하면 그것은 벌써 교회가 아니다. 의회에서와 마찬가지다. 왜냐하면 왕이 어떤 이에게 은총을 베푸는 경우, 의회가 그것을 확인하는 것은 당연하지만, 의회가 왕과 관계없이 확인한다든가 또 왕의 명

령에 대해 확인할 것을 거부하게 되면 이것은 이미 왕의 의회가 아니라 반도(叛徒)의 무리인 것이기 때문이다.

교회, 교황, 단일, 다수

871   교회를 단일로 간주하면 교회의 우두머리인 교황은 전체에 상당한다. 교회를 다수로 본다면, 교황은 교회 일부에 불과하다. 교부(敎父)들은 교회를 때로는 전자로, 때로는 후자로 생각한다. 따라서 교황에 대해선 여러 가지로 말해왔다(성 키푸리아누스, 'Sacerdos Dei(신의 사제)'). 그러나 그들은 이 두 가지 권리의 어느 한쪽을 선정하면서 다른 한쪽을 배격하지 않았다. 단일에 귀착하지 않는 다수는 혼란이며, 다수에 의존하지 않는 단일은 압제다. 교회 회의가 교황 위에 있다고 말할 수 있는 나라는 프랑스밖에 거의 없다.

872   교황은 제1인자다. 이 밖에 누가 만인에 알려졌는가? 그 밖에 누가 전체에 퍼지는 힘을 가지고 만인에 인정되어지는가? 그가 곳곳에 퍼져나가는 주요한 가지(枝)를 잡고 있기 때문일까? 그것을 전제로 타락시키기는 얼마나 쉬운 일인가? 때문에 예수 그리스도는 그에게 이 훈계를 세우신 것이다. 즉 "Vos autem non sic(너희들은 그렇게 되지 마라)."[5]

873   교황은 그에게 서약하고 복종하지 않는 학자들을 미워하고 두려워한다.

874   교황이란 무엇인가 판단하려면, 그리스인들이 어떤 교회

회의에서 말한 것처럼 중요한 기준을 교부들의 어떤 말에 의해서 판단해서는 안 된다. 교회와 교부들의 행위에 의해 또 성전(聖典)에 의해 해야 한다.

"Duo aut tres In unum(둘 또는 셋을 하나로)." 단일과 다수. 둘에서 하나를 배격함은 잘못이다. 다수를 배격하는 교황주의자나 단일을 배격하는 위그노들이 하는 것처럼.

875 　교황은 신과 전통에서 그 빛을 받아들이기 위해 명예를 손상할 것인가? 그를 이 성스러운 결합에서 갈라놓는 것이 그의 명예를 손상시키는 것이 아닐까?

876 　신은 그의 교회의 평범한 행위 가운데 기적을 행하시지 않는다. 만일 무류성(無謬性)이 일개인에 있었다면, 그것은 일종의 기묘한 기적일 것이다. 그러나 무류성이 다수 속에 있다면 그것은 퍽 자연스러워 보인다. 신의 이 행위는 그의 다른 모든 업적과 마찬가지로 자연 속에 감추어져 있다.

877 　왕들은 그의 권력을 행사한다. 그러나 교황은 그의 권력을 행사할 수 없다.

878 　"Summun jus, summa injuria(극도의 권력은 극도의 부정이다)."[6]

다수주의(多數主義)는 최선의 길이다. 그것은 공개적이고 복종시키는 힘을 갖고 있기 때문에. 그러나 이것은 유능하지 못한 사람들의 의견이다. 할 수 있으면 사람들은 정의의 손에 힘을 쥐도록 했을 것이다. 그러나 힘은 물리적 특성이기 때문에 사람이 원하는 대로 행사함을 용인하지 않는 데 반해 정의는 뜻대로 처리할 수 있는 정신적인 특성인 까닭에 사람은 정의를 힘의 손에 쥐도록 한다. 이리하여 사람들은 지키지 않을 수 없는 것을 가리켜 정의라 부른다.

    여기에서 검(劍)의 권리가 생겨난다. 검은 진짜 권리를 부여하기 때문이다. 그렇지 않다면 사람들은 한편에 폭력을 다른 한편에 정의가 있음을 볼 것이다(《제12프로뱅시알》의 결구).

    여기부터 프롱드의 부정, 즉 힘에 대해 그의 자칭의 정의를 대립시킨다는 일이 생겨난다. 교회 안에선 이와 같지 않다. 왜냐하면 거기엔 진짜 정의는 있지만 아무런 폭력이 없기 때문이다.

부정

879   재판권은 재판을 하는 사람을 위해서가 아니라, 재판을 받는 사람을 위해 부여된 것이다―이런 일을 민중에게 가르쳐주는 것은 위험하다―그러나 민중은 그대들을 아주 신용하고 있으므로 이것은 그들을 해치지 않고 그대들의 도움이 될 것이다. 그러므로 그것을 공표해야 한다. "Pasce oves meas(내 양을 치라)."[7] "tuas (너희)"가 아니다. 그대들은 나를 칠 책임이 있다.

880   사람들은 확실성을 좋아한다. 교황은 신앙에서 무류(無謬)이며, 엄격한 신학자들은 관습에서 무류이기를 좋아한다. 자기의 확신을 간직하기 위해.

881   교회가 가르치고 신이 영감을 주는 것, 이 둘은 어느 것이나 무류다. 교회의 활동은 신의 은총이나 처벌을 마련하는 데 도움을 주는 것에 불과하다. 교회는 처벌을 위해선 족하지만 영감을 위해선 족하지 못하다.

882   예수회들이 교황을 공격할 때마다 전 기독교도들로 하여금 선서 위반을 하게 한다.
  교황은 그 직무상 또는 예수회들에 대해 가지는 신뢰 때문에 공격당하기 극히 쉽다. 예수회들은 중상을 수단으로 해 극히 능숙하게 그를 공격한다.

883   나로 하여금 종교의 기초에 관해 이야기하지 않을 수 없게 한 불행한 사람들.

884   참회를 않고서도 깨끗이 된 죄인들, 자비한 마음 없이도 의로워진 의인들, 예수 그리스도의 은총이 없는 기독교도들, 인간의 의지 이상의 힘이 없는 신, 신비성 없는 예정, 확실성이 없는 속죄!

885   여로보암 치하[8]에서처럼 되고자 하는 생각만 있으면 사제가 된다는 것. 우리에게 오늘날 교회의 규율이 매우 좋다고 공언하고, 그 규율이 바뀌기를 원함을 죄라고 하는 것은 두려운 일이다. 옛날 규율은 틀림이 없는 것이었으며, 또 죄 되지 않고 그것을 고칠 수 있었음을 안다. 그런데 지금은 그런 사정으로 그것을 변경하기

를 바랄 수 없게 되었다. 사교를 임명하는 데 아주 신중한 태도를 취해 그에 해당할 만한 자격을 가지고 있는 자가 거의 없을 정도였던 그때의 습관을 변명하는 것이 허락되었는데 이렇게나 자격 없는 자를 많이 임명하는 습관을 한탄하는 것이 허락되지 않다니!

이단자

886 에스겔. 모든 이교도들은 이스라엘을 욕했고, 이 예언자 역시 그랬다.⁹ 이스라엘 사람들은 예언자에 대해 "그대는 이교도처럼 말하는구나"라고 말할 권리를 가졌다고 해서는 안 된다. 예언자는 이교도들이 그처럼 말했다는 것에 최대의 힘을 기울였다.

887 얀세니스트들은 관습의 개혁에선 이단자들과 흡사하다. 그러나 그대들은 악에 있어서 그들과 흡사하다.

888 그대들이 이 모든 것이 이루어져야 한다는 것을 모른다면, 그대들은 예언을 모르는 것이다. 왕후, 예언자, 교황, 그리고 사제들까지도. 그러나 교회는 존속해야 할 것이다. 신의 은총으로 우리는 거기에 이르지 못하고 있다. 그런 사제들에게 화 있을지어다! 그러나 우리가 거기에까지 이르지 못했다고 신이 우리를 긍휼히 여기기를 바라고 있다.
성 베드로 2장.¹⁰ 과거의 거짓 예언자들, 미래의 표징.

889 ……그런 까닭으로 한편에서 성직의 성원, 아니 몇몇 방종한 수도사와 몇몇 부패한 결의론자들이 그러한 타락 속에 잠겨

있는 것이 사실이라고 하면, 다른 한편에서는 신의 말씀의 진실한 수탁자인 교회의 진실한 목자(牧者)들이 그 말씀을 파괴하고자 하는 사람들의 노력에 대해 단호히 그것을 수호해왔다는 것 역시 사실이다.

그러므로 신자들은 그들 자신의 목자들의 아버지와 같은 손에 의해 그들에게 주어진 경건한 교리 대신, 이러한 결의론자들의 낯선 손에 의해서만 제공되는 이러한 부패를 좇으려는 구실을 전혀 갖지는 않는다. 또 불신자와 이단자들도 교회에 대한 신의 섭리의 결여를 표시하기 위해 이러한 폐해를 주었다는 이유를 갖지는 않았다. 교회는 정확히 성직의 전체 속에 있는 편이니까. 신이 교회를 타락 속에 버려둔다는 것은 사태의 현상에서 사람들이 결론지을 수 없을 뿐더러 신이 교회를 타락에서 분명히 수호한다는 것이 오늘날처럼 잘 나타난 적은 없었기 때문이다.

왜냐하면 특별한 소명(召命)을 받아 일반 기독교도들보다 더 완전한 상태 속에 살기 위해 출가하고 성의(聖衣)를 입겠다고 서약한 사람들 중 몇몇이 일반 기독교도들에게 지탄받을 미망에 빠져 과거 유대인들 사이에 거짓 예언자 노릇을 한 자처럼 되어 우리 가운데 임한다면 그것은 진실로 한탄할 개인적이고 특수한 불행이지만, 신이 교회에 대해 취하시는 배려에 반대되는 결론을 내릴 수는 없다. 이 모든 것이 지극히 명백히 예언되고, 그 유혹이 이런 사람들 쪽에서 일어나리라 오래전부터 예고되어왔던 것이고, 사람들이 잘 교육되면 사람들은 이 일에서 우리의 존경에 대한 신의 망각의 증거보다는 신의 인도의 증거를 찾아볼 수 있기 때문이다.

890   텔트리아누스, "nunquam Ecclesia reformabitur(교회는 결코 개혁되지 않을 것이다)."

891   예수회들의 교리를 자랑하고 있는 이단자들에게 "그것은 교회의 교리가 아니라는 것"을 알게 해야 한다. 그리고 우리(얀세니스트)의 분리가 제단(祭壇)에서의 분리는 아니라는 것을 알게 해야 한다.

892   만일 다르다는 이유로 우리가 정죄(定罪)되면 당신들이 옳은 것이다. 다양성이 없는 통일은 다른 사람들에게 무익하고 통일성이 없는 다양성은 우리에게 파멸을 초래한다 — 하나는 대외적으로 유해하고 하나는 대내적으로 유해하다.

893   사람들은 진리를 들어 보이면서 그것을 믿게 할 수 있다. 그러나 성직자의 부정을 제시하고 그것을 교정할 수는 없다. 허위를 지적함으로써 양심은 보증되나 허위를 지적함으로써 돈주머니를 보증하지는 않는다.

894   교회를 사랑하는 자는 도덕관념이 부패됨을 보고 한탄한다. 그러나 적어도 법률은 존재한다. 그러나 이자들은 그 율법을 부패시키고 규범을 파괴한다.

895   인간은 양심에 의해 악을 행할 때처럼 그렇게 충분히 또 유쾌하게 악을 행하지는 못한다.

896   교회가 파문이니, 이단이니 하는 말을 만들었다는 것은 헛수고다. 이 말들을 사람들은 교회에 반대해서 사용한다.

897   하인(下人)은 주인이 하는 일을 모른다. 왜냐하면 주인은 하인에게 행동만을 이야기하지 그 목적을 이야기하지 않기 때문이다.[11] 그리고 이것은 하인이 맹목적으로 복종하고 가끔 목적에 반대되는 죄를 범하는 이유다. 그러나 예수 그리스도는 우리에게 목적을 말씀하셨다.[12] 그런데 그대들은 그 목적을 파괴하고 있다.

898   그들은 영원성을 가질 수 없으며 보편성을 구하고 있다. 그 때문에 그들은 그들이 성도(聖徒)로 되고자 전 교회를 타락시킨다.

《성서》의 구절을 남용하고, 자기의 오류를 지지해주는 것처럼 보이는 어떤 구절을 발견해 득의만면한 자들에 대해
899   저녁 기도의 장(章), 수난주 일요일. 왕을 위한 기도.
   다음 말들의 설명, "나와 함께 아니하는 자는 나를 반대하는 자다."[13] 또 다음 말, "우리를 반대하지 않는 자는 우리를 위하는 자니라."[14] 어떤 이가 가로되 "나는 누구를 위해 있는 것도 아니요, 누구를 반대하기 위해 있는 것도 아니다." 이 사람에게는 이렇게 대답해야 한다…….

900   《성서》의 뜻을 해명하고자 하면서, 《성서》에서 아무것도 취하지 않는 자는 《성서》의 적이다.(Aug. d. d.ch.)[15]

901   "겸손한 자에게 은혜를 주신다."[16] 신은 그들에게 겸손한 말을 주지 않았을까?
"자기 백성이 영접치 아니했으나."[17] 그를 받아들이지 않았던 자는 모두 그의 백성이 아니었을까?

902   후이양[18]은 말하길, "이것은 사실상 그리 확실치 않음에 틀림없다. 왜냐하면 논쟁이란 불확실을 지적하는 것이므로(성 아타나시우스, 성 크리소스트모스, 도덕, 불신자들)."
예수회들은 진리를 불확실하게 만들지는 않았지만, 그들 자신의 불신앙을 확실하게 했다.
모순이 늘 남아 있었던 것은 악인의 눈을 멀게 하기 위해서다. 진리 또는 사랑을 거스르는 것은 모두 악이니까. 이것이야말로 참다운 진리다.

903   이 세상의 종교와 종파들은 모두 자연적인 이성을 지도자로 해왔다. 기독교도만이 그 기준을 자기 밖에서 취하도록 강제되어온 사실, 즉 예수 그리스도가 신자들에게 전하기 위해 고인에게 남겨준 기준을 잘 배우도록 강제되어온 이 강제는 이들 선량한 신부들을 권태롭게 했다. 이들은 다른 사람들과 마찬가지로 자기 망상에 따르는 자유를 갖기 원했다. 예언자들이 유대인에게 말했던 것처럼, "교회 안으로 들어가라. 고인이 교회에 남긴 규칙을 배워라. 그리고 그 좁은 길을 좇으라"고 우리가 그들에게 부르짖어보았자 헛수고일 따름이다. 그들은 유대인들처럼 대답했다. "우리는 그 길을 가지 않고 우리 마음의 생각을 좇을 것이다." 또 "우리는 다른

국민들과 같이 될 것이다"[19]라고.

904   그들은 예외에서 규칙을 만든다.
  고인들은 참회 전에 사죄를 주었다고?—그것을 예외의 기분으로 행하라. 그러나 예외로부터 그대들은 예외 없는 규칙을 만든다. 그러곤 그 규칙이 예외로 있기를 바라지조차 않는다.

   회개의 증거가 없는 고백과 사죄에 관해
905   신은 내면만을 보시고, 교회는 외면에 의해서만 판단한다. 신은 마음속에서 참회를 보자마자 죄를 사해주신다. 교회는 업적 가운데서 그것을 보았을 때 비로소 용서한다. 신은 내적으로 순결한 교회를 만드시고, 그 내면적인 또는 순수하게 영적인 청정에 의해 거만한 현자나 바리새인의 내면적 불신을 당혹하게 만든다. 교회는 외면적 습성이 극히 순결한 인간의 집단을 만들고, 이로써 이교도의 습성을 당황하게 한다. 그 속에 위선자가 있다 하더라도 그 독을 알아차리지 못하도록 교묘히 변장하고 있으면 교회는 그들을 용서한다. 왜냐하면 그들이 속일 수 없는 신에게는 수락되지 않더라도, 그들이 속일 수 있는 인간에게는 수락되기 때문이다. 그리하여 교회는 성스럽게 보이는 그들의 행위에 의해 명예를 손상당하지는 않는다. 그러나 그대들은 내면이 신에게만 속한다는 이유로 교회가 내면적으로 판단함을 좋아하지 않고, 또 신이 내면에만 착안하신다는 이유로 교회가 외면적으로 판단하는 것도 좋아하지 않는다. 이렇게 해서, 우수한 사람들은 교회에서 제거되고, 가장 방탕한 사람들과 교회의 명예를 대단히 손상시키는 사람들은 그 안에 남게

한다. 그들은 유대인의 회당이나 철학자들의 학파에 의해 무가치한 무리로 축출당하며 불신의 무리로 혐오당했다.

906 세상을 따라 사는 데 가장 쉬운 상태는 신을 따라 살기에 가장 어려운 상태다. 그리고 이 반대도 같다. 이 세상을 따르면 종교적인 생활처럼 어려운 것이 없다. 신을 따라 살면 그것처럼 쉬운 것은 없다. 세상을 따르면 고관직에 있거나 많은 재산을 가지고 생활하는 것처럼 쉬운 것은 없다. 그런 것을 가지고 있으면서 신을 따라 살며, 그런 것에 흥미나 애착을 느끼지 않는 것처럼 어려운 일은 없다.

907 결의론자들은 타락한 이성에 판단을 맡기고, 타락한 의지에 결단의 선택을 맡겨, 인간 본성에 있는 타락 전부를 그들의 행위에 참여시키려 한다.

908 그러나 '개연론(蓋然論)'이 확증해주는 것은 개연적인 것일까?
마음의 평안과 확신의 상이. 진리처럼 확신을 주는 것은 없다. 진리의 성실한 추구처럼 평안을 주는 것은 없다.

909 그들 결의론자 전부를 가지고서도 과오를 범한 양심에 확신을 줄 수 없다. 그리고 이것은 좋은 지도자를 선택하는 것이 중요하다는 이유다.
이리하여, 그들은 이중으로 죄를 짓게 될 것이다. 그들이 따르지 말아야 할 길을 따랐던 탓이며, 또 그들이 듣지 말아야 했을 목사들의 말을 들었기 때문이다.

910   너희에게 사물을 그럴듯하게 꾸며 보이는 것은 세상의 환심을 구하는 것이 아니고 무엇인가? 너희는 우리로 하여금 그것이 진실이라는 생각을 갖게 하고, 결투의 풍습이 없다 하더라도 사실 자체를 생각하면 인간이 투쟁을 할 수 있다는 것을 그럴듯하게 꾸며 보이려는 것인가?

911   악인을 없게 하려면 그들을 죽여야만 하는가? 그것은 하나만 아니라 둘을 다 악인으로 만드는 것이다. "Vince in bono malum(선을 가지고 악에 이겨라)."[20] (성 아우구스티누스)

일반적

912   도덕과 언어는 특수한 학문이지만 일반적인 것이다.

개연론

913   누구나 더할 수는 있다. 그러나 누구도 제할 수는 없다.[21]

914   그들은 사악을 움직이게 하고 불안을 억제한다. 오히려 그 반대로 했어야 한다.

몽탈트[22]

915   미지근한 의견은 그만큼 사람들의 마음에 드는 것이고, 마

음에 들지 않는 것은 이상스러운 일이다. 그것은 그들이 모든 제한을 넘었기 때문이다. 더구나 진리를 보고 거기에 이를 수 없는 사람은 허다하다. 그러나 종교의 순결이 우리의 부패에 반대된다는 것을 알지 못하는 사람은 드물다. 영원한 보상이 에스코발[23]적 관습에 부여된다 함은 웃음거리이다.

개연론

916   그들은 진실한 원리를 다소 가지고 있기는 하지만, 그것을 남용한다. 그런데 진리의 남용은 허위의 채용(採用)과 마찬가지로 벌받아야 하는 것이다.

    마치 두 개의 지옥이 있어서, 하나는 사랑에 반대하는 죄인을 위한 것이고 또 하나는 정의에 반대하는 자를 위한 것이거나 한 것처럼.

개연성

917   만일 그럴듯해 보이는 것이 확실한 것이라면 진실을 탐구한 성도들의 열의는 보람 없는 것이었을 것이다. 가장 확실한 것은 언제나 좇던 성도들의 외경과 공포(성 테레사는 늘 그 청죄사(聽罪師)에게 순종했다).

918   개연론을 제거하라. 그러면 그대들은 그 이상 세상의 마음에 들 수는 없을 것이다. 개연론을 들고 나오라. 그러면 그대들은 이 이상 세인의 기분을 상하게 하지는 않을 것이다.

919 귀인이 아첨받기를 원한 것도, 예수회들이 귀인에게서 귀여움받기를 원한 것도 민중의 예수회의 죄의 결과다. 그들 중 한쪽은 속이기 위해, 또 한쪽은 속기 위해, 이들은 모두 허위의 영혼에게로 버려질 만한 자격을 가졌다. 그들은 탐욕적이었고 야심가고 향락적이었다. "Coacervabunt sibi magistros(스승을 많이 두고)."[24] 그런 스승들에게 "digni sunt(알맞은)" 제자들로서 그들은 아첨하는 자를 구하고 그것을 발견했다.

920 만일 그들이 개연성을 버리지 않는다면 그들의 좋은 격언은 악인과 마찬가지로 조금도 성스럽지 않다. 왜냐하면 그것들은 인간적 권위 위에 세워져 있는 까닭이다. 따라서 그것들이 더 정당해진다면 그만큼 합리적인 것으로는 될 것이나, 성스러운 것으로는 안 된다. 그것들은 제가 접목된 야성의 줄기와 같은 것이다.

　내가 말하는 것이 너희를 계몽하는 데 도움이 되지 않을지라도 민중에게 도움이 될 것이다.[25]

　만일 이 사람들이 잠잠하면, 돌들이 소리 지르리라.[26]

　침묵은 최대의 박해다. 성도들은 결코 침묵하지 않는다. 신의 소명(召命)이 필요하다는 것은 사실이지만, 사람이 과연 소명되어 있는가 어떤가를 가르쳐주는 것은 교회 회의의 재정(裁定)이 아니고, 말을 하는 필연성에 있다. 그런데 로마(교황)가 이미 언명했으며 그 진리를 유죄로 판결한 것이 드러나고, 그것이 기록되고, 그것을 반박한 서적이 비난받은 현재로서는 부당한 비난을 받으면 받을수록 또 강포한 언론의 압박을 받으면 받을수록 우리는 더욱 높이 부르짖지 않을 수 없다. 양 파의 주장을 듣는 한 사람의 교황이 나타나

고사(故事)에 비추어 정당한 판단을 하기까지. 그리하여 선량한 교황들은 교회가 아직 절규하고 있음을 알게 될 것이다.

종교재판과 예수회 교단, 진리의 두 개의 방해물. 너희가 그들을 아레이오스주의로서 왜 비난하지 않는가? 그들은 예수 그리스도를 신이라고 말했지만, 아마 본질에 의한 것이 아니라, "Dii estis(너희는 신이다)"[27]라는 뜻으로 알고 있는지 모른다.

만일 나의 편지[28]가 로마에서 정죄된다면, 내가 거기서 정죄되는 것이 곧 하늘에서 정죄되는 것이다. "Ad tuum, Domine Jesu, tribunal appello(그대의 법정에, 주 예수여, 나 상소하나이다)."

너희 자신은 타락하고 있다.

나는 내가 정죄되었음을 알았을 때 잘못 쓴 것이 아닌가 하고 두려워했다. 그러나 수많은 신앙의 예가 그와 반대라고 내게 믿게 했다. 올바르게 쓴다는 것은 이미 용납되지 않는 것이다. 그만큼 종교재판은 타락한 것이며 무지하다.

"사람보다 하느님을 순종하는 것이 마땅하니라."[29]

나는 아무것도 겁내지 않는다. 나는 아무것도 바라지 않는다. 사교들은 그렇지 않다. 포르 루아얄은 두려워하고 있다. 그것은 그들을 분산시키는 나쁜 정책이다.[30] 왜냐하면 그들은 벌써 두려워하지 않고 벌써 두려움을 주는 자기 되었기 때문이다. 나는 너희의 개인적인 비난도, 그것들이 전승의 비난 위에 세워진 것이 아닌 한, 별로 두려워하지 않는다. 너희는 전부를 비난하는가? 무엇이라고! 나의 경의라 할지라도? 그렇지는 않겠지. 그러면 무엇을 비난하느냐 말해보라. 나쁜 점과 그것이 왜 나쁜가를 지적할 수 없다면 아무 짓도 하지 말라. 그런데 그들이 하기 어려운 것이 바로 이것이다.

개연성

그들은 확실성이라는 것을 묘하게 설명했다. 자기네들의 길이 확실하다고 단정한 후에 그들은 거기에 이르지 못할 아무 위험 없이 하늘에 인도된다는 것을 확실하다고 말하지 않고, 자기들의 길에서 벗어날 위험이 없이 그곳에 이르는 것을 확실하다고 말한다.

너희들은 성스러운 일들을 조롱한다고 나를 비난해 무엇을 얻었는가? 너희는 위선으로 나를 비난한다는 이상의 것은 아무것도 얻지 못하리라.

나는 전부를 말하지 않았지만, 너희는 그것을 잘 보리라.

921   ······성자(聖者)들은 자기가 죄짓고 있음을 깨닫는 데 세심해, 그들의 선행까지를 규탄한다. 그런데 이들은 가장 악한 자라도 용서하기 위해 세심하다.

이교의 현자들은 외관은 똑같이 아름다우나 나쁜 기초를 지닌 건물을 세웠다. 마귀는 아주 다른 기초 위에 세워졌으나 외관이 비슷한 점으로 인간을 속인다.

일찍이 아무도 나만큼 정당한 주장을 가졌던 사람은 없었으며 또 일찍이 아무도 너희만큼 좋은 먹이를 준 자도 없다.

그들이 나의 개인적인 나약성을 지적하면 할수록, 나의 주장을 강화시켜준다.

너희는 내가 이단이라고 말한다. 그것이 용납될까? 너희는 인간이 올바르게 심판함을 두려워하지 않더라도 신이 올바르게 심판함을 두려워하지 않는가?

이윽고 너희도 진리의 힘을 깨닫고 거기에 굴복하게 될 것이다. 그런 맹목에는 무엇인가 이상한 일이 약간 있다. "Digna necessitas(그들이 받아야 할 운명)."[31]

허위의 경건, 이중의 죄.

나는 3만 명에 대한 단 한 사람인가? 아니다. 너희는 궁전을 지키고, 기만을 지켜라. 나는 진리를 수호하겠다. 그것이 내 힘의 전부다. 만일 내가 진리를 잃으면, 나는 멸망한다. 나는 비난과 박해를 피하지 못할 것이다. 그러나 나는 진리를 가지고 있다. 우리는 진리를 가질 자가 누구인가를 볼 것이다.

나는 종교를 옹호할 필요는 없으나, 너희도 과오와 부정을 옹호할 필요가 없는 것이다. 신이 그의 자비심으로 내게 있는 악을 잘못 보지 말고 너희 속에 있는 선을 잘못 보사, 우리에게 진리가 내 손에서 굴하지 않도록 온 은총을 베풀어주시기를, 그리고 허위가……

개연

922 　인간이 아끼는 사물을 비교해봄으로써 신을 진지하게 탐구하는가 아니하는가를 조사해보자. 이 식육(食肉)이 내게 독이 되지 않음은 "확실한 것 같다". 내가 청원을 하지 않아 내 소송이 지지 않는다는 것도 "확실한 것 같다"…….

923 　참회의 성례(聖禮)에서 죄를 용서하는 것이 유일한 사죄가 아니라 회오도 사죄된다. 성례를 구하지 않는 회오라면 진실한 것이 아니다.

924 약속을 지키지 않는 사람, 신앙이 없고, 명예를 중히 여기지 않고, 마음이 이중이며, 말도 이중이고, 새와 물고기 사이에서 애매한 위치를 차지하고, 우화(寓話)에 나오는 양서동물(兩棲動物)이라 때때로 너희들에게 비난받는 사람들처럼…….

겸허하다는 칭찬을 받는 것은 왕이나 제후에게나 중요한 일이다. 그 때문에 그들은 당신들에게 고백할 필요가 있다.

주

1 얀세니스트들을 가리킨다.

2 〈전도서〉 3장 4절.

3 〈잠언〉 26장 4, 5절.

4 이러한 생각은 《드 사시 씨와의 대화》에서 철학 사상에 적용되고 있다.

5 〈누가복음〉 22장 26절.

6 테렌티우스 《헤아우톤티몰메노스》 4권 4장 7절, 샤론 《예지론》 1권 27장 8절.

7 〈요한복음〉 21장 16절.

8 〈열왕기상〉 12장 31절 참조.

9 〈에스겔〉 16장 참조.

10 〈베드로후서〉 2장.

11 〈요한복음〉 15장 15절 참조.

12 〈누가복음〉 12장 47절 참조.

13 〈마태복음〉 12장 30절.

14 〈마가복음〉 9장 40절.

15 아우구스티누스 《기독교이론(De doc trina christiana)》의 약어.

16 〈야고보서〉 4장 6절.

17 〈요한복음〉 1장 11절.

18 성 벨날에 의해 창시된 수도회에 속하는 인간들.

19 〈사무엘상〉 8장 20절.

20 〈로마서〉 12장 21절.

21 예수회의 도덕에 의하면 사람들은 권위 있는 지도자의 권고에 따라 그 행위를 다스려야 하는 것이었다. 그래서 그런 권고에 의해 인간은 자기를 긍정할 수 있었으나 자기를 부정할 수는 없었다. 거기서 도덕적 이완이 생겨난다.

22 파스칼이 《프로뱅시알》을 쓸 때 사용한 필명.

23 스페인의 예수회. 《24명의 예수회사(會士)의 윤리신학》, 《대윤리학》 등의 저자. 예수회 사상 대변자의 한 사람으로 간주되어 《프로뱅시알》에서 파스칼의 공격의 표적이 되었다.

24 〈디모데후서〉 4장 3절.

25 민중은 예수회 대 얀세니스트의 싸움에서 심판자 위치에 서 있다.

26 〈누가복음〉 19장 40절. 이 경우 사람들이란 포르 루아얄의 저자들을 가리킨다.

27 〈시편〉 82편 6절. 이 말은 일반인이 신임을 말하고 있는 것이지, 그리스도가 신이라는 경우처럼 특수한 뜻을 가지고 있는 것이 아니다.

28 《프로뱅시알》을 가리킨다.

29 〈사도행전〉 5장 29절.

30 은사단(隱士團)의 해산을 뜻한다.

31 〈솔로몬의 지혜〉 19장 4절.

작품해설

1. 파스칼의 생애

　블레즈 파스칼Blaise Pascal은 1623년 6월 19일 클레르몽 페랑 Clermont-Ferrand에서 태어났다. 아버지 에티엔느Etienne는 그 지방 징세법원(徵稅法院)의 법원장이었으며, 어머니 앙트와네트 베공 Antoinette Begon은 파스칼이 3세 되던 해에 별세했다. 위로는 질베르트Gilberte라는 누나가, 아래로는 자클린느Jacqueline라는 누이동생이 있었다. 자클린느가 태어나자마자 어머니가 별세했기 때문에 세 어린이들은 어머니의 사랑을 받아보지 못하고 오로지 아버지 손에 양육되었다. 다행히도 아버지는 법복귀족(法服貴族)으로서 교양이 높았으며 게다가 학문에 대한 열정도 대단한 사람이었기에, 일찍이 어린 파스칼은 아버지의 영향을 받아 학문에 관심을 기울인 것으로 생각된다.
　1631년, 파스칼이 8세 되던 해에 아버지는 징세법원장이라는 관직을 팔고 파리로 이주했다. 당시에는 왕의 윤허를 받으면 관직 매매가 가능했기 때문이다. 파리에 정착한 아버지는 세 자녀의 교육에만 전념했다.

조숙한 천재

유년 시절부터 파스칼은 그 천재성을 발휘했다. 문호 샤토브리앙의 말을 빌린다면 '놀라운 천재'였던 모양이다. 예를 들면, 어느 날 식탁에서 수저가 그릇에 부딪치는 음향을 듣고 〈소리의 전파에 대한 논고〉라는 작은 논문을 쓴 것이 그의 나이 불과 11세 때였다 한다. 이와 같이 파스칼이 어릴 때부터 자연과학에 대해 남다른 관심을 보이자, 아버지는 이 아이가 그리스어 및 라틴어 등의 고전어 학습을 등한히 할까 봐 수학 교육을 뒤로 미루고 오로지 고전어에만 전념케 했다. 그러나 파스칼은 이미 12세 때에 아버지 몰래 유클리드 저서 제1권 32정리(定理)를 혼자서 찾아냈다. 이에 감동한 아버지는 파스칼에게 기하학 공부를 허용했을 뿐만 아니라, 자신이 사귀어왔던 당대의 학자들 모임인 메르센느Mersenne 신부의 서클에 어린 파스칼을 데려가 소개했다. 파스칼은 이 서클에서 페르마 Fermat, 로베르발Roberval, 데자르그Desargues 같은 석학들과 토론하곤 했다. 페르마는 툴루즈 고등법원의 판사이면서 수학에 정통한 학자였다. 이 사람이 데카르트Descartes를 파스칼에게 소개했다고 전해진다. 페르마는 후일 파스칼과 더불어 수학에서 확률 계산법을 처음으로 창안해내는 영광을 나눠 가지게 된다. 로베르발은 수학에 많은 업적을 남겼는데 그 중에서도 사이클로이드〔擺線〕에 관한 문제 해결이 특히 높이 평가된다. 로베르발은 하마터면 이 영광을 파스칼에게 선점당할 뻔했다. 데자르그 역시 순수기하학의 대가였으며 특히 등각투영도(等角投影圖)에 업적이 큰 사람이다. 소년 파스칼이 이러한 당대의 대수학자들과 사귈 수 있었던 것은 큰 행운이었다. 그는 16세에 〈원뿔곡선시론Essai sur les Coniques〉을 발표해 이 대가들에게 크게 칭찬을 받았다.

1639년 말에 파스칼 가족은 루앙으로 이사했다. 아버지 에티엔느가 루앙의 관세 및 재산세 징수 감독관으로 임명되었기 때문이다. 아버지의 세금 계산을 간편하게 해드리고자 소년 파스칼은 계산기를 발명했다. 오늘날의 전자 계산기나 컴퓨터의 원리는 파스칼이 발명한 것이다.

종교적 결의

루앙에서 파스칼 가족들은 자연과학뿐만 아니라 문학에도 열중했다. 위대한 극작가 코르네유가 파스칼 가를 방문했을 정도였다. 특히 파스칼 가족에게 영광스러웠던 것은 대극작가 코르네유가 블레즈의 여동생 자클린느의 시재를 찬탄했다는 사실이다. 코르네유의 격려에 고무된 자클린느는 성모 수태 찬가를 써서 1640년 12월에 라 투르 푸르 레 팔리노 La Tour pour les Palinods 상을 타게 되었다. 그러나 뜻하지 않은 사고가 일어나 이 가족의 생활을 바꾸어 놓는다. 1646년 정월에 아버지 에티엔느가 낙마해 다리를 부러뜨렸다. 이 무렵에 파스칼 가에 묵고 있던 두 신사가 아버지의 병을 간호하게 되었는데, 이들은 얀센파에 입교한 사람들이었다. 이들이 파스칼 가족에게 얀세니우스 Jansénius(1585~1638), 셍 시랑 Saint-Cyran(1581~1643), 아르노 Arnauld(1612~1664) 등 신학자들의 작품을 보여주었다. 이러한 신학 이론에 접한 청년 블레즈는 크게 감명을 받았다. 그리하여 인간에게서 최고의 목표는 진리가 아니라 성스러움 la sainteté이라는 확신을 갖게 되었다.

한편 파스칼은 심한 병을 앓고 하반신이 마비되었다. 당시의 증상으로 보아 결핵이었던 것으로 추측된다. 그는 목발에 의지하지 않으면 보행조차도 어려웠다. 누이 자클린느의 증언에 의하면 "오빠는 더운 물밖에, 그것도 한 방울씩밖에는 마시지 못했다"고 한다. 파스칼 자신의 말에 의하면 "열여덟 살 이후부터는 하루도 고통이 없는 날을 보낸 적이 없었다". 어쨌든 얀센파에 입교한 파스칼은 고행자들이 입는 두툼한 마모직(馬毛織) 셔츠를 입고 자신의 괴로움을 하느님에게 감사하며 견디어갔다. 특히 자신의 영혼이 병든 것을 깨닫게 해주심에 대해 하느님께 감사했다. 이 무렵 기도의 주제는 병을 올바르게 사용하는 법을 가르쳐달라는 간구였다. 블레즈 파스칼의 이러한 열성은 아버지와 온 가족을 감동시켰다. 사교계에서 재색을 떨치던 21세의 자클린느는 사교계와 결별했으며, 마담 페리에Périer가 된 누나 질베르트도 자기 남편과 함께 엄격하고도 근엄한 생활을 영위하기에 이르렀다.

얀세니즘은 파스칼의 정신에 기념비적인 전환을 초래했다.

종교와 과학

이와 같이 육체적으로나 정신적으로나 대변환을 체험하면서도, 파스칼은 학문에 대한 탐구를 중단하지 않았다. 그가 1647년에 발표한 〈진공에 관한 논고 Traité sur le Vide〉에서는 '권능의 학문les sciences d'autorité'과 '이치의 학문les sciences de raison-nement'을 구별하고 있다. 전자에는 신학 같은 학문이 속하는데, 여기에서는 모든 진리가 성서 속에 존재한다. 후자에는 자연과학이 속하는데, 거기서는 이성과 경험이 인식으로 지향된다. 이 구별이 파스칼로 하여금 학자로서의 활동과 종교적인 삶을 조화시킬 수 있도록 허용해준다. 그리하여 파스칼은 과학 문제에 관해서는 고대 선인들의 권위에 대해 대담하게 맞섰을 뿐만 아니라, 발전의 지속성에 대한 신념을 표명하고 있다.

1647년에 파스칼은 액체(液體)의 평형에 대한 토리첼리의 발견을 실험해보기로 했다. 그는 루앙과 파리에서 이 실험을 여러 번 해 보였다. 그 결과 "자연은 진공에 대한 두려움을 지닌다"는 편견에 대해 반박했으며, 관(管) 속에 솟아오른 수은주의 높이는 대기의 압력과 관계가 있다는 결론을 얻게 된다. 이는 기압계의 원리이다. 이리하여 파스칼은 〈진공론 Traité du Vide〉을 준비하게 되는데, 이 논문에서는 수압(水壓) 원리를 해명하고 있다. 이 무렵에 파스칼이 누나 페리에 부인에게 보낸 서간문에 따르면 그의 열렬한 신앙심을 엿볼 수 있다. 그러한 신앙은 마침내 포르 루아얄 Port-Royal이라는 파리 교외에 있는 얀센파 수도원을 방문함으로써 더욱 독실해진다. 또한 종교적인 불안도 여기에 나타나 있으며, '호교론 l'Apologie'의 기본 이념도 이미 나타나 있다. 또한 여기서 이성적인 힘으로 심정을 기독교와 결합할 수 있음을 시사한다.

1651년에 아버지가 별세함으로써 파스칼은 심한 타격을 받는다. 이 심적 타격은 죽음에 대한 명상으로 그를 이끌어간다.

세속적인 시기(1651~1654)

누이동생 자클린느는 철저하게 종교적인 생활을 영위했지만, 학문 탐구에 쇠진한 파스칼은 세속적인 삶의 기분 전환에 눈을 뜨게 된다. 그는 리슐리유 재상의 질녀인 마담 데기유옹의 귀족적 살롱에 출입한다. 그리고 마담 사블레의 살롱에도 출입이 잦았다. 이 두 살롱에는 당대의 명사와 재사들이 드나들었다.

특히 파스칼은 젊은 로아네Roannez 공작, 메레Méré 및 미통 Miton 기사(騎士)들과 친교를 맺게 되었다. 이들은 교양을 갖추고 재기가 넘치는 젊은이들이었다. 세상 물정에 대한 이들의 해박한 지식과 세련된 태도가 파스칼의 경험을 풍부하게 해주었다. 특히 메레는 《진정한 정직에 관한 변론》의 작가였는데 그는 정직을 종교적인 차원에까지 받드는 사람이었다. 그러나 그것은 이성에 관계된 다기보다 본능에 관계되는 문제였다. 즉 메레의 주장은 "사람이 누구하고 사귈 때는 상대방의 마음과 정신 속에서 일어나는 모든 것을 관찰하고 그 감정과 사고에 적응하려고 애를 써야만 한다. 아무리 미미한 표정이라도 놓쳐서는 안 된다……. 즉 사귀는 사람에게 가장 알맞은 태도를 찾아내기 위해 명석한 정신을 가져야 한다"는 것이다. 파스칼이 세련되고 '남을 기쁘게 하는 기술'을 배운 것은 오로지 이들과 어울린 덕분이었다. 그가 지닌 수학적 정신으로서는 처음으로 경험하는 세계였다. 양식(良識)과 본능이 기하학적 분별력보다 더 효과적인 인식 방법이 되는 세계였던 것이다.

그런데 이러한 신사들도 종교적인 문제에 관한 한 무관심한 사람들이었으며 아마도 '방종자'에 가까운 사람들이었다. 그리하여 파스칼이 '호교론'을 구상할 때에는, 기독교와는 판이하게 다른 이 사교계의 철학이라는 것은 세속적 이상에 개인을 적응시킴으로써 지상(地上)의 행복을 획득하려는 데 불과함을 깨닫게 되었다.

요컨대 파스칼은 사교계의 세속적인 신사들과 사귀며 종교적인 열정을 한동안 상실한 것같이 보였다. 그가 즐기는 화제는 주로 인간과 정신, 그리고 마음에 대한 것이었다. 따라서 정신적인 교훈은 스토이시엥(극기주의자)인 에픽테토스나 몽테뉴에게서 찾게 마련이었다. 파스칼은《팡세》를 쓸 무렵 이들에게 많은 영감을 받은 것 같다. 파스칼은 꽤나 호화로운 생활을 한 모양이다. 어떤 학자들은 주장하기를, 이른바 '세속 시대'의 파스칼은 어떤 여인과 사랑하게 되었으며 결혼할 생각까지 했다고도 한다. 1652년경에는 〈사랑의 열정에 관한 변론Discours sur les Passions de l'Amour〉을 썼다고 전해진다. 바로 이 무렵에 계산기를 완벽하게 보완해 스웨덴 여왕 크리스티나에게 바치면서 극히 주목할 만한 편지도 동봉했다. 1653~1654년에는 친구 메레의 부탁을 받고 '결의의 문제problème des partis'를 해결하는데, 이는 도박을 할 때 따는 찬스에 따라 판돈을 어떻게 거는 것이 적절한가를 계산하는 것이었다.

포르 루아얄 시대

신병과 사교계 생활에 싫증이 난 파스칼은 누이동생 자클린느의 권유도 있고 해서 점점 포르 루아얄 수도원에 들어가고 싶어졌다. 뇌유 다리 위에서 당한 교통 사고로 인해 그는 신의 뜻을 깨달았다고 생각하게 되었던 것이다. 1654년 11월 23일 밤, 그는 명상 중에 신비스러운 희열을 체험하게 된다. 그는 이 희열에 대한 기억을 양피지에 기록해두었는데, 임종할 당시에 그 양피지를 옷 속에 꿰매고 있었다. 마침내 그는 종교적 신념에 모든 것을 바치기 위해 포르 루아얄 데 샹Port-Royal-des-Champs으로 은둔했다.

그의 수도원 생활은 엄격하기 이를 데 없었다. 그는 몸이 아픈데도 철저한 고행을 수행했다. 아르노Arnauld, 드 사시De Saci를 영신(靈神) 지도자로 삼고 종교적 고행에 임했던 것이다. 드 사시와 더불어 1655년에는 〈에픽테토스와 몽테뉴에 대한 대담un entretien sur Epictète et Montaigne〉을 이룩한다. 한편 파스칼은 세속 시대의 친우였던 로아네 공작을 종교로 귀의시키는 기쁨을 누렸다. 이듬해 1656년엔 로아네 양에게 여러 통의 서간을 써 보냈는데, 이 서간문 속에서 《성경》에 기록된 진리를 현실 생활에 적용함으로써 하느님께 나아갈 수 있음을 역설하고 있다. 마담 페리에의 증언에 따르면 많은 사람들이 그의 의견을 물어왔으며 그 의견을 충실히 따랐다고 한다.

이 무렵에 예수회Jésuites와 얀센파Jansénisté 사이에 성 아우구스티누스를 주제로 한 논쟁이 일었다. 파스칼은 얀센주의자인 포르 루아얄 수도원을 변호하게 되었다. 파스칼은 《프로뱅시알 Les Provinciale》을 써서 이 논쟁에 뛰어든다. 아이러니와 열정과 웅변이 넘치는 서간 문체다. 1656년에 포르 루아얄은 탄압을 받는다. 교황이 파문 선고를 내렸으며 《프로뱅시알》은 금서 목록에 오른다. 하지만 파스칼의 열의는 조금도 누그러지지 않는다. 그는 계속해 자기 의견을 팸플릿으로 발표했다. 그는 체포당하지 않으려고 수시로 이름을 바꾸고 거처를 옮기지 않으면 안 되었다. 생질녀 마르그리트 페리에가 가시 면류관의 가시에 찔림으로써 오랫동안 고생하던 누선누관증(淚腺瘻管症)이 단번에 치유되는 이른바 '성스러운 가시의 기적'을 목격하고 파스칼의 신앙심은 더욱 깊어졌다. 아마도 파스칼이 '기독교 호교론Apologie du Christianisme'을 쓸 계획을 세운 것은 이 무렵으로 추측된다. 그러나 안타깝게도 '기독교 호교론'은 《광세 Le Pensée》 속에서 산발적인 노트로 발견될 뿐이다.

파스칼의 만년(1658~1662)

불과 40년이라는 짧은 생애, 그것도 병약한 몸과 종교적인 탄압을 받으면서 이 땅 위에 머물렀다가 간 파스칼이었지만, 그가 남긴 업적은 실로 위대하다. 1658년에 잠이 오지 않는 하룻밤의 지루함을 달래기 위해, 그는 사이클로이드의 난문제를 풀어놓았다. 로아네 공작은 파스칼의 이 발견을 공표하라고 권유한다. 그렇게 하는 것이 '기독교 호교론'에도 도움이 될 것이라고 믿었기 때문이다. 파스칼은 문제를 모든 학자들에게 공개해 풀도록 했다. 그러나 아무도 사이클로이드 문제를 풀지 못했다. 파스칼은 이 해결을 논문으로 발표했는데, 이 논문이 라이프니츠가 미적분의 길로 들어서게 했을 것이다.

한편 포르 루아얄에 대한 탄압이 재개되었다. 1661년에 수녀 추방령이 떨어졌고, 교황은 얀세니우스의 저서 《아우구스티누스》에 금서령을 내렸다. 수녀들은 이와 같은 조치를 승복하지 않았는데, 그것은 파스칼의 태도에서 철저한 얀센주의적 면모를 발견했기 때문이다. 파스칼은 친분이 있는 아르노 및 니콜과 논쟁하게 되었다. 이들은 순종할 것을 주장했기 때문이다. 이 논쟁이 파스칼의 심신을 극도로 피로하게 해 지병이 깊어졌다. 그는 만년의 4년 동안을 끊임없는 고통 속에서 보냈다. 이 모든 역경에도 아랑곳하지 않고 그는 자신의 종교적 삶을 완성하는 데 여념이 없었다. 얀센파의 교리를 준수해 철저하게 자신의 감정을 억제했으며 자기를 매도하는 사람들에게 관대했다. 1662년 6월 29일, 그는 자기가 살던 집을 한 병든 아이에게 물려주고, 자신을 누이 집으로 옮기게 했다. 그때 한 말은 "이 병든 아이를 옮기기보다는 나를 옮기는 것이 덜 위험하다"는 것이었다. 그는 임종의 병상에서 가난한 사람을 충분히 돌보지 못했음을 안타깝게 여기며 참회했다. 그리고 자기를 폐질자 구제원(廢疾者救濟院)으로 옮겨달라고 했다. 가난한 사람들과 벗해 그곳에서 죽고 싶었던 것이다. 1662년 8월 19일, 39세를 일기로 해 이 찬연하던 혜성은 사라져버렸다. 자연과학, 인문학, 신학 등등……. 이 혜성은 그 짧은 기간 동안 참으로 광활한 공간에 빛을 뿌리면서 명멸해갔다.

2. 파스칼의 사상

1655년 1월에 파스칼은 얀센파 수도원 포르 루아얄에 들어갔다. 이 무렵에 몇 년 전부터 계속되어왔던 얀센파와 예수회 사이의 신학적인 논쟁이 격화되었다. 파스칼은 자신의 열정과 재능을 다해 얀센파를 옹호했다. 그는 1656년 2월 23일부터 1657년 3월 24일 사이, 그러니까 1년 1개월 동안의 서간문 18편을 '프로뱅시알'이라는 제목으로 출판했다. 그러므로 이 서간문집을 이해하려면 그 동기가 되었던 신학상 논쟁을 알아야 한다.

은총의 문제

기독교 교리에 따르면 원죄(原罪) 때문에 타락한 인간은 예수 그리스도의 공로에 의하지 않고서는 구원될 수 없다. 이것을 이른바 대속의 신비 le mystère de Rédemption라 한다. 그리스도가 인간에게 가져다주려는 구원은 어떻게 해 이루어지는가? 그것은 오로지 신의 은총에 의해서만 가능하다. 은총의 초자연적인 작용에 의해서만이 구원은 이루어진다. 인간성은 타락해 있다. 따라서 영원불멸한 지복(至福)인 이 초자연적인 선은 인간에게 과분한 것이다. 그러므로 은총은 무상(無償)의 선물이다. 하지만 인간은 자유로운 존재이기 때문에 인간의 자유의사와 하느님이 택하신 그 선택을 어떻게 조화시킬 수 있을까? 또한 인간의 자유의사와 은총의 거룩한 효험을 어떻게 조화시킬 것인가?

가톨릭 교회는 언뜻 보기에는 상호 모순되는 이 두 가지 의미 사이에 균형을 유지하는 것을 전통으로 삼아왔다. 이 두 의미는 일견 모순인 것 같지만 기실은 상호 보완적이다. 그것은 믿음의 양면이라 할 수 있다. 그러기에 5세기의 펠라주Pélage(360~442)는 성 아우구스티누스에게 배척당했다. 펠라주는 은총의 효과와 인간의 원죄를 함께 부인했기 때문에 이단시당했다. 마침내는 교회의 공의회(公議會)에게서 이단 선고를 받았다. 펠라주는 무상의 선물인 은총에 의해서가 아니라, 인간의 선행에 의해 하늘 나라에 들어갈 수 있다고 주장했던 것이다. 펠라주와는 정반대되는 칼뱅Calvin의 교리도 이에 앞서 이단 선고를 받은 적이 있다. 칼뱅은 인간은 구원을 받을 것인지 지옥으로 갈 것인지 이미 예정되어 있다고 주장했다. 모든 것은 하느님 선택에 좌우된다는 것을 칼뱅은 강조한다. 이 하느님의 선택은 인간의 이성으로는 절대로 이해할 수 없다. 인간의 자유의사와는 무관한 것이다.

가톨릭의 정통성(正統性)은 성 아우구스티누스의 교리에 정의되어 있다. 펠라주의 교리에 대항해 아우구스티누스는 은총의 무상성(無償性)과 효과성을 대립시킨다. 그러나 13세기의 성 토마스 아퀴나스와 16세기의 예수회 창시자인 스페인의 몰리나Molina 신부는 아우구스티누스의 이론을 훨씬 완화시키고 있다. 1588년에 몰리나 신부는 칼뱅에 답하기 위해 《자유의사와 은총의 조화 *Accord du Libre Arbitre et de la Grace*》를 썼다. 몰리나 신부의 주장은 다음과 같다. 성례(聖禮)와 기도와 덕행의 실천으로 은총을 얻을 수 있다는 희망을 신자들에게 주는 것이 몰리나가 의도하는 바였다.

얀센주의

이러한 몰리나 신부의 낙관론에 대해 이프르Ypres의 주교 얀세니우스는 그의 저서 《아우구스티누스 *Augustinus*》(1640년 사후 출판)에서 강렬하게 논박하고 있다. 얀센은 성 아우구스티누스의 순수한 교리로 복귀해야 한다고 주장했으며, 나아가서는 그 교리를 더욱 엄격히 해야 한다고 주장했다. 이 점에서 얀세니우스의 교리는 칼뱅의 교리(칼뱅이즘)와 흡사했다. 이것이 논쟁의 초점이 되었다. 몰리나파(몰리니스트)들은 얀센파(얀세니스트)를 이단이라고 매도했던 것이다.

얀센주의의 핵심을 살펴보자.

첫째, 은총은 모든 인간에게 내려지지 않는다.

둘째, 모든 의인(義人)은 하느님의 계명을 완수할 능력을 갖고 있다.

셋째, 그러나 모든 의인에겐 하느님의 계명을 완수하고 기도하기 위해 그들의 의지를 공고히 해주는 효과적인 은총이 필요하다.

넷째, 이 효과적인 은총은 항상 모든 의인에게 주어지는 것은 아니다. 그 은총은 하느님의 순수한 긍휼에 달려 있다(《프로뱅시알》 제1편).

파스칼은 이 네 가지를 신조로 확신했다. 파스칼은 오히려 몰리나파를 이단이라고 생각했다. 즉 몰리나의 제자들인 예수회 회원들은 자기들의 해석을 견강부회하고 얀센파를 타도하기 위한 이중적인 의도에서 독단적인 궤변을 만들어내고 있다고 파스칼은 주장했다. 사실상 위에서 열거한 얀센주의의 교리와 칼뱅의 예정론(豫定論) 사이에는 뚜렷한 차이점이 있다. 게다가 얀센주의자들은 다음과 같은 두 가지 관점을 강조하기 때문에 더욱 그러했다. ① 예수 그리스도는 자신의 죄를 애통히 참회하며 책임을 느끼는 죄인뿐만 아니라 모든 인간을 다 구원하기 위해 온 것이 아니라 선택된 소수를 구원하려고 오신 것이다. ② 하느님은 당신의 은총을 의인에게 내리는 것도 거부할 경우가 있을 수 있다. 성 베드로에게조차 그가 그리스도를 부인했을 때에는 하느님은 은총을 내리시지 않는 것이다(페드라에 대한 해석).

얀센파의 엄격성에는 어딘가 거룩한 점이 없지 않다. 포르 루아얄의 수도사들과 은둔자 및 파스칼 자신은 드높고 청결한 덕행의 모범을 보여주었다. 그러나 선택받은 소수의 영혼을 고양시키는 데 적합한 이 교리는 17세기 후반기 프랑스 사상에 깊은 영향을 끼치고 있긴 하지만, 수많은 신자들을 냉담하게 만들거나 절망케 할 위험성을 내포하고 있었다. 또 이 위험성을 토미스트(성 토마스 아퀴나스의 제자들)와 몰리니스트(몰리나의 제자들)는 두려워했다.

교회는 어느 편을 택해야 하는가? 이 문제는 모든 가톨릭 신자들에게 심각한 선택의 문제였다. 여기에 인간적인 감정까지 곁들여서 논쟁은 점점 더 첨예화되어갔다. 마침내 교황 클레멘티우스 11세가 1713년에 이른바 우니게니투스Unigenitus 칙령을 공포해 얀센파를 탄압했지만 그 후에도 이 논쟁의 불길은 꺼지지 않았다. 그 여파는 윤리와 정치에까지 비화되었다.

이 논쟁의 시발점을 더 살펴보자. 1653년에 몰리나파의 청원에 따라 교황은 얀센의 저서 《아우구스티누스》에서 요약 발췌했다는 5개 명제(命題)를 가톨릭 교리에 어긋난다고 선포했다. 그러나 《아우구스티누스》에는 이 명제들이 명시되어 있지 않았다. 소르본의 교수였던 신학자 아르노는 《어느 공작인 동시에 중신(重臣)인 분에게 보내는 제2편지 la Seconde lettre à un duc et pair》에서 다음과 같이 확언한다…….

① 얀세니우스에서는 예의 선고받은 5개 명제를 발견한 적이 없다. ② 성 베드로에게는 하느님의 은총이 없었던 적이 있었다.

이 때문에 아르노는 소르본의 신학부 교수직에서 축출당한다. 1656년 1월 14일 소르본 대학 신학부에서는 사실 문제(5개 명제의 유무에 대한)를 놓고 논란하다가 아르노를 견책한다. 아르노가 경솔했다는 죄목이었다. 두 번째 권리의 문제(아르노의 신분에 관한)에 대해서는 유보 사항으로 두었으나, 《소르본의 최근 논쟁에 대해 어느 친구가 시골 성직자에게 보낸 편지 Lettre écrite à un provincial par un de ses amis sur le sujet des disputes récentes de la Sorbonne》가 나오자, 아르노는 결정적으로 제적된다. 이때가 2월 15일이었다. 그동안 파스칼은 아르노를 변호하기 위해 《프로뱅시알》의 제1, 제2, 제3 서간을 이미 발표했다. 앞에서도 언급한 바와 같이 《프로뱅시알》은 18편의 편지로 되어 있는데, 처음에는 비밀리에 익명으로 출판되었다. 때로는 루이 드 몽탈트 Louis de Montalte라는 가명으로 발표되었다. 얀센주의를 옹호하기 위한 파스칼의 노작이었다.

3. 작품 《팡세》에 대해

《프로뱅시알》을 발표하기 몇 년 전부터 파스칼은 《기독교 호교론 Apologie de la Religion Chrétienne》을 준비하고 있었다. 이 저작을 완성하려면 10년 동안의 건강이 필요하다고 그는 말했다. 에티엔느 페리에의 말에 따르면, 파스칼은 자기가 생각해낸 아이디어를 오랫동안 마음속에 품고 되씹다가 결정적인 형태로 완성된 후에야 종이에 옮겼다고 한다. 그러나 만년의 5년 동안은 자신의 기억력을 믿지 않았다. 따라서 자기 머릿속에 떠오르는 것은 모두 기록해두었다. 우리가 '팡세 Pensées'라 부르는 이 작품은 그의 사후에 한 권으로 수록된 그의 노트다. 그것은 실로 다양한 차원의 기록이다. 때로는 파스칼의 비서들이 받아쓰거나 또 때로는 작가 자신이 친필로 기록한, 읽기 어려운 난필로 이루어진 원고들이었다.

작품이 준비되고 있던 그때그때의 모든 상태가 잘 나타나 있다. 한 단어, 한 문장 등등 극히 요약된 기록이 있는가 하면, 문헌을 통한 고증과 참고가 있으며, 《호교론》의 차례와 체제에 대한 지시 사항이 실려 있기도 하다. 극히 요약 함축시킨 격언이 있는가 하면, 자신의 신앙 고백, 즉흥적으로 떠오른 생각의 단편들, 결정적인 편집이라 해도 될 만큼 정서로 꼬박꼬박 씌어진 부분도 있다. 또 《기독교 호교론》과는 아무 관계가 없는 노트들도 있다. 이 기록들이 흐트러지고 산질되었던 것은 그 당시의 상황으로 보아 있음직한 일이었다. 게다가 18세기에 들어와서 이 원고를 보관하기 위해 앨범에 풀로 붙일 때 더 뒤죽박죽이 되어버린 것 같다. 그러므로 파스칼이 머릿속에 구상하고 있던 체제를 정확하게 재현하기란 불가능하게 되어버렸다.

초판은 포르 루아얄 판이었다. '종교에 관한 파스칼 씨의 명상록 Pensées de M. Pascal sur la Religion, 1669~70'이 초판 제목이었다. 이 판은 극히 신빙성이 결여되어 있다. 왜냐하면 포르 루아얄에 대한 증오심을 또다시 불러일으킬까 봐 편집자들이 너무 무모하다고 생각되는 부분은 삭제해버렸기 때문이다. 게다가 상당 부분을 변조하기도 했고 완전히 없애버리기도 했다. 그러나 이 작품은 17세기에 가장 위대한 성공을 거둔 작품이었다. 다만 몇몇 기독교도들이 파스칼의 교리가 너무 비판적이며 엄격하다 해서 경원했을 뿐이다. 18세기로 들어서자 철학적 비평이 호되게 파스칼을 공격했다. 형이상학적인 불안을 각성하게 한다는 점, 무용한 사변을 늘어놓는다는 점, 인간으로 하여금 자기 존재에 대한 두려움을 느끼게 한다는 점, 인간을 지상(地上)의 행복에서 떼어놓는다는 점 등이 공격 대상이 되었다. 볼테르Voltaire는 그의 《철학적 서간집 Lettres Philosophiques》(1734) 제25편에서 파스칼을 자기의 최대의 적인 양 공격하고 있다.

그러나 19세기 들어와서 파스칼의 명예는 회복되었다. 샤토브리앙이 《기독교의 정수 Génie du Christianisme》(1802) 속에서 파스칼을 찬탄했다. 낭만주의자들은 파스칼의 상상력과 전율하는 영혼의 불안에 완전히 매료되고 말았다. 빅토르 쿠쟁V. Cousin이 1842년에 《팡세》의 완전한 원고를 출판해야 할 필요성을 역설했다. 현대적인 편집자들이 다양한 경향으로 그의 이 염원을 실현했다. 어떤 노력이 있었는지 예를 들어보자.

재구성 시도

포제르Faugére가 1844년에, 몰리니에Molinier가 1877년에, 자크 슈발리에J. Chevalier가 1925년에, 앙리 마시스H. Massis가 1929년에, 라퓌마Lafuma가 1948년에 《팡세》의 전체를 통해 호교론의 순서와 맥락을 재발견해보고자 시도했다. 이러한 노력은 흥미로운 일이었다. 하지만 그것은 결과를 기대하기 어려운 무위한 노력이기도 했다. 왜냐하면 이러한 시도가 파스칼 자신의 구상과 일치되는 결과를 찾았다는 보장이 없기 때문이다.

논리적인 분류

이와 같은 재구성의 노력에 비해 아셰트 출판사의 레옹 브랑슈비크Léon Brunschvicg는 1897년에 훨씬 더 신중하고 설득력 있는 편집을 시도했다. 즉 그는 《팡세》를 동일한 문제를 다룬 텍스트 별로 그룹을 지어서 편집했다. 이렇게 함으로써 파스칼이 어떤 문제에 대해 어떤 생각을 가졌는지 논리적인 맥락을 연결할 수 있게 되었다. 하지만 이러한 배열이 파스칼 자신의 의도였다는 증거는 없다. 우리는 이 Brunschvicg 판을 기초로 한 Garnier 판을 번역의 대본으로 삼았고 Lafuma 판과 Great Books 시리즈를 참고로 했다.

《팡세》의 설득력

비신자를 어떻게 설득하는가? 파스칼은 수학적 추리raisonnement가 지닌 그 논박할 수 없는 논리성에 대해 학자로서의 애정을 느끼고 있었다. 그러나 그가 다룬 주제는 수학적 추리에만 빠져 있는 것은 아니었다. 다행히도 파스칼은 사교계 생활과 광범위한 독서를 통해 엄격한 기하학적 증명에만 매여 있지 않았다.《호교론》에서는 설득의 기술에 대한 그의 생각을 펼치고 있지만,《팡세》에서는 기술의 차원을 뛰어넘은 수사학적인 배려마저 엿보인다.

그가 1658년에 쓴《설득의 기술론 De l'Art de persuader》에서는 영혼의 두 문을 구별한다. 즉 어떤 판단이나 생각이 영혼에 받아들여지려면 두 개의 출입문을 통해서 들어갈 수밖에 없다고 그는 생각했다. 그 두 문은 무엇인가? 지성의 역할인 '이해(理解)'와 가슴의 역할인 '의지'다. 의지는 직관이요 본능으로서 우리가 증명 없이도 어떤 사실이 진리임을 믿게 해준다. 마치 그 진리가 우리에게 신비스러운 힘을 작용하듯이. 이것을 파스칼은 아그레망 agrément이라고 표현한다.

파스칼에게서 단 하나의 적법한 길은, 특히 인간사(人間事)에서 자연스러운 질서는 이해의 길인데, 인간은 증명에 의해 그 이해를 확신하게 된다. 아그레망(승인, 매력)의 길은 신에 관한 일에만 그 가치를 발휘한다. 이 길은 오로지 사람에 의해서만 들어갈 수 있는 진리의 길이다. 그러므로 신에 대한 일을 알려면 우선 그것을 사랑해야만 한다. 이는 초자연적인 질서로서, 신비의 본질을 지닌 직관만이 여기서 작용한다. 하느님은 원하신다—신성한 진리는 가슴을 통해 정신 속에 들어가기를 원하시는 것이다. 반대로 정신을 통해 가슴에 들어가는 것을 원치는 않으신다. 그렇게 함으로써 비로소 이성이라는 위대한 분별력이 겸허해질 수 있다. 이리하여 파스칼은 '아그레망'의 길을 함부로 '자연적인 질서'의 길에다가 순응시킴으로써 이성의 분별력을 남용하며 타락시키고 있다고 생각했다. '아그레망'의 길은 '초자연적인 질서', 즉 하느님의 일을 위해 예비되어 있는 길이다.

　인간은 추리(기하학적 정신)에 의해 진리에 도달하기도 하고 직관(섬세의 정신)에 의해서도 진리에 도달한다. 파스칼은 다음과 같은 사실을 발견했다. 즉 영혼 속에 수용된 진리 가운데도 정신을 통해 들어온 것은 극소수에 불과한 데 비해, 의지(혹은 소망)의 무모한 기분에 의해 무더기로 들어온 진리가 많다는 사실을 발견했던 것이다. 추리력의 조언을 거치지 않은 진리를 말함이다. 이와 마찬가지로 남에게 말을 할 때에도 증명은 흔히 무력할 경우가 있다. 그러므로 설득의 기술은 확신을 심어주는 기술과 더불어 동의하게 하는 매력의 기술로 형성된다. 파스칼은 마지못해 '자연적 질서'의 남용을 감수할 수밖에 없었다. 다시 말하면 파스칼은 이《팡세》를 쓰면서 이성의 분별력을 신의 문제에까지 활용했다. 그러나 그 자신은 '초자연적 질서'인 아그레망의 도움을 기대하고 있다. 즉 가슴이 그의 이데를 기꺼이 받아들일 수 있도록, 그는 이데를 표현하는 데 섬세의 정신을 발휘하고 있는 셈이다.

　"인간은 한 줄기 갈대, 자연 속에서 가장 연약한 존재다. 하지만 그것은 생각하는 갈대다"—인간은 자연 속에서 가장 연약한 존재이나, 사고를 함으로써 또한 위대한 존재가 되기도 한다. 그러나 그 사고는 갈대처럼 유연한 자세로 수행되어야 한다. 이성의 분별력만이 사고를 지배하는 것은 아니다. 때로는 뜨거운 가슴이 그 사고를 주도한다.《팡세》의 핵심은 여기에 있다.

옮긴이

옮긴이 **하동훈**

서울대학교 문리과대학 불문과를 졸업하고 동대학원 불문과를 졸업했으며 프랑스 몽펠리에대학교에서 박사 학위를 취득했다. 숙명여자대학교 불문과 교수를 역임했다. 저서로《20세기 현대불시(現代佛詩)》가 있으며 옮긴 책으로는 앙드레 말로의《반회고록(反回顧錄)》, 사르트르의《구토》, 알퐁스 도데의 단편집 등이 있다.

팡 세

1판 1쇄 발행 1984년 10월 15일
4판 1쇄 발행 2025년 9월 19일

지은이 블레즈 파스칼 │ 옮긴이 하동훈
펴낸곳 (주)문예출판사 │ 펴낸이 전준배
출판등록 2004. 02. 11. 제 2013-000357호 (1966. 12. 2. 제 1-134호)
주소 04001 서울시 마포구 월드컵북로 21
전화 02-393-5681 │ 팩스 02-393-5685
홈페이지 www.moonye.com │ 블로그 blog.naver.com/imoonye
페이스북 www.facebook.com/moonyepublishing │ 이메일 info@moonye.com

ISBN 978-89-310-2584-2 04800
ISBN 978-89-310-2365-7 (세트)

• 잘못 만든 책은 구입하신 서점에서 바꿔드립니다.

&문예출판사® 상표등록 제 40-0833187호, 제 41-0200044호

문예세계문학선

★ 서울대, 연세대, 고려대 필독 권장 도서　▲ 미국대학위원회 추천 도서
● 《타임》 선정 현대 100대 영문 소설　▽ 《뉴스위크》 선정 세계 100대 명저

1 젊은 베르테르의 슬픔 괴테 / 송영택 옮김	34 지상의 양식 앙드레 지드 / 김붕구 옮김
▲▽ 2 멋진 신세계 올더스 헉슬리 / 이덕형 옮김	35 체호프 단편선 안톤 체호프 / 김학수 옮김
▲●▽ 3 호밀밭의 파수꾼 J. D. 샐린저 / 이덕형 옮김	36 인간 실격 다자이 오사무 / 오유리 옮김
4 데미안 헤르만 헤세 / 구기성 옮김	37 위기의 여자 시몬 드 보부아르 / 손장순 옮김
5 생의 한가운데 루이제 린저 / 전혜린 옮김	●▽ 38 댈러웨이 부인 버지니아 울프 / 나영균 옮김
6 대지 펄 S. 벅 / 안정효 옮김	39 인간 희극 윌리엄 사로얀 / 안정효 옮김
●▽ 7 1984 조지 오웰 / 김승욱 옮김	40 오 헨리 단편선 오 헨리 / 이성호 옮김
▲●▽ 8 위대한 개츠비 F. 스콧 피츠제럴드 / 송무 옮김	★ 41 말테의 수기 R. M. 릴케 / 박환덕 옮김
▲●▽ 9 파리대왕 윌리엄 골딩 / 이덕형 옮김	42 파비안 에리히 케스트너 / 전혜린 옮김
10 삼십세 잉게보르크 바흐만 / 차경아 옮김	★▲▽ 43 햄릿 윌리엄 셰익스피어 / 여석기 옮김
★▲ 11 오이디푸스왕·아가멤논·코에포로이 소포클레스·아이스킬로스 / 천병희 옮김	44 바라바 페르 라게르크비스트 / 한영환 옮김
	45 토니오 크뢰거 토마스 만 / 강두식 옮김
★▲ 12 주홍글씨 너새니얼 호손 / 조승국 옮김	46 첫사랑 이반 투르게네프 / 김학수 옮김
▲●▽ 13 동물농장 조지 오웰 / 김승욱 옮김	47 제3의 사나이 그레이엄 그린 / 안흥규 옮김
★ 14 마음 나쓰메 소세키 / 오유리 옮김	★▲▽ 48 어둠의 심장 조지프 콘래드 / 이덕형 옮김
★ 15 아Q정전·광인일기 루쉰 / 정석원 옮김	49 싯다르타 헤르만 헤세 / 차경아 옮김
16 개선문 레마르크 / 송영택 옮김	50 모파상 단편선 기 드 모파상 / 김동현·김사행 옮김
★ 17 구토 장 폴 사르트르 / 방곤 옮김	51 찰스 램 수필선 찰스 램 / 김기철 옮김
18 노인과 바다 어니스트 헤밍웨이 / 이경식 옮김	★▲▽ 52 보바리 부인 귀스타브 플로베르 / 민희식 옮김
19 좁은 문 앙드레 지드 / 오현우 옮김	53 페터 카멘친트 헤르만 헤세 / 박종서 옮김
★▲ 20 변신·시골 의사 프란츠 카프카 / 이덕형 옮김	★ 54 몽테뉴 수상록 몽테뉴 / 손우성 옮김
★▲ 21 이방인 알베르 카뮈 / 이휘영 옮김	55 알퐁스 도데 단편선 알퐁스 도데 / 김사행 옮김
22 지하생활자의 수기 도스토옙스키 / 이동현 옮김	56 베이컨 수필집 프랜시스 베이컨 / 김길중 옮김
★ 23 설국 가와바타 야스나리 / 장경룡 옮김	★▲ 57 인형의 집 헨리크 입센 / 안동민 옮김
★▲ 24 이반 데니소비치의 하루 알렉산드르 솔제니친 / 이동현 옮김	★ 58 소송 프란츠 카프카 / 김현성 옮김
	★▲ 59 테스 토마스 하디 / 이종구 옮김
25 더블린 사람들 제임스 조이스 / 김병철 옮김	★▽ 60 리어왕 윌리엄 셰익스피어 / 이종구 옮김
★ 26 여자의 일생 기 드 모파상 / 신인영 옮김	61 라쇼몽 아쿠타가와 류노스케 / 김영식 옮김
27 달과 6펜스 서머싯 몸 / 안흥규 옮김	▲▽ 62 프랑켄슈타인 메리 셸리 / 임종기 옮김
28 지옥 앙리 바르뷔스 / 오현우 옮김	▲●▽ 63 등대로 버지니아 울프 / 이숙자 옮김
★▲ 29 젊은 예술가의 초상 제임스 조이스 / 여석기 옮김	64 명상록 마르쿠스 아우렐리우스 / 이덕형 옮김
▲ 30 검은 고양이 애드거 앨런 포 / 김기철 옮김	65 가든 파티 캐서린 맨스필드 / 이덕형 옮김
★ 31 도련님 나쓰메 소세키 / 오유리 옮김	66 투명인간 H. G. 웰스 / 임종기 옮김
32 우리 시대의 아이 외된 폰 호르바트 / 조경수 옮김	67 게르트루트 헤르만 헤세 / 송영택 옮김
33 잃어버린 지평선 제임스 힐턴 / 이경식 옮김	68 피가로의 결혼 보마르셰 / 민희식 옮김

(뒷면 계속)

★ 69 **팡세** 블레즈 파스칼 / 하동훈 옮김
70 **한국단편소설선** 김동인 외 / 오양호 엮음
71 **지킬 박사와 하이드** 로버트 L. 스티븐슨 / 김세미 옮김
▲ 72 **밤으로의 긴 여로** 유진 오닐 / 박윤정 옮김
★▲▽ 73 **허클베리 핀의 모험** 마크 트웨인 / 이덕형 옮김
74 **이선 프롬** 이디스 워튼 / 손영미 옮김
75 **크리스마스 캐럴** 찰스 디킨슨 / 김세미 옮김
★▲ 76 **파우스트** 요한 볼프강 폰 괴테 / 정경석 옮김
▲ 77 **야성의 부름** 잭 런던 / 임종기 옮김
★▲ 78 **고도를 기다리며** 사뮈엘 베케트 / 홍복유 옮김
★▲▽ 79 **걸리버 여행기** 조너선 스위프트 / 박용수 옮김
80 **톰 소여의 모험** 마크 트웨인 / 이덕형 옮김
★▲▽ 81 **오만과 편견** 제인 오스틴 / 박용수 옮김
★▽ 82 **오셀로 · 템페스트** 윌리엄 셰익스피어 / 오화섭 옮김
★ 83 **맥베스** 윌리엄 셰익스피어 / 이종구 옮김
▽ 84 **순수의 시대** 이디스 워튼 / 이미선 옮김
★ 85 **차라투스트라는 이렇게 말했다** 니체 / 황문수 옮김
★ 86 **그리스 로마 신화** 이디스 해밀턴 / 장왕록 옮김
87 **모로 박사의 섬** H. G. 웰스 / 한동훈 옮김
88 **유토피아** 토머스 모어 / 김남우 옮김
★▲ 89 **로빈슨 크루소** 대니얼 디포 / 이덕형 옮김
90 **자기만의 방** 버지니아 울프 / 정윤조 옮김
▲ 91 **월든** 헨리 D. 소로 / 이덕형 옮김
92 **나는 고양이로소이다** 나쓰메 소세키 / 김영식 옮김
★ 93 **폭풍의 언덕** 에밀리 브론테 / 이덕형 옮김
★▲ 94 **스완네 쪽으로** 마르셀 프루스트 / 김인환 옮김
★ 95 **이솝 우화** 이솝 / 이덕형 옮김
★ 96 **페스트** 알베르 카뮈 / 이휘영 옮김
▲ 97 **도리언 그레이의 초상** 오스카 와일드 / 임종기 옮김
98 **기러기** 모리 오가이 / 김영식 옮김
★▲ 99 **제인 에어 1** 샬럿 브론테 / 이덕형 옮김
★▲ 100 **제인 에어 2** 샬럿 브론테 / 이덕형 옮김
101 **방황** 루쉰 / 정석원 옮김
102 **타임머신** H. G. 웰스 / 임종기 옮김
● 103 **보이지 않는 인간 1** 랠프 엘리슨 / 송무 옮김
● 104 **보이지 않는 인간 2** 랠프 엘리슨 / 송무 옮김
▲ 105 **훌륭한 군인** 포드 매덕스 포드 / 손영미 옮김
106 **수레바퀴 아래서** 헤르만 헤세 / 송영택 옮김
▲ 107 **죄와 벌 1** 표도르 도스토옙스키 / 김학수 옮김
▲ 108 **죄와 벌 2** 표도르 도스토옙스키 / 김학수 옮김
109 **밤의 노예** 미셸 오스트 / 이재형 옮김
110 **바다여 바다여 1** 아이리스 머독 / 안정효 옮김
111 **바다여 바다여 2** 아이리스 머독 / 안정효 옮김
112 **부활 1** 레프 톨스토이 / 김학수 옮김
113 **부활 2** 레프 톨스토이 / 김학수 옮김
▲● 114 **그들의 눈은 신을 보고 있었다** 조라 닐 허스턴 / 이미선 옮김
115 **약속** 프리드리히 뒤렌마트 / 차경아 옮김
116 **제니의 초상** 로버트 네이선 / 이덕희 옮김
117 **트로일러스와 크리세이드** 제프리 초서 / 김영남 옮김
118 **사람은 무엇으로 사는가** 레프 톨스토이 / 이순영 옮김
119 **전락** 알베르 카뮈 / 이휘영 옮김
120 **독일인의 사랑** 막스 뮐러 / 차경아 옮김
121 **릴케 단편선** R. M. 릴케 / 송영택 옮김
122 **이반 일리치의 죽음** 레프 톨스토이 / 이순영 옮김
123 **판사와 형리** F. 뒤렌마트 / 차경아 옮김
124 **보트 위의 세 남자** 제롬 K. 제롬 / 김이선 옮김
125 **자전거를 탄 세 남자** 제롬 K. 제롬 / 김이선 옮김
126 **사랑하는 하느님 이야기** R. M. 릴케 / 송영택 옮김
127 **그리스인 조르바** 니코스 카잔차키스 / 이재형 옮김
128 **여자 없는 남자들** 어니스트 헤밍웨이 / 이종인 옮김
129 **사양** 다자이 오사무 / 오유리 옮김
130 **슌킨 이야기** 다니자키 준이치로 / 김영식 옮김
131 **실종자** 프란츠 카프카 / 송경은 옮김
132 **시지프 신화** 알베르 카뮈 / 이가림 옮김
133 **장미의 기적** 장 주네 / 박형섭 옮김
134 **진주** 존 스타인벡 / 김승욱 옮김
135 **황야의 이리** 헤르만 헤세 / 장혜경 옮김
136 **피난처** 이디스 워튼 / 김욱동